大峯은 熙止를 稀枝로,

성종임금으로부터 연산군까지

대 봉　희 지　희 지

大峯은 熙止를 稀枝로,

성종임금으로부터 연산군까지

2026년 3월 21일 초판 1쇄 인쇄 발행

지은이　　양종균
펴낸이　　박종래
펴낸곳　　도서출판 명성서림

등록번호　　301-2014-013
주소　　04625 서울시 중구 필동로 6 (2, 3층)
대표전화　　02)2277-2800
팩스　　02)2277-8945
이메일　　msprint8944@naver.com

값 20, 000원
ISBN 979-11-7439-105-6

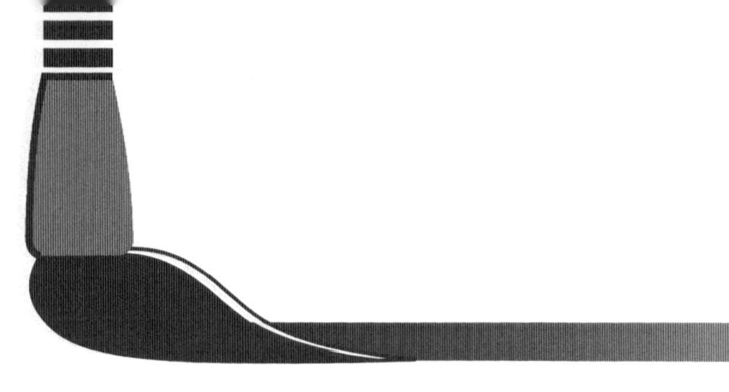

大峯은 熙止를 稀枝로,

성종임금으로부터
연산군까지

도서출판 명성서림

이 글을 쓰면서...

작가 둥지방 양종균 씀

대봉 양희지는 중화양씨 문중의 중시조 벌 되시는 분이다. 대구의 중화양씨 문중들이 많이 살고 있으며 대체적으로 그분의 후손들이다. 그러나 그분은 대구가 아니라 울산에 부인과 함께 홀로 계시며, 그 단을 대구에 모시면서 대구의 문중들은 그분을 500년 동안 모시고 있다.

중화양씨의 시조되시는 당악군 양포어른의 단사도 함께 모시면서 중화양씨의 향사도 함께 하고 있다. 북한의 중화군 양지리에 모셔져있는 양포어른의 시조를 대구에서 모시면서 실질적으로는 중화양씨를 대변하면서 더불어 양희지 어른을 중시조로 모시면서 그 분의 후손들이 많이 살고 있다.

그분과 함께 계시는 부인 학성이씨 정부인은 고향이 울산인지라 희지 어른이 돌아가시기 전에 울산에 모셔졌으며, 그 어른의 부친이신

大峯은 熙止를 稀枝로,

맹순어른과 그 부인께서도 울산에 계신다고 전해졌으나 그 분들이 어디에 계시는지 모르는 처지이며, 또한 양희지 어른의 조부 되시는 미어른이나 그 부인역시 실전이 되고 있다.

후손들이 시조인 양포 어른을 대구에 모시면서 그 후손들을 함께 모시고 있다.

한편 학성이씨 집안에서는 향사 때마다 항상 정부인과 함께 양희지 어른을 함께 추모하고 있는 것이 수 백 년이 되었다. 이를 계기로 양씨 문중에서도 향사 때마다 학성이씨를 모셔서 함께 행사를 진행하고 있다. 수 백 년을 이어온 양 가문의 전통이라 하겠다.

♦ ♦ ♦

양희지 어른께서 울산에 계시는데 어찌하여 대구에 많은 문중들이 살고 있을까?

그러면서 그분의 부인이신 정부인과의 인연에 대한 좋은 애기도 있는 것 같아,

그것이 궁금하여 그분의 일대기를 써보고자 하였으나 우선은 필력이 모자라고, 그리고 자료도 많지 않아 어려움이 많았다.

일대기를 쓴다고 하였으나 일대기를 흉내 낸 소설을 쓰고 말았지만, 진실 같은 소설을 만들고자 하면서, 그러나 진실이 담긴 자료를 보면

서 그분의 일대기만이 아니라 조선시대의 전기(前期)(연산군 폐위)의 한 부분을 탐색해보기도 하였다. 더불어 그분의 시(詩)나 소(疏), 책문(策文) 등을 인용하면서 그 시대를 알고자 했다.

자료의 대부분이 한문(漢文)의 글인지라 필력(筆力)이 모자람도 있으나 그 글을 필자인 본인이 번역하는 것은 무리가 있어, 소위 실록을 번역한 것을 그대로 인용하다보니 문장의 체계가 그 당시의 문자를 인용하다보니 다소 매끄럽지 못한 부분도 있으며,

또한 그분의 시(詩)나 글 등의 전문적인 번역한 것이 없어 일부 교수님들을 비롯한 전문가들의 번역을 빌리는 등으로 하였으며,

또한 실록에 양희지 어른의 졸기(卒記)부분에 그분이 돌아가신 날짜와 실록에 기록한 날짜가 무려 4개월 이상 차이가 있어 이 또한 의문이 있는지라 이를 알아보고자 하였다.

大峯은 熙止를 稀枝로,

차례

01

대봉공과 충숙공 이예의 만남

1. 대봉공과 충숙공 이예의 만남

울주는 큰 바다가 동쪽을 향해 푸르게 두르고 있고 치술령[1] 북쪽을 견제하고 있는데 그 중간을 지나며 흐르는 잔잔한 물결이 태화강이다. 진영[2]의 정면에 울창한 숲이 은월봉이라, 그 맹렬한 기세와 끊임없이 흐르는 맑은 물결에 의당 큰 인물이 간간히 섞여 태어났었다.

◆ ◆ ◆

오랜만에 고향으로 돌아와, 내일 모래면 70을 바라보는 나이이지만 언제나 새벽엔 걷거나 말을 타고서 태화강 주변을 산책하곤 했다.

그날따라 잠이 깨기 전 잠시 동안 꿈을 꾸었다.

은월봉 앞에서 큰 봉우리를 안고 태화강을 지켜보던 어린아이가 자신의 품안으로 들어오는 것이다.

1 　신라시대 때 박제상(363-419)이 일본의 인질이 된 왕자를 구출하러 간 것을 그 부인인 치술부인이 기다리다가 망부석이 되었다는 고개이름이 치술령임

2 　각 수영이나 병영아래에 두었던 지방군대의 직무를 맡아보는 곳

大峯은 熙止를 稀枝로,

그는 그 꿈이 심상치 않음을 느꼈다.

아직 초여름인지라 해가 뜨지는 않았지만 머지않아 해가 뜰 여명(黎明)의 무렵이다.

노인은 서둘러 말을 달려 아들 집으로 달렸다. 큰 아들인 문의현령(文義縣令)인 종근(宗根)의 집 이다. 아들을 서둘러 채비를 차리 게 하고서는 두 사람은 황급히 말웅정(末應亭)으로 말을 달렸다.

그들의 집안들이 먹고 마시는 말웅(마을의 끝 부분 쪽)의 우물터 이다. 더불어 노인이 어렸을 때부터 자라던 곳이다. 훗날 충숙공(忠肅公)이 된 이예(李藝)가 그곳에 정자를 만들었던 곳이다.

큰 아들은 무슨 일인가 하고 놀랐지만 그들이 도착한 말웅정에는 어느 여인이 우물에서 물을 마시고 있었다. 옷차림으로 보아 귀태 있는 모습이었지만 몹시 피곤한 모습이었다. 그리고 그 옆에는 강보(襁褓)에 쌓인 아기가 있었다. 이제 갓난아기는 지났지만 아이는 함께 온 어른들은 뚫어지게 보고 있었다. 그 여인은 그들을 아는 듯하였다.

그 여인은 남자들이 닥아 오자 무릎을 꿇고 울먹이듯 한 목소리로 말을 했다.

"나리님께, 제 아이를 거두어 주십시오. 집안 형편이 어렵사와 아이를 거둘 수 없습니다. 그러나 집안이 나아지면..."

그녀는 강보에 싼 아이를 노인에게 보였다. 노인은 그를 안으며 물었다.

"무슨 사정이 있는지 모르나 그 아이는 우리가 거둘 것이요. 허니 우리 집에서 쉬었다 가면..."

나라의 정세가 만만치 않아 누구의 자손인지 꼭 구별할 필요가 없었기에, 하물로 꿈에서 본 것이 좋은 아일 것을 생각하며 노인은 그 아이를 품에 안았다.

"아닙니다. 다른 사정이 있는지라 가고자 합니다. 아이의 기록은 강보에 있습니다."

그녀는 그 말과 함께 아기를 잠시 훔쳐보고는 자리를 떠났다. 두 사람은 그녀를 말릴 수 없었다. 다만 언젠가 다시 찾아 올 것이라 생각하였다.

"오늘 우리 집안에는 큰 봉우리를 받은 것일세...

저 아이는 내가 키우도록 하겠지만 내가 나이가 있어 어쩔 수 없을 때는 자네가 맡아서 키우렴."

작은 아이 종실은 아비와 같이 외교 통상업무에 일을 하고 있으며, 큰 아이는 벼슬길 보다 학문에 뜻을 두고 있어 큰애가 그 아이를 맡아주길 바랐다.

그 아이가 훗날 대봉공(大峯公)이 된다. 충숙공이 언제나 말씀한 것처럼 '고봉탱천립 장강할지거(高峯撐天立 長江割地去)' 즉 '높은 봉우리는 하늘을 지탱하여 서있고, 긴 강은 땅을 가르고 있다.'라고 한 것처럼, 은월봉의 큰 봉우리에서 대봉이라는 호가 만들어진 것이다.

충숙공이 그렇게 하여 대봉이라 지었다.

◆ ◆ ◆

노인은 왜구침탈로 인하여 어머니와 일찍 헤어졌다. 몇 번인가 일본이나 유구국(流求國)(오늘 날의 오끼나와), 또는 대마도 쪽을 방문하면서 어머니를 찾고자 했으나 애석하게도 끝내 찾을 수 없었기에, 그 아이와 엄마가

大峯은 熙止를 稀枝로,

헤어지는 것을 마음속 깊이 새겨두었던 것이다.

그 노인은 학파(鶴坡) 이예(李藝)다. 나중에 忠肅公(충숙공)(조선이 망하기 전에 1910년에 시호를 받음)이 된다.

왜구는 일본인 해적집단으로서 그 나라는 쌀이 부족한지라 그 옛날 신라시대 부터 현재까지 우리나라와 중국의 명나라 해안지역에 이르러 빈번하게 침략하여 쌀을 비롯한 생활필수품을 노략질하였다. 그 와중에 관군들에게는 물론이요 백성들에 이르기까지 많은 사람들이 피해를 입었다. 수많은 사람들이 처참하게 죽는 것은 말할 것 없고 많은 사람들이 잡혀서 다른 나라 사람들 즉 왜구나 기타의 사람들에게 포로 같은 생활을 하곤 했다.

학파 이예가 여덟 살일 때 그 어머니도 그들에게 납치되어 어머님이 없이 생활하면서 어머니에 대한 그리움이 한 없이 커가고 있었다. 일본 해적에게 끌려간 어머니를 찾아보고자 이리저리 소문(所聞) 하였지만 찾을 수 없었고, 때문에 어머니를 기필 고 찾겠다는 그의 결심은 그가 훗날 일본과의 전문가의 길을 걷게 한 계기가 되었다.

◆ ◆ ◆

이예가 아전(衙前)(이예의 집안은 옛 부터 아전이었다.)직에 있으며 지방관청의 실무를 맡을 무렵에 3,000명의 왜구들이 울산에 침입하여(1397년) 엄청난 피해를 입히고 관아를 점령하는 등 많은 수의 사람들이 납치되었다.

이 와중에 울주 지군사(知郡事)(고려시대는 지군사(知郡事)라 했으나 태종 6년인 1406년부터 군수라 칭함)인 이은(李殷)까지 사로잡혔다. 이때 다른 관리들이 모두 도망가 숨기에 급급했으나 그는 자진하여 군수를 따라가 끝까지 보필하였다. 그의 진실한 보필활동이 그가 진정한 조선의 관리이자 충신이라며 왜구들은 감탄하였고 특히 왜구 수괴(首魁) 「비구로고」는 크게 감동하여 이예를 비롯한 울주 군수 이은과 일행들을 몇 달 만에 석방하였다.

이에 임금(태종)께서는 그의 충성을 가상히 여겨 이예를 비롯한 이예의 일가에게 아전의 역(役)을 면제하고 벼슬을 주었다. 이를 계기로 이예는 중인(中人) 계층의 아전 신분에서 벗어나 양반의 길을 걷게 되었다.

그가 첫 일본의 전문가로서의 행적은 해적에게 잡혀간 어머니를 찾아보자는 심정으로 조정에 청하여 회례사(回禮使) '윤명(尹銘)'의 수행원으로 대마도에 간 것이었다(1400년). 하지만 애석하게도 그는 끝내 어머니를 찾지 못하였지만, 대마도에 납치된 피로인(被擄人)을 구출하였으며 이를 계기로, 대마도나 유구(琉球) 국 등 일본 등에 파견되는 보빙사(報聘使), 회례사, 통신사의 역할뿐만 아니라 대마도 정벌에도 막대한 공을 이루었다.

그는 40여 년 동안 활동하면서 640여명의 피로인 들을 구출하였지만 그 어머니만은 결국 구출하지 못한 아쉬움이 있었다.

그는 외교 통상업무 외에도, 화포의 화통(火砲)(火筒)을 현재의 동철(銅鐵)에서 더 단단한 무쇠로 변경하는 방법의 채택 등 군비 강화에도 크게 기여하였다.(세종실록 1418년 8월 14일)

뿐만 아니라 사람의 손이나 발을 빌려 방아를 돌리는 물레방아를 개선한 자전(自轉) 물레방아 즉 물의 압력을 이용한 수차(水車)를 도입하였고[3],

---

3 세종10년, 1428년 일본의 자전물레방아형식을 도입하여 시행하였으나 '토양의 성분이 푸석하여 물을 받을 수 없어 수차의 법은 마침내 이익을 보지 못하였다.'라는

   大峯은 熙止를 稀枝로,

또한 임금께서 '일본국에는 금만 생산하고 은은 생산하지 않는다고 한다. 회례사 이예를 불러 그 여부를 묻고, 만약 금을 생산한다면 금 값을 회례사에게 부쳐 보내어 사오게 하는 것이 좋겠다.'(세종실록 1428년 6월 26일자) 라든지,

가볍고 빠르면서 단단하고 정밀한 배를 만들고자 조선 배에도 '쇠못을 사용할 것', '단시간에 배를 만들지 말 것', '가운데는 높고 가장자리는 낮게 해 물이 배 안으로 흘러들어가지 않게 하는 것' 등을 임금께 건의하여 채택케 하였다. (세종실록 1430년 12년, 5월 19일자 기사)

뿐만 아니라 일본인과의 상의 과정을 대신들이 '이예가 돌아오기를 기다려 다시 숙의하게 하옵소서.' (세종실록 1439년 4월 18일자)하는 등으로 왜와의 모든 업무를 이예가 통상적으로 총괄할 정도였다.

그의 이러한 노력으로 70의 나이에 정3품 上상의 관직인 절충장군(折衝將軍)과 첨지중추원사(僉知中樞院事)(도승지 급. 출납, 병기, 군정, 숙위, 경비, 등의 일을 봄)의 업무를 수행하고 있었다.

◆ ◆ ◆

어린아이의 강보에는 아이의 이름과 조 부모 및 부모의 성명이 적혀 있었다.

'이름은 양 희지(楊熙止), 기미생(己未生)이며 4월 27일 생. 조부는 충주판관 미(美), 조모는 화순 최씨(和順崔氏), 부모는 순창군수 맹순(淳昌郡守孟純), 그 어미는 나주 정씨(羅州鄭氏)였다, '

아이는 이예의 집에서 거두어졌다. 이예의 부인인 정부인(貞夫人)할머니의 따뜻한 보살핌에 젖먹이 어미를 따로 두면서 큰 아들, 작은 아들 두 아들들이 수시로 오다가다 하면서 그 보살핌으로 아이는 잘 크고 있었다. 강보의 그 아이는 아빠, 엄마는 불의에 돌아가셨다는 말만 믿고서....

그 아이의 자(字)는 가행(可行)이라 했으니 '바른 길로 간다.'라는 뜻이다. 이예가 준 이름이다.

아이의 조부 양미는, 청백리로 유명했으며 집현전 학사였던 최만리(崔萬理)의 장인으로서, 판관을 하셨던 분이라 그 분의 뜻을 잇고자 한다면 그 아이를 쉽게 거둘 아이가 아니었기 때문에 이예는 그 아이의 자(字)를 조부의 뜻을 기리고자 가행이라 했다.

'그분들은 어떻게 되었을까?'

"근래에 수령들이 법을 무시하고 지나친 형벌을 실시하는 자가 많다. 죄가 만일 확실하였다면 고문(拷問)을 실시해도 되겠으나, 만일 자기의 분노로 인하여 법을 굽히어 지나친 형벌을 실시하는 것은 매우 옳지 못하다. 그대들은 이러한 무리를 본받지 말고 불쌍히 여기는 마음으로 죄수를 다루라."

양미가 응사(鷹師)(매를 관리하는 직원)로 부임 후 2년 만에 충주판관으로 임명되었을 때 인견(引見)(임금이 불러드려 만나 봄)할 때 임금께서 하신 말씀이다.[4](1430년, 세종12년, 윤12. 25)

---

4 양미(楊渼) 등 10인이 명나라에 바칠 매 10연(連)과 개 10마리를 가지고 길을 떠나니, 모두 옷·갓·신을 내려 주었다.(세종 10년 7월 28일1428년, 명 황제 명 선덕(宣德) 3년). 이듬해 명나라 사신을 다녀온 후 임명된 것으로 생각됨.

大峯은 熙止를 稀枝로,

'이 아이의 아버지는 어디에 계실까?'

대대로 양씨 가문에서 권력과 권세를 가졌던 던 분이라 이 아이에게는 사정이 있을 것이라고만 생각하며 언젠가 아이의 부모를 만날 수 있을 것이라 생각했다.

◆ ◆ ◆

6년의 세월이 흘렀다.

그동안 이예는 삼포(부산포釜山浦, 제포薺浦: 진해인근, 염포鹽浦: 울산지역)三浦 개항과 더불어 세견선歲遣船을 통제하는 법등을 만들었다.[5]

그 연유로 말미암아 업무의 과다로 임금의 권유를 받아 휴식을 겸하여 어느 정도 쉬고 있었는데, 왜적이 변방에 도적질하여 사람과 물건을 약탈해 갔으므로, 이예는 노구임에도 불구하고 자청하여 대마도對馬島 체찰사體察使로 파견되었다(세종 25년, 1443년).

임금께서는 늙은 나이임에도 불구하고 대마도로 출전하는 것을 보고서 감복해 의복 일곱 벌과 사모紗帽를 하사했을 정도였다.

18년 전에는 이예를 일본에 보내며 "일본을 모르는 사람은 보낼 수 없어 그대를 보내는 것이니 귀찮다 생각지 말라"라며 임금께서 손수 갓과 신을 하사하였던 것이다.

---

5   조약에 의해 대마도 도주는 연年 50척의 세견선 즉 조선에서 내왕을 허락한 무역선 수를 파견할 수 있음. 그것도 조선에서 도주島主에게 내린 도서圖書가 찍힌 증명서가 있어야만 입항할 수 있도록 함. 이때 조선에서 내주는 세사미두歲賜米豆는 200석으로 제한함.

제찰사 활동으로 왜구에게 납치되었던 피로인 7명을 쇄환하였으며, 더불어 침탈했던 왜적 14명을 체포하였다.

그리고 일본인의 조선 입국 허가와 관련한 제도와 양국의 교역조건을 규정한 계해약조[6]를 체결하는 등 많은 업적을 남겼다. 그 조약내용은 아래와 같다.

1. 세견선은 50척으로 한다.

2. 삼포에 머무르는 자의 체류 기간은 20일로 하고, 상경한 자의 배를 지키는 간수인은 50일로 하며, 이들에게 식량도 배급한다.

3. 세사미두는 200석으로 한다.

4. 특별한 사정이 있을 때 특송선을 파송할 수 있다.

5. 고초도에서 고기잡이하는 자는 지세포만호의 문인[7] 필요

임금께서는 그를 종2품 동지중추원사로 승진시켰다. 이것이 이예의 마지막 사행(직책)이면서 업무였다.

가행이란 자의 이름으로 희지는 이예의 품에서, 그리고 큰아들 종근, 둘째 아들 종실의 뒷바라지로 무릇하게 잘 자라고 있었다.

이예는 어머님을 왜란 중에 불우하게 잊어버리고 한 평생을 그리워하는 마음과 함께, 보민 정신과 나라를 사랑하는 애국심등으로 70평

---

6   계해약조의 성립 이후 조선은 중종시기까지 단 한차례의 왜구의 침입도 받지 않았을 정도로 외교적인 성과가 컸다.

7   문인: 통행이나 여행을 허가하는 인증서를 받은 후 어세를 내어야 한다 는 등으로 되어 있다.

생을 지켜온 그 심정을, 손자처럼 여겨온 가행을 구석지게 보살폈다.

이예는 가행이 손발을 움직이자 그를 말에 태워 태화강일대를 산책을 하는가하면, 바다를 돌아보며 하늘나라에 있을 어머님을 그리워하였다. 그러면서 지금 어디선가 가행을 지켜보며 그리워 할 가행의 부모님들을 생각하였다.

큰 아들 종근은 부친인 이예가 건강이 좋지 않자 문의 현령(현 청주 상당구 문의)을 그만두고 집에서 쉬고 있는지라 때마침 가행을 아들처럼 생각하며 보살펴 주었다.

둘째 아들 종실은 나라업무에 바쁜 중이었다.

학파 이예는 자신의 운명이 다함을 직감하고 있을 무렵 집안에는 큰 경사가 뒤 따랐다.

큰 아들이 장남 직무를 낳고서 더 이상 아이를 갖지 못한다 했더니, 아이가 들어섰고 이어서 아이를 낳았다. 그 아이는 딸아이였다.

이예는 그 아이를 보고서 대뜸 '우리집안의 보물을 차지할 연꽃 같은 아이'라고 하면서 '보련'이라는 이름을 주었다.

뒤 이어 수 년 만에 가행의 부모님이 찾아왔다.

◆ ◆ ◆

그동안 가행의 조부 미는 권력의 실세에서 밀려나 외롭게 돌아가셨다.

그(미)의 조부 백후는 판도판서이며 부친 원격은 내시윤을 하였으며, 삼촌인 원식은 예조전서를 거쳤을 정도로 명문가의 자제였기에 미는 음관으로 관직에 등재하였던 것이다. 더불어 그 아들인 맹순도 자연적으로 등과에 급제하여 근무하였다.

미의 사촌동생인 우(遇)는 정랑으로 근무하였다. 그러던 중(1397년. 태조6년.10월) 서장관(書狀官) 통례문판관(通禮門判官)으로 명나라에 선물할 말 50필을 가져갔으나 명나라에서는 이미 5천 필을 요구하였던 것이다. 때문에 명나라에서는 임무를 제대로 수행치 못했다하여 통사 사역원(通事司譯院) 부사 오진(吳眞) 및 우를 먼 곳으로 귀양을 보내었다.

사실 명나라는 조선과 사대관계(事大)로 국교를 가지면서 조선을 업신여기는 정책을 수행하였다. 물론 조선의 태조가 이인임의 아들이라는 헛소문에 따라 명나라는 조선을 업신여기며 명나라가 요구한 조건을 제대로 들어주지 않을 경우 사절을 보낸 사신들을 명나라가 제멋대로 귀양을 보낸 바 있었다.

이미 지난해부터 연 2회 정도로 문하부사(門下府事) 정총(鄭摠), 통사 사재감(通事司宰監) 송희정(宋希靖), 압물 별감(押物別監) 권을송(權乙松), 판전교시사(判典校寺事) 김약항(金若恒) 및 그 종인(從人), 예문직관(藝文直館) 노인도(盧仁度), 판전의시사(判典醫寺事) 유호(柳灝), 압물(押物) 정안지(鄭安止), 예조전서(禮曹典書) 조서(曹庶), 통사 판사역원사(通事判司譯院事) 곽해룡(郭海龍) 등을 귀양을 보내었다.(태조7년, 태종3년 실록 참조)

양우는 귀양 가서 14년 만에 조선으로 귀국하지 못하고 명나라에서 죽었다. 물론 남의 나라 사신을 함부로 대하는 명나라가 문제가 있지만 그 당시로서는 어쩔 수 없는 것이라고 할지라도,

조선 조정의 잘못한 정책 때문에 그는 멀고먼 이국땅에서 자신의 목숨을 내평 겨진 것이다. 그가 남겨놓은 한 많은 글이 남아있다.

『사생(死生)에 명이 있으니 천운(天運)이야 어찌 하리
동쪽 하늘로 머리 돌리니 생각만 묘연(杳然)한데

   大峯은 熙止를 稀枝로,

양마 5천 필이 어느 날 당도한단 말인가?
용금문(항주성에 있는 성문)밖에 풀만 무성하구나.』

미는 아버님과 삼촌의 후광으로 관직을 입었으나 삼촌 遇의 귀양과 죽음 등으로 점차 관직에서 멀어질 수밖에 없었다.

하여 그 아들인 맹순마저도 관직을 그만두고서 순창(현재 평안남도 순안 일대)군 주변에서 은둔생활을 하다가 부인과 함께 부인의 고향인 울산 으로 왔었다.

가행의 어머니는 가세가 불우해지고 갓난아이의 장래를 생각하여 친정과 가까이 있으면서 새롭게 성장하는 집안인 이예에게 아이를 맡 겼던 것이다.

가행의 두 형이 있었으나 둘째 아이는 얼마 전에 요절하였다.

◆ ◆ ◆

맹순의 여동생이 집현전 부제학이었던 최만리[8]의 부인이었다. 최만 리와 맹순은 처남, 매제 간의 교우를 하면서 최만리는 우물가에서 맡 겼던 그 아이가 이예 집안에 있는 것을 알게 되어 불현 듯 이예를 만 나게 한 것이다.

---

8   최만리(1398년~1445년 10월 23일)는 조선 전기의 문신, 정치인, 유학자이자 철학 자, 법학자이다. 조선시대의 청백리로 으뜸으로 꼽히는 인물이며, 오랫동안 집현전 에서 학문 연구 및 적용에 주력했음. 집현전 부제학, 강원도 관찰사 등을 역임하였 다. 그의 딸은 율곡 이이의 증조모이다.

최만리는 이미 이예에 대해 많은 것을 알고 있었기 때문이다.

대봉은 친부모님을 만날 때는 어안이 없었다. 얼마 전까지만 해도 부모님은 돌아기신줄 알았는데 부모님은 살아계셨고 그리고 그 부모님들이 오랜 세월동안 얼굴을 남에게 보일 수 없을 정도로 숨어살면서도 대봉을 항상 그리워하면서 옆에서 보고만 계셨다.

그러는 중 최만리의 주선으로 부모님을 만나게 되었고 대봉은 두 분을 얼싸안고 한없이 울었다. 아무리 이예 할아버지께서 또는 아버지 같이 모시던 어른들이 잘 해주셨지만 항상 부모님이 안계시다는 것에 큰 외로움을 가지고 있던 터였다.

고모부인 최만리는 대봉 즉 가행 에게 큰 그릇이 될 것이라며 그를 안아주었다.

안타깝게도 최만리의 부인이자 맹순의 여동생이었던 양씨는 3년 전에 돌아가셨다. 때문에 오늘의 만남에서 그녀는 오지 못했다.

맹순은 동생을 못 본 것이 안타까워했지만, 몇 년 전부터 아버님(美)을 비롯한 집안어른들의 잘못된 것으로 인해 뿔뿔이 흩어졌으며 더불어 동생인 그녀에게도 적지 않은 피해가 있었을 터인데 혹시 그것 때문에 심적인 여파가 아닌 가 했다. 물론 막내 아들을 출산 후 그 산후 조리가 잘못되었다고 하지만...

학파(鶴坡) 이예는 가행의 부모를 각듯이 대접하며 집안 근처에 좋은 집을 마련하여 살게 하였다. 그러면서 아이를 위해 이예 집안에서 돌보며 생활을 하게하였다. 하지만 그 짧은 행복도 이예의 죽음 앞에서는 어쩔 수 없었다.

정묘년(丁卯年)(세종 27년. 1445년) 2월 3일 태화강의 물은 풀렸지만 아직은 초

봄이 되기 전에 이예는 저 세상으로 떠났다.

많은 가족들이 그의 죽음에 안타까워했으며 대봉도 새 가족들과 함께 눈물을 삼켰다.

조정에서는 이예의 죽음이 현장의 직책이 아님에도 불구하고 이예의 죽음(卒)을 고지하며 그 간의 노고를 요약하여 글을 남겼으며, 많은 문상객들이 찾아들었다.

「동지중추원사 李藝가 죽었다(卒).

이예는 울산군의 아전이었었는데, 홍무 병자년 12월에 왜적 비구로고 등이 3천 명의 군사를 거느리고 항복을 청하거늘, 경상도 감사가 지울산군사 이은을 시켜서 관에서 접대를 맡아보게 하고, 사실을 갖추어서 위에 알리니, 조정의 의논이 분분하여 오랫동안 결정짓지 못하고 있는데, 동래의 어느 중이 왜적에게 이르기를,

"관군이 바다와 육지에서 양쪽으로 공격하려고 한다."

하여, 왜적이 그 말을 믿고 분노하여 이은과, 전 판사 위충을 사로잡아서 돌아간지라, 울산의 여러 아전들은 모두 도망하여 숨었는데, 이예가 기관 박준과 더불어 관아에서 쓰는 은술잔과 함께 왜적의 배 후미 쪽에 붙어 타고 바다 가운데까지 뒤쫓아 가서는 이은과 같은 배에 타기를 청하니, 적이 그 정성에 감동하여서 이를 허락하였다.

대마도에 이르러서 적들이 이은 등을 죽이려고 의논하였는데, (왜구개)이은을 잡아들여 고초를 당하는 중에, 이예가 여전히 아전의 예절을 지키기를 더욱 깍듯이 하는지라, 보는 자들이 말하기를, '이 사람은 진짜 조선의 관리이다. 이를 죽이는 것은 좋지 못한 일이다.' 하였다.

이예도 또한 가져온 은그릇으로 '비구로고' 등에게 뇌물을 주어서
죽음을 면하고 대마도의 화전포(和田浦)에 유치되었는데, 거기 있은 지 한 달
만에 비밀리 배를 준비하여서 도망치려 준비할 때에, 때마침 나라에
서 통신사 박 인귀(朴仁貴)를 보내어 화해하게 되어서, 이듬해 2월에 이은과
함께 돌아왔다.

나라에서 이를 가상히 여기어 이예에게 아전의 역(役)을 면제시키고 벼
슬을 주었다.

당초에 이예가 8세 때 모친이 왜적에게 포로가 되었었는데, 마침
경진년(庚辰年)에 조정에 청하여 회례사 '윤명(尹銘)'을 따라서 일본의 삼도에 들어
가서 집집마다 어머니를 찾아 수색하였으나 끝내 찾지 못하였다,

최초로 대마도에서 도주(島主) '영감(靈鑑)'의 사건으로 '윤명'을 잡아 두고 보
내지 않으니, 이예가 대신하여 조정에서 준 예물을 받아서 드디어
일기도(壹岐島)(일본 규슈 섬과 쓰시마섬 사이에 있는 섬)에 있던 '지좌전(志佐殿)'과 통하여 사로
잡힌 사람들을 돌려줄 것을 약청하고, 또한 도적질을 금하게 하였다.

신사년(辛巳年) 겨울에는 예물을 가지고 일기도로 가는데, 대마도에 이른즉,
마침 영감(靈鑑)은 귀양을 가고 섬 안이 소란하여 타고 간 배를 잃어버리고
서, 가까스로 일기도에 도달하여 포로가 된 50인을 찾아 왜인 '나군(羅裙)'의
배를 빌어 포로를 신고 돌아왔었다. 그 공으로 좌군 부사직(副司直)에 제수되
고, '나군'에게는 쌀 3백 섬을 주었다. 이때부터 경인년(庚寅年)까지 10년 동안에
해마다 통신사가 되어 삼도에 왕래하면서 포로 5백여 명을 찾아 왔다.

수차례 벼슬이 옮겨서 호군(무관직 4품)이 되었으며, 병신년(丙申年)에는 유구
국에 사신으로 가서 또 40여 인을 찾아 왔고, 임인(壬寅), 갑진년(甲辰年)에 회례사
박희중, 박안신의 부사가 되어 일본에 들어가서 얼마 후 되 찾아 온

大峯은 熙止를 稀枝로,

사람이 70여 명 이어서 대호군(大護軍)에 올랐다.

계축년(癸丑年)에 또 일본에 다녀와서 그 공로로 상호군(上護軍)에 가자(加資)(품계를 더 올려 주는 것.)하고, 드디어 첨지중추원사(僉知中樞院事)(정3품의 상(上) 당상관이며, 지정된 업무가 없는 한직)에 임명되었다.

계해년(癸亥年)에는 왜적이 변방에 도적질하여 사람과 물건을 약탈해 갔으므로 나라에서 사람을 보내서 찾아오려 하니, 이예가 자청하여 대마도 체찰사(體察使)(국가 전란 시 임금을 대신하여 그 지방의 일반 군무를 총괄)가 되어 포로 7명과 도적질한 왜인 14명을 찾아서 송환하였으므로 동지중추원사(同知中樞院事)로(첨지중추원사에서 승진: 종2품) 승진되었다.

왜국에 사명(使命)으로 가기를 무릇 40여 차례였으며, 향년 73세의 노신이었다. 아들은 이종실이었다.」(세종27년 1445년 2.4. 실록 한글판 참조)

* 실록의 착오[9] 참조

◆ ◆ ◆

친구인 조말생(趙末生)(영중추원사(領中樞院事), 일본에서 함께 참여한 바도 있다.)은 문상을 하면서, 그의 용모는 항상 단정하였고 또한 행동 가짐이 매우 바른 사람이었다고 추모하였다. 그는 24년 전에 임금께서 하사하신 공패(功牌)[10]를 받들어 임금을 대신하여 이예에게 전달한 적이 있었다.

그는 이예와 더불어 술도 힘께 했던 친구로서 평소 이예의 외모를

---

9   실록의 착오: 아들이 큰 아들 종근, 둘째 아들 종실이 있으나 큰 아들 종근은 실록에 빠뜨린 것으로 오기됨. 이예 가문의 '학파 이 선생 실기(鶴坡李先生實紀)', 및 '현령공 실기(縣令公實紀)' 참조

10   이예의 행적을 기리며 자손들에게 면역하고 벼슬길을 올려준다는 내용임

높게 찬사하여 남긴 글이 남아있다.

稟得山川 靈氣有盛　품성을 산천에서 얻었으니 신령스런 정기가 넘쳐있고
文武兼才 忠義定性　문무를 겸전하고 충의의 성품을 품었도다.
功尊秩高 形端容正　귀한 공 높은 지위에 형체는 단정하고 용모도 바르구나.
遺像在世 觀者起敬　남긴 상이 세상에 있어 보는 이마다 공경심을 갖게 하네.

또한 조선 세조 때의 문신으로 크게 이름을 날린 김수온(金守溫)(1410~1491)

은 이예의 절개와 충절에 크게 감명 받아 문상과 함께 시를 남겼다.(김

수온의 식우집(拭疣集)에 수록)

主辱臣當死　주군이 욕을 당하면 신하는 죽을 위기인데
州危吏必行　고을이 위태로우니 그대가 나섰네
一朝能抗節　한번 능히 절의를 지키매
千載永垂名　천년세월 길이 이름 전해지네.
絶域艱難遍　이역에서 온갖 고난 두루 겪고
蒼波頃刻生　검은 파도에 목숨을 다투었으나
此心終不變　그 마음은 늘 변하지 않았으니
利義兩途明　이(利)와 의(義) 두 길이 모두 밝았네.

大峯은 熙止를 稀枝로,

02

청백리 최만리, 그러나...

2. 청백리 최만리, 그러나...

최만리는 이예의 장례식에서 많은 사람들과 문상을 하면서 거주하고 있는 안성으로 돌아갔으나 6개월 만에 세상을 등지고 말았다.(1445년 10.23)

부제학을 사직 후 10개월 만이었다. 그에게는 아들 5명과 1명의 딸이 있었다.

"이제 50이 안된 나이로서 아직도 할 일이 많았을 텐데..."

맹순은 빈소에 절을 하고는 생질들에게 중얼거리듯 했다.[1]

"어떻게 이런 일을 당하셨는가? 지난번 중추원사님(이예)이 가실 때에는 괜찮으시더니..."

"사직서를 내시고는 갑자기 건강이 많이 좋지 않았습니다. 그 때도 장례식에 갈 때도 하인이 말잡이를 하면서 갔었으니까요..."

큰 생질인 각(塙)이 말했다.

---

1   최만리의 자녀: 1남 각(塙), 2남 정(埥), 3남 당(塘). 4남 은(垠), 5남 연(瑌), 1녀는 덕수이씨(德水李氏)의 부인이 된다.

    大峯은 熙止를 稀枝로,

◆ ◆ ◆

"사직서 내고서도 조정에서 몇 차례 복귀할 것을 권유하였으나 대감께서는 모두 거절하였습니다.[2] 무엇보다 건강이 좋지 않아서이겠지요."

"대감께서는 훈민정음에 대해서 너무나 깊게 생각하신 모양이야, 우리의 조선 체제가 자칫 흔들린다고 생각하신 것 같아. 명나라로부터 어떤 조치가 있을지도 몰라서... 어쩌면 큰 변혁이 올 수 있다고 생각하신 것은 아닐까? 때문에 사직서를 제출하고는 두문불출(杜門不出)..."

맹순은 사리 분명한 최 대감이 더 이상 사직과 관련하여 언급이 없었음에 이상스러웠던 것이다.

"글쎄요. 대감은 전하의 안위에 대해서 무척이나 걱정하셨는데, 전하께서는 글자를 만드시느라 건강이 상당히 나빴기 때문에 중요 국정

2　(실록에 의하면...)

1. 문종실록 3권, 문종 즉위년 9월 17일 무오 다섯 번째 기사에는,
'初上謂承政院曰: 予在東宮, 朴仲林, 崔萬理, 爲侍學. 今依此例, 於書筵官擇可者':
문종이 세자일 때 박중림, 최만리를 연관(筵官)으로 사용했으면 하는 내용이 있음.

2. 세조실록 43권, 세조 13년 7월 11일 갑술 첫 번째 기사
'世子侍, 上謂弼善鄭孝常曰: 昔在世宗朝, 文宗爲世子, 書筵官崔萬理, 朴仲林等 輔翼世子, 一有小失, 輒諫不已. 予到今思之, 玆二臣者, 可謂能盡其職, 非偶然人也: 세종때 문종이 세자일 때 최만리와 박중림을 서연관으로 사용코자 했으나 간언을 듣지 않았다는 내용임.

※ 최만리와 박중림은 세종이 '작은 잘못이라도 있으면 하나라도 반드시 직언하였다.'로 할 정도 청백리였다. 박중림은 사육신인 박팽년의 부친이며 그도 함께 박팽년과 함께 죽었다.

은 세자께서 거의 다 맡긴 상태다 보니,

이런 상황에서도 문자 창제 작업에 크게 열중한 것에 대감께서는 자칫 더 중요한 국정 운영에 소홀히 할 수 있는 것으로 볼 수 있기 때문이었을 겁니다."

"음 그럴 수도 있겠구면, '문자 만드느라 나라 운영에 차질이 생길 수 있고, 또한 정작 만들어도 부작용이 더 클 수 있다'는 말씀이구면…."

혹시 이런 생각이라도 하셨을까?

맹순은 최만리의 생각을 짐작해보았다.

'지금은 언제나 난세이옵니다. 전하와 또한 소신은 저마다의 방식으로 그 난세를 건너왔습니다. 허나 소신은 끝내 당신께서 만든 그 문자(文字)를 현재로서는 인정할 수가 없습니다. 그러나 전하께서의 그 헌신만은 인정합니다.

설령 후대의 역사가 내가 옳고 전하께서 틀리다 라고 판단한다 해도, 오늘의 저는 전하로부터 패(敗)하였을 것입니다.

육신이 무너지고 끝내 눈을 잃을 지경까지 내몰리면서도 정음(正音)을 위해 헌신을 멈추지 않았던 전하의 그 모습, 이 나라 조선에 대한 전하의 그 헌신에 저는 졌습니다.

또한 그 후대가 최만리인 내가 잘못한 것이라고 한다면 전하에게 지는 것은 물론이요 역사에 패했음을 인정할 것입니다.'

◆ ◆ ◆

大峯은 熙止를 稀枝로,

최만리는 고향인 안산(安山)에 아버지 최하와 어머니 지씨 내외가 안장된 곳과 가까운 곳에 묻혔다.

최만리는 해주(海州) 최씨의 사람으로 해동공자 최충(崔沖)의 12대손으로 태어났다(1398년).

태종임금 14년에 급제하여 세종임금 때에는 집현전에 보임(1420년)된 후 계속 집현전에서 업무를 수행했다.

조선의 세종시절 뛰어난 유학 실무자이자 청렴하고 올곧은 관료로 꼽혔다.

잠시 동안 강원도 관찰사(1439년 세종21년)가 되었다가 1년 만에 다시 집현전에 돌아와 부제학이 되었다.

관찰사로 갔다가 1년 만에 다시 집현전으로 돌아온 것은 '강원도에 민란(民亂)이 발생하자 세종은 가장 신임하는 최만리를 출척사(黜陟使)(무능한 관원을 내치는 것)로 임명했다.' 그러나 세종은 경연에 임하여 탄식하며 말했다.

"최만리가 외직으로 나가있으니 그 누가 좋은 계책을 진언하며 나의 잘못을 바로 잡겠는가?"

하고 말하고는 부득불 최만리를 소환하여 다시 부제학으로 임명하였다.

세종임금 때에 청백리로 선정된 사람은 12명인데 그 중에서도 으뜸으로 치고 있다.(조선왕조의 공식적인 청백리는 217명임)

20년 이상 집현전의 실무책임자였던 그는 부제학으로서 정창손(鄭昌孫), 하위지(河緯地), 신석조(辛碩祖), 김문(金汶), 송처검(宋處儉), 조근(趙瑾) 등과 합작하여 뜻밖에 이루어진 한글창제에 대한 건으로 '한글반대'상소를 하였다.

물론 그는 훈민정음이 완성될 때까지 임금의 뜻을 잘 받들어 반대한 일이 없었다. 그것은 훈민정음을 창조하는 과정을 대왕께서 은밀한 작업을 하였기에 그 내용을 잘 모르기 때문이었다. 또한 정음을 만드는 것이 한자를 풀어 쓰는 것이라 생각하였기 때문이다.

임금은 훈민정음을 완성하고 비밀리에 궁중의 의사청(議事廳)에 최항외(崔恒) 집현전 소장학사와 동궁, 진평대군 등을 참가시켜 원나라의 '웅충(熊忠)'이 엮은 「古今韻會(고금운회)」를 한글로 풀어쓰는 「古今韻會擧要(고금운회거요)[3]즉 운회(옥편의 뜻)를 최만리 등은 한자의 개변운동(改變運動)을 하려 한 것으로 생각하였던 것이다.

최만리는 당시 우리나라의 한자음이 체계 없이 사용되는 것이어서 어느 정도 우리나라체계에 맞도록 새 운서를 편찬하여 당시 한자음을 개혁하려고 한 것으로 생각한 것이다. 그러나 임금께서는 뜻하지 않게 한글창제를 공식화 하면서 한글자체를 문서(文書)로 만들기로 하였다.

때문에 최만리는 새로운 글자인 한글창제에 대하여 집현전의 중진 학자들과 함께 훈민정음 반대상소문을 올렸는데, 이것이 유명한 한글 반대상소문이었다.(1444년 2월, 부제학 최만리, 직제학 신석조, 직전(直殿) 김문, 응교(應敎) 정창손, 부교리(副校理) 하위지, 부수찬(副修撰) 송처검, 저작랑(著作郞) 조근)

내용은 6가지로 분류 되는 바,

'첫째는 중국의 한자와 방식이 다르다.

둘째는 새로운 문자를 만드는 것은 일본, 여진, 몽골, 티베트 같은 오

---

3   고금운회거요는 원나라 성종(成宗) 원년(1297)에 간행된 중국의 운서이다. 송말원초의
    학자인 황공소(黃公紹)는 《고금운회》라는 운서를 편찬하였는데 지금은 전하지 않는다. 이
    책은 많은 고전문헌들을 인용하였는데, 주석이 너무 복잡하고 이용하기 불편한 점
    이 있어서 황공소와 같은 고향 출신인 웅충(熊忠)이 이를 개편하여 일종의 요약본인《고
    금운회거요》를 편찬하였다.

                                          大峯은 熙止를 稀枝로,

랑캐나 하는 일이다.

셋째는 원래 존재하던 이두^{吏讀}는 조악하기는 하나 한자를 배우는 데도 도움이 된다.

네 째는 하지만 한자와 관련이 더 적은 한글을 쓴다면 한자를 아는 자가 적어질 것이다.

다섯째는 훈민정음을 반포하면 형사^{刑事}에 있어서 억울함을 해결할 수 있다고 하나, 이는 재판이 공정해야 해결되지 훈민정음과 관계없는 문제이다.

여섯 번째는 그러면서 논의도 없이 갑작스럽게 글자를 만들고 운서를 고치는 것은 옳지 못하다.

또한 지금 동궁(세자)이 해야 할 다른 일이 많은데 동궁이 훈민정음 창제에 너무 관여하고 있다.' 는 것이다.

아무튼 최만리의 그 진의^{眞意}는 한자음 개혁에 반대한 것이었지만 결과적으로 임금이 만든 훈민정음을 반대하는 상소문이 되고 만 것이었다.[4](원문은 부록 내용참조)

---

4   최만리 등이 상소한 갑자상소^{甲子上疏} 문:

臣等伏覩諺文制作, 至爲神妙, 創物運智, 夐出千古. 然以臣等區區管見, 尙有可疑者, 敢布危懇, 謹疏于後, 伏惟聖裁.

『一, 我朝自祖宗以來, 至誠事大, 一遵華制, 今當同文同軌之時, 創作諺文, 有駭觀聽. 儻曰諺文皆本古字, 非新字也, 則字形雖倣古之篆文, 用音合字, 盡反於古, 實無所據. 若流中國, 或有非議之者, 豈不有愧於事大慕華?

一, 自古九州之內, 風土雖異, 未有因方言而別爲文字者, 唯蒙古, 西夏, 女眞, 日本, 西蕃之類, 各有其字, 是皆夷狄事耳, 無足道者.《傳》曰: "用夏變夷, 未聞變於夷者也." 歷代中國皆以我國有箕子遺風, 文物禮樂, 比擬中華. 今別作諺文, 捨中國而自同於夷狄, 是所謂棄蘇合之香, 而取蜣螂之丸也, 豈非文明之大累哉?

一, 新羅 薛聰吏讀, 雖爲鄙俚, 然皆借中國通行之字, 施於語助, 與文字元不相離, 故雖至胥吏僕隷之徒, 必欲習之. 先讀數書, 粗知文字, 然後乃用吏讀. 用吏讀者, 須憑文字, 乃能達意, 故因吏讀而知文字者頗多, 亦興學之一助也. 若我國, 元不知文字, 如結繩之世, 則姑借諺文, 以資一時之用猶可, 而執正議者必曰: "與其行諺文以姑息, 不若寧遲緩而習中國通行之文字, 以爲久長之計也." 而況吏讀行之數千年, 而簿書期會等事, 無有防(礎)〔礙〕者, 何用改舊行無弊之文, 別創鄙諺無益之字乎? 若行諺文, 則爲吏者專習諺文, 不顧學問文字, 吏員岐而爲二. 苟爲吏者以諺文而宦達, 則後進皆見其如此也, 以爲: "二十七字諺文, 足以立身於世, 何須苦心勞思, 窮性理之學哉?"

如此則數十年之後, 知文字者必少. 雖能以諺文而施於吏事, 不知聖賢之文字, 則不學墙面, 昧於事理之是非, 徒工於諺文, 將何用哉? 我國家積累右文之化, 恐漸至掃地矣. 前此吏讀, 雖不外於文字, 有識者尙且鄙之, 思欲以吏文易之, 而況諺文與文字, 暫不干涉, 專用委巷俚語者乎? 借使諺文自前朝有之, 以今日文明之治, 變魯至道之意, 尙肯因循而襲之乎? 必有更張之議者, 此灼然可知之理也. 厭舊喜新, 古今通患, 今此諺文不過新奇一藝耳, 於學有損, 於治無益, 反覆籌之, 未見其可也.

一, 若曰如刑殺獄辭, 以吏讀文字書之, 則不知文理之愚民, 一字之差, 容或致冤. 今以諺文直書其言, 讀使聽之, 則雖至愚之人, 悉皆易曉而無抱屈者, 然自古中國言與文同, 獄訟之間, 冤枉甚多. 借以我國言之, 獄囚之解吏讀者, 親讀招辭, 知其誣而不勝棰楚, 多有枉服者, 是非不知招辭之文意而被冤也明矣. 若然則雖用諺文, 何異於此? 是知刑獄之平不平, 在於獄吏之如何, 而不在於言與文之同不同也. 欲以諺文而平獄辭, 臣等未見其可也.

一, 凡立事功, 不貴近速. 國家比來措置, 皆務速成, 恐非爲治之體. 儻曰諺文不得已而爲之, 此變易風俗之大者, 當謀及宰相, 下至百僚國人, 皆曰可, 猶先甲先庚, 更加三思, 質諸帝王而不悖, 考諸中國而無愧, 百世以俟聖人而不惑, 然後乃可行也. 今不博採群議, 驟令吏輩十餘人訓習, 又輕改古人已成之韻書, 附會無稽之諺文, 聚工匠數十人刻之, 劇欲廣布, 其於天下後世公議何如? 且今淸州椒水之幸, 特慮年歉, 扈從諸事, 務從簡約, 比之前日, 十減八九, 至於啓達公務, 亦委政府. 若夫諺文, 非

그로 인하여 임금께서는 의금부에 전지하기를, '김문이 앞뒤에 말을 변하여 계달한 사유를 국문하여 아뢰라' 하셨다.

國家緩急不得已及期之事, 何獨於行在而汲汲爲之, 以煩聖躬調燮之時乎? 臣等尤未見其可也.

一, 先儒云: "凡百玩好, 皆奪志, 至於書札, 於儒者事最近, 然一向好着, 亦自喪志." 今東宮雖德性成就, 猶當潛心聖學, 益求其未至也. 諺文縱曰有益, 特文士六藝之一耳, 況萬萬無一利於治道, 而乃硏精費思, 竟日移時, 實有損於時敏之學也. 臣等俱以文墨末技, 待罪侍從, 心有所懷, 不敢含默, 謹罄肺腑, 仰瀆聖聰』

『上覽疏, 謂萬理等曰: "汝等云: '用音合字, 盡反於古.' 薛聰吏讀, 亦非異音乎? 且吏讀制作之本意, 無乃爲其便民乎? 如其便民也, 則今之諺文, 亦不爲便民乎? 汝等以薛聰爲是, 而非其君上之事, 何哉? 且汝知韻書乎? 四聲七音, 字母有幾乎? 若非予正其韻書, 則伊誰正之乎? 且疏云: '新奇一藝.' 予老來難以消日, 以書籍爲友耳, 豈厭舊好新而爲之? 且非田獵放鷹之例也, 汝等之言, 頗有過越. 且予年老, 國家庶務, 世子專掌, 雖細事固當參決, 況諺文乎? 若使世子常在東宮, 則宦官任事乎? 汝等以侍從之臣, 灼知予意, 而有是言可乎?"

萬理等對曰: "薛聰吏讀, 雖曰異音, 然依音依釋, 語助文字, 元不相離. 今此諺文, 合諸字而並書, 變其音釋而非字形也. 且新奇一藝云者, 特因文勢而爲此辭耳, 非有意而然也. 東宮於公事則雖細事不可不參決, 若於不急之事, 何竟日致慮乎?"

上曰: "前此金汶啓曰: '制作諺文, 未爲不可.' 今反以爲不可. 又鄭昌孫曰: '頒布『三綱行實』之後, 未見有忠臣孝子烈女輩出, 人之行不行, 只在人之資質如何耳, 何必以諺文譯之, 而後人皆效之?' 此等之言, 豈儒者識理之言乎? 甚無用之俗儒也"

前此, 上教昌孫曰: "予若以諺文譯『三綱行實』, 頒諸民間, 則愚夫愚婦, 皆得易曉, 忠臣孝子烈女, 必輩出矣"昌孫乃以此啓達, 故今有是教.

上又教曰: "予召汝等, 初非罪之也, 但問疏內一二語耳, 汝等不顧事理, 變辭以對, 汝等之罪, 難以脫矣"遂下副提學崔萬理·直提學辛碩祖·直殿金汶·應教鄭昌孫·副校理河緯地·副修撰宋處儉·著作郎趙瑾于義禁府, 翌日, 命釋之, 唯罷昌孫職.

仍傳旨義禁府: 金汶前後變辭啓達事由, 其鞫以聞.』

임금께서는 이미 제출한 최만리, 정창손 등이 쓴 갑자상소에 대한 반박문을 제시하였다. 즉, 최만리에 대한 친국(임금이 직접 따져서 물어보는 것) 내용을 보면,

"내가 만일 이 운서를 바로잡지 않는다면 누가 바로잡을 것이냐.(운서 라 함은 번역서를 의미)"라고 한 것을 보면

최만리 등의 상소는 「고금운회거요」의 번역사업에 그 중점이었음 을 알 수 있다.

이는 후대에 「고금운회거요의 번역사업은 뒤에 「동국정운」의 사업 으로 이어졌다.

최만리는 중국에서 「홍무정운[5]」이 실패작이었던 것과 같이 당시 임 금이 만들려고 했던 「고금운회거요의 번역 사업」도 결국 실패로 돌아 간 것이라고 믿었기 때문이다.

그러나 임금이 만든 것은 번역 사업이 아니라 새로운 글을 이미 창 제하는 것이었다.

임금은 최만리 등이 반대한 것에 대해 말씀하시기를

"너희들이 이르기를 '음을 사용하고 글자를 합한 것이 모두 옛 글 에 위반된다' 하였는데,

설총의 이두도 역시 음이 다르지 않으냐. 이두를 제작한 본뜻이 백 성을 편리하게 하려 함이 아니겠느냐. 만일 그것이 백성을 편리하게

---

5   중국 명 태조가 편찬한 책으로 옛 원나라 문자와는 시운체제가 심히 달라 이를 개
     혁하고자 했으나 실패한 것임

                                          大峯은 熙止를 稀枝로,

한 것이라면 이제의 언문은 백성을 편리하게 하려 하는 것이 아니냐?

너희들이 설총은 옳다 하면서 임금의 하는 일은 그르다 하는 것은 어째서이냐.

또 네가 운서(韻書)를 아느냐. 사성칠음(四聲七音)에 자모(字母)가 몇이나 있느냐.

만일 내가 그 운서를 바로잡지 아니하면 누가 이를 바로잡을 것이냐.

또 소(疏)에 이르기를, '새롭고 기이한 하나의 기예(技藝)라' 하였으니,

내 늘그막에 날[日]을 보내기 어려워서 서적으로 벗을 삼을 뿐인데, 어찌 옛것을 싫어하고 새것을 좋아하여 하는 것이겠느냐.

또는 매사냥을 하는 것도 아닌데 너희들의 말은 너무 지나침이 있다. 그리고 내가 나이가 국가의 서무(庶務)를 세자에게 오로지 맡겼으나, 비록 조그마한 일일지라도 참여하여 결정함이 마땅하거늘, 하물며 언문만 이겠느냐.

만약 세자로 하여금 항상 동궁에만 있게 한다면 환관(宦官)에게 일을 맡길 것이냐.

너희들이 신하로서 내 뜻을 밝게 알면서도 이러한 말을 하는 것이 옳단 말인가?" 하였다.

이에 최만리 등이 대답하기를,

"설총의 이두는 비록 음이 다르다 하나, 음에 따르고 해석에 따라 어조(語助)와 문자가 원래 서로 떨어지지 않는데, 이제 언문은 여러 글자를 합하여 함께 써서 그 음과 해석이 변하고 글자의 형상이 아닙니다.

또 새롭고 기이한 기예(技藝)라 한 것은 다만 문장에 따라 말 한 것일 뿐 다른 뜻이 있어서 한 말은 아닙니다. 동궁은 공사라면 비록 세세한 일

일지라도 참여하여 결정하지 않을 수 없지만, 급하지 않은 일을 무엇 때문에 시간을 허비하며 심려하십니까" 하였다.

임금이 말하기를, "전번에 김문(金汶)이 아뢰기를, '언문을 제작함에 불가할 것은 없습니다' 하였는데,

지금은 도리어 불가하다 하고, 또 정창손(鄭昌孫)은 말하기를, '삼강행실(三綱行實)을 반포한 후에 충신·효자·열녀의 무리가 나옴을 볼 수 없는 것은, 사람이 행하고 행하지 않는 것이 사람의 자질여하에 있기 때문입니다. 어찌 꼭 언문으로 번역한 후에야 사람이 모두 본받을 것입니까' 하였으니,

이따위 말이 어찌 선비의 이치를 아는 말이겠느냐. 아무짝에도 쓸 데없는 용속(庸俗)한 선비이다."

지난번에 임금이 정창손에게 하교하기를, "내가 만일 언문으로 삼강행실을 번역하여 민간에 반포하면 어리석은 남녀가 모두 쉽게 깨달아서 충신·효자·열녀가 반드시 무리로 나올 것이다" 하였는데,

정창손이 이 말로 계달(啓達)하였기 때문에 이제 이러한 하교가 있은 것이었다.

임금이 또 하교하기를,

"내가 너희들을 부른 것은 처음부터 죄 주려 한 것이 아니고, 다만 소에 한두 가지 말을 물으려 하였던 것인데, 너희들이 사리를 돌아보지 않고 말을 바꿔 대답하니, 너희들의 죄는 벗기 어렵다" 하고,

드디어 부제학 최만리, 직제학 신석조(辛碩祖), 직전(直殿) 김문, 응교(應教) 정창손, 부교리 하위지, 부수찬 송처검, 저작랑(著作郎) 조근을 의금부에 하옥시켰다가 이튿날 석방하라 명하였는데, 오직 정창손만은 파직시켰다.

大峯은 熙止를 稀枝로,

한글창제 반대하는 글을 올려 임금의 뜻에 반대하는 신하를 옥에 가두었으나 정창손 한 사람만 빼고 이튿날에 풀어주었다.

최만리는 중국과의 관계는 어떻게 할 것 인가 등의 말과는 달리한

정창손은 '무지렁이 백성은 교화시킬 수 있는 대상이 아니라'면서 '유학자로선 절대 해서는 안 될, 유교 사상을 정면으로 부정'하는 말을 하여, 정창손은 곧 임금의 신념 즉 '유학의 신념과 백성을 위한 정치'에 어긋나서 그를 파직하였다.

세종임금은 의금부에 전지하기를,

"김문이 앞뒤에 말을 변하여 계달한 사유를 국문하여 아뢰라" 하시며 파직을 지시하였다.

임금은 최만리 등의 한글창제에 대한 비판은 임금의 정책의 잘못됨을 지적한 것으로 생각할 수 있다. 그럼에도 정창손은 임금의 유교사상 자체를 부정한 것으로 생각한 것이다.

◆ ◆ ◆

3년 동안 아버지 곁에서 시묘살이를 하던 이예의 큰 아들 종근은 양근(현 양평)군수로 부임하게 되었다.

이에 가행은 학문을 뒤에서 보살펴 주던 할아버지를 항상 생각하며 아버지처럼 여긴 종근 가족과 헤어지면서 친 부모님과 함께 거주하였다.

아버님 맹순께서는 이예와 어린 아이인 가행의 인연을 생각하여 바다를 바라보는 이예의 마음과 말응정에서 가행의 만남을 의미하면서

'해정'(바다를 보면서 마음의 안정을 찾자는 뜻)이라는 아명을 지어주셨다.

'해정'의 나이 이제 9살이었다.

그는 어릴 때부터 총명하고 명석하여 글자를 배우는데 한 번 들으면 바로 기억을 할 정도였다.

그가 6살일 때 아이들과 함께 장난을 치다가 한 아이가 나무에 올랐다가 갑자기 옆의 가지가 부려져 아이가 내려 올 수가 없었다. 아이들은 놀라서 흩어졌으나 그 해정인 아이는 가지 않고 허리띠를 풀어 부러진 가지를 묶어 사다리를 만들어 그 아이들이 그것을 타고 내려 올 수 있게 하였다.

이 소식을 들은 주변의 사람들은 사마온공이가 '돌로 독을 깨트린 것'으로 비유하였다.[6]

또한 '왕후장상은 종자가없는 것이나, 공맹정주(孔孟程朱: 공자, 맹자, 정호, 주희의 학문)는 그 스스로가 근원이 따로 있다.' 하였고, '어느 봄날 산에 돌아보니 문득 꿈만 남았고, 꽃이 피되 시가없도다.(기춘왈 음왈 산귀공유몽화 발욕무시)' 하였다.

9살 무렵 문장을 지어 「등은 임금을 비유한 것이고, 유는 신하를 의미하는 것으로 '등'은 '유'로 밝아지므로, 임금은 신하로 이루어지니 그 이치는 동일 한 것이다. 라는 '등유설」'을 피력하였다. 그의 '등유설'은 임금을 위한 신하가 아니며 신하는 백성을 위하고 임금은 백성을

---

6 중국 북송의 유학자로서 이름은 사마광이며 온국공의 작위를 받아 사마은공이라
   했음. 자치통감의 저자이다. 어릴 때 한 아이가 물이 가득한 항아리에 들어갔다가
   아이가 나오지 못하자 사마광이 항아리를 돌로 깨어 그 아이를 구출하였다

                                   大峯은 熙止를 稀枝로,

받들어야 한다는 소신을 갖게 하였다.

또한 매일 이른 아침에 반드시 북쪽을 향해 절하는 것에 어머니가 그 까닭을 물으니 '임금께서 계시는 곳입니다.'라고 대답하였다.

마침 고을에 왔다가 이런 얘기를 들은 의정부 좌찬성 이지장(李智長)은 그를 만나보고는 감탄하며 장래에 대성할 것을 기대하며 붓과 벼루 및 쌀과 포목을 내려주니 해정은 붓 한 자루와 벼루만 가지고 다른 것은 사양하니 더욱 기특한 마음을 가졌다.

해정은 친형인 희주(熙州)와 더불어 학문을 더욱 연마하였다.

03

'채연곡' 그녀와 결혼하다

3. '채연곡' 그녀와 결혼하다

조선이 건국한지 40년이 되었다. 40여 년 전 고려라는 나라는 원의 부마국으로 나라 행세를 제대로 못 지키더니 자기 스스로 멸망의 길로 가더니만 475년간의 세월을 마감하면서 조선이 건국하였다.

조선이 건국함에는 어쩔 수 없이 많은 피를 뿌려가면서 새 나라를 세웠으나 새 나라는 그저 조용한 나라 즉 치국평천하가 아니었다.

나라를 만든다는 것보다 더 힘든 또 다른 회생을 요구하더니만, 나라를 세운 그들은 서로간의 다툼이 생겼다.

항상 그렇듯이 다음의 왕이 누가 되는 야 하는 것이 문제였다.

그 아들간의 권력투쟁에서 한 아들이 권력을 잡으면서, 백성들은 그 혼란한 틈바구니 속에서도, 그래도 나라가 있어야하기 때문에 백성들은 새로 잡은 권력을 나라의 근간으로 인정하면서 점차 안정기에 들어갔다.

곧 이어 백성의 마음을 이끌던 임금을 나타나게 하였으니, 어쨌든 그 임금님의 아버지는 나라를 위한 세종대왕이라는 큰 일꾼을 만드셨으니 아무튼 큰일을 한 셈이다.

大峯은 熙止를 稀枝로,

태조께서 나라의 기반을 제대로 만들고자 했던 경복궁은 권력투쟁 때문에 한 때는 비워 두었다. 새로운 권력을 잡은 그들은 새로 만든 궁궐을 쉽게 사용할 수 없었기에 옛날 궁궐인 개성에서 나라를 운영하였다.

하지만 세 번째 임금인 태종 때에는 비워두었던 궁궐을 궁다운 궁의 모습으로 만들고 수 년 만에 경복궁을 法宫으로 운영하였다.

북악산을 등에 지고 법궁이 된 궁궐은 검소하면서도 누추한 지경에 이르지 않고, 화려하면서도 사치한 지경에 이르지 않도록 하는 아름다운 자리에 위치하였다.

궁궐을 지으면서 그 이름을 시경의 '군자만년개이경복'에서 '군자의 크나큰 복을 빈다.'는 뜻 인 경복궁이라 하였으며, 궁궐안의 크고 작은 문과 정전을 비롯한 각종 전을 만들었다.

궁궐정문에 근정문을 만들고 그 앞에서 조회와 의식을 거행하고 나라의 법령을 반포하는 근정전을 만들었으며, 임금이 중신들과 국정을 논의하는 사정전, 임금의 침소인 경성전, 연생전, 그리고 중전의 거소이면서 임금님과 사랑을 나누는 강녕을 만들었다.

그리고 궁궐 성벽에 문무 모두가 힘을 합치는 문인 융문루, 융무루를 만들어 궁성을 수비케 하였다. 그리하여 만백성을 아우르는 궁궐이었다.

경복궁은 이처럼 백성을 생각하고 백성과 함께 고락을 생각하며 만들었던 그 사람 정도전의 참뜻은 앞서 권력의 다툼으로 멀리 사라졌지만 궁궐은 여전히 근엄하고 웅장한 모습으로 지켜보고 있었던 것이다.

경복궁을 법궁으로 자리 잡으면서 많은 일들이 만들어졌다.

네 번째 임금인 세종대왕께서, 그것도 백성들이 기다리던 업적들이었다.

나라의 안위를 책임지는 육진개척과, 관노비(官奴婢) 등에게 결혼보조금에 출산휴가 100일을 주는 등(4년 후엔 30일 추가하였고, 3년 후엔 남편에게도 30일을 주는 복지제도),

백성의 평안함을 도모케 하였으며, 측우기, 자격루 등의 발견과 발명으로 물과 시간을 관리케 하고 농사의 발전은 이루하게 하셨다.

무엇보다 우리글인 훈민정음을 창조하여 먼 후대에 이러기 까지 한자 대신 우리 글로 정착케 한 것이다.

그러나 이러한 성대(盛大)가 있었으나 그분이 돌아가시자 또 다른 권력의 욕심 때문에 많은 사람들이 피를 뿌리게 되었고 심지어는 어제까지 친구이던 사람을 권력유지에 문제가 있다면 가차 없이 처단한 경우도 있었다.

세조임금이 만든 계유정난(癸酉靖難)이다.

계유정난(癸酉靖難)으로 김종서, 황보인(皇甫仁)을 비롯한 많은 사람들이, 단종임금을 비롯한 사육신, 세종의 후궁인 혜빈양씨(惠嬪楊氏)나, 함께 정난(靖難)을 도모했던 양정(楊汀) 등의 많은 사람들이 권력유지에 희생되었다.

그러나 그렇게 권력을 잡은 임금(세조)은 태조임금도 제대로 시행치 못한 장자우선(長子優先) 정책을 시행하여 권력기반을 공고히 하는데 큰일을 하였다. 또한 사육신 등 젊은 학자를 제거하면서 그들이 학문적 기반인 집현전(集賢殿)을 폐쇄하였지만 집현전을 대신하는 홍문관(弘文館)을 만들어 유능한

大峯은 熙止를 稀枝로,

인재를 많이 양성토록 하였다.[1]

신숙주, 정인지, 그리고 서거정(徐居正) 등이 훈구파(勳舊派)의 자리를 차지할 수 있도록 하여 조선의 초 중기 권력이론과 학문을 대표하였다. 아직은 사림파들이 정권을 주도하지 못하였다. 정인지 신숙주와는 달리 세조임금과는 처음부터 친분 때문에 배신자의 굴레를 쉽게 털어버리고 학자이자 문장가이며 장차 주요 관직의 역할을 한 서거정이 있었다.

서거정은 호가 사가정(四佳亭) 또는 정정정(亭亭亭) 이며, 아버지는 목사(牧使)의 서미성(徐彌性), 그 어머니는 양촌 권근(陽村 權近)의 따님이고, 최황(崔煌)의 자형이다, 서거정은 학문의 범위가 넓어 천문, 지리, 의학, 복서(卜筮)(길흉을 점침), 성명(性命), 풍수에 까지 관통하였다.

후일 '그의 글, 즉 말(言)은 학문의 모범이 되어 입언(立言), 그의 덕은 인망에 부응하는 사람이라는 입덕(入德), 일정한 직무 경험을 통한 입공(入功), 등의 3불후(不朽)의 아름다움을 견비 한 대인(大人)'이라 할 정도의 인물이었다. 라고 말했다 .

그가 8살일 때 장인인 권근과 대화 중에 '옛 사람은 일곱 걸음에 시를 지었다고 하는데 오히려 더딘 듯하니, 다섯 걸음에 시를 지어보겠습니다.'하여 장인인 양촌이 하늘을 가리키며 명(名), 행(行), 경(傾), 세 글자를 운자로 글을 짓게 하자. 서거정은 다섯 걸음 후에

'形圓至大蕩難名(형원지대탕난명)(형체는 둥근데다 매우 커서 멋대로 이름 하기 어렵지만),

---

1   1. 집현전: 고려 때 연영전(延英殿)을 집현전이라 개칭(1136.인종14년)하면서 조선의 문종까지 경전과 역사의 강론 및 임금의 자문역할

2. 홍문관: 세조 때 집현전을 대신한 기구로서 옥당(玉堂), 옥서(玉署), 영각(瀛閣), 서서원(瑞書院), 청연각(淸燕閣)이라 했다.

包地回旋自健行(땅을 안고 돌면서 스스로 세차게 운행하네). 覆燾中間容萬物(덮고 가린 것 사이에 만물을 용납하는데), 如何杞國[2] 恐頹傾(어째서 기 나라는 무너져 기울어질까 걱정했던가?).' 하였다.

다섯 걸음에 시를 지을 수 있는 서거정은 세종임금 때 생원, 진사 양과를 합격하고 문과에 을과로 급제하며 집현전 박사가 되었으며, 홍문관 부수찬(종6품) 때 수양대군을 따라 명나라 사신 종사관으로 활약하였다.

그때 수양대군인 세조임금과 친분을 맺었다. 그렇다고 해서 그는 계유정난에 직, 간접적으로 관여한 바 없는 것이었으나 세조임금으로부터 많은 사랑을 받았다. 세조임금에 의해 집현전이 폐지되었으나 그와 같은 의미인 성균사예로 종사하는 등 학문적으로 세조를 도왔다.

그의 문장력은 소동파(송나라의 서예가, 문장가, 정치인, 본명은 소식)가 쓴 '적벽부'의 글자를 모아 칠언절구 16수를 지어 그 문장이 매우 청려해서 세조임금이 감탄한 바 있다.

성종임금 때는 임금의 오해로 파직 당했을 때(1477년), 자신이 키우는 고양이 '오원자'가 병아리를 노리는 줄 착각했다가 알고 보니 사실 쥐를 노리는 것임을 깨달았는데, 이때 오해를 당한 고양이의 처지가 자신의 처지와 같음을 느끼며 글을 지어 이를 알게 된 성종임금은 그를 관직으로 복귀하였다는 얘기도 있는 것이다.[3]

---

2 杞國: 고대 중국의 기나라 사람들이 하늘이 무너진다는 근심에 잠을 못 이루었다고 해서 나온 말.

3 오원자부: 서거정이 키우는 고양이의 별명이 오원자이다

大峯은 熙止를 稀枝로,

「정유년 하짓날 저녁(歲在火鷄夏至之夕), 풍우가 컴컴하여(風雨晦冥), 어둡기가 칠 야인데(夜昏如漆) 사가자 가 심홧병을 앓아(四佳子患心痞), 몸이 자리에 붙지 않고 (身不帖席), 벽을 의지하여 졸더니(倚壁而睡) 문득 병장 사이에서 바스락 바스락, (忽聞屛幛間有聲摩戛), 찍 찍 그쳤다 났다 한다(乍止乍作), 내가 누운 탑 옆에 병아 리 둥우리가 있기로(予有鷄雛籠在臥榻之側), 아희 놈을 불러 그것을 보호하여(呼 童子而護之), 도둑고양이를 막으라 했으나(以防猫竊), 아희 놈은 코를 골며(童子鼻 雷), 깊이 잠들어 깨지 않는다(其睡也熟), 내가 생각하기를, 아마 늙은 고양이놈이 사람의 자는 틈을 타서(予意老猫幸人之睡), 약자의 고기를 먹으려고 어금니를 갈 고 주둥이를 벌름거리나보다 (磨牙鼓吻於弱之肉也), 내가 갑자기 막대기를 들고 성나 말하되(猝然奮杖而怒曰) 고양이를 기르는 것은 쥐를 제거하기 위함이요(養猫 所以除鼠) 딴 물건을 해하려 함이 아닌데(非爲害物) 이제 도리어 그렇지 않고(今反 不爾) 제 직책을 궐하니(惟職之闕) 내 마땅히 한 번 때려 부수고 말리라(當一擊而 粉碎) 고양이를 아껴 무엇하랴(予於猫乎何惜) 그러자 두 물건이 내 정강이를 스치 며 휙 지나가는데(俄有二物掠吾脛而閃去) 앞 놈은 작고 뒷 놈은 크니(前者小而後 者大) 고양이가 쥐를 잡으려 쫓는 듯(狀若猫之捍鼠) 아희 놈을 차 깨워 촛불로 비 쳐 보니(蹴童燭之) 쥐는 벌써 도살되었고, 고양이는 제자리에 가 자고 있다(鼠已屠 盡而猫則寢處乎其所矣) 사가가 짐짓 놀라 가로되(四佳子矍然驚曰) 고양이는 쥐를 잡아(猫捍其鼠) 제구실을 다했거늘(乃職其職) 내가 불명하여(予不自明) 억측으로 써(以忖以臆) 고양이를 의심 하였도다(致疑於猫). 아, 거의 불측에 빠질 뻔하였구 나(幾蹈不測). 아, 쥐란 놈은(嗚呼嘻噫鼠之爲蟲) 동물 중에도 제일 천한 것(物莫 比其賤) 털은 짧아 쓸 데 없고(毛淺不雋) 고기는 더러워 제상에 못 오르고(肉卑不 薦) 뾰족 수염, 사나운 눈(尖鬚悍目) 누가 네 몸을 만들었으며(孰賦爾質) 흙 구멍, 똥 속에 사는 너(處溷穴壤) 누가 네 굴혈을 다툴 소냐.(孰爭爾窟) 담을 도는 그 간 사함(循墻其詐) 사에 의탁함은 그 간교함이라(托社其黠) 네 배가 차기 쉽거늘(爾 腹易盈) 계학 같은 욕심이며(何欲乎溪壑) 네 주둥이가 길지 않거늘(爾啄不長) 어 찌 창보다 날카로우냐(何銛乎戈戟) 엿보기를 썩 잘하여(善伺巧候)

낮에는 숨고 밤에 나와(晝竄夜縱) 내 상자를 뚫고(穿我箱篋) 내 독과 동이를 휘저 으니(攪我盆甕) 내 옷이 어찌 완전하며(我衣何完) 내 양식 어찌 남을 건가(何粟何

贏) 누가 너의 썩은 고기를 다투어 노하며(孰腐其嚇) 누가 네 간을 삶으랴 (孰肝其烹) 〈무엇을 던져서 너를 잡자하니〉 그릇을 깨칠까 염려 되고(地嫌忌器) 믿는 것은 연기 피워 그을린 집에 의지함이로다(勢倚熏屋) 요리 뛰고 조리 날쳐(跳梁跋扈) 하늘이 그 악을 미워하니(天壅厥惡) 그러므로 국풍엔 큰놈을 풍자하고(此所以國風刺碩) 춘추엔 먹을 것을 썼구나(麟史書食) 이때를 당하여(當斯時) 오원자의 구제하는 공이 없으면(不有烏圓子驅除之功) 어찌 너를 버리고 저 땅에 가지 않게 될건가(幾何不逝汝彼適者乎). 내 일찍이 예기를 읽으니(我嘗讀禮) 고양이를 대우함이 법이 있음은(迎猫有法) 내 농사를 잘되게 하여(興我田功) 민생에 이택을 주기 때문이라더니(利民澤物) 내가 오원자를 기름도 그 때문이라(予養烏圓予). 나와 침구를 같이하고(意蓋如此) 내 만난 것 나누어주니(同我衾褥) 오원자가 지기에 감격하여(分我甘旨) 기운을 뽐내고 용기를 떨치며(惟烏圓子感激知己) 재주를 발휘하고 기술을 펴 보인다(奮氣鼓勇効才展技). 야옹하는 그 소리(猰然其聲) 무섭게 노려보다가(耽然其視) 번개 치듯 홱 달리고(割若電邁) 바람 치듯 휙 몰아드니(倏若風動) 쥐란 놈들 넙적 엎드려(鼠輩帖伏) 사람의 절하는 형용을 하네(主臣人拱) 산 것을 움켜쥐고 달아나는 놈을 쳐서(攫生搏走) 뛰며 날치며 놀리어(搪突戲翫) 눈을 빼내고(或抉其目) 머리를 자르기도(或截其首) 낭자 하게 찢어발겨(磔裂狼籍) 간과 골을 땅에 바르고(肝腦塗地) 소굴까지 소탕하여(搗巢盪穴) 종자도 안 남기니(無俾易種) 이때를 당하여선(當此時) 비록 육식하는 후 를 봉하고(雖封以肉食之侯) 날마다 대관의 음식을 공급하여도(日享大官之羞) 그 공을 보상하고 그 덕을 갚지 못하려거든(未足償功而酬德) 왜 내가 잠깐 불찰 하여 이런 잘못을 범했던고(何一念之不察紛然致此惑也). 하마터면 너는 정직으로 해를 사고(爾以直而賈害) 나는 의심으로 무고한 너를 잘못 죽일 뻔했으니(我以疑而枉殺) 내가 비록 병아리에겐 인자했으나(我雖仁於鷄雛) 네게는 인자하지 못하여(而不仁於爾) 쥐를 위하여 원수를 갚았더라면(爲鼠報仇) 어찌 옳은 도리이랴(豈理也哉).

아, 천하의 사리가 무궁하고(嗚呼天下事理無窮) 사람의 태도가 유만부동이어서(人之酬酢有萬不同) 의심치 않을 데 의심을 두고(有疑於不疑) 정작 의심할 데는 의심치 않으니(有不疑於疑) 의심과 의심치 않음의(疑與不疑) 호리의 틀림이 천 리의 상위(毫釐千里) 이치로써 헤아리지 않고 마음으로만 헤아리고(不揆以理而揆以

조선이 비록 한문의 글이지만 자기의 개성을 뚜렷이 가졌던 한문학(漢文學)의 독자성 즉 조선만이 가질 수 있는 독창력을 내세우며 역대 한문학의 정수(精髓)를 모았던 '동문선(東文選)'이 있으며,

또한, '삼국사절요(三國史節要)'에서는 역사의식을 반영하는 것으로 고구려, 백제, 신라 삼국의 세력이 서로 대등하다는 이른바 삼국균적(三國均敵)을 내세웠다.

뿐만 아니고 '동국여지승람(東國輿地勝覽)'에는 우리나라가 단군(檀君)이 조국(肇國)(처음 나라를 세움)하고, 그 이래로 삼국과, 고려시대에 넓은 강역을 차지했음을 자랑하고 있다.

그가 예조참의로 있을 적에 임금의 명을 받아 '오행총괄(五行總括)'이란 책을 냈던바, 최초의 명리서(命理書)(하늘에서 내린 자연의 이치를 엮음)로 인간의 길흉신살(吉凶神殺)과 논단(論斷)을 주역과 하늘의 명(命)에 따라 이루어진다는 내용이다.

◆ ◆ ◆

해정의 나이가 어른이 되는 17살이 되자 아버지인 맹순으로부터 아명을 해정에서 '옳은 길로 행 한다'는 뜻으로 가행(可行)으로 고쳐 부르게 하였다. 17살이면 아명(兒名)은 시기적으로 지난 것이다.

그는 키도 컸으며, 누구에게도 잘 어울리는 호감형의 청년이 되었

心) 사실을 따지지 않고 비슷함으로만 판단한다면(不跡其實而跡其似) 그 중간에 모조리 닭이랑 쥐랑 때문에(靡有不鷄鼠於其間) 오원자에게 의심을 품게 되지 않을까(而致疑於烏圓子也).

아희 놈을 불러 이 사연을 쓰이고(呼童子而書之) 인하여 스스로 맹세하노라(因以自矢).」

다. 어릴 때부터 등유설 등을 지어 신동(神童)이라 이름이 있듯이 학문도 잘 하였고 활쏘기, 말달리기 등으로 무예도 보통이 아니었다.

특히 그는 어릴 적에 학파 이예의 도움으로 활쏘기나 말달리기 등을 몸소 배웠고 작은 아버지라고 부르던 호군(護軍)(정 4품으로 오위도총관(五衛都摠管) 소속)인 이예의 둘째 아들인 이종실로부터는 틈나는 데로 무과 훈련인 검술 기법 등을 연습 하였다.

물론 다른 자제들도 마찬가지이지만 문과를 공부하는 사람이라 해도 활쏘기, 말 달리기 등은 기본적인 과제중의 하나였으나 그는 무예 실력은 다른 이보다 더 잘 하였다.

가행의 언행이나 학습이 누구보다 뛰어났기에 많은 사람들은 머지 않아 과거에 합격할 것이라 생각하였다. 때문에 17세가 되던 해 고향인 울산에서 향시(鄕試)인 생원, 진사까지 합격하였으나 다음해 복시(覆試)를 준비 중에 부친(父親)인 양맹순의 상(喪)을 당하여 응시하지 못하였다.[4]

가행의 부친께서는 울산에서 생활하면서 가행의 형과 함께 학문적으로 지도하였다. 그 아버지인 양미께서 충주판관(종 5품)직을 그만두면서 음관(蔭官)이었던 맹순 자신도 더불어 순창군수(종4품) 직도 그만두시고는 아이들을 뒷바라지하셨다.

가행이 부친의 대상(大喪)을 마치자 20살이 되었을 무렵 느닷없이 혼례문제가 등장했다. 사실은 이미 계획된 것이긴 하지만 보련낭자와는 혼약

---

4   복시(覆試)를 합격하여야만 백패(白牌)를 준다. 장례기간동안에는 응시할 수 없었음. 백패(白牌)는 조
     선시대 소과에 합격한 생원, 진사 및 잡과에 합격한 기술관 등에게 주던 흰 바탕의
     합격증서.

                                         大峯은 熙止를 稀枝로,

을 맺기로 오래전부터 양가집에서 계획된 것이기에 가행의 부친상 때문에 연기되었을 뿐이다.

'보련(寶輦)'이란 이름은 이예가 만들어준 이름이며 그녀가 거주하는 집 정원에는 연꽃이 피고 있어 여름철 새벽마다 예쁜 모습으로 그녀를 맞이하였다.

'보련'과 가행은 어릴 때부터 알고 지내면서 오빠 동생으로 지내오다가 보련낭자 커 갈수록 그 자태가 더욱 아름다워지게 되자 누군가 할 것 없이 그 가족들로부터 먼저 얘기를 끄집어낸 것이다. 장인 되시는 현령(縣令)(종5품) 이종근님이나, 아버님 어머니께서도 두 사람의 결혼을 기다렸다.

형님인 희주(熙州)는 이미 대구에서 결혼하여 살림을 차리고 있었지만 어머니께서는 보련과 가행의 결혼을 더없이 기다리고 있었다.

'첫사랑을 이루기 위해'라면서 봉선화 꽃잎을 손톱에 묻히면서, 여름이면 흰 꽃 분홍꽃 등의 연꽃을 선물하며 가행에게 자랑하던 그녀는 채연곡(採蓮曲)을 보냈다.

若耶溪傍採蓮女 약야계[5] 근처에서 연밥 따는 아가씨,
笑隔荷花共人語 연꽃사이 웃으며 이야기 나누는데,
日照新妝水底明 햇빛에 갓 단장한 얼굴은 물 밑까지 비추고
豊飄香袂空中居 바람은 향기로운 옷소매 공중에 들어 나부끼네,
岸上誰家遊冶郎 언덕위엔 뉘 집 한량들인가?

---

5   약야계는 중국 절강성 소흥의 회계산 아래 있는 연꽃으로 유명한 골짜기이다.

三三五五映垂楊 버드나무 사이 삼삼오오 어른거리네,
紫騮嘶入落花去 자류마*가 울어지며 떨어지는 꽃 속으로 사라지네.

*자류마: 자두 빛 털이 있는 말

見此躊躇空斷腸 이를 보고 머뭇대며 괜히 애태우네.'

채련곡은 여성이 남성에게 연밥을 따서 주는 것으로 사랑을 고백하는 의미가 있는 시이며, 당 나라 이백이 쓴 시로서, 오나라의 빨래터로 유명한 '약악계'의 연꽃을 배경으로 한 시이다.

'~~견차주저공단장(이를 보고 머뭇대며 괜히 애태우네.)' 이에 가행은 그 시를 吟誦하면서 이백이 보낸 시를 대신하여 고려 말 이색이 쓴 채련곡으로 보련낭자를 애써 기다린다며 답 시를 보내었다.

有女婉婉白如玉 백옥같이 어여쁘고 맵시 있는 여인 있어

笑向波間撐畫船 미소 짓고 물결 사이로 그림 같은 배 저으니

綠鬟斜墮翠蓋動 쪽 찐 머리 옆으로 떨궈 푸른 양산 움직이고

風吹香袂時翩翩 바람 부니 꽃향기가 소매에 나부끼외다.

*이색(1328~1396)의 採蓮曲奉寄舅氏채연곡봉기구씨:
'채련곡을 외숙부(金饒김요 重大匡贊成事중대광찬성사)에 바치다'. 中중 2행)

곧이어 보련낭자는 또 다시 比翼鳥비익조, 連理枝연리지, 되기를 원하는 시를 보냈다.

이번 시에는 正音정음을 이용하여 풀이한 시였다.

「하늘에서 만난다면 비익조가 되기를 원했고,

　　　　　　　　　　　　　　大峯은 熙止를 稀枝로,

땅 위에서 만난다면 연리지가 되기를 바랐지요.

하늘과 땅이 장구(長久)해도 끝이 있건만,

이 한은 끝없이 이어져 다함이 없네.」

◆ ◆ ◆

그러면서 원문을 함께 하였다.

「在天原作比翼鳥, 在地願爲連理枝, 天長地久有時盡, 此恨綿綿無絶期」

"보련낭자, 정음(正音)은 어떻게 배웠어요. 나는 배우긴 했지만 아직껏 사용치는 않는데...

낭자의 백거이의 시보다 정음이 더 좋구려... 비익조, 연리지 라...[6]"

두 사람의 연인은 사랑의 시로 대화를 이어 갔으니, 그들의 대화는 더욱 무르익었다.

"정음이 역시 좋습니다. 우리말을 그냥 쓰면 되던걸요...., '불휘 기픈 남ᄀᆞᆫ ᄇᆞᄅᆞ매 아니 뮐씨 곳 됴코 여름 하ᄂᆞ니, ..' (뿌리 깊은 나무은 바람에 아니 마르고 , 꽃이 좋고 그 열매는 많으니,)..."

---

6   (1) 당 현종과 양귀비의 사랑을 주제로 당나라 시인 백거이(白居易)가 남긴 장편 서사시
      장한가(長恨歌)의 마지막 구절이다.
      (2) 비익조(比翼鳥): 암수의 눈과 날개가 하나 씩 뿐이라서 짝을 짓지 않으면 날지 못한다는
      전설상의 새이며 남녀사이의 두터운 정을 비유하는 것.
      (3)연리지(連理枝): 두 나무의 가지가 맛 붙어있는 나무이며 두 남녀의 두터운 정을 비유하는 것

"그렇지요. '천세 우희 미리 정 ᄒᆞ샨 한수북에 누인개국 ᄒᆞ샤 복년
이 업스시니 성신이 니ᅀᅡ샤도 경천근민 ᄒᆞ샤ᅀᅡ 더욱 구드시리이다. 님
금하 아ᄅᆞ쇼셔 낙수예 산행(낙수에 사냥: 하나라 임금 태강 왕의 사냥 갔다가 돌아오지
않아 폐위를 당한 것)가 이셔 하나빌 미드니잇가…[7]

그 옛날시절 태조 임금께서 부터 내려오던 그 얘기인걸요. 저도 잘
알고 있습니다만, 용비어천가[8]이군요"

두 사람은 이처럼 편지로 쓴 연서로 사랑을 속삭였다.

◆ ◆ ◆

세종대왕이 만드신 정음이 많은 사람들에게 전파되었다. 한자를 아
는 사람보다 부녀자나 일반 백성들에게 많이 전파되었으나 양반들은
못 본척하는 분위기가 제법 많았다. 언문이기 때문이다.

언문은 우리말을 표시한 글자의 뜻이었으나, 정음이라는 말보다는
문자를 아는 사람들이 우리글을 속되게 표현하려는 잘못된 심리에서
한문을 우선하며 언문은 부녀자들이나 일반 백성들이 많이 사용하

---

7   천 년 전에 미리 정하신 한강 북쪽에 땅 에, 여러 대에 걸쳐 어진 덕을 쌓고 나라를
     여시어 왕조의 운수가 끝이 없으시니, 성자신손이 대를 이으셔도 하늘을 공경하고
     백성을 다스리는 데에 부지런히 힘쓰셔야 나라가 더욱 굳건할 것입니다. 후대 임금
     이시여, 아소서. 낙수에 사냥하러 가 있으면서 할아버지만 믿으시겠습니까?…

8   용비어천가는 한글을 창제한 후 세종임금께서 시험 삼아 1년 전인 1445년에 권제,
     정인지, 안지가 125장의 노래를 지어 올렸더니, 세종임금은 기뻐하여 이름을 '용비
     어천가'라 하셨다.

                                          大峯은 熙止를 稀枝로,

는 것으로 되었던 것이다.

물론 정음(正音)이란 말은 '훈민정음(訓民正音)'에서 나온 말이다. 백성을 가르치는 바른 말이라는 뜻이다.

"우리나라의 글은 송(宋), 원(元)의 글이 아니며, 한(漢), 당(唐)의 글도 아니며, 우리나라의 글이다"

훗날 '동문선(東文選)' 서문에 서거정이가 한 말로서 '독자적인 국학의식을 잘 나타내고 있으며 문화와 유산의 보존과 계승의식을 잘 표현한 글', 즉 '정음'이라 하였다.

정음은 이미 몇 년 전에 석가모니의 일대기와 주요 설법을 세종대왕의 지시로 세종의 중전인 소헌왕후(昭憲王后)의 명복을 빌기 위해 수양대군(훗날 세조)이 한글로 번역하여 만든 석보상절(釋譜詳節)이 있었다(세종28년 1446년). 이어서 월인천강지곡(月印千江之曲)과 월인석보(月印釋譜) 등이 출간되어 당시 백성들 특히 부녀자들에게는 정음을 전파하는데 큰 도움을 주었다. 특히 금속활자가 보편적으로 사용하면서 정음으로 해석되거나 새로 출판 된 책 등이 인쇄 출판되면서 정음이 활성화되고 있었다.

곧이어 세조임금과 성종임금은 양반들에게 학습에 편의를 제공코자 〈두시언해(杜詩諺解)(성종12, 1481년)〉책을 만들었다. [9]

---

9 (1) 두시언해는 중국 당나라의 시인인 두보(杜甫)의 작품을 왕명에 의해 조위(曺偉), 유윤겸(柳允謙), 의침(義砧)(승려) 등이 번역한 책이다. 원래의 제목은 분류두공부시언해(分類杜工部詩諺解)로 '공부(公俯)'는 두보의 벼슬 이름, '분류(分類)분류'는 시를 내용에 따라 분류하여 실었다는 뜻이다.

(2) 조선 중기의 옛말을 연구하는 데 귀중한 문헌으로 모두 25권 17책으로 간행되었으며, 초간본에는 반치음(半齒音), 방점(傍點), 'ㆁ'(아음, 牙音) 등이 사용되어 있다. 권두에 있는 조위의 서문에 의하면 간행목적이 세교(世敎)(공부에 힘을 쏟다는 뜻)에 있었음을 짐작할 수

◆ ◆ ◆

두 사람은 곧 결혼을 하게 되었다. 가행이 장가가는 날이었다. 당시 풍습대로 남자가 여자 집에 장가가는 것이다. (처기살이: 주석 참조)[10]

있다.

(3) 이 중간본은 초간본을 복각(復刻)한 것이 아니라 교정(校正)한 것이므로, 15세기 국어를 보여주는 초간본과는 달리 17세기 국어를 보여준다는 점에서 국어사적인 가치를 지닌다.

10 〈처가살이〉

(1) 17세기까지만 해도 우리나라는 처가살이가 보편적이었다.
삼국지 위지동이전(魏志 東夷傳)에 보면 고구려 남자는 결혼이 결정되면 신부 집의 사위집(서옥)(壻屋)에서 첫날밤을 보낸 후 잠시 본가에 갔다가 자식이 성장할 때까지 처가살이 한 것으로 적고 있다.

(2) 유교를 국가지도이념으로 받아들인 조선에서도 태종이 "다른 것은 모두 중국의 예를 따르면서 혼례만은 구습대로여서 중국인에게 웃음거리가 되고 있다"며 주자의 가례에 따라 신랑 집에서 신부를 맞이하는 친영(親迎)을 주장하며 처가살이 혁파를 시도하였지만, 주자를 성자(聖子)처럼 받드는 양반들도 조선이 중국과 문물이 다른데 어찌 일방적으로 중국을 따를 것이냐며 반대하였다.(명종4년 예조판서 윤개와 사헌부와 의 논쟁)

(3) 왕실과 유학자들의 끊임없는 친영주장으로 처가살이는 점차 변형되면서 자식이 장성할 때까지의 처가살이는 없어지고 길어야 몇 년 정도 처가에 살거나 부인은 처가에 두고 남편은 본가에 살면서 오고가기도 했다.

4) 너무도 유명한 율곡의 어머니 사임당 신씨는 19살에 혼인하여 서른여덟 살 때 부모님이 사망한 후 시집살림을 도맡기 위해 서울로 갔던 것이다.

사임당의 어머니 또한 친정집에서 생활하였던 터라 율곡과 마찬가지로 사임당 역시 율곡의 외가에서 성장하였던 것이다.

(5) 남자가 처가살이하러 장가는 갔어도 여자가 시집살이하기 위해 시집은 가지 않았던 오랜 관습은 17, 18세기 이르러 반친영(半親迎) 즉 혼례는 신부 집에서 치르되 3일 후

大峯은 熙止를 稀枝로,

온 집안사람들과 많은 손님들이 모여 결혼을 축하하며 잔치를 벌였다.

한양에서 멀다 않고 참석한 장인의 동생인 종실어른은 어릴 때부터 가행을 뒷바라지 하였던 지라 어찌 가만있을 수 있을 까? 축사한마디 하셨다.

졸렬한 시로 사를 드리니,

장로(마당)에 국화가 만발했구나.

가화향(아름다운 꽃향기)이 응정을 진동하네,

연길(혼인 등의 경사를 위해 좋은 날을 고르는 것)이 오늘이라

벗이 오고 벌(봉)도 왔으니,

삼광(해, 달, 별)이 밝아서 천정(하늘의 뜻)이로다.

깊은 밤 신방에 촛불 꺼졌고,

높은 하늘 둥근달 술잔에 떴네.

일배일배부일배 감흥하니,

칠성은 어느덧 괴목끝에 걸렸네.

계명성(닭의 울음소리) 세 번 들려 동창이 밝아,

남산에 팔봉은 병풍을 두른 듯,

수려한 은월봉은 장교(몸이 건강하고 잘생긴 젊은이)의 봉자(예쁜 모습)

이라면, *은월봉과 용연소는 가행과 보련을 뜻함

용연소 안개꽃은 절색의 품성이라네.

신랑 집으로 가는, 말 그대로 시집과 장가가는 풍습으로 남게 되었다.

(6) 요즘은 결혼 후 곧바로 신혼여행을 가지만 신혼여행 후 첫 밤은 통상적으로 처갓집에서 보내는 것도 반 친영의 잔재로 볼 수 있겠다.

십리길 오산죽은 청청하였고,

한양 갈 백마는 살(비)이 쪘구나.

◆ ◆ ◆

그러나 잔치를 치루 고서 한양으로 간 종실은 다음해 기묘년에 일본 통신사 부사로 근무하면서 10월 초 8일에 항해를 하였으나 풍랑을 만나서, 정사 송처검이 탄 배는 간 곳을 알지 못하고, 종실의 배도 전복되어 그 시체를 찾지 못하였다.

조정에서는 일본과 협의하여 수륙재 등의 의식을 하면서 고인들의 원혼을 달래기로 했다.

◆ ◆ ◆

가행과 보련 두 사람은 당시의 풍습에 따라 보련의 집, 처가댁에서 신혼살림을 차렸다.

마찬가지로 두 사람은 장인 댁에서 신혼살림을 하였다.

어쨌든 두 사람의 달콤한 신혼살림에도 불구하고 그해 한성시 초시에 합격을 하였다. 그러나 이듬해 기유년 복시인 사마시에는 처숙부 부사인 종실 공의 장례문제 등으로 인하여 제대로 과거준비를 하지 못하였다.

이 무렵 형인 희주는 어머니와 함께 대구인근 동촌 쪽에 가서 함께 살았다. 형의 처가댁이 지문동, 평광동 쪽에 있었기 때문이다.

大峯은 熙止를 稀枝로,

어머니는 동생인 가행인 희지가 처가댁으로 같이 가게 되자 형인
희주를 의지하여 형과 함께 살았다.

복시는 3년마다 1회씩 子, 卯, 午, 酉년에 서울인 한양에서 실시하
는 것인데, 한양에서 실시하는 사마시에 불합격하였으나 다음 과시인
임오년에 생원, 진사 두 시험에서 가행은 장원을 하였다. 두 개의 생
원, 진사 시험에서 동시에 합격하자 그 명성이 한성을 비롯하여 울산
등에서 자자했다.

두 시험 후에는 대과를 위한 절차로서 성균관응시에 합격하였다. 대
과를 합격하여야만 올바른 관리가 되는 것이다.

성균관에 학업 중 성균관 내에서 무녀들이 훗날 임금이 될 성종을
위해 굿을 실시하자, 대봉은 유생 안팽명 등과 함께 사직의 기강을 흐
리게 하는 일로 그 굿을 중지시키도록 하여 인수대비로부터 노여움을
샀다.

인수대비는 무엄 방자한 그 일에 대해 엄벌할 것을 주장하였으나,
차기 임금인 성종께서 '이 일이야 말로 이 나라 선비의 기상이 앞으로
크게 떨칠 징조가 아닌가,' 하면서 대비에게 가행을 비롯한 성균관 유
생들을 무마시켰다.

당시 성균관에 입학한 사람들은 김승경, 정괄, 성건 홍흥, 이총 등
으로서 가행은 그들의 지위를 불문하고 많은 교유를 하였다.

생원, 진사합격과 성균관 합격 등의 명성으로 많은 사람들이 그를
알고 있을 무렵, 학업에 열중인 학동들이 그를 찾아왔다.

유극기(1445년), 최연연(1454년), 김계운(1464년)이었다. 그는 그들을 데
리고 성균관 동쪽을 흐르는 쌍계에서 유람을 하면서 풍월과 함께 시

한수를 읊었으니,

乘興而來盡興歸 흥이 일어나고 흥이 다해 돌아가니
雙溪水石洗塵機 쌍계천의 물과 수석은 속세 티끌 씻을 기회
丈夫志節當如許 대장부 절개와 마땅히 이 같아야.
老松千尋絶壁依 천길 뻗은 넓은 소나무는 절벽에 의지 했네

장부의 그 뜻은 물과 같으며 장부의 지조와 절개는 절벽속의 천길 소나무와 같아야 한다는 것을 가행 즉 대봉은 그의 마음을 그렇게 표현했다.

◆ ◆ ◆

성균관을 모든 학문의 최고 고등교육기관으로 옛 부터 태학이라는 별칭을 갖고 있다. 고구려 때는 태학이란 이름으로, 신라 때는 '국학(國學)', 고려시대에는 국자감(國子監), 성균관으로 이름이 바뀌면서 조선에서도 성균관이라는 이름을 사용하였다. 그러면서 그곳에 다니는 학생들을 태학이라 별칭으로 이름을 사용하였다.[11]

학생들은 조선의 건국이념인 유교를 제대로 받들고자 유교이념에 매진하고 있는데 폐사(閉寺)이었던 흥복사(興福寺)를 원각사(圓覺寺)로 개창(開創)하는 것을 두고 학생들은 그것을 반대하고자했다.

---

11 성균관에 합격 한다 고해서 바로 관직으로 가는 것이 아니며 관직을 위한 시험은
　　별도 있었다. 생원과 진사합격이 되어야 성균관입학이 허용되었다.

大峯은 熙止를 稀枝로,

원각사는 고려 때 흥복사(興福寺)로 있다가 조선이 개국 후 세조의 명으로 흥복사를 폐쇄하고 그곳에 악학도감(樂學都監)(1457년 세조3년)[12]을 두었다.

그러나 절에 귀의한 효령대군(세조임금의 숙부)은 왕실 소유인 회암사(檜巖寺)에 배치한 석가모니 사리가 분신하여 인근 흥복사의 함원전(含元殿)에 나타나 현신(現身)[13]한 것을 세조에게 보고하였다.

이에 세조임금 역시 불교를 믿고 있던 지라 부처님의 은덕을 기리고자 대사령(大赦令)을 내리고 그 터에 원각사를 재 창건할 것을 지시하였으며(세조11년. 1465년 5월 3일), 그전에 이미 불교 경전을 편찬하는 기관인 간경도감(刊經都監)(1461년)을 만들 정도였다.

원각사는 마침내 새로 개창토록 하였으나 학생들은 억불숭유정책에 위반이라며 그것을 반대하기 위해 상소를 올렸으나 원각사 개창사업은 그대로 진행되었다.[14]

이때 그 상소문을 위해 적극적으로 참여한 사람 중 하나가 대봉(大峯)(결혼과, 성균관에 입사 후 라 대봉이란 호를 사용함)이며, 그와 함께한 사람으로 야은(冶隱) 길재(吉再)(1353년 생)의 제자이며 사림(士林)의 시대를 열 개한 점필제 김종직(先驅者 金宗直)(1431년 생)이다.

대봉은 점필재를 선배로서 그리고 스승으로 받들었다. 더불어

---

12 악학도감은 예술, 국악 등을 관리했던 악학과 관습도감을 통합하여 만든 것으로 장악서(掌樂署)(1466년)로 통합될 때까지 유지히였다.

13 중생을 교화하기 위하여 때에 따라 여러 가지 모습으로 이 세상에 나타난다는 부처의 삼신(三身)(법신法身, 보신報身, 응신應身의 모습)의 하나.

14 이때는 절이나 스님들이 불교행사를 못하게 하는 금승법(禁僧法)은 아직 없었다. 금승법은 성종 때에 완성되어 경국대전에 실렸다.

한훤당 김굉필(1445년 생), 나재 채수(1449년 생), 남계 표연말(1449년 생), 매계 조위(1454년 생), 임계 유호인(1445년 생) 등과는 후배 또는 같은 동문으로서 지위와 불문하고 친구처럼 교유를 굳게 다졌다.

유생들의 반발에도 불구하고 원각사는 개창하였다.

조선이 유학을 이념으로 건국하였으나 이성계 임금을 비롯한 많은 임금들은 조선의 이념과는 별도로 종교적인 차원에서 불교를 믿어서 그것을 국정에 반영하고자하여 유학자들에게는 많은 알력이 있었다.

◆ ◆ ◆

문과 초시와 별과 초시에 합격하였으나 당시 장인인 현령 종근이가 뜻하지 않게 유배형을 당하여 그 여파로 관직진출은 잠시 쉬었다가, 32세 때 병인년(성종1년 1470년) 정월에 장인의 유배형이 풀려나고 고신(관원의 품계와 관직 임명장)을 다시 받게 되자 그로인한 부담이 풀렸다. 하지만 34세 때 현량책 과거에서는 응시한 시권 즉 장인의 고신 건이 하자가 있어 낙방하고 말았다. *과거를 볼 때 본가 및 처가의 5촌까지 신원조회를 한다.

이 와중에 대봉은 경주 금오산에서 독서를 하면서 매월당 김시습을 만났었다.

김시습은 세조임금의 '계유정난'에 대하여 불만을 품고서 탈속을 하고서 스님이 되어 소위 생육신으로 변하였으며, 방방 곳곳에 유람하면서 광인과 같은 모습으로 웃고 울며 하였지만 많은 글을 쓰고 있었다. 최초의 한문소설인 금오신화같은 글도 이시기에 썼었다.

김시습은 5세에 이미 〈중용〉과 〈대학〉을 익혔으며 세 살 때 시를 지

大峯은 熙止를 稀枝로,

었으며 다섯 살 때는 세종임금이 그를 시험하고자 한 것으로 유명하다.

시험관이었던 박이창^{朴以昌}은 배와 강변 그리고 정자의 모습이 있는 병풍을 보이면서 김시습에게 글을 짓게 하자, '소정주댁하인재^{小亭舟宅何人在}(작은 정자, 배 매인 집에는 누가 사는가?)'하고 지었다. 이는 박이창의 호가 소정주^{小亭舟}임을 김시습은 알고서 이같이 지었던 것이다.

이에 감탄한 박이창이 '동자지학자학무청공지말^{童子之學自鶴舞靑空之末}(동자의 학문이 마치 백학이 하늘 끝에서 춤추는 듯하다.)'로 응답하고는 대구^{對句}를 짓게 하자 김시습은 '성왕지덕황룡번벽해지중^{成王之德黃龍飜碧海之中}'(어진 임금의 덕이 마치 황룡이 푸른 바다를 뒤엎는 듯하다.)라 했다.

이에 놀란 세종임금은 비단 50필을 상으로 주었다. 임금이 혼자서 그 비단을 가져가라고 했으나 김시습은 그 비단을 풀어서 혼자 끌고 갔다는 일화도 있다.

◆ ◆ ◆

동봉의 모습은 초라하기 짝이 없었으나 세종임금이 신동이라며 칭찬을 아끼지 않았던 그였는지라 학문적인 지식과 함께 그의 괴변^{壞變}은 어느 누구도 감히 탈을 잡지 못하였다.

대봉은, 임금이 현명하시어 지금이라도 벼슬을 하라고 하였으나 동봉^{東峯} 즉 매월당이 허허 웃고 사양하여 이르기를 '가행은 잘하게, 광인이 벼슬이 당한 가?' 라고 하였다.

훗날의 얘기이지만 매월당 동봉에 대한 그리움을 대봉은 그의 제자 선행^{善行} 스님을 흥덕사^{興德寺}(한양의 궁궐 동쪽 연희방^{燕喜坊}에 있던 절)에서 만나 얘기를 나누

면서 매월당에 대한 얘기를 하였던 것이다.^{大峯集}(대봉집 권1)

東峯居士韞才賢　동봉거사는 재주와 어짊을 겸비했지만

蘭若藏名已十年　절간에 이름 숨긴지 20년이 지났네.

何不歸來廊廟上　어찌하여 조정으로 돌아오지 않으시나

光華新日揭中天　훤히 밝아 새 해 중천에 걸려있네

日作日月麗新天　해와 달이 새 하늘에 걸렸다.

◆ ◆ ◆

그리고 훗날 장의사^{藏義寺}에서 사가독서^{賜暇讀書}를 할 때 현열^{玄悅}을 만나서 동봉에 대한 얘기를 하면서 시를 남겼다. (유북한사^{遊北漢寺} 16인에서 대봉의 얘기 중에서 나옴)

從師文法爾聰明　스승을 따라 법문을 묻는 그대 총명해,

萬水千山一杖輕　온 산천을 두루 지팡이 하나로 가볍게,

近日東峯無恙否　요즈음 동봉스님은 별 탈이 없으신가.

悲歌相送有餘情　슬픈 노래로 송별하려니 정이 남네그려.'

大峯은 熙止를 稀枝로,

04

임금이 반한 '제왕부서(帝王符瑞)'…

4. 임금이 반한 '제왕부서^{帝王符瑞}'...

대봉의 나이도 이제 장년을 넘어섰다. 36세이다.

지난번 시험에서 시권으로 말미암아 낙방한 것을 추스르고자 고향 울산이나 경주의 금오산 등지에서 독서를 하며 매월당을 만나기도 했지만 이제는 또다시 실패해서는 안 된다는 생각으로 열심히 공부하고는 다시 문과 시험을 보게 되었다.

직접적으로 벼슬을 할 수 있는 좋은 계기인 것이다.

친구들과 함께 공부도 같이하였다. 어느 날 그는 함께 놀러가기로 했던 친구들이 비 때문에 오지 않자 혼자서라도 책을 읽었다. 지금 읽고 있는 책은 사서오경^{四書五經} 중 가장 어렵다는 주역이었다.

門掩落花春 봄바람에 떨어지는 꽃을 문 걸어,

鳥歸細雨夕 새들은 집으로 돌아가는 이슬비 내리는 저녁

故人期不來 벗들은 온다고 하며 오지 않으니(고인^{故人} 사귄지 오래된 벗)

獨坐看周易 혼자서 앉아 주역을 읽는다.

大峯은 熙止를 稀枝로,

열심히 공부했던 그 결과가 좋았던 모양이다.

◆ ◆ ◆

병과(갑 3명, 을 7명, 병 23명)로 급제하였으며 대봉이 쓴 글 '제왕부서[帝王符瑞][1]'의

---

1 제왕부서[帝王符瑞](임금의 조짐): 임금이 되어야 할 조건 및 사항 등을 쓴 글. (한자원문 참조)
[帝王符瑞]

問. 自古帝王之興. 必有符瑞之應焉. 舟中之白魚也. 大澤之老嫗也. 彊華之赤伏也.
陳橋之日光也之類是已. 倘使四聖. 無此符瑞. 則孟津之師. 其不渡乎. 望夷之鹿. 其
授楚乎. 新移漢鼎而有天下者. 不必卯金刀歟. 黃袍雖加. 而方面大耳之點檢. 終不爲
天子歟. 泰封之無道已極. 而昌瑾之鏡文不著. 則王公之義旗莫擧. 而操鷄搏鴨之功.
其誰尸之歟. 五百年來. 應期挺生. 而惟我太祖金尺有夢. 克著厥符. 化家爲國. 再造東
方. 於戲. 符瑞之爲符瑞也至矣. 雖然. 天與焉. 人歸焉. 應天順人之聖人. 不賴符瑞.
而猶興也決矣. 逮我世祖之靖難受命也. 玆未聞符瑞之應焉. 前聖後聖. 同一揆也.
符瑞之或應或不應. 何也. 將天恩於前. 而嗇於後歟. 抑適來適去而然歟. 庸詎知符瑞
之不爲符瑞. 而非符瑞之反爲符瑞者乎. 董江都對三代受命之策. 班彪著王命之論. 河
東柳子厚撰貞符之文. 以矯二子之非. 而黃壯元唐. 亦非柳子之非. 將何所折衷歟. 若
以數子之芻狗. 欲眯先聖之眼. 則是拘儒瞽生. 終不免袿襒之稱. 願置此而斷其說.
對. 愚聞一代之興亡. 必有聖人. 聖人之興. 必有禎祥. 夫禎祥者. 乃得國之先見者
也. 執事先生. 發策秋闈. 以帝王符瑞爲問. 歷擧四聖人受命之符. 以及我朝之休. 欲
辨諸生是非之見. 偉哉. 先生之問也. 愚雖不敏. 請嘗辨之. 竊謂大德者. 必受命. 帝
王之興. 莫先於大德. 故善觀帝王之興者. 必先觀其德. 夫王者. 以尺寸之地. 提一旅
之兵. 所圖無不獲. 所欲無不成. 以求乎天而休徵應焉. 以求乎人而四方從焉. 所以然
者. 以其德之先大也. 其或一己之德. 偏有未至. 天人之間. 偶有未和. 則當思其德之
所以大. 以俟其休徵之應焉. 未可疑貳妄動. 故有是德. 則有是應. 有是應. 則天位可
圖也. 請以歷代之事. 先明之. 在昔周王承肇基王績之後. 當商罪貫盈之日. 奮龍虎
之威. 率同德之臣. 擧兵於孟津之上. 八百諸侯不期而會. 則白魚之祥. 不得不應也.
秦失其鹿. 天下紛紛. 惟漢高寬仁大度. 素稱長者. 初順民心. 約法三章. 亦由好謀能
斷. 知人善任. 使天下之士. 雲合而歸漢. 則大澤之老嫗. 不得不哭也. 炎祚中微. 大
盜移鼎. 民皆謳吟思漢. 其後之也至矣. 於是. 光武以仁厚之器. 濟英雄之志. 掃滔天
之惡. 而身恢大業. 則握乾符闡坤珍. 非幸也. 亦宜也. 至於天下搶攘. 世道糜爛. 惟
宋祖應祝天之願. 生夾馬之營. 有聰明仁孝之資. 中外推戴之意. 迫於陳橋之一擧.

則日光之相盪. 此瑞之先見者也. 以是觀之. 白魚也. 老嫗也. 赤伏也. 日光也. 卽武王之有道. 高祖之寬大. 光武之仁厚. 宋祖之仁孝. 有以致之也. 若無武王也. 高祖也. 光武也. 宋祖也四君之德. 則白魚之不躍. 老嫗之不見. 赤伏之不獻. 日光之不照. 愚知其必然也. 四聖人符瑞之見. 是有德自然之應也. 然則孟津之師. 容有不渡乎. 望夷之鹿. 其果授楚乎. 有漢鼎王天下者. 非劉而誰歟. 加黃袍爲天子者. 非宋祖而誰歟. 此理數之常. 無足怪者也. 以我東方之事言之. 弓裔之暴亂已極. 戈鋌日尋. 亂亡相繼. 使東土數千里赤子. 爲血爲肉. 言之可謂於悒. 天佑東方. 降子于辰馬. 太祖以神武之略. 寬大之量. 操鷄搏鴨. 克剗群凶. 統合三韓. 拯民塗炭. 以上天鑑于有德之意. 寧不降鏡文之祥乎. 五百年來聖人有作. 恭惟我太祖應期挺生. 白龍呈瑞於前. 金尺協夢於後. 應天順人. 化家爲國. 中外寧謐. 可謂吾東一再造也. 其所以大德之效. 符瑞之應. 誠無讓於數君子矣. 噫. 古今天下. 聖人同一揆也. 奈之何我世祖受命之時. 未聞一有符瑞之應也. 愚以爲白魚之祥. 始見於師渡之日. 而未聞再躍於宣王. 日光之瑞. 始見於陳橋之擧. 而亦未聞再盪於高宗. 則金尺之祥. 豈非先瑞於太祖. 而後啓我世祖中興千萬世不拔之基乎. 況我 世祖. 文足以致太平. 武足以戡禍亂. 則雍容受禪. 永永萬世. 固其宜也. 何待符瑞之應. 而爲之受命哉. 是未必皇天恩於前聖人. 亦未必嗇於後聖人也. 抑適來適去. 亦或然之理也. 是以後世諸儒. 論至於此. 未嘗無疑於其間也. 故董仲舒以江都之賢. 對天人之策曰. 白魚入于王舟者. 此周王受命之符也. 班彪著王命之論曰. 有赤伏之符者. 此漢家受命之符. 是則論帝王之興. 寓於符瑞之應者也. 至於子厚撰貞符之文曰. 受命不于天. 于其人. 休符不于人. 于其仁. 是則論帝王之興. 不在於符瑞. 而在於仁德也. 然則仲舒, 班彪之論是. 則柳子之說非也. 柳子之說是. 則二子之論非也. 至於後世黃壯元唐. 亦非柳子之非. 彼是則此非. 此是則彼非. 互說是非. 莫之同辭. 此諸儒翠狗之論. 而後世所共疑焉者也. 吁. 仲舒天人之學. 班彪不世之才. 子厚瓊琚之文. 猶不能班說. 而或是或非. 愚也. 螢燭末學. 學海微踪. 雖欲折衷. 而不亦難乎. 雖然請以臆見陳之. 書曰. 皇天無親. 惟德是輔. 民罔常懷. 懷于有仁. 此言惟有德者. 能得國得民也. 是以舜禹之受禪也. 有文明之德. 有克儉之德. 商湯之代夏也. 有聖敬日躋之德. 然則德者. 本也. 符瑞者. 末也. 符瑞者. 德之應也. 是故雖無是祥. 有武王之德. 則足以師渡孟津. 雖無是瑞. 有高祖之德. 則足以先得秦鹿. 雖無是符. 有光武之德. 則足以光復舊物. 雖無是休. 有宋祖之德. 則足以爲天子. 然則符瑞之不爲符瑞. 有德之爲符瑞. 章章明矣. 明間所謂天與焉. 人歸焉. 應天順人之聖人. 不賴符瑞而興者. 以此也. 後世之君. 矇不之察. 徒以符瑞爲祟. 而不務實德之修. 神雀之誣. 天書之僞. 一何多也. 嗚呼惜哉. 善乎. 唐太宗之言曰. 家給人足而無瑞. 不害爲堯舜百姓. 愁怨而有瑞. 不害爲桀紂. 徒有符瑞之應. 而無實德之效. 則彼所謂周, 漢, 大宋之瑞. 特虛名而已. 故愚於符瑞之問. 深有感焉. 謹對. (대봉문집 책문 중)

大峯은 熙止를 稀枝로,

내용이 마음에 들어 임금께서 알현할시 그 글을 칭찬하고는 임금께서 이름까지 고쳐주며 다른 대신들과 함께 연작시(連作)를 지어주셨다.(성종5년, 1474년) 그리하여 영광스럽게도 신하들과 함께 연작시를 써 주셨고, 그리고 예문관(藝文館) 정 9품인 검열(檢閱)[2] 관직을 주셨다.

대봉이 쓴 글 '제왕부서'는 임금께서 내려준 질문에 대한 답변형식의 산문이었다.

성종 임금께서는 아래의 질문을 하면서 대봉은 그에 대한 답변을 하였는데,

『질문 : 예로부터 제왕이 되는 것은 반드시 부서(符瑞)(상서로운 조짐.)가 있어 거기에 응하게 되는 것인 바. 배 안에 백어(白魚)[3], 대택(大澤)의 노파[4] 강화(彊華)의 적복부(赤伏符)(예언이 쓰인 붉은 색깔의 부적)진교(陳橋)[5]의 일광(日光)이 같은 부류이다.[6]

2　검열은 예문관의 정9품 관직으로, 춘추관의 기사관을 겸한 전임 사관(專任史官)이다. 본직이 왕의 교서를 짓는 일을 맡아보는 예문관에 속하기 때문에 본래 기능은 왕의 명령을 짓는 일임.

3　무왕(武王)이 주(紂)를 치려고 황하를 건널 때 중간에 이르자 백어가 왕의 배로 뛰어들었다. 무왕은 흰빛은 은(殷) 나라의 기상이므로(정색(正色))이므로 은나라를 격파할 조짐이라 생각하고 이 백어에게 제사지냈다 한다.《사기 주기(史記周紀)》

4　대택의 노파는 한 고조의 모친이 초나라 운몽택(雲夢澤)인 대택(大澤)의 둑방에서 쉬면서 신과 만났는데, 사방이 어두워지고 우레와 번개가 쳤다. 부친이 가서 보니 교룡(蛟龍)이 위에 있었고, 얼마 후에 고조를 낳았다고 한다.《고금사문류취 전집권19 제계부 몽여신우(古今事文類聚前集券 帝系部夢興神遇)》,

5　유수(劉秀)(뒤에 광무제(光武帝)가 됨)가 장안(長安)에 있을 때 강화가 드린 적복부에 "유수가 군사를 일으키매 네 개의 오랑캐(사이(四夷))가 모여들고 4·7 즈음에 화(火)가 임금이 된다." 하였는데, 오랑캐의 운집은 곧 여러 영웅들의 싸움을 가리킴이요, 4·7은 곧 4에 7을 곱한 셈 28의 숫자로서 한고조(漢高祖)에서 광무까지 2백 28년임을 가리킨 것이라 하며, 혹은 광무가 기병할 때 28세였음을 가리킨 것이라 하기 도 한다.《동관한기(東觀漢記)》

6　진교의 일광 : 송 태조가 출전하던 날 해 밑에 또 하나의 해가 있어 그 빛이 충천하

만약 네 성인이 이러한 부서가 없었다면 맹진[7]에서 군사들이 어찌 강을 건넜겠으며, 망이의 사슴[8]을 어찌 초나라에 주었겠으며, 한정(한나라 구정과 같은 묵직한 인물이라는 뜻으로, 한나라의 사직을 의미한다.)이 새롭게 옮겨져 천하를 소유한 자는 반드시 묘금도[9]가 아니겠는가.

황제의 곤룡포가 비록 더 해진다 해도 방면대이[10]는 백성의 삶을 점검했으니 마침내 천자가 되지 않았겠으며, 태봉(궁예)의 무도함이 이

는 것을 보고 그날 저녁 진교역에 군사를 머무르고 있다가 그 군중으로부터 옹립되어 왕위에 올랐다.《송사 태조기》

7 맹진: 주 나라 무왕이 상 나라 주를 칠 때에 1월 2일 계사에 출정하여 26일 무오에 맹진을 쳐부셨다. 그때의 형편으로 보면 주는 무리가 많고 무왕은 군사가 적었으므로 힘으로는 대항할 수 없었으나, 무왕의 어진 덕에 백성이 열복하여 주의 포학을 쳤기 때문에 이길 수 있었다.《서경무성》

8 망이의 사슴 : 진나라 2세 황제가 망이궁에서 조고에게 핍박을 받고 죽은 뒤 다시 난세로 접어들어 천하를 차지하려는 쟁탈전이 벌어졌다는 말이다. 또 제나라 변사 괴통이 한고조에게 "진나라가 사슴을 잃자 천하가 모두 그 뒤를 쫓았다. 이에 재능이 뛰어나고 발 빠른 사람이 먼저 사슴을 잡았다.(진실기록 천하공축지 어시 고재질족자선득언)"라고 말한 내용이《사기》권92〈회음후 열전〉말미에 나온다. 여기에서 사슴은 황제를 뜻한다.

9 묘금도: '유(劉)' 자를 파자한 것으로 한나라 왕조를 상징한다.《한서》권99〈왕망전〉에 "유(劉)는 묘(卯)와 금(金)과 도(刀)로 구성되어 있다."라고 하였다.

10 방면대이: '네모난 얼굴에 큰 귀를 가진 사람'이라는 뜻으로, 송 태조 조광윤을 가리킨다. 조광윤이 황제가 된 뒤에 자주 미복 차림으로 바깥에 나갔는데, 이에 대해 간하는 자가 있자, 조광윤은 "제왕이 일어나는 것은 천명이 있어서이다. 주 세종이 장군들 가운데 방면대이의 모습을 하고 있는 자를 보면 모두 죽였는데 나는 바로 곁에서 그를 모시고 있었는데도 무사하였다."라고 하면서 미행을 더욱 자주 하였다.《송사 권3 태조본》

大峯은 熙止를 稀枝로,

미 극도에 달했는데도 창근의 경문[11]이 드러나지 않았다면, 왕건공이 정의로운 깃발을 세우지 못했을 것이며, 닭을 잡고 오리를 잡는 일에 있어 누가 그것을 죽이려 했겠는가.

오백 년 이래로 시기에 응해 태어났으니 오직 우리 태조도 금척을 받는 꿈[12]을 꾸었으니,

그것은 부서가 드러난 것으로서, 집안이 변하여 국가가 되었으니 다시금 우리나라를 세웠도다.

아. 부서가 부서가 됨이 지극하도다.

비록 그러하나 하늘이 주셨고 백성들이 귀의하였으니, 천리에 순응하신 성인이로다. 부서에 힘입지 않았다고 해도 오히려 흥기 할 수 있었을 것인지라,

우리 세조 때에 이르러 서는 정난[13]으로 명을 받은 것으로써 이는 부서가 응하였다는 말은 듣지 못했으니. 전성과 후성이 모두 한 결 같

---

11 경문: 당나라 상인 왕창근이 구입해서 궁예에게 바친 거울에 쓰여 있던 비기를 말한다. 후삼국의 운명과 고려의 건국을 예언한 내용인데,《고려사》권1 〈태조세가〉에 그 전문이 실려 있다.

12 금척을 받는 꿈은 태조(왕건)가 잠저(왕위에 오르기 전에 살던 집)에 있을 때, 꿈에 신인이 금자[금척]를 가지고 하늘에서 내려와 주면서 말하기를, "시중 경복흥은 청렴하기는 하나 이미 늙었으며, 도통 최영은 강직하기는 하나 조금 고지식하니, 이것을 가지고 나라를 바룰 사람은 공(公)이 아니고 누구이겠는가?"하였다고 한다.

13 정난은 계유정난을 말한다. 1453년(계유년), 후에 세조로 즉위하는 세종의 차남 수양대군이 왕위를 찬탈하기 위하여 세종과 문종의 고명대신이었던 김종서와 황보인 등을 살해하고 정권을 장악한 사건이다. 이후 단종 폐위의 직접적인 원인이 되었다.

이 헤아린 것이로다.[14]

부서가 간혹 응하거나 응하지 않은 것은 어째서인가.

앞에서는 하늘의 은혜를 받들고 뒤에서는 막아서인가.

아니면 왔다 갔다 해서 그러한 것인가.

어찌하여 부서가 부서가 되지 못함을 알겠으며, 부서가 아닌데도 도리어 부서라고 하겠는가.

동강도가 삼대의 명을 받는 책문을 마주하였고, 반표(후한서를 지은 반고의 부친이다.)는 《왕명론》을 지었으며, 하동의 유자후[15]는 《정부문》을 지었으니 이 두 사람은 잘못된 것을 바로잡았으며, 당의 황장원 또한 유자후가 잘못된 것은 아니라 하였으니, 장차 어찌 절충하겠는가.

만약 이 몇몇 추구[16]가 선성(중국의 주공)의 안목을 흐리게 하고자 한

---

14 전성과 후성은 문헌에 따라 차이가 있지만 대체로 전성은 복희, 신농, 황제, 요, 순, 우, 탕을 가리키며, 후성은 문왕 이후의 성인을 가리킨다. 맹자는 '순임금은 제풍에서 태어나 부하로 옮기셨다가 명조에서 돌아가셨으니 동이인이다. 문왕은 기주에서 태어나 필영에서 돌아가시니 서이인이었다.(이 두 분 사이에) 지역적 거리가 천여 리 나 되며 세대의 차이가 천여 년이나 되지만 뜻을 얻어(그 도를)중국에 펼친 것은 부절을 합한 것처럼 똑같았다. 따라서 앞의 성인과 뒤의 성인이 추구했던 도는 동일한 것이었다.'(이루장구 하)

15 유자후는 당나라의 문인이자, 시인, 수필가이자 사상가인 유종원의 자이다. 선대의 고향이 하동이어서 유하동, 혹은 하동선생이라 불리기도 했으며, 벼슬이 유주의 책사였기 때문에 유유주라고도 불렸다.

16 추구는 풀을 묶어서 개 모양으로 만든 것을 말한다. 옛날에 제사를 지낼 때 쓰던 것인데, 제사가 끝나고 나면 바로 내버리기 때문에, 소용이 있을 때만 이용하고 소용이 없을 때는 버리는 천한 물건의 비유로 쓰인다.

大峯은 熙止를 稀枝로,

다면, 변통 없는 유자(儒子), 소견 없는 서생(書生)들은 마침내 내대자(稊襬子)[17]로 일컬어지는 것은 면할 수 없을 것이니, 여기에 뜻을 두고 그들의 학설과는 단절하기 바라노라.』

이러한 질문에 대봉은 답하기를 다음 같이 하였다.

『답변(대봉공이 한 것) : 내가 듣기로 한 시대의 흥망에는 반드시 성인이 있습니다.

성인이 일어남에 반드시 상서로운 부서(付書)(조짐)가 따릅니다. 대체로 부서가 곧 나라를 얻을 때 먼저 보이게 되는 것입니다.

집사 선생님(성종임금). 가을에 치른 과거 시험에는 제왕의 부서라는 문제가 나왔는데, 지난 네(4인) 성인이 명받음이 부서에 드러나서 우리 조정의 아름다움에 미쳤으니 여러 유생들이 옳고 그름을 변별하는 것을 보고자 한 것입니다.

위대하도다. 선생(성종임금)의 질문이여. 나는 비록 영민하지 못하지만 청컨대 한번 변론해 보겠습니다.

삼가 생각건대 대덕(大德)이란, 반드시 천명을 받아야 합니다. 제왕이 일어남에 대덕보다 우선하는 것은 없습니다. 그러므로 제왕이 일어나는 것을 잘 살피는 자는 반드시 먼저 그 덕을 살핍니다.

무릇 왕이란, 아주 작은 땅을 가지고서 한 무리의 군사를 이끌고

17　내대자는 미욱해서 분수를 모르는 자를 말한다. 참고로《고문원(古文苑)》에 실린 중국 삼국 시대 위(魏) 나라 정효(程曉))의 '조열객시(嘲熱客詩)'에 "저기 저 내대자 보소, 무더위 속에 남의 집을 찾아다니네.(只今稊襬子(지금내대자) 觸熱到人家(촉열도인가))"라는 표현이 있다.

도모하는 바를 이루지 못함이 없고 하늘에 구하면 아름다운 조짐이 응하게 되며, 백성에게 구하면 사방에서 따르는 것입니다.

그렇게 된 이유는, 덕이 먼저 크기 때문입니다.

혹 한 몸의 덕이 치우쳐져서 이르지 못하고 하늘과 사람 사이에 화평하지 못함이 있다면 마땅히 그 덕을 크게 할 방도를 생각하고 아름다운 조짐이 응해 줄 것을 기다려야 합니다.

의심하거나 이견(異見)을 제기하거나 함부로 행동해서는 아니 됩니다.

그러므로 덕이 있으면, 응함이 있고, 응함이 있으면 천자의 자리를 도모할 수 있습니다.

청컨대 역대의 사례로서 먼저 밝혀 드리겠습니다.

옛날 주(周)나라 무왕이 창업한 왕업을 이어받은 뒤 상(商)나라의 죄악이 가득 찬 날을 당하여 용과 호랑이의 위세를 떨치면서 덕(德)이 같은 신하를 이끌고 맹진(孟津)(맹진은 주(周)나라 무왕(武王)이 은(殷)나라를 치기 위하여 제후들과 회맹(會盟)한 곳이다.)가에서 군사를 일으키니, 8백 제후가 기약하지 않아도 모였지만 백어(白魚)의 상서로움 같은 것은 일어나지 않았습니다.

진(秦)나라가 사슴을 잃자, 천하가 어지러웠습니다.[18]

---

18 중원의 '사슴'을 쫓는다는 뜻으로 축록중원(逐鹿中原)에서 나온 말이다. 야심만만한 영웅들이 왕의 자리나 정권 따위를 얻으려고 다투는 일을 비유적으로 이르는 고사성어(故事成語)다. 여기에서 사슴은 왕의 자리, 즉 왕좌(王座)를 의미한다. 많은 왕관들이 수사슴의 화려한 뿔을 형상화한 것에서 알 수 있듯이 사슴은 왕권을 나타내는 상징이다. 한신의 참모이던 괴통(蒯通)이 유방의 취조를 받을 때 "진(秦)나라의 기강이 무너질 때 진나라가 사슴을 잃자 천하 사람들이 다 이를 쫓고 있었으니…"

大峯은 熙止를 稀枝로,

오직 한고조(漢高祖)만이 관인대도(寬仁大度)[19]하였으니 평소 어진 사람이라 일컬어졌습니다. 처음에는 민심을 따라 약법삼장(約法三章)[20]을 만들었으며 또 계책을 좋아하고 능히 결단함으로 말미암아 사람의 선한 점을 알고 직임을 주었으니, 천하의 선비들로 하여금 구름처럼 모여들게 하여 한나라에 귀의하게 하였습니다.

대택(大澤)의 노파도 곡을 하지 않을 수 없었으니 염조(炎祚)[21]의 운세가 중도에 쇠미해져 도적들이 왕위를 찬탈하자 백성들이 모두 다 한(漢)나라를 그리워하는 노래를 불렀는데 그 기다림이 지극하였습니다.

이때 이르러 광무제(光武帝)가 인자하고 후덕한 마음으로 영웅들의 뜻을 도와서 하늘을 뒤덮은 악을 쓸어버리는 큰 업적을 스스로 이루고, 건부(乾符)

19　관인대도는 《사기》 권8 〈고조본기(高祖本紀)〉에 "고조는 사람됨이 어질어서 다른 사람을 사랑하고 남에게 베풀기를 좋아했으며 마음은 탁 트였다. 평소 큰 뜻을 품고 있어서 일반 백성들의 생산 작업에는 종사하지 않았다.(仁而愛人(인이애인), 喜施(희시), 意豁如也(의활여야). 常有大度(상유대도), 不事家人生産作業(불사가인생산작업).)"라고 하였다. 너그럽고 인자하다는 관인(寬仁)이라는 말은 《서경》 〈상서 중훼지고(商書 仲虺之誥)〉의 "너그럽고 인자하여 그 덕이 밝게 드러나 많은 백성에게 믿음을 받았다.(極冠克仁(극관극인), 彰信兆民(창신조민).)"라는 구절에 보인다. 유방은 한신의 참모인 괴통(蒯通)을 용서하였다.

20　약법삼장(約法三章)은 한고조(漢高祖)가 관중에 들어가 종전에 있었던 진(秦)나라의 가혹한 법을 폐지하고 세 조항으로 줄여서 새로 만든 법을 말한다. 세 조항의 법은 곧 "사람을 죽인 자는 사형에 처하며, 남에게 상해를 입힌 자와 도둑질한 자에 대해서는 그 범죄 정도에 상응하는 처벌을 한다."라는 것이다. 《사기 고조본기(史記 高祖本紀)》

21　염조는 오행가(五行家)(오행설로 우주의 운행이나 사람의 운수를 판단하는 사람)들이 화덕(火德)으로 왕이 된 유방(劉邦)의 한나라를 가리킨 말이다. 진 시황제는 종시오덕(終始五德)의 순서를 추론하여서 주나라가 화덕(火德)으로 천하를 얻었는데 진나라가 주나라의 덕을 대신했으니 진나라는 수덕(水德)을 따라야 한다고 하였다.

를 잡고 곤진(乾符坤珍)(건부를 잡고 곤진은 건부곤진의 말로써 천지가 제왕(帝王)을 돕는 상서(祥瑞)를 말한 것이다.)를 드러냈으니, 요행이 아니라 또한 마땅한 것이었습니다.

천하가 어지럽고 세상의 도가 미란(靡欄)(미란은 죽이 풀어진 것같이 썩어 문드러짐)할 때 이르러 오직 송조(宋祖)(북송의 태조 조광윤)만이 하늘의 축복 받고 기마병의 군영에 끼여 살아났습니다.

총명하고 인자하고 효성스런 자질로 안팎에서 추대한 뜻이 진교에서 일거에 겁박을 당했으나 햇빛이 서로 부딪치는 부서가 먼저 나타났습니다.

이로써 살피건대 백어, 노구, 적복, 일광은 곧 주나라 무왕이 도가 있었으며, 한나라 고조는 관대하였고, 후한의 광무제(光武帝)는 인자하고 후덕하였으며, 송나라 태조는 어질고 효성스러웠으니, 나라를 세우게 된 것입니다.

만약 무왕과 고조와 광무제와 송 태조가 덕이 없었다면 흰 물고기가 뛰어나오지 않았을 것이고, 노파는 볼 수 없었을 것이며, 적복이 바치지 않았을 것이며, 햇빛이 비추지 않았을 것이니, 나는 그것이 필연이란 것을 알았을 것입니다.

4성인이 부서를 본 것은 덕이 있어 저절로 그렇게 응한 것입니다.

그렇다면 맹진의 군사가 강을 건너는 것을 허용하지 않았습니까. 진나라 망이궁(望夷宮)(진나라의 별궁)의 사슴은 과연 초나라에 준 것입니까.

한나라에서 천하를 다스린 사람은 유방이 아니면 누구이며, 누런색 곤룡포 입은 천자는 송나라 태조가 아니면 누구이겠습니까. 이 이치와 운수의 떳떳함은 족히 괴이하게 여길 것이 없습니다.

우리나라의 사례에 대해 말하자면, 궁예의 난폭함이 이미 극에 달

大峯은 熙止를 稀枝로,

해 창과 화살이 날마다 이어져서 혼란과 멸망이 서로 잇따르며 우리나라 수 천리에 걸쳐 있는 백성들의 피가 되고 살이 되었으니 이를 말하자면 답답한 일입니다.

하늘이 우리나라를 도우 사 진한과 마한에 아들(태조와 같은 아들)을 내려 보냈으니, 태조(왕건)가 신묘한 무인의 지략으로 관대한 도량을 지니고 닭을 잡고 오리를 잡듯이 흉악한 무리를 제거하고 삼한을 통합하여 도탄에 빠진 백성들을 구제한 것을 위에서 하늘이 덕이 있는지 뜻을 살펴본 것인데 어찌 경문[22]의 상서로움이 내린 뜻이 아니겠습니까.

오백 년 이래로 성인이 일어났으니, 삼가 생각건대 우리 태조는 그때에 부서에 응해 태어나셨습니다. 앞서 흰 용이 상서로움을 주셨고 뒤에서는 꿈에 금자(금척)를 얻었습니다. 하늘이 응하고 백성들이 따랐으며, 집안이 변하여 나라가 되자, 안팎이 모두 편안해져서 우리나라가 한 결 같이 다시 건국되었다고 이를 만하였습니다.

그것은 대덕의 공효이기에 부서가 응하였으니 진실로 여러 군자에게 양보함이 없었을 것입니다.

아. 예로부터 지금까지 천하의 성인들의 법은 똑같은 것이니 어찌하겠습니까.

우리 세조께서 왕위를 이어받을 때는 한 결 같이 부서의 응함이 있었다는 것은 듣지 못했습니다. 나는 생각건대 흰 물고기의 상서로움을

---

22 경문은 당나라 상인 왕창근이 구입해서 궁예에게 바친 거울에 쓰여 있던 비기를 말한다. 후삼국의 운명과 고려의 건국을 예언한 내용인데,《고려사》권1 〈태조 세가〉에 그 전문이 실려 있다.

비로소 군사들이 물을 건너는 날에 보았습니다. 그러나 선왕(宣王)(발해시 최고

의 임금) 때에 다시 뛰어올랐다는 것은 듣지 못했습니다.

햇빛이 비춰주는 부서는 진교(陳橋)에서 거병할 때 비로소 보았습니다만[23],

또 고종(高宗)(고종은 제왕의 묘호 중 하나로, 오랫동안 재위하며 나라를 수성한 제왕을 뜻한다.)때

에 휩쓸려 버렸다는 말은 듣지 못했습니다.

금자(金尺)(금척)의 상서로움은 아마 앞서 태조 때의 상서로움이지만 뒷날

우리 세조께서 천만세가 지나도 뽑히지 않는 중흥의 터전을 연 것이

아니겠습니까.

더군다나 우리 세조께서는 문(文)으로서 족히 태평성세를 이루었으며,

무(武)로서는 족히 화란을 평정하였습니다. 그러므로 선위를 받아서 영원

히 만세에 이르게 하였으니 진실로 마땅한 것입니다.

어찌 부서에 응하기를 기다려서 왕위를 받았겠습니까. 이것은 반드

시 하늘이 앞서 나온 성인에게 은총을 베푼 것도 아니며, 반드시 뒤에

나온 성인에게는 아까워한 것도 아닙니다. 다만 오고 가는 것이 또한

어떤 때는 당연한 이치인 것입니다.

이 때문에 후세의 여러 유학자들이 이점에 이르러 논하였으나 일찍

이 그사이에 의심이 없지는 않았습니다. 그러므로 동중서(董仲舒)는 강도(江都) 지

방의 현인으로 임금의 물음에 〈천인책(天人策)〉(천인책은 동중서가 한무제(漢武帝)의 물음에 대답

한 책문(策文))으로 대답하기를, "흰 물고기가 왕의 배에 뛰어든 것은 주왕이

천명을 받을 부적이다."라고 하였으며, 반표(班彪)는 〈왕명론(王命論)〉을 저술하면서

---

23 진교(陳橋)의 거(擧)는 960년 송태조 조광윤이 7살의 후주의 공제(恭帝)로부터 왕위를 이어받아,

   송나라를 세우게 된 계기가 된 사건이다.

이르길, "적복부(赤伏符)가 있었던 것은 한나라 왕실의 천명을 받은 부적이다." 라고 하였으니, 이는 제왕이 일어남을 논하며 부적에 붙여 부서가 응한 것입니다.

심지어 자후(子厚, 유종원)가 찬술한 〈정부문(貞符文)〉에서 이르길, "하늘에서 명을 받지 않고 사람에게서 받는다면 부적의 아름다움은 사람에게 있지 않고 그의 인(仁)에 있으며 이것은 제왕이 일어남을 논한 것으로 부서에 있지 않고 인과 덕에 달려 있다."라고 하였습니다.

그렇다면 동중서와 반표의 논리가 옳고 유종원의 설은 그른 것이며, 유종원의 설이 옳다면 두 사람의 논리가 그른 것입니다.

후세 당의 황장원에 이르러 또 유종원이 그른 것이 아니라고 했으니, 저쪽이 옳으면 이쪽이 그르고, 이쪽이 옳으면 저쪽이 그른 것이 되어 서로 간에 논설의 옳고 그름이 일치한다는 말이 없습니다.

이것은 여러 유학자들의 쓸데없는 논리로 되어버려 후세에 공공연하게 이를 의심하는 바가 된 것입니다.

아. 동중서는 천인(天人, 하늘과 사람)의 학문이요, 반표는 불세출의 재능이며, 유종원은 주옥같은 문장이니 오히려 되돌릴 수 없는 논설입니다. 혹 옳고 혹 그른 것은 어리석기 때문입니다.

반딧불 창[24]에서 공부하는 후학으로서 학문의 바다에서는 하찮은 자취인데 비록 절충하고자 하나 또한 어렵지 않겠습니까. 비록 그러하나 청컨대 근거 없는 짐작으로 진술하고자 합니다.

---

24 고학(苦學) 즉 경제적 등으로 어렵게 공부한 사람을 뜻하며 열심히 공부하는 것을 표현한 시어이다. 진(晉) 나라 차윤(車胤)의 "형창설안(螢窓雪案)" 고사에서 나온 것이다

《서경》〈채중지명(蔡仲之命)〉에 "황천은 특별히 친한 사람이 없다. 덕이 있는 사람을 도와줄 뿐이다.

민심은 일정하지 않다. 은혜를 베푸는 자를 사모할 뿐이다."라고 하였으니,

이 말은 오직 덕을 지닌 사람만이 능히 나라를 얻고 백성을 얻을 수 있다는 것입니다. 이 때문에 순임금과 우임금은 선위가 이루어졌습니다. 문명(文明)의 덕이 있고, 지극히 검소한 덕이 있으니, 상(商)나라 탕(湯) 임금이 하(夏)나라를 이은 것입니다. 성서로운 덕과 공경하는 덕이 날로 발전하고 있으니, 그렇다면 덕은 본(本)이고 부서는 말(末)입니다.

부서란 덕이 응한 것으로 이 때문에 그런즉 상서로움은 없었을 것이며, 무왕의 덕을 지녔다면 병사를 거느리고 충분히 맹진을 건널 수 있었기에 아무래도 이러한 상서로움은 없었을 것입니다. 한나라 고조의 덕을 지닌 사람은 먼저 진나라의 사슴을 얻기에 충분했을 것이니 이런즉 이러한 부적은 없을 것입니다.

광무제의 덕을 지닌 사람은 충분히 나라를 광복시킬 수 있을 것이니 아무래도 이런 아름다움은 없을 것입니다.

송나라 태조의 덕을 지닌 사람은 충분히 천자가 될 수 있을 것이니 그렇다면 부서가 부서가 될 수 없었을 것이며, 덕을 지녔기에 부서가 되는 것이 훤하게 드러난 것입니다.

밝게 드러난 것과 묻는 것은 이른바 하늘과 함께 하는 것이며, 백성에게 돌아가는 것이며, 하늘이 응하고 백성은 성인을 따르는 것입니다. 부서에 의해 일어나지 아니한 것은 이 때문입니다.

후세의 임금이 몽매하여 잘 살피지 못하면서 부서를 숭상하며 실

大峯은 熙止를 稀枝로,

제로는 덕을 닦는데 힘쓰지 않는다면 신작(신작은 크기가 닭만 하고 얼룩무늬
가 있는 참새이며. 상서로운 동물)을 속이고 《천서》(송나라 진종 때 신이 내려 주었다는 책.)
가 위작이 될 것이니 한 결 같이 어찌 그리 많은지요.

아. 애석하도다.

훌륭하게도, 당 태종의 말씀이 "집안의 모든 사람에게 충분히 주면
상서로움은 없다."라고 하였으며, 요임금과 순임금은 백성을 다스리는
데 해를 끼치지 않았습니다. 근심과 원망에도 상서로움이 있는데 하
나라 걸과 은나라 주가 다스리는 데는 해를 끼치지 않았습니다.

다만 부서의 응함이 있었으니 실제로 덕의 공효가 없었다면, 저들
은 이른바 주, 한, 대송(조광윤의 송나라)의 상서로움이 다만 헛된 명예일
뿐입니다.

그러므로 나는 부서에 대한 질문에 매우 느낀 바가 있어 삼가 대답
하는 바입니다.』

◆ ◆ ◆

임금은 대봉의 '제왕부서'가 마음에 들어서인지 대봉의 이름을, 즉
'나무에 새로운 가지가 피어났다'는 뜻으로 '희지'로 개명할 것을 원하
시면서 대신들에게 연작시를 쓰도록 하였다.

임금께서 써주신 연작시는 신숙주, 권찬, 최항, 성봉조, 그리고 대봉
이 함께 쓴 글이다.

才子楊家玉樹姿 양씨집안 재주꾼 옥수 같은 자질(임금),

其名端合換稀枝 그 이름 바뀌어 희지로 바뀌었네.(임금)

九天雨露傳臚日 하늘에서 비와 이슬이 내리듯 임금께서 합격자를 발표
하시던 날 (신숙주)

三級風雷瀘海時 초시 복시 전시 3단계를 거쳐 유능한 인재를 뽑으셨
네.(권찬)

宵肝幾須忠孝士 해뜨기 전에 옷을 입고 해 진 후 저녁밥 드시는 임금님께
충성하는 선비(최항)

臣僚爭誦菁莪詩 신하들 다투어 청아시(많은 인재를 교육시키는 것)를 읊
조리네.(성봉조)

隆思曠世酬無路 높은 은혜 크고 넓어 보답할 길 없으니(양희지)

聖壽恭祈億萬斯 바라 옵 나니 성수 억만년 누리시소서(양희지)

대봉은 임금이 주신 새 이름도 좋았으며 또한 영광으로 생각하지
만, 등과 후 첫 관직을 받으면서 어른들이 만들어 주신 '희지' 라는 그
이름을 당분간 사용하면서 추후에 임금께서 개명해주신 이름을 사용
키로 하였다. 임금님도 그 의견에 대해 수긍하시는 듯 했다.

大峯은 熙止를 稀枝로,

05

대봉공이 만나는 사람들...

5. 대봉공이 만나는 사람들...

대봉은 처음으로 정9품인 종사랑(從事郎)의 품계를 받았으며 예문관검열(藝文館檢閱) 4명중 1명이 되었으며, 겸하여 춘추관 기사관(春秋館記事官) 즉 실록을 편찬할 때 기초 자료로 삼았던 시정기를 기록 담당하는 담당관으로 발탁되었다.

대봉은 춘추관 기사관으로 재직 시 늦봄 어느 날(1475년 4월 30일)에 임금을 수행하여 후원(임금이나 왕실 귀빈들이 놀이하는 곳)에 들렸다가 내금위(內禁衛)(임금을 호위하는 무사)등이 활을 쏘는 연습을 하게 되자 임금의 권유로 대봉도 함께 쏘았다.

당시 후원에서는 내금위의 무재(武才)가 있어서 염목, 우석손(禹碩孫) 등이 활을 쏘았고, 문신(文臣)인 대봉도 함께 쏜 것이다.

이때 임금께서는 내금위내에는 활 쏘는 훈련장이 없어서 내금위에는 활을 잘 쏘는 사람이 없는가? 입직(入直)하는 군사가 활쏘기를 훈련하는 법이 없는가?' 하고 물으니 신숙주가 대답하기를,

"모든 위(衛)의 군사들이 모두 활쏘기를 익히는데, 내금위 장소에는 그게 없습니다."[1]

---

1 내금위는 주로 궁궐안의 경비를 담당한 직무였으며, 활쏘기 등의 무예연습은 내금

大峯은 熙止를 稀枝로,

하였다.

임금께서는 '앞으로는 내금위도 활쏘기를 익히는 것이 좋겠다.' 하셨다.

신숙주는 오늘 활쏘기를 한 염옥은 전투를 잘하고 글도 제법 잘하며, 또 헤엄도 잘 하는 등 참으로 장수감입니다. 라고 하였으며, 우석손이 연달아 과녁을 맞히자 임금이 그 이름을 물어, 신숙주가 그 이름을 대답하며 부연하였다.

"그 형 우현손(禹賢孫)은 활을 더욱 잘 쏘았고, 일찍이 웅천현감(熊川縣監)(종6품)으로 있을 때 몸가짐이 청렴하고 근엄하여 왜인(倭人)을 대할 때에도 실수가 없었습니다."

하였다.

임금께서 다시 묻기를, '장단(長湍)(오늘의 파주일대) 등의 고을은 비가 흡족하게 왔다는데, 정말 그러한가?' 하였다.

이에 신숙주 등 원상(院相)이 대답하기를[2],

"그렇습니다. 요즈음의 가뭄은 강원도, 황해도의 두 도가 더욱 심하고 남쪽 지방은 그다지 심하지 않아서, 논에는 큰 손해가 없고, 다만 보리와 밀이 거의 마르게 되었으나, 며칠 전의 비로 다시 살아나게 되었습니다." 하였다.

위내에서는 하지 않았다.

2   신숙주, 한명회, 구치관 등이며, 즉위한 국왕이 너무 어리거나, 有故(유고)등으로 직무를 제대로 이행할 수 없을 때, 재상들이 왕을 보좌하여 국정을 돌본 것에서 유래한 임시관직이다. 성종 초기 실제 국정 운영은 貞熹王后(정희왕후)의 수렴청정을 통한 것 보다는 원상을 통해서 운영되었다.

임금이 또 말하기를, '무인을 천거 받아 자질에 따라서 임용하는 것
이 어떻겠는가?' 하니, 신숙주는 '죄가 없는 산직(散職)(관직이 없이 계급만 보유하고
있는 사람)으로 있는 사람은 다시 임용하여도 무방합니다.'하였다.

활쏘기가 끝난 다음 승자와 패자를 나누어 승자에게 각각 활 1장(張)
씩을 하사하고, 활을 잘 쏜 염목에게는 특별히 착전(錯箭)(도금한 활촉) 1부(部)를
내려 주었다.

그 후 대봉은 내전에 있을 때 수시로 임금과 함께 활쏘기 등을 하
며 임금으로부터 상을 받곤 했다.

대봉은 다음해에 승문원정자(承文院正字)가 된 후 그해 6월(1476년)사가독서(賜暇讀書)를
하게 된다.

사가독서란 나라에서는 국가의 유능한 인재를 양성하고 학문을 증
진시키기 위해 젊은 문신들에게 연구 및 공부를 할 수 있게 휴가를
주어 독서에 전념케 하는 것이다.

세종임금께서는 집현전을 설치하면서 집현전 학사들 가운데 권채(權採),
신석견(辛石堅), 남수문(南秀文), 등을 업무에 관계없이 연구에만 몰두케 함으로서 처
음으로 실시되었던 것이다(세종2년, 1426.12월).

그 후 신숙주(申叔舟), 박팽년(朴彭年), 이개(李塏), 하위지(河緯地), 성삼문(成三問), 이석형(李石亨) 등 6명을(1442
년), 문종 임금 원년엔 서거정(徐居正), 최항(崔恒), 박원형(朴元亨), 김수온(金壽溫), 이영서(李永瑞), 이극감(李克堪),
홍응(洪應), 이파(李坡), 심신(沈愼), 박기년(朴耆年), 허조(許慥) 등 11명이(1451년, 2회 걸쳐 실시.), 단종임금
원년엔 허조(許慥), 박기년(朴耆年), 성간(成侃), 김수녕(金壽寧) 등 4명이(1453년) 사가독서인 이었다.

세조임금 때에는 사가독서와 비슷한 개념으로 한관독서(閑官讀書)와, 겸예문
제(兼藝文制)란 명칭으로 변경되면서 7회에 걸쳐 정난종(鄭蘭宗), 김종직(金宗直), 홍귀달(洪貴達) 등 40
여명이 학문을 연구하였다(1455년). 그러나 세조임금 때 계유정난 등으

大峯은 熙止를 稀枝로,

로 집현전이 폐지되고 사가독서제가 폐지여부에 머물다가 새 임금(성종)이 들어서서 예문관을 설립하고 사가독서를 20년 만에 부활하였다.(성종 7년, 1476년) 그리하여 첫 번의 사가독서에서 대봉 등이 선발된 것이다.

독서당이 처음엔 개인 집에서 실시하던 것을 세종임금 때 독서당을 주관했던 인물 중 좌대언(左代言) 김자(金赭)는

"집에 있으면 사물과 빈객을 응접하지 않을 수 없으므로 산속에 있는 한가하고 고요한 절만 못하다."

라고 하자 임금은 그 말을 따라 그 후로는 독서당은 산사(山寺)에서 실시하였다. 또한 그들에게는 종종 술과 쌀을 내려주었다.

새 임금이 즉위하여 7년 째, 대봉은 사가독서에 임명되었다.(1476년 성종 7년),

사실 새 임금이 되어서 전조(세조)에 못하였던 사가독서 제를 추진코자 했으나 유생이 절에서 가는 것을 용납 치 않던 정희왕후(貞熹王后)의 반대로 주춤하다가 세종임금의 원래의 뜻에 맞추어 성종임금께서 주장하시여 다시 개진되어 2년 만에 실시되었다.

그해 5월 대사헌 윤계정(尹繼丁) 등이 시무책으로 사가독서제를 실시할 것을 주장하여 대제학이었던 서거정이 '이조정랑(정5품) 채수(蔡壽), 성균관 직강(直講)(정5품) 권건(權健), 사헌부 감찰(정6품) 허침(許琛), 봉상시(奉常寺) 부봉사(副奉事)(정 9품) 유호인(俞好仁), 급제자(及第者)(대과에 급제한 사람) 조위(曹偉), 승무원(乘務員) 정자(丁字)(정9품) 양희지'를 선발하였다.

이때 서거정은 인원을 선발하고는 임금에게 다음과 같이 직간하였다.

'지금 사가독서(賜暇讀書)하는 문신들이 (정희왕후의 뜻에 맞춰) 빈 집에 모여서 공부한다고 하지만, 성안의 백성들의 살림집(城)(여염(閭閻))에 있으므로 친구로서

찾아가는 자가 반드시 많을 것이고, 또 장래 자주 집에 갈 것인데, 이와 같다면 마음이 한 곳에 전념하지(전일) 못할 것입니다. 신도 세종 때에 역시 신숙주 등과 함께 산사에서 사가 독서하도록 명을 받았었습니다.

요즈음에는 유생들이 절에 올라가는 것을 금하는 법령이 있습니다만(금승법)[3], 이는 대개 미친 아이들이 절의 벽을 더럽히고, 경책(책)을 도둑질하기 때문입니다.

지금의 문신 등은 유생이 할 바가 아니므로, 어찌 이러한 폐단이 있겠습니까?'

하자, 이에 임금께서 도승지 현석규에게 명하기를,

'이 뜻을 가지고 독서인들에게 유시하도록 하라.' 하였다.(성종실록 68권, 성종 7년 6월 28일 기해 2번째 기사, 1476년)

대봉은 사가독서를 마련해준 임금에 대해 무한한 영광을 드리면서 그에 대한 느낌을 글로 표현하였다.

「상께서 즉위 하시고 문을 숭상하며 다스렸으니 한 시절의 호걸스런 선비들이 조금씩 과목(과거)을 통해 출신하였다. 대개 이미 벼슬이 내려지고 비단옷을 입었으니 곤(닭)이 변하여 붕이 되었는데 깃을 씻고 날개를 치며 일찍이 그 힘을 조금도 쉰 적이 없었기에 그 뜻이 어찌

3　　승려 가 되는 것을 금하고 승려를 환속시킨다는 법률. 불교 말살 정책이라 해도 과언이 아니다.

본래 조선이 숭유억불을 하지 않았느냐고 되물을 수 있겠지만, 성종 이전의 왕들은 불교의 세력이 더 커지는 걸 막았으나, 한쪽으로는 왕가의 묘를 살피는 원찰에 내수사를 통해서 적당한 지원을 해주는 편이였다.

大峯은 熙止를 稀枝로,

우리 같은 소인들에 가깝다고 말할 수 있겠는가.

임금 되신지 8년 된 병신년(1476)에 임금이 교서를 내려 이르기를

"뜻있는 선비들은 직무에 매여 학문을 전적으로 할 수 없다. 이로부터 원대한 뜻을 이루는데 방해가 되니. 진실로 내가 사람을 만드는데 도울 것을 요구하는 뜻은 아니지만 문신으로 나이가 적고 영민한 자를 선발하여 장차 고원하고 기국이 큰 사람 약간 명을 특별히 사가하여 산방에 나아가 공부하도록 하겠다."고 하셨다.

이에 인천 채후 기지, 영가권후 숙강, 양천 허후 헌지, 고령 유후 극기, 중화 양후 가행, 창녕 조후 대허가 그 선발에 뽑히어 곧 명에 의해 장의사에 가서 공부하였는데 이전에는 겨를이 없어 읽지 못했던 책을 읽게 되었다. 이로 인하여 녹봉 주는 사람을 시켜 식사를 제공하게 하고 술 담는 사람을 시켜 단술을 담그게 하니 대체로 거처와 음식이 뜻대로 잘 갖추어졌던 것이다.

아. 영광스럽도다.

절은 인왕산 백악 북쪽 삼각산 서쪽에 있었는데 맑고 깨끗하며 특별한 경관이 있었다. 더욱이 푸른 골짝 물이 거문고 소리를 울리고 흘러 절간 창문 아래를 둘러서 빠져나가고 있었다.

모든 산과 물이 청량하고 시원한 기운이 절에 다 모여 있었으니, 절에는 이러한 것이 없어서는 안 될 것이다.

지금은 또 여러 군자들을 위해 있으니, 아침과 낮에 터득한 것이 끝이 있단 말인가? 후일 공과 명성을 이루면 여러 사람들의 모범이 되어 우뚝 설 것 같으면, 그 근원은 아마 이 절일 것이다. 만약 허공에 잠긴 자와 같은 사람이 있다면 가서 그를 따르고자 한다.

늙어서도 얻을 수 없을 것이니 차생此生(이승)에서 다시 벼슬에 나가는 일이 없을 것이로다. 아...」

*부록 : '사가독서에 대한 대봉의 글' 원문 참조[4]

장의사藏義寺[5]에서 사가독서를 하면서 대봉은 다른 6명과 많은 교류를 하였다.

이듬해 3월 대봉은 원각사 개창 때 상소문을 올렸던 친구들과 독서당 친구들과 함께 16명이 모여 '문회당文會堂'[6]이란 교류집단을 만들고 상호

---

4 부록: '사가독서에 대한 대봉의 글' 대봉문집 원문

題賜暇讀書藏義寺圖

上旣卽位. 治尙文. 一時豪傑之士. 稍稍由科目出. 蓋已釋褐而錦. 鷗化而鵬. 而方且刷羽鼓翼. 未嘗少休其力焉. 其志豈近小云哉. 八年丙申. 上敎若曰. 有志之士. 牽於職事. 未能專業. 由是. 泥於致遠. 甚非予作人求助之意. 其選文臣之年少而敏. 將遠且大者若干人. 特賜暇. 詣山房讀書. 於是. 仁川蔡侯耆之, 永嘉權侯叔強, 陽川許侯獻之, 高靈兪侯克己, 中和楊侯可行, 昌寧曺侯大虛. 實膺其選. 乃命往藏義寺. 讀前所未暇讀之書. 仍使廩人致餼. 酒人設醴. 凡居處飮食之具. 無不如意. 吁榮矣哉. 寺在仁王白嶽之北三角山之西. 有蕭灑絶特之觀. 又有碧澗鳴絃. 遶出於軒窓之下. 凡山水淸泠疏爽之氣. 皆寺之有也. 寺不得有之. 而今爲諸君子有. 其朝晝所得. 可涯耶. 他日功成名遂. 卓然立於衆人之表. 其源. 蓋此寺也. 若涵虛子者. 欲往從之. 而老不可得. 此生無復有進也. 噫.

5 장의사는 현 서울 서대문구 세검정 쪽에 있으며 연산 임금 때 놀이터로 변했으며 당간 지주만 남아있다.

6 유북한사遊北漢寺 16인

: 〈三月三日여제우연구〉 김선원 맹성金善源 猛省, 권숙강 건權叔强 健, 이국이 창신李國耳 昌臣, 정자건 석견鄭子健 錫堅, 채기지 수蔡耆之 壽, 신차소 종호申次韶 從濩, 이형지 의무李馨之 宜茂, 표소유 연말表少遊 沿沫, 김군절흔金君節訢, 강자문 경서姜子文 景敍, 조백부 지서趙伯符 之瑞, 최자진 숙생崔子眞 淑生, 정청경 회鄭淸卿 淮, 강자온 백진康子韞 伯珍, 김미수 수동金眉叟 壽童, 급여범십육인운及余凡十六人云

大峯은 熙止를 稀枝로,

간 시를 낭송하기도 하면서 학문을 연구하였다.

16명은 각자 아래의 시를 지었다.

樊籠初出鶴. 令節屬三三. (善源) 새장에서 처음 나온 학과 같은 우리들 시

절은 명절인 삼진날 여기서 만났네. (김선원 맹성)

遂與金閨*彦. 同尋玉正*菴. (次昭) 마침내 금마문인 조정의 선비들과 함

께 옥정의 암자와 같은 이 절을 찾아 왔네.(신차소 종호)

*금규는 조정을 뜻함.

*옥정은 중국 태화산에 있는 것으로 북한산의 별명이 화산이므로 이 절을 옥정암에 비유함.

行行緣石磴. 稍稍入煙嵐. (少遊) 비탈진 돌길을 따라 오르고 올라가서 연

기 같은 산기운 속에 점점 들어왔네. (표소유 연말)

詩橐逢僧付. 酒壺借吏擔. (健) 시를 넣은 주머니를 마중 온 중에게 들리고

술동이는 낮은 관리더러 메고 가게 하였네.(권숙강 건)

負兒傳古嶽. 安佛護靈龕. (眉叟) 아이를 업은 모습의 백운대는 이 산의 전

설이고, 부처님을 안치하여 놓은 곳은 신령스런 감실일세. (수동 김미수)

天作邦家鎭. 地疑化手鐫. (耆之) 이 산은 하늘이 만든 이 나라의 진산인데

땅이 조화옹의 솜씨로 꿰매어 만든 듯하네.(수 채기지)

宮城低日月. 江漢劃東南. (君節) 궁궐이 있는 성 아래, 해와 달이 낮게 보

이고 한강의 강물은 동남쪽으로 금을 그어 흐르네.(흔 김군절)

吾輩昇平値. 春風討勝堪. (子韞) 우리들은 평화로운 승평세월을 만나서

삼진날 봄바람 타고 좋은 경치 찾았네.(백진 강자온)

林禽啼款曲. 巖蕊拂監毯. (子文) 숲속의 새들은 간절한 정으로 울부짖고

연구: 초련과 끝 연을 제외한 나머지 연은 모두 대구로서 시규에 맞게 같은 주제를

같은 운에 글자로 표현한 시임.

바위에 핀 꽃에는 꽃술이 펄펄 날리네.(경서 강자문)

絶壑須携策. 窮巓不藉 籃. (子眞) 인적 끊긴 골짜기엔 지팡이 끌고 가야하

고 산꼭대기에 오를 때는 대 가마 타지 않았네.(숙생 최자진)

踏靑仍散步. 浮白間豪 談. (子健) 삼짇날 답청놀이 따라 이리저리 거닐고,

통쾌히 술 마시며 호방한 이야기 나누네.(석견 정자건)

淨業應眞界. 隨緣卽好 男. (國耳) 극락정토의 수행하는 이곳은 부처세계

인데 인연 따라 여기 온 사람은 다 호남아들일세.(창신 이국이)

如行會稽畫. 却御穆王 駿. (伯符) 월나라 수도 회계산을 그림에서 본 듯한

데 그곳은 목왕(주나라의 왕)이 정복한 말이 머물렀었지.(지서 조백부)

欲別攀幽桂. 重游證老 曇. (可行) 우리 과거급제자들 끼리 서로 작별하려

고 거듭 노닐며 늙은 스님*을 증인으로 삼았네.(가행 양희지)

*늙은 스님은 김시습과 함께한 현열 스님을 말함.

秪要魂礴瀉. 非是景光貪. (馨之) 높고 험하고 쏟아지는 모습, 보려는 거고

좋은 경치들을 탐나서 온 것은 아니라네.(의무 이형지)

回抵金剛窟. 餘暉樹杪含. (淸卿) 돌아와 금강굴에 도착하여 바라보니 남

은 해가 아직 나무 끝에 달려있네.(회 정청경)

또한 나름대로 학문과 정치를 배워갔다.

◆ ◆ ◆

부인은 늦은 나이에 셋째 아이를 출산 후 첫 돌이 지나서 한성으로

왔었다. 대봉은 셋째 아이를 4 개월 만에 휴가차 보고서 모처럼 아이

들과 함께 지내다가 두 아이는 울산에서 어머님과 함께 있게 하고 부

大峯은 熙止를 稀枝로,

인과 함께 한양에서 생활하고 있었다.

대봉이 하루는 퇴근하니 부인이 책을 한 권 보여주었다.

'내훈'이라는 책인 데, 부인은 그 책을 구하기가 하늘의 별따기처럼 어려웠다 했다. 그것도 필사본인지라 몇 사람의 줄을 놓아 겨우 구했다며 자랑을 하고 있었다.

그러지 않아도 내훈에 대한 얘기를 들은 바 있지만 실제 보지는 못하였는데 보게 되니 궁금증이 더하였다.

대봉은 부인과 함께 그 책을 읽어보았다.

저자인 인수대비(소혜왕후는 인수대비 사후에 준 시호임)께서는 '부녀자들이 쉽게 읽을 수 있는 교양서적이 없음을 안타깝게 여겨, 중국의 열녀전, 소학, 여교, 명감의 네 책에서 부녀자들의 훈육에 요긴한 대목을 뽑아서 이 책을 만들었다.' 했다.

책머리에 인수대비의 내훈서와 목록, 책 끝에는 상의 조씨의 발문이 있었다.

책은 한문과 더불어 정음(...李氏女戒예 닐오디 ᄆᆞᆺ매 ᄀᆞ초아슈미 情이오... 등)이 함께 있어 부녀자들에게는 안성맞춤이었다.

권1에는 언행, 효친, 혼례, 권2에는 부부, 권3에는 모의(어머니의 가르침), 돈목(정이 두텁고 화목함), 염검(검소함) 등 전체를 7장으로 나누어서 실었다.

부부는 책 내용을 두고서 많은 예기를 나누었다.

대봉이 먼저 물었다.

"상의(상궁 중 최고위) 조씨가 누구인지 아시오?"

"아마 상궁인 것 같은데, 잘 모르겠습니다."

"상궁인 것은 맞는데, 상궁이지만 그의 문장 솜씨가 아주 뛰어났어

요. 정희왕후께서는 한자 문혜(실력)가 부족하여 조씨의 덕을 크게 본 거지요."

"크게 덕 보다니요?"

"정희왕후께서 수렴청정하실 때 그분께서 나라 문서를 모두 조씨[7]가 뒷받침하였다오. 그래서 인수대비께서도 조씨의 문장력을 알아보고 많은 것을 참조했던 모양이네요. 그래서 발문에 조씨의 것이 있었는 거지요."

"어머나, 어찌 그다지도…"

"부인께서도 많이 알고 있잖소. 그 옛날 '채련곡'이니, '연리지', '비익조'등을 아시는 것 보면…"

부인은 살며시 웃음 지으며 얼굴이 붉어지듯 했다.

대봉은 허허 웃고는 또 책을 넘기며 한마디 했다.

"그런데 이 책이 부인들을 위해 만든 것이라 했지만 우리 남자들에게 한 것 같은데요…"

"무슨 말씀인지요?"

"여성이 행해야 되는 효도 내용인데, 원론적인 차원에서 간단히 제기하였지만. 반면 아들이 그 어머니에게 행하여야 하는 내용들은 구체적으로 열거하는 데 매우 많이 제시되고 있어요. 이건 좀…"

"좀 그렇긴 하군요."

---

7   조대두가 본명이며 문장력이 뛰어나 한문은 물론이고, 이두, 범어 등에 조예가 있어 한글창제에 도움을 준다. 훗날 '자비암 육경합부'(세조 6)를 흥천사에서 판각한 목판을 상의 조씨가 그것을 판본으로 하여 경전을 만들었고, 한자의 궁서체를 만든 사람임. 연산군때 포상을 받기도 했으나 뇌물관계로 재산이 몰수되기도 함.

                                      大峯은 熙止를 稀枝로,

"여성이 아닌 남성들에게 훈육하는 방식으로 기술되어있어서.... 이 건 겉으로는 여성들이 보고 익혀야 할 정숙한 예절 책이라고 하고서 는, 실제로는 아내 곁에서, 아니면 몰래 이 책을 읽을 신료들이나 기타 남성들에게

'이거 보고 제발 여성을 좀 제대로 알아라...' 하는 것 같은데요."

"글쎄요, 그건 좀 심한 말씀이 아닌지 모르겠습니다. 남편은 아내의 하늘이라고 하는 것도 있는데요, 뭘....

어쨌든 아이들이 어미한데 잘해야 한다니, 이런 차에 우리 아이들 한데도 가르쳐야 하겠습니다. 우리들에게 잘 하라고..."

"그럽시다. 다음 휴가 때는 가보기로 합시다. 공부들은 잘 하고 있 겠지.... 막내 놈 영대 놈도 제법 똑똑한 걸 보니 잘 할 거라 생각되오. 허허"

그들의 두 아이들은 울산에서 할머니와 함께 있다. 큰 아이는 문선 이고, 작은 아이는 배선이다.

대봉은 인수대비가 쓴 서문을 읽으면서 인수대비의 총명함에 더 큰 감명을 받았다.

명문가의 자손이면서 명나라에게 바치던 공녀(貢女)제도를 없앴던 한확(韓確) 의 자손으로, 인수대비는 유교적 부덕(婦德)을 닦고 언행도 법도에 어긋남 이 없었다.

특히 왕손 양육에 있어서도 작은 실수나 허물도 비호하지 않고 훈 계하였기에, 세조임금으로부터 폭빈(暴嬪)이라는 별명을 들을 정도였다.

인수대비가 쓴 내훈의 서문은 이렇다.(번역본.)

「무릇 사람은 태어날 때 하늘과 땅의 영험한 기운을 받고 오상(五上)의 덕

을 품어 이치로는 옥과 돌이 다름이 없되, 난초와 쑥이 차이가 있는 것은 어찌 된 일인가.

자신의 몸을 닦는 도리에 있어서, 다하고 다하지 못함이 있기 때문이다.

주나라 문왕(文王)의 교화가 태사(太史)의 밝은 덕에 의하여 더욱 확대되었고, 초나라 장왕이 패주(霸主)가 될 때 하희(夏姬)(춘추시대 하어숙의 미망인)의 힘이 컸으니, 임금을 섬기고 지아비를 섬김에 있어서 누가 이들보다 나을 수 있으리오.

나는 책을 읽다가 달기(妲己) 의(주왕의 애첩. 주지육림(酒池肉林), 포락지형(砲烙之刑)의 선구자)웃음과 포사(褒姒)(춘추전국시대 경국지색)의 총애와 여희(麗姬)(춘추전국시대의 경국지색)의 울음과 비연의 참소에 이르러 일찍이 책을 덮고 마음에 서늘함을 느끼지 않은 적이 없었다.

이로써 보건대, 나라와 집안의 치란흥망(治亂興亡)이 비록 남편과 군주의 총명함과 우매함에 달려 있으나 부녀자의 착하고 착하지 못함에도 관계된다. 따라서 부녀자도 가르치지 않을 수 없다.

무릇 남자는 마음이 호연한 가운데 노닐고 뜻을 미묘(美妙)한 데 두어서 옳고 그름을 스스로 분별하여 자기 몸을 지탱할 수 있으니, 어찌 나의 가르침을 기다린 후에 행하리오.

여자는 그렇지 않아서 길쌈의 굵고 가는 것에 만족하고 덕행의 높음을 알지 못하니, 이는 내가 날마다 한스럽게 여기는 바이다.

또한, 바탕이 맑고 통달한 사람이라 하더라도 성인의 가르침을 보지 못하고 하루아침에 갑자기 귀하게 되면, 이는 원숭이에게 관을 씌운 격이며 담장을 마주하고 서 있는 것과 같다.

진실로 세상에 몸을 세우고 남과 이야기하기 어려울 것이니, 성인의 가르침은 천금으로도 다 갚지 못한다고 말할 수 있다. 일에는 어려운 것과 쉬운 것이 있으니, 맹자께서 이렇게 말씀하셨다.

'태산을 끼고 북해를 건너는 일을 두고 남에게 나는 할 수 없다 라고 말하면 이는 진실로 할 수 없지만', 윗사람을 위하여 나뭇가지를 꺾는 일을 두고 '나는 할 수 없다'라고 말하면 이는 하지 않는 것일지언정 할 수 없는 것은 아니다.

윗사람을 위하여 나뭇가지를 꺾는 일은 쉽고 태산을 끼고 북해를 건너는 일은 어렵다. 이로써 보건대 몸을 닦는 도리는 너희들이 두려워할 일이 아니다.

요와 순은 천하의 큰 성인이시나 단주와 상균같은 아들을 두었으니, 엄한 아버지가 부지런히 가르쳐도 도리어 어질지 못한 자식이 있거늘 더구나 나는 홀어미로 옥 같은 마음을 지닌 며느리를 볼 수 있으랴. 그러므로 '소학, 열녀, 여교(취미), 명감' 등이 매우 적절하고 명백하되, 권수가 자못 많아 쉽게 알지 못하므로, 이에 네 권의 책 가운데 중요한 말씀을 취하여 일곱 장으로 엮어 너희에게 주노라.

아아! 한 몸의 가르침이 여기 다 갖추어져 있으니, 그 길을 한번 잃으면 비록 후회한들 쫓을 수 있겠는가.

너희들은 이를 마음에 새기고 뼈에 새겨 날마다 성인이 되기를 기약하라. 밝은 거울이 맑고 맑으니 어찌 경계하지 않을 수 있으리오.

성화 을미년 초겨울 어느 날(1475년)」

◆ ◆ ◆

독서제로 학문연구에 한창일 무렵 임금께서는 중전을 맞이하였다.

임금님께서는 의정(3정승)을 지낸 사람과 의정부, 육조참판과 대간을 불러 말씀하시길.

"중전이 오랫동안 비어 있으니 내가 그 자리를 정하여 위로는 종묘를 받들고 아래로는 국모를 삼으려고 하였도다.

숙의 윤씨는 주상(예조)께서 중히 여기는 바이며 나의 뜻도 또한 그가 적당하다고 여겨진다.

윤씨가 평소에 '허름한 옷을 입고 검소한 것을 숭상하며 일마다 정성과 조심성으로 대하였으니', 대사를 위촉할 만하다.

윤씨가 나의 이러한 의사를 알고서 사양하기를, '저는 본디 덕이 없으며 과부의 집에서 자라나 보고 들은 것이 없으므로 사전(궁궐이란 뜻)에서 선택하신 뜻을 저버리고 주상의 거룩하고 영명한 덕에 누를 끼칠까 몹시 두렵습니다.'고 하니, 내가 이러한 말을 듣고 더욱 더 그를 현숙하게 여겼다."

정인지 등 신하들이 대답하기를, '중망(뭇 사람에게 받는 신망)에 매우 합당합니다.'하며 찬성의 뜻을 보냈다.

이어 중전께서는 사은전(사례한다는 뜻의 글)을 보내셨다.

"보책(좋은 책)이 뜰에 휘날리니 현천[8]에 합한 이를 구함이 마땅한데, 중곤(여자의 뜻)의 바른 자리가 그릇되게도 과덕(덕이 적음)한 몸에 미치었

---

8   현천 : 시경 대아 대명편에서 "문왕의 초년에 하늘이 배필을 정해 주셨네.……큰 나라에 따님이 계셨는데 천제의 누이 같으셨네.[文王初載 天作之合……大邦有子 俔天之妹]"라고 노래하여, 주나라 문왕의 후비가 천제의 누이에 비할 만큼 아름답다는 것을 나타내었음.

大峯은 熙止를 稀枝로,

습니다.

분수에 넘치는 일이라 몸 둘 바를 모르겠습니다.

삼가 생각하건대 성품이 용렬하고, 문벌이 미천하여, 계명(새벽에 이름을 알리는 것)의 경계함이 없었는데도 4년 만에 빈이 되었고, 인지(왕비가 임금의 자손을 번창 하게 하는 것)의 어짊이 없으니 감히 이남(영호남)의 성화를 도울 수 있겠습니까?

그리고 어찌 은총이 뜻밖에 천품(잘못한 자질)에 내릴 줄을 기대하였겠습니까?

삼가 성사는 예로 인하여 일어나고 교화는 가까이로부터 베풀어집니다.

하늘은 반드시 땅에 힘입는 것이므로, 이에 시작을 엄정히 해야 하고,

외치는 내치로 말미암는 것이므로, 이에 인륜의 시초를 삼가는 것입니다.

그런데 마침내 저같이 잔약(미천한)한 자질로 하여금 특수한 은혜를 입게 하셨습니다.

삼가 마땅히 규예(순 임금이 거처하던 곳)에서 순임금의 비가 되었듯이, 비록 덕행은 우나라의 여영(순 임금의 비) 에 부끄러우나, 위사(주나라 후비인 태사가 거처하던 곳)에서 문왕의 배필이 되었듯이, 주나라 태사를 사음(영원히 사모한다)하도록 하겠습니다."

대봉은 부인과 함께 임금님과 중전의 뜻을 전해 들으며 두 분의 '현천 인지'함을 빌고 빌었다.

◆◆◆

대봉은 사가독서수행을 끝날 즈음에 유호인, 조위등과 어울려 천렵을 위해 돈의문을 지나 흥덕사로 가던 중 '선행(善行)' 스님을 만났다.

선행스님은 동봉(東峯) 김열경(金悅卿)(김시습)의 제자이며, 동봉의 어려운 처지에도 불구하고 끝까지 동봉을 보살폈던 사람이다. 그 스님은 '선행'이라는 이름만큼 동봉에게 충성을 다한 사람이었다. 그는 그때 막 지리산으로 거처를 옮기려 할 때였다.

그에게 동봉에 대한 문안을 여쭈며 선행과 동봉을 위해 시 한수를 남겼다.

'欲別留衣出洞遲(욕별유의출동지) 옷 한 벌 남기고 작별하니 동굴 나서는 발걸음 더딘데,

愛聞黃鳥住移時(애문황조주이시) 사랑 찾는 꾀꼬리(황조) 소리 들으니 가는 걸음 멈추었다오.

秋來會着尋眞屐(추래회착심진극) 가을이 오면 함께 모여 나막신 신고 진경을 찾아,

斷俗菴中定見師(단속암중정견사) 세속과 단절된 암자 속에서 선사나 뵙도록 하세.'

◆ ◆ ◆

그러면서 세 사람은 각자 시 한 수를 지어 동봉 김시습에게도 글을 보냈다. 대봉역시 시 한수를 보냈다.

'敦義門前上馬遲(돈의문전상마지) 돈의문 앞에서 말 타고 어슬렁어슬렁

佳論川畔獵魚時(가론천반렵어시) 시냇가 고기 잡는 이야기가 좋아

大峯은 熙止를 稀枝로,

風流去去松京路 풍류객들은 송경(개성)으로 가고 또 가고[9]
疏宕三人一韻師 호탕한 세 사람 한 수씩 지어 스승님(김시습)께 바칩니다.'

♦ ♦ ♦

집현전과 사가독서제가 계유정난 사건 등으로 폐지되거나 형식이 변경되면서 수행하면서 궁궐에서는 더 큰 제도의 변경이 있었으니 그 것은 경국대전에 실린 경연제도였다.

경연제도는 지금까지의 세조 때와는 달리 공식인 문제가 되어 경국 대전에 정식으로 실리게 된다.

세조임금은 집현전 학자들이 중심이 되어 경연을 하고 있던 것에 불만을 표시하면서 집현전 자체를 폐지하면서 경연자체가 없어지게 되었다.

경연이란 중국 등에서 고려에 이르기까지 이어온 것으로 임금에게 덕에 의한 교화를 이상으로 하는 정치원리를 가르치고자 하는 목적이 었다.

대체적으로 유교를 이념화 하여 실시한 것이나 고려는 불교에 중심 으로 하다 보니 어느 정도 형식화 되다가 무신의 집권으로 폐지되었 다. 그러다 공민왕 임금 때부터 유고가 부활되더니만 조선에서는 국가 의 지도 이념을 숭유정책으로 근간으로 하면서 경연은 활성화 되었다.

---

9 돈의문은 조선 한양도성의 사대문 중 서문(西門)서문이며. 조선시대에 한성에서 평 안도 의주까지 이르는 간선도로의 시작점. 개성을 가기위해서 한성에서 반드시 거 치는 도로임.

경연의 주요 내용은 유교이념에서 나온 내용들이였다.

세종임금 때에는 경연의 질을 더욱 높이면서 집현전의 학사들을 경연관으로 운영하면서 임금 스스로가 경연에 직접 참여하였다.

경연의 주요 과목은 유교를 중심으로 하는 경학(經學)에 두었으나 정치문제를 협의하는 정치의 심장역할을 하기 도 하였다. 소위 '경연정치'가 시작된 것이다.

하지만 세조임금 때에 계유정난으로 집현전이 폐지되면서 경연은 중단 되었다가 새 임금(성종)이 들어서면서 예문관을 거쳐 홍문관으로 이어지면서 경연은 임금의 하루 일과처럼 되어 매일 같이 하였다.

특히나 새 임금께서 7살의 어린 나이로 등극하자 임금이 스스로 배우는 과정으로 하루 세 번 이상 경연교육을 강화하였다.

경연을 담당한 경연청(經筵廳)이 있으며 강사인 경연관은 당상관(堂上官)이며 당상관은 모두 겸직으로 정1품 영사(領事) 3명, 지사(知事) 3명, 동지사(同知事) 3명, 참찬관(參贊官) 7명이다. 그리고 담당하는 낭청(郎廳)(종3품 이하 관원으로 구성 됨)이 있다

영사는 3정승이 겸하고, 지사(정2품)와 동지사(종2품)는 정2품과 종2품에서 각각 적임자를 골라서 임명하였으며 참찬관은 여섯 승지와 홍문관 부제학이 겸하도록 하였다. 이러한 경연제도는 법의 제도아래 두게 되었으니 경국대전(經國大典)에 율령으로 실렸다.

◆ ◆ ◆

경국대전이라는 최조의 법전인 '경국대전'이라는 대법전은 세조임금 때 편찬되기 시작하여 현 임금 때 완성되었다.

大峯은 熙止를 稀枝로,

당시 조선의 법전은 기본적으로 당나라의 율령제(律令制)를 부분적으로 수용하여 필요에 따라 현실에 적용하는 체제였다. 그러면서 법전을 따로 편찬하지 않고 개별 사안에 대해 임금의 판단으로 통치를 했다.

그리하여 옛 부터 고려의 법은 사흘만 지나면 흐지부지된다는 뜻의 "고려공사삼일(高麗公事三日)"이라는 말이 유행하였고 같은 사안에서도 재판관의 기호에 따라 다른 판단이 내려져 혼란을 가져왔다.

이를 수습코자 세종 때는 육전(六典) 5권과 등록(謄錄)(일지 형식으로 기록된 관아의 소관업무)1권을 완성한 후 1년 동안 검토하여 반포했으나 역시 누락된 조문이 많고 논란이 커져서 사실상 사문화(死文化)되었다.

그러다 세조임금은 즉위하자마자 이, 호(吏, 戶), 예, 병(禮, 兵), 형, 공(刑, 工)의 부서별 세분하여 법전을 만들고자 했다. 육전을 담당할 수 있는 '육전상정소(六典詳定所)'를 설치하고 통일 법전 편찬에 착수했다.

당시 이를 주도한 사람이 서거정이었다.

서거정은 경국대전의 편찬에 대하여 세조임금의 말과 함께 다음 같이 말하였다.

「예로부터 제왕들이 천하 국가를 다스린 것을 보자면, 창업을 한 군주는 경륜이 초매(草昧)(하늘과 땅이 처음 만들어지던 어두운 세상이라는 뜻)하여 전고(典誥)를 살필 겨를이 없었고, 수성(守城)을 한 군주는 선왕이 이루어 놓은 법도만 지키며 예악(禮樂)을 만드는 일이 없었다.

옛날 임금께서는 천명을 받아 군주의 자리에 올라 나라를 중흥하였으니 창업과 수성의 공적을 겸하셨다. 문덕(文德)이 빛나고 무위(武威)가 확고하며 예법이 갖추어지고 음악이 흥기하였으며 부지런히 훌륭한 정치를 도모하시고 널리 예악의 제도를 정비하셨다.

무릇 임금(세조)께서는,

'우리 조종(祖宗)의 깊고 두터운 인택(仁澤)과 크고 아름다운 규범이 실려 있는 법령으로는 원육전(元六典), 속육전(續六典), 육전등록(六典謄錄)이 있고, 또 누차 내린 교지(教旨)도 있으니, 법은 많았으나, 그런데도 관리들이 용렬하고 어리석어 봉행하는 데에 어둡나니, 참으로 과조(科條)(법률, 명령, 규칙 등 의 각각 의 조목)가 번잡하고 앞뒤로 법조문이 모순되어 하나로 크게 정해지지 않아서일 뿐이다. 이제 조정하여 증감하고 산정(刪定)하고 회통(會通)하여 만세토록 사용할 수 있는 법을 만들고자 한다.' 하셨다.」

조정에서는 영성부원군(寧城府院君)(정1품) 최항, 우의정(정1품) 김국광(金國光), 서평군(西平君) 한계희(韓繼禧), 우찬성(종1품) 노사신(盧思愼), 형조 판서(정2품) 강희맹(姜希孟), 좌참찬(정2품) 임원준(任元濬), 우참찬(정2품) 홍응(洪應), 중추부 동지사(종2품) 성임(成任) 및 한성부(정2품) 윤(尹) 서거정에게 명하여, 여러 조목들을 모아 상세히 살펴 취사선택하여 편차를 정해 책을 만들되 번잡하고 쓸데없는 것은 버리고 정간(精簡)토록 하였다.

책이 이루어지자 여섯 권으로 만들어서 올리니, 전 임금인 세조께서 「경국대전」이라는 이름을 주었다. 세조임금께서는 교정을 보지 못한 채 돌아가시고 전 임금이신 예조께서 반포하였다.

서거정은 경국대전의 반포와 더불어

"우리 태조께서 하늘의 뜻에 부응하고 인심에 순응하여 나라를 세우고 기강을 확립하시니 규모가 원대하셨다.

세 사람의 군주께서 서로 이으며 안정된 계책을 이어 왔으니, 제도가 밝게 갖추어졌다. 이어 세조께서는 신령한 생각과 깊은 지혜가 천고에 탁월하셨다.

大峯은 熙止를 稀枝로,

총명하신 전하께서는 이 법을 잘 따르고 잘 봉행하여 금과옥조로 여기고 옥돌에 새겨 영원히 광채를 드리우시니, 아름답고 성대한 일이다.

지금부터 자자손손 이어서 훌륭한 군주가 나와 모두들 이 「경국대전」을 준수하며 어기지도 않고 잊지도 않는다면, 우리 국가의 문명의 정치가 어찌 오직 주나라보다 융성할 뿐이겠는가. 억년 만년 무궁한 왕업이 응당 더욱 장구하게 이어질 것이다."

이처럼 경국대전의 반포는 당시 조선이 가지는 '대전大典 체제'를 구축했음을 말하며, 고려의 중세 귀족적 사회와 다른 조선의 새로운 관료체제 즉 양반 관료체제가 조선에 정비되었음을 보여준다.

이런 양반 관료 체제의 정비는 국왕을 정점으로 하는 중앙집권적 관료제를 밑받침하는 통치 규범의 확립을 의미한 것이다.

물론 새로운 법의 일방적인 창조라기보다 당시 현존한 관습법적인 고유법을 성문화成文化하여 조선 사회 나름의 질서를 후대로 이어준 것이었다. 경연제도가 '대전체제'에 부속된 것이다.

06

대봉은 임사홍과 유자광을 만나다

6. 대봉은 임사홍과 유자광을 만나다

대봉은 사가독서가 22개월 만에 끝나자 성종임금 9년(1478년) 4월에 무공랑(務功郞) 승정원 주서(注書)(정7품)의 보직을 맡게 된다. 대봉의 직책이 임금의 비서역할을 하는 것이다.

대봉이 처음 경연(經筵)에 입시(궁궐에서 모임)하였을 때 임금께서 착건의뜻(繫巾)을 물으셨다. 참가한 모든 사람들이 섣불리 대답을 못하고 있는 차에 임금께서 대봉을 돌아보시고 이르기를 '너의 박식강기(博識剛氣)함을 들었는데 나를 위하여 말해 주게'하셨다.

이에 대봉이 일어나 사례하고 말하였다.

"시신의 얼굴을 덮을 때 입에 해당하는 부분을 잘라 그곳의 구멍을 뚫는 것을 착건(繫巾)이라 말하는 것입니다, 즉 중국에서는 대부(大夫) 이상의 상례(喪禮) 때에는 이 구멍을 통해서 반함(飯含)(염습할 때 입안에 구슬 또는 쌀을 넣는 것)을 하였습니다.

이를 착건(繫巾)이라 하는데《예기(禮記)》〈잡기(雜記) 하(下)〉에는 '착건(繫巾)하고 반함(飯含)(염습할 때 죽은 이에게 입에 구슬과 씻은 쌀을 물림)하는 것을 공양가(公羊買)(장례심부름 사는 사람)가 행하였으며(繫巾以飯 公羊買爲之也),' 후한 말기의 유학자인 정현(鄭玄)은 '대부 이상

大峯은 熙止를 稀枝로,

은 빈(상례를 절차에 따라 주관하는 사람)이 반함을 행하였는데, 이를 착건이 있었다고 하였습니다.(대부이상 빈위반언 칙유착건)'라고 하였습니다.

당나라의 유학자인 공영달은 '대부 이상은 신분이 귀했으므로 빈으로 하여금 직접 반함하게 하였는데, 시신을 빈이 더럽게 여겨서 싫어할까 봐 천으로 시신의 얼굴을 덮고는 입 부분에 구멍을 뚫고 반함을 하여 입에 넣도록 하였다고 하면서,(대부이상귀 고사빈위기친함 공시위빈소증예 고설건복시면이당구착천지 령함득입구야)'공양가가 사의 신분으로서 어버이에게 반함을 하면서 착건을 한 것은 어버이를 더럽게 여겨 싫어한 것으로 예를 잃은 것'이라는 설명을 하였습니다."

하고 말하며 전문을 서슴없이 외웠다.

이러자 임금께서는 매우 칭찬하시고 '문묘의 예법에 '무후(공명)'의 '팔진법'(공명의 전법중 하나)을 다시 물으니 공이 증거를 대어서 자세히 대답'하니 임금께서는 더욱 칭찬하시고 이르시기를 옥당(홍문관)이 이만해야 한다고 하셨다.

임금은 대봉과 함께 후원에서 무신들과 재상을 모아 양편을 갈라 관사(활쏘기)를 하면서 대봉도 활쏘기에 참여하였다. 이긴 편에게는 녹피(무신들이 사용하는 옷)1장씩 하사하고 대봉에게는 활 1장을 하사하였다.

그해 5월에는 임사홍, 유자광, 박효원, 김언신에 대하여 대간들과 논의를 한 바가 있었다. 물론 대봉은 주서로서 그 논의에 대해 직접적인 말을 할 수 없었으나 임금님의 뜻에 따라 임사홍과 유자광, 등에 대해서는 며칠간 논의에 참가할 수 있었던 지라 그 내용은 쉽게 알 수 있었다.

며칠 전부터 이다. 지난 4월 초 하루 날에 황사 비[1]가 내렸다.

많은 비는 아니었지만. 임금께서는 '하늘이 왕에 내리는 경고, 재변이라고 규정'하고 이 경고를 해결할 방안을 내 놓으라 명했다.

유교를 통치 이념으로 하는 국가에서는 재이는 하늘이 왕에게 보내는 경고로 인식되었다. 때문에 재이가 발생하면 왕은 자신의 허물을 인정하면서 어떤 정치적 잘못이 재이를 초래하였는지 신하와 백성들에게 묻는 구언교지를 내렸다.

그러면서 임금께서는 몇 가지 예를 들었다.

"내 세금이 과했는가?"

"내가 공사를 자주 했는가?"

"내가 내린 형벌이 적절치 못했는가?"

"내가 사람을 잘못 썼는가?"

"내가 탐학한 수령을 적발하지 못했는가?"(1478년 4월 1일 '성종실록')

그러면 신민은 자신이 생각하는 당시의 가장 잘못된 정치가 무엇인지를 적어 응지상소를 올렸다.

당시 사람들은 응지상소에서 지적한 내용을 왕이 받아들이는 것을 성군의 자질로 인식하였다. 따라서 구언은 민생을 안정시키고 언로를

---

1   황사비는 봄, 초여름에 중국내륙의 사막이나 황토지대의 가는 모래가 강한 바람을 타고 높이 올랐다가 다시 내려오는 흙비 현상임

大峯은 熙止를 稀枝로,

확대시키는 것으로 생각하였다.[2]

황사비가 내린 이유를 묻겠다고 해놓고서 임금께서 그 이유와 결과를 미리 밝혀버렸으니 대신들에게는 아프기 짝이 없는 구언(求言)일 수 밖에 없었다.

대신들이 그제야 저마다 의견을 내놓았는데, 주로 사치를 금하고 술을 금하라는 내용이었다.

이때 도승지(정3품 당상관)인 임사홍이 조금은 엉뚱한 말을 내놓았다.

"흙비는 재이(災異)가 아니며 제사가 연이어 있는 시점에 마음만 반성하면 되지 자연현상 때마다 금주(禁酒)를 해대면 어찌 살라는 말인가. 금해봤자 벼슬아치들은 무사하고 백성들만 적발될 뿐."

도승지 임사홍은 문장에 능하고 글씨에 능하며, 서예솜씨와 중국어 등에 능통하며, 직언을 서슴지 않는 관료였다. 그런 그가 임금도, 대신 및 대간들도 기대 않던 말을 하니 대신 및 대간들은 어수선 하였다.

대봉도 임사홍의 말에는 전적으로 동의하지 않으나 그의 '술을 금해봤자 벼슬아치들은 무사하고 백성들만 적발될 뿐'이라는 말에는 수긍이 갔었다.

1년 전에(성종 8. 1477년) 임사홍이 서얼 출신인 유자광과 손을 잡고 지

---

2 유교를 통치 이념으로 하는 국가에서 재이(災異)는 하늘이 왕에게 보내는 경고로 인식되었다. 때문에 재이가 발생하면 왕은 자신의 허물을 인정하면서 어떤 정치적 잘못이 재이를 초래하였는지 신민(臣民)에게 묻는 구언(求言) 교지(教旨)를 내렸다. 그러면 신민은 자신이 생각하는 당시의 가장 잘못된 정치가 무엇인지를 적어 응지상소(應旨上疏)를 올렸다. 당시 사람들은 응지상소에서 지적한 내용을 왕이 받아들이는 것을 성군의 자질로 인식하였다. 따라서 구언은 민생을 안정시키고 언로를 확대시키는 데 기여하였다.

평 김언신을 사주하여 효령대군의 손자 서원군의 사위인 도승지 현석
규를 '왕안석 같은 소인이라고 탄핵'하도록 하였다.

김언신에 이어 유자광도 현석규를 공척(모함하는 것)하는 소를 올리자,
성종임금은 이를 붕비(붕당을 이루는 것)로 보고 그 발설자거 김언신이라
생각하고 그를 하옥하였다.

그러나 사헌부와 사간원의 구원 상소와, 홍문관부제학(정3품) 유진,
예문관봉교(정7품) 표연말, 종실 주계부정 심원[3]의 잇따른 상소에서 그
장본인이 임사홍이가 사주한 것으로 밝혀져 임사홍은 의주로, 유자
광은 동래로 각각 유배된 바 있었다.

이에 대봉은 김언신에 대해 아래와 같이 상소를 올려 김언신은 마
침내 석방되었다.

『삼가 지평 김언신의 죄를 어찌 말할 수 있겠습니까. 대신을 논핵하
고 조금도 꺼리낌이 없었습니다. 국문하는 뜰에 나아가서도 말소리와
기운이 더욱 거칠었으니 이는 죄 위에 죄를 더하는 것으로 용납되고
보호받을 수 없습니다.

다만 생각건대 언신은 본디 교묘하게 말을 돌리며 유순한 부류는
아니옵니다만, 일찍이 강개하고 정직한 길로 나아가 편전의 별강(경연에
서 글을 가르치는 것)에서 특별히 임금님의 은총을 입었습니다. 지금 그의 행
동을 보면 비록 광기어린 잘못이 있었지만 실은 한 결 같이 국가를 위
한 충성에서 나온 것입니다. 만약 그 잘못을 그의 죄로 삼는다면 이미

---

3 이심원이 그의 고모부 인 임사홍의 간교함을 알고 성종에게 후일에 반드시 나라를
  그르치고 집안을 망하게 할 인물이니, 중용하지 말라고 간곡하게 청한 고사가 있음.

                                    大峯은 熙止를 稀枝로,

옥에 가두고 또 국문까지 하여 반드시 죽인 뒤에야 그만두려 했을 것인데, 한나라 조정에서 귀한 신하를 논척(물리치고)하고 전각의 난간을 부러뜨렸던 주운[4]인들 다만 어찌 목숨을 보전할 수 있었겠사옵니까.

일개 (김)언신은 족히 걱정하지 않아도 되지만, 천추만세에 장차 전하께서는 간쟁한 신하를 죽였다는 비판을 면할 수 없을 것입니다. 이로부터 대간의 신하들이 서로 경계하며 입을 닫을 것이니, 우리 전하의 총명과 예지로 어찌 여기까지 생각하지 않사옵니까.

엎드려 바라옵건대 전하께서는 우레와 같은 노여움을 조금이나마 거두시고 선뜻 받아들이는 성덕을 시험 삼아 미루어 보이시어 죄인 김언신을 특명으로 석방하여 주시옵소서.』

'간쟁한 신하를 죽였다는 비판을 받아서는 안 된다.'그 말이 임금에게는 뼈아픈 말이었을 것이다. 어쨌든 어수선한 가운데 '황사 비' 사건과 김언신 건으로 임사홍은 그날부터 사림들인 신하들에게도 '소인'으로 찍혀 사림들의 퇴출 대상이 되었다. 부록: 김언신 구명 (한자 원문)[5]

---

4 주운: 임금의 위세를 두려워하지 않고 직간을 하는 신하라는 말이다. 한나라 주운이 아첨하는 신하를 죽이라고 성제에게 바른말을 하던 중에 황제의 노여움을 사서 아래로 끌려 내려가다가 난간을 끝까지 붙잡고 버티는 바람에 난간이 모두 부서져 나갔다는 고사가 있다.《漢書 卷67 朱雲傳》

5 김언신 구명 차: 救持平金彦辛箚(한문)

伏以持平金彦辛之罪. 何可道哉. 論覈大臣. 少無顧藉. 就鞫殿庭. 聲氣逾厲. 是謂罪上添罪. 不可容護. 而第念. 彦辛. 本非巧回軟巽之類. 曾以慷慨直遂. 特蒙睿奬於便殿別講之日. 則今其擧措. 雖有狂妄之失. 而實出於斷斷爲國之誠矣. 若以狂妄之失而成其罪案. 旣繫之. 又鞫之. 必欲殺之乃已. 則漢廷斥貴臣折殿檻之朱雲. 顧何以保全其首領也. 彼一介彦辛. 固不足恤. 千秋萬世. 殿下將不免殺諫臣之譏. 而自此臺

특히 윤계겸, 이극균등은 임사홍을 간당의 조문에 해당되었으나 사람을 죽이지 아니 하였기에 사형은 아닐지라도 유배 등의 중징계를 요구하였다.

한편 유자광은 지난해 도총관(정2품)에 임명되었다. 도총관은 군의 최고 지휘부를 이루는 정2품 문관 직이었으나, 당연히 사헌부 등에서는 "첩의 자식이 도총관이 될 수 없다"는 반대가 빗발쳤다.

하지만 임금은 듣지 않았다. 그것은 의도적으로 사림파를 견제하려는 듯하였다.

물론 유자광은 스스로 물러나겠다는 뜻을 밝혔지만 임금께서는 듣지 않았었다.

이러자 이번에는 유자광은 임사홍과 파당을 형성해 권력을 남용했다고 대간들로부터 탄핵을 받았다.

그전에 임사홍은 폐비 윤씨 건에 '원자를 생각 하소서'라고 건의하여 일단 윤씨의 폐비 건을 막았지만 폐비윤씨를 추진하던 임금으로부터 많은 신뢰를 잃게 되었다.

그런 차에 황사비 사건과 관련하여 효령대군의 손자 서원군의 사위인 도승지 현석규를 왕안석[6] 같은 소인이라고 탄핵한 것이 유자광과 임사홍의 모의임이 들어나게 되었다.

서거정, 윤자운 등은 유자광이 붕당으로 임금을 속였지만, 사형을

臣相戒. 噤其口矣. 以我殿下之明睿. 豈不念及於此耶. 伏乞殿下. 少霽雷霆之威. 試推轉圜之盛. 罪人金彦辛. 特命放釋.

6　왕안석: 송나라의 재상. 신법을 주장하여 보수파들로부터 많은 비판을 받았음.

大峯은 熙止를 稀枝로,

금한다는 전하의 뜻을 받아 유배 등을 요구하였다.

임금께서는 의도적이긴 하지만 유능한 관리자 이며 왕실 사돈인 임사홍과 유자광을 수차례 변호했지만, 삼사(사간원, 사헌부, 홍문관)를 장악한 신하들은 그들의 처단을 요구했다.

대봉역시 상소를 올려 임사홍에 대한 논죄를 두 차례 걸쳐 건의하였다.

「신은 자그마한 정성으로 다시 임금의 총명을 더럽혔으니 죽을죄를 지었습니다, 죽을죄를 지었습니다. 신은 엎드려 살펴보건대 전하께서 지난번에 흙비의 재해 때문에 전지를 내려 바른 말을 구하고 지금 또한 그것을 말씀하셨습니다.

말씀이 매우 간절하고 지극하니 이는 성덕의 일입니다. 무릇 우리 안 밖의 신료들은 어명을 받들어 감탄하지 않음이 없어 말씀한 각 조목에 대해 바로잡는 방책을 진언한 자가 전후로 여러 명이었으니 끝내 전하의 가납과 채택을 받지 못하였습니다. 이것은 전하의 구언이 일시의 문구에 불과하여 애달파하는 성심에서 나오지 않았기 때문입니다. 전하께서 진실로 자신을 반성하는 행동이 있다면 이 두렵고 위험한 때에 무슨 까닭으로 일개 아첨하는 신하인 임사홍을 애석하게 여겨 위로는 하늘의 꾸짖음을 돌아보지 않고 아래로는 여론에 부응하지 않는 것입니까. 사홍의 간사함은 고금 천하에 어찌 다시 있겠습니까.

지금 흙비가 봄부터 여름까지 내려 백성을 병들게 하고 농사를 해친 것이 극심하였습니다. 전하께서 재해라 하셨고 대신도 재해라 하였고, 간관도 재해라 하였고 도 재해라 하였고 나라사람들도 모두 재해라 하였습니다.

그런데 사홍만이 홀로 재해가 아니라고 하며 마침 그렇게 된 것일
뿐이라고 하였습니다.

폐단 고치는 것을 막고 아직 이르지도 않은 풍년을 단정해서 말하
니 아첨하고 언로(言路)를 막음에 거리낌이 없고 음험하고 마음대로 하여
전하를 왕으로 여기지도 않았습니다.

신은 사홍의 이런 일이 조고(趙高)의 지록위마(指鹿爲馬)와는 어떠한지 알지 못하
나 참으로 양국충(楊國忠)이 장마는 농사에 해가 안 된다 고 한 것과 더불어
왕을 속이는 점에서는 한가지입니다. [7](위록지마, 양국충)

그러니 지은 집의 화려하고 사치스러움이 비록 법도 밖의 참람(僭濫) 된
것이긴 하지만 그것은 오히려 자잘하고 사소한 것입니다.

전하께서 시판(詩板)을 거두고 활쏘기를 그만 두었으니 간언(諫言) 따르기를 물
흐르듯이 한 현명함을 엿볼 수 있습니다.

직간하는 신하들이 김수온(金守溫)을 내쳐 금주령(禁酒令)을 청한 것은 참으로 사

---

7   위록지마, 양국충

(1) 지록위마(指鹿爲馬) : 진(秦)나라의 간신 조고(趙高)가 권력을 독단하기 위하여 이세황제(二世皇帝)를 속여서
한 말이다. 조고가 이세황제에게 사슴을 바치면서 말이라고 말하자 이세황제가 신
하들에게 물었는데, 사슴이라고 옳게 말하는 자도 있었고 조고의 비위를 거스르기
어려워 침묵을 지키거나 말이라고 대답하는 자도 있었다. 그 후 조고가 그때 사슴
이라고 말한 자를 골라 은밀히 제거하니, 이후로 신하들은 감히 그의 말을 거역하
는 자가 없게 되었다.《史記 卷6 秦始皇本紀》

(2) 양국충이 : 753년 당(唐)나라 관중(關中) 지방에 수해가 일어나 당시 황제였던 현종(玄宗)이 이
를 걱정하자, 양귀비의 6촌 오라비로 권력을 농단했던 양국충이 벼 중에 성한 것을
가져다 보여 주면서 "비가 많이 왔지만 농사에는 무방합니다."라고 속인 일을 말한
다.《舊唐書 楊國忠列傳》

   大峯은 熙止를 稀枝로,

악함을 막고 마땅함을 펼친 정성에서 비롯된 것인데 사홍은 대간의 논의는 들을 만한 게 없다고 여겼습니다.

저 사홍 또한 지혜롭지 못한 사람일 뿐입니다.

어찌하여 시를 짓고 활을 쏘는 일이 성인의 문무의 도와 관계없음과 김수온을 내치고 금주령을 청한 것이 대간의 헌체[8]에 합당함을 알지 못하고 옳음을 현혹시키고 그릇됨을 꾸미며 다른 사람을 배척하고 자신을 드러내었으니 이로부터 소인의 모습이 된 것입니다.

비록 당당한 정론이 국가를 이롭게 하고 백성에게 혜택을 주더라도 자신의 입에서 나오지 않고 다른 사람들이 혹 먼저 하면 반드시 시기하고 배척하여 소통하지 못하게 하며,

국정을 농단하고 대성(대간을 뜻함)을 통제하여 군주로 하여금 자신의 악행과 간사함을 듣지도 알지도 못하게 하였습니다.

그러나 열 개의 눈이 지켜보고 열 개의 손가락이 가리키고 있어 마치 속마음을 보는 듯 하니 정황과 흔적을 가릴 수가 없습니다.

전하께서는 사홍이 충성스러운지 아첨하는지 군자인지 소인인지 한번 살펴보십시오.

전하께서 명철함으로 가까이 할 것인지 내쫓을 것인지를 반드시 살펴볼 바가 있을 것입니다.

아, 사홍으로 하여금 하루 동안 조정에 있게 한다면 전하께서는 하루 동안 위험할 것이고 이틀 동안 조정에 있게 한다면 전하께서는 이

---

8 헌체 : 헌가체부의 준말. 군왕이 행해야 할 것을 진헌하고, 행해서는 안 될 것을 폐기토록 하는 것.

틀 동안 위험할 것입니다. 종사의 근심은 가까이 담장 안에 있고 혼란과 패망의 근심은 조석에 있을 것이니 지금 제거하지 않으면 반드시 후회가 있을 것입니다.

신은 시종하는 신하로서 상방참마검을 빌려 영신 사홍의 목을 자르고 주운의 고사를 따르지 못했으니 이 또한 신의 불충한 죄입니다.[9]

신은 사홍 부자와 더불어 조정에 붙어 충정에 격동되어 이들을 돌볼 겨를이 없었으니 이는 신의 사사로움이 아닙니다. 실로 국가를 위한 것이고 실로 백성을 위한 것입니다.

엎드려 바라건대 전하께서는 부승구지[10] 경계를 유념하시고 사악한 자를 주저없이 제거하라는 뜻을 실천하시어 유사에게 특명을 내려 국법을 빨리 바르게 하여 재해를 막아 나라를 보전하는 기반으로 삼으십시오.

신은 아주 간절히 바라는 지극함을 이기지 못하고 삼가 머리를 조아리며 말씀을 올립니다.」

대봉의 임사홍에 대한 소와 대간들의 건의로 결국 임사홍은 그 다음 달 의주로 유배형을 당했다.

---

9 상방참마검 : 상방은 한나라 때 어도를 만드는 관청이고, 참마는 예리하여 말을 벨 수 있다는 뜻이다. 한나라 성제 때의 강직한 신하 주운이 성제에게 "상방참마검을 주면 간신 한 사람을 참수하여 나머지 사람들을 경계하겠다." 한 일이 있다. 여기서는 어검을 가리킨다. 《漢書 卷67 朱雲傳》

10 부승구지: 분수에 맞지 않은 지위에 있음으로써 우환을 초래하는 것을 뜻한다. 《주역》〈해괘 육삼〉에 "짐을 지고 다녀야 할 처지인데 수레를 탄 격이라 도적을 불러오니, 정하더라도 부끄러우리라.〔負且乘 致寇至 貞吝〕"라고 한 데서 온 말이다.

大峯은 熙止를 稀枝로,

폐비 윤씨 건과 맞물려 그 일로 임사홍은 12년간 유배를 당한다.

혹시 임사홍에 대해서 성종임금은 훗날 세자의 일로 변고가 있을까하여 미리 대두한 것일까?

서자 출신(정3품 당하관堂下官)으로 세조임금의 눈에 띄어 출세한 유자광도 임사홍건과 사로 잡혀 동래로 유배당했다.(1478년 5월 8일 '성종실록')

이처럼 유자광은 관직 하나를 맡을 때마다 삼사三司 관원들의 격렬한 반대에 부딪쳤다. 유자광은 그의 언행에 대해 다소의 문제점이 있다하나 그의 능력, 당파를 떠나 오로지 그가 서자 출신이라는 것 때문이었다.

서자이기 때문에 차별을 받는 다는 것은 제도적으로 문제가 있는 것 같다. 물론 조정에서도 서자차별 제도를 만들긴 했으나 임금께서는 서자일지라도 능력이 있으면 그를 활용하였는데 신하들은 더욱 차별을 심하게 둔 것 같았다.

물론 임금께서도 그가 종친이 아니었다면 그렇게 했을 까 하는 의문이 있긴 하다.

◆ ◆ ◆

대봉은 3월의 따뜻한 봄기운을 느끼면서 모처럼 찾아온 정자건鄭子健[11](문회당 회원)과 함께 담소를 나누며 벌써 봄이 가고 있음을 한탄하며

---

11 정자건: 1444년 출생. 조선 전기에, 병조참의, 대사간, 이조참판 등을 역임한 문신. 이름은 정석견鄭錫堅, 자는 자건子健, 호는 한벽재寒碧齋. 1474년(성종 5) 식년문과에 을과로 급제, 허침과 《삼강행실三綱行實》을 만들었다. 1498년 무오사화가 일어나자 일찍이 김종직金宗直의 문집을 간행했다 하여 파직 당하였으나 후일 복직됨.

그에게 신한수를 남겼다.

三月天南節氣勻 삼월이라 남쪽 하늘은 날씨는 고른데,
中原池館會仙眞 중원의 연못가 누각에는 신선들이 모여 있네.
崇朝霢霂惺群槁 숭조(아침나절 살짝 비가 오는 것)에 부슬비 내려 마른
　　　　　　　　초목 일깨우는데,
盡日笙歌醉衆賓 온종일 피리불고 시 읊조리는 술 취한 빈객들.
聚散不其南北路 모였다 흩어짐에 기약 없이 남북으로 갈린 길,
浮沈何限古今人 덧없는 생 무엇으로 옛과 지금 사람을 한정하리.
客中送客堪惆悵 객사에서 나그네 송별하니 슬프기 그지없고,
花落鶯啼又送春 꽃 떨어지고 꾀꼬리 우니 또 봄을 보낸다오.

봄이 나를 보내는 건지, 내가 봄을 보내는 건지 두 사람은 봄기운에
젖었다.

◆ ◆ ◆

여름이 접어들 무렵, 몇 년 전 부터 어머니의 몸이 쇠약하여 걱정이더
니 아무래도 어머님을 함께 모셔야 되겠기에 임금께 사직을 청하였다.

그 전에 대봉은 승진하여 선무랑宣務郎(종6품 당하관) 홍문관 부수찬副修撰(종6품)이
었다.

마침 승진하자마자 배향코자한 곳이 문묘文廟가 아니고 인수대비 치료
를 위한 원각사圓覺寺에 배향키로 한 것에 대해 이의 부당함을 알리고 더불

　　　　　　　　　　　　　大峯은 熙止를 稀枝로,

어 임금께 사직을 원하는 글을 올렸다.

「삼가 신은 기질(숨이 막히는 병)의 병이 들어 벼슬을 그만두고 사저로 물러날까 합니다.

어제 초저녁에 예조의 관리가 배향 차첩(향관이 직첩을 직접 가지고 오는 것)을 가지고 와서 알리기를, "내일 아침 일찍이 와서 기다리십시오."라고 하였습니다. 신이 직첩은 펼쳐보니 언급된 장소가 없었습니다. 그래서 괴이하게 여겨 그에게 물으니, 대답하기를, "알지 못한다." 하였습니다. 신은 모래가 보름이기 때문에 반드시 문묘에 배향이 필요하여 성교가 있기 때문이 아닌 가 생각하였습니다.

금일 해가 뜬 후에 병중에 억지로 가마를 재촉하여 가는 길에서 또 어제 온 하리를 만났는데 비로소 배향의 장소가 문묘가 아니고 원각사라는 것을 알았습니다.

신은 자신도 모르는 사이에 아연실색해 놀라고 미혹되어 묻기를, "관리가 잘못 알고 있는 것 아닌가. 어찌 이런 일이 있는가. 길가의 집에 쉬게 하는 것은 그만두게 해야 한다."라고 하고 급히 사람을 보내 예조에 탐문하게 하니, 잠시 뒤에 관리의 말이 과연 잘못된 것이 아니었습니다.

아. 이것이 진정 임금께서 내린 교서입니까. 어떤 사람이 이르기를, "임금의 명을 받든다면 그럴 것이다."라고 하였으니 신은 실로 고루하여 앞서 또한 이러한 규범이 있다는 것을 알지 못했습니다. 나라에서 옥당을 설치한 것은 부처에게 공양하기 위한 것이옵니까? 부처에게 공양할 수는 없습니다.

한유의 논불골표[12]가 있기에 신은 반드시 다시금 진부한 말을 올리지는 않겠습니다만 전하께서는 시험 삼아 역대에 부처를 숭상한 몇몇 군주들이 능히 그 이익을 누렸던 것을 살펴보십시오.

부처는 비록 신령스럽고 스스로 옳다고 하지만 명교(유교) 밖의 이단입니다.

신은 비록 우둔하고 용렬하나 여전히 예법 속의 사료입니다. 하물며 지금 다행히도 태평성세를 맞아 조정 반열에 참여한 사류로서 이단을 존숭하는 일은 신이 차마 할 수 없습니다. 어찌 당당하게 종묘와 옥당의 벼슬을 용납하겠습니까. 이에 도리어 관복을 입고 부처에게 배향하는 것은 달콤한 마음으로서 한낮에 두루 행해지는 것 위에서 얼굴을 맞대고 있는 것이 옵니다.

신의 한 몸은 진실로 돌아볼 겨를이 없습니다. 이것은 성조께 누를 끼치기 때문입니다. 후세의 비판을 받는 것은 사소한 일이 아닙니다. 신하가 나라 일에 있어 오직 마땅히 성상의 부름에 달려가 몸과 마음을 다 바쳐서 부탕도화(어떤 괴로움이나 위험한 일도 피하지 않음을 뜻한다.)하면서 전쟁에서는 신상필벌을 엄히 할 것을 말하고 "이렇게 하여야 하는데 어찌 규피(법을 어김)하여 다만 혹시라도 명령하는 것이 그 마땅함에 반대된다고 하면 임금의 명령 또한 받아들이지 못할 것이 있습니다.

이것은 게으르고 교만한 것이 아니라 의리가 참으로 그러한 것입니다. 신은 평소에 이 의리를 강구하여 이미 익숙해졌습니다. 지금 어찌

---

12 논불골표: 한유가 유학을 옹호하며 현종의 사리를 궁중으로 반입한 것을 비판하다
　　가 좌천되었음.

大峯은 熙止를 稀枝로,

마음을 굽히고 뜻을 억누르며 배운 것을 버리겠습니까. 마땅히 뜻에 따를 처지가 아닌데도 따르는 것이 될 것이 옵니다.

왕량(王良)(춘추 시대의 말을 잘 알아보고 잘 길렀던 사람이다.)은 하나의 말을 부리는 사람에 지날 뿐이었지만 장차 활 쏘는 사람에 견주었을 때 부끄러워하였으니, 하물며 왕량 같은 사람이 될 수 없는 사람에 있어서이겠습니까. 부처를 공양하는 것을 또한 활 쏘는 것에 견주어 비교하는 것은 아니 되옵니다.

오직 전하께서는 성학이 높고 밝으시기가 중천의 해와 같습니다. 사방에서 눈을 씻고 장차 대 성인이 큰일을 하는 것을 보았으니, 보통보다 만 배나 뛰어난 것입니다.

지금 이 한 가지 일의 실수는 아홉 길이 무너지는 것을 면할 수 없습니다.

전하께서는 비록 왕비의 뜻에 귀의코자 하지만 누군가 말하기를, "집에 있으면 세상 돌아가는 것을 모른다."라고 하였습니다. 신은 전하를 위하여 애석하게 생각하지만, 애석하게 여기기에는 충분치 않기에 이어서 크게 탄식하고 눈물을 흘립니다.

신은 우매하고 구구하여 죽어서도 명을 받들기 어렵기 때문에 이것으로써 형을 받는다 해도 영광스럽고도 다행입니다. 일편단심 근심하고 사모하는 마음은 타고난 본성을 민멸(泯滅)(자취를 없애는 것)하지 않고 충심으로 복장을 두드리는 바이나, 말을 절제할 줄 모르오니 엎드려 바라건대 성스럽고 명철하신 전하께서는 용서하시고 이것을 받아들여 원각사의 부처에게 공양하라는 명령을 파기하시고, 신의 직임도 체직(遞職)하시고, 아울러 신이 왕명을 거역한 죄를 다스려 주시는 것만이 천만 간

절히 바라는 지극한 정성이 옵니다.」걸체옥당차(乞遞玉堂箚): 사표내는 것을 원하
는 상소(대봉 문집)

　물론 문묘배향을 위한 것은 없는 것으로 하여 다른 관리에 의해 시
행되었으나 대봉은 이를 계기로 삼아 사직의 입지를 강화하였다.

　"~성스럽고 명철하신 전하께서는 용서하시고 이것을 받아들여 원
각사의 부처에게 공양하라는 명령을 파기하시고, 신의 직임도 체직(遞職)하
시고, 아울러 신이 왕명을 거역한 죄를 다스려 주시는 것만이 천만 간
절히 바라는 지극한 정성이 옵니다."의 상소에 임금은 대봉의 말을 들
을 수밖에 없었다.

　　　　　　　　　　　　　　　　　　　　大峯은 熙止를 稀枝로,

07

사천에 수령으로 가다

7. 사천에 수령으로 가다

이에 앞서 대봉은 임금께서 제안한 '벽이단(闢異端)'에 대해서 명문의 글을 내어 임금으로부터 좋은 평가를 받은 바 있다. 이번 상소에 벽이단에 대한 그의 소신을 다시 한 번 제대로 밝힌 셈이 되었다. 그 내용을 보면 아래와 같다.

◆ ◆ ◆

먼저 임금께서 질문하시길,

「삼대(三代)(하(夏), 은(殷), 주(周) 나라를 이른다)이전에는 도(道)가 하나뿐이었다. 삼대 이후에는 유교, 불교, 도교, 셋으로 나누어졌는데 그 이름은 어느 때부터 시작되었는가?

제왕이 천하 국가를 다스리려면 반드시 이 세 가지를 겸해야 하는가?

지금 중국에서 도교는 심지어 관청을 설치해서 섬기고 있는데, 그 가르침이 과연 도를 다스림에 도움이 되는 것인가?

우리나라에서는 불교를 받들어 숭상하는데 그 역사가 오래되었다.

성조에 와서는 문을 숭상하여 그 가르침이 조금 줄어들었다. 그러나 승려들은 마치 오래된 사찰처럼 여전히 남아 있다.

저들(유학자)의 그 뿌리를 영원히 없애려고 하는데 반드시 옛사람들이 승려를 죽이고 탑과 전각을 부수는 것과 같이 하여야 하는가?

만일 도교라면 반드시 불교처럼 성행하지는 않았을 것이다. 그러나 소격서(조선 시대, 국가적인 도교의 제사를 주관하던 관청)를 궁궐 안에 설치하고 태일전(도교의 태일을 제사 지내는 전당)을 궁중 밖에 설치하는 것 또한 어쩔 수 없었던 것 아닌가?

역사에 따르면 한나라 문제는 황로의(도교에서, 황제와 노자를 아울러 이르는 말) 술수를 써서 나라가 부유해졌다고 한 말이 그러하다.

무격(무당과 박수를 아울러 이르는 말.)의 풍조 또한 여전하니 그 폐해는 매우 심각하다.

마땅히 옛사람들이 무당을 몰아내고 사당을 부순 후에야 멈춘 것과 같이 해야 하는 것 인가?

지금 다른 술수를 모두 제거하고 다스림이 한결같아지려면 그 도는 어디에 있단 말인가. 원컨대 여러 군자들의 말을 듣고자 하노라.」 하셨다.

이에 대봉은 대답하기를,

「집사 선생 윤음(임금의 말씀)으로 내린 대책을 받들어 많은 선비들에게 특별히 유교, 불교, 도교를 거론하여 질문을 던지니 매우 훌륭한 질문입니다.

그들(이단)의 사악함을 억누르고 뜻을 바로잡고자 하는 것이 질문하는 글에 넘쳐흘렀습니다. 나는 비록 불민하지만, 공자와 맹자의 도에 뜻을 둔지가 오래되었으니, 감히 심복(내마음의 모든 것)을 펼쳐 모두 다 진술하지는 않겠습니다.

삼가 생각건대 우주 사이에 도는 하나뿐입니다.

하늘이 그것을 얻어 하늘이 되었고 땅이 그것을 얻어 땅이 되었습니다. 대체로 하늘과 땅 사이에 생명이 있는 것은 또한 그것을 얻어 본성이 되었습니다. 성인은 이에 그 본성을 다할 수 있으며 자신을 닦아 남을 다스릴 수 있습니다.

법을 세워 세상에 드리울 수 있고 만물을 낳고 자라게 하는 일에 참여하고 도와서 이룰 수 있는 것으로 그사이에 이단이 있을 수 없습니다. 삼대(하은주)는 멀고 성인은 또 나오지 않았습니다.

삼강(군위신강, 부위자강, 부위부강)은 무너지고 구법[1]이 쇠퇴하였습니다.

예악이 무너지고, 오랑캐 풍습이 횡행하니, 그것을 함도 없고 하고자 함도 없는 무위무욕 한 것이니, 자비롭고 검소하다고 했습니다. 이것이 황로도교에서(황제와 노자를 말함.)의 맑고 깨끗한 도로 삼생육도[2]라 하는 것입니다.

인연과 과보[3]라는 것은 불교의 적멸(번뇌의 세상을 완전히 벗어난 높은 경지.)의 설이니, 여기에 들어오지 않으면 반드시 저쪽에 들어갈 것이며. 천하가 그러하지 않다면 날마다 이단으로 쫓아갈 것입니다.

---

1 구법: 중국 하나라 우왕이 남겼다는 정치도덕의 아홉가지 원칙. 오행, 오사, 팔정, 오기, 황극, 삼덕, 계의, 서징 및 오복과 육극이다.《서경》의 〈홍범〉에 있다.

2 삼생육도: 삼생은 과거와 현재, 미래를 뜻하는, 전생, 현생, 후생을 아울러 이르는 말 육도는 중생이 선악의 업인에 의하여 윤회하는 여섯 가지의 세계

3 전생 또는 과거의 선악의 인연에 따라 길흉화복의 갚음을 받게 된다는 것.

심한 것은 용(허수아비)을 만드는 해악입니다. 이 또한 다행히도 삼대 이후에 나왔습니다. 즉 요, 순, 우, 탕, 문무, 주공, 공자에게는 바로 볼 수 없었습니다.

지금 집사 선생께서는 완전히 다른 술수를 제거하고자 묻고 있는 것입니다. 이것은 맹자의 말이 그것을 물리치고자 한 것과 같은 절실한 심정일 것입니다. 나는 장차 역대의 일을 먼저 거론한 후 지금에 미칠 수만 있다면 괜찮다 할 것입니다.

옛날 한나라 명제때 처음으로 서역에서 불교를 받아들였습니다.

어떤 사람은 자신을 버리고 종이 되었으며, 어떤 사람을 안에서 금하자 뼈를 수레에 실은 자도 있었습니다. 여전히 밝게 닦여진 선왕의 도를 알지 못하고 오랑캐의 도를 따르며 복리를 도모하고자 하는 것으로 천하의 백성들이 고무되어 그들을 따름으로 인해, 우리 유학의 도는 하나같이 탕진된 것입니다.

동주4)말에 유세하는 무리들이 황로의 술수를 배워 천하에 퍼뜨리니 한나라 문제와 경제가 몸소 현묵(아무 말도 하지 않음. 곧 그 덕에 감화되어 사람들이 착해지는 것.)하고 도를 닦으며, 오로지 맑고 고요함을 숭상함에 익숙해졌습니다. 비록 작은 부를 이루는 술수는 천하에 널리 퍼뜨렸으나 그 다스림은 옛날과는 같지 않았습니다.

4 　동주: 주나라 유왕이 무도하여 견융에게 살해되자, 진나라 문후와 정나라 무공이 태자 의구를 맞아 평왕으로 세우고는, 서쪽 호경으로부터 동쪽 낙읍으로 도읍을 옮겼는데, 그 이전을 서주라 하고 이후를 동주라 한다. 동쪽으로 도읍을 옮긴 이 일을 동철 혹은 동천이라고 한다.

진나라에 이르러 왕유혜완[5]의 무리가 날마다 청담을 일삼자, 강좌(남북조 시대의 남조를 말한다.)의 난에 토대가 되어 세상에서 그 풍조를 즐기며 따르니, 우리 유학의 도가 두 번 탕진 되었습니다. 어찌 다만 이것뿐이겠습니까.

지금 중국으로부터 온 것을 모두 말했습니다. 중국은 불교와 도교 두 가지 종교의 관청을 설치하여 높이 받들고 숭상하는데 이르렀습니다.

아. 믿는 것이 그러한 것입니까. 아니면 전하는 자들이 진실하지 않은 것입니까.

일찍이 생각건대 큰 밝음이 하늘을 떠남은 다른 도의 가르침을 숭배하는 것입니까. 어찌 믿고 받드는 것이 깊어 그 잘못됨을 깨닫지 못하는 것입니까. 처음 들었을 때는 나도 모르게 눈물이 흘러 옷깃을 적셨습니다.

우리나라의 사례로 말하건대, 신라가 부도를 믿고 숭상하였으며, 고려가 전각과 탑을 세웠음을 여러 사적을 통해 명백하게 고찰할 수 있습니다.

삼가 생각건대 우리나라가 융성한 운수 이래로 열성조가 서로 계승하여 문을 높이고 교화로서 흥기 시켰으며, 공자와 맹자의 도를 숭상하고, 요임금과 순임금의 정치를 흥기 시켰습니다.

그러나 승려와 오래된 사찰이 아직도 보존되고 있기에 흐르는 물과

---

5 위말진초 때에 노장의 무위자연을 담론하며 술로 세월을 보낸 왕융, 유영, 혜강, 완적을 이른다.

  大峯은 熙止를 稀枝로,

같이 널리 퍼져 그 뿌리가 견고하니 아침에 명령을 내리더라도 저녁에 금할 수 없게 되었습니다.

세상에서 그 해악을 제거하고자 하지만 누가 위나라 왕 도가 불교도들을 주벌한 것과 저 당나라 무종 시와 세종이 탑과 사찰을 헐었던 것처럼 오늘에도 실행할 수 있다고 하지 않을 것입니까. 그러나 그 도를 숭상하면서도 요순과 공맹의 도를 행할 줄 모른다면 실로 어리석은 소생이 감히 밝은 집사에게 바라는 바는 아닙니다.

저 도교 같은 경우 비록 불교보다 융성하지는 못하였습니다. 그러나 궁중 안에는 소격서를 설치하였고 밖에는 태일전을 두고 향을 불사르는 사자를 보내 초제 지내는 의식을 거행하였으며, 또 무격의 풍습이 있어 늘 춤추고 술에 취해 노래하였으니, 비록 사대부의 집안이라도 더욱이 모두 다 풍습에 휩쓸려 심하게 그것을 믿었던 것입니다. 세상에서 그 폐해를 제거하고자 한다면, 누군들 서문표[6]가 무격을 물에 빠뜨렸던 것과 적인걸[7]이 음사를 헐어버린 것처럼 오늘날에도 실행할 수 있다고 여기지 않겠습니까?

그러나 다만 그것은 말단의 일로 요순과 공맹의 도가 밝음을 알지 못하며 또한 어리석은 소생이 감히 밝으신 집사에게 바라는 바는 아닙니다.

---

6 서문표: 전국시대 진나라 대부로 업 땅을 다스릴 적에 무격을 물에 빠뜨린 일이 있었다고 한다.

7 적인걸: 적인걸(630~700)은 당나라 때의 명신으로, 자는 회영, 시호는 문혜이다. 강남 순무사로 나갔을 적에 오·초 지방에 음사(내력이 바르지 못한 귀신을 모셔 놓은 집)가 성행한 것을 보고서 많은 사당을 헐었다.《신당서 권105 적인걸열전》

역사책에 실려 전해오는 것을 상고하고 스승과 벗의 말을 참고하여 가슴속에서 저울질하고 도교와 불교 두 종교의 해악을 제거하고자 함은 우리 유학의 도라고 말하는데 지나지 않을 뿐입니다. 왜냐하면 일찍이 정이천(程伊川)의 말을 들으니 「도가 행해지지 않으면 백세 동안 선한 정치를 할 수 없고, 학문이 전해지지 않으면 천 년 동안 참된 유학이 없다」라고 하였습니다. 대체로 도는 요(堯), 순(舜), 우(禹), 탕(湯), 문무(文武)가 서로 전수해 준 도(道)입니다.

학문이란. 요, 순, 우, 탕, 문무가 서로 전수해 준 학문입니다. 성인이 이미 나왔으면 도 또한 행해졌을 것이며, 학문도 전수 되어서 사악한 설이 따라서 일어나지 않았을 것입니다.

성인이 나오지 않았기 때문에 도가 행해지지 않았으며 학문도 전수 되지 않아 이단이 따라서 함께 일어났습니다.

임금이 되어서 도를 알지 못한다면 천하 국가를 다스릴 수 없으며, 신하가 되어서 도를 알지 못한다면 집안을 가지런하게 하지 못하며, 선비가 되어서 도를 알지 못하면 자신을 수양할 수 없습니다.

그렇다면 도는 진실로 수신(修身) 제가(齊家) 치국(治國) 평천하(平天下)[8]의 율령(律令)이지 격례(格例)로서 이른바 도교와 불교의 도가 아니란 것입니다. 이 두 가지 종교를 제거하고자 하는 것은 이 도를 버리는 것이 되니 어째서입니까.

이로부터 살펴보건대 승려를 주벌(誅伐)한 것은 말단이며, 탑과 사찰을

8　수신 제가 치국 평천하 :《대학》제 1장에 나오는 말로, "자기 나라를 다스리고자 한 사람은 먼저 자기 집안부터 가지런히 하고, 자기 집안을 가지런히 하고자 하는 사람은 먼저 자기 몸부터 닦고, 자기 몸을 닦고자 한 사람은 먼저 자기 마음부터 바르게 하라."고 하였다.

 　　　　　　　　　　　大峯은 熙止를 稀枝로,

부수는 것도 말단이며, 무격을 물에 빠뜨리고 음사(淫祠)를 헐어버리는 것도 말단이니, 다만 대체로 우리의 도를 행하고 우리의 학문을 밝히는 데 달려 있을 뿐입니다.

집사가 나에게 대책을 물었으니 거칠게나마 그 대강을 진술하였습니다. 글을 마치면서 또다시 말씀드리니, 바라건대 여러 군자들이여. 이 말을 들으소서.

아. 나는 능히 양주(楊朱)와 묵적(墨翟)[9]의 말과 거리를 둘 수는 없지만, 오히려 도를 가지고 자신의 임무를 완수하고 선성(先聖)(옛 성인)의 도를 열 수 있을 것인지라 우선 곧 질문에 대해 언급하여 밝히고 다시 드릴 말이 있으니, 이것은 내가 변론을 잘한다고 하지 마십시오.

삼가 살펴보건대 자사자(子思子)[10]가 말씀하기를. 「도가 행해지지 않는다.」하였고, 한유(韓愈)[11]가 말하기를, 「밝은 선왕의 도가 도이다.」라고 하였으니, 대체로 맹자가 죽은 뒤로부터 유학의 도가 전해지지 않았습니다. 순자(荀子)[12]와 양자(楊子)가 유학을 선택하였으나 정밀하지 못하였으며 그 말이

9　묵적(墨翟)은 중국 전국 시대 초기의 사상가, 그 사람들의 설(設)이 천하에 가득 차 있었다고 하는 것이 맹자에 기록되어 있는 것으로 보인다.

10　자사자(子思子)(기원전 483년~기원전 402년)는 노(魯)나라의 유학자이다. '자사'는 자이며, 성 씨는 공(孔), 이름은 급(及)이다. 공자(孔鯉) 의 손자이자, 공리의 외아들이다. 할아버지 공자의 제자인 증자의 제자가 되어, 유교의 학맥을 이어갔다. 보통 자사와 그의 학파에서 나온 맹자 의 학맥을 유학의 정통 노선으로 간주한다.

11　한유(韓愈)는 중국 당(唐)을 대표하는 문장가, 정치가, 사상가이다. 당송 8대가의 한 사람.

12　순자는 고대 중국의 전국시대 말기의 유교 사상가이자 학자. 맹자의 성선설에 반대하여, 악한 본성을 예(豫)를 통해 변화시켜 선하게 만들어야 한다는 성악설(性惡說)을 주장하였다.

자세하지 못하여 우리 유학의 도가 황폐해졌습니다.

다행히도 한나라 때 동강도[13], 즉 동중서를 얻었으며, 당나라 때는 한창려, 즉 한유를 얻었으며, 송나라 때는 정자와 주자등 여러 학자들이 나와 우리 유학의 도가 이들의 말에 힘입어 실추되지는 않았습니다.

집사께서는 동중서, 한유, 정자, 주자로써 마음을 삼고 공자 맹자의 도를 행한다면 저 두 종교는 오늘날 행해지지 않을 것입니다. 요, 순, 우, 탕, 문무의 법이 어찌 다만 앞의 시대에서만 아름다움을 오로지했겠습니까. 삼가 질문에 대답합니다.」 라고 답하였다.

당시 임금은 다른 임금과 달리 유학에 심취하여 다른 종교에 대해서는 극단적인 자세를 추구하고자 하였으나, 하지만 대봉은 극단적인 배척보다는 '우리의 도를 행하고 우리의 학문을 밝히는데 달려 있을 뿐입니다.' 이라고 주장하였다.

◆ ◆ ◆

대봉은 비록 귀양(부모님을 모실 수 있는 자리)을 의도로 한 내용이긴 하지만 사직서를 제출하자 임금께서는 사직에 대하여 승전원에 묻기를 '양희지는 문무에 재주가 있으니 내가 만류하고자 하는데 어떤가?'하셨다.

이때 승지가 말하기를

"양희지의 재주는 문무를 겸하였기에 쓸 만한 사람입니다. 형이 하

13　중국 전한의 유학자, 유교를 한나라의 국교로 삼도록 무제를 설득함,

　　　　　　　　　　　大峯은 熙止를 稀枝로,

나 있어 곁에서 모시며 봉양하고 있으며 그 아들도 있으며 그 어머니도 질병이 없으니 만류하면 매우 다행이겠습니다."하였다.(형님도 어머님과 함께 귀양한 것으로 판단한 것으로 여겨짐)

이에 의정부에서는 임금의 뜻을 대봉에게 전지(傳旨)하였다. 임금의 뜻은 사직을 피하겠다는 것이었다. "귀양하기를 비는 것은 비록 인자(人子)의 지극한 정이지만, 재사(才士)를 구하여 임용함에도 역시 군도(郡道)의 당연함이다. 양희지는 본래 유학을 공부한 사람으로서 무예까지 능하여 중용하고자 하는데 지금 노모가 고향에 있어 귀양을 청하니 그 자식 된 도리로서 당연하다.

그러나 내가 재사를 구하여 임용하려는 뜻에는 어떻겠는가? 그 형이 하나 있다 하니 양희지는 아직 종사(從仕)케 하라."

대봉은 임금의 뜻을 받들면서 마음으로는 고심하였다.

며칠이 지나서 그 건이 거론되어 집의(執義)(사헌부 종3품) 김춘경(金春卿)이 경연을 마친 후 임금께 아뢰었다.

"박치번과 양희지의 거취는 국가업무에 아무런 관계가 없는데 대전의 법을 어겨가며 머무르게 한 것은 잘못된 것입니다."

이에 임금께서는 '어버이가 늙으면 귀양하는 법은 대전에 실려 있다. 그러나 박지번은 무재가 있고, 양희지는 문, 무재가 있어 임용할 만하므로 아울러 머무르게 한 것이다.'하고 하셨다.

이틀 후에는 대사헌(종2품) 윤효손(尹孝孫)의 차자(箚子)(임금께 상소를 올리는 것)를 올려 상소를 올렸다.

그럼에도 임금께서는 '양희지는 문무에 재주가 있어 내가 만류하고자 한다.' 고 하였다. 뿐만 아니라 형이 있으니 가지 않아도 되지 않겠느냐 고 하셨다.

윤효손 대사헌은 '양희지는 형이 있으나 그 어미의 나이가 70세(기록상 80세로 되었으나 오기^{誤記}로 판단됨)가 넘었으니 법대로 마땅히 귀양해야 합니다.

전하께서 특명으로 귀양을 윤허하지 않으시니, 전하께서 인재를 구하여 임용하는 뜻은 지극하나 그 효심을 다스리는 도리에 맞겠습니까? 전하에게 충절을 다할 날은 많으나 어버이 섬길 날은 적으니 옛 사람의 '풍수^{風樹}의 탄식[14]'이 참으로 그 까닭이 있는 것이옵니다. 더구나 충신을 구하려면 효자의 집안이 적격이라 하는데 어찌 정리를 빼앗으며 억지로 머물게 하겠습니까."

하면서 아들의 '의려지망^{倚閭之望}(어머니의 자식에 대한 사랑)과 오조지정^{烏鳥之情}(까마귀가 어미에게 먹이를 주는 효심)은 오직 두 아들(대봉 및 박지번)에게 있으므로 특별히 귀양을 요구한다는 상소가 재차 있자 정승들은 재차 의논키로 하였다.

이에 정인지는 박지번은 네 계절마다 역마를 주어 귀근케 하고 양희지는 어버이와 가까운 곳의 수령으로 임명할 것을 건의하였고, 정찬손, 심회^{沈澮}는 세종임금 때 직제학 김돈^{金墩}의 예를 들었다.[15]

김돈은 역법교정^{曆法敎正}[16]에 불가하기 때문에 역마^{驛馬}를 두어 수시로 어머니

---

14 풍수의 탄식: 효도를 다하지 못한 채 어버이를 여읜 자식의 슬픔을 얘기한 것.

15 김돈(1385년~1440년)은 조선 전기의 문신이며, 천문학자이다. 갑인자^{甲寅字}주조에 참여하였으며, 간의대^{簡儀臺}, 보루각^{報漏閣}참여에 공헌하였다. 탐라에 있는 어머니를 봉양하기 위해 여러 차례 외직을 원하였으며, 특히 역마를 보내어 탐라에 있는 어머니를 서울로 모시고 와서 봉양할 정도로 효성이 지극하였다.

16 역법교정은 조선은 해마다 10월이 되면 명나라 황제로부터 달력을 받아오는 것이 관례였다. 이 달력에는 일식, 월식은 물론 절기와 기상 변동까지 적혀 있었지만 우

大峯은 熙止를 稀枝로,

를 모셔왔고, 장흥군 마천목(馬天牧)의 노모(老母)는 곡성현(谷城縣)에 있어 부득이 마천목을 장흥군(長興君)으로 만들어 귀양을 허가했듯이,

박지번은 마천목과 같이 하고, 양희지 어머니는 나이가 많고 먼 도(道)에 있으니 그를 수령에 임명하여 봉양할 수 있게 하자는 의견이 있었다.

하지만 한 명희는 그와 반대 의견을 애기했다.

"박지번은 무재가 있고 청렴 근실하여, 귀양함은 마땅치 않고, 그 어머니는 서울에서 모셔 봉양케 하며, 양희지는 형이 이미 귀양하고 있으니 굳이 귀양이 필요 없고, 그의 문무를 발탁해서 등용해야 한다."

하지만 윤사흔은 '박지번은 독자이므로 귀양하지 않을 수 없고, 양희지는 수령에 임명하여 충과 효를 전하게 하자.'로 했다.

이런 갑론을박(甲論乙駁)의 논란이 있은 후 임금께서는 박지번은 귀양케 하고 대봉은 가까운 고을의 수령으로 제수케 하셨다.(1478년 성종9년)

리 풍토에는 맞지 않았다. 당시 일식이나 월식은 하늘의 뜻을 거슬러서 왕에게 내려진 경고로 이해됐다. 그래서 예보된 날에 왕은 소복을 입고 하늘에 용서를 비는 구식례(救食禮)를 행했다. 하지만 중국과 위도나 경도가 다른 조선에서 일식이나 월식의 예측은 으레 빗나가기 일쑤였다.

세종 때만 보더라도 즉위 4년(1422)에 일식 시간을 정확히 맞추지 못하여 애를 먹었다.

세종은 이런 문제들을 해결하기 위해 크게 두 영역에서 사업을 벌였다. 하나는 역법을 교정하는 사업이고 다른 하나는 한양의 주야각(晝夜刻), 즉 24절기의 밤낮 길이를 측정하는 사업이었다. 역법을 계산하는 문제는 세종 14년(1432)에 드디어 해결되었다. 이때 김돈이 참여하였다.

"역법을 교정한 이후로는 일식·월식과 절기의 일정함이 중국에서 반포한 일력(曆書)과 비교할 때 털끝만큼도 틀리지 아니하매, 내 매우 기뻐하였노라." 세종실록(14년, 58권, 10.30일자)

즉 부모가 70세 이상이면 300리(120km)이나 수령으로 임명하는 것에 따라 대봉을 사천현감으로 발령하였다.

이즈음에 주계부정(종3품) 이심원이 칠원(함안)과 현풍 등과 관련하여 주변에서 상소가 있었던 지라 임금께서는 그것을 참조하여 칠원과 현풍을 함께 아우를 수 있는 곳에 대봉을 사천현감으로 임용하신 것으로 생각된다.

사천과 대봉의 어머니가 계시는 곳은 대구 쪽이어서 200리 정도의 거리였다. 그리고 어머니는 가끔 울산 쪽으로 자주 왕래를 하기에 중간지점인 사천은 적당한 거리였던 셈이다.

◆ ◆ ◆

그 당시에는 전 칠원 현감이었던 김주의 뇌물 및 부녀자 강간사건 등으로 사건을 일으켜 2년 이상 그와 관련된 신하나 주변사람들의 송사 등으로 각 군의 업무가 제대로 돌아가지 않아 이를 시정코자 심원이 조사한 바를 상소하였던 것이다.(부록 참조)

김주의 사건은 성종 7년 9월 28일에 의금부에서 지시하기를,

"도망 중에 있는 칠원현감(종6품) 김주를 대대적으로 명하여 체포구금토록 하라."고 하였는데,

'김주는 사람됨이 교활하고 탐포하여 백성들을 침학하고, 공장(공방에서 물품을 만드는 사람)들을 많게 사사로이 역사(사사롭게 일을 시킴)를 시켰으며, 또 부상대고(부자 상인 및 토호)와 결탁해서 백방으로 이익을 꾀하였는데, 이러한 일들이 드러나기에 이르자 도망하였던 것이다.'

大峯은 熙止를 稀枝로,

그 후 그를 체포하여 장물과 관련된 사람이 수 백 명이 되었다, 뇌물을 받은 자가 위로는 공경재상(公卿宰相)에서 아래로는 사대부까지에 무려 수백 인이 되었다.

그는 칠원현감 시절 날마다 착취를 일삼아 뇌물을 밑천으로 권력 있는 고관들을 교제하여 불의한 짓을 많이 하므로, 사람들이 이르기를, '걸태수(桀太守)'(중국 하(夏)나라의 임금인 걸왕(桀王)이 폭군이었기 때문에 이르는 말임), 곧 포학한 태수라 하였다.

또한 남의 첩의 딸을 뇌물로 그 욕망을 채웠으며, 과부와 부녀자와 강간 등으로 관련하여 많은 사람들이 치제를 받았다.

뇌물을 받은 자 중에는 한명회, 상락부원군(上洛府院君) 김질(ÑÑ礩), 광산부원군(光山府院君) 우의정 김국광(右議政 金國光), 같은 사람도 있었으나 임금께서는 그들의 죄상을 들어 주지 아니하였다. 그들은 종친과 관련이 있었다.

'뇌물을 준 김주에게 만 징수하고 받은 자에게서는 징수하지 않는 것이 가하겠습니까? 청컨대 아울러 추가로 몰수하여 탐오(貪汚)한 자를 징계하고 선비의 기풍을 바로잡도록 하소서.'

대사헌이 이렇게 상소하자, 임금께서는 여러 정승(政丞)에게 심문 자료를 보이게 하는 것으로 대신하였다.

아무튼 김주의 사건으로 2년 동안 왈가왈부를 하였으며,

유자광은 김주와 대신들의 처벌에 관련하여(성종 8년 8월 23일 1477년 실록 참조), 그리고 (이)심원은 사채놀이와 현감 등의 처신에 관련한 장문의 글을 올렸다. (성종 9년.1478. 4. 8 실록 참조)

상소로 인해 임금은 그것을 참조하여 대봉에게 사천으로 현감을 보낸 것으로 파악된다. 당시 대봉의 나이는 40세이다.

◆◆◆

대봉은 사천으로 떠나면서 이제 처음으로 수령직을 맞게 된 대봉을 위해 여러 사람들이 좋은 글과 시를 주었으니 그들은 김종직, 귀달, 조지서^{趙之瑞}, 이다.

김종직은 성상^{聖上}이 대봉을 보배로 여겨 비단을 맡겼으니 그 비단으로 옷 짓는 일을 하지 않을 것이라는 말처럼 '더 열심히 노력할 것'을 주문하였다.

剛州南垂海北口(강주 남쪽 끝 바다 북쪽 어귀에), 累石爲城僅如斗(돌을 쌓아 만든, 겨우 말(斗) 만한 성).

民租寇近古重鎭(백성이 많고 왜구와 가까운 옛날의 그 자리), 地雖褊小宜愼遴(땅은 좁으나 수령의 사명이 중대하지). 使君乞郡章三上(선비가 수령이 원하는 글 세 번 올렸더니), 忽此分符天所借(문득 이에 임명되니 하늘의 은덕이군). 江山淸奇物産饒(강산은 맑고 물산은 풍부하니), 況又甿俗安漁樵(하물며 주민들이 어초에 만족했지).

鳴琴之餘奉甘旨(거문고 치는 여유에 맛있는 음식 받드니: 공자가 거문고만 쳐도 나라가 잘 된다는 뜻에서 나옴),

壽母宛宛萱不彫(대부인 강녕하사 어머니가 계신 곳 시들지 않네: 훤초란 시경의 훤당에서 나온 말).

三千貔虎日操鍊(삼천 군졸들을 날마다 조련하니: 비호를 군졸로 뜻함), 有勇不試爭張眘(용맹이 있으나 시험을 하지 않고 다투어 활 당기네).

時時對酒輒雅歌(때때로 술 대하여 고상한 시를 읊조리며), 手拋羽扇親必然(우선을 버리고 필연과 친 하네: 제갈량이 백우선^{白羽扇}을 들고 다님). 豈

如前政捲拊循(어찌 전 사또처럼 사졸 위무 게을리 하면서),

奴視健兒讎齊民(군사를 종 보듯 백성을 원수 보듯 하고). 瀰海圍山不知止(주색 황음과 사냥놀이를 그칠 줄 모르고), 苞苴狼籍閭閻貧(뇌물이 낭자하고 백성들 가난케 할 손가). 聖明玉汝付美錦(성상이 보배로 여겨 좋은 비단 맡겼으니[17]), 要使遐荒皆奠枕(이 변방 백성들 편안히 살게 하려는 것이네). 金烏老守田野態(옛날의 늙은 수령은 시골뜨기), 十年去國豈恬退(십년 서울 떠났으나 염퇴도 아니로세: 명리에 욕심이 없어 물러나기를 좋아함).

爲親而宦同襟調(어버이 위한 벼슬살이 같은 회포이지만), 萬事不理唯坐嘯(만사가 여의치 않거든 앉아 휘파람만 부소[18])

◆ ◆ ◆

홍귀달은 임금에게 밤에도 경연을 하자고 고지식하게 주장했던 것처럼 대봉도 '모수[19]'의 송곳처럼 문무재능이 뛰어났음'을 애기한 친우

---

17 聖明玉汝付美錦: 지방관에 임명된 것을 비유한 말. 춘추 시대 정(鄭) 나라 대부 자피(子皮)가 윤하(尹何)를 어느 수장으로 삼으려 하자, 자산(子産)이 윤하의 부적합함을 지적하여 자피에게 말하기를 "그대에게 좋은 비단이 있을 경우 사람을 시켜 그 비단으로 옷 짓는 일을 배우게 하지 않을 것이다." 한 데서 '성상이 그대를 …… 비단 맡겼으니' 한 말이다. 《左傳 襄公三十一年》

18 만사를 …… 휘파람만 부네 : 한나라 홍농태수성진(弘農太守成晉)이 어진 사람을 관리로 써서 모두 맡기고 자기는 앉아서 휘파람이나 불었다 한다. 뜻

19 모수의 송곳 : 모수는 전국 시대 조(趙)나라 변사(辯士)로, 평원군(平原君)을 따라 초(楚)나라에 가서 구원을 요청하는 외교를 성공시킨 인물이다. 초나라에 갈 때에 식객 중에 문무를 겸비한 인재 20명을 뽑아 데리고 갈 참이었는데 1명이 부족하여 이때 모수가 함께 가

(허백당: 홍귀달의 호, 대봉보다 1살이 많다)같은 사이였다.

憶昔識君君未)遇(생각 컨데 옛날에 그대 알았지만 만나지는 못했었지), 匹馬十年南北路(한 필 말 타고 십 년 동안 남북으로 돌아다녔다네). 囊中 未脫毛遂錐(주머니 속 모수의 송곳이 삐쳐 나오지 않았는데), 袖裏已有相如賦(소매 속에는 이미 사마상여의 시부가 있네: 사마상여란 한나라 문장가). 長安豪傑盡相許(장안의 호걸들 모두 다 서로 허락하고자 하니), 往往酬唱有佳句(왕왕 아름다운 시구를 서로 주고받았지). 我歷玉堂入銀臺(나는 옥당을 거쳐 은대에 들어갔고: 옥당은 홍문관, 은대 는 승정원), 君涉弱手登蓬萊 (그대는 익수를 건너 높은 봉에 올랐지: 익수 는 전설속의 물. 인간세계와 별도의 지명). 我旋得罪去南陲(나는 죄를 지 어 남쪽 변방으로 떠나가는데), 君已承恩來赤墀(그대는 이미 은총을 입어 붉은 섬돌에 이르렀지: 섬돌은 벼슬에 올랐다는 뜻). 今年我再忝喉舌(올 해 나는 다시금 언관의 역할을 맡았고), 看君載筆常追隨(그대를 보니 늘 붓을 잡고 쫓고 따르고 있네). 滿座嗟歎龍蛇字(자리에 가득한 용과 뱀 같 은 글자에 감탄하며), 佇看長途騏驥馳(우두커니 서 장도에 준마가 달리는 것 보리). 九重宵旰急賢才(구중궁궐에서는 밤새워 어진 인재를 찾으니), 一見知君文武才(한번 보고 그대의 문문의 재능을 알았다오). 召作鑾坡修 鳳手(불러 들이서 봉황의 손길로 갈고 다듬으니), 胸中炯炯羅星斗(가슴

겠다고 자청하였다. 평원군이 말하기를, "그대의 처세는 마치 송곳〔錐〕이 주머니 속 에 들어 있는 것과 같아서 그 끝이 저절로 즉시 삐져나오게 되어 있다. 그대가 나의 문하에 있은 지 3년인데 내가 그대의 명성을 듣지 못하였다." 하니, 모수가 말하기 를, "저를 자루 속에 들어갈 수 있게 해 주셨다면, 그 송곳이 전부 진작 비집고 나왔 을 것입니다." 하였다.

大峯은 熙止를 稀枝로,

속에서는 반짝반짝 별들이 빛나구나). 詔裁五色墨未乾(조서의 오색먹물이 마르기도 전에: 조서는 임금의 결재를 받은 것), 夢回高堂稱壽酒(꿈에 높은 집에서 술 마시며 장수를 기원하네). 明朝上章乞骸骨(내일 아침 상소를 올려 파직을 청하려 하니), 邊城斗印已繫肘(변방에서 수령이 되어 이미 팔목에 걸려 있구나). 城 臨滄海波頻驚(성은 푸른 바다에 임하니 파도가 자주 일고), 尋常呼吸風雷生(예사로운 숨 쉬는 소리는 바람과 우레 같네). 君能談笑靜鎭之(그대는 담소하며 고요함으로 진정시키며), 坐見 南海恒澄淸(앉아서 늘 남쪽 바다 맑고 깨끗함을 보겠지). 萬家煙火安堵墻(온 마을 집에 연기가 피고 담 안은 안도하니), 百年晏然桑麻鄉(백 년 동안이나 평화로운 고향 마을이구려). 碧玉簣簹解春 籜(푸른 옥 같은 대나무 통엔 죽순이 돋아나고), 黃金橘柚垂秋霜(황금 빛 유자나무는 가을 서리 드리우네). 折筍懷橘趨庭闈(죽순 꺾고 귤 품고서 부모님께 달려가니).[20] 衰顏靄靄生春陽(노쇠한 얼굴에는 봄기운이 가득 돋아있네). 我有萱春嶺 之外(나는 부모님 계신 춘령 밖에 있지만: 춘령은 문경), 回首白雲常晻靄(고개 돌려 흰 구름 바라보니 늘 자욱하네). 雞山何處無歸路(시내와 산 어느 곳인들 돌아갈 길 없을까), 貪恩不去能無愧(은혜가 탐나 떠나지 않아도 부끄럼은 없소). 君未歸來我且去(그대가 돌아오기 전에 나는 떠나려 하니), 相逢定作平生語(서로 만난다면 정녕코 평소의 이야기 나누리).

♦ ♦ ♦

---

20 '적이 6세 때에 원술(袁術)에게 갔는데, 귤을 내어 손님을 대접하였다. 육적이 하직하여 나오면서 절을 하는데, 귤이 품 안에서 떨어졌다. 원술이 웃으면서, "동자는 왜 귤을 품에 넣었는가." 하니, 대답하기를, "어머니에게 드리려 합니다." 하였다.'에서 유래 됨.

조지서는 대봉보다 15세나 어렸으나 성종5년(1474년) 생원시에서 1등 장원으로 뽑히고, 진사시에서 2등으로 합격하였다. 같은 해에 식년 문과에서 병과로 급제하였으며 5년 전 결성되었던 문회당 회원이다.

莫恨鑾臺遠(난대가 멀다고 한탄하지 말게나: 난대는 한림원의 별칭), 高堂有老親(높은 집에는 늙으신 부모님이 계신다네). 莫道泗川小(사천 고을이 작다고 말하지 말게). 十室試經綸(열 집에서 경륜을 시험해 보자구나). 去去甘旨摩撫外(가도 가도 맛있는 음식이요 보살핌 밖에 없어), 梅花頻報隴頭春: 매화가 자주 언덕 머리에서 봄을 알리네.

大峯은 熙止를 稀枝로,

08

대봉은 서거정을 만나서...

8. 대봉은 서거정을 만나서...

　많은 사람들의 격려 덕분에 대봉은 어머님을 가까이 모시고, 그리고 떨어져 있던 아이들과 함께 있으면서 사천 현감으로 근무하였다.

　비록 최하위직(종6품) 지방관청이지만 애민사상으로 열성을 다해 근무하였다.

　어머니는 큰 아들과 함께 대구 쪽 부근에서 함께 있었으나, 종종 친정인 울산에 자주 들리곤 하셨다. 외손자들을 자주 보면서 아들을 대신하여 함께 한 그 때가 좋았던 모양이다. 무엇보다 울산에서 오랫동안 함께한 것이 그렇게 좋았던 모양이다.

　대봉이 갓난아이일 때 어머니께서 눈물을 머금고 이예 쪽에 자신을 맡길 때 그 때의 심정이 오랜 동안 남아있기 때문일까?

　대봉은 비록 조그마한 고을이지만 마을 주민들을 위해 모든 것을 다했다. 거기에는 할아버지라 할 수 있는 이예의 보민(保民)정신을 어린나이에도 많이 체득하였기에 그 생각이 항상 남아있었기 때문이다. 더구나 '사천'의 현 상태가 매우 심각하였기에 '치국평천하(治國平天下)'를 위해 쇄신하였다.

大峯은 熙止를 稀枝로,

흉년이 들어 백성들이 힘들어 할 때 용처(비용)를 줄이고 부역과 세금을 덜어주며, 규휼미를 풀어 죽을 쑤는 등 1,000명 이상의 백성을 구했다. 이것이 인근 백성들에게도 많은 칭송을 받는 계기가 되어 다른 곳에도 본보기가 되었다.

대봉은 어머님을 가까이 모시고자 달성에 있는 미리(대구의 해안 부근)에 터를 잡아 막내둥이 이면서 늦게 태어난 셋째아이를 보듬고 사천을 오가며 함께 생활하였다.

이즈음에 김종직을 함께 스승으로 모시던 이장원[1]이 어을우동[2]과 다수의 사족과 간음한 일로 교사(목매어 죽음)될 때 그와 연루되어 관직에서 퇴직당하고 직첩을 몰수당하여 고향인 상주로 가게 되자 대봉은 그를 위로하고자 편지를 보냈다. 그는 활쏘기 및 음률 등에 능하였다. 그는 어을우동의 음률에 대해서 많은 관심을 가졌다.

대봉은 그가 고향인 남쪽(상주)으로 돌아감에 송별을 하면서, 대봉

---

1   조선 전기에, 선전관, 참군 등을 역임한 문신이다. 자는 사아, 이름은 승언, 호는 장원이다. 김종직의 문인이다.

     1472년(성종 3) 생원시에 일등으로 합격하고 벼슬길에 올랐으나, 1480년 종친 태강수 이동(효령대군 손)의 처인 어을우동이 다수의 사족과 간음한 일로 교사될 때에 이에 연루되어 파직되고 직첩을 몰수당하였다. 1482년 직첩을 돌려받았으며, 음률과 활쏘기에 능하였다.

2   어을우동은 어우동(1440년~1480년 10월 18일)이라 칭 하며 조선 전기의 시인, 서예가, 작가, 기생, 무희였다. 그녀도 본래는 양반가 출신 여성으로 남편으로부터 버림을 받아 이혼 후 기녀가 되었다(남편은 왕족인 태강수 이동이었다). 조선 성종 때 조정의 고위 관료들이 연루되어 성 스캔들 사건이 되었으나 여자들만이 가혹한 처벌을 받았다.

도 한성에 있을 시 어을우동의 시나 서예 등에 대해 얘기를 들은 바
있으나 만나지 못하였다. 그와의 송별 시를 나누었다.

鄕關千里夢依依 고향은 천리 밖이니 꿈속에서도 아련한데,
九月寒霜萬客衣 구월의 찬 서리는 나그네 옷깃에 가득하네.
無限靑山紅樹裏 푸른 산 빛은 단풍 속에서도 끝이 없는데,
送君先向嶺南歸 그대 송별하니 먼저 영남으로 돌아갈 꺼나.

◆ ◆ ◆

마침 조정에서는 양로례[3]를 하고 있는지라 때 맞춰 사천의 노인들
을 불러 잔치를 하면서 노인들의 좋은 말씀을 듣기도 하였으며, 관비,
관노들에게 출산휴가를 엄격히 주어 그들의 노고를 되 살렸다.

그리고 사천(개인이 부리거나 매매하던 종. 백정 또는 창녀 등)제도를 엄중히 다스

---

3 양로례는 김종직이 지방관으로 부임하여 가장 깊은 관심을 보인 것은 그 지방의 사
  회 문화를 토대로 풍속을 개선하고 문명의 기풍을 진작하는 일이었다. 그는 지방관
  으로 있으면서 매월 초하루와 보름에는 향교의 대성전에 나아가 참배하였고, 가는
  고을마다 향사례*와 향음례*, 양로례 등의 의식을 정기적으로 거행하여 어른을 공
  경하고 덕성을 존중하며 서로 사양하고 존중하는 예절의 모범을 보임으로써 지역
  사회에서 인간관계의 미덕을 존중하는 기풍을 진작하고자 하였다. 김종직의 제자
  인 정여창의 건의로 1478년(성종 9)에 성종이 처음 양로례를 실시했다
  - 향사례: 주나라 때 학교를 3년 마친 후 현자와 능자를 임금에게 추천할 시 그 선
  택을 활쏘기로 하는 것을 의미하여 향사를 함.
  - 고을 안의 선비를 모아 잔치를 하면서 예의와 절차를 지키며 술을 마시던 행사.

大峯은 熙止를 稀枝로,

리고 탐학(貪虐)의 뿌리를 뽑고자 분골쇄신하여 잘못된 지금까지의 병폐를 다스렸다.

대봉은 이처럼 힘들게 일을 하면서도 이렇게 일을 하게 해준 임금님께 항상 고마운 마음을 가졌기에 수시로 임금을 생각하였다. 그러면서 두고 온 고향이 그리워서, 그리고 몸이 약하신 어머님이 그리워서 시 한 수를 남겼다.

如海軍恩大 바다 같이 깊은 임금의 은혜 컸지만
經年未敢歸 해 넘도록 돌아가지 못 하네
夜來春雨過 지난밤에는 봄비가 내렸으나
應長故山薇 고향 산엔 고사리 자랐겠지.

그러면서 조위가 보낸 시를 생각하였다.

조위는 대봉이 사천현감으로 간 것이 좋아서 옛날 대봉과 함께 사가독서 하던 때를 생각하면서 '다 비운 술잔에 재 넘어 먼 곳에서는 세월만이 흐른다.'며 대봉과 함께 할 수 있기를 기대하는 시를 써 보냈다.

亥山佳處作遨頭(바닷가 산수 좋은 곳에 태수가 되어), 長嘯陳登百尺樓(긴 휘파람 불며 백 척의 누대에 오르네).
萬里邊城剖符竹(만리의 변방 성에 부죽(일종의 임명장)을 받았으니), 三年 蕭寺共衾裯(삼년 한적한 절에서 함께 홑이불 덮었지). 燈前衮衮杯盤盡(등잔 앞에 수두룩한 잔은 모두 다 비었고), 領外迢迢歲月遒(재 넘어 먼 곳에는 세월만 지나간다오), 一笑相逢亦勝事(서로 만나 한바탕 웃음도 좋은 일이니), 天涯遠別不須愁(하늘가 먼 이별이지만 걱정할 것 없다오).

이에 대봉은 조대허가 부쳐준 시를 빌려 두 편의 시를 지어 대허[大虛]와
허헌지[許獻之][4] 그리고 이옥여[李玉汝][5]에게 보냈다. 현감을 한지도 2년이 지난 시점
이었지만, 대봉의 머리도 백발이 되었으나 누각에서 거문고타면서 시
를 읊조리며 술을 거듭 마시면서도 아직도 호걸스런 기운이 남았음을
은은 중 얘기하였다.

1.

不惜霜華已滿頭[불석상화이만두] 서리 꽃 이미 머리 가득한데 애석하지 않으니,

携琴更上月中樓[휴금갱상월중누] 거문고 들고 다시 달빛 속 누각 위에 올랐네.

可辭官酒傾三斗[가사관주경삼두] 관아의 술 세 말 마시고 나서 사양하는데,

好與詩仙伴一裯[호여시선반일주] 시선과 더불어 기꺼이 홑이불 하나로 짝하네.

末路羈蹤何落落[말노기종하낙낙] 말로(말년[末年]), 의 나그네 종적(나그네의 자취)이 어찌나 대

범한지,[6]

少年豪氣尙遒遒[소년호기상주주] 젊을 때 호걸스런 기운 아직도 꼿꼿하다네.

明朝也是成南北[명조야시성남북] 이른 아침에 이와 같이 남북(남쪽은 사천, 북쪽은 궁궐)

을 이루었는지,

催喚歌兒緩却愁[최환가아완각수] 아이 불러 노래 재촉하니 되려 늦게 근심되네.

---

4   헌지는 의 이며 1462년(세조 8) 진사시에 합격. 1475년(성종 6) 참봉으로 친시문과
에 을과로 급제해 감찰이 되었음. 1476년 대봉 등과 함께 사가독서함. 이후 전적 ·
부수찬·부교리 등을 역임하였다.

5   이옥여는 이경동[李瓊同]의 자[字]이며 가선대부 예조참판이었다.

6   落落은[落落長松](낙락장송의 줄인 말)처럼 늙은 소나무가 웅장하게 가지를 축 늘어뜨린 듯
한 모습으로 곧 작은 일에 얽매이지 않는 대범함을 뜻 합니다.

                                                      大峯은 熙止를 稀枝로,

2.

苦憶鑾坡伴燭遊　예문관 때 괴롭게 생각하며 등불 밝혀 노닐었는데,

二年南紀白渾頭　남쪽에서 두 해 만에 머리가 온통 백발이 되었구려.

城邊遠嶼依依畫　성 앞 멀리 있는 섬 그림처럼 아련하게 보이는데,

海上群山漠漠秋　바다 위에 무리 지어 있는 산 아득한 가을이네.

有夢每趨丹鳳闕　꿈속에서도 매양 임금님 계신 대궐로 달려가니,

得詩空說白鷗洲　부질없는 말로 시 짓는데 백구는 모래섬이 있네.

文垣鼓角非吾事　문원(칙명 등을 올리는 관서) 에서 고각(군에서 부는 북과 나팔)을 울림은 나의 일이 아니지만,

倚是當今第一流　지금 여기에 기대는 것이 첫째가는 부류라네.

꿈에서나 임금을 생각하지만 내가 제일이라는 대범함을 나타내고 있다.

◆ ◆ ◆

2년이란 세월이 갈 무렵 서거정이 공무 차 울산에 들리는 길에 태화루를 찾고자 하였다.

울산관내 부근의 현감들이 모인자리였던지라 울산이 고향인 대봉은 태화루를 안내하였다.

태화루는 오랫동안 세월이 흘러 많이 노후 된 상태였던지라 서거정이 출입했을 때,

"강을 건너 배에서 내려 지팡이를 짚고 걸어 누각 아래에 이르러 바라보니, 용마루와 지붕, 난간과 기둥이 모두 썩어 부러졌고 또한 층계

를 딛고 오를 수도 없었다." 하면서 탄식을 하였다.

주위 사람들의 부축으로 겨우 올라가서는 태화루 주변을 서성이며 그 자리에서 멈추었다가 시 한 편을 읊었다.[7]

蔚州西畔太和樓(울산의 서쪽 변두리에 태화루가 있으니), 倒影蒼茫蘸碧流(거꾸러진 그림자가 푸른 물속에 잠기었네.). 汗漫初疑騎鶴背(아득함이 애초엔 학에 탓 는 가 의심 들었지만,), 依俙却認上鼇頭(어슴푸레 자라 머리 위라는 걸 문득 알았지.). 山光遠接鷄林曉(산 빛은 계림의 새벽에 가까이 닿아 있고), 海氣遙連馬島秋(바다 기운은 멀리 해안(마도)의 가을에 이었도다.). 萬里未窮登眺興(만 리 길 멀리 바라보는 흥취 다 할 수 없지만,). 滿天風雨倚欄愁(하늘 가득한 비바람 난간에 기대 시름 젖네.)

이에 대봉은 서거정이가 일필휘지로 쓴 '태화루를 유람하다'는 시에 덧붙여 종사관 이세우, 유계분, 정석견 등과 같이 글을 지어 서거정에게 보냈다.

形勝吾州設此樓 빼어난 우리고을의 경관 이 누각에서 말하는데,

絃歌徙倚總名流 거문고와 노래 소리에 기대니 모두 다 이름났네.

開雲浦闊天底處 탁 터인 개운포(울산지역 좌수영)는 하늘도 나지막한 곳이고,

隱月峯高地盡頭 은월봉(태화강에 있는 높은 봉우리)에 달 숨으니 땅의

---

7 종사관 이세우, 유계분, 이인석, 사천 현감 양희지, 지례 현감 정석견이 나를 이끌고 애를 써서 올라갔다.' 라고 회상하였다.(신증동국여지승람 울산 편)

　　　　　　　　　　大峯은 熙止를 稀枝로,

끝자락이라네.

遙望京華依北斗 북두성에 의지하여 멀리 서울을 바라다보며,

壯遊山海記今秋 산과 바다 장대한 유람 금년 가을을 기억한다오.

簪花駕鶴無消息 어사화 꽂고 학을 타니 소식이 없는데.

極目煙波萬古愁 눈에 자욱한 안개는 만고의 수심이라오.

◆ ◆ ◆

대봉은 그 때를 생각하며. 그리고 기둥에 기대어 잠시 앉아 눈길을 돌려 먼 곳을 바라보며 이를 회상하였다. 이럴 즈음에 서거정은 대봉을 향해 이런 글을 보내었다.

南來無處不淸遊(남으로 오매 고상한 놀이 못할 곳 없어라), 隱映鼇岑近海頭(삼신산이 보일락 말락 바다거북과 근접하였네). 孤島煙橫深水晚(외딴 섬 비낀 연기 속 심수만은 석양이요: 심수만은 산청의 외형으로 심수도를 지칭), 荒城日落角山秋(황량한 성에 해 떨어져라 각산은 가을일세: 각산은 산청 쪽에 있는 삼각산을 지칭).

驚濤夜撼蛟龍窟(거센 파도는 밤에 교룡굴을 흔들어 대고: 교룡굴은 전설 속의 동물), 殘雪香留橘柚洲(남은 눈 속에서 유자 향기는 물가에 풍기네).

珍重斯文楊太守(아주 소중히 여기도다. 사문의 양태수는),

一樽談笑亦風流(술자리의 담소 또한 풍류스럽다네).

대봉과 함께 술을 마시던 삼각산의 그 때를 생각하면서 시를 건 냈 것이다.

대봉은 이어서 서거정에게 다음 글로 답을 썼다.

三夜雲梯爛熳遊　한밤중 구름다리에서 한가하게 노닐며,

海陬何限作遨頭　바닷가 끝없는 모퉁이에 오두(지방 수령)가 되었다네.

淸樽已下徐孺榻　맑은 술통 이미 내려놓으니 서유(서거정의 지칭)의 걸상

이요,

白髮先驚宋玉秋　백발에 먼저 놀람은 송옥[8]의 가을이네.

敢道疎才酬聖渥　감히 말하노니 못난 재주에 성상의 은혜를,

不禁幽夢到滄洲　그윽한 꿈 금할 수 없어 창주[9]에 온 것이네.

長安極目空迢遞　한양을 한껏 바라보니 푸른 하늘 아득한데,

簾外遙岑翠欲流　주렴 밖 먼 봉우리에는 푸른 빛 흐른다네.

사천에 수령이 되어서도 서거정의 술자리를 생각하면서도 임금의

은혜를 잊지 못하는 것을 시로 표현하였다.

◆ ◆ ◆

조정에서는 이 무렵 경신일[10]을 다시 시행할 수 있게 되었다. (1479년

8　송옥은 전국 시대 굴원의 제자이다. 초양왕의 교만과 사치를 풍자할 목적으로,
대왕지풍과 서인지풍이란 시를 지었는데 후대에는 보통 제왕에 대한 송가의 뜻 으
로 쓰이게 되었다.《文選 卷13》

9　삼국 시대 위나라 완적이 지은〈爲鄭沖勸晉王箋〉의 "창주를 굽어보며 지백에게 사례
하고, ..라는 말에서 나온 것으로, 경치 좋은 은자의 거처로 흔히 쓰인다.《文選 卷20》

10　경신일에 잠을 자지 않고 다음날을 기다리는 행사이며, 이 날은 삼시충(삼시충:

大峯은 熙止를 稀枝로,

임금께서는 승정원에 전교하기를

"옛날에 세종조(世宗朝)에서는 해가 바뀌는 때에 경신(庚申)을 하였으며, 종친(宗親)을 모아 혹은 격방(擊棒)11)(격구의 별칭)을 하면서 밤을 지내게 했는데, 옛 시(詩)에도 경신일(庚申日)을 지키면서 지은 것이 있는 지라. 이런 일은 본래 경전(經傳)에 기재된 것은 아니지마는, 그러나 역신(疫神)을 내쫓고 나례(儺禮)12)를 구경하는 것도 이것이 세속(世俗)에서 하는 것이므로 나는 해가 바뀌는 때에 종친을 모아서 밤을 지내려고 하는데, 어떻겠는가?

이런 일은 비록 묻지 않고서 거행(擧行)하더라도 옳겠지마는, 그러나 이것은 내가 처음으로 거행하는 일이니, 만약 의논을 하지 않고서 갑자기 행한다면 아마 사사로이 종친(宗親)들을 모아서 잔치를 베풀기를 좋아한다고 여길 것이다. 그런 까닭으로 그대들에게 묻는다."

하니, 승지들은 모두 좋다고 하였다.

도교(道教)에서 하는 풍습으로 사람의 몸에 해로운 3가지 벌레가 있으며 이 벌레는 경신일 밤에 몸에서 빠져나가 상제님(上帝) 에게 죄를 보고하여 사람의 수명을 단축시킨다. 사람이 안심하고 있는 틈을 엿보아(경신일)그동안 나쁜 일을 상제에게 밀고한다고 하여, 그런 빈틈을 주지 않기 위한 것이라 함. 일명 경신수야(庚申守夜)(경신일에 잠을 자지 않는다.)의 날이다.

11 격방: 격구이며, 고려시대부터 조선시대 임금은 신하들과 격구를 자주 하였으며 무신들의 훈련과정의 하나였다. 조선의 임금은 주기적으로 무신을 포함한 신하들과 격구를 수시로 하며 상을 주기도 하였다.

※ 격구에 대한 사례: 조선 이 태조가 22세 때 격구 하는 모습(태조실록 1권) 참조

12 원래 중국의 주나라(周) 때부터 유래된 풍습으로, 음력 섣달 그믐날 밤에 대궐 안에서나 민가에서 마귀와 잡신을 쫓아낸다는 뜻으로 베풀던 의식임.

오늘날에도 승지들도 아래와 같이 좋다고 하여 시행된 것이다.

"신(臣) 등도 세종(世宗)께서 이런 행사를 하였다는 말을 들었으니, 비록 지금 이를 행하더라도 무슨 옳지 못함이 있겠습니까? 만약 이 일을 그만두어야 한다면 역신을 내쫓고 나례를 구경하는 것도 폐지해야 될 것입니다."

그날은 모든 신하들이 한자리에 모여 밤 세워 술을 마시면서 시를 쓰기도 하였다. 두 달에 한번 꼴로 60일마다 경신일이 되면 '경신수야(庚申守夜)'라 하여 야간 축제가 이루어진다.

이럴 즈음에 대봉은 사천의 현감 직을 그만두었다.

대봉이 사천을 떠난 것은 막내아들이 죽었기 때문이다.

녀석은 형을 따라 팔공산 주변의 선사암(仙槎庵)에 들렸다가 갑작스레 병이 들어 이듬해 요절하였다. 그날이 임인년(1482년) 6월 17일이다.

대봉은 '아. 애석하도다. 다만 내가 평소 지은 죄에 연유된 것이 아이에게 옮겨져 명이 짧아진 것인지. 그렇지 않다면 어찌 아이의 준수한 골격과 기이한 재주가 열 살이 아니 되어 옥절(玉折)(어진 사람의 죽음)했단 말인가.'하면서 애통하였으며 그 마음의 상처를 벗어나지 못하고 사천 현감자리에서 물러났다.[13] (대봉 문집(殤兒壙記) 참조)

---

13 어려서 죽은 아이의 광기(殤兒壙記)

광기는 '미친 듯 이 날뛰는 기질을 의미'하며. 대봉은 아이가 '역사에 거대한 업적을 남겼던 위인들과 비교하여 그들과 비슷한 아이임을 스스로 자위한 것을 기록'한 것이다.

『이곳은 어릴 때 죽은 나의 아이 영대의 무덤이다. 성화(成化) 12년 병신년(丙申年)(1476)에 나는 임금님의 은총을 입어 장의사(莊義寺)에 사가독서 할 때 조대허(趙大虛)가 금산(金山)에서 와 집안의 편지를 전하는데 아이가 9월 4일 오

大峯은 熙止를 稀枝로,

시에 태어났다 하였다.

내가 매우 기뻐하여 이름을 영대라 지었다. 아마도 이날 저녁에 선온(임금이 술을 내리던 것.)과 붓을 하사받은 영광이 있었으며, 그가 태어났음을 대허에게 들었기 때문에 뜻 있은 날이었다.

12월에 휴가를 받아 집으로 돌아가 아이를 보니 골격이 맑고 준수하고 눈썹과 눈이 그림 같기에 웃으면서 집안사람들에게 이르길, "잘 양육하거라. 용렬한 아이가 아니다."라고 하였다.

두 살이 되자 능히 수천 글자를 알았으며, 세 살에 붓을 잡고 큰 글자를 쓰는데 자획이 또렷하고 나는 듯 움직였다. 네다섯 살에 시를 짓고 저술하였으니, 모든 사람이 놀랍다고 말했다. 여섯 살에는 교역변역(交易變易)(주역의 변천과정)의 이치를 이해하였으니, 홍겸선(洪兼善)(친구 홍귀달)과 허헌지(許獻之)(친구 허헌지)등이 입을 모아 칭찬하였다.

이후 아이가 편안히 살았으며 허물이 없었으니. 나 또한 마음속으로 그의 영민함을 기이하게 여겼다.

신축년(1481) 가을에 내가 달성(達城)에서 산과 하천이 넓고 평평한 곳을 터를 잡아 식구들을 데리고 미리(美里)에 우거하였다. 이해 여름에 아이가 그 형을 따라 선사암(仙槎庵)에 가서 머물렀는데. 암자 곁에 최고운(崔孤雲)(최치원)이 벼루를 씻던 연못이 있었다.

아이가 날마다 연못가를 거닐며 휘파람 불고 시를 읊조리며, 그의 형에게 말하기를, "꿈속에 한 도인이 나를 끼고서 하늘로 올라갔습니다."라고 했다. 그러나 이어서 병이 들어 집으로 돌아왔는데 며칠 안 되어 요절하였으니, 임인년(1482) 6월 17일이다. 아. 애석하도다.

채기지(蔡耆之)가 위로하며 말하기를, "도인은 분명 최선(崔仙)(최치원)일 것이다. 그의 재주를 아껴 서로 감응하였기에 끌고 갔을 것이다. 어찌 슬프지 않겠는가."라고 하였으니, 이것은 억지로 지어낸 해학적이고 허탄(虛誕)한 말일 뿐이로다.

가령 아이가 비록 태백(太白)과 장길(長吉)의 재주와 최고운 같은 신선이더라도 떠난 지 이미 천년이 흘렀으니 어찌 영혼이 남아 있겠으며, 어린아이를 정성껏 돌보아 그와 더불어 서로 감응하여 이끌는지.

다만 내가 평소 지은 죄에 연유된 것이 아이에게 옮겨져 명이 짧아진 것인지. 그렇지 않다면 어찌 아이의 준수한 골격과 기이한 재주가 열 살이 아니 되어 옥절(玉折)했단 부인과 어머님. 그리고 두 아들도 그 슬픔은 대봉에 못지않았다. 뿐만 아니라 이 소식을 접한 채기지(蔡耆之)는 위로하며 말하기를,

'도인은 분명 최선(崔仙)(최치원)일 것이다. 그의 재주를 아껴 서로 감응하였기에 끌고 갔을 것이다. 어찌 슬프지 않겠는가.'라고 하였으나,

"이것은 억지로 지어낸 허탄(虛誕)한 말일 뿐이로다. 가령 아이가 비록 태백(太白)(이백)(李伯)과 장길(長吉)(이하(李賀)의 자(字)로 7세 때 글을 잘 지었으며 당나라 시귀(詩鬼)라 한다)의 재주와 최고운 같은 신선이더라도 그들이 떠난 지 이미 천년이 흘렀으니 어찌 영혼이 남아 있을 것인가?

어린아이를 정성껏 돌보아 그와 더불어 서로 감응하여 이끌는지, 아니면 다만 내가 평소 지은 죄에 연유된 것이 아이에게 옮겨져 명이 짧아진 것인지. 그렇지 않다면 어찌 아이의 준수한 골격과 기이한 재주가 열 살이 아니 되어 옥절(玉折)했단 말인가." 하고 애달파하였다.

◆ ◆ ◆

대봉이 사천을 떠날 무렵 조정에서는 폐비윤씨(廢妃尹氏) 건에 대해서 말들이

말인가.

아이가 태어난 날 집안사람이 꿈을 꾸었는데 위엄 있는 흰 눈썹을 가진 노인이 와서 "기이한 남아가 태어날 것이다."라고 말했다는데 생각건대 도인은 이 흰 눈썹의 노인이며. 아이의 소식을 오가며 전해준 것이 아니겠는가.

아. 너무도 비통하도다. 그해 8월 16일에 팔공산 묘록(卯麓)(죽은 이의 시체를 모으는 곳) 향리(向离)의 구덩이에 묻었다. 아이의 성은 양씨이고 아버지는 희지이며 홍문관 교리이다. 청하여 군에서 사천현의 수령으로 내보냈는데, 일 때문에 체직되었다. 어머니는 이씨이다.』

大峯은 熙止를 稀枝로,

많았다.

폐비윤씨 건은 폐비가 중전이 되어서는 사람이 바뀌었다는 것이다. 과거에 검소했던 모습은 없어지고 질투와 투기로 남을 모해하였고, 임금님의 심경을 그르쳤다는 것이다.

결국은 임금님의 뜻에 맞지 않아 폐비가 되었다가 곧 사약이 내려진다는 말이 있었다. 그러나 세자의 어머니였기에 많은 신하들은 폐비의 사약만을 거절하기도 하였지만 인순왕후(仁順王后)의 요청 등으로 사약이 내려지게 되었다.

인순왕후께서 윤 씨가 중전으로 책봉되었을 때는 매우 좋아하셨는데...

「숙의 윤씨(淑儀 尹氏)는 주상(主上)(예조)께서 중히 여기는 바이며 나의 뜻도 또한 그가 적당하다고 여겨진다.

윤씨가 평소에 '허름한 옷을 입고 검소한 것을 숭상하며 일마다 정성과 조심성으로 대하였으니', 대사(大事)를 위촉(委囑)할 만하다.

윤씨가 나의 이러한 의사를 알고서 사양하기를, '저는 본디 덕(德)이 없으며 과부(寡婦)의 집에서 자라나 보고 들은 것이 없으므로 사전(四殿)(궁궐이란 뜻)에서 선택하신 뜻을 저버리고 주상(主上)의 거룩하고 영명한 덕에 누(累)를 끼칠까 몹시 두렵습니다.'고 하니, 내가 이러한 말을 듣고 더욱 더 그를 현숙(賢淑)하게 여겼다.」 라고 하셨는데....

대봉은 윤 씨가 왜 그렇게 되었는지 남녀 간의 문제는 알 수 없는 일이기는 하나 임금과 윤 씨간의 그 일이 결과적으로 이해가 가지 않았다. 물론 궁중에서의 왕비나 후궁들 사이에 묘한 알력과 틈새가 생기기 마련이나, 그 일로 인해 많은 사람들이 피해를 보게 되었다.

윤 씨는 사약을 받아 죽었지만 훗날의 얘기이지만 그 과정에서는 다수의 신하들이 고초를 겪기도 했다. 임금의 명으로 사약을 내리기로 하였으나 권경우(權景祐), 채수(蔡壽), 박영번(朴英蕃), 안윤손(安潤孫), 문절(文節) 등은 심문을 받거나, 고신을 당하기도 하였고 유배까지 기기도 했다.

폐비 윤 씨의 일에는 대봉은 직접 휩쓸리지 않았으나, 특히 채수의 경우는 16명 문회당(文會堂) 회원이면서 사가독서를 함께한 친구로서 '폐비 윤 씨는 원자 의 생모이므로 합당한 예우를 해야 한다'는 주장을 하여 성종과 인수대비에게 못 보여 삭탈관직을 당하여 대봉에게는 많은 슬픔을 안겨주었다.

◆ ◆ ◆

사천군수를 그만두고 조금의 휴식을 하던 차에 마침 친구인 지평(持平) 조위(曺偉)가 추천한 충순위(忠順衛)[14] 건 자리를 두고서 조정에서는 대봉의 보직문제로 언쟁이 일어났다.

성종임금께서는 대봉을 임용코자 했었다.

지평(持平) 조위(曺偉)가 다음과 같이 아뢰었다.

"근자에 유생들을 보면, 나이 겨우 약관에 충순위(忠順衛)에 대부분 소속되어서 자급(資級)(스스로 진급하는 것)을 차지하였다가, 다행히 과거에 합격이 되면 곧바로 5품, 6품의 직위에 임명되므로, 조급하게 진취하려는 것에 마

14　오위(五衛) 중의 하나이며, 세종 때 설치. 1445년 세종 27년. 3품 이상의 고급관료 자손들을 위해 설치한 양반숙위군(兩班宿衛軍)이었다.

　　　　　　　　　　大峯은 熙止를 稀枝로,

음을 써서 전업하는 자가 적어져 유학의 기풍이 날로 무너집니다. 그리고 또 지금 사람을 등용할 때에는 단지 현재 조저(조정)에 있는 자만 등용하므로, 비록 재주가 있으면서도 전리(고향 또는 원래 사는 곳)에 물러나 사는 자는 천거하지 않습니다.

양희지나 정석견(문회당 회원)같은 이는 다 등용할 만한 재주가 있는데도 서용되지 않는 것은 전조(이조와 병조 관리 임명권자)의 과실입니다."

이에 임금께서는 좌우 대신들에게 양희지와 정석견에 대해 물으셨다.

영사(領事)영사 노사신(盧思愼)노사신이 대답하였다.

"양희지는 문과 무를 함께 갖추었으니 등용할 만한 사람입니다. 그리고 충순위는 나이를 제한하는 것이 좋을 듯합니다." 하였다.

지사 강희맹은

"속언에 이르기를, '성균관은 작은 조정이다.'라고 합니다. 그러니 성균관 안의 기풍이 바르면 조정의 기풍도 바르게 될 것입니다. 충순위에 투속(남의 세력에 기대는 것)하는 것은 좋은 풍속이 못되니, 나이를 제한하는 것이 좋을 듯합니다.

그리고 양희지와 정석견은 다 등용할 만한 사람들입니다.

유호인도 등용할 만한 인재이지만, 군을 다스리는 데에는 합당하지 않으니, 경연에 두는 것이 마땅할 듯합니다."

이에 임금께서 말하기를,

"충순위의 일이 과연 이렇게 잘못된 것이라 하니, 만일 그 나이를 제한하면 투속하는 자가 드물어질 것이다.

양희지는 이조에서 알고도 등용하지 않았느냐? 그리고 정석견은 채수의 추천으로 인하여 이미 서용하도록 명하였다."

하고는 이어서 승지(정3품 상. 당상관)에게 이르기를,

"양희지, 정석견을 서용하지 아니한 사유를 이조에 물어보도록 하라. 또 충순위에 투속함을 허용해줄 나이의 제한을 해당 조에서 의논하여 아뢰도록 하라." 하였다.

이즈음 대봉은 막내아들의 죽음으로 마음고생이 심했던 지라 충순위 건에 마음을 휴식하고자 하여 모처럼 휴가를 내어 그 동안 못 만났던 친구를 보러 갔다.

그러면서 친구인 한훤당[15] 김굉필을 자주 만나곤 하였다.

그는 대봉보다 15살이나 적었지만 나이와 관계없이 김종직의 제자이기도 하지만, 또한 그의 학문에 깊이 매료되어 그를 좋아했다. 점필재 김종직(1431~1492)이 함양군수로 부임하면서 김종직의 제자가 되어 특히 소학을 연구하였다.

한훤당은 사마시를 합격하고도 과거에 별 관심이 없고 오로지 학문에 정진하면서 특히 소학[16]을 중시하며 생활규범을 실천하고자 했다.

---

15 합천군 야로현의 순천 박씨에게 18세에 장가가면서 관례대로 처가댁에서 생활하였으며, 개울가에 서재 한훤당을 지었다. 이 당호가 그의 아호가 됐다.

16 소학
사람을 만드는 책(주인서)이라고 부를 정도로 중요하게 여겨졌던 소학은, 전통시대 기초 윤리의 국정 교과서라고 할 수 있다. 송나라의 유자징이 8세 안팎의 아동들에게 유학을 가르치기 위하여 남송 순희 14년(1187년)에 편찬한 수양서.
송나라 주자가 엮은 것이라고 씌어 있으나 실은 그의 제자 유자징이 주자의 지시에 따라 편찬한 것이다.
내편 4권, 외편 2권의 전 6권으로 되어 있다.
내용은 일상생활의 예의범절, 수양을 위한 격언, 충신·효자의 사적 등을 모아 놓았다.

大峯은 熙止를 稀枝로,

그는 스스로 '소학동자'로 칭했을 만큼 소학에 빠졌다. 소학은 학문의 입문 과목으로서 주자의 표현처럼 '집을 지음에 있어 터를 닦고 재목을 준비하는 과정'에 속 한다 면서 교육의 기본으로 삼았다.

한훤당도 거주하는 합천에서 대봉을 만나서 환대하여주었다.

대봉은 한훤당과 술을 마시면서 점필재선생이 도학(道學)임을 얘기하였다. 그러면서 충순위(忠順衛) 건(件)으로 자신의 갈 길을 정하지 못한 것에 대해 푸념조로 얘기하였다.

瀟灑占居僻(소이점거벽) 산뜻하고 후미진 곳에 거처를 정해
幽潛道味眞(유잠도미진) 깊이 잠기니 도의 참맛 느끼네...
畢齊門下士(필제문하사) 점필제 선생 문화의 선비들은
小學券中人(소학권중인) 소학을 익히는 사람들이 라네
暇日來尋地(가일내심지) 틈나는 날 이곳에 찾아드니
薰風坐襲春(훈풍좌습춘) 앉은 자리에 초여름 바람이 젖어드네
慇懃荷警發(은근하경발) 은근히 경계하는 말씀 들으니
愧我尙迷津(괴아상미진) 내 갈길 찾지 못한 것 부끄럽네.

세종 18년(1436년)에는 사부학당(四部學堂)(서울의 동부, 서부, 중부, 남부에 설치되었던 학당의 다른 이름)의 생도들이 ≪소학≫을 어린이가 배우는 학문으로 여겨 평소에는 잘 읽지 않고 있다가 성균관 진학 자격을 주는 승보시(升補試)가 있게 되면서 임시로 섭렵한다는 폐단이 지적되었다.

그 뒤는 사부학당 생도들로 하여금 모두 ≪소학≫ 공부에 노력을 기울이게 하되, 그 내용을 자세히 이해하여 뜻이 잘 통하는 생도만을 승보시에 응시하게 하여 뽑도록 하였다.

◆ ◆ ◆

대봉이 스승으로 모시는 점필재(佔畢齋) 김종직은 야은 길재의 제자인 김숙
자의 아들이면서 사림(士林)과 성리학자의 학문적 기본이 되는 학자이고 정
치가였다.

대봉보다는 7살이 많다.

그는 세조 임금 때 '실무를 위해 잡학(雜學)을 익히라'는 임금의 권유를
'잡학은 선비의 일이 아닙니다.'라는 논리로 비판하다가 파직당하기도
했으며, 차후에 다시 조정으로 들어오지만 훗날 '조의제문(弔義帝文)'건으로 은
근히 세조를 비판했던 학자이다.

하지만 대봉에게는 점필재의 논리와 관계없이 당시 어머님께서 몸
이 불편하여 어머니를 모셔야겠다는 효성 심으로, 충순위 건과는 별
도로 벼슬길 보다 오로지 사직하여 어머님을 모시고자 하여 간절한
사직서를 제출하였다.

어머님을 모시면서 김종직과 김굉필의 도학(道學)사상에 많은 양향을 받
았는지도 모른다.

어쨌든 대봉은 눈물 없이는 볼 수 없는 간곡하고 애절한 사직서를
성종임금님께 제출하였다.

그 내용은 아래와 같다.

『삼가 생각 하 옵 건데, 용렬하고 비루하오며 미천한 신이 외람되게
도 세상에 다시없는 전하의 은총을 입어 전후 두 차례에 걸쳐 청관(清官)(홍
문관 벼슬아치를 이르는 말)을 선발할 때 매번 특별히 간택되어 후안무치하게
도 그 자리를 끼었으니 놀랍고 황공하여 몸 둘 바를 모르겠나이다.

大峯은 熙止를 稀枝로,

저의 분수와 재주를 헤아려 볼 때 이는 영광이 아니라 오히려 재앙이라 여겨집니다.

신하가 태평성대를 만나는 것이 자고로 어찌 한정이 있겠습니까만 대체로 사람의 됨됨은 인망과 실상이 걸맞고 서로가 믿을 수 있어야 한다고 봅니다.

하온데 신과 같이 무능한 자는 백해무익하며 잘하는 것이라곤 하나도 없는데 외람되이 관직이 이렇게 높은 경영관에까지 올랐으니 일찍이 이와 같은 일에 대하여는 들어보지 못하였습니다. 더군다나 왕의 조서(詔書)를 초하고 왕명을 받들어 교직을 짓는 직임을 신은 감당하기 어렵습니다.

또 전례와 단계를 따르지 않고 영전을 거듭하게 하셨으니 신이 비록 명예를 탐하여 그 자리를 지키고자 하나 그것은 공론이 허락하지 않을 것이며 국가기관에 흠집을 내는 결코 작은 일이 아닐 것입니다.

이제 성군의 교화가 성공을 하고 큰 인물이 많이 뽑혀 조정에 서니 시골의 한 선비가 있고 없고야가 무슨 상관이 있겠습니까.

삼가 바라 옵 건데, 성스런 명군께서는 굽어 어리석은 신의 충정을 살피시고 새로 새기신 어명을 신속히 거두시면 국체를 소중히 하는 것이 매우 다행한 일로써 이루 다 말할 수가 없습니다.

그리고 신에게는 간절하고 절박한 사정이 있어서 우러러 인(仁)으로 감싸주는 하늘같은 성상에 기원합니다.

신에겐 홀로된 노모가 경상도 울산 땅에 계시는데 금년에 연세가 칠십 일세입니다.

젊어서 홀로되어 일찍부터 쇠약한 몸에 항상 질병에 걸렸으니 지난

번 신이 노모의 곁을 떠나 조정으로 달려오던 날에는 노쇠한 몸을 병
석에 맡긴 채 떠나는 자식을 문전에서도 전송하지 못함에 신은 임지
로 오면서 내내 눈물을 멈출 수가 없었습니다.

그 후 천리나 떨어진 타향에 와서도 오히려 어머니의 말이 귀에 쟁
쟁합니다. 신이 모친을 보고 오는 이 같은 일은 다행이도 근간 성상께
서 기회를 주셨기 때문입니다.

신은 나라 일에 힘을 다하고자 하오며, 천은이 지중하고 사정은 가
벼운 것이므로 그대로 관직에 있는 지가 오래 되었고 병든 노모를 위
한 귀향을 결정하지 않았으니 자식이 돌아오길 기다리는 어머니의 마
음을 헛되이 저버린 한편, 한갓 고향은 그리워하는 회포만 간절할 뿐
입니다.

어제 고향에서 온 편지를 보니 '노모의 병환이 점점 악화되어 조금
이라도 조섭이 소홀하게 되면 바로 위독한 지경에 이르러 피골이 상접
한 채 기식이 차차 막힌다 하니' 해가 서산에 뉘엿거리듯 수명이 다 해
가고 있다는 것입니다.

신의 집은 본래 빈곤하여 환지를 구원할 만한 방도가 없습니다. 따
라서 신이 받는 상록(賞祿)은 거리가 멀어 고향에 까지 운반이 곤란하므로
밤낮 괴로움만 더 할 뿐으로 정신이 안정되지 않습니다.[17]

---

17 급여지급 방법: 조선시대는 녹봉으로서 급여를 대신하고 있다. 녹봉은 현금과 현물
이 혼합된 형태로 지급되었고 현물로는 쌀, 베, 옷감 등 생필품이 포함되었고, 현금
은 주로 돈이나 은으로 지급됨. 조선 숙종임금 때 까지는 연 4회 지급하였다.
지급방식은 중앙관리는 한양에는 3개의 조운(漕運) 창고가 있었는데 그중 녹봉을 저장
관리하는 창고가 오늘날 서강대학교 부근 와우산 자락에 있었으며 광흥창(廣興倉)이다.

大峯은 熙止를 稀枝로,

병환을 구제할 수가 없고 녹으로는 봉양할 수가 없으니 이와 같은 자식은 있어도 없는 것만 못하여 불효한 죄가 이 지경에 이렀고,

또한 노모의 곁으로 돌아 갈수도 없으니,

아, 임금과 어버이는 같은 몸으로 은혜와 의리가 지극히 커서 본래 경중의 구분이 없 사 온데, 그러나 '군주에게 충성할 날은 많고 어버이에게 효도할 날은 적다'라는 이 말은 '고인'[古人](중국 진나의 영백 이밀[令伯 李密]이 연로하신 조모봉양을 위해 관직을 고사한 것)의 진정한글에 적혀있는 간절한 구절로 전하께서는 효로써 나라를 다스리는 성군으로서 어찌 측은하게 여기는 마음이 없으시겠습니까,

그리하여 신의 처지에 대하여 불쌍히 여기실 것입니다.

자식은 녹봉으로 호의호식하는데 병든 노모는 콩죽으로 끼니를 잇는 어려움에 있으니 인정은 이미 천리에 어긋난 것으로 어찌 마음이 편안하겠습니까. 삼가 바라 옵 건데 성상께서는 인자한 천지간의 부모로서 다행히도 지난날 신이 노모를 봉양할 수 있도록 지방 수령으로 전보하였듯이 이번에도 신으로 하여금 매일같이 시탕 약 하며 병환을 수발 할 수 있도록 하여주신다면, 그 은혜 입에 머금고 뼈에 아로새겨 결초보은하겠나이다.

모친 사후로 부터 신이 죽는 나이에 이르기까지 신은 바라 옵 건데 성상께 충성할 날이 아닌 것이 없습니다. 그러나 신은 노모의 위독한

지방관리는 지방에서 지급하나 중앙관리는 광흥창에서 지급하며 녹봉을 받기위해 이곳까지 녹패[祿牌](: 병조 또는 이조에서 발급한 녹봉지급확인서)를 지참하여 직접 가서 녹봉을 수령하였던 것이다.

병세가 충격적임을 감당 할 수 없어 애절한 마음으로 올린 사직상소를 가납하여 주실 것을 비옵나이다.』

◆ ◆ ◆

임금께서는 대봉의 글을 읽고서 그 내용에 감읍하여 임금님의 은혜로 사직이 아니고 어머님과 같이 보낼 수 있는 현풍현감(종6품)으로 가게 되었다.

한편 친구인 남계 표연말(藍溪 表沿沫)은 대봉이 현풍현감으로 가게 되자 모처럼 술에 취하여 대봉과 어머니를 위하여 거침없이 좋은 말을 쏟았다. 임금님의 은혜로 현풍의 장(長)으로 배임되었으니 조선의 곳곳이 태평성대가 될 수 있도록 열심히 노력할 것을 다짐하는 글을 보내었다.

『학사에게는 노모가 있었사옵니다. 가난하여 봉양할 방법이 없던 차에, 성상께서 측은히 여기셨습니다.

마침내 성읍을 전담하도록 허락하시어. 지난 해 사천(斜川)에서, 금년에는 현풍의 장(長)이 되었습니다. 학사가 받은 격문을 어찌 기쁨으로만 여기겠습니까.

새싹이 자라서 밤사이에 큰 잎이 되듯이 쇠약한 얼굴이 날로 피어나며. 날씨는 점점 따뜻해지고 있습니다.

나의 자식이라고 여기지 말고. 어떻게 성상께 보답할 수 있겠습니까. 학사는 감격하여 눈물을 흘리옵니다.

멀리 대궐을 향하여 머리를 조아리며 절하고 또한 머리를 조아렸습니다.

大峯은 熙止를 稀枝로,

원하건대, 성상께서의 그 은혜는 수 천 년 동안 끝없이 이어지실 것이옵니다. 조선팔도가 즐겁고 풍요로우며 크게 태평할 것이옵니다.

소신이 감히 이른 아침부터 늦은 밤까지 성상의 마음을 다하지 않을 수 있겠습니까.

우리 백성들이 편안하게 안도하며 풍년이 들 수 있도록 하시길...』(남계문집1권)

◆ ◆ ◆

그러나 대봉이 현풍현감으로 가게 되는 데는 「숭정대부행 예문관(崇政大夫行 藝文館) 대제학겸 지성균관사 달성군(大提學兼 知成均館事 達城君)」 서거정(徐居正)의 남모른 역할이 있었다. 대봉은 서거정에게 이런 편지를 보내어 서거정의 마음을 돌리게 하였다.

『울산은 저희 고을입니다. 지금의 수령 박후(朴侯)가 고을을 잘 다스려, 복잡한 일들을 잘 처리하여 정사가 이미 닦여지고 폐단이 제거되었습니다. 이에 관부(官府)와 누관(樓觀)을 점차 수리하여 태화루도 새롭게 다시 지었습니다.

태화루가 크고 넓고 툭 트였으며 새롭게 벽을 칠하여 이전에 비해 더 아름다워졌습니다. 선생께서 이전에 이 누각에 대해 결함으로 여겼던 것이 이제 조금도 유감이 없게 되었습니다.

양촌(서거정의 외조부)께서 신사년(1401년)에 중수 시 글을 썼던 것을 기억하시면서 선생께서 기문(記文)을 지어 주십시오.』하는 글을 올렸다.
(신증동국여지승람(新增東國輿地勝覽) 및 대봉문집 편 참조)

그 일이 있고나서 얼마 있지 않아 대봉의 보직이 현풍현감으로 이

동되었던 것이다. 대봉의 사직서와 서거정의 추천이 함께 한 것이 아닌가 생각이 들었다.

서거정이가 대봉의 뜻을 미리 알았는지는 모를 일이다.

◆ ◆ ◆

서거정은 그의 고향인 '달성'이 대봉의 현감이 된 것을 크게 기뻐하고는 앞으로 더욱 발전될 것을 기대하면서 아래 글을 보냈었다.

"가행은 연로한 부모 때문에 사직하자 상께서는 그의 재주를 애석하게 여겨 글을 내려 칭찬하고 장려하는 한편, 부모를 봉양하는 것을 허락하지 않는다는 뜻으로 유시하셨으니, 이 얼마나 영광스러운 일인가.

가행이 재차 아뢰어 고사(固辭)하자 상께서는 바야흐로 효도의 이치로 정치근본을 삼으신 터라 그의 뜻을 거스르는 것을 중지하게 하시고 외직(外職)을 주어 보내셨다.

내가 일찍이 보건대, 근래 사대부들 가운데 연로한 부모를 이유로 고을 하나를 얻어 나가기를 청하는 사람이 전후로 줄을 섰다. 그러나 가행처럼 성상의 융숭한 총애와 귀중한 장려를 받은 사람이 또한 있는가? 없다.

아, 선비가 세상에 태어나 향당(郷黨)(고향)의 붕우(朋友)에게 칭송을 받으려 해도 얻을 수 없는데 감히 조정에서 벼슬하는 경사대부(卿士大夫)에게 바라겠으며, 경사대부에게 받는 것도 오히려 불가한데 하물며 감히 밝으신 임금의 지우를 받고 은근한 칭찬과 장려로 귀중하게 되는 것이야 말할 것이 있겠는가.

大峯은 熙止를 稀枝로,

가행이 이와 같은 은사(恩師)를 받았으니, 어찌 단지 부절(符節)(임명장)을 차고 한 고을을 맡아 다스리며 모친을 봉양하는 데서 그치겠는가. 훗날 대각, 암랑(臺閣 巖廊)(대간, 사헌부 직에 근무하는 사람)에서 구름이 용을 따르듯이 군신 간의 기이한 조우를 여기에서 점칠 수 있을 것이다.

하여 우리 고을이 한 번 변하여 노(魯)나라와 같은 학문의 고장이 될 기미이다.

가행은 마땅히 스스로 힘쓰고, 또한 나의 이 말로써 고을의 자제들을 면려해야 할 것이다." 하였다. (성종9년에 쓴 서거정의 글)

◆ ◆ ◆

정6품으로 1단계 승급은 되었으나 현직(官職)(관직)은 종6품이었으나, 사직을 청함에도 불구하고 어머니를 함께 모실 수 있는 그 자리는 더 없는 영광이었다.(귀양지는 부모와 200리 거리였다.)

◆ ◆ ◆

대봉이 사천 현감시절 부역과 세금을 줄이고 규휼미를 제공하는 등으로 지난번 사천에서의 경험을 되살려 15개 면의 백성들은 제폭(除暴) 구민(救民), 보국안민(輔國安民)의 정신으로 성대(盛代)를 만들고자 했다.

◆ ◆ ◆

대봉은 언젠가 서거정 태사가 현풍에 대해서 한 말을 기억하며 한가롭게 시간을 보내었다.

서거정은 달성군으로 책봉된 것을 기념코자 달성군에 자주 들렀다. 달성군과 옆에 있는 현풍에 가끔씩 들려 대봉과는 많은 얘기를 나누었다.

◆◆◆

徐씨들이 많이 살고 있는 지역이 대구와 인접한 곳이어서 흔히 대구 徐 씨라고도 얘기하는 서거정은 천문, 지리, 복서(卜筮), 의약, 풍수, 성명(性命), 등 배운바가 넓기에 대구에 대해서 많은 얘기를 나누었다.

서거정은 이미 25년 전에, 같은 교향인 대구 출신인 도하(都夏)[18](1418~1479)가 성균관에서 실시한 시험에서 장원으로 합격한 후 사간원 우정언으로 임명된 후 7월(1458년, 세조 4년)에 고향으로 돌아가 선영을 배알하고자 서거정에게 작별 인사를 하러 찾아왔을 때 서거정은 글을 남겼다.

「서거정 장원 도하 송시서(壯元 都下 頌詩書)」를 써 주면서

"우리 고향은 경상도의 중앙으로 큰 고을인데 인재가 나오지 않은 것은 길을 열어 주는 사람이 없기 때문이다. 구양첨(歐陽詹)(당나라 756~801 문신)이 진사에 합격하고 난 이후에 민월(閩越)(월족이 살던 남쪽 지방 땅) 땅에 훌륭한 문인이 많이 배출되었다."

---

18 도하는 세종 29년(1447) 식년시(式年詩) 장원, 세조 4년(1458) 무인 알성시(戊寅 謁聖試) 을과(乙科)1등 장원

大峯은 熙止를 稀枝로,

라고 하며, 도하에게 대구의 구양첨이 되어 대구 고을을 선도하여 줄 것을 당부하였다. (신증동국여지승람 대구 편, 참조)

서거정은 이어서 대봉 현감에게 큰 미련을 가진 듯이 대봉에게 시 한편을 써주었다.

나이가 들어 가끔 고향으로 내려와 고향의 정취를 맛보며 서거정의 '시'와 대봉인 '태수'는 바로 한 몸이 된 것처럼 그 모습이었다.

君昔歸時未別離(옛날 그대 떠날 적엔 전별을 못 했었지만), 君今去後幾 相思(지금 그대 떠난 뒤론 얼마나 생각했던고), 相思無盡情)無盡(생각이 끊이지 않고 정 또한 다함이 없어), 謾賦東雲北樹詩(부질없이 동운 북수 의 시[19]만 읊을 뿐이네)

대봉은 편지를 받고서 곧 이어 시 한 수를 함께 올렸다.

官庭蓼落遍青苔 관가의 뜰이 조용하여 이끼(청태)가 널렸다.
宿醉夢騰午睡回 지난밤 숙취 때문에 흐릿하여 낮잠을 이루지 못하였네.
睡起捲簾仍坐獨 잠자리에서 발을 떼고 발을 걷어, 그대로 앉아 홀로 있었고,
山僧乞句去還來 산승이 동냥하러 왔으나 돌아갔지요.
民風玄高絶欺訛 오늘과 옛날 것은 옛것을 속인 것입니다.(민풍현고는 현 풍을 얘기하는 것).

19 동운북수란 '두보의 춘일억이백 의 시'에 「위수 북쪽엔 봄 하늘이 나무요, 강 동족 엔 해 저문 구름이로다. 어느 때나 한 동이 술을 두고서, 우리 함께 글을 조용히 논 해볼꼬. : 渭北春天樹 江東日暮雲 何時一樽酒 重與細論文」라고 한 데서 온 말이다.

桑麥村村夜雨多 뽕나무와 보리가 많은 이 촌에 밤비가 많이 내렸다오.

但覺哦時太守事 다만 '시와 태수'의 그 일을 깨달았다.

山無盜賊海無派 산에는 도적이 없고, 바다에는 파도가 없는 것과 같다.

君子居鄕感化多 군자가 되어 시골에 살면서 감화되는 경우가 많지요.

大峯은 熙止를 稀枝로,

09

대봉은 大丘를 보게 된다

9. 대봉은 大丘를 보게 된다

사실 임금의 꽃놀이 동산(화원: 대구 인근의 지명. 현풍과 가깝다.)으로 이름난 곳이었던 대구는 신라시대부터(경문왕) 경주를 대신한 수도로 바꾸어야 한다는 얘기가 날 정도로 중요한 지역이었던 터라, 조선이 세워진 후 대구는 농업의 주요 생산지로 인구가 점차 증가하였고, 또한 영남 내륙교통의 중심지로 부각되었다.

세종임금 때(1419년, 세종1년)는 대구현이 대구군으로 승격되었으며, 30년 후에는 복지제도인 사창(곡물대여 기관)이 전국에서 가장 먼저 설치되어 시범 운영이 되기도 하였다.

지난번 흉년 때 대봉은 그 사창제도를 크게 활용하여 현풍군민 1,000명을 구제하였다.

세조임금 때는(세조12년, 1466년) 도호부가 설치되어 군사적 중심지로서의 역할이 높아지게 되었다.

대화 도중 서거정은 대구의 미래를 생각하였음인지 다음과 같은 얘기를 나누었다.

서거정이 먼저 말을 꺼냈다.

大峯은 熙止를 稀枝로,

"이 고을의 자재를 계도(啓導)하여 대구를 노(魯)나라로 만들어 줄 것을 당부한다."[1]

"태사[2]께서는 공자님을 떠올리면서 대구의 미래를 생각하셨습니까? 풍수, 천문, 그리고 사람다운 곳을 보시면서 대구의 미래를 생각하신 모양입니다."

"그런가? 하긴 나의 본관(本貫)이 되었지만 이곳은 크게 될 것 일세, 대봉께서는 이곳에서 자손을 번창시켜봄이 어떨까 하네만."

"그렇지 않아도 내 둘째 놈이 여기서 자리를 잡고 있습니다. 형님도 이 부근에 계시고..."

지난해 둘째 아들 배선은 대구에서 옥산 전씨(玉山 全) 문중과 결혼을 하였다.

"좋구먼, 대구를 자랑할 만한 시가 있는데 들어 보겠나?"

서거정은 술 한 잔 먹고서 '대구 십영(大丘 十詠)'이란 시를 소개하였다.(신증동국여지승람(新增東國輿地勝覽) '대구')

"금호범주(琴湖泛舟), 입암조어(笠巖釣魚), 귀수춘운(龜岫春雲), 학루 명월(鶴樓 明月), 남소하화(南沼荷花), 북벽향림(北壁香林), 동화심승(桐華尋僧), 노원송객(櫓院送客), 공영적설(公嶺積雪), 침산낙조(砧山落照), 흔히들 명소마다 산천(山川)의 8영을 얘기한다만 나는 이곳 대구에는 산천에 어울리는 인간관계의 모습도 아름답게 본 것이 있어 2곳을 추가하여 10영이라 한 것이네. 또는 10경이라 하지."

---

1   노(魯) 나라는 춘추시대 때 공자가 다스리던 곳이며 공자는 '인(仁)' 을 주장하면서 도덕적인 의미의 '사람다움'을 말한다.

2   대봉은 22년간 문형(文衡)(홍문관, 예문관, 대제학을 함께했던 양관 대제학이며 나라의 학문을 바르게 평가하는 저울이란 뜻의 대제학의 별칭)을 지낸 서거정을 태사로 존칭했다.

"인간관계의 모습이라~ 명소이외에도 좋은 것이 있는 모양이지요? 그게 무엇인지요?"

"들어 보시게나, 좋은 것이 있고말고...허허~"

서거정은 웃음을 지으면서 술 한 잔 하였다.

"금호범주라 함은 낙동강으로 흐르는 이강(현풍 앞의 금호강)을 말하는 것 이지요."

"그렇다네. 이곳이 낙동강 세 줄기가 만나는 곳으로서 바다와 같이 넓으면서 그 갯벌과 모래섬이 좋은 곳이지. 이곳에서 배를 띄우고 갈매기와 함께 노니는 곳이지."

서거정은 대봉이 권한 술을 또 한잔 하면서 시를 읊었다. 우리말로 하면서 한자로 7언절구로 표현하였다.

「1영은, 금호범주 즉 바람이 불면 강변의 갈대밭에 비파(금)소리가 나고 호수처럼 물이 맑고 잔잔하여(금호) 여기서 배를 띄우나니 갈매기와 노닐며...

금호청천범난주　금호강 맑은 물에 조각배 띄우고
취차한행근백구　한가히 오가며 갈매기와 노닐다가
진취월명회도거　달 아래 흠뻑 취해 뱃길을 돌리니
풍류불필오호유　오호가 어디더냐 이 풍류만 못 하리
*오호: 중국의 큰 호수(태호, 파양호, 동정호 등)

여기에 갈매기가 뛰어놀며 금호수의 푸른 물결에 오호인들 비교가 되겠습니까? 좋습니다.

大峯은 熙止를 稀枝로,

대봉도 술을 마시며 다음의 시 2영을 기다렸다.

◆ ◆ ◆

2영은 입암조어(笠巖釣魚) 라, 대구천(大丘川)*에 있는 삿갓 바위*그 바위에 앉아서 낚시를 한다면 금자라(金鼇)도 낚을지, ...[3]

연우공호택국추(煙雨空濠澤國秋) 이슬비 자욱이 가을을 적시는데
수륜독좌사유유(垂綸獨坐思悠悠) 홀로 앉아 낚시 드리우니 생각은 하염없네.
섬린이하지다소(纖鱗餌下知多少) 작은 잔챙이야 적잖게 건지겠지만
부조금오조불휴(不釣金鼇釣不休) 금자라 낚지 못해 자리 뜨지 못하네.

"하하.. 금 자라를 낚지 못했군요. 제가 한번 금 자라를 낚아보겠습니다. 입암조어라... 허 허 허..."

"그러시게나."

두 사람은 또다시 술잔을 권하였다.

◆ ◆ ◆

3영, 귀수춘운(龜峀春雲) 이라, 대구의 진산인 (연)귀산(鎭山·連龜)에 있는 저 바위는 백성

---

3   대구천은 대구 시내를 통관하던 하천이었으나 범람 등으로 인해 1924년도 대구를 개발하면서 대구 천을 신천 쪽으로 돌렸다. 지금은 건들 바위만 남은 상태임. 입암을 '삿갓 쓴 바위'로 불리는 것은 그 바위가 물결에 흔들거린다는 말에서 온 것임.

이 기다리는 단비를 내려주고...[4]

龜岑隱隱似鼇岑
귀잠은은사오잠 거북 뫼 아득하여 자라 산 닮았고
雲出無心亦有心
운출무심역유심 구름 토해 듯이 무심한 듯 유심 한 것이
大地生靈方有望
대지생령방유망 온 땅의 백성들이 애타게 기다리는
可能無意作甘霖
가능무의작감림 가뭄에 단비 만들어 주려 함 이네

"대구의 진산에 거북바위가 있다니 신기하군요. 구름을 토해내듯이 그 바위가 단비를 만들어 주다니요."

"아무렴, 단비를 주고말고..."

◆ ◆ ◆

제4영은 학루명월이라, 객사의 정자 모양이 한 마리 학의 모습이라, 세속의 티끌을 털어내고 마음에 거리낌이 없는 상쾌한 기상인, 감영의 금학루의 밝은 달을 말하는 것일세,

一年十二度圓月
일년십이도원월 일 년에 열두 번 둥근달이야 뜨지만
待得仲秋圓十分
대득중추원십분 기다리던 한가위 달, 한결 더 둥 그네
更有長風幕雲去
경유장풍추운거 긴 바람 한바탕 불어 구름 쓸어내니
一縷無地着纖氣
일루무지착섬기 누각에 티끌 한 점 붙을 자리 없네.

---

4   연귀산은 대구 제일여중 자리에 있는 나지막한 산이며 여기에 자라모양을 한 바위
     가 있음. 귀산 또는 연귀산 임

184   大峯은 熙止를 稀枝로,

"감영의 금학루 객사에 저도 가보고 싶습니다."

"그러시게, 이왕이면 달이 좋을 때 가보시게나"

"이번 한가위 때 가족들과 함께 가보고 십군요"

♦ ♦ ♦

제5영, 남소하화(南沼荷花)5)라, 남쪽에 있는 저 연못의 연꽃은 백성의 마음을 고쳐줄 것인데...

출수신화첩소전(出水新花疊小錢) 새로 나온 연꽃, 포 겐 동전 같더니
화개필경대어선(花開畢竟大於船) 꽃 다 피고 나니 배(船)보다 더 크네
막언재대난위용(莫言才大難爲用) 연꽃 재질이 커서 쓰기 어렵다 말 것이며
요견심아만성전(要遣沈痾萬姓痊) (연꽃이 고질병을 고친다는 의미) 고질병에 긴히 써서 온 백성 고치리.

♦ ♦ ♦

"연꽃이 백성의 질병을 고친다는 것이 얼마나 좋은지요. 저 역시 연꽃을 많이 좋아합니다만, 남쪽의 그 연못이 아니더라도 연꽃을 많이 심어보겠습니다."

대봉은 서거정에게 또 술 한 잔을 권하였다. 서거정은 술잔을 천천히 마시면서 시를 읊었다.

---

5   대구광역시 달서구 성당동의 성당 못이다. 하화(荷花)는 연꽃을 말함

◆ ◆ ◆

제6영, 북벽향림(北壁香林)이라, 바위산으로 이루어진 도동 향산(香山)의 측백나무는, 그 향기와 측백은 오래 오래 머물기를 기원하며,

고벽창삼옥삭장(古壁蒼杉玉槊長)　옛 벽에 푸른 측백 옥창같이 자라고
장풍부단사시향(長風不斷四時香)　그 향기 바람 따라 철마다 끊이지 안내
은근경착재배력(慇懃更着栽培力)　정성 드려 심고 가꾸기에 힘쓰면
유득청분공일향(留得淸芬共一香)　맑은 향 온 마을에 오래오래 머무리라

"향산의 측백나무가 그렇게도 좋은 가 봅니다. 그 향과 측백나무가 오래오래 머물기를 바랍니다."

"그 측백나무는 장관일세. 꼭 가보시게나"

서거정은 술 한 잔을 꿀컥 마시더니 7영을 읊었다.

◆ ◆ ◆

제7영은, 동화심승(桐華尋僧), 동화사에 있는 중을 찾고자 했지만 그 곳에 있는 풍경이 좋아서...

원상초제석경층(遠上招提石逕層)　멀리 절로 가는 좁은 돌 층 길
청등백말우오등(靑藤白襪又烏藤)　푸른 등나무 하얀 버선에 검은 지팡이
차시유흥무인식(此時有興無人識)　이 흥을 누가 알 리오 남들은 모를 것이
흥재청산부재승(興在靑山不在僧)　청산에 취해서 찾아야할 중 잊었네.

186　　　　　　　　　　　　　　　　　　　　大峯은 熙止를 稀枝로,

"오호라, 동화사의 경치가 좋은 모양입니다. 그런데 그 중은 어딜 갔을까요? 그 중부터 만나봐야 할 텐데. 하하..."

대봉은 술을 권하였다.

◆ ◆ ◆

제8영은, 노원송객(櫓院送客), 대구의 북쪽 관문인 노원[6]에서 오고가는 석별의 정을 맛보느니.

관도년년류색청(官道年年柳色青) 한양 길 버들잎은 해마다 푸르고
단정무수접장정(短亭無數接長亭) 줄 이은 주막들이 길게도 늘어섰네,
창진양관각분산(唱盡陽關各分散) 이별의 노래 끝내고 흩어진 뒤에는
사두지와쌍백병(沙頭只臥雙白瓶) 빈 술병만 짝이 되어 모래밭에 딩구네

"한양가는 길이라~~~ 이별의 뒤에는 역시 술병만 남습니다. 이별이 없어야겠지만... 허허허"

"어쩔 수없이 이별은 있는 거야. 그 이별에 술병이라도 없으면 이별을 감내할 수 있겠는가? 허허, 내 술 한잔 받게나."

◆ ◆ ◆

---

6   노원의 노는 대노(大櫓)를 줄인 말이며 북구에 있는 노원동쪽이다. 노원(櫓院)은 말 등을 관리하는 주막이다.

제9영은 공영적설은 팔공산의 쌓인 눈은 이슬처럼 맑아 신령님 감응으로 풍년을 기원한다며...

공산천장의준층 팔공산 천길 높이 가파르게 솟고
적설만공항해징 쌓인 눈 하늘 가득 이슬 되어 맑구나.
지유신사영응재 사당 모시니 신령님 응감 있어
연년삼백서풍등 해마다 서설 내려 풍년을 점지 하네

"팔공산의 서설이 사당님을 모시니 풍년을 점지하겠습니다."

"풍년이 와야지. 내 고향 이곳은 사당님께서도 점지 하실 거야..."

"몇 년 전 형님덕분에 팔공산을 멀리서나마 보았습니다만 역시 좋은 곳입니다. 눈이 올 때 팔공산을 봐야겠군요."

◆ ◆ ◆

제10경... 침산[7]만조(낙조), 산이 우뚝 솟아, 그 산에 저녁노을 바라보며 나그네의 수심을...

수자서류산진두 물은 서쪽에서 산 밑으로 흐르고

---

7 침산은 금호강과 신천의 두 하천이 만나는 대구의 북쪽 에 위치한 산이다. 침산이라는 지명은 산의 생긴 모양이 다듬잇돌 방망이를 닮았다고 해서 붙여졌다고 한다. 해발 121m로 나지막한 침산은 오봉산 또는 와우산, 박작대기산, 수구막이산 등으로도 불린다.

                    大峯은 熙止를 稀枝로,

침만창취속청추 침산은 푸르러 맑은 가을에 붙었구나.

만풍하처춘성급 저녁바람에 어디에서 방아 소리가 급한 고

일임사양도객수 비낀 해에 일임하여 나그네의 수심을 찧고 있네.

"아침노을 보다 저녁노을이 더 아름답습니다만. 침산에서 바라보는 저녁노을이 눈에 보이는 듯합니다. 그 노을에 나그네는 왼지 수심을..."

"아름다운 저녁노을이지만 이를 보면서 그 아름다움 속에 있는 하루를 생각 해 보세나."

"아름다움 속에 있는 하루라..."

"세상을 살아보니 그게 보이더구먼, 자네도 알게 될 걸세. 허허"

"아무튼 정말 좋은 곳일 것 같습니다. 제가 반드시 가보겠습니다."」

◆ ◆ ◆

서거정과 주고받은 대화를 중심으로 대봉은 대구를 더욱 잘 알게 된 계기가 되었다.

훗날 그는 틈나는 대로 대구에 둘러, 대구를 돌아보며 서거정을 생각하였다. 대구를 둘러 볼 때는 반드시 둘째아들 진사인 배선(승사랑 종8품 행 사옹원참봉 종9품)과 함께 하였다.

그해 추석을 즈음하여 어머님과 함께 금학루의 달을 구경하면서 함께 맞이한 홍귀달[8])과 같이 술을 주고받으며 음풍농월에 잠겼다. (대봉

---

8 홍귀달: 조선전기 대제학, 대사헌, 이조판서 등을 역임한 문신. 자는 겸선, 호는

"중추절을 맞이하여....(仲秋日寄邀)"

浮沈世事不堪評　세상사 부침은 차마 평론할 수 없고,

聚散殘年只縮情　모였다 흩어지니 남는 것 얽매인 정뿐이네.

人氣中秋方坦易　사람들 기상 중추에 비로소 평탄해지니,

月光今夜最分明　오늘 밤 달빛은 가장 밝게 빛나리라.

智心百歲不多得　마음 알아주는 벗 백 년이라도 얻기 어렵고,

佳節一年難再更　아름다운 절기 한해 두 번 오기 어렵다오.

灑掃茅亭天似水　초가 정자 쓸고 닦으니 하늘이 물과 같은데,

爲君斗酒十分淸　그대 위해 준비한 말술은 맑고 깨끗하구려.

◆ ◆ ◆

　대봉의 역할이 조정에도 알려져 종5품 하인 봉훈랑으로 승진하면서 충청도 청주판관(종5품)으로 부임하게 되었다. 수 십 개의 군을 관할하는 역할을 하게 된 것이다.

　판관은 종 5품으로 조선 초에는 판관이 설치된 관아로 중앙에는 상서원, 사옹원, 내자시, 내섬시, 군자감, 제용감, 봉상시, 내의원,

---

허백당(세조 7) 별시문과에 을과로 급제하고, 이시애의 난을 평정하는 데 공을 세웠다. 연산군 4년 무오사화 직전에 열 가지 폐단을 지적한 글을 올려 사화가 일어나자 좌천되었음. 1500년 왕명에 따라 『속국조보감』『역대명감』을 편찬하였으나 갑자사화와 즈음하여 손녀를 궁중에 들이라는 왕명을 거역 및 장녹수와의 불편한 관계 등으로 경원으로 유배 도중 교살됨.

　　　　　　　　　　大峯은 熙止를 稀枝로,

예빈시, 관상감, 전의감, 사복시, 군기시, 상의원, 선공감, 전함사,
한성부, 사역원, 훈련원, 돈녕부등이 있고, 지방에는 도, 유수부,
대도호부, 목牧, 도호부 등이 있었다. 지방은 경기, 평안도, 수원, 강화,
광주, 춘천 등의 유수영과 제주, 경성, 청주 등 9 지역에 두었다.

대봉이 판관자리에 부임하자 권경유(제천현감)으로 부터 편지를 받았
다. 그 답을 하면서 추강(남효은)과 김시습을 거론하면서 추강의 강직한
성품에 비분강개하는 뜻이 많음을 지적하면서 권경우가 그것을 지적
해줄 것을 요청하였다.

편지내용은 다름과 같다.

『편지를 받고 서늘한 바람이 부는 이때 기거하심이 매우 좋다는 소
식을 들으니 그리운 마음 간절하던 차에 크게 위안이 되었습니다. 저
는 다만 녹만 축내면서 할 일 없이 지내니 성상께서 특간(특지로 임용하는
것을 말함) 해 주신 성은에 매우 부끄럽게도 죄를 짓고 또 죄를 짊어지고
있습니다.

몇 년 전부터 오랫동안 추강(남효은)을 만나지 못했는데 지금 그의 시
를 보니 그 사람의 얼굴을 보는 것 같아 진실로 족하(권경유)께서 저를
생각해 주시는 마음을 지고 있습니다. 다만 시를 반복하여 읊조리니
답답하고 너무 강직함이 지나쳐 온후한 맛이 부족하고 중용을 잃었으
며 비분강개의 뜻이 많습니다.

옛사람들이 지나치게 즐기지 않는다는 것을 보셨습니까만, 슬퍼도
의를 해치지는 않았으니 과연 어떻습니까.

추강과 동봉(김시습)은 은둔하면서 세상을 하찮게 보며 산과 물 사이
에서 제멋대로 휘파람을 불며 육체 밖에서 마음대로 방랑하고 있으

나, 요컨대 자신을 위해 청렴 행동과 권도에 알맞음은 잃지 않았습니다. 그럼 에도 그 마음은 슬프고 그 자취는 드러났으니 매양 탄식하고 안타까워함을 그만둘 수는 없었습니다.

아. 세상이 과연 군평^{君平}[9]을 버린 것입니까. 아니면 군평이 스스로 세상을 버린 것입니까. 추강은 지금 어디에 있습니까.

만일 만나 본다면 이 말로서 전해 주십시오.

문병(허반)^{文柄}이 어제 찾아왔습니다. 《황극서^{皇極書})》[10] 몇 편을 논하고 돌아갔는데 9월 중에 모임에 만나기로 약속하였습니다. 족하께서도 모임을 계획하시면 어떻겠습니까. 이 직언을 취하고 더 보태어 시를 지어 보내 함께 화답합니다. 이만 줄입니다.』(원문 '答權君饒 景裕 又字子汎' 참조)

대봉은 '담백함이 부족하면 마음에 밝은 뜻이 없기 때문이요,^{非澹}(비담박무이명지^{泊無以明志}) 평온하고 고요하지 않으면 큰 뜻을 이룰 수 없다.^{非寧靜無以致}(비영정무이치원^遠)' 는 제갈공명이 그 자식에게 준 글이 생각났다.

*참고: 권경유, 추강, 문병은 모두 무오사화 및 갑자사화에서 목숨을 잃거나 부관참시 당한다.

*부록: 권 경우 편지 원문[11]

9　한나라 때 인물이다. 군평은 엄준의 자^字이다. 복서^{卜筮}를 일삼았으며 양웅^{揚雄}이 그에게 배웠다. 저서에《노자지휘^{老子指揮}》가 있다.《漢書 卷72》

10　『황극경세서』는 중국 송^宋나라의 학자이며, 문인인 소옹^{邵雍}(1011~1077)이 지은 책이다. 소옹은 도가사상의 영향을 받고, 유교의 역철학^{易哲學}을 발전시켜, 특이한 수리철학^{數理哲學}을 만들어냈다

11　答權君饒 景裕 又字子汎

辱書. 承新涼動息佳相. 大慰瞻翹. 熙止無能竊廩. 深愧特簡之聖渥也. 罪負罪負. 年來. 久不見秋江. 今見其詩. 如見其人眉宇. 誠荷足下盛念. 但諷詠反復. 過於怫崔. 而少溫厚之味. 失於中正. 而多憤慨之旨. 其視古人樂不淫. 哀不傷之義. 果何如也. 秋

大峯은 熙止를 稀枝로,

◆ ◆ ◆

그러나 권경우나 추강 같은 비분강개하는 친구만을 본 것이 아니라 아름다운 명승지에서는 자연을 감상하였다.

친구인 홍귀달이가 쓴 글에서

『이 누대에 앉아서 머리를 들어 보니 사방에 산이 푸르고, 위로는 하늘도 푸르며, 나그네가 바라보는 주인의 눈동자도 푸릅니다.

게다가 이 모든 것이 누대 곁에 고여 있는 저 작은 연못 가운데 비치어 그 물도 푸르다오.

그리고 그 푸른 물이 이 누대의 난간에 어리어 이곳의 경치가 더욱 기이하고 아름답소.

그러하니 이 모든 것을 합쳐서 '양벽당[12])'이라고 하면 어떻겠소?』(홍귀달의 양백당 귀문 중에서)라고 말한 양벽당을 보면서, 빼어난 명승을 보면서

江與東峯. 長往高蹈. 睥睨一世. 嘯傲山水之間. 放浪形骸之外. 要不失爲身中淸行中權. 而其心悲. 其跡露. 每爲之嗟惋不已. 噫. 世果棄君平耶. 抑君平自棄世耶. 秋江今在何處. 如相見. 以此語語之. 文炳昨日來訪. 論皇極書數篇而歸. 約以重九會款. 足下亦圖之如何. 取斯直言可尙. 其詩送呈. 可共和之也. 不宣

12 양벽당(漾碧堂): 충청도와 강을 인접한 문경의 풍광이 아름다운 곳인데, 정담(鄭譚)(여말선초 때 학자)이 이곳에 부임하여 '양벽(漾碧)' 이란 당호(堂號)를 지었으나 홍귀달이가 누대의 풍경과 연못, 그리고 그 물도 아름다워 이 모든 것을 합하여 '양벽당'이라고 하자고 하였음. 한편 김시습이)영동(嶺東)을 떠돌아 양양부(襄陽府)에 이르러 누각에 쓰인 시를 읽고 평하기를, '어떤 놈이 이딴 시를 지었는고.'라하고는, 욕하는 소리가 그치지 않았는데 한 시에 이르러서는 말하기를 '이 녀석의 것은 조금 낫구먼.' 하였다. 그 이름을 보고는 '과연 귀달(貴達)의 시 로다.' 하였다는 일화가 있음.

붓을 잡았으나 그 재주가 제갈량에 미치지 못함을 대봉은 부끄러워하기도 하였다.

小堂開絶勝 빼어난 명승에 조그마한 당이 있는데,
太守有英稱 태수는 영광스럽게도 칭송을 받았네.
地勢東南坼 땅의 형세는 동남쪽으로 터 있고,
天光上下澄 하늘빛은 아래위로 맑구나.
鄕愁聞細雨 향수에 젖을 때 가는 빗소리 들리니,
世事對孤燈 세속의 일에 외로운 등불 마주하네.
欲和眉間句 문 간에 걸린 싯 구에 화운코자 한데,
提豪愧薛能 붓을 잡으니 설능[13]에게 부끄럽구나.

◆ ◆ ◆

하지만 대봉은 관할 관청을 제대로 파악하지 못한 채 3개월도 못되어 노모인 어머니께서 75세의 나이로 돌아가셨다. 그 소식을 들은 대봉은 얼마나 슬퍼했는지 모른다.

어머니의 장례를 위해 판관자리를 그만두게 되었다.

이제 판관의 자리에서 백성을 위해 일하고자 했던 그 꿈도 몇 개 월만에 그만두게 되었으나...

대봉은 어머니를 아버님이 계시는 울산에 모시며 대구인근에 계시

---

13 설능 : 당나라 때 사람으로 그가 제갈량이 위나라를 정벌하러 출전한 것을 비웃는 식으로 말했기 때문에 이렇게 말한 듯하다.《舊唐書 卷19 懿宗本紀》

大峯은 熙止를 稀枝로,

는 형님을 대신하여 시묘 살 이를 하였다.

아직까지 시묘 살 이는 보편화가 되지 않았으나 유교이념을 이념으로 삼는 사대부라는 위치에 있으면서 대봉은 그것을 시행하였다.

당시에는 장자우선의 법칙이 제도적으로 정해진 것이 없는 지라(임진왜란 이후 명나라 멸망 후 제도화 됨) 장남이 아닌 사람도 시묘가 가능하였다.

아버님 때는 대봉이 관직생활을 제대로 하지 못하였고, 무엇보다 형님이 계셨기 때문에 시묘 살 이를 생각할 수 없었으나 이번에는 기필코 하고자 했다.

시묘는 고려조 때 까지는 없었다. 물론 유교이념이 전파되던 고려의 일부 인사들이 시행한 바 있었으나 아직도 대중화가 못되었다.

사실 제사지내는 것조차도 1,000년 동안 불교를 믿고 서 불교식으로 차례나 제사를 지내다보니 조선의 제사법과는 많이 달랐다.

심지어 사람이 죽고 난 뒤 매장방식도 불교식으로 화장하여 그 유골만을 보관한다던지 아니면 산천에 버리는 것으로 끝나든가, 아니면 49재를 지내면서 탈상이 되는 것과 달리, 조선의 그 방식은 매우 다르다.

유교에서는 화장을 하는 방식은 없으며 초상에서 대상에 이르기까지 3년 喪(대상까지 합하여 25개월)을 치러야 하고 그 삼년상은 격식을 갖춰 소위 시묘 살 이를 하는 것이다.

시묘는 아들이 부모를 돌아가시게 한 죄인으로 생각하여 3년간 고통스러운 생활을 해야 한다는 공자의 뜻에 따라 생겨난 삼년상의 실행 방법이었다. 그 방법으로 상주가 무덤 옆에 여막(초막 등을 지어놓은 곳)을 지어 놓고 묘소를 돌보며 삼년상을 치르던 일이다.

한때는 삼년상이 여막 등을 통해 신주의 반혼(神主)(返魂)(신주를 집으로 모셔오는 것)의 시기가 3년의 세월이 더 길어져야한다 면서, 이는 잘못된 것이라 하였지만, 고려말기 후부터 조상님의 효행의 덕목을 내세워 유교식 상례를 권장하고자하는 의미에서 간소화 하여 시묘와 여막생활을 동시에 시행하여 3년간을 시묘생활을 하게 되었다.

그 과정 즉, 시묘생활을 하는 동안 상주들이나 인근 가족들이 겪어야 하는 고초도 너무나 큰 것이었으나, 효를 중시하는 유교이념에 모든 것이 함몰되었다.

대봉도 유교이념에 따라 시행하였지만 무엇보다도 어머님에 대한 효성은 누구보다도 지극하였다.

고려 말 이색이나 정몽주, 정도전 등은 불교를 배척하고 유교를 숭상하던 인물인지라 시묘 살 이를 잘 지켜 주변사람들로부터 칭송을 받았었다. 특히 정몽주는 어머님에 대한 시묘 살 이는 고려의 풍습과는 달리 당시로서는 큰 사건이었다.

그 즈음에 사냥 중에 호랑이에게 아버지가 잡혀가서 죽게 한 것을 복수하기 위해, 아버지를 잡아간 그 호랑이의 뼈와 살을 거두어 아버지를 대신하여 안장한 다음 3년 동안 아버지를 모신 최 루백(崔 婁伯)(고려 중기 문신)의 효행일기는 유교를 이념으로 하는 세종임금 때, 정음(正音)으로 함께 편찬한 책 삼강행실도(三綱行實圖)에 기재하여 이를 많은 사람들에게 전파되도록 하였다.

그러면서도 조선의 임금은 국가적 지도이념으로 유교를 받들면서도 개인적으로는 불교를 믿어 49재, 수륙재 등을 번갈아 가며 행하기도 하여 다소의 혼란을 가져왔으나, 유교를 국시로 믿었기 때문에 그

大峯은 熙止를 稀枝로,

것을 실천하고자 많은 노력을 하였다. 그 노력의 일환으로 사대부들에게 지도이념인 유교 그 자체를 믿을 수 있도록 모든 체재를 강구하였던 것이다.

시묘 살 이를 끝내면 사당을 지어 가정에서도 효라는 개념을 일상화 시키도록 하였으며 여기에는 모권(母權)이 아닌 부권(父權)의 정립을 의미하기도 했다.

제사의 모든 권한은 제사를 지내는 상주 즉 부권의 정립은 곧 남성우위의 시대로 변하기 시작했다.

사대부들은 의식적으로 그 이념을 본받고자 노력을 하면서도, 1,000년 이상 가꾸어 온 일반 백성들의 풍습과 많은 마찰을 가지면서 겪어온 것이 지금의 세태이다.

하지만 조금씩 변해가는 모습이다. 그러면서 유교와 불교가 서로 손을 잡고 행하는 것이 소위 말하는 수륙제니 49제 등이다.

서거정 대감이 노구(老軀)를 이끌고 문상 중에 참여하였다. 그는 노구임에도 불구하고 울산까지 온 것이다. 임금으로부터 건강상의 이유로 휴식을 받았지만, 그와 관계없이 그의 글 솜씨는 노구와는 어울리지 않게 변함이 없었다.

「화로가 식었지만 헤집어 보니 불씨가 완전히 꺼진 것은 아닐 지며, 아직도 할 수 있음을 뜻하는 '獨坐(독좌)'14)라는 글」을 쓰면서 언제라도 다

---

14   獨坐(독좌): 서거정의 휴식기간에 쓴 글임
    獨坐無來客(독좌무래객)(찾는 이 없어 홀로 앉아 있으니), 空庭雨氣昏(공정우기혼)(뜰은 조용하고 날씨는 비 올 듯 어둡네.), 魚搖荷葉動(어요하엽동)(연못에 물고기 요동치니 연꽃잎 움틀움틀), 鵲踏樹梢翻(작답수초번) (나무에 까치 앉으니 가지가 흔들흔들), 琴潤絃猶響(금윤현유향)(흐린 날씨에 거문고 눅어도 소

시 뜻을 펼 수 있음을 만인들에게 알렸다.

오랜 얘기를 나누다가 족보에 대한 얘기가 나왔다.

서거정은 족보의 시조라 할 수 있는 안동 권씨 족보인 '성화보'를 완성하여 간행하기도 했었다. 그 책의 서문에서는 '안동권씨족보', 계보 첫 면에는 '안동권씨세보'라는 제목이 붙어 있으며, 중국 연호 성화년에 만들어 졌다 해서 '성화보'라고 통칭하는 것이다.

"대감님, 대감님이 만드신 '족보'가 무엇인지요?"

"우리나라에는 종법과 보첩이 없고 거가대족만 있는 '가승'(한 집안의 기록)만 있는 것이 안타까워 이를 개선하고자 만든 것이 '종법' 또는 '보첩'이라 할 수 있지. 이를 '족보'라고 하는 거지."

"그런데 왜 안동 권 씨 문중의 것인가요?, 이왕이면 달성 서 씨를 쓰면..."

"안동 권 씨가 우리 문중의 외가이니까 함께 만들어서 같이 보자는 것이지. 어머님은 권근의 따님이고 해서."

권근은 '양촌집'으로 유명한 려말선초의 大유학자이다.

"소위 가승이라 것과 족보의 차이는 무엇인지요?"

"가승이란 한 일족의 계보를 말한 것인데 남자 쪽이든 여자 쪽이든 한 가족을 중심으로 한 책이겠지. 대체적으로 아버지를 중심으로 한 것이지. 그러나 이를 대외적으로 보급하기 위한 책이 아니라 말 그대로 그 일족의 형태를 기록한 것인데, 족보는 이를 보완하여 만든 가계도

리는 여전해), 爐寒火尙存(화로는 차가워도 불기는 남아 있네.), 泥塗妨出入(진흙길에 우리 집 출입이 어려우니), 終日可關門(종일토록 빗장은 걸어두어도 괜찮으리)

                              大峯은 熙止를 稀枝로,

인 셈이지. 특히 부계(父系)가아닌 여자의 가계도를 포함시킨 것이라 할까?"

실제적으로 그 책은 남계(男系)에 한정하지 않고 아들이 아닌 딸로 이어지는 광범위한 외손을 무제한 수록하였다.

서거정 등도 안동 권 씨의 시조 권행(權幸)을 기점으로 여러 성씨가 섞여 있는 다양한 계보로 연결된 외가 집 들이다.

또한 자녀의 기재 순위도 남성을 여성보다 먼저 기재하는 '선남(先男)후녀(後女)' 방식이 아니라 남녀 구분 없이 출생 순서를 따르고 있다. 뿐만 아니고 성리학에서 금기시된 여성의 재가(再嫁)도 그대로 기재하였는데, '전부(前夫)', '후부(後夫)' 등의 표기를 넣어 복수의 남편과 성씨가 다른 각각의 소생을 사실대로 기재하였다.

이것은 재산 상속에서의 균분(均分) 원칙, 제사의 윤회봉사(輪回奉祀) 등의 친족 제도에서 남녀를 크게 구별하지 않던 당시의 친족 관습을 그대로 반영된 것이지만, 후대(병자호란 등)로 가면서 남녀의 구분이 점점 심화되어 남자 우선주의로 바뀌게 된다.

가족관계 변천모습[15]은 성종임금 시절 유학에 대한 이념이 강화되면서 법률적으로 제도적으로 변화되었다.

---

15 (1) 성종임금은 유교 정치 구현에 힘쓰고 경국대전을 자신의 당대에 완성한 군주임을 자랑스럽게 생각하여 가부장적 관습을 옹호한 적이 많았다. 대표적으로 '재가녀자손금고법(再嫁女子孫禁錮法)'이 있다. 이는 재가녀의 아들과 손자에게 과거 중 '문과' 응시를 금지하는 정책이었다.

(2) 그전까지는 경국대전에 근거하여 세 번 재가한 부녀자의 자손만을 하였지만 유자광은 두 번 재가한 이후부터 반드시 적용해야 한다는 의견을 올려 성종이 다른 사람의 반대도 불구하고 경국대전에 싣게 된다.

"가승이란 결과적으로 자신의 기록을 보존하는 방법 즉 내 조상이 누구이며 그로 인하여 내가 받을 수 있는 특권 등을 증명하기 위한 자료이군요."

대봉은 웃음 지으며 농담처럼 말을 하였다.

"그렇게 말할 수 있겠지. 그렇지만, 대봉의 장인도 바로 '음서(蔭敍)'로 벼슬을 하지 않았던가? 그게 가승이거나 가첩(家牒) 때문이겠지만, 이를 족보라는 이름으로 바꾸자는 거지"

"그렇군요. 개별의 '가승'이나 '가첩'을 남녀 구분 없이 대감께서 만드신 족보형식으로 만든다면 좋겠습니다."

"대봉께서도 족보를 만들어 보시게나."

"만들어 봐야겠지요. 우선 부모님들 것부터 알아봐야겠습니다만,"

"물론 그래야겠지. 중화양씨와 청주양씨는 같은 일족들 아닌가?"

"저도 그렇게 생각합니다만, 모두 중화니 청주니 이렇게 구분만 하고 있다 보니, 어느 분이 선후인지 그 구분이 어렵습니다."

"중화니 청주니 하는 본관은 후대에 나타난 것이고 그 씨족이 어디에서 출발한 것이 중요 할 테지. 그래서 중화나 청주라는 본관도 어느 임금께서 내려준 것이거나 그 지명에서 나온 것이고, 또한 그 아래에 있는 군도 그렇게 형성되는 것인데..."

"그렇겠지요, 우리 양가(楊家)는 본래 고구려나 발해 쪽에서 나온 것 같습니다만, 우리 시조가 살던 당악군(唐岳君)은 통일신라시대 당악현(唐岳縣)에서 유래되었고 고려시대 초 당악촌(唐岳村)으로 변경되었더군요. 우리 시조 당악군은 여기서부터 출발한 것 같아요. 고려 인종 임금 때 황곡(荒谷), 당악(唐岳), 송곶(松串) 등을 합하여 중화현(中和縣)라고 하였습니다만 아마 중화는 이때부터 시작된 것 같습니다."

"그렇겠지."

"청주양씨(淸州)들도 그쪽에서 내려온 분파가 아닐까 합니다만..."

"음 그럴 수도 있겠구먼..., 그러니까 부인네 분들도 즉 여인들의 가승도 같이 봐야 하는 걸세, 그렇게 해보면 누가 선대(先代)인지를 빨리 알아보는 거지. 그 유명한 양규(楊規)장군도 같은 일족일 수도 있겠지, 가계도가 없다보니 맥이 끊겨 안타까울 뿐 일세."

◆ ◆ ◆

대봉은 양규장군이 같은 양씨의 일족이라는 말에 순간 말문이 막혔다. 고려 때 거란을 물리치고, 나중에는 그 몸을 희생하여 고려를 구하신 양규장군이 우리의 일족일까? 그분은 안악(安岳)(안악 또는 은율(恩律)로 변경되어 은율(恩律) 양씨라고도 함)양씨라 했는데,

안악 양씨 이면 중화의 인접인지라 그곳에서 분파 되었는지도 모르겠다. 중화지역에 기반을 두고 그 지역을 대표하는 당악군(唐岳君)으로 봉군(封君)이 되신 포(浦) 어른을 시조로 삼고 있지만 양규장군이 선대에 앞선 우리의 일족일일까? 그 후손들이 없다보니 정녕 아쉬울 수밖에 없다.

"꼭 양규장군만이 아닐세."

서거정은 잠시 말을 멈추면서 '몇 년 전에 돌아가신 세종임금의 후궁인 혜빈(惠嬪) 양씨나 양정(楊汀)장군 같은 분들도 같은 일족이었지 않는가?'하고 묻고는 '물론 세조임금으로부터 배척을 당했지만 언젠가 풀어질 걸세'하였다.

그러면서 또한 '알 수 있는 것은 기록하고 알 수 없는 것은 빠진 채로 두라.'면서 '사실 그대로를 쓰라.'고 했다.

혜빈 양씨나 양정 장군도 같은 일족이라? 같은 일족이란 말보다 그 두 사람을 거론하는 것 자체가 아직은 금기되는 사항이지만 언젠가는 풀어질 것이라는 그 말이...

혜빈 양씨의 아버지는 남평 현감을 지낸 양경^{楊景}이다. 세종임금의 후궁으로. 슬하에 한남군 이어^{漢南君 李𤥢}, 수춘군 이현^{壽春君 李玹}, 영풍군 이전^{永豊君 李瑔}을 두었고, 일찍이 현덕왕후를 여읜 단종을 어릴 때부터 양육하였다.

그러나 단종 재위 시 계유정난^{癸酉靖難} 사건으로 세조로부터 배척을 받아 결국은 교수형에 처해졌다.

양정^{楊汀} 장군은 한명회의 추천으로 수양대군과 합세하였고 마침내 계유정난^{癸酉靖難}때 김종서를 제거하는데 두루 공을 세웠다.

세조임금이 등극하고 난후 북방 무인으로 오랜 세월동안 일을 하다가 임금이 베푼 연회장에서 세조임금의 위엄과 권위가 여전히 건재한데도 양위^{讓位}를 요구하는 엄청난 사건을 저지른 것이다. 이일로 양정은 참수형^{斬首刑}을 당했다.

대봉은 이미 30 여 년 전의 일인지라 대봉의 기억에는 어느 측면에서는 기억이 아물거리는 것이 있으나, 혜빈 양씨는 세종임금께서 훗날 문종 임금의 따님인 경혜공주^{敬惠公主} 와 아들인 단종을 맡기도록 하셨으나, 그 때문에 세조임금에게 역모를 꾀하였다 할지라도 그래도 어버이인 세종임금의 후궁^{後宮}인데 어머니를 교수형으로, 그리고 그 몰수된 재물을 같은 일족(6촌간)인 양정장군에게 돌려졌다는 것에 쓸쓸한 느낌이 들었다.

세종임금의 후궁 5명이 있었으나 이렇게 참담한 결과를 가진 이는

大峯은 熙止를 稀枝로,

혜빈 양씨뿐이었다.

또한 양정장군이 양위를 요구한 것은 역모와 관련된 사건인지라 참수형이 마땅할지라도 그 아들만은 살려두었다는 것은 다행스럽게 생각하였다.

어쨌든 두 집안의 그 여파로 양씨들은 많은 수난을 겪었던 것은 사실이다.

아무튼 두 양씨는 일거(一擧)에 역사 한 부분 속으로 사라지게 된 것이다.

◆ ◆ ◆

대봉은 족보에 대해서 새로운 개념을 만들어가고 있었다. 언젠가는 성화보에 버금가는 족보를 만들어 봐야겠다는 마음이 생겼다.

◆ ◆ ◆

대봉은 어머님을 효성을 다하여 시묘 살 이를 무사히 마쳤고 이어서 통선랑(通善郎)(정5품 하(下)) 의정부 병조정랑(兵曹正郎)(정5품)의 직책을 받았다.

병조정랑을 받아 얼마 되지 않아 한 겨울인 12월 24일에 달성군 서거정이 돌아가셨다.(1488년. 성종19년)

지난 7월에 병든 몸이라 하여 사직서를 올렸으나 임금으로부터 반려되었다가 숭정대부 달성군으로 책봉되어 휴식 중에 사망하였다.

연세가 69세, 흔히 70세이다. 시호(諡號)는 문충(文忠)인데, 널리 듣고 많은 것을 본 것을 '문(文)'이라 하고, 임금을 섬기는 데에 절의를 다한 것을 '충(忠)'이라 하여 문충을 지었다.

서거정은 온량간정(溫良簡正)(온화하고 무던하며 간소하고 바름) 하고 모든 글을 널리 보았고 겸하여 풍수(風水)와 성명학설(星命)에도 통하였으며, 문장(文章)을 함에 있어서는 옛 사람들의 규범 에 빠지지 아니하고 스스로 일가(一家)를 이루어, 「경국대전(經國大典)」, 「동국통감(東國通鑑)」, 「여지승람(輿地勝覽)」, 「역대연표(歷代年表)」, 「동인시화(東人詩話)」, 「태평한화(太平閑話)」, 「필원잡기(筆苑雜記)」, 「동인시문(東人詩文)」 등으로 사가집(四佳集)[16] 30권이 세상에 나왔다. 또한 왕명으로 「향약집성방(鄕藥集成方)」을 한글로 번역하는 작업도 수행하였다. 이러한 다방면의 업적은 그가 단순한 문인을 넘어 종합적인 학자였음을 보여주었다.

그의 호는 자신의 정자(亭子)를 '중원(中園)'에 짓고는, 못을 파고 연(蓮)을 심어서 '정정정(亭亭亭)'이라고 이름하고, 집안 내 좌우에 도서(圖書)를 쌓아 놓고 담박(淡泊)한 생활을 하며 한때 사문(斯文)(유교학문)의 종장(宗匠)(경학에 밝고 글을 잘 짓는 사람)이 되었다.

늙을 때까지 글쓰기를 게으르지 아니하였는데. 누군가 혹시 이를 비난하는 자가 있으면,

'나의 고황(膏肓)(고칠 수 없는 병) 인지라 고칠 수 없다.' 하였다.

또한 자신을 두고, 명망이 자기보다 뒤에 있는 자가 종종 후생(後生)들과 더불어 같이 시문(詩文)을 지어 올리게 한 것에 대해 불평해 말하기를,

"내가 비록 자격이 없을지라도 사문(斯文)의 맹주(盟主)로 있은 지 30여 년인데, 입에 젖내 나는 소생(小生)과 더불어 재주를 겨루기를 한다면 마음으로 달

---

16 四佳의 유래: 서거정이가 죽은 후 165년 지나서 태어난 문신 김창흡의 시에 '사가(四佳)' 가 나온다. '佳水佳山亭亦佳… 三佳亭上逢佳客. 아름다운 물과 아름다운 산, 그리고 아름다운 정자, 거기에 아름다운 객' 이 만났으니 '사가정'이라는 것이다. 라는 말에서 사가의 유래를 밝혔음.

大峯은 熙止를 稀枝로,

게 여기겠는가? 조정이 여기에 체통을 잃었다."

하여 '그릇이 좁아서 사람을 용납하는 양이 없고, 또 일찍이 후생을 장려해 기른 것이 없으니, 일견에서는 이들 두고 그를 작게 여겼다'고 하였지만, 대봉은 그것을 괘념치 않았다. 그를 말 그대로 학문에서 최고를 뜻하는 태사라 칭하였다.

서거정이 명나라 사신으로 갔을 때였다.

서거정은 통주관에서 안남국의 사신이자 명나라 과거에서 장원을 했던 '양곡'이란 인물을 만나 시문을 겨루었다. 당시 양곡은 서거정의 문장을 보고 '천하의 기재'라며 탄복하였다.

누구의 말처럼 그는 시 글 등을 많이 지어 그 자신이 '슬프다'고 했다.

'나는 젊어서부터 시를 지나치게 좋아하는 버릇이 있어 모든 즐거운 일, 슬픈 일, 할 것 없이 눈과 귀에 접한 것이면 모두 하나같이 시로써 표현했는데, 초고에 쓴 것도 있고, 쓰지 않은 것도 있으니, 쓰지 않은 것은 또 얼마나 되는지 알 수가 없다. 지금 옛 초고를 열람해 보니, 이미 11,000 여 수가 되는데, 그런데도 아직껏 일과를 폐하지 않고 있으니, 당시에도 적절치 못하고 후세에도 무익한 것을 또한 스스로 마지못할 줄을 누가 알았으랴.

지나치게 좋아하는 버릇이 이 지경에 이르렀으니,

아, 슬프다.' 라 했다.

' 내가 글을 쓰는 것은 고황'이라 했던 서 태수, '슬프다.' 라고 힘차게 외치던 서 태수를 생각하며 대봉은 칠순나이에 쓴 서거정의 시를 생각하였다.

70이 되어도 서책을 가까이 하고자하는 그분의 뜻을 깊게 생각했다.

불과 서거하기 얼마 전에 쓴 글이었다.

첫 번째는

七旬身世轉疎迂(칠순의 身世가 갈수록 거칠고 우활<세상을 제대로 모르고 사는 것> 해져서), 少日風流大半無(젊은 날의 풍류는 태반이나 사라져 버렸네.) 聊把靑編遮病眼(애오라지 흐린 눈으로 서책이나 볼 뿐이요) 不禁白雪上衰鬚(쇠한 수염에 백설 내리는 건 막지 않노라))閑中獨坐親香鼎(한가로울 땐 홀로 향로 가까이 앉아 있고) 醉後長歌擊唾壺(취한 뒤엔 타호<침 뱉는 도구>두드리며 노래도 하네.) 預喜明年當致仕(지금부터 기뻐할까, 명년엔 의당 사직하고) 蒼波白鳥老江湖(푸른 물결 갈매기와 강호에서 늙을 일이.....)

두 번째는

仙馭已遠白雲鄕(신선과 머물던 그 말(馬)은 이미 저 멀리 흰 구름 되었구나.) 悵望喬陵歲月長(시름없이 바라보는 왕실의 무덤은 오랜 세월이 깊어가구나) 蟣蝨酬恩寧復日(이<기슬은 서캐이며 서캐는 벌레 임>가 은혜에 보답 받는 것은 해와 마찬가지이다.) 宸章留得姓名香(신장<임금이 직접 쓴 문서>에는 그 이름이 남아있고 훌륭한 향기는 덕을 받고 있다.)

그러면서 시를 짓고 난후 다시 추가하기를,

滿篋賜書那)忍讀(상자에 가득 찬 그 글을 어찌 내가 다 읽겠느냐?) 依然前

夜近龍床(의연<갑작스레>히 지난밤에 용상에 더 가까웠구나.)

대봉은 그의 글을 읽으며 그가 떠난 그 날을 기억하면서
'흐린 눈으로 서책을 보며 내년에는 사직하면서 강호에 갈매기와 함께 노래할 것'을 말하던 그를 생각하며, 더불어 언젠가 신령에 들려 팔공산을 바라보며 봄바람에 도취하여 대구를 생각한 글을 올렸던 것을 생각하여보았다.

淸溪鳴玉抱村流(맑은 시내 옥 소리 울리며 마을을 안고 흐르는데), 靜聽潺湲爲少留(잔잔한 물소리 들으니 잠시나마 머물러 있는 듯). 歌罷濯纓山欲暝(노래 멈추고 갓끈 씻으니 산이 어둑해지는데), 洗空塵土十年愁(풍진 세상의 십년 묵은 근심 깨끗이 씻었다네).

또 이어 글을 쓰니 그는 글 쓰는 것만이 그의 일이었다.

竹外高樓樓外溪(대나무 밖 높은 누각 있고 누각 밖 시냇물), 春風得意南歸路(봄바람에 뜻을 얻어 남쪽으로 돌아가는 길), 隔葉黃鸝啼復啼(나뭇잎에 막힌 꾀꼬리 울고 또 우는구려). 如畵鏡中抵(공산은 그림 같은데 거울 속에 머물러 있네).

10

북방정벌에 참여하다

10. 북방정벌에 참여하다

대봉은 그 후 7개월 만에 통덕랑(通德郎) 수 봉상시(奉常寺) 첨정(僉正)(종4품의 낭관 직)으로 승진하였으나. 사헌부 장령(掌令)(정4품) 정미수(鄭眉壽)가, 헌납(獻納)(사간원 정5품) 황계옥(黃季沃), 대사헌(정2품) 송영(宋瑛), 영사(領事)(영의정 정1품) 홍응(洪應), 그리고 특진관(特進官)(종2품)[1]이조판서(정2품) 성준(成俊), 등이 대봉 등의 직책 건에 대하여 논란을 가져왔다. 사헌부장령 정미수는 "「대전(大典)」에는 '6품 이상은 근무일수를 채우는 것(仕滿)이 9백일 이면 벼슬을 옮긴다.' 하였는데, 그 주(註)(주석)에는, '의정부와 육조의 당하관(堂下官)을 벼슬을 올려 임명(陞敍)하고, 그 나머지는 벼슬을 옮길 때 같은 계급의 직위로 한다(平敍).'로 한 것은 비록 정부와 육조의 낭관(郎官)이라 하더라도 반드시 근무일수를 채우는 것(仕滿)이후에 옮길 수 있도록 한 것입니다, 만약 궐원이 있어도 사만한 자가 없을 경우 부득이 올려서 옮기려면 마땅히 그 중 벼슬에 있은 지 가장 오래된 자를 임시로 윗 상사에게 여쭈어 그 의견을 기다리게(取稟)하여 3명의 후보자를 추

---

1   홍문관 관원으로 경연에 참여하는 사람이며 홍문관 이외 특별히 참석하여 경연을 하는 사람

大峯은 熙止를 稀枝로,

천하여 3명의 추천이 있어야 하는 것이어야 합니다.(의망) 그런데 근래에 양희지와 박승약(朴承爚)은 모두 병조 정랑에서 첨정으로 올랐고, 강겸은 예조 좌랑(정6품)에서 직강(直講)(성균관 소속 종5품)으로 올랐는데, 모두 근무한 날이 오래 되지 않아 승천(陞遷)되었으니 사정(私情)을 쓴 것이 명백합니다.

청컨대 이조의 관리를 국문하고, 양희지, 박승약, 강겸의 직을 바꾸소서."

하였지만 임금께서 전교하기를, '양희지의 일은 이조와 병조에서 문무관의 전형을 담당하는 것에서(銓曹) 이미 임금의 지시나 위 사람으로부터 허가를 받는 것(取旨)이었으니, 어찌 사사로운 뜻이 있었겠는가?' 하셨다.

그럼에도 다음 날 경연이 끝나자 헌납(獻納) 황계옥(黃啓沃)이 아뢰기를, "이원(李源)을 서용(敍用)[2]하는 것은 마땅하지 못합니다." 하였다.

이는 이원은 밀직부사 이강의 아들로서 고려 우왕 때 진사가 되었으며, 정종시절에 우부승지가 되었다. 그 후 태종 때 2차 왕자의 난으로 좌명공신(佐命)이 되었으며, 본관 고성에 맞춰 철성(鐵城)의 작위를 받았다. 그 후 명나라와 이성계와의 고명관계(顧命)로 자주 친교를 맺다가 세종 때 노비불법증여사건에 연루되어 공신녹권과 고신(告身)(일종의 임명장)이 회수되고 여산 유배지에서 생을 마감했으나 세조 때 고신 및 녹권이 회복되었다.

이것을 두고 서용이 되었음을 얘기한 것이다.

이에 임금이 말하기를,

"종친의 관직은 임금을 보좌하고 백성들에게 은택을 베푸는 자리가

---

2   죄를 지어 관직을 박탈되었던 사람을 다시 등용하는 것

아니고, 단지 친척을 친애하는 의리일 뿐이다. 전일 대간의 소장(상소)에 이르기를, '부인이 정사에 간섭한다.'고 했는데, 이른바 정사에 간섭한다는 것은 이것과는 다르다. 부인이 자기 아들에게 벼슬을 시키고자 하여 백성이 임금에게 글을 올리는(상언)것을 어떻게 정사에 간섭한다고 말할 수 있는가?

대저 자식이 어버이를 위하고 어버이가 자식을 위해 상언하는 것을 모두 정사에 간섭한다고 말할 수 있겠는가?" 하시니, 황계옥이 다시 아뢰기를,

"이것이 바로 정사에 간여하는 조짐이니, 결단코 이러한 풍조가 자라게 할 수는 없습니다."하였으나,

임금께서는 들어주지 않았다.

이어서 대사헌 송영이 아뢰기를,

"「대전」에 이르기를 '의정부, 육조의 당하관(정3품하)은 반드시 사만(벼슬아치가 그 임기를 채우는 것)한 후 옮긴다.'라고 했는데, 이것은 곧 고칠 수 없는 법입니다. 근자에 전조에서 육조의 벼슬아치(사)가 제대로 되지 않은 자를 잘못기재(모람)하게 아뢰고서 관직을 올려 제수한 경우가 자못 많습니다.

양희지, 박승약, 강겸 같은 사람은 그 인품이 모두 임용할 만한 자들이라 하나, 그 벼슬에 있었던 기간이 짧은데, 갑자기 관직을 올려 제수하였으니 법에 어떠하겠습니까?

신은 사만하여 옮기는 법이 이것으로부터 허물어질까 두렵습니다. 하물며 이조와 병조는 일체인데, 전주(인물 심사)할 때에 사정을 이와 같이 쓰니, 다른 날 반드시 이것으로 인하여 권세를 함부로 부리는 자가

大峯은 熙止를 稀枝로,

많을 것입니다. 청컨대 추국하여 죄를 주어 형벌을 주게(抵罪저죄) 하소서."

하였다,

이에 임금은 좌우 신하들에게 재차 물었다.

영사 홍응(洪應)이 대답하기를, '대간이 아뢴 것이 진실로 마땅합니다. 품계를 따르는 법은 대수롭지 않은 사람을 대접하는 것이니, 만약 이와 같은 사람이 임용할 만한 자라면 이제 벼슬을 올려 제수하는 것은 가할 듯하나, 「대전」의 법은 가벼이 변경할 수 없습니다.' 하였다. 그러나 특진관 이조 판서 성준은 조금 다르게 아뢰기를,

"새로 급제한 자들은 제수할 때 결원이 없고, 또 오래도록 벼슬한 조관(朝官朝臣조신)은 아무 연고도 없이 산관(散官일정한 사무가 없는 벼슬)으로 만들 수 없어서 품지(稟旨교지한 것)하여 옮겼을 뿐입니다. 신이 들으니 양희지는 문무의 재능이 있어 명망이 있으며, 급제한지 10여 년에 일찍이 수령이 되었을 때는 자못 명성과 공적(聲績성적)이 있었기 때문에 지금 봉상시 첨정으로 올렸습니다.

무릇 강겸은 일찍이 좌랑이 된 지 3년 만에 상(喪)을 당했다가, 복(服벼슬을 함)을 마친 뒤에 다시 좌랑에 제수되었기 때문에 그로인해 지금은 성균관 직강(直講)으로 올렸습니다.

박승약은 본직(本職)이 5품이나, 왕후의 족친(族親)이기 때문에 지금 돈녕부첨정(敦寧府僉正)으로 올렸습니다. 하오나 조정 선비들을 보니, 사만 한 자가 전혀 없었습니다. 만약 벼슬아치들의 이름을 적은 문서(官案관안)를 상고해 보면 그 사정을 알 수 있을 것입니다."

성준의 이 같은 말에, 임금께서는,

"대전의 법은 진실로 대간이 아뢴 바와 같다. 그러나 진실로 어진

사람이라면 어찌 그 법에 구애될 필요가 있겠는가?" 하셨다.

그러자 홍응이 아뢰었다.

"어질고 능력이 있다면 진실로 자급에 따를 필요는 없습니다. 그러나 근래에 이와 같이 대전의 법을 무너뜨리는 일이 많은데, 신은 대전의 법은 변경할 수 없다고 생각합니다." 이에 송영이 또다시 아뢰기를,

"종부시정(정3품하) 박찬조, 장악원정(정3품 당하관) 김경손, 돈녕부첨정(종4품) 민규는 모두 나이가 70이 넘었으나, 치사(나이가 많아 벼슬을 그만둠)하려 하지 않고 자리와 녹을 탐하니, 선비들의 기풍에 누가 됩니다. 그러나 나이가 많다고 버리는 것도 조정의 아름다운 일은 아니니, 청컨대 옛 관례에 따라 증원 외 임시로 벼슬하는 것(검직)을 제수하거나 혹은 군직을 제수하여 물러나 한가하게 거처하게 하소서. 또 매달 주육을 넉넉하게 주소서."

이 말은 듣고 임금께서는 좌우 신하들에게 다시 물었다.

이때에 성준이 다음과 같이 말했다.

"이 사람들은 비록 늙었으나 쇠모하지 않아서 일을 다스릴 수 있습니다. 박찬조는 젊을 때부터 더러운 행실이 없고 절조가 공경할 만한 자입니다."

이에 홍응이 아뢰기를,

"이들은 모두 과거 급제 출신으로 그렇게 노둔하지도 않으니 늙었다고 버릴 수는 없습니다. 만약 검직을 제수한다면 저도 따르겠습니다." 하였다.

임금께서는 다시 말씀하셨다,

"임용할 때 전조에서 한데로 스스로 함이 마땅하다."

그 외 사간원 정언(정6품) 이수공(李守恭), 대사간(정3품 상) 당상관 김경조(金敬祖), 사헌부지평(司憲府持平)(정5품) 이세전(李世銓), 등이 대봉의 근무일수에 대하여 잘못되었음을 얘기하고 이수공은 당사자 뿐 만 아니라 그 쪽 관리들 까지 국청(鞫廳)할 것을 요구하였으나 임금께서는 끝내 거절하였다. 특히 임금께서는 '박승약, 강겸, 양희지, 손창 등은 이번 경연(經筵)에서 그 사유를 갖추어 들었으며, 또 이 사람들이 비록 근무한 날은 얼마 되지 않았으나 모두 쓸 만한 재주가 있는 사람들이기 때문에, 이조에서 공석에 따라 승서(陞敍)(벼슬을 올리는 것)했으니 어찌 사정(私情)을 두었겠는가? 때문에 억지하여 윤허를 받을 수 있겠는가?' 하면서 강력한 의지로 대봉 등의 재수 건을 마무리 지었다.

◆ ◆ ◆

성종임금은 신숙주, 한명회, 정인지등과 같은 원상들과 같은 대신들의 위세를 견제하기 위해 대간들을 적극 후원하였다. 세조로부터 경원시(敬遠視) 하였던 김종직(金宗直)을 비롯한 대간들을 중앙에 적극 활용하여 대간의 위상을 높이기는 하였으나, 대신들의 그 위세가 임금의 권위를 낮추게 하는 경향이 있었다. 사사건건 대신들의 논박에 어쩔 수 없이 물러서곤 했지만 그래도 국방의 문제에는 나름대로 소신을 가졌다.

그러다가 대봉은 첨정으로 있다가 허종(許琮)의 종사관(從事官)(군용의 임시직.4~6품)으로 임명되었다. 그것은 여진족의 북방침략을 막기 위한 조처로 북방정벌을 하기 위해서 이다.

조선은 평안도 및 황해도 접견지역에 여진족들이 자주 출몰하여 백성을 괴롭히거나 인명 상 손실을 줄뿐 아니라 물자 등을 훔쳐가는 일이 많았다.

조선은 여진족들에게 벼슬을 주는 등 회유책을 펴고, 다른 한편으로는 동 북면에 군현을 설치하여 영토를 개척하는 등 조선의 땅으로 만들기도 했다.

그러나 여진족에 대해 안정적으로 영향력을 행사하는 것은 쉬운 일이 아니었다. 조선의 여진족에 대한 영향력을 두고 명나라와 경쟁 아닌 경쟁을 하지 않으면 안 되었다.

명과 조선은 단순한 이웃 나라가 아니라 명을 상국(上國)으로 대접해야하기 때문이었다.

확고한 영향력을 보여주고 변경 침입을 방지하기 위해서는 여진족들을 누를 군사적 실력이 있음을 여진족들에게 상기시키는 것이 가장 효과적이었다.

이를 위해 선택된 수단이 바로 정벌(征伐)이었다.

따라서 조선의 여진 정벌은 단순히 여진족의 침공에 대한 응징일 뿐만 아니라, 여진족에 대한 지배 및 국경지대의 안정을 관철하기 위한 정책의 일환이었다.

명과의 관계를 잘 유지하면서 여진족을 정벌할 수 있기를 희망하지만 때로는 여진족과 명나라가 서로의 이해관계로 얽히게 된다면 복잡한 국제 문제로 등장하는 것이었다.

태종임금 때부터 세종, 세조 임금 때 까지 수차례 걸쳐 회유와 정벌을 하곤 하면서 여진족을 다스렸으나 여진족들은 수시로 변경지역을 침략하였다.

태종임금 5년 때에는 길주찰리사(吉州察理使)(정3품) 조연(趙涓)을 주장(主將)으로 삼고

도절제사 신유정, 동지총제(종2품) 김중보 등을 부장(종6품)으로 삼아 정벌군을 이끌게 하였다.

결과적으로 4명의 수장 및 여진족 160여 명을 죽였으며, 가옥을 불사르는 등 지역을 초토화시키고 돌아왔다. 이후 태종이 죽을 때까지 두만강 지역의 여진족 침입은 거의 사라졌다.

하지만 태종이 죽고 세종임금 들어서자 여진족은 또다시 횡포를 부리기 시작하였다.

세종임금은 1차 정벌에 최윤덕장군이 이끄는 1만 5천 명의 원정군 아래 중군절제사(정3품) 이순몽, 좌군절제사(정3품) 최해산 우군절제사(정3품) 이각, 조전절제사(정3품) 이징석, 김효성 홍사석에게 7로로 나누어 4월 19일에 공격을 개시하였다.

그 결과 여진인 267명을 죽이고 238명을 생포하였으며, 우마 177필을 노획하는 전과를 올리고 귀국하였다.

2차 정벌에는 김종서의 건의로 여진족 추장인 이만주를 토벌하고자 했다. 신료들이 명과의 관계 및 여러 가지 현실적인 이유를 들어 정벌에 반대하였으나, 세종임금은 조정의 반대여론을 무시하고 측근 신료들과의 의논을 바탕으로 평안도 도절제사 이천 등과 함께 정벌을 준비하여 9월 7일 개시하였다.

총 8천여 명의 정벌군은 3로로 나뉘어, 도절제사 이천은 여연 절제사 홍사석과 강계절제사 이진과 더불어 상호군(종3품 하) 이화, 대호군(종3품 하) 정덕성은 우 정벌군은 세 갈래로 나뉘어 여진족의 본거지를 습격하고 불태운 뒤 적군 60명을 죽이거나 사로잡았고, 조선군은 단 1명이 전사하였다.

세조임금 때는 처음에는 유화책과 더불어 여진족과 어느 정도 잘 되는 듯하였으나, 몰래 여진족들이 중국과 뒷거래에 나서려고 하자, 세조임금은 태도를 바꾸어 유력 추장들을 제거하는 등 여진족에 대한 정벌계획을 수립하였다,

세조 6년 3월부터 본격적으로 정벌을 준비하기 시작하였고, 명(明)의 제지에도 아랑곳하지 않고 진행시켰다.

8월 말 신숙주가 이끄는 1만여 명의 정벌군은 두만강을 건너 여러 길로 나누어 여진족의 근거지를 초토화하고 돌아왔는데, 추장 90여 명과 이외의 여진족은 430여 명이 체포되었다. 또한 불태워 없앤 집이 9백여 채이며, 소와 말이 1천여 마리에 이르는 큰 전과를 거두었다.

이 보고를 받은 세조임금은 크게 기뻐하며 북방을 평정한 일을 종묘에 고하고, 근정전에 나아가 신료들로부터 축하를 받았으며, 10월 달에는 평안도, 황해도 일대로 순행을 실시하여 정벌로 얻은 정치적 성과를 백성들에게 크게 알렸다.

그 이듬해 9월, 정벌군의 주장(主將) 강순(康純)을 비롯하여, 남이(南怡), 어유소(魚有沼)와 더불어 1만 명의 정벌군을 둘로 나눠서 진격하여 추장인 이만주와 그의 아들 등 24명을 베고 그들의 처자와 부녀 45명을 사로잡았으며, 병사 225명을 사살하고 가옥과 곡식을 불태웠고, 주위를 초토화시켰다.

이에 세조임금은 크게 기뻐하였고, 정벌 성공을 기념하여 사유령(赦宥令)(임금의 특사로 인해 죄인을 특사하는 것)을 내렸으며 동시에 명(明)에 주문(奏文)(상소)을 올려 조선군의 승전에 대한 자세한 내용을 보고하였다.

세조임금의 여진족 정벌이 갖는 의미는 컸었다.

여진족 근거지에 대 타격을 입혔음은 물론, 세종시절부터의 숙원이

大峯은 熙止를 稀枝로,

던 추장 이만주의 포착 및 참살이라고 하는 중대한 전략 목표를 달성한 것이다.

그러나 세조임금이 죽자 새 왕권이 정립되기 전에 또다시 여진족의 침탈이 시작되었다.

건주위[3] 여진족들은 간간이 명과 조선의 변경을 약탈하였다.

당시 명의 최고 권력자였던 왕직[4]은 여진족에 대한 통제를 확립하고 동시에 자신의 권력을 강화하기 위하여 건주위에 대한 정벌을 직접 주도하였는데, 이 과정에서 명은 왕직을 제제키로 하면서 조선에 원군을 보낼 것을 요청하였다.

성종임금 10년 10월, 본격적으로 명이 건주위를 정벌한다는 소식이 전해져 오자 조선 조정에서는 파병에 대한 찬반양론이 팽팽하게 대립하였다.

성종임금은 평안도의 흉년, 건주위의 험한 지형, 여진족들의 조선에 대한 경계심 등의 현실적인 조건을 감안할 지라도 사대의 명분상 거부하기 어렵다는 점을 중히 여기면서, 정창손, 한명회 등의 의견에 따라 우찬성(종1품) 어유소를 대장으로 하는 1만 명의 출병을 결정하였다.

그러나 승문원참교(종3품) 정효종이 이번 토벌은 명과 건주위의 싸움이므로 조선이 개입할 필요가 없다고 상소를 올리고, 이에 따라 찬성론자들도 동요하는 등, 반대 의견도 결코 만만치 않았다.

---

3   남 만주의 여진을 통치하기 위한 명나라의 행정조직

4   왕직은 명대 무상해상집단(왜구 포함)의 수장이면서. 명군을 지휘코자 하였으나 명
     군에 의해 처형됨

그럼에도 불구하고, 성종임금은 명의 요구를 끝까지 거부하지 않고 출병을 결정키로 했으나 대신 출병 시기를 최대한 늦추면서 명과 건주위의 싸움이 전개되는 형세를 파악하고,

정벌할 때도 위험한 곳으로 들어가지 말고 형세를 파악하여 병력을 보존하는 데 초점을 맞출 것을 지시하였다.

정벌군은 10월 말에 출발하려 했으나, 압록강이 얼지 않아 기병을 이끌고 강을 건널 수가 없었으며, 얼음과 눈 때문에 적유령(狄踰嶺)(평북 희천군)을 넘을 수 없어 원정을 중단하였다.

한명회를 비롯한 정승들이 명에서 의심할 가능성을 제기하여 일부 병력만 동원할 것을 주장하여, 결국은 명과의 관계를 고려하여 반대 의견을 무릅쓰고 재 출병을 결정하였다.

12월 9일 좌의정(정1품) 윤필상이 4천 명의 군대를 이끌고 정벌에 나서, 13일부터 실전에 돌입하여 950명의 병력으로 15명을 참수하고 1명을 사살하였으며, 중국인 7명을 구출하고 부녀 및 아이를 15명 생포함과 함께 가옥을 불 지르고 가축을 쏘아 죽이는 등의 전과를 올렸다.

이 과정에서 조선군 전사자는 없었다. 비록 명군이 이미 정벌하고 돌아간 뒤이고, 또한 전과 자체도 소규모였으나, 큰 손해 없이 명군에 협조했다는 명분은 세울 수 있었다.

조선은 여진족들의 침입 등을 경계하기 위해 군사력을 강화하였다. 성종임금 20년(1489년)에 강무훈련(講武)[5] 때에 '군졸 2만 5천에 치중(輜重)(군수물

---

5 강무훈련은 임금의 주관아래 사냥, 무예 등을 하면서 군사훈련. 서울에서는 1년 4번, 지방에서는 2번실시.

大峯은 熙止를 稀枝로,

품 조달인원)을 아울러 헤아리면 그 수가 6, 7만이나 된다.'할 정도로 군사력이 적다고 할 수 없었다.

그것도 여진 정벌도 아니고 시베리아 호랑이, 아무르 표범 같은 짐승들을 잡는 군사훈련 목적이었으니, 실제로 수만 대군을 동원했을 여력은 있었다고 볼 수 있다.

여진족들은 거듭된 정벌로 인해 조선과 앙금이 남아 있었다.

성종임금 22년 1월에는 '올적합_{兀狄哈}(야인의 3부족 중 하나)'이 1천여 명이 영안도_{永安道}(함경도북쪽)의 조산보_{造山堡}(6진의 하나이며 경흥진 남쪽에 위치)를 포위하고 성까지 넘어 공격해 들어와 상당한 피해를 입히는 상황이 발생했다.

또한 거의 같은 시기 2천여 명에 달하는 야인이 평안도의 창주진_{昌洲鎭}을 포위하였다가 조선군에 의해 격퇴되었다. 동북쪽과 서북쪽에서 대규모의 침입이 동시에 있었던 셈이다.

성종임금은 영안도_{永安道} 지역에 대한 올적합의 침입을 더욱 중시하여, 이에 대해 정벌할 계획을 세웠다. 특히 동북방의 여진족 중 가장 강력하고 약탈을 주도했다고 여겨지는 니마차_{尼麻車}(올적합의 한 부족)가 정벌의 대상이 되었다.

성종임금은 2만 명의 군사를 징집하도록 하여, 조선은 최대 규모의 정벌군 편성을 명하였다.

그러나 실상 영안도 방면보다는 평안도 방면의 여진족 침입이 더욱 자주 일어나고 있었으며, 이로 인해 정벌의 중지를 청하는 여론이 조정에서 압도적이었다. 그럼에도 불구하고 성종임금은 침략의 횟수보다는 성을 함락시키고 장수를 죽였다는 침략의 심각성을 더욱 중시하였고, 평안도 방면의 건주위 정벌은 명과의 마찰을 부를 수 있다는 이유 등을 들어 동북방의 '니마차' 올적합을 정벌하겠다는 뜻을 버리지 않았다.

결국 성종임금은 반대를 무시하면서 허종(許琮)을 북정도원수(정2품)로 임명하여 정벌 준비에 박차를 가했다. 국방안위와 야인으로부터 백성의 침탈을 막기 위해 명나라의 간섭에도 불구하고 정벌계획을 세웠던 것이다.

도원수(都元帥) 허종의 건의로 대사헌(종2품) 이계동(李季소)을 부원수로 삼아 대봉을 비롯하여 장령(掌令)(정4품) 이수언(李粹彦), 부수찬(副修撰)(종6품) 유순정(柳順汀), 행사용(行事勇) 김수정(金守貞), 부사정(副司正)(종7품) 여승감(呂承堪), 선전관(宣傳官)(종6품) 김훤(金萱)을 종사관으로 삼았다.

임금께서는 도원수를 비롯하여 종사관 대봉과 유순정 그리고 군관(軍官) 고승례(高崇禮), 윤성경(尹成岡)을 술자리를 같이 하며

'이번 일은 사리의 옳고 그름이 분명하니 하늘이 반드시 순리를 도울 것이다.'

라고 하셨다.

여진족 등의 상황 등의 제반 문제점을 검토한 후 10월 10일 이후 정벌기일을 정하였다.

또한 임금께서 옥배(玉杯)를 잡아 허종에게 내려 주었고, 도승지가 그 옥배를 가지고 종사관과 군관 등에게 내려 주었다.

임금께서는 허종에게 의복 1습, 우구(雨具) 1건, 호초(胡椒)[6]1대(袋)(한 자루), 건복(韃服)(활,

---

6 성종임금은 호초(胡椒)를 너무 좋아해서 호초의 씨를 구하고자 했으나 일본이나 유구국에서 구할 수 없어 남만 국에서 구할 수 있기를 바라는 전교를 수차례 내린 바 있다. 일본의 사신이 '본국(本國)에서도 산출되지 않으나, 남방(南方)에서는 많이 산출되며, 그 다음이 유구국(流球國)인데, 단지 후추나무가 가뭄으로 인하여 모두 말라 죽었을까 염려스럽습니다.'라고 한바 있으며. 성종임금이 전교하기를 '이 뜻을 서계(書契)(일본과 주고받던 문서)에 쓰도록 하라.'고 했다.

大峯은 熙止를 稀枝로,

화살을 꽂아 두는 복장)에 활과 화살을 갖춘 것을 내려 주고, 또 종사관과 군관에게도 각기 활 1장(張), 호초 1대를 내려 주었다.

이어 보검(寶劍) 한 자루를 내어 허종에게 내려 주면서 말씀하셨다.

"이것은 내가 차던 것이다."

하고는, 임금이 사용하던 칼을 주면서 그 칼과 함께 쓴 표지에는 임금께서 직접 쓴 글로서 내용은 아래와 같았다.

「지금 이 북방의 정벌은, 큰 것을 좋아하고 공(功)(명심)을 좋아하는 것이 아닌데도 조정의 의논이 이러니저러니 하면서 부산하여 주장된 바가 없으니, 내가 비록 견문이 적고 우매하나 전쟁이 흉하고 위태한 것을 어찌 생각하지 않겠는가? 그러나 전쟁을 하는 것은 큰일이기 때문에 형세가 마지못해서 하는 것인데도, 조정에서 말하는 사람이 비록 조그만 구적(寇賊)(국토를 침범하는 외적)은 보통 일이므로 더불어 겨룰 것이 못되니 마땅히 생각 밖에 두어야 할 것이라 하였다.」

그러면서 상나라(商) 주나라(周) 그리고 한나라(漢) 등의 대외 정벌에 대한 얘기를 한 후, 오랑캐의 무리가 많다할 지라도 이길 수 있음을 확신하는 의지를 표명하셨다.

"동북 지방의 일은 일체 경(卿)에게 맡기니, 힘을 쓰지 않겠는가?

지금 특별히 보검을 내려 주니, 경이 어찌 헤아려 보지 않겠는가?

이것은 곧 송(宋) 태조(太祖)가 강남(江南)을 정벌할 때 조빈(曹彬)에게 검을 내려 준 뜻이다.[7]"

---

7   송 태조가 조빈에게 '부장 이하가 명령을 따르지 않으면 이 칼로써 목을 베라.'한 내용으로 전권을 준다는 뜻임

하고, 이어서 충훈부(忠勳府)에서 잔치를 베풀어 주게 하였다.

◆ ◆ ◆

허종이 이끄는 정벌군은 10월 15일 두만강을 건넜고, 소규모 교전을 하면서 23일에 여진족의 본거지에 진입하였다.

그러나 여진족들은 대군이 접근한다는 사실을 듣자마자 바로 본거지를 비우고 숨어버렸기 때문에 여진족과 마주치는 것은 실패하였고, 저들의 집들을 불태우고 후퇴해야만 했다.

사실 여진족들은 조선군이 침입한다는 정보를 입수하고 도망을 간 것이다.

이는 여진족뿐만 아니라 일반 유목민들이 주민들을 상대로 전쟁을 할 때 자주 썼던 방식이었다. 때문에 조선군은 주 전술이 여진족의 가옥과 농지를 불태우고 그들의 경제력을 약화시키는 것이었다.

여진족을 못 잡은 게 문제가 아니라, 제대로 초토화(焦土化) 작전을 펼쳐 다음해도 침입하지 못하게 하는 것인데 그것을 제대로 못하였다. 반대로 여진족들은 초토화를 염두에 두고 청야전술(淸野戰術)[8]을 써서 도주했던 것으로 보인다.

본진으로 돌아오는 길에 여진족 올적합(兀狄哈)의 무리 2백여 명의 습격이 있었으나 격퇴하였다. 그게 마지막 교전이었다.

이번 정벌을 통해 참획한 적은 9명에 불과하여, '올적합' 정벌이 패

8　청야전술: 적에게 유용한 물자를 미리 없애고 적이 후퇴하면 다시 자기들이 활용하는 것.

　　　　　　　　大峯은 熙止를 稀枝로,

배는 아니었으나, 2만 명이라는 조선 전기 사상 최대의 군대를 동원하
여 단행한 원정으로서는 조금은 초라한 결과가 아닐 수 없었다.

반대여론을 무릅쓰고 정벌을 강행했던 임금 역시 대첩을 이루지 못
했다는 말로써 실망을 감 출 수 없었다.

하지만 여진족의 대표자인 올적합은 당시 여진 중 가장 강하고 호
전적인 세력이었으니 그런 올적합을 겁을 먹게 했으니 조선군이 두만
강 일대 여진 부락들에게는 도저히 이길 수 없는 상대로 보인 것은 당
연한 일이었다.

조정의 그 같은 노력 등으로 여진족들은 수 년 동안 조선을 대량으
로 침략하지 못했다.

◆ ◆ ◆

대봉은 정벌이 끝나자 한양으로 오는 길에 개성을 둘러보았다.
그 옛날 우뚝 솟은 만월대(滿月臺)이지만 지금은 왠지 측은하였다.
낙엽이 이리저리 휘날리고 있으며, 사람하나 없는 만월대는 오는 사
람을 반갑게, 아니 뭣 하러 온 거야 하는 모습이기도 했다.

고려가 망한 것은 고려라는 나라가 망한 것이지 고려 백성은 그대
로 있는 것이다.

어제까지 고려를 위해 목숨을 걸었지만 나라가 망하면서 자신의 목
숨도 던져 버린 사람이 있는 가하면, 그래도 그들은 고려 사람이다.

고려가 망하자 그 불의에 항거하다가 목숨은 저버리지 못하고,

새로운 세상으로 나타나서 그 세상을 이끌던 사람은 고려인이 아니

라 조선인 이었다.

고려인과 조선인 모두 같은 백성인데, 고려인은 자신의 목숨을 버려서 고려인이 되었고, 조선인은 고려를 버려서 조선인이 되었다.

만월대를 바라보면서

'나는 고려인이 아니고 조선인이지만

저 고려인들의 가슴을 어떻게 할 꺼나...

저들도 우리의 백성인데.'

제나라 환공(桓公)을 도와 패권을 이룩한 관중(管仲)에 대해, 자기 주군을 배반하고 환공을 도운 관중을 부정(不正)할 것인가 하는 문제에 '환공의 무력침공을 9번이나 말렸던 관중의 어짊만 하겠느냐'는 공자의 말씀에 대봉은 '조선인'이 된 이 시대를 넘겨보았다.

대봉은 만월대 앞에서 고려와 조선이 바뀌던 그 시기의 형상을 시로 남겨 보았다.

痛飮房君酒(통음방군주) 밤 세워 뒷방에서 술 한 잔 마시네,
長歌滿月臺(장가만월대) 만월대의 길고 긴 그 노래
當時淫酗地(당시음후지) 이때 간사한 소리에 탐닉하니 (淫: 간사하다는 뜻)
不暇後人哀(불가후인애) 후세 사람들이 슬퍼 할 이유가 없다

고려가 망했지만 고려를 등에 지고 먼저 간 사람들이 생각이 난다.

어쨌든 고려는 살려야한다는 그 심정은 무시할 수 없지만,

새봄이 왔다며 함께 꽃을 피우자며 대 들던 사람들이 서로 다투었지만,

大峯은 熙止를 稀枝로,

丹 心 歌
단심가를 지으면서 선죽교의 피로서, 마감한 자리다.

아직 피어나지 못한, 피 뭇은 꽃잎 마냥,

고려인으로 나타난 포은을 생각하며 대봉은 시를 다시 지었다.

落花啼鳥鎖前朝 꽃이 지고 새 울어 앞 왕조 끝났나니
天下傷心善竹橋 세상 사람들은 모두 선죽교[9]에서 애달파.
百死遺歌傳樂府 일백 번 죽어간 단심가 노래에 전하니,
滿城寒雨下蕭蕭 성안 가득 찬비가 쓸쓸히 내린다네,

대봉은 정몽주의 절개를 표현한 '일 백번 고쳐 죽어'를 생각하면서, 정몽주의 애끓는 절개처럼, 싸늘하게 내리는 찬 비속에, 고려의 조정과 그것을 지키려던 정몽주의 한편의 시를 표현하였다.

「원나라, 명나라가 인접하였지만,

원나라 간곳없고 명나라 닥아 왔었고,

고려와 조선이 어찌 나라 바뀌는 것을 몰랐을까?

하늘과 땅은 묵묵하여 말할 줄을 모르지만,

그래도 한 백성, 조선이로다.

역사는 흘렀어도 찾아볼 수 있지만,

절반은 영웅이요 절반은 또한 흉역일까?

9　　정몽주가 피살되었을 때 선죽교가 아닌 선지교 이였다가 정몽주가 피살된 후 후손이 1780년경에 세웠다는 기록이 있으나, 대봉이 시를 지을 때는 선죽교가 있었다. 정몽주가 죽기 4년 전(1388년)에 위화도 회군기록에 선죽교라는 이름이 있고, 1491년 대봉이 시를 지을 때는 선죽교가 있음을 입증함.

공연히 후세 사람들의 눈물이 옷깃을 젖게 하누나....」

대봉은 아같은 심정으로 고려가 망하고 조선이 성립한 과정을 생각
하며 발길을 돌렸다.

◆ ◆ ◆

북방정벌이 끝난 후 대봉은 통덕랑(정5품상)에서 수사헌부장령(정4품)
겸 춘추관 편수관이 되었다.

대봉은 북정이후 의정부 업무보다 대간을 맡은지라, 대간업무란 거
의가 신하들의 업무와 그리고 임금과의 의견 충돌을 자주하는 것이었
다. 그러나 대봉은 사정관으로 그 책임을 다하였다.

대봉은 춘천부사(종3품) 권중린과 연천현감(종6품) 조충로, 웅천(현 창원
시. 옛 진해)현감 김성손에게 문제가 있음을 임금께 아뢰었다.

"수령의 직책은 생민의 휴척(편안함과 근심)이 달려 있는 것이므로, 사
람을 선택하여 임명하지 않을 수가 없습니다. 이번에 새로 제수된 춘
천 부사 권중린과 연천 현감 조충로는 본래 물망이 없었고, 또 모두
노쇠하였으며, 웅천 현감 김성손은 경력이 없고 사리에 어둡습니다.

본현(웅천)과 제포에 있어서 한 번의 그 기회를 놓치자 걷잡을 수 없
는 변이 생겼으며, 또 장사하는 왜인이 구름 모이듯 하여 물화가 낭자
합니다. 만약 청렴한 수령이 아니면 뇌물이 공공연하게 행해져서 백성
이 피해를 입게 될 것입니다. 그러니 김성손 같은 자는 아마도 감당하
지 못할 것이니, 청컨대 모두 개차하소서."

大峯은 熙止를 稀枝로,

이에 임금께서는 영돈녕(정1품) 이상 신하들과 그 사태를 의논케 하였다.

전 영의정이며 원상이면서 궤장(70세 이상의 대신에게 주는 지팡이)을 받은 심회는

"춘천은 산지가 많은 군으로 주민이 적고 송사가 많지 않습니다.

권중린은 문신으로 여러 조정에 벼슬하여 지위가 당상에 이르렀으니, 한 고을을 다스리는 데 무슨 어려움이 있겠습니까? 조충로와 김성손의 능력은 알 수 없습니다만,

웅천은 과연 양희지가 아뢴 것과 같습니다. 왜인들이 섞여 살고 뇌물이 공공연하게 행해지고 있으니, 청렴한 선비가 아니면 반드시 틈을 생기게 할 것이니, 청렴한 자를 가려서 차견하는 것이 좋겠습니다." 라 하였다.

윤필상은 위 내용과 관련하여 다음과 같이 말하였다.

"권중린은 문과 출신으로서 경력이 이미 많고 또 예조 참의(정3품 당상관)까지 지냈으니, 춘천 부사에 무슨 불가함이 있겠습니까? 다만 그 나이는 신이 알지 못합니다만, 그 정신을 볼 때 아마도 노쇠한 것 같지는 않습니다.

김성손의 사람 됨됨이가 사헌부에서 아뢴 것과 같다면 고치지 않을 수가 없습니다. 다만 경솔하게 사람을 끊을 수가 없으니, 마땅히 널리 물어 보아야 할 것입니다."

이극배는 역시 의논하기를,

"권중린, 조충로는 일찍이 수령을 지낸 적이 있으니, 반드시 백성의 일을 알 것입니다. 그러나 노쇠하여 일을 다스릴 수 없음은 신이 알지

못합니다. 청컨대 전조(銓曹)로 하여금 다시 의논하여 시행하게 하소서. 김성손의 사람 됨됨이는 신이 알지 못합니다만, 다만 웅천은 복잡한 고을이므로, 범용(凡庸)한 자로서는 감당할 곳이 못됩니다." 하였다.

노사신은 의논하기를,

"권중린은 문과 출신으로서 중외(中外)의 직책을 역임하였고, 일찍이 예조 참의도 지냈으며 그렇게 노쇠하지도 않았으니, 어찌 춘천 부사의 직임을 감당하지 못하겠습니까? 김성손, 조충로의 사람 됨됨이는 신이 알지 못합니다만, 연천은 작은 고을이고 백성도 적으며 일도 간소하므로, 보통사람(中人, 중인) 이하는 모두 할 수 있습니다.

웅천은 사무가 복잡하니, 마땅히 합당한 사람을 선택해야 할 것입니다. 김성손 같은 자는 합당치가 않으니, 진실로 마땅히 개차(改差)해야 할 것입니다. 그러나 옛 부터 호걸(豪傑)서러운 선비들을 어찌 다 시험해 본 후에 썼겠습니까? 경력이 없다고 하여 버린다면 아마도 사람을 놓칠 것 같습니다. 그러나 다시 어질고 어질지 않음을 살펴서 진퇴시키는 것이 좋겠습니다."

하였다.

또한 윤호(尹壕)는 아래와 같이 의논하였다.

"조충로는 사실 아뢴 것과 같습니다만, 권중린은 그렇게 노쇠하지 아니하였으니, 충분히 일을 다스릴 수가 있을 것입니다. 더구나 춘천은 백성이 많지 않고 일도 적으니, 개차시킬 필요가 없습니다. 김성손은 무과 출신으로 무재가 있으니, 우선 시험하는 것이 좋겠습니다."

마지막으로 허종은 아래와 같이 의논하였다.

"권중린은 벼슬한 경력이 이미 오래 되었고, 조충로도 두 번이나

大峯은 熙止를 稀枝로,

수령을 지냈으며, 모두 지극히 노쇠하지 아니하였고, 김성손은 신이 북정할 때에 제장을 지냈으니, 쓸 만한 사람입니다."

이에 임금께서는 신하들의 의견을 듣고서, 권중린, 조충로는 직책을 바꿀 필요 없으나, 웅천의 김성손은 청렴한 자가 다스릴 필요가 있으며 동반직에 제수(새 관직을 내려주는 것)하여 시험토록 하라고 하셨다.

또한 대봉은 대군이나 공주의 집터가 대전의 규정에 위배된다며 상소를 하였다.

「대전의 '급조가지조'에 의하면, 대군, 공주는 30부 이고, 왕자군, 옹주는 25부인데, 지금 들으니, 근처의 백성들이 다투어 그 집을 바쳐 빈 집이 많다고 하니, 그 땅이 많음을 알 수 있습니다.

왕자군과 옹주의 집이 하나 둘 뿐이 아닌데, 성안의 땅은 한계가 있어, 현재 제도에 넘게 터를 넓게 차지하는 것은 앞으로도 계속하여 하고자 하는 도리인 듯합니다.

집의 칸수는 정해진 제도가 있으므로, 그 칸수를 넓히고 집을 크게 하고자 하여 재목을 모두 길고 큰 것으로 쓰는데, 이는 매우 옳지 못한 것입니다.

청컨대 해조로 하여금 기지(근거지)를 알맞게 헤아리게 하여 제도에 지나치지 말게 하도록 하소서.」 하고 상소를 하였으나

임금께서는 '그 부근에 사는 사람이 후한 값을 이롭게 여겨서 스스로 파는 것이지 진실로 강제로 사는 것이 아니다.'라고 하면서 거절하였다.

그러나 대봉은 이에 굴하지 않고 규정된 제도에 의한 것임을 이유로 들어 다시 아뢰었다,

"신 등이 왕자와 옹주의 집터를 넓히는 문제를 논계(論啓)하는 것은 민가를 억지로 빼앗는다고 말하는 것도 아니고, 값을 낮추어 매입하는 것이라고 말하는 것도 아닙니다.

다만 모든 일을 시행하는 데 있어서 한 결 같이 규정된 제도를 따르게 되면 일에 있어서 공이 적게 들고 비용도 많이 나지 않습니다.

지금 왕자와 옹주의 집은 한둘이 아니지만 성 안의 토지는 한정이 있기 때문에 백성들에게 스스로 헌납하기를 허락하여 좋은 값으로 보상한다면 집을 헌납하는 백성이 그치지 않을 것입니다.

쓸데없이 낭비하는 것은 국가 비용이 한이 없을 것인즉, 어찌 장래의 폐단을 우려하지 않을 수 있겠습니까? 또 집의 칸수는 제한이 있는데 높고 크게 짓는 데만 힘쓰니, 재목의 값과 수송하는 노고를 이루다 말할 수 없습니다.

청컨대 한 결 같이 법제에 따르시어 한없는 폐단을 제거하소서.

또 지금 경성(京城)에는 무뢰배들이 빈집에 모여 있다가 밤이 되면 성 밖으로 나가 인가를 불태우고 노략질하니, 포도장(捕盜將)으로 하여금 체포토록 하소서." 하였다.

대봉은 규정된 것을 지켜야 혼란이 없음을 얘기한 것이다.

하지만 임금께서는,

"만약 집터의 한계를 정해 놓으면 철거되는 민가가 더욱 많을 것이다. 집을 바치는 자가 있을 경우 좋은 값을 줘서 매입한다면, 무슨 폐단이 있겠느냐?

도적을 잡는 일은 이미 양찬(梁瓚) 등으로 하여금 군사를 거느리고 가서 체포하도록 하였다." 라고 하였다.

대봉은 임금의 답변에 다소 불만이 있었지만 양찬 포도대장이 무뢰배들의 난동을 체포하였다는 소식에 다소의 위안을 가졌다.

하지만 박원종의 자질문제와 승격문제로 사간원 정언(정6품) 최세걸 등이 합세하였고 또한 정양군의 시호 변경건과 더불어, 봉상시정(정3품 당하) 정성근, 집의(종3품) 조문숙등과 함께하여 임금에 아뢰었다.

정양군이 죽자 임금은 그의 시호가 '겸손하고 공경하였다'는 그의 뜻에 맞지 않아 시호의 변경을 하여야한다고 제의하였다.

대봉을 비롯하여 간언들은 '박원종의 동부승지(종3품 당상)' 문제, '시호는 바꾸지 않는 다'는 것을 들어 반대하였으나 박원종 건은 진행여부를 계속하기로 하였으며 정양군의 시호 건은 보류되었다.

대간과 대신의 뜻을 담은 임금과의 마찰은 알게 모르게 여전히 계속되었다. 그러나 대봉은 이 나라가 군주의 것일지라도 백성에게 민폐가 된다면 한사코 말리고자 했으며 한편으로는 만 백성과 군주가 서로 간 타협할 수 있으면 타협하고자 했다.

♦ ♦ ♦

이 무렵에 점필재 김종직이가 62세의 나이로 사망하였다.(1492년)

김종직은 스스로 호를 사물의 하나하나를 세심하게 살펴본다는 것처럼 주역의 원리를 탐구한다는 '점필재'라고 하였으며, 길재와 포은의 학통을 계승하여 함양군수(종4품), (종3품)시절엔 주자가례에 따른 관혼상제(冠婚喪祭), 향음주례(鄕飮酒禮)10) 및 양노례(養老禮)(노인을 공경하는 것)를 실시하는 등 성리학적 향촌 질서를 수립하는데 기여를 했다.

이런 사유 등으로 사림(士林) 학파의 선도자가 되어 사림파의 거두가 되었으며 그중 정여창(鄭汝昌), 김굉필(金宏弼), 김일손(金馹孫), 그리고 대봉 등의 '영남학파'의 스승이었다. 한때는 세조임금으로부터 사대부가 '잡학(雜學)따위를 익히면 쓰나요?' 라고 했다가 미움 받아서 중앙에서 밀려났던 적이 있으나 성종임금 때에는 중용이 되었다.

성종임금 14년(1483년)에 김종직은 향사례가 백성의 풍속을 교화하기 위하여 한 것임을 설명하였다.11)

또한 그는 경연당상(景淵堂上)으로 있으면서 임금이 특별히 진강(進講)(임금에게 직접강의를 하는 것)을 하는 등 임금의 총애를 받았다. 그는 많은 관직을 거쳤으나,

---

10 (1)'주자가례'는 주자학이 국가 이념의 기본강령으로 확립되면서, 관·혼·상·제(冠婚喪祭)에 관한 것으로서 그 이 강요되었다. 왕가와 조정 중신에서부터 사대부(士大夫)의 집안으로, 다시 일반서민에까지 보편화되었다.
(2) 향음주(鄕飮酒)란 대부가 나라 안의 어진 사람을 대접하는 것이다. 향음주례 를 가르쳐야 어른을 존중하고, 노인을 봉양하는 것을 알며, 효제(孝弟)의 행실도 실행할 수 있으며, 귀천의 분수도 밝혀진다. 또한 술자리에서는 화락하지만 지나침이 없게 되어, 자기 몸을 바르게 해 국가를 편안하게 한다고 하였다.

11 상(上: 임금의 높임 말)이 석강에 나아갔다. 검토관 송일이 여러 도에 하유하여 학교의 정사를 거듭 밝혀 풍화를 돈독히 할 것을 청하였다. 시강관 김종직이 아뢰기를, "신이 일찍이 수령으로 있던 때에 향사례와 향음주례를 설치하여 효성스럽고 공손한 자를 우선적으로 하고 재능과 기예를 가진 자를 다음으로 하고 불초한 자는 끼워주지 못하게 하였습니다. 이로 말미암아 온 고을 사람들이 발돋움하여 변화하고 부끄러워하여 고치게 되어 실로 풍화에 도움 되는 점이 있었습니다." 하니, 상이 이에 여러 도에 글을 내려 학교를 흥기시킬 수 있는 방법을 강구하게 하였다

                                                大峯은 熙止를 稀枝로,

중풍^{中風}의 마비 증세로 인하여 휴가를 주었으나 끝내는 밀양의 옛집으로 돌아가서 사직을 청하였으나 임금께서는 불윤^{不允}하였으며 이에 점필재가 곧바로 그에 따른 비답을 보냈으나 그는 끝내 일어나지 못하였다.

점필재가 호남 관찰사(종2품)로 부임할 때 대봉은 점필재의 제자로서의 그에게 애틋한 마음으로 시 한수를 보내면서 환송하였다.

高雅大纛^{고아대독}^{출성인}¹²⁾出城闉 큰 깃발 훗 날리며 성문을 나오니
文武才全吉甫^{문무재전길보}^윤¹³⁾倫 문무재질 겸비해 길보의 반열일세,
春風攬轡旬宣^{춘풍람비순선}¹⁴⁾地^지 봄바람에 고삐잡고 순선하던 곳
加額南人^{가액남인}¹⁵⁾慶鳳麟^{경봉인}¹⁶⁾ 다수의 제자들, 봉린을 경하하네.

그에 앞서 서거정은 선산부사^{善山府使}(종3품)로 나가는 참교^{參校}(종3품) 김종직^{金宗直}을 배웅하며 서문을 보낸바 그 글이 선산객관에 있었다.(1482년)

"승문원^{承文院} 참교 김후^{金侯} 종직은 예문관 경연관(부제학(정3품. 당상관)의 반열에 재직 중 모친이 밀양^{密陽}에 계시는데 모친의 춘추가 이미 높아, 고향으로 돌아가 모친을 봉양해야 한다는 이유로 사직하였고,

상께서는 그가 떠나는 것을 애석해 하셨으나 그의 뜻을 어기기가

---

12 고아^{高雅}, 대독^{大纛}은 대장기를 뜻함

13 길보: 주나라의 현신이며 험윤지역을 정벌한 장군

14 순선^{旬宣}: 널리 사방을 복종시켜 임금의 은덕을 두루 미치게 하는 것

15 가액은 '加額 一作多少'의 첨부된 글을 미루어 보아 다수이며, 남인은 남쪽사람들 의미

16 봉린: 재주와 능력이 뛰어난 젊은이를 의미함

어려워 함양(咸陽) 군수(종4품)를 제수하여 보냈다.

그는 함양에 6년 동안 있었는데, 모친에게 효도를 잘하여 그 효도의 이치를 백성에게 미루어 시행하니, 온 고을이 훌륭하게 다스려져 치적의 고과가 상등(上等)으로 보고되었다.

다시 조정으로 소환되어 참교가 되었으나 몇 달이 채 되지 않아 부모봉양을 위해 다시 사직을 청하니, 상께서 다시 선산 부사를 제수하여 보냈다.

교유하던 조정의 사대부들이 모두 성상의 은사를 즐거워하고 김후(점필재 김종직)의 떠나는 길을 아름답게 여겨 시를 지어 주어 김후와 이별하려고 하면서 나(서거정)에게 서문(序文)을 부탁하였다."

서거정은 김후가 함양을 다스릴 때에 군자의 마음을 미리 헤아려 백성을 잘 교화하여 영남의 추로지향(鄒魯之鄕)[17]으로 만들었음을 알기에,

'이제 만약 그러한 다스림을 선산으로 옮겨 행한다면 선산에 어찌 교화를 따르지 않을 자가 있겠는가? 하는 마음에서 글을 썼다.'는 서문을 지었다.

대봉이 어머님 상(喪)을 끝내고서 한양에 들리는 길에 선산에 들렀다가 보았던 서문이었다.

점필재는 '문충(文忠)'의 시호를 얻었다가 대간들의 논의로 '문간(文簡)'으로 바뀌었다. 문학에 넓은 뜻과 간소한 행동을 하였다는 뜻이다. 대봉은 문상 중에 점필재를 엄숙하게 조문하였다.

---

17 공자와 맹자의 고향처럼 예의가 있는 지방을 뜻함

  大峯은 熙止를 稀枝로,

11

대간으로써의 민생을 다스리다

11. 대간으로써의 민생을 다스리다

어쨌든 대봉을 비롯한 많은 대간들이 박원종의 동부승지^{同副承旨} 임용 건에 대하여 비판 또는 체직^{遞職}(벼슬을 다른 보직으로 변경하는 것)을 요구하는 것일까?

박원종이 누구인가?

박원종은(세조 3년, 1467년) 평양군 중추부 판사(종1품) 박중선과 양천 허씨^{許氏} 부인의 아들로 태어났다. 본관은 순천^{順天}이며, 사육신의 한 사람인 박팽년과 일족이며, 할머니 청송 심씨^沈는 세종임금의 소헌왕후의 친동생이다.

박원종은 세 명의 누이가 있었는데, 큰 누이는 성종임금의 친형인 월산대군과 혼인하였다. 둘째누이는 윤여필과 혼인하여 아들과 훗날 장경왕후인 딸을 낳았다. 또 다른 누이는 예종임금의 차남인 제안대군의 두 번째 부인이 되었다.

이처럼 박원종의 가문은 왕실과 깊은 관계를 맺으며 소위 임금님과는 가까운 종친이었다.

제안대군이 세상을 떠나자 성종임금은 특별히 아꼈던 박원종을 동부승지^{同副承旨}로 발탁했다(성종 23년 1492년). 나이 26세였다.

大峯은 熙止를 稀枝로,

박원종은 용모가 수려하고 풍채가 뛰어났으며 신장이 9척으로 풍채가 시원 하였다. 또한 활쏘기 등 무과 실력도 상당하였다. 그로 인해 음서[1]로 선전관에 기용되었다.(성종18년)

그 후 6년 동안 선전내승으로 근무하면서 오랫동안 왕의 측근이 되었다.

임금께서는 그에게 동반의 3품직 동부승지를 제수하고자 했다.

이에 대봉이 난처한 듯이 아뢰기를,

"후설(승지의 별칭)의 직임은 관계되는 바가 지극히 중요하니, 박원종과 같이 연소하고 경험이 없는 사람을 하루아침에 갑자기 중임에 제배[2]하는 것은 다른 사람들의 이목을 놀라게 합니다.

청컨대 체직시키소서."

하였으나, 임금께서는 들어주지 않았다.

사간원정언 최세걸이 와서 또 아뢰기를,

"박원종은 배운 것이 부족하여 아는 것이 없는데다가 비록 무과 출신으로 위계가 3품에 이르렀다고는 하나, 한 번도 일을 다스리는 직책을 거치지 않았는데 갑자기 승지에 제수하시니, 후설의 직임을 시험하는 자리로 만들어도 되는 것입니까? 청컨대 체직시키소서."

하였으나, 역시 임금께서는 들어주지 않았다.

대봉이 다시 아뢰니, 임금께서 이르기를,

"내가 박원종으로 하여금 조정의 전장(제도와 문물)을 익히게 하려고

---

1   음서: 공헌대부의 자식으로서 과거시험을 치루지 않고 벼슬길에 오르는 것
2   제배: 천거의 절차를 밟지 않고 임금이 직접관리를 임명하는 것

이 직임을 제수하였으니, 어질지 못한가를 보아 어질지 못하면 체직시키겠다." 하였다.

대간(臺諫)들은 불가하다고 이의를 제기했지만 임금께서는 승지들에게 글을 잘 가르치라고 명하는 등 뜻을 굽히지 않았다.

대간(臺諫)이 박원종의 문제를 논의하고자 임금님께 면대(面對) 할 것을 계청(啓請)하니 임금이 선정전(宣政殿)에 나아가 대간들을 면대하고, 아울러 앞서 의논한 재상을 불러 입시(入侍)케 하였다.

먼저 좌승지 김제신(金悌臣)이 아뢰기를,

"대체로 공론이 막혀지면 언로가 막히는 것입니다. 대간이 20여 일이나 대궐 뜰에 서서 여러 번 천청(天聽)(임금께 말함)을 번거롭게 하였으나, 성상께서 들어주지 아니하시고 간언(諫言)(충고하는 것)을 따르시는 미덕(美德)을 허물어뜨렸으니, 청컨대 공론을 따르도록 하소서." 하였다.

이에 임금께서 말하기를,

"대체로 사람을 씀에 있어서는, 군자는 진출시키고 소인은 물리치는 것뿐이다. 경(卿)들이 박원종은 소인이어서 장차 나라 일을 그르칠 것이라고 한다면 그것은 나라의 안위에 관계된 것이므로 들어주지 않을 수 없겠으나, 다만 젊고 일을 경험하지 않았다고 하여 배척하고 쓰지 않는다면 이는 진실로 사람을 쓰는 도리가 아니다.

경들은 다른 곳에 임명한 후 어진 것을 확인한 다음에 쓰자고 하였으나, 나의 생각으로서는 다른 곳에 쓰게 되면 아무리 어질고 능력이 있다고 하더라도 누가 나를 위해 기꺼이 말하려고 하겠는가? 그래서 들어주지 않는 것이지, 내가 고집하는 것도 아니며 간언(諫言)을 거부하는 것도 아니다. 전에도 무인(武人)으로서 승지가 된 자가 한 사람만이 아니었

大峯은 熙止를 稀枝로,

는데, 어찌 박원종만 불가하겠는가?"

라고 말씀하셨다.

우참찬(정2품) 홍귀달이 아뢰기를,

"공론이 있는 것은 들어주지 않을 수 없습니다."

하였고, 좌윤 윤효손은,

"나라에서 단정하기 어려운 일은 반드시 조정의 의논을 채택하는 것입니다. 지금 의정부, 대간, 시종이 모두 불가하다고 하는데도 들어 주지 않으시고, 널리 채택하고자하는 뜻이 어디에 있습니까? 만세 이 후에 비난하는 자가 있을까 염려스럽습니다."

사간(종3품) 정광세는 말하기를,

"박원종을 소인이라고 하는 것이 아닙니다. 작위에는 차례가 있는 것 인데, 하루아침에 갑자기 승진시키는 것은 매우 옳지 못한 것입니다."

임금께서는 또 말하기를,

"박원종은 부정(종3품)으로서 승지가 되었으니, 갑자기 승진한 것이 아니다."

라고 하셨다,

정언 정광세가 아뢰었다.

"동반직을 거치지 않고 바로 들어와서 승지가 된 것은 조종조에 없 었던 일입니다."

이어 대봉과 헌납 권주가 함께 말하였다.

"옛말에, 임금의 명을 출납함에 있어 합당하게 하라고 하였는데, 박 원종은 일의 경험이 없으니, 어떻게 감당할 수 있겠습니까?"

"어진 이를 가려서 쓰더라도 오히려 직무를 제대로 수행하지 못하

게 될까 염려하는 것인데, 이를 두고 어질지 못한 자이겠습니까?" 좌
승지 김제신은 다시 말을 하였던 바이다.

장령 정광세(掌令 鄭光世)는,

"관직을 위해서 사람을 고르는 것이지 사람을 위해 관직을 고르지
는 않는 것입니다. 이번에 박원종을 승지로 삼는 것은 매우 옳지 않습
니다. 그리고 오늘 대신들을 부르게 하신 것은 정론(正論)을 듣고자 함인데,
모두 말하지 않고 있으니, 이런 말을 하는 것의 그 뜻이 어디에 있습니
까?" 하고 물었다.

광릉부원군(廣陵府院君)(정1품) 이극배(李克培)는 다음과 같이 아뢰었다.

"신은 앞서 의논에서 이에 다 말씀드렸으니, 성상께서 반드시 '참작'
하실 뿐입니다."

대봉은 이극배의 말을 다시 한 번 되내기면서 말하였다.

"이른바 참작이라는 말은 성상의 뜻을 엿보고서 말한 것입니다. 앞
서 의논에서는 이미 불가하다고 해놓고서 이번에는 참작하시라고 하
였으니, 대신의 의논이 과연 이와 같을 수 있겠습니까? 그리고 신 등이
성상의 마음을 돌이키지 못하였으니, 이는 직무를 다하지 못한 것입니
다. 만약 박원종을 체임(遞任)시키지 않으시려면 신 등을 체임시키소서."

대봉이 신들과 함께 체임하라고 주장하였으나 임금께서는 들어주
지 아니하였다.

이에 대봉은 스스로를 체임할 것을 주장하였다. 이는 자신의 직책
을 그만두더라도 잘못된 사항에 대해서는 물러설 수 없다는 것이었다.

어떤 대간이 나와서 또다시 말하였다.

"면대했을 때에 신 등이 말하기를, '재상들은 한 사람도 아뢰는 자가

    大峯은 熙止를 稀枝로,

없으니, 이는 사대^{賜 對}(고마워하다는 뜻)한 뜻이 전연 없습니다.'라고 하였는데,

이극배는 아뢰기를, '성상께서 참작하소서.'라고 하였습니다. 이극배가 당초의 의논은 단연코 박원종은 불가하다고 하였는데, 지금은 성상의 비위만 그렇게 맞추고 있으니, 청컨대 이극배를 추국^{推 鞫}하소서."

이극배를 추국하자는 말에 임금께서는 한 걸음 뒤로 물러서서 말하기를,

"광릉 부원군은 비위나 맞추는 재상이 아니다. 앞서 의논에서 이미 다 말하였으므로, 그렇게 말한 것이다." 이렇게 말씀하시어, 대간이 아뢰기를,

"이극배는 마땅히 앞서 의논에 의거하여 다시 불가하다고 아뢰었어야 할 것이데, 다만 '참작하소서.'라고 하였으니, 비위를 맞추는 것이 아니고 무엇입니까?"

이에 임금께서는

"경등은 나를 가리켜 간언을 거부한다고 하나, 경등이 면절정쟁^{面 折 廷 爭}[3]하는 것을 내가 매우 아름답게 여긴다. 한즉 그 문제로 인하여 대신(이극배)을 죄줄 수는 없다."

그리고 임금께서는 이극배 에게 술을 하사^{下 賜}하셨다.

이극배는 아뢰기를,

"면대할 때에 대간이 서로 다투어 논계하므로, 신은 미처 말하지 못하였던 것입니다. 마침 말할 기회가 있으므로 신은 성상께서 참작하고 있을 것이라고 하였는데, 대간이 신을 가리켜 비위를 맞춘다고 하

---

3   면절정쟁^{面 折 廷 爭}: 임금의 허물을 임금 앞에 정정당당히 말하는 것

니, 아무렇지 않듯이 나아가 술을 마실 수가 없습니다. 청컨대 혐의를 피(避嫌)하게 해주소서."

하지만, 임금께서는 윤허하지 않으셨다.

또 한 대간이 아뢰기를,

"대신은 마땅히 옳은 것은 바치고 옳지 않음은 버려서 임금을 인도하여 도에 나아갈 수 있게 해야 하는 것인데, 이극배는 말하기를, '전하께서 참작하시기에 달려 있습니다.'고 하였으니, 전하께서 어찌 뜻만 따르는 것이 잘못이라는 것을 알지 못하셨겠습니까? 이번에 추국하지 말라고 하시니, 실망을 금할 수가 없습니다."

"이미 면대했을 때에 윤허하지 아니하였으니, 지금 비록 논계하더라도 결코 들어 줄 수가 없다. 광릉부원군은 그대들을 두려워한 것도 아니고 나의 뜻을 순종한 것도 아니다. 말하는 사이에 우연히 그렇게 말한 것뿐이다."

임금은 마치 변명조로 말씀하셨다.

하지만 대간의 상소가 거듭되자 임금께서는 한사코 원종을 승지로 삼고자 했던 의지를 한물 접고서는 결국 공조 참의(정3품 당상관)로 발령했고, 승지로 삼지 않았다.

공론의 승리인가? 대간들의 대부분이 사림파들인지라 어쩌면 훈구파를 제어해보고자 하는 사림파들의 승리일수도 있다.

그로 인해 자존심이 상한 박원종은 그해 11월 17일 대간의 논박을 이유로 사직을 청했지만 임금께서는 그를 다독여 자리를 지키게 했다.

◆ ◆ ◆

　　　　　　　　　　大峯은 熙止를 稀枝로,

대간이란 탄핵과 감찰을 맡은 대관과 간쟁과 봉박(임금의 잘못된 지시를 봉합하여 되돌려 공박하는 것)을 맡은 간관의 합칭이다. 곧 대관은 사헌부, 간관은 사간원에 소속되었다.

국왕은 국정 운영의 중심에 있었고, 신료는 국왕을 보좌하여 국정 운영에 참여했으므로 이들이 정치에 미치는 영향력이 컸다. 그래서 국왕과 신료의 잘못된 언행을 비판하고 견제할 제도적 장치가 필요하였다.

국왕의 잘못된 명령과 행위에 대한 간쟁과, 부당한 인사 명령에 대해 비판하는 봉박과 서경[4], 그리고 시정의 잘, 잘못을 논하고, 신료의 잘못된 행위를 탄핵하고 감찰하는 일을 담당시킬 목적으로 대간을 설치하였다.

초기에는 삼봉 정도전이 민생을 근본으로 하며 왕권도 민생을 바탕으로 하는 백성에 의해 바뀔 수도 있음을 시사하였다.

정치이념에서 대간의 역할을 강화하고 이에 따라 임금도 그것을 순응키로 했으나,

'늑대를 쫓아내는 사자가 되듯이 덫에 걸리지 않는 임금이 되어야 한다.'는 이방원과 같은 왕권신수 편에서는 정도전의 이념을 약화시키고자 하였으며, 그 절충점이 지금에 이른 것이다.

즉 '백성의 사랑을 받는 임금은 또한 백성을 두려워하여야 한다.' 는 말 대신, '사랑을 받기위해 필요하면 그 사랑도 벗어날 줄 알아야 한다.' 는 것이다.

사헌부는 시정의 잘 잘못을 논하고 백관을 규찰하며 풍속을 바로

4　서경: 관원을 임명하거나 주요 정책을 결정할 때 서명으로 동의를 구하는 일

잡는 일을 하였고, 이에 더하여 원통하고 억눌린 것을 펴 주며 문란하고 거짓된 것을 금하는 일을 하는 것으로 되어 있다.

사간원 역시 간쟁과 논박을 담당하였다. 이러한 기능이 국왕과 신료의 잘못된 언행을 견제하고 비판하는 성격을 가졌고 처음엔 언론 양사(兩司)로 불렸다가 훗날 사간원이 독립하면서 승정원(承政院)에 통합되어 언론 3사로 되었지만, 현재는 감찰의 숫자를 늘려 신료를 감찰하는 기능을 강화하였다.

「경국대전」에는 기능과 역할이 실려 있어 대관의 기능과 간관의 기능이 서로 달랐지만 대관이 간관의 기능을, 간관이 대관의 기능을 하기 도 했고, 대간이 함께 업무를 수행하기도 했던 것이다.

대관과 간관은 그들'만'이 아니라 그들'도'를 추구하면서 함께 논의하는 것이었으나 통상적으로 간관보다 대관의 위상이 확실히 높았다. 그러다 보니 가끔은 자기들만이 옳다는 우리'가(이)' 또는 우리'만'이 옳다는 의식에 사로잡히게 된다.

또한 국왕과 신료를 견제하는 성격을 가진 것이지만 국왕과 신료의 정당한 정치적 행위를 규제하는 것은 아니었기에 왕의 의지로 공론이나 간관들의 의견을 무시되는 경우가 많았다.

이 사이에 대봉의 대간의 역할은 끊임이 없었다.

대봉은 북정(北征) 부원수(副元帥)인 성준(成俊)이 자신의 집에서 세로 탄생한 대군을 피우(避寓)(왕자나 공, 옹주 등을 임시 로 민가의 집에 거처토록 함)한 것에 대해 그 댓 가로 부당한 은혜를 받은 것을 탄핵하며 국문할 것을 주장하였으나, 임금께서는 가납하지 않으셨다.

훗날 이 때문이었는지 몰라도 성준으로부터 대봉은 탄핵을 받게

大峯은 熙止를 稀枝로,

된다.

"왕자군(王子君)의 집 간각(間閣)이 높고 넓어서 제도에 지나치고, 재목의 운반과 돌을 다듬는 공역(功役)이 지극히 번거로운데, 하물며 지금 일 이년(1, 2년) 사이에 서 너 집(3, 4집)을 지으니 민력(民力)이 몹시 피곤합니다. 옛사람이 이르기를, '사람의 심정은 편 하려고 하지 아니하는 이가 없으므로 삼왕(三王)(우왕禹王, 탕왕湯王, 문왕文王)은 그 힘을 아끼고 다하지 아니한다.'고 한 바 있습니다만..."

하고 대봉이 제소하니, 임금께서는 '높고 낮음과 넓고 좁음을 다시 살펴서 처리하겠다.'라고 하셨다.

이어서 대봉이 아뢰기를, '영안도(永安道)[5]는 군수(軍需)가 넉넉지 못한데 온성(穩城)이 더욱 심하며, 부령(富寧), 회령(會寧), 종성(鍾城) 등 고을은 좁쌀이 비록 1만여 석이 있더라도 모두 묵고 썩어서 먹을 수가 없으니, 진실로 작은 일이 아닙니다.'하고 말함에,

옆에 있던 특진관(特進官) 권건(權健)이 말하길, '지난해에 이미 면포(綿布) 2천 5백 필을 본도(本道)에 보내어 곡식으로 바꾸게 하였으니, 군량(軍糧)은 부족하지 않을 듯합니다.'라고 대답하였다.

하지만 대봉은, '경원(慶源) 등 고을의 금년 전세(田稅)를 온성(穩城)에 수송해 들여서 군사의 식량을 준비하게 하소서.'라고 말하자 임금께서는 아래와 같이 말씀하셨다.

---

5   영안도는 성종 1년(1469년)에는 함흥에서 반란군을 따라 관찰사를 살해했다 하여 함흥부를 군으로 강등하고, 감영을 다시 영흥으로 옮기고 영흥과 안변의 머리글자를 따서 영안도(永安道)가 되었다. 그 후 중종때 함흥부로 승격함

"호조로 하여금 의논해 아뢰게 하라."

또한 대봉은,

"야인은 오직 활 쏘고 사냥하는 것만 알고 농사짓는 것을 일삼지 아니하는데, 듣건대 근년 이래로 자못 농경을 직업으로 한다고 합니다. 그리고 그 농사 기구는 모두 우리나라에서 나온 것인데, 이는 반드시 성 밑(아래)에 사는 자가 판 것입니다. 이를 엄하게 금하소서."

임금께서는, '어찌 갑자기 금할 수 있겠는가? 수령이 만약 어질면 저절로 이런 폐단이 없어질 것이다.'라 하셨다.

대봉이 또 다른 말을 하였다.

"내수사[6] 서제가 함흥에 가서 성황에 기도하면서 의장을 성대히 베풀고, 앞뒤에 고취하면서 일컫기를 성황신[7]이 태조가 되었다고 하는데, 함흥은 왕이 일어난 땅이 되기 때문입니다. 그렇지만 어찌 이런 이치가 될 수 있겠습니까?"

임금께서는,

"나는 알지 못한다. 그러나 그 일은 지금부터 시작된 것은 아니다."

---

6   내수사: 공식적인 재산이 아니라 임금의 사적재물을 관리하는 곳, 정5품, 종5품 담당

7   성황신: 성황(신)은 우리말인 '서낭'에서 나온 말을 한자로 고쳐 성황이라 한다는 말이 있다. 토지 신, 전쟁 신 등의 각종 신을 모시는 의식이며 조선은 종묘에 제사를 지낸 후 성황신에게 제사를 모시고 있다. 세종 때 박연은 '태조께서는 명나라의 제도에 의거하여 바람, 구름, 우레, 비, 산천, 성황을 합하여 한 단으로 만들어서 제사 지냈는데, 이것은 곧 불교가 전래되면서 서낭의 이름인 신과 합하여 시왕(불교용어인 십왕에서 나온 말이며, 여러 임금을 뜻함)의 제도이며, 또한 조종의 성헌(법)이 되었사오니, 그전대로 하는 것이 편할 것입니다.' 하였다. 함흥지방에 태조가 출현한 것을 계기로 성황신은 곧 이태조를 의미하는 신격화 된 것을 의미함.

大峯은 熙止를 稀枝로,

라고 말씀하시자.

검토관(정6품) 남세주가 말하였다.

"만일 그것이 정도(正道)가 아니면 빨리 그만두어야 할 것인데, 어찌 오늘 내일을 논하겠습니까?"

이에 임금께서는 말하기를, '내가 마땅히 물어보겠다.'라 하셨다.

같은 대관인 권주(權柱)가 함께 아뢰기를,

"경재소[8](京在所)의 별감(別監)을 둔 것은 풍속을 바로잡기 위한 것인데, 간혹 못난 사람이 있어서 그것을 빙자해 사사로이 재산을 경영하므로 백성이 그 괴로움을 받으니, 이 풍습을 고치지 않을 수 없습니다."

하자, 임금께서 좌우(左右)신하들에게 물으니, 특진관(종1품) 김승경(金升卿)은 대답하였다.

"권주(權柱)의 말이 옳습니다. 한갓 별감만 그러한 것이 아니라 재상(宰相)이 거짓으로 본향(本鄕)이라고 일컬으면서 공사(公事)에 참여하려고 하는 것은 오로지 이를 위한 것입니다. 신이 대사헌(大司憲)이 되어 이를 끝까지 추핵(推劾)하여 치죄(治罪)하려고 하였는데 마침 갈려서 실행하지 못하였습니다." 라고 변명 아닌 변명을 하였다.

이때 대봉은, '청컨대 이를 중외(中外)에 계유(戒諭)하소서.(조정에 알려 엄중히 조치토록 함)'하고 말씀드리니 임금께서는, '가(可)하다.' 고 말씀하셨다.

◆ ◆ ◆

8　경재소는 여말선초에 각 지방관청에 서울에 둔 연락사무소이며 호족이나 향리의 자제를 이르며. 그 자제들은 볼모의 성격이 강함. 조선 선조 때1603년 폐지됨

이럴 즈음에 평안도에 있는 개천군이 군수(종4품)가 문제가 있어 임시적으로 대봉은 체아직(임시직)으로 개천 군수에 2달쯤 근무를 하다가 그 후 8개월 동안 쉬었다가 조봉대부(종4품 하) 수사헌부 장령(정4품)으로 업무를 맡게 된다.

대봉이 1년 전인 개천 군수 하기 직전, 그 당시 임금께서는 대봉을 염두에 두고 이런 말을 하셨다.

"평안도의 모든 고을은 중국 조정의 사신이 지나는 곳인데, 요사이 대단히 피폐하였으므로, 수령은 모름지기 마땅한 사람을 얻어야 할 것이다. 그런데 시종과 대간은 조정에서 뽑은 사람이므로 한때 차출하여 파견하는 것뿐이다."

이런 차에 옆에 있던 홍귀달은 말하기를,

"양희지는 무재가 있어 변경의 고을을 맡기기에 마땅한데 신은 이 사람이 적당한가의 여부는 알지 못하나, 다만, 사람은 방어와 치민이 둘 다 긴요한 곳에 쓰면 좋을 것입니다." 하였다.

이에 조문숙은 또한 말하기를,

"사람들이 말하기를, '대간은 수령의 체아직이다.'라고 하니, 이와 같다면 대간의 기세가 어찌 신장되겠습니까?"

하자, 임금께서는 말하기를,

"그렇다면 지금부터 대간과 홍문관원은 특별한 뜻이 아니라면 외직에 서임하지 말라." 하였다.

홍귀달이 말하기를,

"양희지는 모두 대장의 재목인데 지금 연로하니, 신이 나라를 위하여 애석하게 여깁니다."

大峯은 熙止를 稀枝로,

하니, 임금께서 말씀하기를,

"양희지는 변경의 고을에서 차견(差遣)(사람을 갈아치우는 것)함이 좋을 것이다."

라고 하셨다.

그리하여 대봉은 개천군의 체아직에서 벗어나 잠시 쉬었다가 내근직인 자리로 근무하였다. (1493년 8월)

대봉은 체아직을 벗어나 고향 가는 길목에서 상주에 들러 경상도 관찰사로 있는 성현(成俔)[9]의 집을 방문하고는 그와 함께 영천에 있는 명원루(明遠樓)에 들렸다.

영남의 7대 루(진주 촉석루(矗石樓), 안동 영호루(映湖樓), 밀양 영남루(嶺南樓), 울산 태화루(太和樓), 양산 쌍벽루(雙碧樓), 김천 연자루(燕子樓))인 영천의 명원루(明遠樓)는 금호강(琴湖江)을 바라보며 웅장하게 펼쳐있다.[10]

그곳을 지을 때 서거정도 관여했던 곳이다. 성현은 서거정이 잘 하였던 관각문장(館閣文章)을 그대로 이어받아 용재총화(慵齋叢話), 악학궤범(樂學軌範)을 지었다.

부록[11]: 관각풍, 용재총화, 악학궤범 참조

---

9   성현: 서거정으로 대표되는 조선 초기의 관각(館閣)문학을 계승하면서 민간의 풍속을 읊거나 농민의 참상을 사실적으로 노래하는 등 새로운 발전을 모색했다. 대봉과 갑장(甲長)임.

10   예로부터 한양에 이르는 영남대로의 중간 지점인 영천에서 금호강변에 청계석벽(靑谿石壁) 위에 늠름하게 서 있다. 고려 공민왕 때 정몽주의 건의로 이용이 지었으며 1482년 군수 신윤종(申允宗)이 동서 별실을 고쳐 동쪽은 청량당(清凉堂), 서쪽은 쌍청당(雙清堂)이라 이름을 고쳤다고, 1485년엔 명원루를 중수하면서 포주(苞廚), 구영(九楹)을 별도로 지었다고 한다.

11   (1) 조선 시대에, 홍문관, 예문관 따위의 중앙 관료들이 왕명에 의해서 쓴 문장이며, 넓은 의미에서는 관각풍의 문체를 사용한 문학을 이르기도 함.

      (2) 용재총화의 내용은 고려로부터 조선 성종대에 이르기까지 형성, 변화된 민간 풍속이나 문물제도, 문화 , 역사, 지리, 학문, 종교, 문학, 음악, 서화, 등 문화 전반에 걸쳐 다루고 있으며, 당시의 문화 전반을 이해하는 데 많은 도움을 준다.

계절이 봄인지라 명원루를 돌아보며 좋은 경치를 돌아보며 친구와
함께 거닐었다.

關文流水細彎回 관문 곁 흐르는 물 가늘게 구비 돌고

兩岸桃花簇錦開 양족 언덕의 도화는 고운 떨기 피웠네.

何處靑山簾外出 어느 곳 푸른 산 주렴 밖으로 나오고

誰家玉笛枕邊來 뉘 집 옥피리 베게 머리에 들리네.

思量世事只孤笑 세상사 생각하니 홀로 웃을 뿐이라네.

酬答風光更一杯 좋은 경치에 수작하니 다시 한잔 하세

地主故人多意態 지주인 친구는 생각하는 모습 많으니,

虹橋明月共徘徊 구름다리 밝은 달 아래 함께 거닌다네.

대봉은 갑장생(甲長生)인 성현과 함께 늙어가는 친구와 모처럼 즐거운 시
간을 가졌다.

먼저 우리나라의 유학에 관하여 논하였으며, 신라와 고려의 명현(明賢)과 조선초기의 문
인들의 학문적 특성과 문장가의 성격을 풀이하고 있다.

(3) 악학궤범(樂學軌範)은 조선 성종24년(1493)에 성현이 중심으로 유자광, 신말평 등이 편찬
한 국악 이론서로, 총 9권 3책이다.

당시 장악원(掌樂院)에 있는 의궤와 악보가 오래되어 헐었고, 제대로 남아 있는 것들도 많
은 것이 틀려서 그것을 교정하기 위해 편찬했다고 전한다. 조선시대 초기 각종 궁
중 의식에서 필요한 음악이 유실되는 것을 방지하고자 작성했기 때문에 국악기 와
국악곡에 대한 설명은 물론 연주 시의 의례나 법식, 노래의 가사 등을 그림과 함께
자세히 실었다.

大峯은 熙止를 稀枝로,

대봉은 8개월 만에 사헌부 조봉대부 수장령으로 또다시 대관으로의 역할을 다하였다.

대사헌 허침(許琛)이 대사헌을 부임한지 얼마 되지 않아 명나라 사신으로 갈 것을 이조에서 의결하였으나 이는 '언관(言官)을 외직에 서임(敍任)하는 것'으로 부당한 것이므로 이를 임금의 명으로 개선케 하였다, 또한 세자가 스승과 빈객(賓客) 등에게 결례를 한 것에 대해 보고하자 임금께서 이에 대한 상응한 조처를 하는 등이었다.

또 한편 윤은로(尹殷老)와 이창신(李昌臣) 두 신하의 방납건(防納)[12]과 재물수뢰 건으로 대봉은 이것에 대한 신랄한 비판을 하며 그에 대한 조치를 하도록 하였다.

---

12 방납건

(1) 조선은 중앙관청과 왕실의 운영·유지에 필요한 각종 물품을 각 지방에 현물로 납부하도록 하는 공납제도를 시행했다.

공납은 그 지역의 생산물을 직접 중앙에 바치는 것이 원칙이었으나, 점차 이를 대신 납부하고 지방에서 그 값을 받는 '방납'이 성행했다.

방납제도를 이용해 이익을 얻는 계층 때문에 백성들의 고통이 커지자 공납제의 모순과 방납의 폐단을 시정해야 한다는 의론이 높았다,

(2) 이 제도는 훗날 대동법(선조 때 실시하여 숙종 때 완성)을 시행 하면서 공납제에 기생해 이루어지던 방납은 정부의 통제 아래 정부물자 조달체계에 편입되었다.

대동법은 토지에서 쌀, 면, 포를 받아들여 이를 가지고 정부에서 필요한 물건을 구입하는 제도로서 정부는 대동법을 시행하면서 이전의 방납인들을 합법적인 정부의 물자 조달인, 즉 공인으로 편입시켰다.

즉 대봉은 사간원, 대사간 허계(許誡) 등과 합작하여 글로 아뢰기를,

"한나라 장제(章帝 : 후한의 3대 황제 유달(劉炟)의 본명)가 두헌(竇憲)[13]의 전횡하고 방자함에 노하여 불러서 꾸짖기를, '나라에서 두헌을 버리는 것은 외로운 새 새끼와 썩은 쥐와 같을 뿐이다.' 하였습니다.

그러나 끝내 죄를 주지 않고 징계하여 고치지 못 하다가 결국에는 주륙하기에 이르렀습니다. 선유(先儒)가 장제(章帝)의 간사함을 용납하고 악함을 감춰준 잘못을 논하여 말하기를, '알고서도 죄주지 않는 것은 알지 못하는 것만도 못하다.'고 하였습니다.

지금 윤은로가 방납(防納)한 과실을 전하께서 이미 아시고 처음에는 가벼운 형률로 다스리고자 하였다가, 이제 와서 오히려 중임(重任)을 맡기시니, 윤은로가 어찌 징계될 여지가 있겠으며 두려워하고 꺼림이 있겠습니까? 만일 꺼림이 없이 다시 중대한 법을 범한다면 전하께서는 참으로 법을 폐(廢)할 수 없을 것이니, 그 은혜를 상하지 않겠습니까?

이창신은 이미 재물을 탐한 추행이 있고 또 음사(陰邪 : 간사한 것)한 자취가 있어서 사림(士林 · 儒林 : 유림)은 취하지 아니하는데 전하께서만 홀로 그 강개(慷慨 : 의롭지 못함을 보고 의기가 북받쳐 원통하고 분기가 넘침)함을 칭찬하고 그 허물을 엄폐하여 높은 벼슬을 주니, 서경의 법(署經)[14]이 무너질 뿐만 아니라, 이창신도 또

---

13 두헌(竇憲) : 중국 후한 때 사람. 장제, 화제(和帝) 때의 무장임. 누이가 황후가 되자 거기장군(車騎將軍)에 임명되어 북선우(北單于)를 격파하고, 그 비(碑)를 연연산(燕然山)에 세우고 개선하였음. 대장군이 되어 세력을 부리게 되자, 두씨 일족이 조정에 가득 차기에 이르렀으므로, 화제가 정중(鄭衆)과 밀약하여 그 인신(印信 : 자격요건)을 박탈하고 자살하게 하였음.

14 서경(署經) : 관리를 임명할 때 그 사람의 성명, 문벌, 이력을 갖추어 써서 대간(臺諫)에게 그 가부를 요구하던 일. 즉 임금이 새로 관리를 임명하면 이조나 병조에서 신임관의

大峯은 熙止를 稀枝로,

한 경계할 줄을 몰라 행실을 고칠 계기가 없어질 것입니다.

이창신은 본래 재주와 지혜가 있는 선비지만 지혜를 믿고 사술(詐術)을 행하고 재주를 끼고 불선(不善)을 행하니, 이는 신 등이 크게 두려워하는 바인데 전하께서만 홀로 알지 못하시니, 이것이 노기(盧杞)[15]가 참으로 간사하였음과 같지 아니하겠습니까?”

임금께 뼈아픈 비평을 하였으나 임금께서는 전교하기를,

“옛 부터 외척의 화가 있었던 것을 누군들 알지 못하겠는가? 그러나 어찌 이 때문에 다 물리치고 버릴 수 있겠는가? 윤은로는 방납으로 죄를 받은 것이 아니고, 이창신의 일은 전에 이미 다 유시하였다.” 하였다.

하지만 대봉을 비롯한 대간들은 다시 글로 아뢰기를,

“신 등이 어찌 몇날 며칠 동안 복합(伏閤)[16]하는 것이 조정의 아름다운 일이 아닌 줄을 생각하지 못하겠습니까마는, 그래도 근근간간(勤勤懇懇)(부지런하고 정성스러움)하기를 그치지 않는 것은 조정의 공론을 지키기 위해서입니다.

공론이 이기면 조정이 스스로 바르게 되고, 공론이 굽혀지면 조정

내외사조(內外四祖), 이력, 문벌과 아내의 사조(四祖)를 기록하여 신임관의 본인에게나 내외사조 등에 결점이 있으면 서경을 거부하였음. 50일 이내에 서경하지 않으면 관원은 취임할 수 없었음.

15 노기(盧杞) : 당나라 사람. 본래 음험한 성격을 가졌었는데 덕종(德宗)덕종(德宗)이 그 재능을 인정하여 발탁해 중용하였다. 그런데, 권력을 쥐자 정사를 어지럽혔으므로 신주(新州) 사마(司馬)로 좌천되었고, 풍주(豐州)로 옮기는 도중에 죽었음.

16 복합(伏閤) : 나라에 큰 일이 있을 적에 조신 또는 유생들이 대궐문 밖에 이르러서 상소하고, 임금의 재가가 날 때까지 엎드려 청하던 일.

이 날로 그르게 될 것입니다.

그러므로 밝은 임금은 항상 만승(천자의 자리)의 세력을 굽혀 정직의 기운을 신장시키고 공론이 항상 이기게 하며 굽히지 않게 합니다. 그러한 뒤에야 기강이 엄숙해져 백관과 만민이 바른 것으로 귀일되지 않을 수 없게 될 것입니다.

지금 신 등이 논란하는 바 윤은로와 이창신의 일은 공론입니다. 만약 공론이 아니라면 전후의 대간이 어찌 서로 모의하지도 않았는데 뜻이 같으며 여러 달 동안 감히 말하기를 늦추지 않는 것이겠습니까?

전하께서 굳이 거부하시고 따르지 아니하여 조정의 공론이 펴지지 않게 하여 원기가 꺾이고 상하게 되니, 신 등은 통민함을 금하지 못하겠습니다."

하니, 임금께서는 글로 이르기를,

"굽힐 만한 일이면 비록 만승의 임금이라도 어찌 굽히지 않을 수가 있겠는가? 그러나 만약 굽히지 못할 일이라면 비록 대간의 말이라도 굽히지 못할 것이다. 어찌 밝은 임금이라는 이름을 얻고자 하며 여러 사람에게서 명예를 얻고자 하여 들어주지 못할 일을 들어주어 스스로를 기만할 수 있겠는가?"하였다.

이에 다시 대간들은 글로 아뢰기를,

"옛 말에 이르기를, '여러 사람의 의견을 따르기를 꾀하면 천심(하늘의 뜻)에 합치한다.'하였습니다. 만일 임금이 공의를 배척하고 자기 마음대로 하면 그 폐단이 다섯 가지가 있으니, 사적인 것을 공으로 멸하는 것이 그 첫 번째이며,

사욕을 탐해서 뜻을 얻는 것이 그 두 번째이며,

大峯은 熙止를 稀枝로,

관직을 사사로이 친한 이에게 주는 것이 그 세 번째이며

총애를 믿고 교만하고 방종 하는 것이 그 네 번째이며,

언로(言路)가 막히는 것이 그 다섯 번째입니다.

이 다섯 가지 폐단이 있는데도 전하께서 살피지 아니함은 무엇 때문입니까?" 하니

임금께서는 전교하기를, 아래와 같이 하셨다.

"그대들이 '여러 사람의 의견을 따르기를 꾀하면 천심에 합치한다.'고 이르는데, 대간의 말을 따르면 여러 사람의 의견을 따르기를 꾀하는 것이 되어서 천심에 합치하고, 재상의 말을 따르면 여러 사람의 의견을 따르기를 꾀하는 것이 아니어서 천심에 합치하지 않는 것인가?"

하고 변명을 하였다. 이에 대봉을 비롯한 대간들은 글로서 아래와 같이 논박하였다.

"옛 부터 국체(國體)를 유지해 온 것은 공론이었습니다. 그러므로 비록 만승(萬乘)의 임금이라도 뜻을 굽혀 따르지 않을 수가 없었던 것입니다.

전하께서 말씀하시기를, '비록 대간의 말이라도 굽힐 수 없다.'라고 하셨으며,

또 「어찌 들어줄 수 없는 일을 들어주어 스스로를 기만할 수 있겠는가?」고 하셨습니다.

이는 신 등의 말이 공론이 아니므로 들어줄 수가 없다는 것입니다.

그런데 신 등이 말한 바가 만일 사사로움에서 나왔는데도 반드시 청허(聽許)받고자 하였다면 이는 임금을 스스로 기만하는 데 빠지게 하는 것이니, 이는 다만 들어주지 않을 뿐 아니라, 저희들에게 비록 죄를 주어도 또한 옳을 것입니다.

그러나 만약 공정(公正)한 데서 나왔으므로 반드시 청허 받고자 하였다면 이는 임금을 당연한 길로 인도함이니, 들어주지 아니함은 옳지 못하여 굽히지 아니함도 또한 옳지 않은 것입니다. 공론에 굽혀서 들어주는 것을 어찌 스스로를 기만한다고 할 수 있겠습니까?"

그러나 임금께서는 직설적인 답은 하지 않으시고 '전에 이미 다 유시하였다.'라고 하셨다.

이러는 사이에 임금께서는 급작스레 의원을 현직(顯職)(중요한 자리)에 임용한 것에 대해 대간들은 이의 부당성을 논하였다. 이는 의원에 대한 임금과 대간들의 시각 차이를 여실히 보여주는 것이었다.

대봉은 사간원 정언 유숭조(柳崇祖)와 함께 의원의 현직임용을 상례에 예를 들어 반대하였다.

"이제 의원(醫院)의 상소로 인하여 그 기술에 정통한 자를 현직(顯職)에 임용하라고 명하셨습니다. 그런데 대전(大典)을 상고하건대, 율원(律員), 산원(算員)으로서 그 일삼는 바에 정통한 자는 경외(京外)(서울과 지방)의 이직(吏職)(관리)에 제수한다고 실려 있으나, 현직에 서용한다는 조문은 없습니다. 현직이라 함은 육조(六曹)와 의정부를 이르는 것이니, 이는 의관(醫官)이 섞여 있을 곳이 아닙니다."

하지만 임금께서는 전교하기를,

"세상 사람들이 의업을 천하게 여기므로 사람들이 즐겨 입속(入屬)하지를 않는다. 그전에 권찬(權攢)은 벼슬이 판서에 이르렀고 유원로(兪元老)는 현직에 두루 서용되었으니, 어찌 으레 의원이라고 하여 현관(顯官)에 제수하지 않을 수 있겠는가?

또 의업의 일은 국가에 있어서 대단히 중요하니, 그대들이 비록 말한다 하더라도 고칠 수 없다." 하였다.

大峯은 熙止를 稀枝로,

대봉이 다시 아뢰기를,

"권찬은 습독관(훈련원의 종9품이며 무경습독의 임무)이었고, 유원로는 문과 출신이었습니다. 그러므로 지금 또한 이와 같은 사람이 있으면 비록 현직에 서용하여도 좋을 것입니다.

그러나 어찌 의과 출신자를 현직에 서용할 수 있겠습니까? 세조조에 전순의가 벼슬이 정헌대부(정2품상)에 이르렀어도 일찍이 현직에 서용하지 않았는데, 지금 만일 이 법을 세운다면 뒤에 비록 당상의 의원을 육조에 서용한다 하더라도 누가 막을 수 있겠습니까? 법이라는 것은 만세에 통행하는 것이니, 고치지 않을 수 없습니다."

하였으나, 임금은 들어주지 아니하였다.

하지만 대봉과 유숭조는 다시 아뢰기를,

"전의 일(전세)를 두루 상고하였으나 의원으로서 현관이 된 자는 있지 않았습니다. 나라에서 의술을 중히 여기어 내의원과 전의감을 설치하고, 정(정3품 당하관) 이하로부터 참봉(종9품)에 이르기까지 문무의 관원에 준례해서 벼슬길이 이미 통하여져 있으니, 이로써 권면하고 장려해도 족한데, 어찌하여 반드시 다시 법을 설정해서 현관에 서용하는 것입니까?

전하께서는 무릇 하시고자 하는 바는 곧 조종을 본받으셨는데, 유독 이 일만은 조종을 본받지 않으시니 옳겠습니까?"

그러나 임금께서는 전교하기를,

"조종조에서 의원으로 가선대부(종2품하)를 삼은 적이 많았는데, 내가 만일 이것을 본받으면 그대들이 말할 수 있겠는가? 옛 말 에 이르기를, '사람의 자식이 된 자는 의술을 알지 않을 수 없다.'고 하였으므로, 나 또한 방서(옛날에 적은 글)를 일찍이 섭렵하였던 것인데, 의술은 사람의 사생에 관계되니 어찌 중요하지 않은가? 또 비록 이 법을 설치한다 하더라도 어찌 다 현관에 서용하겠는가?" 하셨다.

그러나 대봉과 유숭조는 의원에게 현관을 제수하는 것은 입법할 수는 없다는 일을 아뢰고, 반복해서 논계하였으나, 임금께서는 듣지 아니하던 중 얼마 후에 영돈녕(정1품) 이상 및 의정부에 의논하게 하라고 명하였다.

이극배는 의논하기를,

"의원에게 현관을 제수함은 선왕의 조정에서는 없던 바이니, 입법은 불가합니다. 만일 그 기술에 정통한 자가 있으면 임시로 현관에 제수하여 그 나머지를 권장하소서." 하였고

노사신, 허종, 이철견, 유지는 의논하기를,

"의원에게 현관을 제수하는 법은 불가한 일이라는 것을 신 등이 일찍이 아뢰었습니다. 대간의 말을 따르지 않을 수 없습니다." 하였고 정문형(우찬성 종1품)은 의논하기를,

"조종조 이래로 현관에 제수된 자는 문, 무과 문음(문과의 음서출신) 뿐이었지 의사가 될 수 있었다는 것은 듣지 못하였습니다. 교정청으로 하여금 조종조의 원육전, 속육전, 대전을 상세히 상고하여 헤아려 아뢰게 한 후에 성상께서 재결하소서." 하였다. 조금은 타협하는 논조였다.

이에 임금께서는 조금 타협한 정문형의 의논에 따라 일을 조치하였다. (성종24년 9.19. 1493년)

◆ ◆ ◆

大峯은 熙止를 稀枝로,

대봉은 임금과 대신 및 대간들의 관계를 생각해보았다. 대신들이야 말 그대로 임금의 의지를 집행하는 신하의 역할이라 해도 관계없으나 대간들은 좀 다르다.

대간이란 대신들을 비판하여 그들의 잘못된 정책이나 비리 등을 밝혀 임금의 정책의도를 좋게 하자는 것인데 때때로 임금을 직접적으로 비판하는 것이 있어 항상 마음에 거리낌이 있다.

과거에는 대간은 미래의 대신들이고 대신들은 과거의 대간들로, 이해관계가 상당 부분 일치해했었다.

그러나 임금에 따라서는 많이 달라진다. 세조임금 때는 정청(政廳)에서 관이 벗겨지고 상투를 잡혀 끌려 나가는 등으로 대우가 매우 처참할 때도 있었다.

하지만 성종임금은 사림(士林)들을 대거 등용하였고, 유명무실해진 사헌부, 사간원의 권력을 회복시켰다. 뿐만 아니라 홍문관에게도 비판 기능을 부여하여 비판을 활성화시켰다.

초기에는 대간이 대신들을 견제하며 깨끗한 정치를 불러일으키는 것처럼 보이기도 했다.

그런데 시간이 갈수록 대간들이 하는 발언들이 도가 지나쳐 임금의 마음을 상하게 할 때가 많아 많은 아쉬움을 남겼다.

임금께서 착한 인물이 아니었으면 자리를 지키는 것 보다 목숨마저 잃는 경우도 있었을 것이다.

일례로 임금께서 활을 쏘거나 시를 쓰면 취미에 빠져 나랏일을 팽개칠 징조라고 시비를 거는 가하면 , 창경궁에 구리로 수로를 만들자 쓸데없이 사치스럽다고 하였고, 그래서 구리 수로를 뜯어내고 돌로 만들어 비용이 더 많이 들기도 했다.

어떤 때는 심지어 다리 셋 달린 닭이 태어나자 '요물이 태어나는 것은 왕이 여자의 말을 들어 정치를 한 탓이라,'하여 왕에게 반성을 요구하는 사태까지 벌어졌다.

때문에 임금은 어이가 없어서 '그대들은 어찌 미신을 가지고 과인을 핍박하는가? 과인이 허물이 있어야 반성을 하지, 하지도 않은 것을 가지고 반성을 하라니 도대체 어찌하라는 말인가?'라고 질책했다. 하지만 대간들은 오히려 '전하께서는 어찌 반성할 생각은 않으시고 저희에게 반박을 하시옵니까?'라고 대꾸하며 물러서지 않았다.

임금은 대간들의 무례함에 화가 치솟았지만 그렇다고 대놓고 무시할 수도 없는 노릇인지라 '그렇다, 요즘의 재이(災異)는 다 과인이 불러들인 것이다. 이제 되었는가!'라고 대꾸하며 그들을 돌려보내는 일까지 있을 정도였다.

임금이 대간들의 심한 비난에도 무력으로 진압하지 않고 화가 남에도 참고 들어준 이유는

대간 세력을 본인이 크게 키운 것도 있고 왕으로 즉위할 때 제안대군, 월산대군에 이어 3순위 계승권자로 보위를 이었는데 정통성이 좀 떨어지니 왕권이 약할 수밖에 없었다.

아무래도 신하의 힘이 좀 더 강한데다가 신하들을 자기편으로 만들어야 했었으니 그들을 배척하기 보다는 웬만하면 존중해 주었던 것이다.

다른 임금처럼 '아니 되옵니다!' 한 마디에 '저 자를 당장 섬으로 유배시켜라!'라고 외치는 것이 다반사였는데, 임금께서는 짜증은 낼지언

大峯은 熙止를 稀枝로,

정 '알았다, 과인이 잘못한 것이다.'면서 끝내 양보해버렸다.

어쩌면 유학적 수양과 인격을 잘 갖춘 임금이었기에 그들을 처벌하지는 않았던 것이나, 한편 대간들은 아무 말이나 막 하면서 나름대로 권세를 누릴 수 있었다.

그러나 혹자는 임금의 부당한 처신에 대해서 꼬치꼬치 따져 백성이나 국가이익을 위해 노력한 것도 있었다.

반려동물을 유달리 좋아했던 임금께서 '중국에서 낙타를 구입해오라'는 명을 내렸는데 흑마포 60필을 낙타 구입비용으로 책정하였다. 그러자 대사헌이었던 이경동은(1438~1494)극력 반대하고 나서,

'낙타 한 마리 때문에 성스러운 인품에 오점을 남기시겠습니까.

흑마포 60필은 콩으로 치면 6000두, 벼로 치면 400석이라면서 쓸데없는 짐승을 사려고 그렇게 많은 비용을 쓴다는 게 말이 되냐'며 '해마다 가뭄으로 흉년이 들어 백성들이 궁핍한데 이 무슨 짓이냐'고 따졌다.

또한 '군주는 개와 말 같은 동물은 기르지 말아야 하며. 작은 행위를 조심하지 않으면 큰 덕에 누를 끼친다.' 는 서경의 말을 지적하기도 하였다.[17]

이는 '사치'한 부분에 방점을 찍어 임금의 마음을 돌리는 데 인용하였던 것이다.

임금께서는 결국 꼬리를 내리며 '그대의 말을 들으니 매우 기쁘다.

---

17 이는 완인상덕완물상지 즉 사람을 업신여기면 덕을 잃고 사물을 업신여기면 뜻을 잃는다.

애초에 내가 낙타를 귀하게 여긴 것은 아니었다. 알았다. 그만두마.'하
였다.

대봉은 생각하였다. 어릴 때 등유설[18]을 지어 많은 사람들로부터
칭찬을 받았으나 지금 과연 등유설이 제대로 적용되고 있는 것일까?

또한 매일 이른 아침에 반드시 북쪽을 향해 절하는 것은 '임금께서
계시는 곳입니다.'라고 대답을 한 것은 임금을 향한 그 마음을 전하는
것이었는데. 지금도 그 마음이 그대로일는지....

◆ ◆ ◆

대봉은 경상좌도 수영(정3품상 당상관)을 울산의 개운포로 이동함으로
서 문제가 있음을 임금께 상소하였다. 대봉은 울산이 고향이고 또한
처 조부인 이예의 뜻에 맞춰 개항한 곳인지라 그곳의 사정을 누구보
다 잘 알기에 그에 대한 것을 경연장을 통해 직언하였던 것이다.(성종24
년. 10. 21)

"경상좌도 수영이 본래 동래현 부산포에 있었는데, 국가에서 주장
을 왜인과 섞여 있게 할 수 없다고 하여 울산 개운포로 옮겨서 두었으
니, 국가의 조치가 마땅함을 얻었습니다.

하지만 병마절도사영(종2품)이 또 울산에 있는데, 염포의 왜인이 사
는 곳과 몹시 가까워 뱃길로는 10여 리이고, 육로로 둘러서 가더라도

---

18 등유설: 등은 임금이며, 유는 신하이며, 등은 유로 밝아지며 임금은 신하고 이루어
    진다. 고로 등유는 한 몸이다. 신하는 백성을 위하고 임금은 백성을 받들어야 한다.

   大峯은 熙止를 稀枝로,

겨우 20여 리입니다.

그래서 바로 바라보면 매우 가까워서 각(角)을 퉁기는 소리가 서로 들리고 성(城)위의 정기(대장의 표시 깃발)도 분명하게 볼 수 있습니다. 비록 국법으로는 왜인의 출입을 제한한다 하더라도 5리를 넘어가지 못하게 하였습니다.

그러나 우리 땅에 오래 살아서 대비가 차츰 풀어지면서 예사로 흥판(興販: 물건을 판매하는 행위)하러 성 밑에 깊숙이 들어와서 절도사(節度使: 종2품)의 '유능하고 유능하지 못한 것'과 군정(軍情: 군의 내막)의 허실(虛實)을 환하게 모르는 것이 없으니, 혹시라도 헤아리지 못한 사변이 생기면 절도사가 먼저 그 패(敗)함을 당할 것인데, 어찌 적을 제어할 수 있겠습니까?

왜노(倭奴)가 항상 스스로 말하기를, '10여 인이 칼을 집고 성을 넘어 들어가면 주장(主將)을 사로잡을 수 있다.'고 합니다. 청컨대 병영(兵營)을 내지(內地)로 옮겨 설치하여 저들로 하여금 엿볼 수 없도록 하소서."

이처럼 직소하자 임금은 ,

"마땅히 대신들과 더불어 널리 의논하여 처리하도록 하겠다." 하셨다.

또한 얼마 후 각도에 봉납(捧納: 궁중에 바칠 물건을 걷고 받치는 것)문제로 '문제가 있는 곳에 어사(御使)'를 두는 문제를 두고서 대봉과 함께한 표연말(表沿沫)과 특진관 이극증(特進官 李克增)과의 논쟁을 가졌다.

11월 2일 경연에 강(經筵 講)을 마치자, 표연말은 다음과 같이 아뢰었다.

"여러 고을의 수령들이 공물을 봉납할 때 불법한 일을 많이 행하고 있습니다. 신이 듣건대, 경상도 감사 이극균(李克均: 종2품)이 폐단을 알고서 따로 차사원(差使員)(차사원: 중요한 임무를 지워 파견하는 임시직.)을 정하여 봉납하는 것을 감독하게 하였다, 합니다.

그러나 차사원은 한 고을에 오래 머무를 수가 없기 때문에 기한^{期限}을 각박하게 하여 바치도록 하니 폐단이 또한 적지 않습니다.

또 환상^{還上}(보상을 하는 것)을 수납할 때 수령들이 거의가 다 그 기한을 각박하게 하고 더 많이 거두기 때문에 백성들이, 혹은 전지^{田地}를 다 팔아 바친다고 합니다. 가을에서 겨울 사이에 어사를 나누어 보내 적발^{摘發}하게 하는 것이 좋을 듯합니다."

하였으나, 임금께서 말씀하기를,

"지금은 양전^{量田}(토지 측량 건) 때문에 백성들이 반드시 소요스러울 것이니 어사는 보낼 수가 없다." 하셨다. 이에 대봉은 아뢰기를,

"신이 듣건대, 평안도 연변^{沿邊}이 농사가 몹시 부실하여 면포^{綿布} 한 필^匹로 겨우 속미^{粟米}(좁쌀) 한 말과 바꾸기 때문에, 합방^{合防}하는 군사^{軍士}들이 끝내 양식을 준비하기가 어려워 반드시 굶주리고 피곤한 데 이를 것이므로, 충실^{充實}한 군사가 될 수가 없을 것이라고 합니다.

또 여름에는 농민들이 들판에 널려 있으므로 방어가 가장 긴밀^{緊密}하나, 겨울이면 청야하고 첩입^{疊入}하므로 방어가 조금 느슨해집니다. 그러니 청컨대 금년에는 합방하지 말도록 하소서."[19]

이에 임금께서는 좌우를 돌아보며 물으니 영사^{領事} 이극배는,

"겨울철에는 적로^{賊路}(적과 마주하는 도로, 해변, 강 등.)가 육지^{陸地}와 연결되니 더욱 두려워해야 할 것입니다." 하자. 대봉은

---

19 청야^{淸野} : 전쟁 때 적이 이용하지 못하도록 전야^{田野}의 곡식은 말끔히 거두어 없애고 집들을 헐어 버리는 일.
첩입^{疊入} : 변방에 거주하는 백성들이 적이 침입해 오면 성, 보^堡. 안으로 들어가서 보호를 받고 피하게 하던 일.

  大峯은 熙止를 稀枝로,

"비록 혹 육지와 연결된다고 하더라도 저들이 어찌 성읍을 공격하여 빼앗을 수가 있겠습니까? 만약 청야하고 대비한다면 그런 수모는 받는 일이 없을 것입니다."

하였다. 임금께서는 말하기를,

"얼음이 얼어 육지와 연결된 데다, 군사가 적고 장수가 태만할 때 적이 뜻하지 않게 공격해 온다면 성을 보전할 수 없을 것이다. 이것이 몹시 염려스럽다." 하시고는 그 대책을 물으셨다.

이에 대봉이 '군량(軍糧)과 방어 등의 일을 물어보시고, 마땅함을 따라 배치하는 것이 어떻게 하시겠습니까?' 하자 임금께서는 '좋다'고 하셨다.

표연말은 이어서 아뢰기를,

"경상도와 전라도는 그만둔다고 하더라도 다른 도에는 어사를 나누어 보내는 것이 어떠하겠습니까?"

이 말에 대봉은

"어사가 도에 있으면 수령들이 놀라고 두려워할 것이나, 어사가 돌아오면 전과 같이 범람(泛濫)할 것입니다." 하면서 친구인 표연말의 대책에 대해 그 문제점을 논하였다.

이에 이극증은 아뢰기를,

"올해 하삼도(下三道)의 사명(使命)(사명(使命) : 사자(使者)로서 받은 명령.)이 몹시 번거로우니, 어사는 보낼 필요가 없겠습니다."하여 임금께서는

"감사가 마땅히 스스로 포치(布置)해야 할 것이다." 라고 하셨다.

어사를 배치하는 것은 감사들이 알아서 하는 것으로 하였다. 표연말과의 논쟁은 대봉이 이긴 것이 되었다. 그러나 표연말과 대봉은 늘 함께하는 친구이므로 그 건으로 서로 간 마음이 상하지 않았다.

12

성종임금을 보내다...

12. 성종임금을 보내다...

대봉은 경연관으로서 세자의 대한 강학(講學)을 하면서 세자를 지도하고 있었으나 세자의 나이가 이제 18세가 되었음인지 학문에 대한 관심보다는 놀기를 더 좋아했던 것으로 생각되었다. 그러나 그 놀음에는 무언가 어두운 기색이 있었고 누구를 향한 그리움이 남아있었다. 그 그리움이 무엇인지는 대봉도 어느 정도 알고 있었지만 쉽게 말할 처지가 못 되어 항상 가슴속에만 묻어두었다.

그렇지만 그냥 넘어가기에는 부족하여 임금께 한마디 한 마디 조언을 하였다.

"요사이 세자께서 강학을 하다 말다 하시니, 지금 마땅히 보양(輔養)을 삼가 치 아니할 수 없습니다.[1] 또 서연(書筵)(세자에게 경연을 강의)은 단지 조강(朝講),

---

1 　세자교육

임금이 세자교육을 위해 그 내용을 보양하라고 하였다. 세자 또는 원자가 생후 2~3세가 되면 왕명에 따라 보양청(輔養廳)을 만들며, 5~6세 때 강학청(講學廳)으로 전환, 글공부를 본격 시작, 8세 전후 즉 세자 책봉 후 '입학례'를 한 후에 시작, 동궁에 거처하며. 세자시강원(世子侍講院)설치. 임금이 함께하는 경연청에서 수시로 교육을 하

　　　　　　　　　　　　大峯은 熙止를 稀枝로,

주강, 석강만 마주하시고, 강이 끝나면 곧 동궁으로 돌아가시어 환관
이나 궁첩들과 더불어 서로 친하게 지내시니, 어찌 선비들과 더불어
강마(학문이나 강론을 연마하는 것)하는 것만 하겠습니까?”

이에 임금께서 말씀하시기를,

“세자는 지금도 여전히 문리를 통하지 못하고 있으니, 강관과 더불
어 오랫동안 대면하여 강론하는 것이 매우 마땅하다.” 고 하셨다.

헌납 홍한은,

“조강은 문안 때문에 오랫동안 대할 수 없으나 주강에 이르러서는
조용히 논란(서로 간 의견을 나누는 것)할 수 있을 것입니다. 그리고 신이 전에
서연관이 되었는데, 세자께서 의심스런 곳이 있으면 내관으로 하여금
글로 써서 물어보게 하셨습니다. 그러나 내관은 문리(사물의 이치를 깨달아
앎)를 알지 못하니 어찌 다 전할 수가 있었겠습니까?”

이에 특진관 정문형은

“세자께서는 진실로 마땅히 좌우와 더불어 전후로 학문을 강론하
셔야 할 것이고, 주강을 오래 대함이 좋겠습니다.” 하였다.

대봉은,

“옛말에 ‘습관은 서로 멀어지는 것이다.’라고 하였으니, 배우지 않는
습관은 삼가 치 않을 수 없습니다. 세자께서 아침저녁으로 강관과 더

도록 하였다.

왕세자를 교육시키는 시강관은 모두 당대의 실력자들로 임명. 왕세자의 사부는 가
장 고위직인 영의정과 좌·우의정이 담당하였으나, 공무로 실제로 왕세자에게 교육
을 시키는 사람들은 빈객(시강원 소속 정2품 관직)이며, 이들돈 전문 적이 관료로
서 문과 출신의 30~40대 참상관(정3품에서 종6품의 관료)들이 담당.

불어 강습하고 토론하신다면, 비단 학문이 날로 진보할 뿐만 아니라, 기질을 함양하고 덕성을 훈도할 수 있을 것입니다.”

임금께서는 그 말이 옳다고 하셨다.

◆ ◆ ◆

세자의 자질은 아버지인 성종처럼 열성적인 모범생도, 그렇다고 망나니도 아닌 평범한 수준이었다. 학문을 그렇게 좋아 하지 않아서 동궁에서 벼슬하는 시강관들이 세자에게 공부하기를 권하는 이가 있으면 세자는 매우 못마땅하게 여겼다.[2]

임금께서는 어릴 때부터 교육을 실시하였으나 세자는 세자로서의 정상적인 교육은 다른 사람보다 늦은 나이인 12살부터 실시하여 조금은 문제가 된 적이 있었다.

세자의 학습이 조금 부진하다며 임금이 걱정한 적도 있으나, 그렇다고 심각할 정도는 아니었다. 임금스스로가 세자에 대한 교육을 완전히 손을 놓은 것이 아니라 임금 자신이 겪은 것에 비해 느슨할 정도였다.

어쩌면 세자가 그렇게 까지 교육이 필요 없다고 생각 했는지도 모른다. 임금은 어릴 때부터 교육을 받았고 또한 스스로 학문에 대해 관심이 있었기에 자기 스스로가 공부하기를 바랐던 것이다.

세자는 허침과 조지서의 가르침을 받는 중에 급기야 ‘조지서는

---

2 연산군일기에 '소시에 학문을 좋아하지 않아서 동궁에 딸린 벼슬아치로서 공부하기를 권하는 이가 있으면 매우 못마땅하게 여겼다.'

大峯은 熙止를 稀枝로,

대소인이며, 허침은 대성인이다.'라고 낙서를 하기 도 했다.[3]

◆ ◆ ◆

임금은 어릴 때부터 총명하였으나 그 총명함을 나타내기 위해서라도 열심히 학문에 열중하였다. 임금은 어머니와 함께 궁을 나가 사가에서 생활했다. 그 아버지인 덕종(세조의 장남으로서 의경세자였으나 일찍이 죽음. 추존된 시호)이 일찍 돌아가시자 장남인 월산대군은 몸이 허약하여 세조임금의 둘째 아들이 세자가 되자, 어머니(소혜왕후)와 함께 궁을 떠나 사저에 있었다.

세조임금의 승하하자 예종임금이 즉위하였지만 그도 1년 만에 승하하자 그 아드님이 어렸던 관계로(제안대군, 4세) 세조임금의 장남이었던 덕종의 아들인 월산대군과 잘산군[4]이 남게 된다.

당시 왕실의 최고 어른이자 대왕대비였던 세조의 왕비였던 정희왕후는 누굴 후계로 할지 상당히 오랫동안 고민 끝에, 제안대군은 어려

---

3   이긍익의 연려실기술 기술됨. 「조지서는 천성이 굳세고 곧아서 언제나 서연에 나아가서 강론할 때마다, "저하가 학문에 힘쓰지 않는다면, 신은 마땅히 임금께 아뢰겠습니다." 하여 연산군이 매우 곤혹스러워 하였다. 그러나 허침은 좋은 말로 일깨워 주었다고 하며, 이 때문에 갑오사화 시절 조지서는 부관참시를 당하였으나 허침은 영상까지 되었을 정도였다.」

4   자산군이라 칭하고 있으나 잘은 순 우리말을 한자로 고친 이두표기로 아무런 의미도 없다. 해서 파자형식으로 자와 을자를 합쳐 만든 자을산군이라 했으며 아마 월산대군의 이름을 준용하여 쓴 글임.

서 안 되고, 월산군은 병약해서 안 되다며 최종적으로 자을산군으로 결정했다.

예종의 차남으로서 법도대로 하면 가장 정당한 왕위 계승권 자였던 제안대군은 아직 4살이라 너무 어리고 원자(세자가 되지 못한 맏아들)책봉도 못 받았다,

월산대군은 허약하니, 딱 하나 남은 차남 자을산군이 가장 능력도 출중하고 건강하다는 이유가 있었다. 물론 한명회의 딸[5]과 결혼했다는 이유도 있었다.

하지만 왕위에 올랐을 때의 나이가 13세라 아직 친정(親政)을 하기 에는 너무 이른 탓에 조선 역사상 처음으로 할머니 정희왕후가 수렴청정을 하였다. 그 수렴기간 동안 임금은 남모르게 학문에 열중하였다.

◆ ◆ ◆

대봉의 나이도 벌써 50이 넘어 50대 중반이었다. 그 나이 때문일까? 나이가 많음을 탓하는 말들이 나돌며 스스로가 조금은 휴식이 필요함을 느꼈다.

이런 즈음에 兪克己[6]가 사망했다. 유극기는 칠순의 어머님 때문에

---

5 한명회는 딸이 3명이며 둘째 따님은 예종 원비 장순왕후이고 셋째가 공예왕후이며
   성종의 첫 왕후이다. 두사람 모두 일찍 돌아가셨다.

6 유극기는 유호인(兪好仁)(1445~1494)이며 호는 임계(林溪)이며, 극기는 그의 자(字)이다. 김종직(金宗直)의
   문인이다. 1487년 (성종18년)에 『동국여지승람』의 편찬에 참여하였고, . 성종의 지
   극한 총애를 받았다. 대봉과는 사과독서를 같이 했다.

大峯은 熙止를 稀枝로,

사직을 원했으나 임금께서 직급을 올려서 근무케 하였으며 어머님의 고향에 가까운 합천군수로 근무하였으나 갑자기 병으로 사망하였다. 대봉은 그의 소식을 듣고서 그를 애통하는 글을 남겼다.

「오직 영령께서는 강과 산의 깊고 우뚝한 기를 타고나 봉황의 빼어난 상서로운 자태를 드러낸 듯한 모습이었습니다. 본래 시를 짓고 읊조리는 풍치는 경륜으로서 치장하셨는데 일찍이 성스럽고 총명하신 임금님을 만나 스스로 청운위(青雲)에 오르시어 하늘 높이 활보하셨습니다.

아름다운 명성은 더욱 융성해져 팔준마(八駿馬)(주 목왕(周穆王)은 8마리의 준마가 끄는 수레를 탐)가 구름을 헤치고 위로 오르듯이 잠깐 스치고 지나간 그림자에 초연하였습니다. 오색 꽃이 흩어진 땅에 꽃향기 더욱 짙어져, 깊은 생각을 한 곳으로 모아 조정의 반열에 참여하여 우뚝하게 섰습니다.

또한 단계를 거치면서 품계가 올라가 나라의 기둥이 되었었으며 선비들의 모범이 되었습니다.

그러나 어찌하여 한번 병에 걸려 일어나지 못했으니 슬프게도 몸을 백번 바친다고 하더라도 대속(代贖)하기 어려웠습니다.[7]

그만이로다. 그만이로다. 비통하고, 비통하고 비통할 따름입니다.

애초부터 서로 알고 마음을 열고 교제를 허락하였으며, 장의사(莊義寺)에서 사가독서(賜暇讀書)할 때는 여섯 사람이 함께 은총을 입었는데 서로 함께 고금의 일에 격앙되어 시를 지어 서로 품평하였습니다.

---

7   대속 …… 어려웠습니다.: 남의 죄를 씻기 위해 대신 속죄함을 이른다. 《시경》〈황조(黃鳥)(꾀꼬리)〉에 "저 푸른 하늘이여. 우리 좋은 사람을 죽이도다. 만약 대속할 수 있다면, 사람마다 그 몸을 백 번이라도 바치리라.[彼蒼者天 殲我良人 如可贖兮 人百其身]"라고 하였다.

아침저녁으로 왕실에 나아가 한결같은 마음으로 함께 바르게 하였으며, 각각 명예와 절조를 가다듬고 늙어 죽을 때까지 함께 할 것을 기약하였습니다.

이에 얼마 지나지 않아 사람의 일에 일정함이 없었기에 공께서는 한 시대의 영웅의 기상과 뛰어난 세가지 재능(시, 서, 화)^{詩 書 畫}이 있었지만, 합천^{陜川}에서 벼슬자리 하였는데 평소 재능을 펼치지도 못하고 나이는 겨우 지천명^{知 天 命}[8]인데 자식 부양도 끝내지 못하였습니다.

그만둘지어다. 그만둘지어다. 애통하고 애통합니다.

사람들이 묘연할 때를 당해 천년 만에 사귄 지기^{知 己}를 잃었으니 아현^{牙 絃}[9]이 영원히 끊어졌으며, 서검^{徐 劍}[10]을 누가 매달았던가.

흰 구름은 높은 곳에 올라 넘쳐 졸졸 흐르는 물을 굽어보니 물시^{物 是}

---

8 지천명:《논어》〈위정^{爲 政}〉에 "나는 나이 오십에 천명을 알았다.〔五十而知天命〕"라는 공자의 말이 보인다.

9 아현: 백아^{伯 牙}의 거문고 줄을 말한다. 춘추 시대에 백아가 거문고를 잘 탔는데, 오직 지기인 종자기^{鍾 子 期}만이 백아의 거문고 소리를 잘 알아들었다. 백아는 종자기가 죽자 거문고 소리를 알아들을 사람이 없다 하여 마침내 거문고 줄을 모두 끊어버리고 다시는 거문고를 타지 않았다한다.《列子 卷5 湯問》

10 서검: 춘추 시대 오^吳 나라 계찰^{季 札}이 상국^{上 國}에 사신 가는 길에서 서^徐 나라에 들렀을 때, 서 나라 임금이 계찰의 보검을 보고 좋아하면서도 차마 말을 못 하였는데, 계찰은 그의 생각을 알기는 했으나 사신을 가는 길이라 보검을 그에게 선사하지 못하고 떠났다가, 돌아오는 길에 다시 서 나라에 들르니, 서 나라 임금은 이미 죽었으므로, 그 보검은 그이 묘소의 나무에 걸어 놓아서 일찍이 그에게 선사하고 싶었던 뜻을 편 데서 온 말이다.《史記 吳太伯世家》

大峯은 熙止를 稀枝로,

인비[11]에 나의 생각이 근심에 잠깁니다.

공의 문장은 성주(聖主)께서 칭찬하셨으며, 상자에 가득한 글은 빛났는데 공교롭게도 여기 있지 않습니다.

산초 술을 올리니 혹시 밝으신 영령께서 흠향하소서.

그만둘지어다. 그만둘지어다. 애통하고 애통합니다.」

대봉은 그가 합천으로 군수로 갈 때 칠순의 노모를 생각하는 그의 모습을 그리워하면서 그를 위한 시 한편을 쓴 것이 그와의 만남이 마지막이었다.

五馬承恩日 다섯 필의 말이 은총을 입은 날.
三牲[12]養老春 세 가지 고기로 노친을 봉양하는 봄.
白雲長入望 흰 구름 멀리 바라보이는 곳에서,
幾度送朱輪 몇 번인가 붉은 수레만 보내구려.

◆ ◆ ◆

대봉은 회령 부사(會寧府使)쪽으로 추천이 있었으나 '문무를 겸했다고 주위에서는 말들을 하나, 문신이 가기에는 부적절하다'하여 주변 사람들의 건의를 받고서 중지하였다.

이런 연유 등으로 대봉은 휴식을 겸하여 대간 직을 버려두고 잠시

---

11 물시인비(物是人非 景物): 경물(계절 따라 달라지는 경치)은 옛날 그대로인데 인사(人事)는 이미 어긋나 버린 것을 말한다.

12 삼생은 희생물인 소, 양, 돼지고지 등을 얘기하나 일반적으로 고기를 말함

휴식을 가지면서 친구를 만나며 산천을 즐겼다.

◆ ◆ ◆

백성을 어루만지되 너그러움으로 통치한다는 무민루撫民樓(전남 장성군 진원珍原)
에 가서는

山場小縣石田多 산속에 감춰진 조그마한 고을 돌밭 많은데,
村似朱陳八九家 마을은 주진촌[13] 처럼 여덟아홉 집이 있다오.
杜宇一聲愁欲老 두견새 한번 울어대니 늙어질까 걱정이 되고,
滿庭明月照梨花 뜰에 가득한 밝은 달은 배꽃을 비춘다오.

◆ ◆ ◆

그리고 인근마을 영광에 가서는 임계서원臨溪書院에 들려, 함께 가져간 책
과 칼은 변함없어 매만지며, 귀밑머리는 희어지고 있음을 느끼면서 문
득 고향이 그리워져 시를 썼다.

北遊何事又西征 북쪽에 무슨 일로 유람갔으며, 또 서쪽으로 순행하나,
書劍悠悠鬢雪明 책과 칼은 그대로인데 귀밑머리는 눈처럼 희어졌네.

---

13 주진촌朱陳村 : 중국의 서주徐州 고풍현古豊縣에서 주씨朱氏와 진씨陳氏 두 성이 서로 혼인하면서 화목하게
　　살았던 촌락 이름인데, 백거이의 〈주진촌〉이라는 시로 더욱 유명해졌다.《白樂天詩
　　集 卷10 感傷》

大峯은 熙止를 稀枝로,

四月隨緣山下路 사월의 인연 따라 산 아래 길로 내려오니,

黃鸎初放故園聲 꾀꼬리 처음 이르러 고향 소식 들려주네.

◆ ◆ ◆

고향으로 돌아가서는 마침 김군절[14)]을 만나서는 도학을 논의하고 술잔을 비우면서 절차탁마하기를 기원하였다. 그러나 김군절은 풍질에 따른 신병으로 얼마 후에 세상을 뜨고 말았다.

그와 함께 하며 세편의 시를 썼다.

把酒巖雲起 술잔 잡자 먹구름이 일어나고,

題詩木葉飛 시를 지으니 나뭇잎이 휘날리네.

長嘯下樓去 휘파람 길게 읊조리며 다락에서 내려와,

明月與之歸 밝은 달과 함께하여 돌아가리라.

學道吾何晚 도를 배우는 것 내 어찌하여 늦었나.

論才子則優 재주를 논하는데 그대라면 넉넉하지.

平生忠孝志 평소 충과 효에 뜻을 두고,

磨切好相修 절차탁마하며 기꺼이 서로 수양하세.

---

14 군절은 김흔의 자이며 호는 안락당이다. 김종직의 문하로 수업하였으며 사림의 촉망을 받았다. 1468년(세조 14) 진사시에 1등으로 합격하였으며, 1479년 통신사의 서장관으로 대마도까지 갔으나, 신병으로 인하여 되돌아왔다.

1484년 직제학에 승진하여, 충청도 천안 지방의 수령, 만호등의 불법행위를 사찰로 유명했다. 1490년 행부사과를 지냈으나 그의 풍질 병으로 50세에 사망하였다.

落盡庭梧葉 뜰의 오동잎은 모두 다 떨어지니,

淸霜八鬢多 맑은 서리 귀밑털에 많이 내렸지.

君家酒熟否 그대 집에 술은 잘 익었는가,

不飮奈秋何 술 마시지 않고 어찌 가을을 견디랴.

◆ ◆ ◆

그러나 휴식도 임금의 병세로 인해 다시 조정으로 돌아왔다.

중훈대부(中訓大夫)로 종3품으로 제수되어 이어 종3품인 홍문관 전한(典翰)[15]으로 복귀하자마자 며칠 만에 임금께서는 돌아가셨다. (1494년)

임금께서는 본래 이질(痢疾)로 편찮은데다가 또 부종(浮腫)을 앓아 낫지 않았는데, 천증(喘證)(요즘 천식과 비슷함)으로 얼마동안 누워계셨다.

인수대비는 '주상의 병세가 깊어지니 종묘에 가서 제사를 지내라.'고 명했고, 대규모 사면령을 내리는 등의 조치를 취했지만 효과는 없었다.

한 때는 조금은 약간의 상태가 나아지자 임금께서는 신하들에게 '며칠 먹지 못 해 좀 야위었소.'라고 하시자, 신하들이 '걱정하지 마십시오. 곧 나아질 것입니다.'라고 말하기도 했다.

돌아가시는 그날에는 승지가 전한(典翰) 양희지가, '의원(醫員) 전명춘(全明春)이 의술에 정통하여 자못 맥도(脈道)를 알고, 또 종기(腫氣)를 다스리는 데 많은 경험이 있다.'고 하여 전명준이 직접 진찰하고 약을 처방했으나 효험이 없었다.

---

15 경전을 관리하고 임금의 질문에 답을 하는 고급 관리

운명을 직감한 임금은 창덕궁의 대조전[16]에서 신하들과 연산군을 불러서 연산군에게 대리청정을 명했고, 이어서 영의정 이극배등에게 '정승들은 비록 밤이라고 하더라도 물러가지 말고 승정원에 머물면서 세자와 일을 의논하라.' 등을 말해준 다음 얼마 후 돌아가셨다.

아직 40이 되지 않은 젊은 나이이다.

◆ ◆ ◆

성종임금의 휘는 이혈이며, 세조임금의 손자이며 덕종(추존왕이며 의경 세자)의 둘째 아들이다. 어머니는 인수 대왕 대비 한씨(부원군 좌의정 한확의 딸)이다. 천순 원년 정축년(1457년) 7월 30일에 탄생하였는데, 이 해 9월 에 덕종이 돌아가셔, 세조께서 임금을 궁중에서 양육하였다.

임금은 타고난 자질이 특별히 준수하고, 기상과 도량이 보통 사람 보다 뛰어나므로, 세조임금이 대단히 사랑하여 신사년(1461년) 정월에 자산군으로 봉하였다.

임금이 일찍이 동모형인 월산군과 더불어 궁중에서 글을 읽고 있 을 때 마침 요란한 천둥소리가 나고, 그와 함께 있던 젊은 환관이 곁 에 있다가 벼락을 맞아 죽었다.

모시고 있던 사람들은 놀라서 넘어지며 기절도 하였는데 임금은 조

---

16 청덕궁은 태종 때 경복궁을 비워두고 경복궁 동쪽 향교동에 궁궐을 새로 지어 '창
    덕궁'이라 이름 지었다(1405년). 경복궁을 정궁이라 하며 동궐이라 하였다. 1408년
    태조는 이 궁에서 죽었으며 성종은 창덕궁에서 자랐다.

금도 두려워하는 기색이 없이 언어와 행동이 침착하여 평상시와 다름이 없으므로, 사람들이 모두 이를 기이하게 여겼다.

임금이 7살이 될 무렵 예종임금이 돌아가시자 성종임금으로 임금이 되셨다.

◆ ◆ ◆

그날 조정에서는 아래와 같이 기록을 하였다.

"오시(午時)에 임금이 대조전(大造殿)에서 훙(薨)(임금의 죽음)하였는데, 춘추(春秋)는 38세이다. 임금은 총명영단(聰明英斷)하시고, 관인공검(寬仁恭儉)하셨으며, 천성이 효우(孝友)하시었다. 학문을 좋아해서 게을리 하지 아니하여 경사(經史)(경서(經書)와 사기(史記))에 널리 통하였고, 사예(射藝)(활쏘기)와 서화(書畫)에도 지극히 정묘(精妙)하시었다. 대신을 존경하고 대간을 예우(喜諫)하셨고, 명기(名器)(진귀한 그릇)를 중하게 여겨 아끼셨으며, 형벌을 명확하고 신중하게 하시었다.

유술(儒術)(유교의 가르침)을 숭상하여 이단을 물리치셨고, 백성을 사랑하여 절의를 포장하셨고, 대국을 정성으로 섬기셨으며, 신의로써 교린(交隣)하시었다.

그리고 힘써 다스리기를 도모하여 처음부터 끝까지 삼가기를 한 결같이 하였다.

문무를 아울러 쓰고 내외(內外)를 함께 다스리니, 남북(南北)(왜구나 여진족)이 빈복(賓服)(세력이 강한 나라에 공물을 바치고 복종하다.)하고, 사경(四境)(천하(天下))이 안도(按堵)(안정)하여 백성들이 생업을 편안히 여긴 지 26년이 되었다.

성덕(聖德)과 지치(至治)(세상을 다스리는 것)는 비록 삼대(三代)(하(夏), 은(殷), 주(周))의 성왕(聖王)이라도 더

大峯은 熙止를 稀枝로,

할 수 없었다."

훗날 그 분은 '성종강정인문헌무흠성공효대왕(成宗康靖仁文憲武欽聖恭孝大王)'의 이름을 가졌다.

◆ ◆ ◆

임금이 돌아가시고 또 새 임금이 되셨다 하나 돌아가신 임금을 위해 하는 일이 많았다.

돌아가신 임금의 장례를 위해 여러 가지 절차와 새 임금의 왕권정립을 위한 많은 일들이 산재한 것이다.

이튿날 아침 을시(乙時)(7시 전후 한 시간)부터 전 백관(百官)이 인정전(仁政殿)에서 곡(哭)을 하였는데, 대전에서는 불교식 장례절차인 수륙제(水陸祭)를 지내겠다고 연락을 주었다. 이에 사헌부 장령(掌令) 강백진(康伯珍), 사간원 정언(正言) 이의손(李懿孫)은 반대를 하였다.

그러나 대전에서는 '수륙재의 거행은 조종조로부터 이미 시행되었고, 대행 대왕께서도 그만두라는 유명(遺命)이 없었으니, 이제 문득 폐지할 수 없다.'라고 하였다.

이에 많은 대간들은 '대행 대왕이 불도(佛道)를 본디 믿지 않으셨는데, 이제 칠칠일(49일)에 수륙재를 지낸다면 효자가 어버이를 받드는 뜻이 아니오니, 지내지 마소서.'

'대행 대왕이 평일에 불교를 믿지 않으신 것은 신민(臣民)이 다 아는 바이온데, 이제 대행 대왕을 위하여 정성을 다하려 하면서 대행왕의 평일의 생각과 반대되게 한다면, 이른바 죽은 이를 살아 있을 때와 같이 섬긴다는 도리에 너무도 맞지 않습니다. 하물며 정시(正始)(올바르게 시작함)하

는 처음에 더욱 삼가야 할 바입니다.'

'대행 대왕께서 즉위하신 이래로 불교를 믿지 않으시어, 도승(관에서
도첩을 얻은 승려)의 법 같은 것은 선왕이 제정하시어 대전에 실렸지만, 하
루아침에 개혁하여 양민으로 하여금 다시 중이 되지 못하게 하셨고,
절을 새로 짓는 것을 일체 금지하였으며, 또 경연에서도 말하는 것이
불사에 미치면 매양 군신에게 이르시기를 '내가 믿지 않음은 그대들
이 아는 바이다.' 하시던 간곡한 말씀이 분명히 귀에 남아 있습니다.'

등으로 반대를 하였지만

대전에서는 '선왕께서 다 행하셨고, 대행왕께서 비록 불교를 좋아하
지 않으셨으나, 또한 선왕을 위하여 행하셨으니, 나도 마땅히 대행왕
을 위하여 행하겠다.' 하였다.

'그대들이 나를 일러 불효라 하는가? 내가 만약 선왕이 행하지 않으
시던 일을 행하여 선왕의 유교를 지키지 않는다면 그렇게 말할 수 있
으나, 이제 불사를 하지 말라는 유교가 없으신데, 조종조에서 행한 일
을 내가 어찌 홀로 그리하지 아니하겠는가.'

새 임금은 이렇게 말씀하셨다.[17]

마침내 3일 후 대봉은 홍문관 직제학 표연말, 응교 권주, 부응교 홍
한, 부수찬 김감과 함께 이 서계(일종의 복명서)에 하기를,

"신 등이 방금 경복궁 예문관에서 대행왕의 행장을 찬술하옵는데,
이 일이 비록 국가에서 시일에 맞추어 재촉할 큰일이오나, 새로 즉위

---

17   유교이념에 젖은 성종임금은 다른 임금과 달리 불교를 매우 배척하였다. 그리고 불
    교 배척하는 법령을 대전에 기록을 하기도 하였다.

                    大峯은 熙止를 稀枝로,

하시는 처음이며 신민이 우러러 바라는 날에 불재(佛齋)를 행한다 는 것은 성덕(聖德)에 크게 누(累)가 되므로 감히 하던 일을 거두고 와서 아룁니다.

불교가 허황하고 망령됨은 지금 의논할 겨를이 없거니와, 예기(禮記)에 '효자는 그 어버이가 죽었다고 차마 어기지 못한다.' 하였습니다. 대행왕께서 불교를 매우 배척하시어 털끝만큼도 믿는 뜻이 없으셨음은 사왕(嗣王)(뭇 임금)께서도 분명히 아실뿐 아니라, 일국의 신민이 모르는 이가 없사오며, 지금 대행왕께서 승하하여 재궁(梓宮)(임금의 시체를 입관하는 것)에 들어가시지도 않아서 목소리와 얼굴이 완연히 계신 것 같사옵니다.

이 애통한 때를 당하여 대행왕께서 하지 않으시던 일을 가지고 대행왕을 위하여 추천 하겠다 하시니, 어찌 효자가 차마 그 어버이가 죽었다고 여기지 못하는 마음에 편안하겠습니까?

반드시 중들이 장막을 쳐놓고 영가(靈歌)를 외쳐 부르면, 하늘에 계신 대행왕의 신령이 반드시 크게 진노하실 터이니, 어찌 내려오셔서 그것을 받으 시겠으며, '내가 후사(後嗣)(대를 이를 자식)가 있어 어버이의 뜻을 잘 이어받는다. 고' 하시겠습니까.

신 등이 경악(經幄)(경연과 같은 뜻)의 옛 신하로서 지금 이 거사를 보며, 전날을 생각하여 못내 통곡하옵니다.

엎드려 원하옵건대, 빨리 명령을 내려 정지시켜서 선왕의 뜻을 이으시어 즉위하는 처음을 삼가시면 심히 다행이겠습니다."

그럼에도 임금은 아래와 같이 말하였다.

"선왕을 위한 일인데, 어찌 감히 말하는가?"

표연말은 다시 아뢰기를,

"태종(太宗)께서 불교를 믿지 않아 절을 혁파(革罷)하기 까지 하셨으므로 헌릉(獻陵)

에는 홀로 재궁(재실 같은 것)이 없거니와, 대행왕이 평일에 또한 불교를 좋아하지 않으셨는데, 이제 좋아하지 않으시던 일로써 명복을 비는 것을 효도라 할 수 있겠습니까. 즉위한 처음에 사방에서 우러러 보는데, 먼저 사도를 보여 주는 것이 어찌 정시의 도리이겠습니까.”

그러나, 새 임금은 전교하기를,

'태종께서 승하하신 뒤에는 재를 올리지 않았는지, 다른 능에는 다 재궁이 있는지 정승에게 물어보라.'하셔서 옆에 있던 정승이 답하길,

“태종께서 절을 폐지하셨으며, 재를 올렸는지 여부는 해가 오래되어 알 수 없사오나, 다른 능에는 다 재궁이 있습니다.” 하였다.

다른 궁에는 재궁이 있다는 말에 임금과 대비전은 수륙제를 진행하였다.

정치 지도이념과 그동안 1,000년 이상 이끌어 왔던 불교와의 마찰은 궁궐에서도 아직도 남아있었다.

大峯은 熙止를 稀枝로,

13

그분의 행장록(行狀錄)

13. 그분의 행장록(行狀錄)

아무튼 대봉을 비롯하여 홍문관 직제학 표연말(表沿沫), 응교 권주(權柱), 부응교 홍한(洪澣), 부수찬 김감(金勘) 등은 합심하여 성종임금의 행장록을 기록하였다.(부록참조)

『성종 임금 행장록(行狀錄)(국역본)』

"국왕의 성모 휘모(姓某 諱某)는 회간왕(懷簡王)(의경세자, 덕종(德宗))의 제2자(第子)인데, 모비(母妃)는 한씨(韓氏)로서 의정부 좌의정 한확(韓確)의 딸이었습니다. 천순(天順)(명나라 영종(英宗)의 연호) 정축년(丁丑年)(1457 세조 3년)7월 30일 신묘(辛卯)에 왕이 탄생하였는데, 회간왕이 세자가 되어 일찍 돌아가시자(훙(薨)), 왕의 조부(祖父)인 혜장왕(惠莊王)(세조(世祖))께서 왕을 궁중에 기르셨습니다. 왕은 천자(天資)(천품)가 영이(穎異)(빼어나다)하고 기도(器度)(그릇 됨이)가 웅위(雄偉)(크다)하므로, 혜장왕께서 기특히 여겨 사랑하셨으며, 자산군(者山君)으로 봉하셨습니다.

왕이 일찍이 동모형(同母兄)인 월산군(月山君) 이정(李婷)과 함께 왕궁에 있었는데, 마침 천둥과 비가 갑자기 몰아쳐 사인(寺人)(옆에서 심부름 하는 사람)이 곁에 있다가 벼락에 맞아 죽었습니다. 좌우에서 모두 놀라 넘어지면서 넋을 잃었으나

大峯은 熙止를 稀枝로,

왕은 조금도 얼굴빛이 변하지 아니하니, 혜장왕께서 더욱 기이하게 생각하셨습니다.

성화(成化) 5년(1469 예종 원년, 성화는 명나라 헌종(憲宗)의 연호) 11월에 왕의 숙부인 양도왕(襄悼王 睿宗, 예종)이 병으로 위독하였는데, 아들은 나이가 어리고 또 병이 있었으므로 후계자를 고르는데 왕이 덕기(德器, 너그럽고 어진 도량)가 숙성(夙成, 일찌기)하여, 효제(孝弟)하고 학문을 좋아함으로써 국무(國務)를 권서(權署, 대행)하게 하였습니다.

양도왕이 승하하자, 왕이 배신(陪臣, 가신家臣) 송문림(宋文琳)을 보내어 부음을 고하(訃 音)고, 권감이 승습(承襲, 왕위를 이어받음)을 청하니, 성화6년(1470년, 성종 원년) 5월에 선황제(先皇帝)가 조서(詔書)를 내리기를, '짐(朕)이 비도(丕圖 帝位, 제위)를 이어 지키고 환우(寰宇, 천하)를 무어(撫御)하여, 먼 지방과 외딴 지역까지도 모두 군장(君長, 우두머리)을 세워서 그 백성을 다스리게 하였고, 대가 바뀌면 봉작(奉爵)을 내려 주는 것에 그 떳떳한 법이 있었다.

고(故) 조선 국왕 '이 휘諱'는 선왕을 이어 받들고 사대(事大)하여서 충효로 알려짐이 있었는데, 봉작을 받은 지 한 해를 지나지 못하여 부(訃, 죽음)를 고하여 갑자기 세상을 떠났다고 하니, 돌아보건대 이 서업(緒業, 왕위 계승)은 마땅히 친족의 어진 이에게 맡겨야 할 것이므로, 이제 태감(太監) 김흥(金興)을 특별히 보내어 칙서를 받들고 가서 왕의 조카 '휘'를 봉하여 조선 국왕으로 삼아 국정을 이어서 다스리게 한다. 생각하건대 휘는 실로 혜장왕의 손자이니, 본국의 대소신민(大小臣民)이 한 마음으로 받들어 순종하여, 동토(東土, 조선을 뜻함)를 화합하게 하고 중조(中朝)의 번병(藩屏, 울타리)이 되어 그대의 선왕의 업을 떨어뜨림이 없게 하라. 이는 짐이 그대 나라를 권애(眷愛, 보살펴 사랑함)하는 뜻이다.' 하였고, 또 제서(諸書)를 내리기를,

'짐이 홍도(鴻圖, 임금의 계획)를 공경히 이어서 병한(屛翰, 제후국을 가리킴)을 존중하

는 데 힘썼다. 이에 먼 지방을 회유하여 가까이 하고, 한 결 같이 사랑하여 차별이 없게 하였다.

돌아보건대 이 동번(東藩)(조선을 가리킴) 은 세상에서 예의지국이라고 일컬으니, 진실로 왕위를 계승함에 있어서 어진이 에게 맡겨야 할 것이다. 조선 국왕의 조카 휘(諱)는 천성이 총명하고, 학문이 숙성(夙成)하여 국론(國論)이 돌아가는 바이므로 종조(宗朝)(종묘. 왕위를 뜻함)를 이음이 마땅하다. 이제 특별히 조선 국왕으로 봉하여 국사를 총통하게 한다.

아아! 오직 정성과 공경만이 몸을 닦을 수 있고 오직 예의만이 나라를 다스릴 수 있으며 오직 충성만이 사대를 할 수 있고, 오직 효도만이 종족을 보호할 수 있다. 처음부터 끝까지 삼가서 훈칙(訓飭)을 잊지 말지어다.' 하였으며,

또 칙서(勅書)를 내리기를, '주달(奏達)(임금께 아룀)한 것을 보건대 그대의 숙부 왕 휘(諱)가 성화(成化) 5년 11월 28일에 훙서(薨逝)(왕의 죽음)하였다고 하므로, 이에 특별히 태감 김흥(金興)과 행인(行人)(보조하는 심부름 꾼) 강호(姜浩)를 보내어, 제문을 가지고 가서 유제(諭祭)(제사를 지냄)하게 하고 아울러 조서(詔書)를 가지고 그대의 국인(國人)에게 보이며, 그대 휘(諱)를 봉(封)하여 조선 국왕으로 삼아서 나라 일을 이어 맡게 한다. 아울러 그대의 처 한씨(韓氏)를 봉하여 왕비로 삼으니, 그대는 마땅히 선업(先業)을 공경히 지켜서 나라를 보호하고 백성을 편히 할 것이며, 충성을 돈독히 하여 조정을 섬기고 신의를 두터이 하여 인국을 화목하게 하며 절검(節儉)을 몸소 행하여 재용(財用)(재산)을 넉넉하게 하여, 동토(東土)(조선)로 하여금 백성이 편하고 물건이 풍족하게 하며 영구히 중국의 번보(藩輔)(변방, 제후(諸侯)를 가리킴.) 의 중함이 되게 하라.

짐이 그대의 아름다움을 생각하여 그대와 비에게 고명(誥命)(관직)과 면복(冕服)

大峯은 熙止를 稀枝로,

(임금의 정복), 채폐(여러 패물)등의 물건을 내려 주니, 영수할 것이다.'

하였는데, 왕이 배신을 보내어 표를 받들어 올려 사례하였습니다.

왕이 대소 신료로 하여금 각각 시의를 진술하게 하고 종친과 문무관 6품 이상이 각각 어질고 능한 이를 천거하게 하였습니다. 해조(해당 관청)에 명하여 효자, 절부(절개가 굳은 부인)와 그 행실이 특이한 자에게 정문복호[1]하게 하여 이를 장려하고 홍문관을 대전(궁전) 곁에 설치하여 문학과 재행이 있는 선비 17원(사람)을 골라 뽑아서 날을 바꾸어 직숙(숙박)하게 하여, 경사(경서와 사기)를 시강하고 도의를 바르게 간하거나 풍자하여 간하게 하였습니다.

성화 7년(1471년, 성종 2년) 3월에 왕이 성균관에 이르러 선성(성인)을 참배하고 대뢰(소·양·돼지 세 가지 희생을 갖춘 제수)로 제사를 지내고, 명륜당에 앉아서 문사로 하여금 경의(경서)를 문난(질문)하게 하였습니다.

11월에 하교(가르침)하기를, '내가 유충(나이가 어려)하여 선업을 이어받았는데, 무릇 조정의 득실과 민생의 이해를 마음을 다해 다스리고 정돈하였으나, 사기(일의 기틀)가 지극히 번거로 와서 조치할 바를 알지 못하겠다.

이제 날씨가 춥고 음이 폐색(어두움)하는 때를 당하여 건양(겨울날이 따뜻함)이 재앙을 이루니, 하늘의 뜻이 어찌 있는 바가 없겠는가? 스스로를 돌이켜 반성하매 진실로 과매(임금이 자신을 낮추는 것)함에 말미암았다.

---

1   열녀·의부 등을 상줄 때 그 문려(문입구)에 홍문을 세워 주고, 그 집에 조세를 면제하여 주던 것.

여러 번 바른 말을 구하였으나 말을 다해 극진히 간하는 자가 없고 여러 번 어질고 준수(俊秀)한 이를 구하였으나 미천한 사람을 추천해 드날리게 한 자가 없었다. 백사(百司)(백관)를 독려해 다스려도 오히려 해이함이 있고 옥언(獄讞)(옥사를 평의함)을 심리하여도 오히려 억울함과 유체(留滯)(궁금함이 남아있음)됨이 있으며, 백성의 폐단을 부지런히 근심하였으나 억울함이 아직 많고 공역(功役)을 줄이기를 힘썼으나 공역을 일으킴이 그치지 아니하니, 이를 의정부로 하여금 중외(中外)에 널리 효유(曉諭)(알아듣게 타이름)하여 자세히 연구하여 아뢰게 하라.' 하였습니다.

성화 8년(1472년, 성종3년) 황태자의 부음이 이르자 예관(禮官)이 다음날 거애(擧哀)(발상하는 것)하기를 청하니, 말하기를,

'슬픔이 마음속에 간절한데 어찌 내일을 기다리겠는가?'고 하면서, 곧 백관을 거느리고는 거애하고 표(表)를 받들어 올려서 진위(陳慰)하였습니다.

5월에 하교하기를, '생재(生財)(재물의 늘림)는 근본(根本)(농사를 가리킴)에 힘쓰는 데 있고 재물을 넉넉하게 하는 것은 쓰기를 절약하는 데 있으니, 쓰기를 절약하려고 하면 반드시 먼저 검약해야 할 것이다. 대저 사치하면 쓰임이 반드시 많을 것이고 쓰임이 많으면 재물이 반드시 고갈될 것이다.

생각하건대 우리 동방(東方)은 지력(地力)이 소박(疏薄)하므로 근검 절용한다 하더라도 오히려 재용의 부족함을 근심할 것인데, 하물며 근본을 버리고 말단(末端)(농업 외의 상공업을 가리킴)에 따르며 생산하는 자가 이미 적은데도 다투어 사치를 숭상하여 쓰는 것을 절제 하지 못하는 것이겠는가? 내가 이를 염려하여 말리(末利)(작은 이익)에 따르는 것을 엄하게 금하고 백성을 사역시키는 법을 정하며, 급하지 아니한 일은 파하고 무익한 비용을 없애어 그대 인민(人民)을 번거롭게 하지 아니하려고 하니, 그대 인민은 농상(農桑)

大峯은 熙止를 稀枝로,

(농업과 누에 짓기)에 힘을 다하고 태만하지 말며 절검을 숭상하고 사치하지 말며, 재물을 헤아려 절약하여 쓸 것이며, 함부로 허비하지 말 것이다. 집과 나라는 크고 작음은 비록 다르더라도 그 대체는 한 가지이니, 진실로 능히 줄이고 절약하는 데 마음을 두면 나라를 넉넉하게 하는 데에 무슨 어려움이 있겠는가? 그대 인민은 각각 내 뜻을 체득하여 생업을 이루게 하라.' 하였습니다.

왕이 일찍이 상서(尙書)(6부의 이름)를 보다가, '나무는 먹줄을 따라 깎으면 곧아지고, 임금은 간(諫)하는 말에 따르면 성(聖)해진다.'는 데에 이르자, 말하기를, '임금이 되는 도리가 무엇이 이보다 더함이 있겠는가? 임금뿐만 아니라 신하가 된 자도 능히 극진한 말을 받아들인 뒤에야 능히 그 임금을 간할 수 있으니, 그대들도 마땅히 이를 알아야 할 것이다.' 하였습니다.

일찍이 사서(史書)를 읽다가, '수(隋)나라 양제(煬帝)가 도둑이 나타난 것을 듣고는 사람을 시켜 쫓아가 잡게 하였다. 그런데 아홉 사람 중에서 네 사람은 도둑이 아닌데도 유사(有司)가, 황제가 이미 참(斬) 하 기를 결정하였다고 하여 드디어 아뢰지 아니하고서 모두 죽였다.'는 데에 이르자, 왕이 말하기를, 양제는 진실로 무도하다. 그러나 당시의 신하가 알면서 말하지 아니하였으니, 어찌 죄가 없을 수 있겠는가? 나는 양제로써 경계를 삼을 것이며 그대들은 또한 아뢰지 아니한 자로써 경계를 삼아서 임금과 신하가 서로 닦으면 또한 옳지 아니하겠는가?' 하고, 또 위징(魏徵)이 태종에게 이르기를, '정관(貞觀)(당 태종의 연호)초년에는 폐하께서 절검(節儉)하고 간(諫)함을 구하기를 게을리 하지 아니하셨는데 근래에는 영선(營繕)(건축 사업 등)이 조금씩 많아지고 간하는 것에 자못 뜻을 거설 림에 있습니다.'고 한 데에 이르자,

왕이 말하기를, '예전에 이르기를, 「능히 끝까지 잘하는 자가 드물

다.」고 하였는데, 태종의 초년에는 성대(盛大)하다고 이를 만하였는데 말년에 이르러서는 점점 처음과 같지 아니하였다. 태종의 어짊으로서도 오히려 이와 같았는데 하물며 태종에게 미치지 못하는 자이겠는가? 근래에 자못 영조(營造)(건물을 짓는 것)를 일으켰는데, 비록 모두 부득이한 데에서 나온 것이라고 하더라도 중외(中外)(조정과 민간)에서 어떻다고 하겠는가? 내가 즉위한 이래로 일찍이 일을 말한 한 사람의 신하도 죄주지 아니하였으니, 그대들은 뜻을 거스리는 것을 근심하지 말고 일이 적당하지 못함이 있거든 마땅히 극진히 말하도록 하라.' 하였습니다.

응방(鷹坊)(매를 기르는 것)에서 일찍이 해동청(海東靑) 한 마리를 길렀는데 시신(侍臣)이 이를 말하자, 왕이 곧 놓아 보내라 명하고 끝내 다시 기르지 아니하였습니다.

성화 10년(1474년 성종 5년.)9월에 왕이 배신(陪臣) 김질(金礩)을 보내어 아뢰기를, '신이 어리석고 용렬한데도 특별히 성은을 입어 선업(先業)을 얻어 지킨 지 몇 해가 되었습니다.

돌아보건대 신의 소생부(所生父)(낳은 아버지) 신 휘(諱)는 선조 혜장왕(惠莊王) 신 휘(諱)의 적자로서 명을 받아 세자가 되었으나, 불행하게도 조서(早逝)(일찍이 죽음)하였습니다. 이제 신이 이미 왕의 작위를 받았고 처도 비가 되었는데, 소생부는 세자라고 일컫고 소생 모는 명호(名號)가 없으니, 일국의 신민의 일컫는 말이 순조롭지 못하여 인자(人子)의 마음에 진실로 미안함이 있습니다. 그러나 신이 이미 선신(先臣) 양도왕(襄悼王) 휘의 후계자가 되었으니, 의(義)로 보아 사친(私親)(서자의 생모)을 돌아볼 수 없고, 또 천위(天威)(제왕의 위엄)를 두려워하여 머뭇거리면서 지금에 이르렀습니다.

그윽이 생각하건대 천성의 친(親)은 은의(恩義)(갚아야 할 은혜)가 또한 중하니, 현양(顯揚)(위의 은혜를 갚음)하는 회포를 스스로 그만둘 수 없어서 감히 죽음

大峯은 熙止를 稀枝로,

을 무릅쓰고 번거롭게 하오니, 삼가 바라건대 성자(聖慈)(사랑하는 어머니)께서 는 작(爵)을 내리고 시호를 내려서 작은 정성을 펴게 하여 효로 다스림을 넓히소서. 지극한 소원을 감당하지 못하겠습니다.' 하였는데, 선황제가 칙서를 내리기를, '주본(奏本)(임금께 올리는 글)을 보건대 왕의 소생부(所生父) 휘는 먼저 세자에 책봉되었다가 일찍 서거하고, 소생 모 한씨는 현재 있으나 모 두 명호가 없어, 비록 남의 후계자가 되어 의가 사친을 돌아볼 수 없다 고 하더라도 현양(顯揚)하려는 마음은 스스로 그만둘 수가 없다는 등의 말 을 인하여 왕의 효성을 갖추어 알겠다. 이에 특별히 고(故) 세자 휘를 조 선 국왕으로 추봉하고 시호를 회간(懷簡)으로 하며 한씨(韓氏)를 봉하여 회간 왕 비로 삼아서 왕의 어버이를 나타내려는 뜻을 이루게 하고 또 고명과 아울러 비의 관복(冠服)을 내려 주니, 영수할 것이다.' 하였습니다.

왕이 은혜를 입자 감격하여 경내(境內)(그 지역)에 사유(赦宥)(죄를 사면해줌)를 내리고 여러 신하에게 작(爵) 1급을 내려 주었으며, 표(表)를 올려서 진사(陳謝)하였습니다.

성화 11년(1475 성종 6년)정월에 왕이 선농(先農)에 친히 제사하고,[2] 드디어 적전(籍田)[3]을 몸소 갈았습니다. 또 왕비로 하여금 친잠(親蠶)(왕비께서 직접 누에 작업함) 하게 하였는데 모두 의식과 같이 하였습니다.

8월에 하교하기를, '옥을 맡은 관리가 잘못하는 바가 하나만이 아니 다. 포학하고 심각(深刻)한 자는 항상 얽어 짜는 데 빠지고, 혼미(昏迷)하고 용나(庸懦) (나약한 사람)한 자는 항상 엄체(淹滯)(세상에 나서지 못함)함에 빠지니, 얽어 짜기를

---

2   동교(同校)의 제단(祭壇)에서 농사가 잘 되게 해달라고 지내던 제사. 경칩후의 길일인 해일(亥日)에 행 하였음.

3   임금이 친히 밟고 가는 전지라는 뜻으로, 임금의 친경전(親耕田)을 말함.

좋아하면 율문(律文)을 심각하게 하고 법을 준엄하게 하며 고신(拷訊)(자백하고 충고하는 것)을 엄하게 하여 끌어다 붙여서 일체 보태고 꾸미니 허물없는 사람이 형벌에 잘못 걸리며, 엄체하기를 좋아하면 머뭇거리고 결단하지 못하여 문득 세월이 흘러 질곡(桎梏)(수갑과 차꼬)을 몸에 가하고 굶주림과 추위가 살을 에는 듯 하여 슬프게 부르짖다가 병이 들어 마침내 옥중에서 죽으니, 어찌 원통하지 않겠는가? 일찍이 듣건대 한 사람이 상대하는 사람 없이 구석을 향하여 슬퍼하면 당(堂)에 가득한 사람이 즐기지 못한다고 하는데, 필부가 그 허물이 아닌 데에 죽으면 허물이 장차 누구에게 있겠는가? 대저 옥사(獄辭)(감옥사의 업무처리)는 처음에는 복잡한 것 같으나 정(情)을 인연하여 추구하면 칼로 벤 듯이 저절로 해결될 것이다. 다만 법을 맡은 자가 뜻을 더하지 아니한 것뿐이다. 그대는 혹 나직(羅織)(없는 죄를 만드는 것)하지 말고 그대는 혹 엄체(淹滯)(오래 지체하는 것)하지 말 것이다. 어짊과 용서함으로써 근본을 삼고, 밝고 진실함으로써 이를 행하여, 죽는 자로 하여금 허물에 승복하게 하고 산 자로 하여금 억울함이 없게 하면 어찌 아름답지 아니하겠는가?' 하였습니다.

성화 12년(1476년 성종 7년)봄에 선황제(先皇帝)가 황상(皇上)을 책봉하여 황태자로 삼고 칙서를 내리기를, '왕은 본래 예의를 가지고 조정을 충성으로 공경하였다. 이에 짐이 황저(皇儲)(황태자)를 세우고 여러 방면에 은혜를 베푸는데, 하물며 왕의 나라는 더욱 마땅히 후하게 해야 할 것이므로, 특별히 정사(正使) 호부(戶部) 낭중(郎中) 기순(祁順)과 부사(副) 행인사(行人司) 좌사부(左司副) 장근(張近)을 보내어 조서를 가지고 가서 왕에게 유시하게 하고, 아울러 왕과 비에게 채폐(綵幣)(비단과 옷)와 문금(紋錦)을 내려 주게 하니, 수령(收領)하여 짐의 권대(眷待)하는 뜻에 부응하도록 하라.' 하였습니다. 두 사신이 왕을 보고 서로 이르기를, '참으로 어진

大峯은 熙止를 稀枝로,

임금이다.'고 하였으며, 작별할 때에 임하여 정사가 시를 지어 왕에게 주었는데, 그 서(序)에 이르기를, '기순(祁順)이 조선에 사신으로 가서 여러 번 왕과 더불어 서로 접견하고 마음으로 심히 아름답게 여겼다.[4]
대저 그 어린 나이에 준수영오(俊秀穎悟)하여 유(儒)를 숭상하고 학문을 좋아하므로 위덕이 널리 펴지어서 일국이 화목하니, 진실로 다른 나라에 짝이 드문 바이다.' 하였습니다. 왕의 전세(前世)의 명군과 암주가 행한 선악의 사적(事跡)(사건의 자취)을 모아서 화공(畫工)(화가)에게 명하여 그림을 그려 병풍을 만들게 하고, 사신(詞臣)에게 명하여 시를 지어 그 위에 쓰게 하여 앉으나 누우나 보고 살피면서 권계(勸戒)(훈계함)로 삼았습니다.

성화 13년(1478 성종 9년) 8월에 왕이 성균관에 나아가서 선성(先聖)에게 술잔을 올리고 사례를 행하였습니다. 인하여 제도관찰사에게 하교하여 소재지의 수령으로 하여금 음사례(飲射禮)(술과 활을 쏨)를 행하게 하고 해마다 상례(常禮)로 삼게 하였습니다. 이에 앞서 국왕의 생일에 훈구(勳舊)의 신하가 승사(僧寺)에 나아가서 축리(祝釐)(1478년 성종 9년) 하자, 왕이 말하기를, '시경에 「복을 구함이 간사하지 아니하도다.」라고 하지 않았던가? 어찌 부처에게 아첨하여 복을 구할 수 있겠는가? 그것을 파하라.' 하였습니다.

성화 14년(1478년 성종 9년) 4월에 왕이 성균관에 나아가서 친히 선성(先聖)에

4　1476년(성종 7)1월말 조선에 온 명나라 사신 호부낭중(戶部郎中) 기순(祁順)과 사신일행을 맞이했던 원접사(遠接使) 서거정의 글씨가 함께 실려 있는 서첩이다. 이 서첩의 표지에는 '천사(天使) 사한진적(詞翰眞跡)'이라 쓰여 있다.

참고적으로 이 서첩에 실린 서거정의 글씨는 조선전기에 유행했던 원나라(元) 조맹부(趙孟頫) 의 '송설풍(松雪風)'과는 달리 특정한 서법을 따르지 않는 자유분방하고 개성이 강한 독특한 필법을 보이고 있다.

게 제사하고, 명륜당에 앉아서 양로연을 베풀고 노인들에게 좋은 말을 해달라고 청하였습니다. 왕이 여러 노인에게 이르기를, '서경에 이르기를, 「안으로 색황(色荒)(여색에 빠짐) 을 하고 밖으로 금황(禽荒)(사냥하는 데 탐닉함)을 하며, 술 마시기를 좋아하거나 집을 높이 짓고 담장을 치장하는 것들 중 하나라도 이런 것이 있으면 망하지 아니하는 이가 없다.」고 하였으니, 이는 진실로 임금의 약석(藥石)(경계가 되는 유익한 말) 이다. 내가 일찍이 이것을 써서 좌우에 붙여 두고 항상 보고 살폈는데, 이제 또 여러 노인들의 진술한 바를 들으니 모두 몸을 닦고 나라를 다스리는 절요한 말이므로, 내가 마땅히 마음속에 두고 잊지 아니하겠다.' 하였습니다.

성화 15년(1479년 성종 10년)겨울에 선황제가 사신을 보내 칙서를 내리기를, '건주(建州)의 여진이 천명을 거역하고 은혜를 저버려서 여러 번 변경을 침략하기에 이미 감독·총병(總兵) 등의 관원으로 하여금 정병(精兵)을 뽑아 거느리고 기한을 정하여 토벌하게 하였다.

그대 국왕은 계속해서 동번(東藩)이 되어 우리 국가에 충성을 바침이 더함이 있고 쇠함이 없으니, 짐이 심히 아름답고 기쁘게 여긴다. 우리 군사가 적(賊)의 경내를 덮어, 적이 국경으로 달아나 숨는다면, 반드시 사로잡아 포로를 바칠 것으로 알고 있지만, 왕이 만일 편사(偏師)를 보내어 멀리서 응원하여 용맹한 군사의 위엄을 크게 떨쳐 견양(犬羊)(여진을 가리킴) 의 무리를 같이 섬멸하여서 역로(逆虜)가 이미 제거된다면, 왕의 적개(敵愾)(제왕(帝王)을 위하여 원한을 풀려고 함) 의 공(功)이 더욱 성할 터인데, 명성이 어찌 무궁토록 누리지 아니하겠는가?' 하였는데, 왕이 곧 배신 어유소(魚有沼) 등을 보내어 군사를 거느리고 들어가서 치게 하였습니다. 어유소가 강물이 얼었다가 곧 녹자 군사가 건너기 어렵다고 하여 군사를 파하고 돌아오자, 왕이

大峯은 熙止를 稀枝로,

어유소가 군기에 미치지 못한 죄를 다스리고, 다시 배신 윤필상, 김교를 보내어 군사 4천을 거느리고 바로 적의 굴로 쳐들어가서 적의 무리를 사로잡고 참하며, 둔락을 분탕하고 아울러 사로잡힌 요동의 인구를 찾아서 돌아왔습니다. 왕이 배신 어세겸을 보내어 포로를 바치게 하니, 선황제가 칙서를 내리기를, '지난해에 건주의 도적이 배역하므로 짐이 일찍이 군사를 보내어 토벌하게 하였는데, 그대 나라 선왕 휘가 군사를 발하여 와서 도와서 능히 쳐서 이겼다. 그런데 이번에 도적이 그래도 악한 마음을 품고 마음을 고치지 아니하므로 짐이 조정의 의논에 따라 곧 군사를 보내어 토벌하게 하였던 바 왕이 군사를 발하여 와서 도왔는데, 전의 군사는 비록 강물의 얼음이 풀려서 건너기 어려움으로 인하여 우리 군사와 합세하여 그 공을 같이 이룩함을 얻지 못하였으나, 뒤의 군사는 또한 적의 소굴에 들어가서 토벌하여 그 부속을 사로잡고 참하며, 그 집과 양식을 불태우고 그들이 약탈한 우리 변위(변방)의 인구를 찾아서, 또 배신을 보내어 압송해 와서 바치게 하였으니, 왕의 충성은 선세의 뜻을 능히 이어 받들었다고 이를 만하고 짐의 명령을 저버림이 없다고 이를 만하다.

아름다운 이름이 어찌 다함이 있겠는가? 이제 내관 정동과 강옥을 보내어 왕의 나라에 이르러 왕에게 채단·백금·문금(고운 옷감)·서양포(서양의 보료)를 내려 주게 하고, 그 영병관인 좌의정 윤필상과 절도사 김교에게도 각각 예와 같이 하사하여 그 공로를 표창하게 하니, 왕은 공경히 이를 받을지어다.' 하였는데, 왕이 표를 받들어 올려서 진사하였습니다.

성화 17년(1481년 성종 12년)8월에 영안도의 수신이 흰 사슴을 얻어서 아뢰니, 임금이 말하기를, '이는 내가 좋아하는 바가 아니다. 놓아 보내라.' 하였습니다. 10월에 하교하기를, '원유(대궐안의 동산)를 설치한 것은 백성을 해롭게 하려는 것이 아니라, 항상 농한기에 친히 무사(무기를 관리)를 강하고 수선(봄 사냥과 가을 사냥) 에 예를 거행하기 위한 것인데, 지금 유사가 백성들이 나무하는 것을 금하여 새와 짐승이 더욱 성하니, 백성을 위해 해로움을 없애는 뜻에 어긋남이 있다. 예전에 이렇게 말하지 아니하였는가? 「풀 베고 나무하는 자도 가고 꿩이나 토끼를 잡는 자도 간다.」라고, 이제부터는 원유가 있는 곳에는 모두 금하는 것을 풀어서 백성들과 더불어 함께 하도록 하라.' 하였습니다.

성화 18년(1482년 성종 13년)6월에 하교하기를, '예전의 어진 임금은 어진 이와 능한 이를 선발하지 않음이 없었으며, 모든 정치를 함께 다스렸다. 우리나라는 과거를 설치하여 선비를 취하고 또 천거하는 법을 세워서 재덕이 있는 선비를 모두 등용하게 하려고 하였으니, 어진 이를 구하는 길이 넓지 아니함이 아니다. 그러나 넓은 바다에 빠뜨려진 구슬은 옛 부터 어려워하는 바이니, 초택(풀과 연못이 있는 험한 곳)과 암혈(험지) 사이에 어찌 재주를 품고 기이함을 가지고도 침울(헤어나지 못하는 지경)하여 스스로 팔리지 못하는 자가 없을 수 있겠는가? 무릇 그 지위에 있는 자는 유일(빠뜨려진 인재)을 찾아서 모두 이름을 계문(임금에게 글을 아룀)하라.' 하였습니다. 11월에 왕이 유신을 불러 내전에 들어오게 하여, 중용, 대학을 강하게 하고, 인하여 선유와 같이 다른 해설과 역대의 다스려지고 어지러워진 자취를 평론하게 하였으며, 때로 규풍함이 있으면 왕이 부지런히 들었습니다. 밤이 깊어 여러 신하가 물러가기를 청하면 왕이 말하기를, '옛사람의 말에, 「어진 사대부를 접견하는 때가 많으면 기질의 변화가 자연히 이루어진다.」고 하였으니, 내가 오늘 아

大峯은 熙止를 稀枝로,

직 듣지 못한 말을 얻어들어 유익함이 크고 많아 자못 피곤하지 아니하니 물러가지 말도록 하라.' 하였습니다.

성화 19년(1483년 성종 14년) 2월에 왕이 적자 휘를 세워 세자로 삼기를 청하니, 선황제가 칙서를 내리기를, '짐이 생각하건대 작토(작위와 영지)를 가진 자는 대를 길이 전하는 계책을 하지 아니하는 이가 없다. 적장자를 세우는 것은 뭇사람들의 뜻이 바라는 바와 합치되게 하려는 것이니, 고금이 그러한 것이다. 주본(임금에게 올리는 글)을 보건대 온 나라 신민이 뜰에 모여서 명을 청하여 왕자 휘를 세워 세자로 삼으려고 하나, 왕이 감히 마음대로 하지 못하여 사신을 보내어 아뢴다고 하니, 짐이 보고 특별히 윤허 하고, 곧 명하여 태감 정동을 정사로 삼고, 김흥을 부사로 삼아 칙서와 아울러 저사(모시 베 종류) · 사라(비단 옷) 등 물건을 가지고 가서 휘를 봉하여 조선국 왕세자로 삼게 하니, 그 맞추어 쓸 관복은 왕의 나라에서 스스로 만들 것이다. 대저 조정의 명령은 왕이 받들 것이며, 번방의 그릇(명위와 작호를 가리킴)은 세자가 맡을 것이다. 천지의 분수는 때를 넘을 수 없음을 알아서 위를 섬기는 정성으로써 거느리며, 국체를 잇는 도는 소홀히 할 수 없음을 알아서 예를 지키는 가르침에 따를 것이다. 이와 같이 하면 근본이 더욱 튼튼하고 명예가 더욱 높아져서 왕의 표문을 받들어 사례를 올렸습니다. 왕이 명유를 뽑아서 세자의 사우로 삼고 경사를 주어 서로 갈고 닦게 하며, 또 선성을 참배하고, 성균관에 입학하게 하니, 무릇 교양하게 하는 바가 지극하지 아니한 바가 없었습니다.

3월에 왕의 조모 혜장 왕비 윤씨가 승하하자 왕이 슬퍼하여 병이 났는데, 대신들이 술을 올리기를 청하니, 임금이 말하기를, '내가 슬픔을 잊으려고 술을 마시는 것은 내가 차마 하지 못할 바이다.'라고 하면서, 굳이 청하였으나, 들어주지 아니하였습니다.

성화 20년(1484년 성종 15년)4월에 하교하기를, '백성을 가까이 다스리는 관리로서 수령보다 중요한 것이 없다. 수령이 적당한 사람이 아니면 생민의 큰 근심이 된다. 한 달을 관직에 있으면 한 달의 해를 끼치고, 한 해를 관에 있으면 한 해의 해를 끼치는 것이니, 하물며 3기·6기의 오램이겠는가? 중니(공자)가 말하기를, 「가혹한 정사는 호랑이보다 사납다.」고 하였으니, 대저 아래에서 가혹한 정사를 행하면 임금이 비록 백성을 사랑하고 만물을 사랑하는 마음이 있다고 하더라도 어찌 능히 은혜가 백성에게 미치겠는가? 내가 양덕(야박한 덕)으로써 외람되게 선업을 이어받아서 신민의 위에 임한 지 15년인데, 그 사이에 수재와 한재가 잇따라서 백성이 굶주림을 만났으니, 이는 비록 나의 덕이 없는 소치라고 하더라도, 또한 백성을 가까이 다스리는 관리가 침해를 일삼고 가혹하게 살피는 것으로 밝게 한다고 여겨, 뇌물이 공공연히 행해지고 형벌이 함부로 행해져, 그 직무를 잘 수행하지 못하면서 한갓 자기만 살찌우기에 힘쓴 것이 아닌가 한다. 그리고 방면(각지역)의 신하는 비록 자거(악을 꾸짖고 선을 쳐듦)의 임무를 맡았으나 그 훈유(선악을 구분)을 구분하는 데 어둡고, 전최(관리들의 근무 성적을 평정하던 일)를 잘못하여 가끔 자상개제(애틋한 마음)한 자가 억울함을 품고 탐포간회(포악하고 간사한 자)한 자가 뜻을 얻음이 있으니, 화기를 손상하고 재앙을 불러일으키는 것이 반드시 이에 말미암지 아니한 것이라고 못할 것이다.

내가 별도로 올리고 내치는 것을 의논하여 권징(권성징악의 준말)을 보이고자 하니, 이에 그대 의정부는 각각 아는 바를 분별하여 아뢰라.'

大峯은 熙止를 稀枝로,

하였는데, 의정부에서 순량(循良)(법을 지켜 백성을 잘 다스림)하여 다스리는 공이 있는 자와 탐하고 나태하여 백성을 다스릴 수 없는 자를 들어서 아뢰니, 곧 올리고 내칠 것을 명하였습니다. 5월에 왕이 명하여 조맹부(원나라의 문인)가 쓴 글자를 본떠 모아 장온고(張蘊古)(당나라 때 문장가)의 대보잠(大寶箴)을 새겨서 편전(便殿)에 걸게 하여 스스로 경계하고, 친히 왕우칭(王禹偁)(송나라 때 문장가)의 대루원기(待漏院記)를 써서 승정원에 내려 주면서 승지들에게 이르기를, '왕우칭의 대루원기가 비록 집정을 위하여 지은 것이라 하더라도 벼슬에 있는 백집사(百執事)(백관(百官)(벼슬아치))가 모두 좌우명으로 대신할 만하다. 더욱이 그대 승정원이 추기(樞機)(중요한 기관)의 곳임에랴?' 하였습니다.

12월에 하교하기를, '학교는 풍화의 큰 근원이며 어진 인재는 국가의 이기(利器)인데 성균관 유생의 희름(餼廩)(녹미(祿米): 봉급)이 풍족하지 못하니, 내가 숭상하는 뜻이 아니다. 전사(田肆) 1백 경(頃)을 주어서 그 비용을 넉넉하게 하고, 주부군현(州府郡縣)의 학교에도 차등이 있게 주어라.' 하였습니다.

왕이 일찍이 가뭄으로 인하여 제도(諸道)에서 공진하는 물건을 감하라고 명하자, 경상도 수신이 아뢰기를, '해산물과 같은 종류는 구하기가 쉬우니, 예전대로 올리기를 청합니다.' 하니, 임금이 말하기를, '신하가 윗사람을 받드는 뜻은 비록 정성스러우나 임금이 아랫사람을 불쌍히 여기는 뜻이 또한 간절하니, 올리지 말도록 하라.' 하였습니다.

성화 23년(1487년 성종 18년)가을에 왕이 선황제가 승하한 것을 듣자 곧 백관을 거느리고 거애하고 곧 배신 변종인(卞宗仁)을 보내어, 진위(陳慰)하고, 이봉(李封)은 진향하였으며, 노사신은 황상(皇上)의 등극을 하례하게 하였습니다.

홍치(弘治) 원년(1488년 성종 19년) 봄에 황제가 칙서를 내리기를, '짐이 조종의 홍업을 이어받아서 만방을 통어(統御)하니, 성교(聲教)가 미치는 곳에는 마땅히 은

택을 널리 베풀어야 할 것이다. 하물며 왕의 나라는 대대로 충성이 돈독하니, 내려 주는 예물을 더욱 마땅히 후하게 해야 할 바이므로, 특별히 정사 우춘방 우서자 겸 한림원 시강 동월(董越)과 부사 공과우급사중(工科右給事中) 왕창(王敞)을 보내어 조칙을 가지고 가서 왕에게 유시하고, 아울러 왕과 비에게 폐백, 문금(紋錦)을 내려 주게 하였으니, 수령할 것이며, 더욱 짐의 사랑하는 마음을 체득하여 예를 잡고 의에 따라서 번보(藩輔)(자신의 일을 열심히 하는 것)를 더욱 융성하게 하여 함께 태평한 복을 누리도록 할 것이다.' 하였습니다. 정사가 왕을 보고 탄복하기를, '노생(老生)(자신을 가리킴) 이 예전에 듣건대 현왕(賢王)이 학문이 높고 밝으며, 예의에 통달하다고 하더니, 이제 다행히 눈으로 보니, 과연 본래 들은 바와 합한다.' 하였습니다.

11월에 대간이 옛날 이윤(伊尹)(은나라 때 명신) 과 소공(召公周)(주나라 때 명신)이 그 임금에게 권계(勸戒)(타일러 훈계함)올리며 규경(規警)하는 뜻을 붙였는데, 왕이 아름답게 여기고 기뻐하며 말하기를, '지금 그대들의 올린 말을 보건대 대개 임금을 허물이 없는 곳으로 인도해 들이려고 하는 것이다. 그대들의 임금을 사랑하는 정성을 어찌 잊을 수 있겠는가?' 하고는 궁온(宮醞)(임금이 하사하던 술)이 궁중의 초를 거두어서 보냈습니다.

홍치 2년(1489년 성종20년)정월에 어떤 거자(擧子)(과거를 보는 선비) 가 향시(鄕試)의 대책(對策)5)과거에서 부처에게 제사하여 화(禍)를 물리칠 것을 말하였으므로 시관이 이를 물리쳤는데,

왕이 이를 듣고는 수찰(手札)(손으로 직접 글을 쓴 것)로 하교하기를, '유생의 대책에 쓴 말을 내가 매우 분(憤)하게 여긴다. 부처의 해를 누가 알지 못하

5　조선시대 때 시정의 문제를 제시하고 그 것을 논의하게 한 과거의 시험과목

　　大峯은 熙止를 稀枝로,

겠는가? 하물며 공, 맹을 배우는 자이겠는가? 공자는 말하기를, '이단을 전공하면 이는 해가 된다.'고 하였고, 맹자는 말하기를, '능히 말로 양주(춘추시대 사상가)와 묵적(전국시대 사상가)을 막는 자는 성인의 무리이다.'라고 하였으며, 정자(송나라의 유학자)는 말하기를, '불씨의 해는 양주, 묵적보다 심하니, 마땅히 음란한 소리와 아름다운 여색과 마찬가지로 멀리 해야 한다.'고 하였으니, 후세의 배우는 자가 힘써 살피고 밝게 분변하지 않을 수 있겠는가?

내가 일찍이 치도(중을 뜻함)들이 천상(인륜)을 버리고 백성의 재물을 좀먹는 것을 한스러워하여 장차 그 뿌리를 끊고 세상의 교화를 붙들어 세우려고 하였는데, 이제 유생이 국가에서 어진 이를 올려 쓰는 날을 당하여 요, 순의 도를 진술하지 아니하고 부도(불교)의 법을 고창(크게 외우다)하니, 이는 나로 하여금 양나라 무제와 같이 사신(불도를 위해 목숨을 버림)하고 당나라 헌종과 같이 막배(땅에 무릎을 꿇고 손을 들어 절함)하게 한 뒤에 그만두게 하려는 것인가? 유자라고 일컫는 자도 오히려 이와 같은데, 하물며 무식한 사녀이겠는가? 마땅히 유사(관련 업무를 보는 사람)로 하여금 추국(죄인을 심문하는 것)하여 먼 지방에 내쳐서 좋아하고 싫어함을 밝게 보이게 하라.' 하고, 또 해조에 명하여 도승법(불교를 믿는 사람 모임)을 회복시키지 말게 하였습니다.

왕이 향학(교육기관)에 서적이 적다고 여겨 사서, 오경과 제사를 인쇄하라고 명하고 제도(제반 구역의 지역)에 나누어 주게 하였습니다.

홍치 3년(1490년 성종 21년) 윤9월에 왕이 장헌왕(세종)의 묘에 참배하고 지나가는 고을에 관원을 보내어 선성(옛 성인)의 묘(사당)에 치제(임금의 명으로 죽은 신하의 제문을 지어주는 것)하고 학생에게 쌀을 차등 있게 주었습니다.

또 대가(임금이 타는 수레)가 머무는 곳에는 공돈(조아리는 것)에 수고한 비용으로 이 해 전조(땅)의 반을 감하게 하였습니다. 겨울에 성변(별의 위치)이 있자 일관이 초제(별에 제사지는 것)하기를 청하니, 임금이 말하기를, '제앙이 변하여 상서로움이 되는 것은 덕을 닦는 데에 있고 기양(기도하여 재앙을 물리침)에 있지 아니하다.' 하였습니다.

홍치 4년(1491년 성종 22년)5월에 하교하기를, '지친인 사람은 한 몸에서 나누어진 것이다. 숙질은 부자의 의가 있고 형제는 천륜의 중함이 되니, 마땅히 화목한 행실을 돈독히 하여 돈목하고 후한 풍속을 이루게 해야 할 것이다. 예전에 왕상(한나라 때 사람)이 후(제후)가 되자 재산을 미루어 동생에게 주었고, 설포(후한 때 사람)는 분재(재산을 나눔)할 때 나쁜 물건은 자기 자신이 가졌는데, 지금 세상 사람들은 습속이 요박(얇은 것)하여 혹은 서로 다투는 자도 있고 혹은 서로 꾸짖고 원망하기도 하니, 골육을 잔상(잔류 감각)함이 이보다 심한 것이 없다. 이 뒤로는 형제, 숙질이 쟁단을 일으켜서 속이고 거짓을 행하는 것이 현저(뚜렷이 나타남)한 자는 모두 변경에 옮기게 하여 풍속을 후하게 하라.' 하였습니다.

또 하교하기를, '근년 이래로 승평(나라가 태평함)한 날이 오래 되어 중외에 일이 없으므로, 다투어 사치를 숭상하여 음식, 복완(의복과 노리개), 거마, 제사가 모두 사치하고 화려함이 지극하니, 내가 심히 그릇되게 여긴다. 오직 그대 신료들은 검약하기에 힘쓸 것이며 폐풍을 고치도록 하라.' 하였습니다.

11월에 호조에서 아뢰기를, '금년은 곡식이 조금 풍년이 들었는데 세를 거두는 것이 너무 가볍습니다.' 하니, 왕이 말하기를, '백성이 넉넉하면 임금이 어찌하여 부족하겠는가? 백성에게 1분을 감하는 것이

大峯은 熙止를 稀枝로,

또한 옳지 아니하겠는가?' 하였습니다. 평안도에 변경이 있어 병조에서 본도의 군사로 하여금 모두 변경을 지키게 할 것을 청하니, 임금이 말하기를, '번을 나누어 방수(국방)하도록 예전부터 법이 있었다. 누가 부모가 없으며 누가 처자가 없겠는가? 처자와 집을 떠나 있는 것을 내가 심히 가엾게 여긴다. 번을 나누어 가서 방수하게 하라.' 하였습니다.

홍치 5년(1492년 성종 23년) 정월에 성균관 전고리가 쌀 약간을 소모하였으므로 유사가 추상(일부 갚고 후에 갚음)하게 하려고 하니, 왕이 말하기를, '나라가 비록 작을지라도 어찌 어진 선비를 기르는 자본이 없겠는가? 추상하지 말고 특별히 미포를 주라.'고 하였습니다.

8월에 왕이 성균관에 이르러 선성을 제사하고 사생(전문가)과 백료(백관)에게 크게 잔치를 베풀어 주며 이르기를, '술을 마시되 진실로 어지러울 수는 없다. 그러나 오늘의 일은 진실로 유교를 숭상하고 도를 존중하는 뜻이므로 각각 취하도록 마시고 배부르게 먹도록 하라.'고 하였습니다. 그로 인하여 유사에게 명하여 학궁(교실)을 중수하게 하였습니다.

홍치 6년(1492년 성종 24년)6월에 왕이 병이 났는데, 의원이, '즉어(붕어)가 있으면 치료할 수 있다.'고 하니, 왕이 근시(근신)에게 이르기를, '지금 바야흐로 장마가 져서 고기를 잡는 사람이 물에 빠질까 두려운데, 어찌 구복(수십 번 토함)때문에 사람을 번거롭게 하겠는가?' 하였습니다. 12월에 해조에서 원일(초 하루)에 예연(잔치)을 설치하기를 청하니, 왕이 말하기를, '임금은 마땅히 백성과 더불어 그 근심과 즐거움을 같이 하여야 할 것이다. 지금 흉년을 당하여 백성들이 굶주리는데 홀로 즐기는 것이 가하겠는가? 정지하라.' 하였습니다.

왕이 전대의 여러 왕과 명현의 묘 중에 혹시 허물어진 것이 있으면 그것이 있는 곳에 명하여 수즙(고침)하게 하고 초목(나무 거둠, 목축)을 금하게 하였습니다.

홍치 7년(1492년 성종 25)12월에 왕의 병이 미류(오래 끎)하였으나 오히려 청단(송사에 관련된 사항)을 멈추지 아니하고, 병이 위독해지자 관복을 갖추고 대신을 인견하여 뒤의 일을 부탁하였습니다. 이튿날 24일 기묘에 정침(잠자다 죽음)에서 승하하니, 비록 어린아이와 부녀라 할지라도 달려와서 슬퍼하며 울부짖지 아니하는 이가 없었습니다. 향년이 38세이고, 왕위에 있은 지 26년입니다.

왕은 총명 영무하고 관인 공검(공손하고 검소함)하고 경사에 뜻이 독실하였는데, 왕위를 계승함에 미쳐서는 강관(임금께 강의하던 관리)으로 하여금 날마다 세 번 진독(소리 내어 읽다)하고 밤에도 소대(경연의 참찬관 이하를 불러서 임금이 몸소 글을 강론함)하게 하여, 처음부터 끝까지 권태하지 아니하였습니다. 그리고 성리학에 더욱 조예가 깊었으며 백가(많은 학자), 성력(성인), 종률(법률)에 이르기까지 통하여 밝지 아니함이 없었고, 사예(궁도)와 초예(초서와 예서)에도 그 묘함에 이르렀습니다.

하늘을 두려워하고 사대하는 것은 지극한 정성에서 나왔으니, 무릇 공헌(사대에 헌신하는 것)에 관계되는 것은 반드시 친히 스스로 감시하였습니다.

한인으로서 사로잡혔다가 오랑캐들로부터 도망해 오는 자에게는 옷과 양식을 후히 주어서 요동으로 풀어 보냈는데, 전후에 모두 5백 55인이었습니다.

왕은 천성이 효우하여 혜장왕비(세조비), 회간왕비(덕종비), 양도왕비(예종비)가 한 궁에 같이 있었는데, 한 결 같이 섬겨서 하루에 세 번 문안

大峯은 熙止를 稀枝로,

하고 맛있는 음식을 반드시 친히 조리하며 약이(藥餌)를 반드시 먼저 맛보아 조금도 게을리 한 적이 없었습니다.

혜장왕비가 만년에 병으로 앓았는데, 매양 왕을 보면 문득 차도가 있었으므로, 사람들이 효성에 감동하였기 때문이라고 하였습니다.

무릇 제사 일에 그 정성과 공경을 다하였고, 일이 있지 아니하면 반드시 친히 행하였습니다.

월산 대군 이정(李婷)을 대우하는 데 있어서 은혜와 예(禮)가 모두 지극하였고, 졸(卒)함에 미쳐서는 슬퍼한 나머지 철선(綴膳)(음식먹기를 거부하는 것)하여 병을 이루는 데 이르렀습니다. 종실의 여러 친족도 때때로 내전(內殿)(왕비 전)에 불러 보고 술자리를 차려 놓고 가인(家人)(집 안 사람)의 예(禮)를 행하여 화락하게 하였습니다.

가법(家法)(집안 법도)이 심히 엄하여 궁곤(宮壼)(여성)이 숙연(肅然)(정중하게 여김)하였으며, 여러 아들이 비록 어리더라도 옳은 방법으로 가르쳐서 모두 성인의 덕이 있었습니다.

대신(大臣)(조정의 관료)을 접대하기를 예로 하여 매양 진현(進見)(임금님 앞에서 뵘)할 때에 태만한 모습을 가진 적이 없었고, 비록 작은 관리라도 모두 예로 대우하였습니다. 죄가 있으면 너그럽게 용서함이 많았으며 세상을 마치도록 형륙(刑戮)(죄인을 벌줌)을 당한 자가 없었습니다. 그리고 환시(宦寺)(벼슬 기관)에 이르러서는 조금도 관대함이 없었습니다.

나라에 큰 일이 있으면 반드시 대신과 더불어 자세히 의논하여 처치하였으며, 조신(朝臣)(벼슬자리 하는 신하)으로 하여금 윤대(輪對)(매월 임금께 보고하는 것)하게 하여 조정 정사의 득실을 물었습니다.

사람을 쓰는 즈음에 그 단점을 배척하는 사람이 있으면 그 장점을 취하고 반드시 〈모든 것을〉 구비할 것을 구하지 아니하였습니다.

매년 봄·가을로 친히 노인들에게 잔치를 베풀고 또한 수령으로 하여금 각각 있는 곳에서 대접하게 하였으며, 가난하여 시집가지 못한 처녀에게는 자장(재물)을 관에서 주어서 시기를 놓치지 않도록 하였습니다.

수령이 배사(윗 사람에게 사양함)하면 반드시 인견하고 계유(조심하여 깨닫게 하다)하였으며, 사신을 자주 보내어 백성의 질고(병고)를 물었습니다.

달마다 두 번 열무(임금이 친히 열병함)하고 해마다 수선(사냥하는 것)을 강하여 무비(국방력)를 엄하게 하였습니다.

청단(송사를 듣고 판단함)하는 여가에 문사를 불러서 경사를 상고해 묻고 겸하여 문예를 시험하며, 우림(궁중의 숙위, 배종, 호위를 맡은 군대) 군사에게도 배우게 하였습니다. 그리고 간혹 후원에서 활쏘기를 시험하여 권려(권하고 장려함)하고 성취하게 하였습니다.

무릇 시행하는 바가 모두 구도(자를 잰 듯함)가 있었으며, 이단에 혹하지 아니하고, 성색(노래와 여색)을 가까이 하지 아니하였으며, 유전(놀며 사냥하는 것)을 경계하고 절검을 숭상하였으며, 상서(복되고 길함이 일어날 징조)가 이르게 하고 음사(부정한 귀신에게 지내는 제사)를 금하였으며, 직간하는 선비를 포상하고 충신의 후손을 녹용(베풀다)하였으며, 패상(삼강오륜에 위배되는 행위)의 법을 엄중하게 하고 장리(공물을 속이는 관리)의 법을 엄하게 하였으며, 형벌이 지나치지 아니하여 영어(감옥)가 여러 번 비었었습니다. 깊은 사랑과 후한 은혜가 온 나라에 젖었는데,

슬프다! 하늘이 수를 주지 아니하여 갑자기 이에 이르렀으니, 애통하도다.”하였다.

대봉은 이 행장을 기록하면서 임금의 손발이 묻어있는 그 길을 하

大峯은 熙止를 稀枝로,

나하나를 정성껏 세심하게 다루었다.

주석 행장 원문 참조[6)]

---

6 〈행장 원문〉

○其申禮部行狀曰:

國王姓某諱某, 懷簡王第二子, 母妃 韓氏, 議政府左議政 確之女也. 以天順丁丑七月辛卯生王, 懷簡王爲世子早薨, 王祖父 惠莊王, 育王于宮中. 王天資穎異器度雄偉, 惠莊王特奇愛之, 封爲 者山君. 王嘗與〔同〕母兄 月山君 婷, 在王宮, 適雷雨暴作, 有寺人在傍震死. 左右皆顚仆褫魄, 王略不動色, 惠莊王尤異之. 成化五年十一月, 王叔父 襄悼王病革, 嗣子年幼且病, 擇所宜後, 以王德器夙成, 孝悌好學, 令權署國務. 及襄悼王薨, 王遣陪臣 宋文琳告訃, 權珹請承襲, 六年五月先皇帝賜詔曰: '朕嗣守丕圖撫御寰宇, 遐方絶域咸立君長, 俾治其民, 易世錫封厥有彝典. 故 朝鮮國王 李諱承先事大, 忠孝有聞, 受封未及踰年, 告訃遽云卽世, 顧兹緒業宜屬親賢, 今特遣太監 金興齎勑, 封王之姪諱爲 朝鮮國王, 繼總國政. 惟諱實 惠莊王之孫, 本國大小臣民, 其一心奉順, 用輯和東土藩屛中朝, 無替爾先王之業. 斯稱朕眷待爾國之意.' 又賜制曰: '朕祇紹鴻圖懋隆屛翰, 肆懷遠以爲近, 庶一視以同仁. 眷此東藩世稱秉禮, 允惟承序, 宜屬仁賢. 朝鮮國王姪諱聰明天賦, 問學夙成, 國論攸歸宗祧當繼. 今特封爲朝鮮國王, 總統國事. 於戲! 惟誠敬可以修身, 惟禮義可以爲國, 惟忠可以事大, 惟孝可以元宗. 尙愼始終毋忘訓飭.' 又賜勅曰: '得奏爾叔王諱, 於成化五年十一月二十八日薨逝, 玆特遣太監金興, 行人姜浩, 齎文諭祭, 幷齎詔示爾國人, 封爾諱爲朝鮮國王繼主國事, 幷封爾妻韓氏爲王妃, 爾宜敬守先業保國安民, 篤忠誠以事朝廷, 敦信義以睦隣境, 躬節儉以舒財用, 俾東土民物康阜, 永爲中國藩輔之重. 朕惟爾嘉, 特頒賜爾及妃誥命, 晩服, 綵幣等件至可領也.' 王遣陪臣奉表稱謝. 王令大小臣僚各陳時宜, 宗親文武六品以上, 各擧賢能. 命該曹, 孝子節婦其行卓異者, 旌門復戶以獎之. 設弘文館於殿側, 選文學才行之士十七員, 更日直宿, 侍講經史規諷道義. 七年三月王至成均館, 謁先聖祀以大牢, 坐明倫堂, 令文士問難經義, 十一月上敎曰: '予以幼沖纘承先業, 凡朝政得失民生利害, 盡心釐整, 然事機至繁罔知攸措. 今當沍寒陰閉之時, 愆陽爲災, 天意豈無所在歟? 反身省己實由寡昧. 累求直言未有盡言極諫者, 累求賢俊未有明揚側陋者. 董治百司猶有懈弛, 審理獄讞猶有冤滯, 勤恤民隱而無告尙多, 務省功役而興作不息, 其令政府廣曉中外, 詳究以啓.' 八年三月皇太子訃音至, 禮官請以明日擧哀, 王曰: '哀切於中, 奚待明日?' 卽率百官擧哀, 奉表陳慰. 五月下敎曰: '生財在於務本, 裕財在於節用, 如欲節用必先儉約. 蓋奢侈則用必廣, 用廣則財必竭. 念我東方地力疎薄, 勤儉節用猶患財用之不裕, 況棄本逐末, 生之者旣寡, 事尙華侈, 用之者不節哉? 予爲是慮嚴逐末之禁, 定役民之法, 罷不急之務, 除無益之費, 庶不擾爾人民, 爾人民盡力農桑勿爲惰慢, 崇尙節儉勿爲奢靡, 量財節用勿爲橫費, 家之與國大小雖殊, 其體則一, 苟能存心省約, 於裕國乎何有? 爾人民各體予意, 以遂生業.' 王嘗觀尙書, 至惟木從繩則正, 后從諫則聖, 謂侍臣曰: '爲君之道孰有加於此乎? 非獨人君, 爲臣者能受盡言而後, 能諫其君, 爾等亦宜知之.' 嘗讀史至隋煬帝聞盜發, 使人逐捕. 九人內四人非賊, 有司以帝已令斬決, 遂不執奏並殺之, 王曰: '煬帝固爲無道, 然當時之臣知而不言, 豈得無罪? 予以煬帝爲戒, 爾等亦以不執奏者爲戒, 君臣交修不亦可乎?' 又讀至魏徵言於太宗曰: '貞觀之初, 陛下節儉求諫不倦, 比來營繕微多, 諫者頗有忤旨.' 上曰: '古稱:「鮮克有終.」太宗之初可謂盛矣, 至於末年漸不如初. 以太宗之賢猶若此, 況不及太宗者乎? 近來頗興營造, 雖皆出於不得已, 中外以謂何如? 予卽政以來, 未嘗罪一言事之臣, 爾等勿以忤旨爲慮, 事有不便當盡言之.' 鷹坊嘗畜一海東靑, 侍臣以爲言, 王卽命放之, 終不復畜.

十年九月, 王遣陪臣金碩奏曰: '臣以愚庸特蒙聖恩, 得守先業有年. 顧惟所生父臣諱, 先祖惠莊王臣諱嫡子, 受命爲世子, 不幸早逝. 今臣旣受王爵, 妻亦爲妃, 而所生父稱世子, 母無名號, 一國臣民稱說不順, 於人子之心誠有未安. 然臣旣爲先臣襄悼王諱之後, 義不可顧私親, 且懼天威囁嚅至今. 竊念天性之親, 恩義亦重, 顯揚之懷不能自已, 敢昧死塵瀆, 伏望聖慈賜爵, 賜諡, 俾伸微誠以廣孝理. 不勝至願.' 先皇帝賜勅曰: '得奏, 王所生父諱, 先封世子早逝, 及所生母韓氏見在, 俱未有名號, 雖爲人後者義不可顧私親, 然顯揚之懷不能自已等, 因具悉王之孝忱. 玆特追封故世子諱, 爲朝鮮國王, 諡懷簡. 封韓氏爲懷簡王妃, 以遂王顯親之志, 及頒給誥命, 幷妃冠服, 至可領也.' 王蒙恩感激, 宥境內, 賜群臣爵一級, 奉表陳謝.

十一年正月, 上親祭先農, 遂躬耕籍田. 又令王妃親蠶, 皆如其儀. 八月下敎曰: '司獄官吏所失非一, 苟暴深刻者, 常失於羅織, 昏迷, 庸懶者, 常失於淹滯. 好羅織則深文峻法, 嚴加栲訊援引傅會, 一切增飾, 無辜之人橫罹斧鑕, 好淹滯則依違不決, 動隔

大峯은 熙止를 稀枝로,

炎涼桎梏加體, 飢寒切身悲號疾病, 遂死狴獄, 豈不冤哉? 嘗聞一人向隅, 滿堂不樂. 匹夫匹婦死非其辜, 咎將誰執? 大抵獄辭, 初若轇轕緣情推究, 迎刃自解. 但司臬者, 不加之意而已, 毋或爾羅織, 毋或爾淹滯. 本之以仁恕, 行之以明允, 使死者服辜, 生者無冤, 豈不美哉?'

十二年春, 先皇帝册皇上, 爲皇太子, 賜勅曰: '王素秉禮義忠敬朝廷. 玆朕建立皇儲嘉惠多方, 矧惟王國尤所當厚, 特遣正使戶部郎中祈順, 副使行人司左司副張瑾, 齎詔諭王, 幷賜王及妃綵幣紋錦, 至可收領, 用副朕眷待之意.' 兩使見王相謂曰: '眞賢王也.' 臨別正使作詩贈王, 其序云: '順使朝鮮, 累與王相接, 心甚嘉之. 蓋其妙齡秀穎, 崇儒好學, 威德旁敷, 一邦輯睦, 誠他邦所罕儷也.' 王採前世明君暗主所行善惡事迹, 命工圖畫爲屛, 命詞臣作詩, 書于其上, 坐臥觀省, 以爲勸戒焉.

十三年八月, 王詣成均館, 酌獻先聖, 行射禮, 仍下敎諸道觀察使, 令所在官守令, 行飮射禮, 歲以爲常. 前此國王生日, 勳舊之臣就僧寺祝釐. 王曰: '詩不云乎?: 「求福不回.」豈可佞佛而求福哉? 其罷之.'

十四年四月, 王詣成均館, 親祀先聖, 坐明倫堂養老乞言. 王謂群老曰: '書云「內作色荒, 外作禽荒, 甘酒嗜飮, 峻宇雕墻, 有一於此, 靡或不亡.」此實人君之藥石. 予嘗書此貼於座右, 常常觀省, 今又聞諸老所陳, 皆修身治國切要之言, 予當服膺勿失.'

十五年冬, 先皇帝遣使賜勅曰: '建州女眞, 逆天背恩, 累寇邊陲, 已令監督, 總兵等官, 選領精兵刻期征勦. 惟爾國王紹作東藩, 輸忠於我國家, 有隆無替, 朕甚嘉悅. 我兵壓境, 賊有奔竄國境, 諒必擒而俘獻之, 王如申遣偏師, 遙相應援大奮貔貅之威, 同殲犬羊之孼, 逆虜旣除, 則王敵愾功勤愈茂, 而聲名豈不有以享於無窮哉?' 王卽遣陪臣魚有沼等, 領兵入攻. 有沼以江水氷合旋解, 難於渡師罷兵廻還. 王治有沼不及軍期之罪, 更遣陪臣尹弼商, 金嶠, 領兵四千直擣賊穴, 俘斬醜類焚蕩屯落, 幷得被虜遼東人口而還. 王遣陪臣魚世謙獻俘, 先皇帝賜勅曰: '往年建賊背逆, 朕嘗出師致討, 而爾國先王諱, 發兵來助用能克捷矣. 玆者賊猶稔惡不悛, 朕從廷議, 仍出師討之, 王發兵來助, 雖前兵因江水凍解難濟, 不獲與我師合勢, 同成厥功, 而後兵, 亦抵巢攻勦, 擒斬其部屬, 焚燬其廬舍蓄峙, 得其所掠我邊衛人口, 又遣陪臣押赴來獻. 王之忠誠, 於先世可謂能繼, 於朕命可謂無負矣. 令聞寧有窮已耶? 今遣內官鄭同, 姜玉, 至王國, 賜王綵段, 白金, 紋錦, 西洋布, 其領兵官左議政尹弼商, 節度使金嶠, 亦各如例有賜, 以旌勞勣, 王其欽承之.' 王奉表陳謝.

十七年八月, 永安道守臣獲白鹿以聞, 王曰: '此非予所喜, 其放之.' 十月下敎曰: '苑囿之設, 非以病民也. 常於農隙親講武事, 擧蒐獼之禮耳. 今有司禁民樵採, 禽獸益繁, 有乖爲民除害之義. 古不云乎?: 「芻蕘者往焉, 雉兔者往焉.」 自今苑囿所在, 悉令弛禁, 與民共之.'

十八年六月, 下敎曰: '古昔賢君莫不選賢與能, 共康庶績. 我國家設科取士, 又立薦擧之法, 欲其才德之士, 咸使登庸, 求賢之路不爲不廣. 然滄海遺珠自古所難, 草澤巖穴之間, 豈無懷才抱奇, 沈鬱而不能自售者乎? 凡厥在位搜訪遺逸, 咸以名聞.' 十一月, 王引儒臣入內殿, 講中庸, 大學, 因尙論先儒同異之說, 歷代治亂之迹, 時有規諷, 王聽之疊疊. 至於夜分諸臣請退, 王曰: '古人有云: 「接賢士大夫之時多, 則氣質變化自然而成.」 予今日得聞所未聞之言, 神益弘多, 殊不爲倦勿退.'

十九年二月, 王請立嫡子諱爲世子, 先皇帝賜勅曰: '朕惟有爵土者, 莫不爲長世之圖. 立嫡長者, 得以係群情之望, 古今然也. 得奏, 擧國臣民旅庭請命, 欲立王子諱爲世子, 王不敢顓貢使以聞, 朕覽之特加兪允, 乃命太監鄭同爲正使, 金興爲副使, 齎勅幷紵絲, 紗羅等件, 封諱爲朝鮮國王世子, 其合用冠服, 王國自制. 夫朝廷之命, 王其承之, 藩邦之器, 世子其主之. 知天地之分不可踰時, 率以事上之誠, 知繼體之道不可忽罔, 替夫秉禮之訓. 若是則本愈固, 譽愈隆, 王國享福, 詎有窮耶? 欽哉!' 王奉表陳謝. 王選名儒爲世子師友, 授以經史交相切磋, 又令謁先聖, 入學于成均館, 凡所以敎養之者無所不至. 三月王祖母惠莊王妃尹氏薨, 王哀毀成疾, 大臣請進酒, 王曰: '忘哀飮酒予所不忍也.' 固請不聽.

二十年四月, 下敎曰: '親民之官莫重守令, 守令之匪人生民之大患也. 在官一月, 則貽一月之害, 在官一年, 則貽一年之害. 而況三朞, 六朞之久乎? 仲尼有言: 「苛政猛於虎.」 蓋苛政行於下, 則人主雖有仁民愛物之心, 何能澤及於民乎? 予以涼德叨承前緖, 臨莅臣民十有五年, 間者水旱相仍, 民罹飢饉, 是雖寡躬無德之致, 亦恐親民之官, 以侵耗爲事, 以刻察爲明, 貨賄公行刑罰縱濫, 不修厥職徒務自肥, 方面之臣雖任刺擧, 眩於薰猶失於殿最, 往往慈祥(豈弟)〔愷悌〕者抱屈, 貪暴姦回者得志, 傷和召災未必不由乎是. 予欲別議陞黜以示勸懲, 玆爾政府各以所知, 旌別以聞.' 議政府擧循良有治效者, 貪懶不宜臨民者以啓, 卽命陞黜焉. 五月王命摹集趙孟頫字, 刻張蘊古大寶箴, 揭于便

大峯은 熙止를 稀枝로,

殿以自警, 親寫王禹偁 待漏院記, 以賜承政院, 謂承旨等曰: '禹偁之記, 雖爲執政而作, 然在位百執事, 皆可以代座右之銘, 況爾院爲樞機之地乎?' 十二月下敎曰: '學校風化之大源, 賢材國家之利器, 而成均儒生, 餼廩不豐, 非予崇重之意也. 給田肆百頃以瞻其用, 州府郡縣之學, 亦給有差.' 王嘗因旱, 命減諸道供進之物, 慶尙道守臣啓曰: '如海錯之類得之甚易, 請依舊以進.' 王曰: '臣子奉上之意雖勤, 人君恤下之情亦切, 其勿進.' 二十三年秋, 王聞先皇帝昇遐, 率百官擧哀, 卽遣陪臣卜宗仁陳慰, 李封進香, 盧思愼賀皇上登極.

弘治元年春皇帝賜勑曰: '朕嗣守祖宗鴻業, 統御萬方, 聲敎所曁宜覃恩澤. 矧伊王國世篤忠誠, 錫賚之典尤所當厚, 特遣正使右春坊右庶子兼翰林院侍講董越, 副使工科右給事中王敞, 齎詔勑諭王, 并賜王及妃幣帛, 紋錦, 至可收領, 尙其體朕眷懷, 秉禮服義益隆藩輔, 共享大平之福.' 正使見王歎曰: '老生舊聞, 賢王學問高明, 通達禮義, 今幸目覩果愜素聞.' 十一月, 臺諫採古伊尹, 召公勸戒其君之辭, 繕寫以進以寓規警之意, 王嘉悅曰: '今觀爾等所進之辭, 蓋欲納君於無過之地也. 爾等愛君之誠寧可忘耶?' 賜以宮醞, 至夜撤宮燭送之.

二年正月, 有擧子於鄕試對策, 言祀佛禳禍者, 試官斥之, 王聞之, 手札下敎曰: "儒生對策之辭, 予甚憤焉. 佛之爲害誰不知之? 況學孔, 孟者耶? 孔子曰: '攻乎異端斯害也已.' 孟子曰: '能言距楊, 墨者聖人之徒也.' 程子曰: '佛氏之害甚於楊, 墨, 當如淫聲美色以遠之.' 後之學者, 可不力察而明辨之乎? 予嘗恨緇徒, 蔑棄天常, 耗蠹民財, 將欲絶其根株, 扶植世敎, 而今者儒生, 當國家擧賢之日, 不陳 堯, 舜之道, 皷唱浮屠之法, 是欲使予, 如 梁 武之捨身, 唐宗之膜拜, 而後已乎? 號爲儒者猶尙如此, 況無識士女乎? 宜令有司推鞫, 屛諸遐裔, 明示好惡.' 又命該曹勿復度僧. 王以鄕學書籍尠少, 命印《四書》,《五經》及諸史, 頒于諸道. 三年閏九月, 王謁 莊憲王墓, 所過州縣, 遣官致祭于先聖廟, 給學生米有差. 又以駐駕之地, 供頓勞費, 減是年田租之半. 冬有星變, 日官請行醮祭, 上曰: '變災爲祥在於修德, 不在祈禳也.' 四年五月下敎曰: '至親之人一體而分, 叔姪有父子之義, 兄弟爲天倫之重, 宜敦雍睦之行, 以成敦厚之風. 昔王商爲侯推財與弟, 薛包分財以惡物自與, 今世之人習俗澆薄, 或有交爭自相詆怨, 殘傷骨肉莫此爲甚. 今後兄弟, 叔姪起爲爭端, 詐僞著現者, 竝令徙邊以厚風俗.' 又下敎曰: '比年以來昇平日久, 中外無事, 競尙華靡, 飮食, 服玩, 車馬, 第舍, 皆極侈麗, 予甚非之.

惟爾臣僚務要儉約, 以革弊風.' 十一月, 戶曹啓: '今者年穀稍稔, 而收稅太輕.' 王曰: '百姓足君誰與不足? 寬民一分不亦可乎?' 平安道有邊警, 兵曹請本道軍卒竝令戍邊, 王曰: '分番防戍古有其法, 誰無父母誰無妻子? 糜室糜家予甚憐憫. 其令分番往戍.' 五年正月, 成均館典庫吏耗米若干, 有司欲令追償, 王曰: '國雖小豈乏養賢之資? 其勿追償特給米布.' 八月, 王至成均館祀先聖, 大饗師生及百僚謂曰: '飮酒固不可及亂, 然今日之事, 實崇儒重道之意, 其各醉飽.' 因命有司重修學宮. 六年六月, 王有疾, 醫云: '鯽魚可治.' 王謂近侍曰: '今方雨潦採捕之人, 恐罹沒溺之患, 豈可以口腹累人乎?' 十二月, 該曹請設元日禮宴, 王曰: '人君當與民同其憂樂. 今當歲歉民飢, 而獨樂可乎? 其停之.' 王以前代諸王及名賢之墓, 或有頹毀者, 命所在修葺禁樵牧.

七年十二月, 王寢疾彌留, 猶聽斷不輟, 及疾篤, 具冠服引見大臣, 屬以後事. 翼日己卯薨于正寢, 雖童稚婦女, 莫不奔走悲號. 享年三十八, 在位二十六年. 王聰明英武寬仁恭儉, 自少篤意經史, 及嗣位, 令講官日三進讀, 夜又召對, 終始不倦. 尤邃於性理之學, 至於百家, 星曆, 鍾律靡不洞曉, 射藝, 草隸亦臻其妙. 畏天事大出於至誠, 凡干貢獻必親自監視. 漢人被搶, 自虜中逃來者, 厚資衣糧解送遼東, 前後共五百五十五人. 王天性孝友, 惠莊王妃, 懷簡王妃, 襄悼王妃, 同處一宮, 事之如一, 日三問安, 甘旨必親調, 藥餌必先嘗, 未嘗少懈. 惠莊王妃晚年患疾, 每見王病輒少間, 人稱孝誠所感. 凡祀事盡其誠敬, 非有故必親行之. 待 月山君 婷恩禮備至, 及卒悲悼輟膳, 以至成疾. 宗室諸親亦時召見于內, 置酒行家人禮, 怡怡如也. 家法甚嚴宮壼肅然, 諸子雖幼教以義方, 皆有成人之德. 接大臣以禮, 每進見未嘗有惰容, 雖小官亦皆禮遇之. 有罪多寬假, 終世無遭刑戮者, 至宦寺不少貸. 國有大事, 必與大臣詳議處置, 令朝臣輪對問以朝政得失. 用人之際人有斥其短者, 取其所長不必求備. 每歲春秋親宴老人, 亦令守令各於所在饗之, 處女之貧乏未嫁者, 官給資裝無使失時. 守宰拜辭必引見戒諭, 數遣使臣問民疾苦. 月再閱武, 歲講蒐獮以嚴武備. 聽斷之暇引文士, 考問經史兼試文藝, 羽林之士亦令受學. 或於後苑較射, 以勸勵成就之. 凡所施爲皆有矩度, 不惑異端不近聲色, 戒遊畋, 崇節儉, 却祥瑞, 禁淫祀, 褒賞直諫之士, 錄用忠臣之後, 重敗常之典, 嚴贓吏之法, 刑罰不濫囹圄屢空. 深仁厚澤洽于一國, 噫! 天不假年, 遽至於斯, 痛哉

大峯은 熙止를 稀枝로,

14

희지를 稀枝로 바꾸다

14. 희지를 稀枝로 바꾸다

성종임금의 행장을 기록하면서 대봉은 성종임금과의 첫 대면을 생각하였다.

대봉은 과거에 급제하여 첫 임금과 대면할 때(1474년 성종5년), 그 때 성종의 나이가 얼마 후면 정희왕후의 수렴첨정을 벗어날 무렵이며 한창 학문적 기반과 임금으로서의 자질이 높을 때였다.

임금은 대봉의 문재(文才)가 뛰어나다해서 그 당시 대신들과 함께 자신의 이름인 양희지(楊熙止)를 주제로 하여 대신들과 함께 연작시를 지은 것이 20여년이 되었다.

성종께서 "재자양가옥수자기명단합환희지(才子楊家玉樹姿其名端合煥稀枝)(양씨 가문의 뛰어난 선비로서 자태가 옥으로 만든 나무와 같으니 그 이름을 稀枝(희지)로 바꿈이 합당할 것)"로 글을 써 주시며 신숙주(申叔舟), 권람(權擥), 최항(崔恒), 성봉조(成奉祖) 등과 연작시를 지었을 때, 그 당시의 감정은 그 자신의 마음이 하늘을 꿰뚫는 듯하였다.

이름을 '옥수(玉樹)의 뜻 으로 희지(熙止) 에서 희지(稀枝)'로 이름을 바꿀 것을 임금께서 말씀하셨지만, 아버님이 주셨던 그 이름, 무엇보다 어른들이 작명해준 그 이름을 관직에서 처음 인용되는 것이므로 그 이름을 그대로 당분간은 쓰고 싶었는데…

　마침 임금께서 그 뜻을 아셨는지 그렇게 하기 로 하여 사용한 것이 벌써 오랜 시간이 흘렀다. 지금이라도 임금님의 뜻 데로 이름을 바꾸어봄이 어떨까?

　그러고 보니 20여 년 전의 일이 생각났다.

　문걸[1]이란 친구가 임금께서 개명을 하였다. 원래는 빈이었으나 나쁜 사람의 이름과 동일하여 그 이름을 바꾸고자 하였는데 때마침 임금께서 영안도(함경도의 옛 이름)의 전답을 검사하라고 지시를 내렸는데, 그 명을 봉행할 때 임금께서는 그의 이름을 듣고는 '이 사람은 순박하고 진실하며 꾸밈이 없다. 진실로 착한 사람이다. 흉측한 무리와 같은 이름을 함께 할 수 없다.' 하시면서 '걸'이라 써서 친히 내리시며 말씀하시길,

　"이것으로 이름을 바꾸라. 이는 이름이 뜻한 바이다."라고 하셨다.

　그는 머리를 조아리며 받았으니 실로 세상에 없는 특별한 은총이었다. 모든 조정의 경대부들이 글을 지어 찬탄하였는데 그가 쓴 영은록에

　"성대하도다. 성상께서 생각해 주신 은혜. 그대는 영광스러운 은총을 입었네. 여러 대신들의 훌륭한 문장이 크게 떨쳐 졌으니 또 무슨 말을 덧붙이겠는가."라 하였다.

　하지만 내가 마음속으로 감격한 것은 나 역시 희지에서 임금께서

1　문걸은 안동사람으로 성종 때 생원시와 진사시에 합격하였다. 이어 회덕현감, 영동현감 등의 수령을 거치고 사간원헌납을 비롯하여 사섬시, 종부시, 사옹원첨정을 두루 역임하였다.

稀枝

희지로 개명하셨다. 하지만 오랜 시간이 흘렀지만 부모님이 만들어 준 처음 이름을 따랐으니 임금님의 개명요구를 거부하였으나, 그 어떤 불이익을 주는 것 없어, 이는 승상의 한없는 은총이 아니겠는가.('대봉문집 書文司藝榮恩錄後 : 문사예 영은록 후서를 쓰다.')[2]

그때 쓴 후서는 이렇다.

「사예 문군의 본명을 빈이며, 나와는 30년 동안 오랜 벗이다. 금상 4년에 죄를 범하여 법망에 걸려던 자가 있었으며, 그의 성명이 문군과

2　'문사예 영은록 후서를 쓰다.

書文司藝榮恩錄後

司藝文君. 本名彬. 余三十年久要也. 今上四年. 有坐法抵罪者. 其名姓與君同. 君嫌之. 欲改稱而未也. 無何. 奉命檢田于永安道. 及陛辭. 上問其名. 顧謂左右曰. 此人淳實無華. 眞善人也. 不可與凶醜混姓字. 卽以御筆書傑. 親授曰. 以此易之. 此名所以志也. 君拜手稽首而受. 實不世之殊渥也. 凡朝之卿大夫咸爲文以歎美之. 君編爲一錄. 而過余曰. 子亦不可已也. 余作而言曰. 盛矣哉. 聖上之惠顧. 吾子之榮恩. 諸公巨擘. 已盡鋪張. 又何贅一辭. 然余於此. 竊有所感激而不容嘿者. 非徒久要爲也. 余亦本名熙止. 字可行. 往在釋褐初. 先聖王一見謬賞. 改名曰稀枝. 改字曰楨父. 申以天章一句. 後雖有行之久. 從初名之命. 而又豈非不世之殊渥耶. 噫. 君果善人也. 傑士也. 知臣莫如主. 宜其荷實褒獲嘉名於淸禁乍進之際. 而若余. 一蟣蝨耳. 何以蒙先聖王異數於立身之初至此哉. 所以感泣惶兢. 以榮爲懼. 至今歿世而愈不勝怊悗摧咽之懷也. 今夫人之冠也. 雖父兄而名之. 師友而字之. 猶爲之敬受而服膺. 顧名而思義. 況於君上之命之乎. 況於宸翰之申之乎. 況於擧其實而獎許之乎. 況於幷與表德而面諭之乎. 吾與君. 各以遐方微踪. 策名淸朝. 亦已濫矣. 而又能受知聖明. 獲叨特眷. 錫名之恩. 吾與君所同. 而善人之褒. 君所獨也. 宸翰之榮. 君與吾所同. 而表德之寵. 吾所獨也. 然其爲人臣之極幸. 曠世之隆遇. 均矣. 然則吾與君. 將何以效涓埃而答鴻造也. 吾聞受非常之恩者. 有非常之報. 吾與君. 盍思所以自靖自獻之地也. 君曰. 諾. 請書諸錄後.

大峯은 熙止를 稀枝로,

같아 군이 그것을 꺼려서 이름을 바꾸려고 하였는데 아직 실행하지 못하였다. 얼마 후 영안도(지금의 함경도)의 전답을 검사하라는 명을 봉행하기 위해 하직할 때 임금께서 그의 이름을 물으며 좌우를 돌아보고 말씀하시길,

"이 사람은 순박하고 진실하며 꾸밈이 없다. 진실로 착한 사람이다. 흉측한 무리와 같은 성씨와 함께 할 수 없다." 하시면서 곧 어필로 '걸傑' 이라 써서 친히 내리시며 말씀하시길,

"이것으로 이름을 바꾸라. 이는 이름이 뜻한 바이다."라고 하셨다.

문군이 절하고 머리를 조아리며 받았으니 실로 세상에 없는 특별한 은총이었다. 모든 조정의 경대부卿大夫들이 글을 지어 찬탄하였는데 문군이 《영은록榮恩錄》 한 권을 지어 나에게 찾아와 이르길,

"그대도 한마디 남겨야 하지 않겠는가." 하였다.

내가 글을 지어 말하기를,

"성대하도다. 성상께서 생각해 주신 은혜. 그대는 영광스러운 은총을 입었네. 여러 대신들의 훌륭한 문장이 크게 떨쳐 졌으니 또 무슨 말을 덧붙이겠는가." 하였다.

그러나 여기서 내가 마음속으로 감격한 바가 있기에 침묵할 수만 없었던 것은 다만 오랜 벗이기 때문만은 아니었다. 나 또한 본명은 희熙 지止이고 자는 가행可行이다. 내가 처음 벼슬길에 나갔을 때 성스러운 선왕께서 한번 보시고 칭찬하시기에 이름을 희지稀枝로 자를 정부楨父 로 바꾸고 천장天章 한 구절을 더하였다. 후일 비록 오랜 시간이 흘렀지만 처음 명명命名 한 이름을 따랐으니 또 어찌 세상에 없는 은총이 아니겠는가.

아. 군은 과연 선인善人이고 걸사傑士이다.

신하를 아는 사람은 군주만한 사람이 없다. 그 은총은 청금(엄숙하고 청정한 궁중을 말한다)에 나아갈 때 칭찬받고 아름다운 이름을 얻었으니 나 같은 사람은 보잘 것 없는 존재인데도 벼슬에 나간 초기에 어찌 성스러운 선왕에게 특별히 자주 은총을 입어 처음부터 여기에 이르렀겠는가. 두려운 마음에 감읍하며 영광을 두려움으로 삼고 지금부터 죽을 때까지 더욱 기쁨과 두려운 마음을 이길 수 없을 것이다.

지금 무릇 사람이 벼슬을 하는 것은 비록 부형이 이름을 지어 주었지만, 사우가 자를 지어 준 것이기 때문에 오히려 공경히 받들어 가슴 속 깊이 새겨야 한다. 다만 이름은 의를 생각하는 것인데 하물며 임금님이 지어 주신 이름에 있어서야. 하물며 임금님이 직접 써서 내린 글에 있어서야. 그런즉 그 실제를 들어 매우 칭찬함에 있어서야. 아울러 덕을 드러내고 면전에서 유시(백성을 가르치는 글) 함에 있어서야.

나와 그대는 각각 먼 지방에서 미미한 자취이지만 맑은 조정에서 벼슬 하였으며. 또 성스럽고 총명하신 임금님이 아시고 특별한 은총을 내리셨다. 이름을 하사하신 은혜는 나와 그대가 같은 것이나 착한 사람을 칭찬한 것은 그대 한 사람뿐이다. 임금님이 직접 써주신 영광은 그대와 내가 같지만, 덕을 표창하는 은총은 나 한 사람이다.

그러나 신하 됨은 지극히 다행스럽다. 세상에 드물게 융성한 시대를 만났음은 모두 같은 것이다. 그렇다면 나와 그대는 장차 어찌 임금님의 크나큰 은혜에 티끌만큼이라도 보답하여야 할 것이다. 내가 들으니 특별한 은총을 입은 자는 특별한 보답이 있어야 한다고 하였다.

나와 그대는 아마도 스스로 조용히 헌신하는 처지를 생각해야 하지 않겠는가."라고 하니,

大峯은 熙止를 稀枝로,

군이 말하기를 "그렇다."라고 하였다. 청에 의해 책자의 끝에 글을 써서 주노라.」

이렇게 하였지만 이제 임금이 돌아가셨으니, 새 이름으로 바꾼다면 그 분의 뜻이 제대로 이행될 것인가?

'희지(稀枝)'는 '옥수(玉樹)라는 새로운 새 가지'를 말하는데 이제 새로운 가지가 될 것인가? 나이가 60이 다되어? 말 그대로 이순(耳順)의 나이이다. 귀가 순했고 인생에 경륜이 쌓이고 사려(思慮)와 판단(判斷)이 성숙하여 남의 말을 받아들이는 나이라 하지만, 그러나 그분이 애써 만들어주었던 이름을 오랫동안 사용하지 않은 것이 안쓰러웠다. 이제라도 얼마 남지 않은 시간이지만 지금이라도 사용한다면 그분께 도리가 되는 것이 아닐까?

그래서 남은 기간 동안이라도 이름을 바꾸어 보자. '듣는 대로 이해할 수 있게 된다'는 이순(耳順)의 나이지만 새 임금을 받들며 새로운 정책을 펴면서 말이다.(대봉의 개명 이름은 실록에는 1년 후인 충청관찰사에 임명되면서 나온다.)

◆ ◆ ◆

행장을 만드는 과정에서 왕대비는 언서(諺書)[3]로서 성종임금에 대한 효

---

3   언서는 한글로 된 문서이다. 당시에는 많은 사람들이 한자보다는 낮은 뜻으로 언서를 사용하였으나, 한글이 상당한 발전을 거듭하여 많이 사용되었다. 설총 때의 이두를 언문으로 표시하다가 특히 여성들은 한글로 된 문서 즉 언서를 많이 사용하였다. 그 후부터는 언문 등으로 많이 사용되었으나 그러나 훗날 연산군시절 즉 무오사화이후 쓰기 쉬운 한글 때문에 연산 또는 조정을 비방하는 글이 많아지자 연

성을 기록한 글을 남겼다.

◆ ◆ ◆

「대행왕께서 정희(貞熹)(세조의 비), 인수(仁粹)(덕종의 비(妃)이며, 소혜왕후를 성종 때 인수대비라 함). 인혜(仁惠)(소혜왕후의 언니임, 예종의 계비로서 안순왕후로 있다가 성종 때 인혜 왕후로 됨)이며, 세분을 받들기를 극진히 하지 않은 것이 없어 그를 일일이 듣기 어렵거니와, 날마다 세 번 문안하고, 대비전(大妃殿)의 일용 경비를 벽에 써 붙여 두고 늘 계속하여 바침에, 정희 왕후께서 말씀하시기를

'국가 경비의 물품을 매양 나한데 바치니 마음에 실로 미안하다.' 하셨다.

대행왕이 대답하시기를 '온 나라로써 봉양하는데 무엇이 어렵겠습니까.' 하셨다.

그럼에도 오히려 뜻에 거슬릴까 염려하여 때로 내탕(內帑)(임금의 사적인 금고)에 저장된 것을 내어 바치고, 또 상선(常膳)(반찬)에는 친히 별미(別味)를 조리(調理)하시되 그 즐거워하시는 것은 반드시 벽에다 써 붙여 두고서 바치며, 항상 대비께서 적적하실 것을 생각하여 특별한 잔치를 여러 번 올리셨다. 또 곡연(曲宴)(소규모 잔치) 을 자주 청하곤 허락을 얻으면 기뻐하셨다.

정희 왕후께서 만년에 병환이 많으시매 친히 의서(醫書)를 훑어보고 약을 드리고 또 문안할 때에는 한참 동안이나 서 계시다가 왕후께서 마음속으로 미안해 하시 는 듯하면 시녀(侍女)를 따라서 문후(問候)(웃어른께 안부를 물

산은 한글로 된 '언서(諺書)'를 금지하였다.

大峯은 熙止를 稀枝로,

음)하고 물러가셨다.

또 오부^{五 部}⁴⁾에 널리 물어서 왕후의 병 증세와 같은 사람이 있으면 약을 시험하였으며, '왕후께서는 매양 상감을 보시면 병환이 문득 조금씩 나아졌으니, 어찌 지극한 효성에 감동된 바가 아니겠는가.'

두 대비에게 효도로 봉양하는 것도 처음부터 끝까지 한결같아 수라상을 친히 보살피기를 폐하지 아니하였으며, 늙은 부모가 있는 재상^{宰 相}에게는 매양 음식물을 내리셨다.」

비록 대비께서 언서로 남긴 글이지만, 성종임금께서는 누구보다도 효행의 실천윤리에 누구보다 앞섰던 분이셨다.

◆ ◆ ◆

대봉이 10여 년 전에 노쇠한 어머니를 모시고자 했을 때 성종 임금께서는 그 뜻을 가납하시어 어머니와 함께 귀양^{歸 養}할 수 있게 했을 때, 그 당시 임금님을 얼마나 존귀하게 생각하였던가? 얼마 후 어머니가 돌아가셨을 때 삼년 시묘살이를 몸소 겪은 것은 임금이 하였던 효행을 자신이 먼저 실천하고자 한 것이었다.

하지만 임금께서 돌아가시자 그 허전함이란 말할 수 없었다. 다만 그 분을 생각하며 그동안 지쳤던 내 자신을 한번 돌아봐야겠다고 생

---

4 오부^{五 部}: 한성^{漢 城}을 중·동·서·남·북부로 나눈 다섯 구획. 또 그 구획 안의 소관 사무를 맡은 다섯 관아.

각했다.

그해 정월 22일(1495년) 새 임금께서는 첫 정사(政事)을 펼치면서 사헌부, 사간원들 즉 대간들의 모인 자리에서 상소를 받았다.

대사헌 이의(李誼) 등이 시의(時宜)(현 사정에 알맞음)십사(十事)를 조목별로 진술하였다.

'효우(孝友)에 돈독하고, 청정(聽政)(자세히 듣는 것)에 부지런하며, 간쟁(諫諍)을 받아들이고 경연(經筵)에 나아가며, 검소한 덕을 숭상하고, 상벌(賞罰)을 신중히 하여, 여알(女謁)(궁녀가 임금의 사랑에 힘입어 정치 일을 농간하고 청탁하는 것.)을 막고, 환시(宦侍)(내시)를 누르며, 바른 사람을 가까이 하고, 성헌(成憲)을 좇아 주업소서' 하였다.[5]

또한 대사간 윤민(大司諫 尹慜) 등이 상서(上書)하여 '시의십일사(時宜十一事)'를 조목별로 진술하기를,

'하늘을 공경하시고, 마음을 바로 하시며, 기미(幾微)(위태로움을 숨기는 것)를 삼가시고, 검소를 숭상하시며, 인재(人材)를 쓰시고, 문교(文敎)를 중히 여기시며, 무비(武備)(군사력)를 닦으시고, 이단(異端)을 물리치시며, 형옥(刑獄)을 신중히 하시고, 사은(私恩)을 억제하시며, 실혜(實惠)(실지로 받은 은혜)에 힘쓰옵소서.' 하였다.[6]

◆ ◆ ◆

대봉은 새 임금께서 좋은 일이 벌어질 것을 기대하면서 첫 정사의 일을 마무리하고 사직을 하고서 울산 고향으로 하직하여 성종임금을

---

5 大司憲李誼等上書, 條陳時宜十事, 曰篤孝友, 勤聽政, 納諫諍, 御經筵, 崇儉德, 愼賞罰, 防女謁, 抑宦寺, 近正人, 遵成憲

6 大司諫尹慜等上書, 條陳時宜十一事, 曰敬天, 曰正心, 曰謹微, 曰崇儉, 曰用人, 曰重文敎, 曰修武備, 曰闢異端, 曰愼刑獄, 曰抑私恩, 曰務實惠.

大峯은 熙止를 稀枝로,

그리워하며, 한편으로는 지친 몸을 한가롭게 풀었다.

아이들이 있는 집으로, 친구 등을 찾아다니며 한가로운 생활을 하였다.

◆ ◆ ◆

하직하고 얼마 뒤 늦봄에 영호루(映湖樓)를 찾았다. 고려 말기에 홍건적이 침략하여 공민왕이 피난하여 안동에서 70일 동안 거주하면서 자주 들리던 곳이다. 공민왕께서 문경(聞慶)[7]으로부터 홍건적을 퇴치했다는 것을 기념하기 위해 금(金) 글씨로 「영호루(映湖樓)」와 「안동웅부(安東雄府)」를 썼던 곳이다.

그가 존경했던 정몽주와 정도전의 시가 있어 꼭 들리고 싶었던 곳이다. 더하여 스승으로 모시던 점필재 김종직의 흔적이 있어 새 임금이 성종임금보다 더 훌륭한 임금이 될 것을 기원하면서 스승님의 자취를 보았다.

〈映湖樓(영호루)〉 점필재 글 : (점필재가 선산부사(1476~1478)로 있을 때 작성한 것으로 추정됨)

落日簾旌灝氣多(낙일염정호기다)(지는 해 쓸쓸한 기운 발에 어리어), 倚樓愁思亂交加(의루수사난교가누)(樓에 오른 이 마음 시름도 많아라.)

---

7   홍건적을 퇴치했다는 소식을 처음 들은 곳이라 해서 '문경(聞慶)' 즉 경사스런 말을 들은 곳이라는 이름이 생겼다.

透迤湖水秋通漢(출렁이는 물결은 은하수(漢))에 닿고), 轂轆柴車夜向家
(덜컹대는 수레는 집을 향하네.)
光射汀洲星斗額(모래톱을 비추는 북두(북두칠성)의 별빛,), 香生林薄蕙
蘭花(들에서 스며 오는 혜란화(난초와 비슷한 꽃) 향기.). 月明更想前朝事
(달 밝은 밤 고려의 흥망을 다시 생각해 보니), 惟有鶖鶬叫斷槎(재두루미
우는 소리 간장을 끊네.)

 스승인 점필재가 고려의 흥망을 생각하며 지은 시를 보면서, 새 임금
께서 부디 좋은 정치를 해주 줄 것을 기대하면서 글을 보다가, 또한 포은
정몽주께서 일본에 사신으로 갔다가 영호루를 보면서 영호루가 가장 아
름답고 형세가 좋아 이 밤이 지새도록 술에 취하고 싶다는 글도 보았다.

 몇 년 전에 북벌을 하고서 한양으로 오는 길에 선죽교를 보면서 포
은선생을 기렸던 것이 새삼 떠올랐다.[8]

 그 옆에는 김방경(金方慶)시가 있었다.

8　정몽주의 시: 安東映湖樓回自日本作
　　〈일본서 돌아와 안동 영호루에서〉
　　閱遍東南郡縣多(동남으로 여러 고을 두루 다녔지만), 映嘉形勝覺尤加(영호루의 경
　　치가 제일 아름다워라.)
　　邑居最得山川勢(고을이 산천 형세 가장 좋은 곳에 있어), 人物紛然將相家(인물도
　　많아라, 장상가가 분분하네.)
　　場圃歲功饒菽粟(논밭에 풍년 들어 곡식들은 넉넉하고), 樓臺春夢繞鶯花(누대의
　　봄날엔 꾀꼬리와 꽃이 있네.)
　　直須酩酊終今夕(모름지기 오늘 밤이 다 새도록 취하리), 萬里初回海上槎(만리 길
　　을 처음으로 배를 타고 왔잖은가?)

328　　　　　　　　　　　　　　　　　　　　　　大峯은 熙止를 稀枝로,

김방경장군은 고려 원종임금 때 三別抄(삼별초) 난을 진압한 장군이었다. 그런데 김 장군을 애기하면서 꼭 한 사람을 기억할 수 밖 에 없다. 그 분과 함께 삼별초난을 함께 진압한 그 분은 양 東茂(동무) 장군이시다. 양씨 문중의 시조인 당악군이며 고려의 고종 임금시절에 문하시중(門下侍中)(조선의 정 승)인 양포(楊浦)어른의 장남이며 고려시대 간의대부(諫議大夫)로 재직하시다가 김 방경 장군과 함께 삼별초 난을 진압하신분이다.

대몽항쟁으로 시작했던 삼별초가 고려조정이 몽고에 굴복하면서 삼별초는 몽고에 대한 반항으로 시작되어 3년간 진행되었으나 몽고와 협력한 조정에서는 삼별초를 진압하기 위해 군사를 동원하였고, 또한 삼별초가 백성들의 재물을 약탈하는 등의 물의가 일자 진도(珍島)에서 몽고군과 연합하여 진압한 것이다.

양무장군의 5형제 중 장자로서 5대조인 기(基)어른이 계셨고 고조부 백후(伯厚)님, 증조부 원격(元格)님, 미(渼) 조부님 그리고 맹순(孟純) 아버님의 뒤를 이어 오늘에 이른 것이다.

그동안 그 분들의 묘소를 찾아뵙지만 영호루에 와서 동무어른을 비롯하여 뭇 어르신을 생각하게 된 것은 감회가 새로웠다.[9]

점필재, 정포은 그리고 김방경의 시를 보면서, 그리고 많은 사람들

---

9 김방경 시: 福州映湖樓
原題 東征日本過次福州登映湖樓
〈원제 동정일본과차복주등영호루: 장군이 일본정벌 후 쓴 글임〉
山水無非舊眼靑(산수무비구안청)(산수는 모두 구면이라 반갑고), 樓臺亦是少年精(누대역시소년정)(누대마저 우뚝히 예대로일세.)
可憐故國遺風在(가련고국유풍재)(기특타, 고국 풍류 전해오노니), 收拾鉉歌慰我行(수습현가위아항)(노래 불러 이 마음 달래어 보자.)

이 지은 시를 보면서 대봉스스로가 영호루에 대한 시를 읊었다.

映湖樓

昨夜雨來江水多　어젯밤 내린 비에 강물이 불어

映湖春色十分加　영호루의 봄빛이 더욱 짙었네.

高低細路二三寺　높고 낮은 오솔길 두서너 가람

掩映長林千百家　누를 가린 긴 숲 너머 수많은 인가.

金字籠紗雲隱月　금 글씨 비단에 싸이고 달은 구름에 숨는데

玉山欹帽眼生花　취한 채 바라보니 눈에는 꽃이 피네.

樓頭華到中流半　누대머리 좋은 경치 물 가운데 어리는데

何用窮河泛古槎　어찌하여 강물 위에 배를 뛰우리.

*본 시문은 문집에는 없는 시이며 영호루에 게시된 시임

◆ ◆ ◆

　그러면서 대봉은 충주쪽으로 건너가서 단월역[10]에서 홍겸선[11](홍귀

달)을 만나고는 고려시대 백조 시로 유명했던 정지상[12]이가 읊은 시를

10　당시 단월부곡의 땅인데 고을 남쪽 10리에 있다.(동국여지승람에 기록) 현재는 위

　　치가 미상임.

11　1438년생이며 홍귀달의 자임. 한미한 신분에서 힘써 배워 급제하여, 벼슬이 재상

　　에 이르렀다고 졸기에 나올 정도였으며 훗날 연산군의 애첩 장녹수와의 불화로 마

　　침내 연산군으로부터 죽음을 당한다.

12　정지상은 고려 예종 인종 때 정치인 자 시인. 5살 때 이미 대동강 위에 노니는 오리

　　를 보고 아래와 같은 시를 지었다.(何人把新筆: 그 누가 새 붓을 집었길 래, 乙字寫

　　江波: 을(乙) 자를 강물 위에 써넣을까?) 평양을 수도로 삼자고 주장했다가 김부식

大峯은 熙止를 稀枝로,

감상하면서 홍경선과 함께 음풍농월을 하였다.

정지상이가

'飮闌欹枕畵屛低 夢覺前村第一鷄 却憶夜深雲雨散 碧空孤月小樓西 술 취
해 비스듬히 베개에 누어보니, 병풍그림이 눈에 드는구나. 앞마을 첫 닭
울음에 꿈을 깼다. 문득 생각하니 지난밤 비구름은 흩어지고, 푸른 하늘
작은 달이 홀로 서쪽 누각에 걸렸다.'

라는 시가 있어 홍경선과 함께 정지상의 옛이야기를 보면서 시를
읽다가 그에 맞게 대구(對句)를 하니

月嶽山頭月欲低 월악산 마루로 달이 지려하는데,
相逢一笑聽荒鷄 서로 만나 한바탕 웃으니 황계[13] 소리 들리군.
人情世事俱無奈 세상일과 인정이란 함께 어찌할 수 없지만,
岐路堂前自北西 갈림길 앞에 와서 스스로 북서쪽으로 가는군.

◆ ◆ ◆

어느 사이 2년이 흘렀다(1497년).

새 임금께서는 대봉에게 전 임금의 상제도 끝났으니 조정에 들어
올 것을 하명하셨다.

으로부터 배척당하여 사형됨.

13　황계: 새벽이 되기 전에 우는 닭.

대봉은 좀 더 쉬고 싶은 마음도 있었으나 임금의 간절한 하명인지라 조정으로 달렸다.

◆ ◆ ◆

조정의 부름을 받고 달려가는 길에서 시 한 수를 읊었다. 정말 새로운 세상이 오기를 기다리면서…

白髮趨朝地　백발에 조정의 부름 받고 달려가니,
靑山駐馬時　푸른 산은 말을 머물게 하는구나.
淸明新世界　맑고 밝은 세상 새로운 세계에서,
廓落舊心期　넓고도 넓은 옛 마음을 기약하는군.
嘿嘿看天宇　말없이 하늘만 처다 보며,
悠悠念路岐　아득한 앞날을 생각해 본다오.
聖恩難可負　임금님의 은혜 갚기도 어려운데,
梱愊袖中辭　정성껏 소매 속에서 꺼내 사양한다네.

조정에 복귀하여 2월20일 대봉은 통훈대부 홍문관 직제학이 되었다. 이날 함께 관직을 받은 사람은 강귀손을 가선대부 행 승정원 도승지, 신수근을 가선대부 행 좌승지, 송질을 가선대부 행 우승지, 정광세를 통정대부 우부승지, 김수동을 승전원 동부승지, 이승건을 홍문관 부제학 등이다.

이즘 왜가 녹도(충남 보령)쪽을 침입하여 우리 백성을 침노하고 또한

　　大峯은 熙止를 稀枝로,

관아 사람을 죽이는 등으로 이에 대한 대책을 위해 한치형, 이극돈, 성
준, 허침 등의 많은 신하들이 모여 논의한 결과,

경상도 및 삼포의 왜에 대하여 자질(업무에 위상이 높은 사람)이 높고 사체
(사태)를 아는 조신(조정에서 벼슬을 한 신하)을 보내기로 하였다.

조정에서는 과거의 예를 거울삼아 대봉을 경차관(지방에 파견되어 특수 임
무를 수행한 참상관 외방 사신이다.) 책임자로 선발하였다.

삼포의 진장과 함께 항시 주둔하고 있는 왜의 추장을 불러 힐책하
고 근본적인 대책을 강구키로 하였다.(3.3자 실록)

대봉은 비록 어릴 때이나 이예 어른께서 왜적이 변방에 도적질하
여 사람과 물건을 약탈해 갔으므로, 어른께서는 70살의 노구임에도
불구하고 자청하여 대마도 체찰사로 파견되어 많은 업적을 쌓은 것을
기억하였다. 비록 수 십 년 전의 일이지만 그 분의 그 일이 이날 왜구
와 마주하는 것과 너무나 상통되는 것처럼 생각되었다.

당시 세종 임금께서는 늙은 나이 70임에도 불구하고 대마도로 출전
하는 것을 보고서 감복해 의복 일곱 벌과 사모를 하사했을 정도였다.
또한 그에 앞서 몇 년 전에는 '일본을 모르는 사람은 보낼 수 없어 그
대를 보내는 것이니 귀찮다 생각지 말라'라며 임금께서 손수 갓과 신
을 하사하였던 것이다.

대봉은 그 때의 일을 생각하며,
"이번에 녹도 만호 김세준이 방수를 제대로 하지 않다가 갑자기 왜
적을 만나 사졸이 살해되고 자신도 보전하지 못하였으니, 어찌 작은
변인가? 이것은 오로지 남쪽 지방이 승평(무사 태평한 것)에 젖어 태만하
고 소홀한 소치이니, 이는 매우 분개한다.

경은 나의 뜻을 체득하여 더욱 방비를 하되, 언제나 적이 오는 것처럼 하고 조금이라도 해이하지 말라."

라고 임금께서 하신 말을 돼 새겼다.

대봉은 경차관으로 임명받아 삼포의 주요지역인 부산포(釜山浦)(부산포(富山浦) 라고도 함), 창원 쪽의 제포(薺浦)(내이포(乃而浦) 라고도 함), 울산의 염포(鹽浦)에 도착하여 수시로 삼포의 주민들에게 피해를 주며 농산물이나 고기 등을 훔쳐가는 왜인들을 칙유(勅諭)(임금의 칙어를 전달함)하고, 또한 경상, 전라, 충청도 관찰사들에게, 방수(防戍)(국방경비)를 잘 할 수 있도록 지시를 내렸다.

대봉은 삼포에 현장을 두루 돌며 옛날 학파(學派) 이예(李藝) 어르신(처 조부)께서 삼포의 왜구들을 토벌할 때를 생각하며 이예 어른이 한 것처럼 '왜인들의 추장 등을 문초 설득'하며, 그들은 차후에 이런 일이 없도록 할 것 등을 약속하였다.

처음 4월 13일 대봉이 조정에 보고한 내용을 보면, 삼포의 왜인들이 녹도만호(鹿島萬戶)의 군졸 수십여 인을 죽이지 않았음을 얘기한 바 있었다.

하지만 대봉은 그 도적이 삼포의 왜구가 아니라 하더라도, 같은 종류의 오랑캐인즉 어찌 모를 것이냐, 하고는 강하게 취조를 하여, 장차 조정에서 강력한 대응조치가 있을 것을 강조하였다.

그리고는 만약 '너희들이 장차 복종하고자 하면서 성 밖으로 출입하지 않는 다면 그 정성을 알아

줄 것'이라 하고는 술과 안주로서 설득을 하였다.(4.13. 실록 참조)[14]

---

14 대봉의 4.13자 실록 원문
　　"신이 삼포에 와서 수사(水使), 첨사(僉使)와 함께 왜추 '사두(倭酋 沙豆)' 등을 문초하기를,

大峯은 熙止를 稀枝로,

'백성과 사졸을 죽였는데 이것이 반드시 너희들의 범행이다. 너희들의 죄를 낱낱이 고하고 숨기지 말라.' 하니, 대답하기를,

'이것은 우리들이 한 일이 아닙니다.' 하므로, 신은 '이즈음 와서 너희들이 혹은 변방 백성을 죽이고 의복, 양식을 겁탈하며, 혹은 어장을 다투어 빼앗고 관에서 보낸 사람을 구타하니, 그 죄 마땅히 베어 죽여야 하는데도 조정에서 차마 법으로 처벌하지 않고 너그러이 용서하여 묻지 않았으니, 너희들은 성심으로 귀순해야 할 것인데 우리의 큰 은덕을 잊어버렸다.

지난해는 변방 백성을 죽이고, 금년에는 변방 장수를 죽였으니 이것이 너희들이 아니고 무엇이냐?. 너희들이 대대로 나라 은혜를 입어, 우리 땅에서 나고 자라고, 우리 땅에서 입고 먹는다. 심지어는 해물 채취와 고기 잡는 것까지도 우리 땅이 아닌 곳이 없다.

편안히 생업을 즐기고 살면서 아들, 손자를 키우고 있으니 실은 우리 국민이다. 마땅히 우리나라를 먼저 생각하고 너의 섬을 뒤에 생각하여야 할 것인데, 나라 은혜를 저버리고 매년 도둑질하고 고의로 도적을 숨기니, 이게 가한가?' 하니 그들은,

'옛날부터 지금까지 삼포의 왜가 도적질한 자가 없습니다. 무릇 낚시질하고 해물 채취할 때는 관청에서 문인(文引), 사관(射官)을 주어 정한 날짜에 맞추어 갔다가 돌아오니 더구나 도적질할 수가 없습니다.' 하였습니다.

신이 말하기를, '이 도적이 삼포의 왜가 아니라 하더라도 같은 종류의 오랑캐인즉 어찌 모를 것이냐? 너희들이 만일 그들을 잡아서 아뢴 다면 조정에서도 너희들의 귀순하는 정성을 알아줄 것이지만, 만일 숨기고 말하지 않는다면 이것은 스스로 죄를 부르는 것이므로 조정에서는 반드시 처치가 있을 것이니 뉘우쳐도 미치지 못할 것이다.

또한 국가에서 처음 약조한 것이, 고초도(孤草島)에 나오는 자는 적왜(賊倭)(좋지 않은 왜적)로 논죄하게 되었는데, 너희들이 마음대로 나다닐 뿐만 아니라 또한 도적질까지 하니, 어찌하여 약속을 배반하고 패란(悖亂)함이 이에 이르느냐?.

이제부터 전의 약조를 따르지 않고 마음대로 섬 밖에 나다니는 자에 대해서는 일체 잡아 죽이겠다. 고 하니, '사두' 등이 손을 부비고 이마를 조아리며 말하기를, '도주(島主)에 보고하여 잡아 고(告)하리다.' 하였습니다. 신이 다시 말하기를, '만일 국법으로

이즘에 조정에서는 왜인들의 세태를 살펴서 만전의 계획을 세워, 본도의 병사와 좌, 우 도(道)도의 수사로 나누어 쏘아 죽일 만하면 죽이고 생포할 만하면 생포하여 형세를 보아 조치하되 한편으로 변방의 위엄을 보일 수 있도록 하였다.

◆ ◆ ◆

대봉은 그 후 4월 25일자 상소문에는 아래와 같이 보고하였다.

"적 왜에게, 조운(漕運)하는 왜의 요미(料米)(관원에게 급료로 주던 쌀)를 겁탈한 일에

고문하면 너희들이 반드시 숨기지 못하리라.' 하니, '사두' 등이 재삼 머리를 조아리며 말하기를, '그저 명하시는 대로 하오리다.' 하였습니다. 신이 그래서 여러 번 술과 안주를 마련하여 먹였습니다."

(한문)

「慶尙道 三浦 倭人 推考敬差官 楊熙止 馳啓: "臣到三浦, 同水使, 僉使, 招問 倭 酋 沙豆 等曰: '殺 鹿島 萬戶及軍卒數十餘人, 此必汝等所犯, 賊 倭 歷告無隱.' 答曰: '此非我徒所爲.' 臣曰: '邇來汝等或殺害邊民, 刧奪衣糧; 或爭奪魚梁, 打歐官差, 罪應誅戮, 朝廷不忍置法, 寬假不問. 汝宜誠心效順, 而忘我大德, 往年殺邊民, 今年殺邊將, 此非汝徒而何? 汝等世蒙國恩, 生育我土, 衣食我土, 至於採釣無非我土. 安居樂業, 長子若孫, 實我國民也, 當先我國而後汝島. 乃先負國恩, 頻年作耗, 故爲匪賊, 其可乎?' 答曰: '自古及今, 無有三浦 倭 作賊者. 凡釣採, 官給文引, 射官限日往還, 則尤不得作賊.' 臣曰: '此賊雖非三浦 倭, 同是一種之夷, 汝寧不知? 汝若捕告, 朝廷亦知汝等效順之誠, 如或隱諱, 是自速其辜, 朝廷必有處置, 悔無及矣. 且國家初約出 孤草島 者, 論以賊 倭, 而汝等非惟态出, 又從而作賊, 何背約悖亂至此? 今後不從前約, 态行島外者, 一切捕戮.' 沙豆 等攅手稽顙曰: '當報島主刷告.' 臣曰: '若以國法拷訊, 汝等必不能隱.' 沙豆 等再三叩頭曰: '惟命.' 臣因累設酒饌饋之.'」

大峯은 熙止를 稀枝로,

대하여 추문(推問)하오니,

염포의 왜추(倭酋) '노이사야문' 등이 대답하기를, '국은(國恩)이 중하고 큰데 어찌 감히 도둑질을 하겠습까? 더구나 이 포구는 고성(古城)과 상거가 먼데 어찌 바다 멀리 도적질을 할 것입니까, ' 하옵니다.

그리고 신이 부산포에 도착하여 왜추 '이라다라' 등을 불러 깨우쳐 효유하니, 그들의 대답이, '거주하는 왜의 수효가 적은데, 도적질을 한 자가 있으면 어찌 알지 못하오리까.' 하므로, 신이 말하기를, '부자 형제 간이라도 서로 그 마음을 알지 못하는데, 수백 왜인을 네가 어찌 그 심정을 알 수 있느냐?'고 하니, 대답이, '과연 말씀과 같습니다. 곧 도주(島主)에게 통보하여 꼭 도적을 찾아내어 고하게 하겠습니다.' 하였습니다.

또 제포(薺浦)에 도착하여, 왜추 '사두' 등을 불러 깨우쳐 효유하기를, '이 포구와 도적질한 곳이 멀지 않고 사람들이 또 강성하니, 너희들이 아니고 누구이겠느냐? 네가 만일 성심으로 수색 체포한다면 범인을 얻는 것이 무엇이 어렵겠느냐. 도둑질한 쌀이 거의 백여 석이나 되니 어찌 하루아침에 다 먹었으랴. 반드시 몰래 다른 곳에 가져다 감추었을 것이다.' 하니, 대답하기를, '도주에게 보고하여 수색 체포해서 고하겠다.' 하므로, 신이 말하기를, '도주가 어찌하여 사람을 보내어 삼포를 수색하지 않느냐? 너희들만이 국가를 저버리는 것이 아니라, 도주의 마음도 알지 못하겠다.'고 하니, 대답하기를, '도주 역시 놀라고 부끄러워 망극(罔極)해 하는데, 곧 사람을 보내지 않은 것은, 섬 안의 사람들을 다 수색해서 〈범인〉을 얻지 못한 후에 보내려는 것입니다.' 라고 하였습니다."

대봉은 왜구들에 대하여 강압적인 진압보다는 '자기 손으로 도둑을 잡겠다는 뜻과 스스로 범법자들을 수색 체포토록 하겠다는 뜻을

내는 가하면 도주들 역시 놀라 부끄러워하는 자세를 같도록 하는 등
으로 무사히 끝낸 것이다.

  대봉은 한양 가는 길에 무더운 날씨를 피할 겸 홍주에 둘러 계풍루
에서 숨을 돌렸다. 그곳에는 조위가 중청관찰사로 있는지라 그와 함께
음품농월을 하였다.
  누각에 이승소[15]가 쓴

'구름은 가벼워지고 바람은 급히 불어 가을철 다가오는데, 먼 길 누
정에 올라 보니 마음 갑절 어둡구나. 물 많은 고장에선 한창 농어회
맛 나는 계절인데, 고향은 멀리 기러기 소식 전하여 주기 바라네. 천
겹 푸른 숲은 높고 낮게 나누어졌고, 한 줄기 푸른 산이 앞뒤를 싸안
았구나. 행장 꾸려 돌아가려 해도 가지 못하는 이 몸, 그러므로 장계
웅[16]의 현명한 데에 부끄러움을 느꼈다.'

  시를 보면서 대봉은 즉시 시 한수를 읊었으니, 오늘의 일은 결과를
본 후에 알 것이나 친구의 도움으로 이렇게 시를 읊은 것이라 하였다.

炎威熇熇漲中天　찌는 듯한 더위 위세가 하늘 가운데서 솟았지만,

無計煩襟一灑然　답답한 마음 한번 시원하게 씻을 방법이 없구나.

遠壁雲生樓外過　멀리 벽에서 구름이 생겨 누각 밖으로 지나가고,

---

15 조선전기(1422~1484)때 이조판서, 형조판서 등를 지낸 분이며 신숙주와 함께
    국조오례의를 집필한 사람이며, 삼탄집의 문집을 남김

16 장계웅은 진 나라의 학자이며 낙양에서 벼슬을 하다가 '가을바람 불자 고향의 농
    어회가 먹고자 벼슬을 그만둔 사람'임.

大峯은 熙止를 稀枝로,

近林風孕坐間傳 가까운 숲은 바람이 일어, 앉은 사이로 전해 오네.

吟哦不必論工拙 읊조리는 소리 잘하고 못함을 논할 필요는 없고,

姓字惟宣考後前 이름자는 오직 시험 후에야 전해지겠지.

牢落紅粧堪我挽 떨어져 가는 붉은 연지 내가 붙잡을 만한가.

少留剛被主人賢 잠시 머물면서 주인의 넉넉함을 조금 입었다네.

◆ ◆ ◆

이처럼 대봉의 삼포왜란에 대한 보고서 내용이 잘 되었던 바 그 업무가 원활이 수행되었고, 이로 인해 2달 후에 통정대부 홍문관 부제학(당상관)으로 승진하였다.

15

대간의 역할과 임사홍

15. 대간의 역할과 임사홍

6월 들어 날씨가 제법 무더웠다.

대봉은 부제학으로 제수되어 그 첫 번째로 정 문형 등에 대해 아래와
같이 상소를 올렸으나 임금께서는 관심을 두지 않았다.(6월 19일 연산 3년)

"듣자옵건대, 정문형(鄭文炯), 이세좌(李世佐), 노공필(盧公弼) 등이 앞장서서 사특한 의논
을 주창하여 대간을 저지하고 억제하며, 공박하면서 도리어 분하게 여
겨 같이 변명하자고 하니, 이것은 대간을 안중에 두지 않고, 조정을 경
시하는 것입니다.

대간이란 임금의 이목(耳目)의 노릇 하는 것이요, 온갖 관원의 표준이 되
는 것입니다. 그러므로 (대간의)말이 승여(乘輿)(임금의 수례)에 다다르게 되면 천
자도 안색을 고치고 일이 낭묘(廊廟)(신주)에 관계된 것이면 재상도 대죄(待罪)하는
것입니다.

대저 만승(萬乘)(높은 지위)천자의 높은 지위로도 오히려 몸을 굽히어 받아
들이는 것인데, 하물며 그 아래인 사람이 여부가 있겠습니까.

문형(文炯)으로서 그러한 의논을 주장하는 것도 벌써 정당하지 못한 일
이요, 세좌(世佐)와 공필(公弼)은 육경(六卿)(판서)의 우두머리로서 역시 음자(蔭資)(음관의 자급)에

大峯은 熙止를 稀枝로,

제수되었으며, 대간이 외람되게 주어진 관작에 대하여 굳이 논쟁할 때에 즈음하여 그 시비를 논하는데 참여하지 않고 위의 뜻을 영합하여 여러 가지 아첨하는 말을 하였으니, 그 바른 의논에 용납되지 못하는 것은 당연한 일입니다.

마땅히 머리를 땅에 대고 사죄하기에 겨를이 없어야 할 것인데도 탄핵받은 것을 마음 아프게 생각하여, 전하께서 다시는 가부의 논란을 들어 보지 않으실 것이라고 말하기까지 하며 다투고 변명하기를 서로 송사하듯 하니, 그 뜻이 위로는 전하의 간(諫)함을 거절하시는 마음을 굳히고 아래로는 언관(言官)을 꺾어 자기를 논란하지 못하게 하려는 것에 불과한 짓입니다.

그 조짐이 어찌 두렵지 않습니까.

예로부터 대신이 자기에게 거슬리는 사람을 중상한 일은 있지만 내놓고 기탄없이 모함하고 시기하기를 세좌(世佐)의 무리와 같이 한 사람은 아직 듣지 못하였습니다. 빨리 그 정상(定相)을 심문하여 대간을 위태롭게 할 기미를 방지하소서."

대봉은 임금께서 그 사실을 불문에 그치도록 하자, 다음 기회에 그것을 말하려고 하는 차에 궁궐 안에서 벼락을 맞는 일이 발생하였다.

그 일로 인해 벼락으로 정전이 파손되는 등으로 임금께서는 재상 및 의정부, 육조. 한성부, 대간, 홍문관을 인견(引見)하여 물었다.

그전에 승정원에서는

"전번의 벼락 친 변괴는 비록 대궐 안이었지만 모두 정전이 아니었는데, 이번에는 정전에 쳤으니, 그 변괴스러움이 큽니다. 대저 재변이 일어나는 것은 대개 위의 실덕에서 오는 것입니다. 지금 이것을 해소

시킬 길로써 응당 거행하여야 할 고사(규칙과 정례)가 있어서, 거행할 것
은 마땅히 거행하겠사오니, 성상의 몸에 관한 일은 전하께서 특별히
유념하시어, 마음을 바르게 하고 몸을 닦아 하늘의 꾸지람에 보답해
야 하겠습니다." 라고 하였다.

그 당시 임금께서는 사고 난 정전을 피하여 다른 곳 즉 희정당에서
정무를 보면서, 먹고 있는 반찬의 수를 줄이며, 재상 및 의정부, 육조,
한성부, 대간, 홍문관을 직접 대면(인견)하여 물었다.

윤필상, 노사신, 좌의정 어세겸, 우의정 한치영, 좌찬성 이극돈,
판부사 이극균 호조 판서 이세좌, 이조 판서 유순 등 의정부 및 육조
와 한성부 그리고 대사헌 이집, 대사간 최진, 사간 홍식 그리고 부제
학인 대봉 등 여러 신하들은 여러 가지 안들을 오랜 시간에 걸쳐 말
했다.

흔히 6가지 제안들이었다.

'정사의 잘 잘못과 민간의 복리와 병폐를 물어 보아 하늘의 재변을
해소시키도록 하옵소서.'

'정사를 부지런하게 하시어 하늘의 경계에 삼가 하소서.'

'그 미결된 세월과 정상을 참고한다면 백성들의 원통이 반드시 풀
릴 것입니다.'

'부지런히 경연에 납시어 날마다 여러 신하들을 접견하시어 재변을
해소시킬 도리를 다하소서.'

'정사에 부지런하고 백성을 구휼하는 것이 큰 강령입니다.'

'전하께서는 즉위하신 이래 조회도 보지 않고 경연에도 납시지 않으
시며, 또한 대간이 오랫동안 궐하(임금 앞)에 엎드려 있느라 직무를 보지

못하고, 백성들의 원통한 일도 역시 많으니, 이런 것들을 유념하셔야 할 것입니다.'

'전 임금(성종)께서는 하루에 세 번씩이나 경연에 납시고 매일 아침마다 정사를 보시면서도 오히려 부족하게 여겨 또한 야대(夜對)까지 하셨습니다. 전하께서 전 임금의 자리를 계승하셨으면서도 전 임금의 뜻을 본받지 않으시는 것은 어쩐 일입니까?' 등의 많은 말을 하였다.

임금께서는 '경들의 말이 옳도다. 근 일 내가 서증(暑證)(더위를 못 참는 것)이 있는데다 일기가 몹시 덥기 때문에 경연 등의 일을 오랫동안 폐하고 행하지 않았으니, 이것이 재변을 가져올 만하다.'하면서 경연의 참가를 약속하였다.

그러나 임사홍건에 대하여 대사헌이 발언을 하자 그 문제로 대간들 간에 논란이 많았다.

임사홍은 10여 년 전에 귀양상태로 있었다.

대사헌 이집은 5, 6개월 동안 반복하며 차자(箚子)(상소의 일종)로서 진달하기 까지 하여도 전하께서 한 결 같이 들어 주지 않으니, 깊이 통분하게 생각한다며,

'임사홍은 본래부터 하나의 악덕한 인간인데도 과람(過濫)(분수에 넘치게)하게 준 가자(加資)(3품 이상 직급을 올리는 것)를 개정하지 않으시니, 이것은 전하께서 반드시 대간을 이겨낼 것이라는 마음을 먼저부터 속에 가지셨기 때문입니다.' 하였으나

'사홍 등의 일은 전일(前日)에 이미 의논한 일이다.' 라고 임금께서는 말씀하셨다.

그러나 이집은

'옛 부터 소인을 등용하면 반드시 나라를 어지럽혔던 까닭에 신 등이 사홍 등의 가자(加資)를 개정하자고 청한 것인데 들어 주지 않으시고, 또 의논을 모으게 하였습니다.' 라고 하였으나

임금께서는 '사홍 등의 일은 재상들의 의논이 만일 잘못되었다면 고치기가 어찌 어렵겠는가.'하면서 재상들에게 그 책임을 돌리 듯 하였다.

집의 강경서(執義 姜景敍)는,

"사홍 등의 일을 대간이 논계(論啓)하였으되, 여러 달이 되도록 고치지 않았기 때문에 '별빛이 낮에 나타나고 흰 기운이 하늘을 가로지른 것'이며, 또한 월식과 우박의 재앙이 있으니 하늘의 꾸짖음이 현저하다 하겠습니다." 하였다. 그러면서

"전하께서 만일 그때에 간하는 말을 받아들이어 공구하고 수성(修省)하시었다면 반드시 이런 변이 없었을 것입니다."하면서

'태무(太戊)(은나라 7대 임금)가 덕으로 상곡(桑穀)의 재변(災變)[1]을 없앤 것과 무정(武丁)(은나라 20대 왕)이 덕을 닦아 꿩이 우는 재변(災變)을 해소시킨 고사[2]를 예로 들고는

그러면서 강경서(姜景敍)는 '전하께서 덕을 닦고 정사를 거행하신다면 재앙이 도리어 상서가 될 것이나, 그렇지 않으신다면 손상과 파멸이 오게 될 것입니다.'하였다.

---

1 뽕나무와 닥나무. 즉 두 나무가 뜰에 생겨나 하룻밤 사이에 두 나무가 많이 크므로 임금이 두려운 마음이 생겨, 이척(伊陟)이란 신하의 말을 들어 보고 덕을 닦았더니, 두 나무가 한꺼번에 말라죽은 것을 고사한 것을, 재앙과 상서의 조짐을 비유한 것.

2 은나라(殷) 고종(高宗)이 제사 드리는 데 꿩이 솥귀에 올라가 울므로 고종이 변괴로 생각하고 덕을 닦아 은나라를 중흥시킨 고사.

大峯은 熙止를 稀枝로,

장령 강겸은, 전하께서는 임사홍은 '우두머리 간물(간사한 인물)이다.' '소인이다.' 하시면서도 바로 개정하지 않으시고, 또 간사한 의논을 한 신하들을 국문하지 않으시니 더욱 통분하고 애석합니다. 라고 하였다.

더불어 장령 조형은 전하께서는, 홍문관의 차자를 청하는데도 윤허하지 않으시고, 또 면대를 청하면 하교하시길, '이같이 더운 시기에 사홍의 일로 하여 관복을 갖추고 너희들을 볼 것인가?' 하셨으니,

'이것은 전하께서 경각(깨우쳐 깨닫게 함)하시는 마음을 갖지 않아 무슨 일이나 거절하시는 것입니다. 청컨대 오늘은 전교를 들어 보고 물러가게 하여 주소서.' 하니,

임금께서 이르기를,

"하늘의 변괴가 반드시 사홍 등의 가자 때문에 온 것은 아닐 것이다. 그러나 대간의 말이 이러하니 도로 빼앗는 것이 어찌 어렵겠는가." 하시고는 좌우 신하들에게 물었다.

윤 필상은 아래와 같이 대답하였다.

"오늘의 재변을 적실하게 사홍의 가자 때문에 온 것이라고 지적할 수 없습니다. 그러나 대간의 말은 물론, 일을 폐지한 지 오래되어, 원통한 일을 풀지 못하는 사람이 또한 많으므로 그 화 때문에 재앙을 불러들이는 일이 있으므로 장차 이러한 일 때문에 일어 날 일이 있게 될 것이오니, 청컨대 대간의 말을 들으소서."

또한 세겸은,

"지금 사홍에게 가자한 것은 일을 맡기는 것도 아니요, 또 사홍이 국가에 관계되는 사람도 아니오니, 비록 그 가자를 회수하더라도 또한 그 일에 해로울 것 없으니, 청컨대 힘써 대간의 말을 들어 주소서." 하

였다.

치형^{致亨}은 역시 '신의 의견 역시 세겸과 같사오니 들어 주소서.'하였다.

이에 자광^{子光}은 아래와 같이 말하였다.

"지금 대간들이 기필코 청한 대로 하고서야 물러가기로 하는 것이니, 원컨대, 먼저 옳고 그름을 결정하시어 군세게 결단하소서. 우유부단^{優柔不斷}하는 것은 제왕^{帝王}의 미덕이 아닙니다."

하니, 임금께서 이르기를,

"공신에게 한 계급 더 주는 것이 흥망에 관계되지 않을 것 같다. 그러나 대간이 한 사람이 아니니, 비록 한 사람이 잘못 생각하더라도 그 밖의 사람들이 어찌 다 그렇겠느냐. 만일 재변을 해소시키려면 바른 의논을 들어 주어야 할 것이니, 임사홍의 가자를 도로 빼앗으라."

하였다.

그러나 도승지 신수근이 말하기를, '다만 사홍의 가자만을 고칠 것입니까?'

하자, 임금께서는, '대간이 아뢴 대로 다 빼앗으라.'하셨다.

이때 대봉은 한 마디 하였다.

"그 일이 잘못되면 그 일에 대한 재앙이 나타난다는 것은 분명합니다. 사홍의 가자 때문에 나타난 것이라 하여 모든 것을 빼앗을 수는 없습니다. 옛날 진^晋나라 무제^{武帝}때에 벼락이 함장전^{含章殿}의 기둥을 친 일이 있었는데, 이번은 바로 정전이니 함상전의 것보다도 심한 일입니다.

전하께서 즉위하신 후에 경연에도 나오시지 않고 여러 신하들을 접견하지도 않으시어 아랫사람들의 정성이 위에 통달되지 못하였으니, 이 역시 재앙을 가져올 수 있습니다."

大峯은 熙止를 稀枝로,

그러자 홍식과 강경서가 날카롭게 말하기를,

"희지의 말은 반드시 사정(私情)이 있는 말입니다. 희지가 본래 사홍과 서로 교분이 있으므로 구출하려고 말을 꺼낸 것입니다. 옛날 왕안석(王安石)이 '천변(天變)(기상의 이변 등)은 무서워할 것이 못 된다.' 하였는데, 희지의 말이 이와 같으니, 국문하지 않을 수 없습니다."

하였다,

그러나 임금께서는 '각기 그 뜻을 말한 것인데, 어찌 국문할 수 있는가?'

하였다.

대봉은 자신이 사홍과는 친밀한 관계가 있다는 말에 '친밀의 관계가 어떠한 것인지'를 묻고 싶었으나 말은 하지 않았다. 사홍과 물적인 교분이 있었거나 아니면 신분관계로 은밀한 관계가 있었다면 사홍과 사적인 관계가 있었다고 말할 수 있었으나 아무런 관련이 없었으며 오히려 정책적인 관계로 그를 심히 나무랐던 기억이 있을 뿐이었다. 지금은 오히려 임금께서 경연에 참여하지 못함을 나무랐던 것이다.

응교(應教) 이수공(李守恭)은 임사홍의 가자와 덧 붙여, '토목 공사도 역시 재앙을 가져올 수 있을 것입니다. 해소시키는 길도 잠시 인견하는 동안에 다 강구할 수는 없으니, 청컨대 널리 물어 보고 광범위하게 수집하며 토목 공사를 모두 정지하여, 하늘의 꾸지람에 보답하소서.' 하였다.

교리(校理) 김전(金詮)은 '공신의 가자는 진실로 모두 고쳐야 할 것입니다.

또한 근자에 전하께서 과도하게 시행한 일이 너무도 많았으니, 청컨대 두루 생각해 보고 둘러보시어 모든 토목 공사와 내원(內苑)의 동물이나 노리개 거리를 일체 정지하고 없애소서,' 하였지만, 그 말이 끝나기도

전에 임금께서는

"지금 이 아뢴 말들을 각기 글로 써서 아뢰라."

하였다. 임금께서는 사홍에 대한 얘기를 얼른 덮고자 하신 것 같았다.

임사홍은 '하늘의 변괴가 무서울 것 없다'는 말 때문에 죄를 당하더니, 이즘에 역시 하늘의 변괴 때문에 그 가자를 회수 당하게 되었다.

대봉은 사홍의 가자 회수 건에 대해 이렇게 여겼다.

대봉은 임사홍의 10여 년 전에 한 말 '흙비는 재이(災異)가 아니며 제사가 연이어 있는 시점에 마음만 반성하면 되지 자연현상 때마다 금주(禁酒)를 해대면 어찌 살라는 말인가. 금해봤자 벼슬아치들은 무사하고 백성들만 적발될 뿐.' 이말 때문에 대신들이 이처럼 각을 세우고 있음에 놀라지 않을 수 없었다. 어쩌면 '벼슬아치들은 무사하고 백성들만 적발 된다'는 그 말이 대신들에게는 임사홍을 나쁜 사람으로 몰았는지도 모를 것이다.

「사홍의 가자(加資) 때문에 나타난 것이라 하여 모든 것을 빼앗을 수는 없습니다....

전하께서 즉위하신 후에 경연에도 나오시지 않고 여러 신하들을 접견하지도 않으시어 아랫사람들의 정성이 위에 통달되지 못하였으니, 이 역시 재앙을 가져올 수 있습니다.」

더불어 대봉은 그 일로 인하여 자신이 큰 오해를 받고 있음이 마음이 아팠다.

이에 대봉은

"오늘 사대(賜對)에서 여러 신하들이 모두, 경연에 나가실 것과 여러 신하들을 접견하실 것과 간하는 말을 받아들일 것과 원통하고 억울한 일

大峯은 熙止를 稀枝로,

을 풀어 줄 것 등의 일을 아뢰었습니다.

다만 임사홍의 가자만을 회수하게 하시므로 신이 전하께서 사홍의 가자를 강등하는 것으로 여겨 몸을 닦고 반성하는 것처럼 염려되었기, '하늘의 꾸지람과 경고가 비단 가자 한 가지 일만이 아니라 하여 전하께서 신하들이 아뢴 여러 가지 일에 유의하시어 더욱 하늘의 꾸지람을 근신하시게 하려 한 것'이었는데, 말을 마치기도 전에 대간이 신더러 사홍을 비호한다 하며 공박하니, 신이 절통(切痛)하게 여깁니다."

라 하였으니, 임금께서는 '알았다.'라고 만 말씀하셨다.

대봉은 이어서 말을 하였다.

"사홍의 가자 강등할 것을 대간이 이미 아뢰었고, 전하께서 대신에게 물으시어 대신들이 모두 가하다고 한 후에 가자를 회수하게 하신 것인데, 어찌 신의 한 마디 말로 하여 갑자기 친히 내리신 어명을 고치게 되는 것입니까. 이것은 삼척동자라도 오히려 그 불가함을 알 것입니다.

신이 비록 무상(無狀)(볼품이 없지만)하지만 어찌 사홍을 덮어두려고 한 말이겠습니까?

신의 의견에, 가자를 회수하는 한 가지 일만으로는 하늘에 보답하게 되지 못하고, 오늘 대신들이 아뢴 경연(經筵)에 나가시는 등의 일을 차례차례 거행한 후에 야만 거의 하늘의 경계에 보답하게 될 것입니다. 신의 본의가 이러한 것인데, 억울하게도 대간의 논박을 당하여 해명할 길이 없습니다.

신이 말한 줄거리를 시종(侍從)이나 모든 신하들이 듣지 않은 사람들이 없습니다.

바라건대, 특별히 하문하여 주십시오.

신이 만일 털끝만큼이라도 사심이 있었다면 중한 죄라도 달게 받겠습니다. 더구나 신이 논박을 받게 되어 시종의 반열에 있을 수 없기에, 사피(辭避)(직책을 사직한다는 뜻)하겠습니다."

이에 임금께서는 '사피하지 말라.'고 하셨다.

그러나 대봉은 다시 차자(箚子)(상소)를 올리기를,

"삼가 살피건대, 진나라 효무제(孝武帝) 때에 벼락이 함장전(含章殿)의 사방 기둥에 쳤고, 안제(安帝) 때에는 사당 한 칸을 쳤었습니다. 이것이 모두 비상한 변괴인데도 두 임금이 반성하고 공구(恐懼)(몹시 두려워 함)할 줄을 몰라 끝내는 어지러워지고 망하게 되었던 것입니다. 지금 선정전(宣政殿)은 바로 여러 신하들과 함께 정사를 논하는 곳인데 벼락이 어좌(御座)(임금의 자리)에 떨어졌으니, 전고에 없던 천변입니다.

전하께서도 비록 정전을 피하시고 찬수를 감하며 망각된 일과 잘못된 일을 찾으시지만, 고치신 일은 가자를 고친 것 한 가지 뿐입니다.

전하께서 이것을 가지고 하늘의 꾸지람에 답하였다고 하시렵니까?

짐승을 궁궐 안에 기르면서 노리개로 삼고, 공장(供狀)(공방에서 일하는 사람)들을 불러들여 괴상한 기교를 부리며, 토목 공사를 연달아 일으켜 선왕들의 옛것을 모두 철거해 버리고, 새로 만들었으며, 소장의 재결(疏狀 裁決)을 해당 유사(有司)(담당 관리)에게 맡기지 않고 사의로 결단하시며, 깊은 궁중에서 같이 있는 사람은 환관이나 궁첩(宮妾)(궁녀)뿐입니다.

현명한 사대부를 접견하신 날이 즉위하여 상복을 벗은 이래 대체 며칠이나 되십니까?

정직한 사람은 날이 갈수록 소원해지고, 사특하고 아첨하는 무리는 날이 갈수록 가까워지며, 학문은 진보와 고명하지지 못하고, 나라 일은 편벽한 마음에서 나오며, 외척은 총애 받아 차지하지 못할 자리를 차지하고, 여알(여인: 장녹수를 지침)이 성행하여 자주 국법을 유린합니다.”

임금이 듣기에는 좋지 않은 내용인지라 임금의 안색은 좋지 않은 듯 하였어나 대봉을 계속 말을 하였다.

“전하의 실덕이 이러 하온데, 하늘의 꾸짖어 경고함이 원인이 없다고 할 수 없을 것입니다.

전하께서 통절하게 스스로 각심하고 책망하시어 일체 전에 하신 일을 반성하신 연후에야 다소라도 하늘의 꾸지람에 보답하게 될 것인데, 도리어 구구하게 사면을 반포하는 것 같은 말단의 일이나 하려고 하시니, 전하께서 하늘에 보답하시는 실지가 어디 있는 것입니까.

한 해에 두 번 사면이 있어도 선한(보통) 사람은 벙어리가 된다는 것인데, 하물며 두어 달 동안에 경사가 있어 사면하고, 재변이 있어 사면하여, 네 번이나 내리게 되는 것이겠습니까. 비단 하늘의 꾸지람에 보답되지 못할 뿐만 아니라, 오직 양민을 해침이 심하게 될 것입니다.”

대봉의 뼈를 깎는 덧 한 말에 임금께서는 ‘알았다.’라고만 하셨다.

대봉이 다시 말하였으나 임금께서는 들어 주지 않았다. 전 임금보다는 대간들의 말을 듣지 않는 편이었다.

대봉은 유향(한나라 때 유학자)의 ‘설원’(논어를 풀이한 책)에서 윗사람에게 간언하는 다섯 가지 방법을 생각해보았다.

첫째는 정간이다. 바른 도리를 들어가면서 하는 간언이나 자칫 윗사람의 심기를 건드려 자기 몸이 위험해질 수 있다.

둘째는 강간으로 최대한 자기를 낮춰 겸손한 말로 하는 간언이다. 그런데 너무 에둘러서 하다 보면 정작 윗사람이 그 말을 못 알아듣는 경우도 있는 것이다.

충간이 세 번째 이다. 임금의 역린(임금의 분노를 자극하는 것)을 건드리지 않으면서도 충직하고 간절하게 하는 간언이다. 충신이라야 가능하고 종종 어리석은 임금도 이런 충간에는 감동한다고 한다.

넷째로 당간이다. 맥락도 살피지 않고 그저 고지식하게 하는 간언이지만, 임금도 바꾸지 못하고 자기 몸만 위태로워지기 십상이다.

마지막으로 풍간이다. 은근히 일깨워주는 간언이지만, 이때는 그 풍자에 담긴 뜻을 임금이 포착하도록 하는 것이 중요하다.

그렇다면 어떻게 해야 하는 것이 가장 바람직한가?

유향이 말하기를 '무릇 간언하지 않으면 임금을 위태롭게 하고 고집스럽게 간언하면 자기 몸이 위태로워진다면 임금을 위태롭게 하기 보다는 자기 몸이 위태로워지는 것이 낫다.

하지만 자기 몸이 위태로워지고서도 끝내 그 말이 쓰이지 않는다면 간언은 실로 아무런 효과가 없다. 따라서 일의 이치를 아는 자는 임금의 마음을 헤아려 상황에 알맞게 완급을 조절함으로써 그 마땅함을 따르니 위로는 감히 임금을 위태롭게 하지 않고 아래로는 자기 몸이 위태로워지지 않는다. 곧 '지자(슬기로운 사람)'이다.' 나는 지금 어디에 있는 것일까?

이튿날 경연을 참가한 후 대사헌 이집과 대간들이 전날에 대봉이 한 말에 대해 논박을 하였다.

대사헌은 "어제 양희지가 전하께서 임사홍의 가자를 도로 회수하라고 명하시는 것을 듣고, 바로 아뢰기를, '사홍 등의 가자를 빼앗는 것으로 어떻게 천변에 보답하게 될 것이냐?' 하였는데, 이런 사실을 죄주지 않으면 누가 감히 곧은 말을 하겠습니까. 반드시 모두 아첨하려는 마음을 가지게 될 것입니다."

하지만 임금께서는 '이미 여러 사람의 의논을 모은 것인데, 그 한 사람의 말을 들을 것인가?'하였다.

대사헌이 말하기를, '비록 죄를 주지 않더라도 (대봉의)경연관의 직을 그만 두시오소서.' 하였다.

사간 홍식은 말하였다.

"어제 조정 신하들을 대대적으로 모이게 한 것은 바른 의논을 들으려 하신 것인데, 희지가 아첨하기를 이렇게 하였습니다. 대개 시종의 자리에 있는 사람은 비록 소소한 과실이 있더라도 결코 그대로 있을 수 없는 것인데, 하물며 희지 이겠습니까? 속히 시종의 직을 갈고 아울러 그 정실도 국문하소서."

임금께서는 '예전에도 문신이 아니지만 된 사람이 있었고, 왕후의 친족이라고 하지만, 합당하다면 무엇으로 불가할 것이 있겠는가.'라고 대답하셨다.

안침이 말하기를, '희지가 정실이 있었는지 없었는지는 알 수 없으나, 다만 그 말하는 상황이 매우 옳지 못했습니다. 어제 가자를 개정하게 된 것을 사람들이 모두 쾌하게 여겼는데, 희지가 갑자기 이 말을 꺼낸 것은 대단히 안 된 일이었습니다.' 하였다.

임금께서는 '각기 그 뜻을 말한 것이다.' 하였고

식이 말하기를,

"희지가 노공필, 이세좌와 함께 사홍을 사귀었기에 신 등이 처음부터 희지가 반드시 이럴 것이라고 생각하였는데, 지금 과연 그러한 것입니다." 하였다.

그외 홍한, 허침, 홍귀달, 정문형, 안침 등이 '사면이라는 것은 양민을 해롭게 함이 심하여 군자의 불행이요, 소인의 요행인 것이니, 함부로 내릴 수 없습니다.' '검약을 숭상하고 사치를 제거하며, 학문에 부지런하고 묻기를 좋아하며, 군자를 친히 하고 소인을 멀리하며, 날마다 어진 사대부를 접견' '임금의 경연 습관' 등을 말하였으나 임금은 별다른 대답을 하지 않았다.

지평(사헌부 정5품) 손번과 정언(사간원 소속 정6품) 송흠이 아뢰었다.

"희지가 어찌 사홍이 소인임을 알지 못하겠습니까. 그런데 어제 면대할 때에 말하기를, '그 가자를 도로 빼앗는 것이 천변에 보답하는 데 무슨 도움이 될 것이냐.'고 하였으니, 추국(중 죄인에게 죄를 줌)하여 죄주기를 바라옵니다."

그러나 임금께서는 '희지의 말은 나도 직접 들은 것인데, 아무런 정실이 없었다.'라고 하셨으나 두 사람이 다시 아뢰었으나, 그 말을 들어주지 않았다.

그 후 2일이 지나 7월 초 하루 날에 경연이 끝나고 대간들이 상소하는 중에 집의 강경서가 아뢰기를,

"요사이 천재가 자주 일어나니, 바른 마음으로써 닦고 반성하여 한 가지 생각도 경홀함이 없어야 하겠습니다. 예로부터 하늘이 경계하는 것을 삼가 한다면, 그 형상은 있을지라도 그 조응(서로 일치하게 대응함)은 없으며, 삼가 하지 않는다면 상패(쓰라림 패배)가 마침내 이르는 법입니다.

하늘의 경계를 삼가는 길은 사심을 억제하고 사욕을 막는 데 있습니다. 만약 사심이 없으면, 광명정대하여 천지는 제자리하고, 만물은

大峯은 熙止를 稀枝로,

육성되어, 재이가없을 것입니다. 그런데 양희지는 임사홍의 자급(資級)을 뺏는 것이 천변(天變)에 순응하는 데 합당하지 않다고 하니, 이는 소인에게 아첨하고 전하를 면전에서 속인 것입니다. 그래서 전하께 국문할 것을 요청하였는데, 전하께서 듣지 않으시니, 매우 미편(未便)합니다."하였다.

헌납(獻納) 손중돈(孫仲墩)도 아뢰기를,

"전하께서는 대신과 문안(文案)에 의거해서 처결하지 않고 위에서 홀로 결단하시니, 신은 전하께서 사심을 가지고 계신다는 인상을 면하지 못할까 두렵습니다.

양희지가 시종으로서 전하께 등대할 기회를 갖자, 임사홍의 가자를 뺏는 것이 천견(天譴)(하늘에서 주는 허물)에 순응하는 것과 관계되는 것이 아니라고 하였으니, 그 면전에서 전하를 속인 것이 이 같은즉, 마땅히 죄를 다스려야 하겠습니다."

그러나 어세겸, 이극균, 중돈(仲暾)은 앞 사람과 달리 다음과 같이 아뢰었다.

"희지의 뜻은 계근(戒謹)(경계하고 삼가는 일)하는 일을 광범위하게 말하려는 것이며 사홍의 가자를 뺏는 것으로서 천견에 응하는 일이 못 된다는 것은 아니옵니다."

"희지가 만약 사홍을 비호할 마음을 두었다면, 희지 하나쯤이야 아낄 것이 없겠지만, 만약 그 마음이 없었다면, 대간의 말들이 너무 과하지 않습니까?"

"그때 대간이 들은 자가 하나가 아니요, 안침(安琛)도 또한 일찍이 그 잘못을 낯 대고 따졌습니다."

이에 임금께서는 '변소에 간다.' 고 말씀하시고는 얼마 후 돌아와서는 '희지를 국문을 하라.'고 하였다. 그러나 국문하라고 말을 하였지만 실질적으로 국문은 이루어지지 않았다.

이틀 후에 사헌부가 양희지의 직첩을 환수하고 국문할 것을 청하였으나 임금께서는 아래와 같이 말씀을 하셨다.

"희지가 비록 임사홍과 본래 친분이 있다 해도, 여러 신하들이 정론(正論)을 벌이는 때에 어찌 정을 끼고 말했겠느냐. 희지의 말에 '한낱 사홍의 가자를 뺏는 것이 어찌 족히 천견(天譴)(하늘에 비교한다는 것)에 보답이 되겠느냐.'고 한 것은 말이 좀 의심스러우니, 이 같은 정론을 하는 사람을 어찌 국문할 수 있겠느냐?"

결국 임금은 대봉이 정론을 얘기한 것이므로 처벌이 불가능 하다는 것이다.

5일 후에 장령 조형(趙珩), 정언 조순이, 안처량, 신자건(愼自健), 한훈(漢訓) 등이, '양희지가 면전에서 임금을 속였으므로, 법사로 하여금 국문하게 했는데 보고가 없습니다. 내버려두라고 명하시는 것은 매우 미편하옵니다.'

하였으나, 들어주지 않았다. 역시 정론을 얘기한 것 때문이다.

사헌부가 다시 아뢰었다.

"양희지가 임사홍을 비호하기 위하여, 홀로 뭇사람의 의론을 배격하고 거짓으로 주달하였으며, 서면으로 묻는데도 항거하고 보고하지 않으니, 청컨대 다시 국문을 하옵소서."

하였으나 임금께서는,

"희지가 비록 사홍과 더불어 있다고는 하지만, 정론을 듣기 위해 연방(延訪)(여러 신하들과 정사에 대하여 묻는 일)하는 이때에, 어찌 사정으로 비호를 하였겠는가. 하물며 '가자 하나를 뺏는 것으로는 천견에 대한 보답이 되지 못한다.'는 말은, 역시 불가한 것이 아니니 그만두라."

大峯은 熙止를 稀枝로,

하였다.

한편 사간원에서는 임금께서 급히 해야 할 일 8가지를 말하면서 대봉의 문책건과 관련하여 상소를 하였으나 윤허하지 않았다. 사간원에서 상소한 '급무 8가지'의 주 내용은 아래와 같다.

『"신 등은 생각하건대 선비가 세상에 나면 밝은 임금과 지우(知遇, 자신의 인격이나 학식을 맞추어 남을 후히 대우함)를 맺어, 당세의 일을 담론하고 그 임금으로 하여금 요(堯)·순(舜) 같은 임금을 만들며, 그 백성으로 하여금 요·순의 백성을 만들려고 하지 않는 사람이 누가 있겠습니까. 그런데도 능하지 못함을 염려하는 것은, 대정(大庭, 조정)의 책(策)을 아뢰며 강도(江都)의 명을 내리고, 불골표(佛骨表)[3]를 올리매 조양(朝陽, 아침 해)의 배척이 있기 때문이오니, 기휘(忌諱, 꺼리어 싫어함)가 날로 깊어지고 강직한 의논이 들리지 않는 것은 국가의 행복이 아니옵니다.

지금 전하께서는 재앙을 만나자 두려워하여, 몸을 기우려 덕을 닦듯이, 무릇 천계(天戒, 하늘의 가르침)에 삼가하는 것이라면 지극하지 않는 것이 없는데, 오히려 궐유(闕遺, 큰 근심)가 있을까 염려하여 또 구언(求言, 신하의 바른 말을 구함)의 전교를 내리시니, 진실로 말 한 마디만 들어주신다면 만 번 죽더라도 영광이 되겠습니다. 신 등이 모두 변변치 못한 사람으로 언책(言責, 잘못을 꾸짖고 나무람)에 대죄했기 때문에 심오하고 원대한 경륜을 널리 열거하여 다스리는 도를 밝히지 못하고, 당금의 급무 8가지 일만을 채록하여 조목별로 아룁니다. 바라옵건대 전하께서는 유의하여 주옵소서.

---

3   한유(韓愈)의 불골표를 말한 것임. 헌종(憲宗)이 불사리 즉 불골(佛骨)을 서역(西域)에서 맞아들이므로, 그것을 간하여 표를 올렸는데, 이로 인해 마침내 한유가 조주(潮州)로 쫓겨나게 되었음.

1. 경연에 납시고 청정^{聽政}에 부지런히 할 것입니다. 예로부터 임금이 경연을 베풀어 성인의 학문을 강한 것은, 대개 제왕의 도는 학문으로 말미암아 밝아지며 제왕의 정치는 학문으로 말미암아 넓어지기 때문입니다. 경전을 읽으면 성현께서 서로 전하는 심법^{心法}(마음을 쓰는 것)을 알 수 있고, 옛 역사를 보면 고금 치란^{治亂}의 특이한 자취를 알 것입니다. 그러므로 옛날 현철한 임금들은, 경사^{經史}(경서와 사기)를 궁구하여 다스리는 도를 강명^{講明}(연구하고 밝히는 것)하고, 어진 선비와 어진 대부^{大夫}(큰 벼슬하는 사람)를 접견하는 날은 많으며 내시나 궁첩^{宮妾}을 친근히 하는 날은 적었으므로 훈도^{薰陶}(덕으로 사랑함) 함양하여 훌륭한 인격이 성취된 것입니다.

원컨대 전하께서는 부지런히 경연에 납시어 낮에 세 번 접견하시고, 이어서 야대^{夜對}(밤에도)까지 하여 정신을 집중하여 강구하시되 조금도 태만하고 경홀히 함이 없으시면 한 치의 마음속에 의리가 소상히 나타나, 성학^{聖學}(유학)은 날로 성취되고 치도^{治道}(배움)는 더욱 융성할 것입니다.《서경》에 이르기를, '근심이 없을 적도 경계하시어, 법도를 잃지 마옵소서.' 하였고, 또 '하루 이틀 사이에 사기^{事機}(일이 되어가는 중요한 기틀)가 만 가지나 되옵니다.' 하였으니, 이는 순·우가 부지런히 한 바입니다.

선유^{先儒}(앞선 유학자)는 말하기를 '아침에 정사를 듣고 낮에는 신하에게 자문하고 저녁에는 명을 준비하고 밤에는 몸을 편안히 한다.' 하였으니, 바라옵건대 전하께서는 순·우·문왕^{文王}의 부지런함을 본받아 새벽에 일어나 조정에 앉아서 정사를 들으시되, 삼가하고 또 두려워하여 부지런하고도 게으름이 없으시면 여러 관직이 비우는 일이 없어 백공^{百工}(여러 신하)이 모두 빛날 것입니다.

2. 하늘의 경계를 삼가하고 백성의 은통^{隱痛}(숨은 고통)을 돌보는 것입니다.

동자(董仲舒 즉 漢武帝 때 학자.)는 말하기를, '국가가 장차 도(道)를 잃어 패망할 조짐이 있으면 하늘이 먼저 재이(災異)를 내서 견고(譴告)(꾸짖고 가르침)를 하고, 그래도 스스로 반성하지 않으면 또 괴이(怪異)(의심하고 이상히 여기는 것)를 내서 깨우치고 두렵게 하는데, 그래도 변할 줄을 모르면 상패(傷敗)(상하고 망침)가 이르니, 이는 하늘이 임금을 인애(仁愛)하여 그 난(亂)을 그치게 하려는 것이다.' 하였습니다.

지금에 재이가 거듭 나타나서 정전(正殿)에 낙뢰(落雷)(벼락을 맞다)하였습니다. 하늘이 변을 보인 것이 어찌 까닭 없이 했겠습니까? 《시경》에 이르기를 '하늘의 위엄을 두려워하여 이에 안보한다.' 하였으니, 바라옵건대 전하께서는 하늘에 순응하여 실(實)을 숭상하시고 문(文)을 버리고 하늘의 경계한 것을 부지런히 하시되, 저 요임금이 하늘을 흠약(欽若)(공경하는 것)한 것과, 순임금이 천명(天命)(하늘의 명)을 경계한 것과, 탕(湯)임금이 육사(六事)(?)로 자책한 것과, 문왕의 순일하고 또한 말지 않은 것처럼 하신다면, 음양은 화하고 풍우(風雨)는 때를 맞출 것이며 화가 변해 복이 되고 재앙이 굴러서 상서가 될 것입니다.

《서경》에 이르기를, '백성은 나라의 근본이니, 근본이 튼튼해야 나라가 편안하다.' 하였고, 당 태종은 말하기를 '백성은 나라에 의지하고 나라는 백성에게 의지하기 때문에, 나라의 근본이 한 번 흔들리면 나라는 따라서 망하므로 백성을 사랑하지 않을 수 없다.' 하였습니다. 그러기 때문에 인정은 수(壽)(장수)하려 않는 사람이 없으므로 삼왕(三王)(우, 탕, 문왕)은 살리고 상하지 않게 했으며, 인정은 부자 되려 않는 사람이 없으므로, 삼왕은 후히 하고 곤하게 않았으며, 인정이 안일하려 않는 사람이 없으므로, 삼왕은 그 힘을 절약하고 다 쓰지 않게 했습니다. 원컨대 전하께서는 홀아비와 과부를 불쌍히 여기시고 가난하고 궁핍한 자를 구원하시며, 요역(徭役)(어른의 부역을 대신하는 것)을 덜고 부렴(賦斂)(조세를 매기는 것)을 없게 하시며, 백성의 굶주리고 빠진 것 보기를 자기가 굶주리고 빠진 것 같이 보아서, 순임금의 후생과 탕 임금의 혜선(惠鮮)(은혜 베품)과 문왕의 여상(如傷) 같이 하시오면, 백성은 풍부하고 물(物)(경제)은 편안하여 나라 근본이 길이 견고할 것입니다.

3. 간하는 말을 받아들이고 참소하는 말을 막는 것입니다.《서경》에 이르기를, '나무는 먹줄을 맞으면 곧아지고, 임금은 간하는 말을 들으면 성(聖)이 된다.' 하였으니, 이는 간하는 말을 받아들이지 않을 수 없다는 것을 밝힌 것입니다. 그러나 임금의 위엄은 우레와 같고 그 세력은 만균(萬鈞)(공평한 것)이나 됩니다. 만일 길을 열어 간하는 말을 구하지 않거나 얼굴빛을 온화하게 하여 아름답게 받아들이지 않는다면, 누가 즐겨 목구멍을 굴리고 기휘를 저촉하면서 자신을 측량하지 못하는 화(禍)의 도가니로 몰아넣으려 하겠습니까.

경(經)에 이르기를 '천자에게 쟁신(諍臣)(바른 말 하는 사람)일곱 사람이 있으면, 비록 무도할지라도 천하를 잃지 않을 것이요, 제후에게 쟁신 다섯 사람이 있으면, 비록 무도할지라도 그 나라를 잃지 않는다.' 하였으니, 원컨대 전하는 허물 고치기를 꺼리 지 마시고 몸 굽히기를 부끄러워 마시며, 정성을 다해서 대우하시고 허심(虛心)(남의 말을 받아들이는 것)하여 들으시되, 우임금이 착한 말을 들으면 절하고 탕 임금이 거슬리지 않았던 것 같이 하신다면 언로가 활짝 열려 잘못되는 일이 없을 것입니다. 만약 나도 폐장(肺腸)(마음속)을 지녔다 해서 딴 사람이 나만 못하다 말하며, 정직하다는 이름을 사려한다 하여 꺾어버리고, 임금을 경홀히 여긴다 하여

大峯은 熙止를 稀枝로,

위협하는 등 기변(임기응변)을 발동해서 과감하고 정직한 기운을 스스로 꺾어버린다면, 임금에게 맡긴 몸이라 생각하고 바른 말 하는 자는 물러갈 것이며 아첨하고 야유하는 자만이 진출하게 되어 나랏일은 날로 글러가고 화란은 계속 이를 것이니, 어찌 두렵지 않습니까. 하물며 참소하는 사람들이, 비사(남을 낮추는 말)와 감언으로 간청하고, 침윤(사상 따위가 번져나감)과 부수4)로써 호소하여 백방으로 얽어매고, 임금의 마음을 현혹할 것입니다.

임금이 만약 용납하고 살피지 않아 무슨 말이고 들어주게 되면 처비5)가 패금(돈과 비단)을 이루어 화가 헤아리지 않는 데서 일어날 것입니다.

원컨대 전하는 제순(순 임금)의 참설(중상하는 말)을 미워하심을 본받으시고 시인(사람)의 여로(잘못된 말)를 체득하시어 밝게 간악함을 내다보시면, 온갖 사특한 것이 그 정상을 감추지 못하여 참설하는 자가 자연 멀어질 것입니다.

4. 군자를 친히 하고 소인을 멀리하는 것입니다. 무릇 군자와 소인은 훈유(착한 사람과 못된 사람)와 빙탄(서로 반대가 됨)이 서로 용납하지 못하는 것과 같으니, 분변하지 않을 수 없습니다. 나오게 하기 가 어렵고 물러가기가 쉬운 것은 군자요, 나오게 하기는 쉽고 물리치기가 어려운 것은

---

4 《논어》안연편에, '부수는 기부 즉 피부로 받는 것이라, 이해가 몸에 절박함을 이른 것이다.' 하였음. 곧 목전에 화가 온다는 뜻임

5 처비는 《시경》 대아〈큰 정치〉 항백장에서 나온 말인데, 처비는 조그마한 무늬요, 패금은 찬란한 무늬로서, 곧 작은 일이 참소를 입으면 크게 된다는 뜻임.

소인입니다. 군자는 공(公)으로써 마음을 갖고 정언(正言)과 격론(格論)으로 우뚝 서서 기대지 않아, 사직(社稷) 있는 것만 알고 자기 몸이 있는 것은 모릅니다. 소인은 사(私)로서 꾀를 하고 험사(險邪)(험한 말)와 첨녕(諂佞)(아첨하는 말)으로 권세를 희롱하여, 자기에게만 이롭다면 다른 사람의 말은 걱정하지 않습니다.

옛날에 당현종(唐玄宗)은, 요숭(姚崇)(현종의 신하)을 등용하여 '개원(開元)의 치세'를 이루고, 양국충(楊國忠) · 이임보(李林甫)를 등용하여 천보(天寶)(안녹산의 난)의 난을 불렀으니, 이는 군자 · 소인의 진퇴로 말미암아 치란(治亂) · 흥망이 달려있는 것을 알 수 있으니 어찌 한심하지 않습니까. 《서경》에 이르기를 '어진이에게 맡겼으면 변경하지 말고, 사(邪)를 제거함에 의심하지 말라.' 하였으니, 원컨대 전하께서는 군자의 어짊을 아셨으면 등용을 시키되 미치지 못하는 것 같이 하시고, 소인의 아첨을 아셨으면 배척하고 먼 변방으로 내치소서. 그렇게 하시면 군자는 모두 나오고, 소인은 자취를 감추어 나라가 길이 창성할 것입니다.

5. 성헌(成憲)(정해진 법)을 준수하고 풍속을 바르게 하는 것입니다. 《서경》에 이르기를, '선왕의 성헌에 감(監)(보살핌)하여 길이 어긋남이 없게 하라.' 하였고, 《시경》에, '이를 어기지도 않고 잊지도 않아서 옛 법을 따른다.' 하였으니, 그렇다면 선왕의 성헌은 준수하지 않을 수 없습니다. 예로부터 수성(守成)(조상이 이루어 놓은 것)한 임금은 의식(儀式)이 선왕의 전통을 본받는 것을 나라 다스리는 선무(先務)로 삼지 않은 이가 없습니다. 그렇지 않으면 구장(舊章)(옛 문장)을 변경하고 어지럽혀서, 그 서업(緖業)(시초의 계획)을 떨어뜨리게 됨을 면치 못합니다.

삼가 생각하옵건대 우리 태조께서 집을 나라로 만드시어 경(經)을 세우고 기(紀)(실마리)를 베풀었으며 삼종(三宗)(정종, 태종, 세종)이 서로 계승하여 자

大峯은 熙止를 稀枝로,

손에게 정책을 끼쳐서 제도가 명비(明備)되었으며, 세조께서 신사(神思)(신비로운 생각) 예지(叡智)(꿰뚫어보는 지혜)하시어 제작(制作)의 거룩하심이 전칙(典則)(법칙)에 합하였으며, 성종께서 총명하시어, 시헌(時憲)을 준수하여 금과옥조(金科玉條)(귀한 보물)를 옥돌에 새겨 뒷 자손에게 물려 주셨으니, 그 아름다운 법과 훌륭한 뜻이 주관(周官)(관청)과 더불어 서로 표리(表裏)(앞 뒤)가 되니, 진실로 만세에 바꾸지 못할 상헌(常憲)(불변한 가르침)이라 하겠습니다.

《서경》에 이르기를 '임금은 언변으로써 옛 정사를 어지럽게 해서는 안 된다.' 하였으니, 원컨대 전하께서는 조종(祖宗)의 법을 마음 깊이 새겨 사의(私意)(사견)로써 사이가 있게 마시고 친고(親故)(친척)로서 흔들지도 마소서. 이 법을 고집하시되, 금석(金石)과 같이 견고히 하시고, 사시(四時)(춘하추동 사철)와 같이 믿게 하신다면, 우리나라의 정치가 곧 삼대(三代)와 비등할 것입니다.

대개 사도(司徒)의 직이 폐기됨으로부터 풍속이 한결같지 않고, 시(詩)·악(樂)의 교(教)가 해이함으로부터 풍속이 후하지 아니 합니다. 세상은 내려올수록 흐려지고, 다스림은 차츰 옛날과 같지 않습니다. 오늘날에 이르러서는 젊은이가 어른을 능멸히 여기고 천한이가 귀한 이를 방해하여 서로 다투어 고자질하매 예양(禮讓)의 기풍이 끊어졌으며, 자봉(自奉)(자기 몸을 보양하는 것)하는 음식이 하루에 만전(萬錢)을 허비하고 의복의 꾸밈이 참람하게 궁중과 비슷하매 사치의 풍습이 성하며, 회뢰(賄賂)(뇌물)가 공공연히 행하고 분경(奔競)(벼슬을 얻기 위한 엽관)이 풍조를 이루매 염치의 도가 상실한 것입니다. 사민(士民)(양반과 평민)의 풍습이 한결같이 이에 이르렀으니, 사소한 일이 아닙니다. 이것을 전이하는 기틀이 어찌 임금 한 몸 밖이겠습니까.

옛날 한문제(漢文帝)는 자신이 천하에 솔선수범하여 모든 백성들이 순후해졌습니다. 원컨대 전하께서는 솔선수범하여 예양(禮讓)의 가르침을 돈독히

하시고, 사치의 풍습을 금단하시되, 만약에 범하는 자가 있으면 율(법
령)에 의해서 죄를 내려 엄하게 다스리시고 용서하지 마신다면 백성이
또한 보고 느껴서 경계할 줄 알 것이며, 따라서 사유(예의염치)도 모두
확장될 것입니다.

　6. 상벌을 밝게 하고 시비를 분변하는 것입니다. 전(사람의 평생사적을 기
록하여 후세에 전하는 내용)에 이르기를, '상벌에 장칙(원칙)이 없다면 권면과
징계를 어떻게 하겠는가.' 하였습니다. 상벌이란 임금 된 이의 큰 권병
(권한)입니다. 공이 있는 자를 상주지 않고 죄가 있는 자를 벌주지 않으
면 요·순 같은 임금이라도 잘 다스리지 못합니다. 임금이 상벌함에는
천지가 만물에 대하듯 하여 재배와 경복(뒤 짚어 망하게 함)을 무심(무관심)
으로 하고, 털끝만큼이라도 그 사이에 사의가 있어서는 아니 됩니다.
원컨대 전하께서는 사은으로써 공 없는 사람에게 상주지 마시고, 사
로(개인적으로 성을 내는 것)로서 죄 없는 사람에게 벌주지 마소서. 상줄 자
를 상주고 벌줄 자를 벌주어 공정하게 처결하시며, 선한 자는 권하고
악한 자는 징계하소서. 공도(공평한 도)는 밝아 사람들이 감히 의론하지
못할 것입니다. 더구나 천하의 일은 옳은 것도 있고 그른 것도 있으며,
사도 있고 정도 있으니, 임금이 삼무사로써 거울같이 밝고 물같이 맑
다면, 시비와 사정이 밝은 천감(거울)에서 도피하지 못할 것입니다. 원컨
대 전하께서는 시비와 사정을 지공무사한 마음으로 밝게 비추고 고루
살피시어 미워해도 그 아름다움을 알고, 좋아해도 그 악함을 알아서
사가 정을 이기지 못하고 사가 정을 어지럽히지 못하게 하시면, 말은
모두 공변되고 일이 모두 이치에 맞아 말 잘하는 자가 나라를 경복하
는 근심이 없을 것입니다.

　　　　　　　　　　　　　　　　　　　大峯은 熙止를 稀枝로,

7. 안일과 탐욕을 경계하고, 절약과 검소를 숭상하는 것입니다. 《서경》에 이르기를 '나라에 안일과 탐욕을 가르치지 마소서.' 하였으니, 대개 안일과 탐욕이란 인정상 생기기 쉬운 것입니다. 그 궁실(宮室)(궁전에 있는 방)은 드높게 하려하고, 그 음식은 화려하게 하려하고 비빈(妃嬪)·잉첩(媵妾)의 받듦과 유전(遊畋)(사냥놀이)·익렵(弋獵)(새를 잡는 사냥)의 놀음과 유화(幽花)(아름다운 꽃놀이)·야초의 완상(野草玩賞)(즐겨 누리는 것)과 진금(珍禽)(진기한 새)·기수(奇獸)(기이한 짐승)의 기름이, 모두 사람의 정서를 흐리게 하고 사람의 성품을 해치는 것입니다. 머리털 만큼이라도 기미(幾微)(낌새)를 살피지 않거나, 잠깐이라도 근외(謹畏)(삼가고 두려워하다)를 갖지 않으면, 한 번 생각이 어긋나는 사이에 반드시 안일과 탐욕에 빠져서 오래지 않아 망하고 말 것입니다. 나직한 궁궐에 궂은 옷을 입는 것은 하우(夏禹)(우순 뒤를 이은 왕)의 거룩한 덕이옵고, 금을 아껴 쓰고 굵은 무명옷을 입는 것은 한문제의 검소한 덕입니다.

그들은 귀한 것으로 따지면 천자이고 부자로 하면 사해(四海)(온 천지)를 두었으되 오히려 이같이 절약하고 검소하였는데, 더구나 우리나라는 산과 바다 사이에 끼어 있어 재부(財賦)(재물)의 소산이 그 수효가 얼마 되지 않으니, 함부로 낭비해서는 아니 됩니다. 원컨대 전하께서는 안일과 탐욕에 대한 경계를 항시 마음에 두셔 감히 태만하지 마시고, 절약과 검소의 덕을 몸에 더욱 독실히 하여 조금도 방종하지 않으시면, 삼풍십건(三風十愆)[6]도 성덕을 더럽히지 못하여 법도를 무너뜨리고 예를 무너뜨

---

6 《서경》 이윤(伊尹)의 글을 모은 이훈(伊訓)에 '감히 궁중에서 노상 춤을 추거나, 실내에서 취해 노래를 부르는 일이 있으면, 이는 무풍(巫風)이라 이르고, 감히 화(貨)와 색(色)에 순하며 유와 전을 노상(遊畋)하는 일이 있으면, 이는 음풍(淫風)이라 이르고, 감히 성언(聖言)을 업신여기며 충직(忠直)을 거역하며, 기덕(耆德) 나이 많고 덕이 높은 사람을 멀리하며 완동(頑童)을 친 하는 일이

리는 과실이 없을 것입니다.

8. 외척을 억누르고 내시를 제재하는 것입니다. 예로부터 척완(척리^{威畹 威里}와 같은 말임.)을 임용한 이는 난을 이루지 않은 자가 없습니다. 진나라가^秦 양후^{穰侯 7)}를 의빙하니, 여산^{呂産} · 여녹^{呂祿} · 왕망^{王莽} · 왕봉^{王鳳}의 환^{患 8)}과 무삼사^{武三思}(즉천무후의 조카)·양국충의 난리가 모두 억제하는 법이 없고, 총임이 너무 성한^{寵任} 데에서 근원된 것이니, 이는 실로 만세의 귀감^{龜鑑}이옵니다.

원컨대 전하께서는 억제하는 법을 엄중히 보이사 권요^{權要}의 자리를 맡기지 마시고, 겸정^{謙靜}하고 퇴탁^{退托}(물러갈 핑계)하게 해서 굳은 총애와 높은 지위의 욕망을 먹지 못하게 하시면, 초방^{椒房}(산초 나물이 씨앗을 많이 뿌린다 해서 후비의 궁전을 뜻함)의 친(親)도 또한 스스로 편안하여 온전함을 얻을 것입니다. 하물며 내시의 화는 그 유래가 오랩니다. 임금이 어려서 장성할 때까

있으면, 이는 난풍^{亂風}이라 이르나니, 이 삼풍십건^{三風十愆}이 한 나라 임금의 몸에 있으면 그 나라는 망하고 만다.' 하였음.

7   양후 위염은 진나라 소왕^{昭王}의 모친 선태후^{宣太侯}의 동생)를 임용해서 권병^{權柄}(권력으로 사람을 휘어잡는 것)을 가만히 잡는 폐단이 처음 있은 후에, 폐부^{肺腑}(급소와 같은 것)를 연줄대고 성사(^{城社} 성호사서^{城狐社鼠}를 말한 것임.《설원^{說苑}〈전한^{前漢}말 유향^{劉向}이 편찬한 책으로 고대로부터 한나라^漢 때까지의 온갖 지혜와 고사^{故事}와 격언이 총망라된 교훈적인 설화집》에, "맹상군^{孟嘗君}의 객이 말하기를 '여우는 사람들이 잡고자 하는 것이요, 쥐는 사람들이 훈^燻(질식시키고자)하고자 하는 것이로되, 신은^臣 성 밑에 사는 여우가 잡히는 것을 못 보고 사창^{社倉}(환곡을 쌓아두는 것)의 쥐가 훈을 당하는 것을 못 보았으니, 그 빙의^{憑依}하는 곳을 잘 만난 까닭입니다.' 하였다." 하였음. 이는 임금 옆에 붙어 있는 근시^{近侍}를 비해 쓴 말임.

8   전한 때 여태후의 형제로서 여씨가 황태후가 된 것을 빌미로 권력을 잡았으며, 왕망은 신나라를 창업했으며 왕의 형으로서 권력을 잡음

大峯은 熙止를 稀枝로,

지 더불어 친압(항상 같이 있었음)하였으며 공·경·대부와 같이 알현하는 때가 있고, 엄탄(엄연한 것)한 것이 아니며 안색을 잘 살펴 비위를 맞출 뿐입니다. 일에는 거슬리는 법이 없이 뜻을 다 받들므로, 임금은 그 고분 고분하는 것을 즐겨서, 마치 순주(순수한 술)를 마시는데 맛이 좋아서 취함을 잊듯이 간사한 꾀에 빠지는 줄을 모르고, 작록을 융숭히 주며, 은총을 후히 하면 기염(호기)이 날로 성하여, 마침내 환란의 계제를 이룩하는 것입니다.

선유의 말이, '내시의 화는 여총보다 심하다.' 하였으니, 또한 참혹하지 않습니까? 원컨대 전하께서는 조기에 분변하시고 강경히 제재하여, 그 작질(잘못된 짓)을 높여 주지 마소서. 오직 등촉(촛불)이나 소제하는 책임만을 지우시면, 사슴을 가리켜 말이라 하는 간악과, 홍공(전한 때 환관)·석현(한나라 원제 때 환관)과 같은 역적이 감히 그 간계를 부리지 못할 것입니다.

신 등이 진술한 일은 모두 전하께서 몸소 실행하여 도솔(스스로 이끔)해 나가야 할 일이옵니다. 그러나 몸소 행하는 그 진실은 마음을 바르게 하는 데 있으니, 마음이란 다스림을 내는 원천입니다. 왜냐하면 전하의 일은 그 근본이 임금 한 사람에게 있으며, 한 사람의 몸은 그 주가 한 마음에 있으므로, 임금의 마음이 한 번 바르면 천하의 일이 바르지 않는 것이 없고, 임금의 마음이 한 번 사곡(간사)하면 천하의 일이 사곡하지 않은 것이 없어서, 표가 단정하면 그림자가 곧고 원천이 흐리면 흐름이 더러운 것과 같습니다.

이러므로 성제와 명왕은 이 마음을 지수(굳게 가지다)해서 비록 분화(마음이 바뀌다)하여 기복과 변화가 심한 가운데서 유독하여 마음대로 해도 모를 곳에 있더라도, 정일(한 마음으로)하고 극복해서 신명을 대한 것 같이 하고, 깊은 골짜기에 임한 것 같이 하되, 오히려 은미한 사이에 혹 차실(차질)이 있음을 스스로 알지 못할까 두려워했습니다. 신 등은 알지 못하겠습니다만, 전하께서 정일하고 극복하여 그 마음을 지수하는 것이, 과연 이 같은 공부가 있으십니다.

신 등은 원컨대 전하께서는 종시 일념을 학문에 두어, 그 덕이 닦여짐을 자신도 깨닫지 못하는 지경에 이르게 되시면, 마음이 바르고 몸이 닦여져서 집이 가지런하고 나라가 다스려질 것입니다. 선유는 말하기를, '마음을 바르게 하여 조정을 바르게 하고, 조정을 바르게 하여 만백성을 바르게 한다.' 하였으니, 그렇다면 우리 국가의 억만 년 무궁한 터전이 바로 전하의 한 마음이 바르냐 바르지 않느냐에 달려 있습니다."

하였다. 정언 조순이 이어서 아뢰기를,

"이분이 전일 인동현감으로 있을 때에, 백성에게 고소를 당하고 성주에 구금되었다가 도망했습니다. 그 후에 사면을 만나 자수를 하였고, 지금 옥구현령으로 있으니, 원컨대 추안을 조사해 보소서."

하니, 전교하기를,

"가하다." 하였다.

조순이 또 조형과 합사하여 자건·희지등의 일을 아뢰었는데, 들어주지 않았다.』

(1497년, 7월 8일, 연산 3년)

*부록 원문 참조[9]

大峯은 熙止를 稀枝로,

9　　司諫院上疏曰: 한문

臣等伏以, 士生斯世, 孰不欲結明主知, 談當世事, 使其君爲堯, 舜之君, 使其民爲
堯, 舜之民乎? 然患於不能者, 陳大庭之策, 而下江都之命, 上佛骨之表, 而有潮陽之
斥, 忌諱日深, 讜論不聞, 此非國家之幸也. 今殿下遇災而懼, 側身修德, 凡所以謹天
戒者, 無所不至, 而猶慮闕遺. 又下求言之教, 苟一言之見聽, 雖萬死而爲榮. 臣等俱
以無狀, 待罪言責, 不能廣引深遠, 以明治道, 但採當今急務八事, 條陳之, 伏惟殿下
留心焉. 一曰, 御經筵, 勤聽政. 自古人君設經筵, 講聖學者, 蓋帝王之道, 由學而明;
帝王之治, 由學而廣. 讀經傳則知聖賢相傳之心法, 觀前史則知古今治亂之殊迹, 故
古先哲王, 研窮經史, 講明治道, 接賢士大夫之時多, 親宦官宮妾之日少, 薰陶涵養,
德器成就, 願殿下勤御經筵, 晝日三接, 繼以夜對, 凝神講求, 無少怠忽, 則方寸之天,
義理昭著, 聖學日就, 治道益隆矣. 《書》曰: "警戒無虞, 罔失法度." 又曰: "一日二日萬
幾." 舜, 禹之所以勤也. 先儒有言曰: "朝而聽政, 晝而訪問, 夕以修令, 夜以安身." 伏
願殿下, 法 舜, 禹, 文王之勤, 昧爽丕顯, 坐朝聽政, 兢兢業業, 克勤無怠, 則庶官無
曠, 而百工熙哉. 二曰, 謹天戒, 恤民隱. 董子曰: "國家將有失道之敗, 則天乃先出災
異, 以譴告之. 不知自省, 又出怪異, 以警懼之. 尙不知變, 傷敗乃至. 此見天心仁愛
人君, 欲止其亂也." 今者災異荐臻, 又震正殿, 天之示變, 豈無爲而致然耶?《詩》云:
"畏天之威, 于時保之." 伏願殿下, 應天以實不以文, 克勤天戒, 如 堯之欽若, 舜之勑
天, 湯之六事自責, 文之純亦不已, 則陰陽以和, 風雨以時, 可以變禍爲福, 轉災爲祥
矣.《書》曰: "民惟邦本, 本固邦寧." 唐 太宗曰: "民依於國, 國依於民. 邦本一搖, 國隨
以亡, 民不可不恤也." 故人情莫不欲壽, 三王生之而不傷; 人情莫不欲富, 三王厚之
而不困; 人情莫不欲逸, 三王節其力而不盡. 願殿下哀鰥寡而賑貧乏; 蠲徭役而薄
賦斂. 視民之飢溺, 猶己之飢溺, 如 舜之厚生, 湯之惠鮮, 文王之如傷, 則民阜物安,
邦本永固矣. 三曰, 納諫諍, 杜讒說.《書》曰: "木從繩則直, 后從諫則聖." 此明諫之決
不可不受也. 然人主之威, 雷霆也, 其勢萬鈞也. 若不開道而求諫, 和顏色而嘉納則
誰肯轉喉觸諱, 以冒身於不測之禍乎? 經曰: "天子有諍臣七人, 雖無道, 不失其天下;
諸侯有諍臣五人, 雖無道, 不失其國." 願殿下不憚改過, 不恥屈己, 推誠以待之, 虛
心以聽之, 如 禹之拜言, 湯之弗咈, 則言路洞開, 事無過擧矣. 如或自有肺腸, 謂人莫

己, 若折之以沽直, 威之以輕君, 出機動辯, 自推敢直之氣, 則謇諤匪躬者退, 讒諂面諛者進, 而國事日非, 禍亂繼至, 可不畏哉? 況讒譖之人卑辭, 甘言之請, 浸潤, 膚受之愬, 羅織百端, 眩惑主心, 君若涵容不察, 言無不聽, 則萋斐成貝, 禍在不測. 願殿下法 帝舜之聖讒, 體詩人之如怒, 明以照奸, 則百邪不能遁其情, 而讒說者遠矣. 四曰, 親君子, 遠小人. 夫君子, 小人, 如薰蕕, 氷炭之不相容, 不可不辨也. 難進而易退者, 君子也; 易進而難退者, 小人也. 君子以公爲心, 正言格論, 特立不倚, 知有社稷, 而不知有其身者也; 小人以私爲計, 而憸邪諂佞, 竊弄權勢, 苟利於己, 不恤人言者也. 昔 玄宗, 用 姚崇而(與)〔興〕開元之治; 任 楊, 李, 而致 天寶之亂, 是知君子, 小人之進退, 治亂, 興亡之所係, 可不寒心哉?《書》曰: "任賢勿貳, 去邪勿疑." 願殿下知君子之賢, 則進而用之, 猶恐不及; 知小人之佞, 則斥而遠之, 进諸四裔. 然則君子彙征, 小人屏跡, 邦國永昌矣. 五曰, 遵成憲, 正風俗.《書》曰: "監于先王成憲, 其永無愆."《詩》曰: "不愆不忘, 率由舊章." 然則祖宗之成憲, 不可不遵也. 自古守成之君, 莫不儀式, 刑先王之典, 以爲治國之先務. 不然則未免於變亂舊章, 以墜厥緒也. 恭惟我太祖化家爲國, 立經陳紀, 三宗相承, 貽謀燕翼, 制度明備. 世祖神思睿智, 制作之盛, 動契典則. 成宗聰明, 時憲是遵, 金科玉條, 刻之琬琰, 垂裕後昆. 其良法美意, 與《周官》相爲表裏, 誠萬世不易之彝憲也.《書》曰: "君罔以辨言亂舊政." 願殿下以祖宗之法勿以私意間之, 勿以親故撓之. 執此之法, 堅如金石; 行此之令, 信如四時, 則我國之治, 直與三代而比隆矣. 蓋自司徒之職廢, 而風俗不一; 詩樂之教弛, 而風俗不厚. 世降淆漓, 治漸不古, 馴致於今, 少陵長, 賤妨貴, 爭相告訐, 禮讓之風絶矣. 飲食之奉, 日費萬錢; 衣服之飾, 僭擬宮中, 奢侈之習盛矣. 賄賂公行, 奔競成風, 廉恥之道喪矣. 民風士習, 一至於此, 非細故也. 其轉移之機, 豈外於人君之一身乎? 昔 漢 文以身爲天下先, 黎民醇厚. 願殿下躬行以率之, 敦禮讓之教, 禁奢靡之習, 如有犯者, 按律抵罪, 痛繩不饒, 則民亦觀感知戒, 而四維畢張矣. 六曰, 明賞罰, 辨是非.《傳》曰: "賞罰無章, 何用勸懲?" 賞罰者, 人主之大柄也. 有功者不賞, 有罪者不罰, 則雖堯, 舜之君不能善治. 人主之於賞罰, 如天地之於萬物栽培, 傾覆, 付之無心, 不可容一毫私意於其間也. 願殿下不以私恩加之無功之人, 不以私怒施之無辜之人. 信賞必罰, 公以斷之, 則善者勸而惡者懲, 公道明而人莫敢議矣. 且天下之事有是有非, 有邪有正. 人君奉三無私, 如鏡之明, 如水之澄, 則是非, 邪正不能逃於天鑑之孔昭矣. 願殿下於是非, 邪正之間, 以至公無私之心, 明以照之, 一以察之, 惡而知其美, 好而知其惡, 使邪不勝正, 紫不亂朱, 則言皆公論, 事皆合理, 無利口覆邦之患矣. 七曰, 戒逸慾, 崇節儉.《書》曰: "無教逸欲有邦." 蓋逸欲者, 人情之所易生者也. 欲峻其宮室, 欲麗其飲膳, 妃嬪媵妾之奉, 遊畋弋獵之戲, 幽花野草之玩, 珍禽奇獸之畜, 皆足以蕩人情, 而伐人性也. 毫髮幾微之不察, 頃刻謹畏之不存, 則一念之差, 必陷於逸欲, 而喪無日矣. 卑宮, 惡衣, 夏后之盛德也; 惜金, 衣綈, 漢 文之儉德也. 彼貴爲天子, 富有四海, 尙且節儉如此, 況我東方, 介在山海, 財賦之産, 厥數無幾, 不可妄費. 願殿下逸欲之戒, 亘存乎心, 無敢豫怠; 節儉之德, 益篤於身, 毋或縱侈, 則三風十愆, 不累聖德, 而無敗度敗禮之失也. 八曰, 抑外戚, 制宦寺. 自古任用戚畹者, 未有不致其亂者也. 秦任 穰侯, 始有竊柄之弊, 板援肺腑, 依憑城社, 産, 祿, 莽, 鳳之患, 三思, 國忠之亂, 皆源於抑制之無法, 寵任之太盛也, 此實萬世之龜鑑也. 願殿下嚴示抑制之法, 不任權要之地, 使之謙靜退托, 無固寵, 崇位之望, 則椒房之親, 其亦自安, 而得全矣. 況宦寺之禍, 其來久矣. 人主自幼及長, 與之親(押)〔狎〕, 非如公卿大夫進見有時, 可嚴憚也, 善伺顏色, 承迎旨趣, 事無違忤, 意皆稱愜, 故人君樂於便給, 如飲醇酒, 嗜味忘醉, 不知陷於奸計之中, 而隆之以爵祿, 厚之以恩寵, 則氣焰日熾, 卒成禍亂之階. 先儒之言曰: "宦者之禍, 甚於女寵." 不亦慘乎? 願殿下辨之於早, 制之以剛, 不崇其爵秩, 唯委之燈燭掃除之任, 則指鹿之惡, 恭, 顯之賊, 不得售其奸矣. 臣等所陳之事, 皆殿下躬行表率之事也. 然躬行之實, 在於正心, 心者出治之源也. 何者? 天下之事, 其本在於一人, 而一人之身, 其主在於一心, 故人主之心一正, 則天下之事無有不正; 人主之心一邪, 則天下之事無有不邪, 如表端而影直, 源濁而流汚. 是以, 聖帝明王持守此心, 雖在紛華波蕩之中, 幽獨得肆之地, 而精之一之, 克之復之, 如對神明, 如臨深谷, 猶恐隱微之間, 或有差失, 而不自知. 臣等未知殿下之所以精一, 克復, 持守其心, 果有如此之功乎? 臣等願殿下一念終始, 常典于學, 厥德之修, 至於罔覺, 則心正, 身修而家齊, 國治矣. 先儒曰: "正心以正朝廷, 正朝廷以正萬民." 然則我國家億萬年無窮之基, 在殿下一心之正不正如何耳.

正言趙舜仍啓: "李昐前任 仁同縣監, 被民訴, 囚於 星州而逃. 其後遇赦自見, 今爲沃溝縣令, 請考推案." 傳曰: "可." 舜又與 趙玘合辭啓 自建, 熙止等事, 不聽.

상소내용이 많은 지라 이를 요약한다면

1. 경연에 납시고 청정(聽政)에 부지런히 할 것입니다.
2. 하늘의 경계를 삼가하고 백성의 은통(隱痛)(숨어있는 고통)을 돌보는
   것입니다.
3. 간하는 말을 받아들이고 참소하는 말(讒疏)을 막는 것입니다.
4. 군자를 친히 하고 소인을 멀리하는 것입니다.
5. 성헌(成憲)(법)을 준수하고 풍속을 바르게 하는 것입니다.
6. 상벌을 밝게 하고 시비를 분변하는 것입니다.
7. 안일과 탐욕을 경계하고, 절약과 검소를 숭상하는 것입니다.
8. 외척(外戚)을 억누르고 내시를 제재(制裁)하는 것입니다.

어쨌든 대봉은 근 1년 동안 대간들로부터 임사홍과 관련된 것과 논박을 벌렸으나 임금께서는 불요한 것으로 여겨 답을 주지 않으셨다.

간혹 답을 주었으나 아래와 같이 말씀하셨다.

"옛사람이 말하기를, '말이 네 마음에 거슬리거든 반드시 도(道)인가를 찾아보고, 말이 네 뜻이 공손하거든 반드시 도가 아닌 가를 찾아보라.' 하였다. 너희들이 이같이 강력히 간하지만 들어줄 수 없는 일이므로 좇지 않겠다."

"비록 양희지가 임사홍에게 사정(私情)을 써서 말했다 하지만, 그날에 재상들이 말한 것은, 한갓 벼슬을 참람(僭濫)(분수에 맞지않게 지나치게 한 것)하게 주기 때문에 일어난 것이 아니라, 마침내 경연(經筵)에 나오지 않는 것과 여러 신하들을 접견하지 않는 까닭이라고 해서, 모두 나에게 마음을 바

大峯은 熙止를 稀枝로,

르게 하고 덕을 닦을 것을 권하였으며, 홍문관 관원들도 역시 이 같은 말을 하는 자가 있었으니, 그렇다면 희지의 말이 매우 잘못된 것은 아니라고 생각한다."

"희지는 하늘에 순응하는 것을 진실로 하고 겉치레로 아니 해야 한다는 뜻으로써 부연해서 말했으니 그르지 않다.

그리고 중론을 들어 임사홍 등의 자급(資級)을 도로 주기로 한 것이다. 어찌 희지의 말 한 마디로써 도로 주었겠느냐."

임금의 그 말씀은 너무나 적절한 것이었으나 대간들에게는 미덥지 않은 모양이었다. 대간들은 임사홍을 편든 것에 대해서만 그 구실을 찾는 것이었다.[10](임사홍에 대한 세평(世評))

10　임사홍에 대한 세평(世評)

1. 1478년, 성종 9년 '흙비는 자연현상'이란 주장을 펴다가 임사홍은 그날로 사림에게 '소인(小人)'으로 찍혀 퇴출 대상이 되었다. 임사홍이 감히 하늘의 경고를 무시하고 임금을 망치려 든다는 것이다.

그 이면엔 대간들이 왕실의 인척이자 성종의 총애를 받는 임사홍을 제압하겠다는 의도가 있었다.

그즈음 임사홍은 아들 임광재를 예종의 딸 현숙(賢淑) 공주와 혼인시키면서 막강한 배경을 얻은 상태였다. 권신이 될지도 모를 싹을 아예 뽑아버리자는 생각이었을 것이다.

2. 결국 임사홍은 삭탈관직 되어 평안도 의주로 유배를 떠났고 8년이 지나서야 사면됐다. 그러나 유배가 풀린 뒤에도 오랫동안 조정으로 돌아오지 못했다. 그를 단죄해야 한다는 주장이 계속됐기 때문이다. 대봉이 임사홍과 친분 또는 내밀한 관계가 있지도 안았음에도 임사홍과 가깝다는 것은 대봉의 고지식적인말(高智識的)에 대한 신입견일 것 같다.

3. 1494년, 연산군이 즉위하면서 당시 사홍의 며느리 휘숙옹주(徽淑翁主)가 연산군이 가장 총애한 여동생이었던 데다가, 연산군의 친모 윤씨가 폐위될 때 임사홍이 이를 결사

이 무렵 朴漢柱[11](박한주)(天支)(천지)는 사간원 헌납으로 있으면서 임금의 失德(실덕)을 탄핵하는 글 때문에 임금의 횡포가 심해질 것을 의식하여 평해 군수로 갔다가 고향인 예천군수로 가게 되었다. 대봉은 그를 보내면서 그와의 송별시를 보냈다.

祖席高開漢水流(조석고개한수류) 송별하는 자리 높게 열리니 한강이 흐르고,
鄕音學士出南州(향음학사출남주) 고향 소식에 학사는 남쪽 고을에서 나왔지.
襄陽耆舊今猶在(양양기구금유재) 양양(평해)의 늙은 친구들 지금도 여전히 남아서,
講道應際簿領愁(강도응제부영수) 道(도) 講論(강론) 도를 강론하며 응당 공무의 근심 들어주리.

적으로 반대한 바 있기 때문이다. '원자를 생각하소서!'가 그 내용이다.

4. 임사홍은 유생의 신분으로 세조 앞에서 경전을 강론했을 정도로 총명함을 인정받았다. 인품과 능력이 뛰어나다며 세종의 둘째 형 효령대군의 손녀사위가 됐다. 당대의 저명한 학자 최항도 훌륭한 젊은 인재라며 그를 왕에게 추천한 바 있다.

5. 그럼에도 임사홍은 왜 이렇게 타락해버렸을까. 억울한 일을 당하면 원망하는 마음이 생기는 것, 자신을 비난하는 사람에게 복수하고 싶은 것은 인지상정이다. 하지만 그러한 마음을 극복할 줄 알아야 함에도 임사홍은 그러질 못하고 '어떻게든 권력을 얻어 저들에게 복수해야지', '이 권력을 놓쳤다가는 무슨 일이 또 일어날지 몰라'하는 과도한 집착에 점점 더 악인이 되어갔다. 임사홍의 간신여부는 주로 무오사화 이후부터 많이 등장한다.

11   1459년생이며 생원시·진사시에 합격하고(1483년 성종 14) 문과별시에 급제하였다. 부모의 봉양을 위하여 자진해서 창녕현감을 지냈으며 백성들을 지성으로 보살펴 임금이 비단과 교서(教書)로서 포상하고 품계를 올렸다.
1498년 무오사화가 일어나자 김종직의 문도(門徒)로 붕당을 지어 국정을 비방한다는 죄명으로 장(杖) 80대에 평안북도 벽동(碧潼)으로 유배 후 1500년 평안도로 이배되었으며 이때 아버지의 상을 당하였다. 1504년 갑자사화에 연루되어 처형당하였다.

大峯은 熙止를 稀枝로,

그러는 사이 대봉은 참찬관(經筵)(경연 소속 정3품 관직)으로 보직을 이동하였
으며 2달 뒤에는 승정원동부승지(承政院同副承旨)[12](정3품 당상관, 공방(工房) 업무. 경연참찬관 및 수찬관(修撰官)
업무 겸.)로 관직을 제수 받았다.

임금께서 대봉에 대하여 죄를 주지 않은 것은 성종임금께서 대봉에
대한 신뢰와 행장록 작성 등으로 고생했음을 인지하셨으며, 성종임금
의 장례기간동안 성종임금을 생각하며 시묘살이와 같은 2년 동안 임
금을 생각한 것을 높게 생각한 것이었다.

---

12 승전원은 후설지임(喉舌之任) 즉 왕명의 출납, 정부의 중요 언론 담당. 승지에 임명된 사람을
　　신선처럼 바라본다는 뜻의 은대학사(銀臺學士)라 했다

16

무오사화가....

16. 무오사화가....

임금은 과거 성종임금과는 달리 학문적인 깊이는 없었으나 왕으로 서의 권위를 찾고자 하면서 자신의 위치를 확보하고 있었던 것이다. 그러면서 무언가 어두운 기색을 나타내었다.

이런 차에 예문관대교 정희량(1497년)의 상소문이 화재가 되었다.

그는 아직 30살이 안된 나이로 성종임금이 죽자 태학생, 재지유생, 등과 더불어 올린 소[1]가 문제가 되어 유배까지 다녀왔으나, 역사분야 에 많은 글을 남겼고 성종실록 편찬에 참여한 바 있다.

정희량은 '신은 보옵건대 지난달 27일 정전에 낙뢰가 있자 전하께 서는 재앙을 만났다며, 두려워하여 허물을 들어 자책하시고, 교서를 내려 직언을 구하시며 산간, 초야에 묻힌 선비들로부터 모두 폐단을 진술할 수 있게 하셨습니다. 하물며 신은 직책이 시종인데 그 우직한 마음을 다하지 않을 수 있습니까.' 하는 등의 서문을 썼었다. 그리고

---

1   정희량은 세조가 불교를 숭상하고 믿었으며 또한 이시애 난(亂)을 일으키게 한 요인이 라고 말을 하여 이목, 이자화와 더불어 유배를 당함.

                                         大峯은 熙止를 稀枝로,

본문²⁾에서는

1. 임금의 마음을 바르게 하는 것입니다.
2. 경연(經筵)을 부지런히 하실 것입니다.
3. 간쟁을 받아들이는 것입니다.
4. 현(賢)과 사(邪)를 분변하는 것입니다.
5. 대신을 공경하는 것입니다.
6. 내시를 억제하는 것입니다.
7. 학교를 숭상하는 것입니다.
8. 이단(異端)을 물리치는 것입니다.
9. 상벌을 삼가는 것입니다.
10. 재용(財用)을 절약하는 것입니다.

위와 같이 본론과 아울러 아래와 같이 상세하게 그 끝을 맺었다.

"전하께서 직언(直言)의 문을 열어 시어 저희들이 곧은 말을 할 수 있는 기회를 만났습니다.

전하께서 진실하게 구언(求言)을 하시는데 저희들이 진언(進言)의 정성이 없다면 죽어도 남은 죄가 있을 것입니다.

하오나 말을 구함이 어려운 것이 아니라, 말을 들어줌이 어려운 것이요,

말을 들어줌이 어려운 것이 아니라 말을 써줌이 어려운 것이니,

말이 착한 것이 있으면 마음에 유념하시고, 말이 채용할 만한 것이

---

2   본문의 내용을 줄인 것임. 본문은 정희량의 상소문 연산3년 7월 11일 실록 참조

있으면 주저하지 말고 쾌히 시행하시면, 사람들이 모두 '전하의 말 구하심이 성심에서 나온 것이다.' 하여 모두 간담(속마음)을 피력하여 말을 다하지 않는 자가 없을 것입니다.

만약 구하기를 성심으로써 않고, 말해도 써주지 않으면 사람들이 모두 '전하의 말 구하심은 짐짓 고사를 흉내 낸 것이다.' 할 것입니다. 뒤에 비록 말한 것을 구한다 해도 누가 다시 말을 하겠습니까."

이에 임금께서는, '그의 말에는 쓸 만한 말이 있고 쓸 수 없는 말이 있다.'고 하시고는, 정원에서 해사(해당 관청)에 지시하여 계획을 세워 시행하도록 하라는 교서를 내렸다.(정희량의 상소문. 1497년. 연산3년 7월 11일 중에서)

◆ ◆ ◆

이날 임금께서 상참과 조계를 받았다[3].

승지가 된 대봉은 임금에게

"별감 가파리가 죄를 범하고 변방으로 정배되어 갈 적에 압송해 가는 역졸에게 뇌물을 주고 도망갔으니 죄가 참대시(곧 죽게 될 시점)에 해당하므로 삼복[4]을 하고자 하옵니다."

임금께서는 좌우 대신들에게 그 뜻을 물었다.

어세겸은,

---

3 조정에서 매일 정례적으로 하는 조회이며, 대신, 중신 시종관이 매일 편전에서 임금을 뵙고 정사를 보고하던 일. 이때 흑의를 입으며 여름에는 흑마포의를 입도록 함

4 삼복: 죽을죄에 해당되는 사람을 세 차례 조사하는 것

       大峯은 熙止를 稀枝로,

"예전 법에, 늑령勒令(사슬을 묶는 죄인)으로 입거入居하는 사람 이외에, 죄를 범하고 변방으로 옮겨 가는 자는 비록 도망가더라도 준례準例(기준이 되는 예)가 죽이지 않았는데, 그 후로는 똑같은 사민徙民(귀양가는 죄인)에게 법을 달리할 수 없다 하여, 모두 사율死律(사형에 처함)에 처치하였습니다."

임금께서는

"법률이 이미 그렇다니 율에 의할 수밖에 없지 않느냐?" 하셨다.

또다시 대봉은 다음 사항을 말했다.

"춘천春川에 사는 양가良家의 여자 고음덕古音德이 간부奸夫와 더불어 본남편을 꾀어 죽였으니 죄가 능지처사陵遲處死에 해당 하옵기로 삼복三覆하옵니다."

임금께서는 좌우에게 물으니,

세겸이 아뢰기를,

"처음 추고할 적에는 언사가 각기 달랐사온데, 형장 신문이 19차례에 이르러 마침내 자복하였사오니, 조금은 의문점이 있는 듯도 하옵니다." 하자, 좌찬성 이극돈은,

"법에 '간부가 본남편을 죽이면 그 아내가 비록 몰랐다 할지라도 역시 교형絞刑에 해당한다.' 하였사온데, 지금 이미 죄를 자복하였으니 마땅히 법에 의거하여 죄를 정해야 할 것이오나, 다만 그 정상을 알지 못하기 때문입니다." 하였다.

세겸도 아뢰기를,

"처음 간음할 때는 역시 거역하다가 형세가 어쩔 수 없어서 응했다 하니, 이는 화간和奸이 아니오라 정상이 가능한 점도 있사옵니다."

이에 임금이 이르기를,

"만약 모의하여 죽일 마음이 없었다면 어찌하여 응하느냐. 지금 이

미 죄에 자복하였으니 율에 의해 처단하도록 하라." 하였다.

사람을 죽일 수 있는 죄에 대해서는 소위 요즘의 삼심제(三心)가 있어 임금에게까지 상소되어 대봉을 이에 따라 처분하였던 것이다.

날씨가 제법 추위를 느껴지던 11월에 임금께서는 상참과 조계를 받은 후, 대봉은 죄인의 삼복에 대하여 임금께 보고하였다.

"사민 박유창(朴有昌)이 가는 도중에 도망하였으니 죄가 참대시(斬待時)[5]에 해당하므로, 삼복을 하옵니다."

임금께서는 좌우 신하들에게 물으니,

좌의정 어세겸은,

"전일에 사민(徙民)[6] 가파리(加波里)가 도망하였는데, 명하여 율에 의하여 처단하게 하였으니, 지금에 또한 율에 의해 죄를 주어야 하옵니다만, 그 아내를 거느리고 들어가려고 한 것이요, 영영 도망하려는 것은 아니옵니다."

하며 죄를 감할 듯이 말을 하였다.

임금께서는,

"이는 변방으로 옮기는 것을 꺼려서 한 짓이니 율에 의해 결단해야 한다." 하였다.

임금은 죄인의 행위를 고의적인 것으로 보았던 모양이다.

---

5   참대시란 조선 시대에 참형을 집행하던 방법. 참형에 처한 사람의 죄가 대역죄나 강상죄(綱常罪)가 아닌 경우에는 만물이 자라는 시기인 봄에서 가을을 피해 형을 집행하였다.

6   조선 초기 북방 경계를 확정하고 4군, 6진 등의 군사 기지 기능을 강화하기 위해 인구가 부족했던 북방 지역에 이주 한 사람

大峯은 熙止를 稀枝로,

대봉은 또 아뢰기를,

“교서관(校書館) 제원(諸員)인 박원주(朴原株)가 서책을 훔쳐서 가지려 했으니 죄가 참형(斬刑)에 해당하므로 삼복을 바랍니다.”

이에 세겸은, ‘관물(官物)을 훔쳐 갔으니 정상이 매우 가증하옵니다.’ 하였다.

형조참의(刑曹參議) 정미수(鄭眉壽)는 아뢰기를, ‘원주는 죄가 사형에 해당된다는 것은 창고 속의 돈이나 양곡을 도둑질한 것으로 인한 때문 이온데, 이른바 돈이란 것은 금·은·동·철 같은 것이요, 이른바 양곡이란 것은 미곡(米穀) 등물 같은 것입니다. 서책은 전량(錢糧)(돈과 곡식)의 예가 아니온 데 이 법으로서 비교한다는 것은 부당할 듯하옵니다.’

이에 세겸은,

“무릇 창고에 소장된 것은 특별히 전량만이 아니 온데, 전량을 말한 것은 그 큰 것을 든 것입니다. 만약 풍저창(豊儲倉)(대궐 안에 쓰는 쌀·콩·자리·종이 등을 맡은 관아)의 종이를 도둑질했다면 장차 어떤 율로써 논하오리까?” 하자

미수는 아뢰기를,

“사형의 죄라 지극히 중한 것 이온데, 비율을 가지고 처단한다는 것은 부당할 것 같사옵니다.”

다시 세겸은, ‘비록 중한 물건을 도둑질 했을지라도 전량(錢糧)이 아니라 하여 죄주지 않는 것이 옳겠습니까.’ 로 아뢰자 임금께서는,

“사형이란 경솔히 처단할 것이 아니니 널리 전례를 상고해서 아뢰라.” 하였다.

◆ ◆ ◆

12월 21일 연말이 다가오면서 그동안 성종실록을 편찬했던 일이
마무리 되자 임금은 그에 따른 포상을 주면서 대봉에게는 실록에
직접적으로 참여는 하지 않았으나 '성종일대기'를 만드는 '행장록'등
등의 연유 등으로 종3품인 중훈대부(中訓大夫) 홍문관전한(弘文館典翰)에서 정3품 하 인
중직대부수상의원정(中直大夫守尙衣院正)으로 승급되면서 향표리(鄕表裏) 1벌을 하사하였다.

　'실록청 총재관 신승선(實錄廳總裁官愼承善), 어세겸에게는 안장을 갖춘 말 한 필과 표리(表裏)
(임금이 신하에게 내리는 옷의 겉감과 안 찜)한 벌과 비단 한 필을 하사하고, 당상(堂上)
이극돈, 유순(柳洵), 홍귀달, 윤효손, 안침(安琛), 허침, 조익정(趙益貞), 이육(李陸), 신종호(申從濩)에게
는 안장을 갖춘 말 한 필과 표리 한 벌을 하사하고, 노공필, 김제신(金悌臣)
에게는 아마(兒馬)(아마는 안장이 없는 말)한 필을 하사하고, 낭청(郎廳) 표연말(表沿沫), 김수동(金壽童),
이승건(李承健), 이거(李琚), 이균(李均), 권주(權柱)에게는 아마 한 필과 향표리(鄕表裏) 한 벌을 하사하
였다.' 그 외 정광필, 정희량, 김천령 등 20여명에게 향표리 등을 하사
하였다.

　그러나 이런 와중에 신차소가 죽었다.(1497년)
　신차소(申次韶)는 신종호(申從濩)의 자(字) 이며 할아버지는 영의정 신숙주이다,

　부응교로 있을 때 문과중시에 장원하여 세 번이나 장원을 한 것은
처음이라며 칭송이 자자한 바 있었다.

　추강(秋江) 남효온(南孝溫), 지경(支卿) 권주(權柱), 등과 함께 주문공의 옛일을 모방해서 향약
을 지었다..

　성종이 돌아가시자 『성종실록』편찬에 참여하였으며, 이번에 조정
으로 부터 말과 표리 한 벌을 하사받은 후 몸이 좋지 않은 상태에서
병환을 무릅쓰고 정조사(正朝使)가 되어 명나라에 갔다 오는 중에 개성에서
죽었다.

大峯은 熙止를 稀枝로,

대봉은 매계 등과 함께 교류하였던 신차호의 죽음을 애석해 하며
만사(輓詞)(죽은 사람을 애도하며 적은 글)를 지었다.

國伎家聲總寂寥 나라의 그릇과 집안의 명성 모두 고요한데,

哀音一夜槖駝橋 하룻밤 사이 탁타교[7]에서 슬픈 소식 들렸네.

銘旌飄拂都人泣 명정이 바람에 떨치니 모든 사람이 읍하고, 芳草凄靑

故宅遙 방초는 처량하게 푸르니 고택이 요동치네. 八斗文章驚上國 팔두

문장[8]은 중국도 놀라게 하였으니,

三魁才譽絶當朝 세 번 장원한 재주는 당세에서 뛰어났네.

憶曾靑瑣承恩地 생각하니 일찍이 대궐의 성은을 입었으니.

楊可行同申次韶 양 가행과 신차소는 같은 사람이니라.

◆◆◆

그해 봄(연산 4년 2월 19일) 대봉은 우부승지(右副承旨)(승정원 정3품 당상관, 형방(刑房)을 담당했

7　탁타교(槖駝橋): 개성에 있는 다리이다. 본래의 이름은 만부교(萬夫橋)였는데, 고려 태조 25년(942)
에 거란이 고려와 수교하기 위해 사신과 낙타 50필을 바치자, 태조가 발해를 멸망
시킨 거란을 배척하기위해 사신은 섬으로 귀양 보내고 낙타는 이 다리 밑에 매어
놓아 굶겨 죽인 뒤로 생긴 이름이다.

8　팔두문장(八斗文章): 삼국 시대 위(魏)나라 조식(曹植)과 관련된 고사이다. 남조 송나라의 시인 사영운(謝靈運)
이 "천하의 글재주가 모두 합쳐서 한 섬이라면, 조자건(曹子建)(조식의 자) 혼자 여덟 말을
차지하고, 나는 한 말이요, 나머지 한 말을 천하 사람들이 나누어 갖고 있다.(天下
才有一石 曹子建獨占八斗 我得一斗 天下共分一斗)"라고 말한 일화가 《석(釋)상담(常談)》에
실려 있다.

던 승지)로 보직이동이 되었다. 그러다가 다섯 달 후에는 충청도 관찰사 (1498년)[9]로 바뀌었다.

대봉은 성종임금이 개명토록 하였으나 원래 이름으로 사용하다가 충청도 관찰사로 임명되면서 개명된 이름 양희지(楊稀枝)로 사용키로 하였다.

대봉이 관찰사로 가는 즈음에 소위 김종직의 사초 사건이 터졌다.

사건의 전말은 7월 초순부터 김일손이 김종직의 '조의제문'을 사초에 넣으면서 사건이 시작되어 대봉이 관찰사로 임명받는 날까지 진행되었다.

그 사건이 터지면서 대봉은 관찰사로 가게된 것이 임금의 의도였는지는 알 수 없었다.

다만 작년부터 충청도에 기근 등의 문제로 관찰사가 문제가 있다는 얘기를 들은 바 있으나 그곳으로 갈 것은 생각지 못했다. 물론 대봉이 충청도 청주 판관으로 근무하다가 어머니의 상중으로 몇 개월 만에 그만두었기 때문에 그곳에 대한 미련은 남았을 지도 모른다.

대봉이 관찰사로 가면서부터 소위 '무오사화(戊午史禍)'라는 엄청난 사건이 일어난 것이다.

어느 면에서는 대봉도 김종직의 사제간(師弟)[10]이라는 사실이나 표연말,

---

9   관찰사: 각 도마다 1명이며 감사(司監) 및 지방 장관. 무관직인 절도사(節度使)(종2품), 수군절도사 (정3품)를 겸직할 수 있다. 지방행정상 사법, 경찰, 징세권 등의 권한을 가짐. 종 2품, 문관직.

10   대봉은 김종직에 대해서 사제 간 이라는 글을 표현하였으나 조정의 어느 문서에도 김종직과 사제지간이라는 관련된 문서가 없다. 표연말, 정여창, 김굉필 등의 문서에 도 마찬가지다.

                                      大峯은 熙止를 稀枝로,

정여창, 김굉필 등 많은 사람들이 친분을 깊이 나눈 20여명의 사형들이 사형 또는 유배 등을 당했음에 그 화가 곧 닥쳐올 것을 예상하였으나, 그 큰 화를 면했음은 물론이고 관찰사자리에 있게 되었으니 이것도 행운이라 할 수 있을까?

◆ ◆ ◆

몇 년 만에 청주관찰사로 가게 된 대봉은 청주 동헌(東軒)의 망선루(望仙樓)에 앉아서

대교천이 목을 메는 덧한 흐느낌과, 구슬피 우는 두견이가 고초를 받고 있는 많은 사람들을 생각하며 글을 썼다.

明州半剌昔何年	이름난 고을에서 반자[11]한지 그 언제였던가.
按節重來白滿巓	관찰사 되어 다시 오니 백발이 이마에 가득.
依舊蒼茫雙樹驛	창망한 숲과 쌍수역은 예전과 같은데,
至今嗚咽大橋川	지금의 대교천은 목이 메어 흐느끼네.
誰家深幕新巢燕	누구의 깊은 막사인가 제비가 새집을 짓는데,
遙夜空山又哭鵑	아득한 밤 공산에서 또 두견이 구슬피 우네.
老吏不知遊子感	늙은 관리는 노는 나그네 감흥 알지 못하는데,
擁途爭賀續前緣	길에서 부여안고 축하 다투니 지난 연 이어가네.

---

11 반자는 중국의 장사(長史)나 별가(別駕)같은 벼슬을 말하는데, 그 소임이 자사(刺史)의 절반에 해당한다고 해서 이렇게 이르는 것이다. 우리나라에서는 흔히 통판(通判)을 칭하는 말로 쓰인다. 과거 충정도 감사사로 갔다가 어머님이 돌아가셔서 그만두었음을 말하는 것이다.

◆ ◆ ◆

무오사화가 무엇인가?

김종직이 죽기 전에 조의제문[12]을 지은 것인데 이는 '항우가 초나라의 의제를 빌미로 세조의 정통성을 문제 삼은 내용이다.

김종직이 죽은 후, 사관이었던 제자 김일손이 사초에 글을 실었는데, 당시 실록의 최고 책임자였던 이극돈이 이를 알고 유자광에게 통보하여 유자광과 이극돈이 공동으로 임금에게 보고하여 일어난 사건이었다.

김일손이가 쓴 사초에는 '이극돈이 전라 감사로 있던 시절 세조 비 정희왕후의 상중에 장흥 기생과 어울렸다'는 내용이 김종직의 상소문과 함께 포함돼 있었다. 이극돈은 김일손에게 '정희왕후'건을 지워달라고 했으나 김일손은 거부해서 그 원한이 남았던 것이다.

유자광은 과거 '남이를 무고로 죽였다.'라는 비난을 김종직이가 한 것에 대해 김종직에 대한 개인적인 원한[13]을 품고 있었던 것을 이극돈

---

12 조의제문: 어느 날 꿈에 한 신령이 나타나 '나는 초나라 회왕인데, 항우에게 살해되어 강물에 빠뜨려졌다.' 라며 말하고는 사라졌다. '역사책에는 강에 빠뜨렸다는 말은 없는데 혹시 항우가 사람을 시켜 몰래 쳐 죽이고 그 시체를 물에 던진 것일까. 인, 의, 예, 지, 신의 법도가 어찌 중화에는 풍부하지만 동이에는 부족하며, 예전에는 있었지만 지금은 없겠는가. 천 년 뒤의 동이 사람이지만 삼가 초 회왕을 조문한다.'내용의 글을 김종직이가 지은 것임)

13 (1) 김종직이 류자광의 글과 현판을 불살라버렸는데 처음엔 류자광은 아무런 감정을 드러내지 않았다. 오히려 김종직이 사망하자 제문을 지어 애통해하면서, 김종

                                              大峯은 熙止를 稀枝로,

은 알고 있었기 때문에 자신이 처벌될 까봐 염려하여 유자광에게 보고한 것이다.

이극돈과 유자광은 '세조를 비난한다는 명목'으로 곧장 노사신(盧思愼), 윤필상(尹弼商)등과 모의한 뒤 임금에게 상소문을 올렸다.

이에 임금은 '할아버지 세조를 비난한 것에 분통'하여 12일 동안, 김일손 및 이목, 성중엄 등 많은 사람들을 심문하고 6년 전에 죽은 김종직은 부관참시(剖棺斬屍)(무덤을 파고 관을 꺼내 시신을 참수) 및 그 외 40여명이 사형 또는 유배형의 처벌을 받은 것을 소위 무오사화(戊午史禍)라고 한다.

사초(史草) 즉 역사서 때문에 일어난 사건이라 하여 '士禍 즉 선비 사(士)'가 아니고 '기록 사인 사화(史禍)' 라고 지칭하고 있다.

조정에서는 7월 27일 '김일손 등을 참(斬)한 것을 종묘사직에 공지하고, 백관의 하례를 받고 중외에 사령(赦令)을 반포하기를'

직을 중국의 옛 문장가인 한유에 비교하기까지 했다.이를 두고 당시 사람들은 당시 김종직에 대한 성종의 신임이 두터웠고 또 그 제자들이 득세하고 있었기에, 오히려 류자광이 그런 감정을 가볍게 드러내지 않고 그들과 교분을 트려는 속셈이었다고 했다. 그만큼 시대의 분위기를 잘 파악했다고 본다.

(2) 하지만 김일손의 사초 문제가 외부로 알려지면서 문제가 비화되자, 류자광은 성종이 걸어놓게 한 김종직의 당기를 떼어 불살랐다. 그리고 여기저기에 걸려 있는 김종직이 지은 현판을 모조리 없애게 했다. 그리고 류자광은 김종직을 역적으로 몰았다.

(3) 류자광은 김종직을 가리켜 "간사한 신하가 몰래 모반할 마음을 품고 옛 일을 거짓으로 문자에 표현했으며, 흉악한 사람들이 당을 지어 세조의 덕을 거짓으로 날조해서 꾸며 나무라니 난역 부도한 죄악이 극도에 달했다."고 비판했다.

또한 류자광은 간사한 신하 김종직은 나쁜 마음을 몰래 품고 그 무리들을 모아 음흉한 계획을 시행하려 한 지가 오래 되었다고 했다.

"삼가 생각하건대 우리 세조 혜장대왕(惠藏大王)께서 신무(神武)의 자질로 국가가 위의(危疑)하고 뭇 간신이 도사린 즈음을 당하여, 침착한 기지와 슬기로운 결단으로 화란을 평정시키시니 천명과 인심이 저절로 귀속되어, 성덕과 신공이 우뚝하여 백왕(百王)의 으뜸이었다.

그 조종(祖宗)(윗대 임금)에게 빛을 더한 위대한 업적과 자손에게 끼친 연익(燕翼)(조상이 자식에게 잘 되도록 하는 것)의 가르침(모훈(謨訓))을, 자자손손 이어받아 오늘에 까지 이르러 아름다운 일이었지만,

뜻밖에 간신 김종직이 화심(禍心)(남을 헤치려하는 마음)을 내포하고, 음(陰)으로 당류(黨類)(같은 무리)를 결탁하여 흉악한 꾀를 행하려고 한 지가 그 날이 오래되었노라.

그자는 항적(項籍)(항우)이 의제(義帝)(초후회왕(楚後懷王), 초회왕 심(楚懷王心))를 시해한 일에 가탁하여, 문자에 나타내서 선왕을 헐뜯었으니, 그 하늘에 넘실대는 악은 죄를 면할 수 없는 죄에 해당하므로 대역(大逆)으로써 논단하여 부관참시(剖棺斬屍)를 하였다.

그 도당 김일손, 권오복, 권경유가 간악한 붕당을 지어 같은 목소리(동성상제(同聲相濟))하여 그 글을 칭찬하되, 충분(忠憤)이 경동한 바 라 하고서 사초(史草)에 써서 불후(不朽)의 문자로 남기려고 하였으니, 그 죄가 종직과 더불어 죄과 같으므로 아울러 능지처사(陵遲處死)(소 또는 말로써 목, 팔, 다리를 찢어 죽이는 것: 일종의 거열형(車裂刑))하게 하였노라.

그리고 일손이가 이목, 허반, 강겸 등과 더불어 없었던 선왕의 일을 거짓으로 꾸며대서 서로 고하고 말하여 역사에까지 썼으므로, 이목, 허반도 아울러 참형(斬刑)에 처하고, 강겸은 곤장 1백 대를 때리고 가산(家産)을 적몰(籍沒)하여 극변(極邊)으로 내쳐 종으로 삼았노라.

그리고 표연말(표연말은 유배 중에 생을 마감했다.), 홍한, 정여창(경성으로 유배되어

大峯은 熙止를 稀枝로,

죽음), 무풍정 총
茂 豊 正 摠

이 총은 죄가 난언(막된 말)에 범했고,
李 摠   亂 言

강경서, 이수공, 정희량, 정승조 등은 잘못된 것(해코지[14])임을 알면서
도 고하지 않았으므로 아울러 곤장 1백 대를 때려 3천리를 밖으로 내
쳤다.

이종준, 최부, 이원, 이주, 김굉필, 박한주, 임희재, 강백진, 이계맹, 강
혼 등은 모두 종직의 문도로서 붕당을 맺어 서로 칭찬하였으며, 혹은
              門 徒
국정을 나무라고(기의) 시사를 비방하였으므로, 희재는 곤장 1백 대를
國 政   議議 時 事
때려 3천 리 밖으로 내치고, 이주는 곤장 백 대를 때려 극변으로 부처
                                              付 處
하였다.

이종준, 최보, 이원, 김굉필, 박한주, 강백진, 이계맹, 강흔 등은 곤
장 80대를 때려 먼 지방으로 부처함과 동시에 내친 사람들은 모두
봉수군(봉화를 지키는 사람)이나 정로간(관아서 햇불을 피우는 사람)의 역에 배정
烽燧軍   庭爐干   役
하였고,

수사관등이 사초를 보고도 즉시 아뢰지 않았으므로 어세겸, 이극
搜査官   魚世謙
돈, 유순, 윤효손 등은 파직하고, 홍귀달, 조익정, 허침, 안침 등은 좌천
                                                        左 遷

---

14 해코지: 원래 해꼬지에서 나온 말로, 바늘 같은 뾰족한 것으로 사물이나 인간에게
    손해를 주는 것을 '해'의 '꼭지'에서 나온 말의 '해꼬지'에서 '해코지'로 변용되었음.
                      害
    해코지는 새들이 처마 밑에서 둥지를 켜거나 보금자리로 활용되면서 새똥이나 기
    타 오물 등으로 더럽혀지는 것을 방지하기 위한 수단으로 삼각형의 침을 처마 밑에
    여러 곳에 달아놓는 것으로 궁궐, 사찰 등에 사용되고 있는 건축 양식이다. '해 꼭
    지'가 '해 꼬지'로 그리고 '해코지'로 변하여 남에게 또는 동물 등에게 잘못되게 하
    는 수단을 해코지로 변함. (해코지란 말이 없으나 본인이 추가함)

시켰다.

그 죄의 경중에 따라 모두 이미 처결되었으므로 삼가 사유를 들어 종묘사직에 고하였노라.

돌아보건대 나는 덕이 적고 일에 어두운 사람으로 이 간당(奸黨)을 베어 없앴으니, 공구(恐懼)한 생각이 깊어 반면에 기쁘고 경사스러운 마음도 또한 간절하다.

그러므로 7월 27일 새벽을 기하여 강도, 절도와 강상(綱常)(삼강오륜에 어긋나는 짓)에 관계된 범인을 제외하고는 이미 판결이 되었든 판결이 안 되었든 모두 사면하노니, 감히 유지(宥旨)(죄인을 특사하는 것)를 내리기 이전의 일로써 서로 고발하는 자가 있으면 그 죄를 다스릴 것이다.

아! 신하(人臣)들 이란 난리를 만들 뜻이 없어야 하는 것이다. 부도(不道)의 죄가 이미 굴복하였으니, 뇌우가 작해(雷雨 作解)[15]하듯이 마땅히 유신(惟新)(새로운 것으로 꾀함)의 은혜에 젖도록 하겠다. 그러므로 이에 교시(教示)하는 것이니, 이 뜻을 납득할 줄 안다.” 라 하였다.(연산4년 1498년 7. 27 실록)

대봉은 이 소식을 충청도 관찰사로 부임하여 며칠 만에 기별(奇別)[16]을

---

15 작해: 주역(周易)의 해괘(解卦) 대상(大象)에 ‘뇌우가 작(作)하는 것이 해(解)이니, 군자가 이용하여 과(過)를 용서하고 죄를 유(宥)한다.’ 하였음.

16 기별: 기별이란 승전원에서 그날그날의 소식을 전하던 관보(官報) 또는 조보(朝報) 이며, 관보 외에도 통문과 소식을 각 대소관청들에 전하던 것을 기별이라 했으며, 춘추관에 설치한 기별청(奇別廳)에서 발행함. 각 관청에서 소식을 듣고자 흔히 기별이 온 다는 다는 것은 기별군사(奇別軍士)가 보내는 문서인 기별에서 온다는 뜻에서 ‘조정에서 보내는 새 소식을 전해 듣는 것을 기별’이 왔다는 말다는 라는 것에서 ‘기별’이란 말이 쓰였으며, 오늘날의 일반적인 말의 소식을 뜻하는 ‘기별’의 뜻으로 변함.

大峯은 熙止를 稀枝로,

듣고는 가슴이 찢어질 듯한 아픔을 느꼈다.

대봉은 많은 사람들이 잘못된 상황을 보고 들으며 자신이 그들과 같은 처지가 되지 않음을 계기로 삼아 백성을 위한 선정을 베풀었다.

그러면서 대봉은 충청도 일대를 하나하나 답사하면서 백성들의 민원을 풀어주며 그리고 그의 마음을 글로 남겼다.

그는 음성(吟聲)에 가서는

땅이 궁박하여 산은 고을을 감추었고(地僻山藏縣), 숲이 그윽하여 새가 사람을 부르는데(林幽鳥喚人), 창에서 부는 바람에 벼류 물을 말리고(窓風枯硯水) 처마 끝 햇살은 발에 묻은 먼지를 쓸고 있다오(簷日射簾塵), 세월은 노쇠한 귀밑머리를 붙여주건 만(歲月黏衰鬢) 천지에 병든 몸을 맡겨 둔다네(乾坤任病身), 임금님 계시는 저 곳이 눈에 보이니(帝鄉長在目) 꿈 속에서도 더욱 부산하겠구나.(魂夢更紛綸)

한편 대봉은 이목(李穆)을 생각하였다. 무오사화가 터지는 첫날에 그는 의금부로 잡혀 와서 문초를 받았다.

하지만 그는 김일손(金馹孫) 등이 쓴 역사기록에 참여하지도 않았음에도, 그는 김일손과 잘 어울렸다는 이유만으로, 뒷말에는 '윤필상을 삶아 하늘에 제사를 지내야 비가 내린 다.'하는 상소 때문에 윤필상이가 그를 죽게 했다는 말 등으로, 서울로 잡혀 와 죽음을 당했다.

그는 형장으로 끌려가면서도 얼굴색 하나 바꾸지 않고 노래 한 곡조를 부르고 난 뒤 칼을 받았다.

「이 생애는 어려운 세상을 만났으니

어느 강호에 산들 즐겁지 않으랴

푸른 물결 위에는 밝은 달이 비치고

푸른 산머리에는 백운의 관이 씌웠네

내가 여기에 와서 돌아가지 않을 것이니

어찌 인간이 슬퍼하고 기뻐함을 알랴」

그의 꼿꼿함은 성균관 학생 때 이미 알려진 사실이다.

이목이 성균관에 있을 때에, 마침 성종임금은 병환으로 몸 져 누워 있었다.

대비인 안순왕후(安順王后)(예종의 계비)는 무녀를 시켜 몰래 성균관 벽송정(碧松亭) 아래에서 제사를 지내고 기도를 드리게 했다.

이 사실을 안 이목은 동료 유생들을 데리고 가서 제사를 중단시키고 무녀에게 곤장을 쳤다. 무녀는 대비에게 억울함을 호소했고, 대비는 또 성종임금에게 일러바쳤다.

임금은 짐짓 성을 내며 그 일을 저지른 유생들의 명단을 바치라고 호령했다. 성균관 유생들은 큰 벌이 내릴까 두려워서 모두 도망쳤다. 그러나 이목은 꼼짝도 않고 방을 지켰다. 이 사실을 안 성종임금은 그에게 특별히 술을 내리고 칭찬을 아끼지 않았다. 이때부터 그의 꼿꼿함을 임금도 알게 된 것이다.

◆ ◆ ◆

   大峯은 熙止를 稀枝로,

거짓은 진실을 포장하고 진실은 거짓을 품는다.

거짓이 없다면 이 역시 거짓이요, 진실만 있다면 이 역시 거짓이다. 진실 속에서 거짓이 들어나며, 거짓 속에서 진실이 들어난다. 이목은 진실 속에 거짓으로 판명되어 죽었으나 얼마 후 그 거짓은 새 임금 중종 때 밝혀졌듯이 선비들의 귀감이 된 것이다.

◆ ◆ ◆

이런 중에 어천(평안도 인근에 있다.) 魚 川 찰방(각도의 역참을 맡아보는 외직. 종6품) 察 訪 조원강이 아들 조광조(중종임금 때 문신)와 함께 대봉을 찾았다. 趙 元 綱 趙 光 祖

대봉과 조원강은 친구지간이다. 그의 아들 조광조가 도학에 깊은 조예가 있음을 널리 알고 있던 터이라, 그 아버지 조원강은 '대봉의 인맥이라면 어느 누구도 거절하지 못 한다'는 것을 알고는 17살 아들 조광조를 그에게 소개한 것이다.

대봉은 '증조수재광조'라는 소개장을 써준 것이다. 그가 소개하고자 하는 사람은 김굉필이다. 薦 趙 秀 才 光 照

그러나 그는 평안도 희천에 유배를 갔기에 조원강은 한훤당(김굉필의 號)에게 직접적으로 달려가서 정암(조광조의 호)을 소개하였다. 寒 暄 堂 靜 庵

"수재인 조군은 내 친구의 아들이다. 아직 스무 살도 안 되었으나 특별히 도를 구하려는 뜻을 가지고 있다가 김대유(굉필)가 우리 문학에 투철한 깊이가 있다는 소문을 들었던 모양이다.

그리하여 고향 어천(황해도 개평군 소재)에서 어버이 곁을 떠나서, 귀양생활을 하는 김대유 에게 가서 공손한 마음을 가지고 글을 배우겠다고 하며 나에게 소개하는 편지를 써달라고 하였다.

나는 근래 친구들과의 사이에 왕복하는 일도 끊은 지가 오래되었는데 그의 간곡한 부탁을 저버릴 수가 없어서 속된 말로 두어 구절 글을 써서 주고 이것을 김대유에게 주라고 하였다.

대유가 입고 있는 화를 혹시라도 끼쳐주지나 않으려는지?"[17] 하며 시 한 수를 보냈다. (김굉필에게 쓴 편지 원문: 대봉문집)

「證趙秀才光照」
十七趙家秀　열 입 곱살 조 씨 집안 수재
三千弟子行　공자의 삼천 제자가 가는 듯하다.
慇懃矩度志　은근히 도를 구하는 뜻이 있어
迢遽關西行　아득한 관서까지 찾아 가는 구나.

정암을 소개받은 한원당은 대봉의 말을 듣고서 '화근거리를 자신에게 넘겨주는 것이 아닌가?'

하고 대봉에게 되물었다고 한다. 대봉은 그 말의 뜻을 알고 있었을까?

정암은 훗날 중종임금 때 현량과설치와 도학정치로 명성을 날렸으나 '주초위왕'의 사건으로 결국 사약을 받는다.

아무튼 정암은 수시로 김굉필을 찾아뵙고서 학문을 배웠다.

17　贈趙秀才 光祖 幷小序: 秀才趙君. 故人之子也. 年未二十. 慨然有求道之志. 聞金大猷斯文學有淵源. 自其魚川鯉庭. 轉往大猷之熙川謫所. 爲摳衣請益之地. 要余一書紹介. 余年來. 斷絕親舊間往復久矣. 第其懇意. 不可孤. 書贈二句俚語. 俾以持示大猷. 大猷其無以爲載禍相餉否乎.

　　　　　　　　　　　大峯은 熙止를 稀枝로,

17

유배 간 친구들을 그리워하면서

17. 유배 간 친구들을 그리워하면서

대봉이 무오사화로 인하여 많은 사람들이 희생되는 것을 보고 들으면서, 과거에 친분이 있었던 사람들이 유배를 가서 고통을 겪는 것을 보면서 그들을 구할 수 없을 까 애를 썼다.

'~~(전략)이에 양공(楊)이 홀로 분연히 일어나 자신의 몸을 돌보지 않고 빈번하게 직접 잡혀 귀양 가게 된 것을 묻고 변방으로 가는 도중에 편지를 보내 송별하는데 이르렀으니, 참으로 의연하기가 남들이 미치기 어려운 것이다. 또 그가 적적하고 쓸쓸하게 던진 몇 마디 말은 무한한 상념(傷念)이 함축되어 있었으며, 끝없이 면려(勉勵)(격려) 할 것을 내포하고 있었다. 선배의 지조와 절의는 우뚝하며 교분의 도가 정중하였다는 것을 마침내 그 만분의 일이라도 미루어 얻을 수 있었으며, (중략)

우연히 박우(朴友)의 책 상자 속에서 이 편지를 발견하고 감격과 탄식을 이길 수 없어, 삼가 그 아래 고루한 글을 써서 드러내고자 하니, 아. 후일 반드시 완상하고 눈물 흘리는 자가 있을 것이로다. (후략)"[1]

---

1   박소의 책장에서 구서라는 분이 발견하여 쓴 것을 대봉이 훗날 발견한 것임: (대봉

大峯은 熙止를 稀枝로,

정여창에게는 '곧장 북쪽으로 삼천리를 배일병행(倍日幷行)(밤낮으로 쉬지 않고 이틀 갈 길을 하루에 감)하여 가는데도 죽지 아니한 것은 하늘의 뜻일 것입니다. 밝은 시대에 쫓겨나는 것은 옛날의 현인들도 피할 수 없었을 것입니다.'(후략)(대봉문집: '여정백욱(與鄭伯勗)' 참고)

김굉필에게는 '(전략)충선왕(忠宣王)[2]은 필경 살아서 돌아왔습니다. 생각건대 반드시 웃음을 머금고 길을 떠나시고 굳이 궁색한 때에 행함을 잊지 마십시오. 대허(조위)(大盧)[3]도 조만간에 강을 건널 것이니 서로 만날 것 같으면 또 이 말을 전해주십시오.'(후략)(대봉문집: '여김대유(與金大猷)' 참고)

권경유에게는 '기거하심이 매우 좋다는 소식을 들으니 그리운 마음 간절하던 차에 크게 위안이 되었습니다. 저는 다만 녹(綠)만 축내면서 할 일 없이 지내니 성상께서 특간(特簡)(특별히 임용하는 것을 말함.)해 주신 성은에 매우 부끄럽게도 죄를 짓고 또 죄를 짊어지고 있습니다.(대봉문집: '답권군요 경유 우자 자범'참고)

김균량에게는 '아. 후일에 국가에 큰 복이 될 이와 같은 아들들이 있으니, 나의 벗이 죽지 않은 것입니다. 이것은 진실로 이들의 재능과 식견이 뛰어났기 때문입니다. 막막하고 고루하며 몽매한 나머지 훌륭하게 성취 시킬 수 있었던 것은. 공 같은 분이 가르치고 인도하는 방도

문집: 附具公書朴彦冑 紹 家所藏手札後識)

2   고려 26대 왕으로 충선왕의 장자(長子)인 충숙왕과 충선왕의 조카인 심양왕 왕고(王暠) 사이에 고려 국왕의 자리를 놓고 치열한 쟁탈전이 벌어지는데, 그 와중에서 충숙왕의 참소를 받고 충선왕이 5년 동안이나 연경(燕京)에 억류되었다가 돌아옴을 이른다.

3   조위는 김종직이가 조의제문을 보여주었다는 죄명으로 하정사(賀正使)로 명나라에 다녀오는 중에 체포되어 의주로 귀양 갔다. 때문에 연산4년 1498년 7. 27 실록에는 조위의 기록이 빠짐.

를 터득하여 마음을 다하여 어루만지고 길러주지 아니하였다면 또 어찌 그러하였겠습니까. 부럽고도 감탄합니다.'(대봉문집: '답김군량 모^{答金君諒 謀}'참고)

등과 같이 위로와 격려의 편지를 보내거나 머지않아 다시 좋은 기회가 될 것임을 글로 보낸 것이다.

◆ ◆ ◆

그러면서도 관찰사의 역할을 조심스러운 마음으로 백성을 다스렸다.

대봉은 조심스런 마음으로 백성을 다스리면서 충주의 경영루^{慶迎樓}를 보면서 현재와 미래를 생각하였다.

경영루는 세종임금(세종 24년, 1442년)때 경주에 있던 「태조 영정^{影幀}」이 충주의 동루^{東樓}에 잠시 봉안되었는데, 동루의 누각이 좁고 기울어졌다. 당시 충주목사 김중성^{金仲誠}이 '오늘날 임금의 어진이 잠깐 멈추신 것은 참으로 이 고을이 만나기 어려운 영광이니 신하로서 마땅히 마음을 다하여 정성껏 받들어야 할 것이다.'

라며 동루를 개축하였다. 이때 옛 동루를 경영루라 이름 붙였으니 '태조의 진영을 받들어 맞이한다'는 뜻을 지니고 있다.

名途十載抱區區^{명 도 십 재 포 구 구} 벼슬길(명도^{名途})이 10년에 걸친 포^抱(벼슬길이 보이는 것)가 구차해 보인다.

駐節忠原地一隅^{주 절 충 원 지 일 우} 충원^{忠原}(충청의 지역)의 한 모퉁이를 머물게(주절^{駐節} 벼슬을 하다) 하였더니.

官柳靑連陶令宅^{관 유 청 연 도 영 택} 관의 버들이 푸르러 도연명(도영을 도연명의 집을 뜻함)

大峯은 熙止를 稀枝로,

을 닮았다.

村花紅入輞川圖 마을에 아름다운 꽃이 꽃밭(망천도)을 이루었다.

泥深巷口燕爭集 그윽한 곳에 있는 사람(항구)들이 제비처럼 한 곳으로 모

여들고 있다

日暮渡頭人自號 해가 저물녘에 나루머리(도두)에 있는 사람이 내 이름

(자호)을 부른다.

歸計未成身又老 돌아갈 계획은 이뤄지지 않고 몸도 늙었다

故園松菊已荒蕪 옛 고향(고원)의 소나무 국화는 이미 졌을 것이다.

*경영루에는 김종직, 성현, 양희지, 홍귀달, 이승소 의 시 7편이 경영루와 관련하여 수록 됨

그 후 대봉은 부슬비 내리는 청주의 망선루에서는,

'높이 솟은 누각을 보며 임금님의 뒤 소식을 찾아보며 귀뚜리의 울음에 하소연 해보았으며(대봉문집: 次望僊樓韻 樓在淸州), 황간의 가학루에서는 온전한 풍경에 마음을 빼앗기면서 황학을 타고자 하는 마음과 달리 백발이 다되어 누가 함께 좋은 시를 읊을 수 있을까하였다.(대봉문집: 次駕鶴樓韻 樓在黃澗),

그리고 옥천군에 있는 적등루에서는

'삼천길이나 되는 백발을 보며 과거보던 젊은 날을 생각하며 삼복더위 냇가에 몸을 담구었으며(대봉문집: 次赤登樓韻 樓在沃川郡東南三十里),

'배꽃아래서 술 한 잔 하면서 임금님의 소식을 궁금해 하던 원암역(대봉문집: 次元巖驛韻 驛在報恩縣南二十里),

'비가 부슬부슬 내리는데 삼월의 복사꽃이 좋고 쏘가리 먹고자 어부와 애기를 나누던 성환역.(대봉문집: 成歡驛雨夜),

홍선군 결성객관(結城客館)에서는

'울퉁불퉁 고개 넘어 길 바닷가에 있는 동헌에 들려 저녁 무렵 눈만 쌓여 걱정하면서 멀리 있는 임금님을 생각하였다.' (대봉문집: 次結城客館韻)

◆ ◆ ◆

2년이 넘어 그해 2월5일(1499년) 조정에서는 대봉을 부총관(副摠管)(오위도총부(五衛都摠府)의 종 2품. 5명으로 1년씩 교대하여 타관의 겸임도 겸직)으로 임명하였다. 그러나 그 자리는 임시적이었다.

곧 다른 자리로 갈 것이라 예견했지만 13일 만에 사헌부 대사헌(大司憲)(사헌부 최고직책, 종2품)으로 임명되었다. 반드시 그 자리로 갈 것이라 생각하지 않았지만 전 대사헌 안침(安琛)이 신병으로 자리를 그만두자 대사헌자리로 오게 된 것이다. 어느 면에서는 연산임금의 배려였다고 생각해본다.

이에 대봉은 2년 동안 가슴 메우던 그 것을 조금이라도 해결하고자 했다. 그것은 무오사화 때 유배를 간 친구들이나 동료들에게 새로운 길을 터주는 것이다.

그 시절에는 임금의 권위가 서서히 증폭되는지라 임금의 말 한마디에 모든 것이 결정되며 심지어 자신의 목숨까지도 위태해질 수 있기에 감히 입을 열어 '무오(戊午)' 두 글자를 말 할 수 없었으나, 부월(斧鉞)이라는 큰 도끼를 앞에 둔 마음으로서, 그러나 임금의 뜻에 따라 언제라도 바뀔 수 있기에 임금에게 때를 맞춰 건의해보는 것이다.

大峯은 熙止를 稀枝로,

대봉은 귀양중인 <ruby>寒暄堂<rt>한훤당</rt></ruby> 김대유 <ruby>金大猷<rt></rt></ruby> <ruby>宏弼<rt>굉필</rt></ruby>과 <ruby>趙大虛<rt>조대허</rt></ruby> <ruby>曺偉<rt>조위</rt></ruby>에게 위로의
편지를 보내면서 머지않아 좋은 소식이 있을 것을 기대해보자는 말을
보냈다.

정원조사이무다
貞元朝士已無多[4] 오래된 세신들은 이미 사라지고 많지 않은데
죽절난고명야하
竹折蘭枯命也何 대가 꺾이고 난초도 마른 게 운명임에 어쩌랴?

만사비유장자후
萬事非由章子厚[5] 만사는 장자후 처럼 여색에 빠져서는 안 되고
삼생자시소동파
三生自是蘇東坡[6] 소동파가 설파한 삼생석에 새긴 인연 같다네.

역어정처지가면
易於靜處知加勉 주역은 조용한 곳에서 더욱 힘써 공부해야하고,
시도명구막만아
詩到名區幕謾哦 시는 명승지에 이르거든 뒤로 미루지 말고 읊게.

덕필유린천의재
德必有隣天意在 덕 있는 사람 이웃이 있음은 하느님의 뜻이니.
잠시윤락불수차
暫時淪落不須蹉 잠시 비운에 빠져 있다고 한탄할 필요는 없네.

한편으로는 유배 중에 죽은 일두 정여창, 남계 표연말이 언제가 했

---

4 정원조사: 정원은 당 덕종의 연호이며 유우석 시에. '休唱貞元供奉曲, 當時朝士已
   無多'라고 한 데서 인용.
5 성명은 장돈, 젊을 때 과거에 급제하였으나, 얼굴이 잘 생겨 아름다운 미녀에게 반하
   였다가 뒤미처 자신의 잘 못을 깨닫고 미녀의 유혹을 뿌리친 뒤에 성공하였다고 함.
   젊은이들은 함부로 여색에 빠지면 안 된다는 교훈으로 이 장순을 인용하기도 함.
6 스님인 원택이라는 사람이 인간의 인연이 세 번의 연을 갖는다는 설화적인 내용을
   소동파가 쓴 글 중 "三生石上旧精魂~"를 뜻함.

던 말이 생각났다.

'흰 칼날을 밟으면서도(목숨을 바친다는 뜻) 벼슬마저도 사양할 수 있는 이는 오직 양 가행 한 사람뿐이다.(^{蹈白刃 辭爵祿 今世唯吾可行一人}, 도백인 사작록 금세유오가행일인)'

'처자를 맡기고, 어린 군주를 보필할 만한 사람'(^{可以托妻子輔幼主 其見許於 諸公如} 가이탁처자보유주 기견허어 제 공여시) 등등의 글로써, 성종임금께서는 그들의 글을 본 후 대봉인 자신을 '여러 세대에 걸쳐 드물게 뛰어난 문무의 재질을 도루 갖춘 사람(^{河嶽間氣 文武全才} 하악간기 문무전재)이란' 말을 남겨주었다. 이처럼 항상 두 사람을 잊지 못하고 있는지라 유배를 간 옛 친우들의 정리를 생각하였다.

✦ ✦ ✦

언 듯 정여창이 과거에 급제하자 그를 축하하며 쓴 글이 생각났다. 성종임금께서는 급제자 방이 붙자, '임금이 불러서 명하기를 진정한 유학자'라고 하셨다.(榜出. 上特命引見日. 眞是儒者云云)

대봉은 '정백욱(^{鄭伯勖})(정여창의 호) 여창의 과거 급제를 축하하다.'는 시를 멋지게 한편 썼다.

曉旭金明淡墨新(효욱금명담묵신) 새벽 해 궁궐에 떠올라 엷은 먹빛 새로우니,
丁寧天語許儒眞(정녕천어허유진) 간곡한 성상의 말씀 참 유학자라 하셨네.
君民堯舜平生志(군민요순평생지) 평소 뜻 요순시대 임금과 백성 만들려 한데,
起向丹墀賀得人(기향단지하득인) 일어나 대궐 향해 인재 얻었음을 하례하네.

(대봉문집: 賀鄭伯勖 汝昌 擢第)

大峯은 熙止를 稀枝로,

◆ ◆ ◆

유배지를 해금(解禁)할 것은 뒤로 하더라도, 우선 유배의 장소라도 바꾸었으면 하여 마침 삼남지역에 지진과 서울지역에 혜성이 나타나는 등으로 민심이 흉흉했을 때를 기회로 잡아 임금에게 상소를 하였다.

상소의 내용을 간략 한 다 면

'무더위가 시작되는 이즈음에 정월에는 우박, 4월에는 눈이 내리고 혜성이 떴으며 많은 새들이 출몰하여 사람을 놀라게 하였습니다. 더불어 온종일 벼락이치며 가물기도 하여 임금도 놀라는 바였으며 때문에 임금은 소식(小食)을 한다 던지, 정전(正殿)을 피하여 경연을 더욱 열심히 하며 옥살이를 정리하여 사람들을 구하였으니, 풀과 꽃들이 다시 피었사오니 이는 임금님의 잘된 일입니다. 하오나 무오년을 기해 유배 간 사람들은 그 죄과를 충분히 받고 있사온데 그들이 간 곳의 형편이 너무 좋지 않아 그들을 남쪽 지방으로 옮겨줄 것을 건의하옵니다. 옛날의 그곳의 친우들은 소신과 함께 잘 지냈던 사람들인지라 소신의 정리를 생각하여 죽음을 무릎 쓰고 건의합니다.'

하고는 다음의 상소를 제출하였다.

재이(災異)로 인(因)하여 진언(進言)하는 차자(箚子) 내용은 아래와 같다.

「가만히 생각해보건대 금년 이래로 천재(天災)와 괴이한 일들이 여러 번 겹쳐 나타나니, 정월에 검은 우박이 내리고 4월에 붉은 구름이 끼고 혜성이 낮에 나타나고 물새가 궁궐 안에 모여드는 등 여러 가지 괴상한 일들에 매우 놀랍고 처참합니다.

지금 또한 큰 가뭄이 한 달 넘게 이어지고 사나운 우레가 종일토록

치니 진산(鎭山) 아래에 돌이 떨어지고 궐문 밖에 사람들이 놀라니 실로 모두가 이전 첩문(牒文, 보고 문서)에서는 듣지 못한 것이고 또한 태평성세에는 마땅히 있을 수 없는 일입니다.

아, 이 무슨 조짐이기에 이토록 거듭되고 이토록 혹독한가요.

만약 하늘과 사람의 일이 상관없다면 그만이겠지만 재해는 허투루 일어나지 않아 반드시 응험(應驗, 조짐이 들어맞음) 있다고 한다면 어찌 상하가 크게 두려워해야 할 바가 아니겠습니까. 혹 원통한 기운이 눌려 있다가 감응하여 불러온 것이 아니겠습니까.

전하께서는 삼가고 두려워하셨습니다. 음식을 줄이시고 정전(正殿)을 피해 거처하셨는데도 오히려 부족하다고 여기셨습니다.

전후의 원통한 옥사(獄事)를 밝게 판결하시니 바싹 마른 해골에 다시 새 살이 돋아나고 말라버린 풀에 꽃이 피는 듯했습니다. 인자한 명성과 두터운 은혜가 세상에 넘쳤습니다. 그러나 다만 그 가운데서 또한 다시 헤아려 달리 분간한 것이 있었으니 무오년(1498) 멀리 변방으로 귀양 보낸 것이 바로 이것입니다. 이러한 죄는 스스로 지은 것이든 연좌된 것이든 똑같이 삼 척(尺)의 칼날 아래 용서받기 어려운 것인데 감형하여 안치한 것은 또한 매우 너그러운 은전입니다. 이것은 참으로 성상의 포용하는 도량이 매우 넓은 것으로 신하들이 헤아릴 수 있는 것이 아닙니다. 신은 가만히 듣건대 팔도가 흉년이 들었는데 서북 지방이 매우 심하다고 합니다. 이리저리 떠돌아다니는 백성들이 많고 본토의 백성들도 오히려 살아가기 어려우니 다른 지역의 유민들을 편입시키는 것은 더욱 어려운 일입니다.

가만히 생각해보건대 무오년의 이 부류들은 죽어도 애석할 게 없습

大峯은 熙止를 稀枝로,

니다. 그러나 지금 다행히 형벌을 면하고 세상에 다시 용납된 것은 특히 밝으신 임금께서 근본과 지엽 사이를 신중히 헤아리셨기 때문입니다. 더욱이 그 관계된 바가 반란[7]을 꾀하던 무리들과는 자못 차이가 있습니다. 그 관계된 바가 반란을 꾀하던 무리와 다름없다는 것은 지난날 교서 가운데 있던 말씀인데 오히려 이들은 옛날처럼 벼슬을 하고 있습니다.

선왕께서 일찍이 그들을 예우하셨고, 전하께서 또한 중히 여기시어 등용하셨습니다. 죄에 따라 법으로 바르게 다스리는 것이 어찌 불가하겠습니까. 그런데 만약 그들을 굶주림에 처하게 하여 스스로 굶어죽게 한다면, 아마도 대성인(大聖人)의 생명을 소중히 여기는 덕에 (그것이)어긋남이 있을까 염려됩니다. 너그러이 용서하고 밝게 풀어주는 것을 어찌

7　중국 후한(後漢)의 역사가 반고(班固, BC 32~92)가 저술한 한서 공수전(漢書 龔遂傳)에 나오는 이야기에서 유래된 것임.

전한(前漢)의 선제(宣帝, 재위 BC 74~BC 49) 때 발해군(渤海郡)의 백성들은 관리들의 압박과 착취로 인한 생활이 어려워져 난을 일으켰다. 선제는 신하들의 추천에 따라 '공수(龔遂)'라는 사람을 발해 태수로 임명하여 백성들의 봉기를 평온히 진정시키게 하였다. 그런데 이때 공수는 일흔 넘긴 노인이며, 체구도 왜소(矮數)하여 선제는 미덥지 않게 생각하여 공수에게 어떻게 민란을 평정할 것인가를 물어보았다.

「바닷가(발해를 가리킴)가 멀어 성화를 입지 못해 그 백성들이 굶주리고 추위에 떨고 있지만 관리들이 구휼을 하지 않아 폐하의 어린아이들이 폐하의 병기를 휘두르며 물이 고여 있는 못에서 장난을 하게 만든 것입니다.(海瀕遐遠遼, 不沾聖化, 其民困於飢寒而吏不恤, 故使陛下赤子盜弄陛下之兵於潢池中耳.)」

이 이야기는 한서 〈순리전, 공수(漢書 循吏傳 龔遂)에 나온다. 공수는 백성들의 반란을 아이들의 장난에 비유했는데, 이는 민란을 무력보다는 회유책으로 진정시키는 게 좋겠다는 의견을 우회적으로 표현한 것이다.《漢書 卷89 龔遂傳》

감히 가볍게 논할 수 있겠습니까. 신의 어리석은 소견으로는 한 결 같이 다른 죄인의 예에 따라 아울러 명하여 내륙의 조금 넉넉한 고을로 옮겨 살게 하여 너그러이 돌보시는 뜻을 보이는 것이 재앙을 그치게 하는 한 방도가 되지 않을까 합니다. 어떨지 모르겠습니다.

옛날의 임금은 비상한 변고를 만나면 반드시 비상한 정치를 펼쳤습니다. 지금 우리 전하께서 이미 비상한 변고를 만나셨으니, 어찌 비상한 정치가 없겠습니까?

삼가 바라옵건대 전하께서는 마음에 유념하시어 살피소서. 신은 본래 이들과 더불어 같은 조정에서 서로 잘 아는 사이로 감히 이렇게 어지럽히고 자못 사사로이 비호하려 했으니 죄는 만 번 죽어도 마땅합니다. 그러나 옛사람이 말하기를 '선제(先帝)께서 내려주신 특별한 은혜를 추념하여 그 은혜를 폐하에게 보답하기 위해서입니다.'[8]라 한 바, 이는 신의 일편단심이니 어찌 그들에게 털끝만큼의 사사로운 마음이 있어 우리 전하를 저버리겠습니까?

푸른 하늘이 위에 계시니 실로 이 마음을 살펴주십시오. 오직 전하께서 시험 삼아 헤아려 주신다면 다행스럽고 다행스럽겠습니다.」

*因災異進言箚(인재이진언차)[9] : 재이(災異)로 인(因)하여 진언(進言)하는 차자(箚子), 한자원문 참조

---

8 제갈량이 위(魏)나라 정벌을 나서면서 유선에게 올린 〈출사표(出師表)〉에 "모시고 호위하는 신하가 안에서 게으르지 않고 충성스럽고 뜻 있는 군사가 밖에서 자신을 잊는 것은 선제께서 내려주신 특별한 은혜를 추념하여 그 은혜를 폐하에게 보답하기 위해서입니다. 라고 한 데서 온 말이다. 여기서 '선제'는 삼국 시대 촉나라의 유비(劉備)를, '폐하'는 유비의 아들 유선(劉禪)을 이른다.」

9 伏以自今年來. 天災物怪. 疊生層現. 正月之黑雹. 四月之赤雪. 彗星之晝出. 水鳥之

                    大峯은 熙止를 稀枝로,

대봉의 간곡한 건의가 임금에게 즉각적으로 가납되어 유배지역을
바꾸었다.

한훤당 김굉필을 희천(熙川)에서 순천(順天)으로, 우졸재 박한주(迂拙齋 朴漢柱)를 순천 낙안(順天 樂安)
으로, 이수공(李守恭)을 평안도 장성에서 광양(光陽)으로, 매계 조위(梅溪 曺偉)는 의주(宜州)에서
순천(順川)으로 변경하였다. 그들은 점필재 김종직의 제자들이었고 또한 문
화당 회원으로서 가능하면 같은 지역으로 변경하였다.(부록 참조)

內集. 種種 乖常. 已極驚慘. 而今又大旱彌月. 暴雷終日. 墜 石於鎭山之下. 震人於闕
門之外. 實皆往牒之 所未聞. 而亦非 聖世之所宜有也. 噫. 此何兆 象. 而何其荐也.
何其酷也. 若使天人之際. 漠不 相關則已. 如云災不虛生. 必有應驗. 則豈非上 下之
所可大畏. 而無或冤氣之沈鬱有以感召 也歟. 殿下庸是兢惕. 旣減常膳. 又避正殿.
猶 以爲未足. 前後冤獄. 悉加疏決. 枯骸復肉. 死草 生花. 仁聲惠渥. 洋溢寰宇. 而第
其中. 亦不無更 容商量. 別施分揀者. 如戊午迸裔之類是也. 此 類負犯. 無論自作與
連坐. 均之爲三尺之所難 貸. 則其所末減安置. 亦已太寬典矣. 是固 聖 上包容之量.
出尋常萬萬. 而實非群下之所可 窺測也. 然臣伏聞八道失稔. 西北爲甚. 流離轉 徙.
間多有之. 本土居民. 猶不聊生. 則編配羈蹤. 尤所難堪. 竊念戊午此類. 死固非惜.
而今旣幸 免斧鑕. 尙容覆載者. 特以 聖明有所斟酌於 根本枝葉之間. 況其關係. 自
與潢池弄兵輩. 迥 有所間隔. 其所關係. 無異於潢池弄兵. 當日敎文中語. 而猶是簪
裾 於昔時者也. 先王嘗禮遇之矣. 殿下又器 使之矣. 隨罪正法. 何所不可. 而若乃置
之於饑 饉之地. 使之自抵於餓死. 則恐或有歉於大聖 人好生之德也. 至於曠蕩昭
釋. 何敢輕議. 臣愚 區區妄以爲一依他罪人例. 幷 命量移于內 服稍豐之邑. 以示欽
恤之典. 不害爲弭災之一 道. 未知何如. 古之君. 遇非常之變. 則有非常之 政. 今我
殿下旣遇非常之變矣. 亦豈無非常 之政乎. 伏願 殿下. 留心而省察焉. 臣素與此 類.
同朝相熟. 敢此瀆擾. 殊涉護私. 罪當萬死. 而 古人所謂追先帝之殊遇. 欲報之於陛
下者. 是 臣一片血悃. 則寧有秋毫私意於彼. 而以負我 殿下也. 蒼天在上. 實鑑此心.
惟 殿下試加 裁擇. 則幸甚幸甚.

비가 우중충 내리는 날에 마침내 조신(매계 조위의 이복동생)을 만났다.

그는 매계가 유배지를 이동하기 위해 나가는 것을 마중하기 위해 그를 만나러 가는 중에 대봉을 만난 것이다. 그는 대봉보다는 열다섯이 적으나 그를 서로 간 마음을 주고받은 사이다.

대봉이 매계와 같이 독서당에서 함께 공부하던 것을 생각하면서 매계의 아우를 생각하며 쓴 글이다.

霪霪十日雨　추적추적 열흘 동안 내리는 비
寂寂長安邸　서울에 머무는 몸. 적막하기만 해
邂逅忽見君　잠시 동안이나마 그대 만났으니
君是梅溪弟　그대는 매계 아우가 아니었던가.
梅溪有文章　매계는 글을 잘도 하였는데
謾賦巫州薺　남들의 무고로 시골로 귀양갔지
世人爭下石　세상 사람들 다투어 돌을 던지니
誰爲訟天陛　누가 그를 위해 임금께 송사하리.
聞鷄起理裝　닭 울음소리 듣고 행장을 챙기시니
君行正迢遞　그대의 갈 길은 참으로 멀도다.
長歌佐別酒　긴 노래 부르며 이별주 권하는데
漢水流瀰瀰　한강물은 출렁이며 흘러서 가네.

하지만 조위는 순천에서 그리고 일두(정여창)는 대봉이 죽고 난 며칠 후, 이어서 순천에서 죽었다.

大峯은 熙止를 稀枝로,

얼마 전이었다. 조위는 성균관과 가까운 장의사에서 대봉과 함께 거
닐면서 학문을 토로하던 그때를 생각하며 2편의 글을 보낸바 있다.

조위는

「우연히 책 상사에서 책을 꺼내 보다가 이 시의 초고를 얻었는데,
곧 임자년(1492) 3월 17일이었다.

기지(채수), 숙강(권건), 차소(신종호), 헌지(신헌), 극기(유호인)와 함께 장의
사를 유람하며 지은 것이다.

이때 기지는 동추부사이고, 숙강은 소사도, 차소는 소사마, 헌지는
좌승지, 나는(조위) 우부승지, 극기는 부교리였다. 휴가를 내어 유람을
떠났는데. 가행(양희지)은 눈병이 나서 따라가지 못했다.

물가 누각에 앉아 술을 조금 마시면서 냇가로 자리를 옮겨 발을 씻
고 양다리를 걷고 바위에 걸터앉아 손뼉을 쳐가며 담론을 벌렸다.

조지서10) 별좌 박수경과 이이가 초졸한 술자리를 마련하였기에 날
이 저물어 돌아왔다.

당초 병신년(1476)에 임금의 명령을 받아 본 절에서 사가독서 하였는
데 무술년(1478) 3월에 마치고 돌아왔다.

15년 후 임자년(1492)에 미쳐서도 우리 여섯 사람은 아무 탈이 없이
높은 지위에 올랐으니, 영광과 행운이 지극하였던 것이다.

벼슬살이 틈틈이 옛날 유람한 곳을 찾아다니는데 아름다운 경관이
서로 비치며 훈지11)가 서로 조화를 이루니 어찌하여 즐기지 않으랴.

---

10 조지서: 조선시대, 종이를 만드는 일을 맡아보던 관아.

11 훈지(壎箎) : 형제 혹은 친구 사이의 화목과 조화를 비유할 때 쓰는 표현으로,《시

임자년부터 지금에 이르기까지 겨우 10년이 지났는데, 차소와 극기는
이미 함께 세상을 하직했고, 나(조위)와 가행은 바닷가 외딴곳을 떠돌
아다니며 지난날을 추억하니 어슴푸레 꿈만 같기에 세상일은 일정하
기 어려운데 슬픔과 기쁨이 쉽게 변하였다.

　개연함을 이루다 말할 수 있겠는가. 다시 앞의 운에 차운하여 感傷 감상
하는 회포를 붙여 본다.

　신유년(1501) 3월 초하루 조대허가 승평(순천) 담복사에서 쓰다.」하면
서 2편의 시를 올렸다.[12] 〈원문: 錄重遊藏義寺詩. 復次前寄示. 并小序〉

　이러다가 대봉은 조위가 죽자 조위를 생각하며 그를 한없이 그리워
하며 눈물어린 시를 2편 남겼다.

子厚柳州歿[13] 유자후가 돌아가시자
千載有餘哀 천년동안 슬픔이 남아

경》소아 하인사(의 "맏형은 훈을 불고 둘째형은 지를 분다.[伯氏吹壎 仲氏吹篪]"는
　말에서 나온 것이다.
12　신유년(1501) 3월 초하루 조대허가 승평(순천) 담복사에서 쓰다(2편).
　　① 匡山讀書處 重到意悠哉 花氣薰金地 茶煙颺石臺

　　　魚跳戲碧澗 鳥下印蒼苔 髣髴三生夢 夷猶晚未回

　　② 十年歡笑地 回首意悠哉 奕奕登蘭省 冥冥隔夜臺

　　　龕燈明石甕 山雨濕階苔 歷歷追前事 惟應夢屢回
13　자후는 柳宗元의 號 이며 당나라 8대 문인이며 정치가였으나 변경지역으로 좌천되
　　어 죽음

大峯은 熙止를 稀枝로,

平生曹大虛 평소에 조대허 라는 분이

六年泣瘴煤 6년 동안의 귀양살이(泣瘴煤)에

嶺海竟死人 바닷가(謫所)에서 돌아가셨나니.

令威幾時廻 꽃다운 위엄 언제 오리

零落七步時[14] 칠보시도 어디론가 사라져버렸고

蕪絶葵花臺[15] 귀인이 앉은 자리도 필요 없다 하였네.

名聲古所忌 명성이 있다한 들 옛 사람들이 꺼리는 것

嗣續鬼何猜 대를 잇지만 귀신인들 시기하나

我言不敢長 내말을 길게 할 수 없나니

我淚空沾顋 눈물 부질없이 뺨을 적시네.

◆ ◆ ◆

또한 조위와 함께 사가독서를 하면서 장의사를 거닐며 시를 읊었던 그 때를 생각하며 조위의 영혼을 달래고자 했다.

吾病何奇也 내 병이 어찌 그리 기이한가.

君遊正勝哉 그대는 바로 승경에서 노닐었지.

良辰携好友 좋은 때 좋은 벗과 함께 하며,

新服試涼臺 새 옷 입고 시원한 누대에 오른다오.

把酒詩題石 술잔 들고 바위에다 시를 쓰고,

---

14 조조의 아들이자 당시 최고의 문학가 중 한명인 조식 이 지은 시. 일곱 걸음을 걷는 동안 지은 시라고 해서 七步詩로 불린다.

15 규화대는 접시꽃 또는 해바라기 꽃이 있는 받침대로써 이는 귀인이 앉는 자리를 의미함

觀魚展印苔 ^{관 어 극 인 태} 물고기 보며 나막신 자국 이끼에 남겼네.

縣知少一恨 헛되이 젊었을 때 한 가지 한을 알았으니,

緩緩月中回 더디 게 더디 게 달빛 속에서 돌아오리라.

藏義何年事 의리를 간직한 것이 어느 해 일인가.

此生今已哉 이 생명 지금은 끝났다오.

關情臨水閣 마음이 이끌어 물가 누각에 임하니,

如夢折花臺 꿈결처럼 꽃을 꺾던 누대라오.

遷客秋逢雨 떠도는 나그네 가을비를 만났는데,

同人墓宿苔 동료는 이끼 낀 묘에서 잠들었다오.

茫茫經一劫 아득한 한 겁이 지나갔으니,

孤鳥海天回 외로운 새 바다와 하늘에서 돌아오네.

아득한 한 겁이 지나갔으니, 외로운 새 바다와 하늘에서 돌아오네.

◆◆◆

그러면서 그가 썼던 가사문학의 효시라 할 수 있는 '분가'16)를 읽으

---

16 (1) 만분가는 한글과 한문 혼용체로서 2음보 1구로 계산하여 127구이며, 3·4조와

4·4조가 주조를 이루고 2·3조, 2·4조 등도 더러 있다. 안정복의 『잡동산이』제44책

에 수록되어 있으며 수능시험 등에 문제로 제시되고 있으며 고교 국어책에도 전한다.

(2) 내용은 서사, 본사, 결사로 구성되며, 서사에서는 귀양지에서 가슴에 쌓인 말을

실컷 호소하고 싶어서 이 작품을 쓰게 되었다는 저작 동기를 말하고 있다.

'본사에서는 사화로 말미암아 지난날의 영화가 바뀌어 현재 억울하고 처참한 귀양

살이를 하게 되었으나 이 역시 천명이니 오직 옥황상제의 처분만 바란다고 호소하

면서 자기를 초나라 굴원에 견주어 노래하였다. 결사에서는 원한에 싸인 자기의 심

416   大峯은 熙止를 稀枝로,

면서 그의 글 솜씨를 영원히 기리고자 했다.

만분가(萬憤歌)는 순천에서 대위의 유작으로 남겼었다.

뒤 늦게나마 매계 조위의 만분가(萬憤歌)를 읽으면서 그가 썼던 성종임금의 실록의 기록을 회상하며 그리고 연산임금에 대한 원망을 다시 한 번 생각게 하였다.

물론 조위는 두시언해(杜詩諺解)[17]를 지었던 것을 참고하여 만분가를 만들었다. 만분가의 한 부분이 생각났다.

『~~흔이 쓸희 되고 눈물로 가디 삼아, 님의 집 창 밧긔 외나모 梅花(매화) 되어 雪中(설중)의 흔자 피여 枕邊(침변)(베개를 배는 머리 맡) 이우난(시드는 것)듯 月中疎(월중소)影(영)(새겨 진 그림자)이 님의 옷의 빗취어든 어엿븐(가엽다의 뜻)이 얼굴을 네로다 반기실가

東風(동풍)이 有情(유정)ᄒ여 暗香(암향)(暗香(암향)은 그윽한 향을 뜻하며, 임금에 대한 변함없는 충정.)을 블어 올려 高潔(고결)흔 이내 생계 竹林(죽림)의나 부치고져 빈 낙시대 빗기 들고 븬 배를 흔자 띄워 白溝(백구)(수없는 숫자) 건네 저어 乾德宮(건덕궁)(옥황상제가 있는 궁궐)의 가고 지고 그려도 흔 무음은 魏闕(위궐)(궁궐)의 들녀이셔 니(안개)

정을 안타까워하면서 만일 누구든지 제 뜻을 알아주는 이만 있다면 평생을 함께 사귀겠다는 여운을 남기고 끝을 맺었다.'

(3) 만분가는 한글과 한문 혼용체(混用體)로서 2음보 1구로 계산하여 127구이며, 3·4조와 4·4조가 주조를 이루고 2·3조, 2·4조 등도 더러 있다. 안정복의 『잡동산이(雜同散異)』제44책에 수록되어 있으며 수능시험 등에 문제로 제시되고 있으며 고교 국어책에도 전한다.

17 두시언해(杜詩諺解)는 중국 당나라의 시인인 두보(杜甫)의 작품을 왕명에 의해 조위, 유윤겸(柳允謙), 의침(義砧) 등이 번역한 책. 조선 중기의 옛말을 연구하는 데 귀중한 문헌으로 모두 25권 17책으로 간행됨.

무든 누역(도롱이)속의 님 향흔 꿈을 씌여
一片長安(서울)을 日下의 ᄇ라보고 외오(그르게) 굿겨 올히(올바르게) 굿
겨 이몸의 타실넌가 이 몸이 전혀 몰라 天道漠漠ᄒ니 물을 길이 전혀 업다.』

「~~한이 뿌리 되고 눈물로 가지 삼아, 임의 집 창밖에 외나무 매화
되어 눈 속에 혼자 피어 배게 머리에 시드는 듯, 드문드문 비치는 달그
림자가 임의 옷에 비치거든 불쌍한 이 얼굴을 너로구나 반기실까?

동풍이 정이 있어 매화 향기를 불어 올려 고결한 이내 생애 죽림에
나 부치고 싶구나.

빈 낚싯대 비껴들고 빈 배를 혼자 띄워 한강 건너 저어 옥황상제가
거처하는 건덕궁에 가고 싶구나, 그래도 한 마음은 조정에 달려 있어
연기에 쐬어 검어진 도롱이 속에 임 향한 꿈을 깨어 임금이 계신 곳
을 온 세상에 바라보고 그릇되어 머뭇거리며 옳게 머뭇거리며 이 몸
의 탓이런가?

이 몸이 전혀 몰라 하늘의 이치가 아득하여 알 수 없으니 물을 길
이 전혀 없다.」

◆ ◆ ◆

대봉은 조위를 깊게, 깊게 생각하면서 조위를 위한 제문(祭文)을 지었다.

「아. 공으로 하여금 백옥당(白玉堂)(한림원의 별칭)에서 융성했던 것도 운명이요.

공으로 하여금 푸른 바다가에서 죽게 한 것도 운명이로다.

공으로 하여금 죽어서 자식이 없는 것 또한 운명이니. 공은 운명을

　　　　　　　　　　　　　　　　　　大峯은 熙止를 稀枝로,

어찌하겠는지요.

내가 공을 어찌하겠습니까.

썩지 않는 것은 화려하게 빛나는 문장이니, 길게 말하지 않겠습니다.

한번 곡에 하늘 끝으로 사라지리라.」

<祭曺大虛文>

"嗚呼. 使公而盛於白玉堂者. 命也. 使公而死於青海濱者. 命也. 使公而死而
無子者. 亦命也. 公於命何哉. 余於公何哉. 所不朽者. 爛燁之文. 言不可長.
一哭天涯"

너무나 짧게 쓴 글이건만,

"썩지 않는 것은 화려하게 빛나는 문장"이라는 그 말은 영원히 남았
으리라....

18

아, 비익조 연리지가....

18. 아, 비익조 연리지가....

그러나 대봉의 그 헤아림과 대간으로서의 큰 뜻은 임사홍의 잘못된 처신으로 대봉에게는 많은 어려움이 있었으나 무사히 지난 듯하였으나, 몇 개월이 못가서 또다시 도전을 받게 된다, 그것도 잘못에 의한 것이 아니라 억울한 누명을 쓰면서 말이다. 그러한 과정이 박임종 사건이었다.

지평 최해는 「수령이 바뀌면 기한이 지난 연후에 외임(외직)에 제수하는 것이 준례이므로, 박임종이 전에 홍주목사로 있다가 보직변경으로 온 지 아직 1년이 못 되었는데 지금 안동부사에 제수되게 되어, 자못 내직과 외직에서 균등하게 수고해야 하는 의미가 없게 되었으니, 개정토록 주청」하여 임금이 그대로 시행토록 하였다.(3월 24일)

또한 이점은 초무부사로 해랑도(서해 안양 쪽의)의 유민을 수색한 공으로 봉상시정(정3품)이 되었으나, 우의정 성준이 여러 당상들과 얘기하면서, 그 틈새로 박임종 건에 대간들이 개입했음을 고변한 것이다.

"박임종은 병든 아들이 있어 안동에 부임하지 않으려 하고, 이점은 바다에 멀리 있어 위태로운 곳이기 때문에 초무사를 면하려 하는데,

大峯은 熙止를 稀枝로,

이는 대간들이 사정을 끼고 계달(임금께 의견을 아룀)하였으니, 죄 주소서."

성준이 발고 하였다.

이 때문에 임금께서는 크게 노하여 이르기를, '이것은 임사홍이 붕당들과 결탁하여 조정 정사를 혼란시키는 것과 다름이 없다. 만일 내가 유약한 임금이라면 나라를 망칠 조짐이다.' 라 하고는 즉시 그 대간(사헌부 사간원 통칭)을 의금부에 가두게 하였다.

그러면서 임금께서는 화가 난 듯이 전교하기를,

"대저 대간은 비록 세미한 일이라도 매양 논계(진술)할 때에는 반드시 공론을 가지고 아뢰어야 하는 것이다.

정부에서 전일 나에게 반드시 대간의 말을 들어야 한다고 한 것도 그것이 공론이기 때문인 것이요, 이번에 대간의 죄를 계청한 것도 반드시 대간이 사정을 낀 것에 대해 유감이 있은 것이다.

정부에서 어찌 잘 생각하지 않고 말한 것일까. 금 번의 이 대간의 죄를 그대로 내버려 둘 수 없고, 반드시 형신(고문)하여 실정을 알고야 말겠다. 그 먼저 발언한 사람이 누구이냐."

하고는, 즉시 승지 안윤덕을 시켜 대간들을 국문하게 하였는데, 가장 먼저 발언한 사람은 헌부에서는 대사간 대봉이고, 간원에서는 이세인이었다.

이에 대사간 안호, 사간 이효독, 집의 김극회가 아뢰기를,

"지금 듣건대, 대간이 일을 말한 것 때문에 갇혀 국문을 당한다 하니 놀라지 않을 수 없습니다. 대간은 인군(임금)의 이목으로서 생각하는 것이 있으면 반드시 아뢰는 것이요, 그 말이 혹 중도를 벗어나더라도 인군님께서 우악(용감스레)하게 용납하여야 하는 것인데, 어찌 가두

고 국문까지 할 것입니까.

이정은 본시 오활(물정이 어둡고 명쾌하지 못함)한 선비로서 그가 초무사에
합당하지 않음은 온 나라 사람이 다 아는 일이며, 박임종은 외임에서
갈린 지 1년도 못 되어 다시 외임에 제수되기 때문에 전 대간이 그것
을 논계(진술케 한 것)한 것인데,

정부에서 가두고 국문하기를 계청하여, 말하는 길을 막히게 하였으
니 정부에서 논계하게 된 실정을 물어보소서."

하였다.

그러나 임금께서는 이런 말을 하셨다,

"이 말은 대간을 구원하는 말이 아닌가. 아래 있는 사람들이 서로
구원하는 것이 풍습이 된 지 그 유래가 오래이다. 재상이 대간의 사정
을 쓰는 것을 보고 말하는 것이 무슨 불가한 일이란 말인가. 갇힌 대
간을 형신할 것인지 여부를 정승들에게 의논하라."

한치형이 의논드리기를,

"먼저 발언한 사람에게 형적(흔적)이 있는 것 같습니다. 그러나 형장
을 사용하기까지 하면 생명이 끊어지게 될까 두려우니, 끝까지 캐묻고
다시 추궁하는 것이 어떨까 하오며, 조정 정사를 혼란시켰다는 죄는
과중한 듯합니다." 하였다.

대봉의 고신(자백을 받기위한 고문 등)을 면하고자 함이었다.

성준은 박임종, 이점 건에 대해 의논하기를,

"대간이 박임종, 이점의 일을 개정하기를 청한 것을 신 등이 그 정실
이 있어 아뢴 것인지를 분명히 안 것은 아닙니다마는,

일찍이 듣건대, 박임종은 아들의 병 때문에 외임을 면하려 하였다

大峯은 熙止를 稀枝로,

하는데, 그 아들 박조년이 이름 있는 문신이니, 지금 박임종의 외임을
고치자고 하는 것은 박조년을 위한 것인가 의심됩니다.

또, 해랑도 가는 것은 사람들이 모두 싫어합니다. 이점이 집의(執義)를 체
임한 지가 오래지 않았는데, 지금 고치자고 하니, 이것은 이점을 위해
서 인가 의심됩니다.

그러나 이것은 모두 그 형적이 그러한 가 의심한 것이요 확실히 그
실정을 알고서 아뢴 것은 아닙니다. 대간이 만일 실지로 사정을 가지
고 아뢰었다면 이것은 천총(天聰)(하늘의 뜻)을 기만한 것이니, 비록 형장을 때
려도 될 것이요, 죽여도 될 것입니다마는, 만일 이 없을 시에 형장을
사용한다면 혹시라도 생명이 끊어지게 될까 염려됩니다.”

하였다.

성준도 대봉이 고신 받은 것을 피하게 하려는 듯하였다.

이극균은 아뢰기를,

“박임종이 교체하기를 청하므로 좌의정이 먼저 이 의논을 내놓은
것인데, 신이 그 말을 듣기에 형적(形迹)이 있는 것 같기로, 그것을 가지고
말을 같이하여 아뢴 것입니다. 만일 박임종이 자식의 병 때문에 피하
려 하는데, 양희지가 그 의사에 영합하여 아뢰었다면 이것은 무상(無狀)(함부
로 글어 버릇이 없음)한 자이니 비록 때려서 죽인 들 무슨 상관이 있겠습니
까마는, 다만 형적이 서로 같으므로 양희지가 온당하지 않게 여겨 아
뢴 것이니, 그 죄가 오히려 반대로 용서할 만도 합니다.

또, 이점을 개정하자고 한 것은 그 공사(供辭)(범죄사실을 진술하던 말)를 보면
병조에서 단망(單望)(관원의 후보자가 한 사람만 추천할 때 쓰던 말)으로 한 것이 잘못이
니, 대간의 논계가 당연한 것 같습니다.”

박건[朴楗]은 '대간이 실지로 사정을 가지고 계청하였다면 비록 중한 법으로 다스려도 될 것입니다마는, 단지 의심스러운 일을 가지고 갑작스럽게 형장을 가한다면 애매할 것 같습니다.' 하였다.

홍귀달은 의논하기를,

"대간의 아뢴 것이 의심스러운 것 같았습니다만, 승지가 왕복해 가며 캐물었는데, 그 발명한 사연이 간절하고도 측은하였으니, 더 다른 사정은 없을 듯합니다. 말의 발단이 비록 한 사람에게서 나왔지만 동료들이 모두 그렇다고 하여 의논을 합하여 아뢴 것으로서 처음에는 사정[私情]을 가진 것 같았지만 나중에 가서는 여러 사람들이 함께 한 것이니, 대간의 실수로 말하면 특히 잘못 생각한 데서 실수한 것뿐입니다. 조정 정사를 혼란시켰다면 그 죄가 경하지 않을 것이옵니다만, 만일 형장을 사용한다면 실정[實定]이 아닌 자복이 있을까 염려됩니다."

하였는데, 임금께서는 '승지가 가서 국문하되 우선은 형신[刑訊]하지 말고 끝까지 캐물어 아뢰라.' 라고 전교하셨다.

얼마 후 의금부가 아뢰기를, '양희지, 이세인이 먼저 발언한 죄를 형장 1백 대에, 도형[徒刑](유배)[1]3년으로 하고, 그 나머지 함께 의논한 사람들은 체임[遞任]에서 1등을 감하여야 합니다.' 하였으나, 임금께서는,

"양희지는 부처[付處](벼슬아치에게 어느 곳을 지정하여 머물게 하는 형벌)만하고, 다른 사람들은 아뢴 대로 하라." 하였다.

하지만 대사간(정3품, 당상관) 안호[安瑚]와 사간(종3품) 이효독[李孝篤], 집의(종3품)김극[金克]

1　도형[徒刑]: 1-3년간 복역하는 형벌이며 5등급으로 나눠 장10대[杖]와 복역 반년을 한 등급으로 함. 5형[刑]의 하나

大峯은 熙止를 稀枝로,

회가 '전 대간(이세인)이 논죄되는 것은 애매합니다. 정부에서 논계한 것은 반드시 들은 데가 있을 것이니, 그 경위를 물어보소서.' 하였으나, 임금께서는 들어 주지 않았다.

물론 장령 이의손은 '신이 어제 본직을 받고, 그 즉시 양희지 등이 죄 당한 것을 들었는데 깜짝 놀라지 않을 수 없습니다. 지금 그런가 싶기만 하지 밝히기 어려운 일을 가지고 정실이 있었다고 하여 중하게 논죄한다면, 후일에는 반드시 말하기를 경계하게 되어 언로가 막힐 것이니, 부디 짐작하여 주옵서.' 하였으나,

임금께서는 '그 말은 결코 들어 줄 수 없다.'고 하셨다.

하지만 많은 사람들은 '이점'이나 '박임종'의 그간의 행실을 보면서 대봉이나 그 외 사간들이 억울한 누명으로 유배를 갔음을 얘기하고 있었다.

성준과 이점은 상호간 잘못된 점이 있었다. 당초 이점이 집의로 있을 때였다.

성준의 종이 우육금지령에 때문에 고기를 구하지 못하자 성준이 여러 종을 시켜 헌부의 이속을 결박하고 그 노비의 고기를 빼앗은 적이 있었다.

대관 김인후가, 성준이 종을 시켜 금지령을 범하고도 헌부의 이속을 결박하였다고 하여 추국하기를 계청하였고, 또한, 경연에서 서로 힐란(헐뜯고 싸우다)하였다.

이에 성준이 감정을 품고 은밀히 대간 김인후의 과오를 노려 전일의 분을 풀려 하였었는데, 이때 이점이 그 당시의 대관으로 남아 있었다.

박임종의 체임의 자취가 사정을 낀 것 같이 보여, 성준이 이것을 가

지고 이점과 함께 중상하여 대간이 감히 자신에게 항거하는 사람이 없게 하려 한 것이었다.

국문을 당하여 박임종의 일을 발설한 사람은 바로 성준과 교분이 큰 양희지^{楊稀枝}이므로 왕이 의견을 수렴하는 과정(수의)^{收議}에서, 성준이 구원하기를 매우 적극적으로 하였기 때문에 옥사가 다소 너그러웠으니, 성준의 농간과 음흉이 많은 편이었다.

성준은 비록 대봉을 직접적으로 해코지 하고자 한 것은 아니었으나 사간헌의 수장이었던 대사간은 어쩔 수 없이 그 일에 말려들 수밖에 없었다.

◆ ◆ ◆

대봉은 4월16일(연산 6년, 1500년) 익산^{益山}으로 부처^{付處}[2]되고 이세인은 나주 청암역^{靑巖驛}에서 복역하였다.

대봉은 62세의 나이로 귀양을 가게 되었으나 그나마 임금의 배려덕분으로 고신을 당하지는 않았으나 심문과정 등으로 심신이 많이 약해졌다. 그러나 본인보다는 가족인 부인이 더 많은 고초를 겪어야만 했다. 그동안 정부인^{貞夫人}으로서 남편 곁에서 한평생 평안한 생활을 하면서 지내오다가 남편이 귀양을 가게 되었으니 그 어려움은 남편보다 더 한

2　부처: 3등 이하의 죄를 졌을 때 가까운 도에 귀양하는 것이며, 유배지는 수령이 결정하며 귀양 가는 사람의 고향인 귀향은 허락하지 않음. 가족과 동거도 허락되었음. 귀양 갈 때 모든 비용은 본인이 부담하였음.

大峯은 熙止를 稀枝로,

것이었다.

남편의 옥살이를 옆에 보면서 몸과 마음이 지쳤으며 익산으로 부처되어 고향인 울산을 오고가며 큰 아들이 옆에서 보살펴 주었으나, 남편의 뒷바라지에 더불어 심신이 쇠약해졌다. 하지만 남편을 그리워하다가 남편이 귀양간지 몇 달 만에 마침내 세상을 뜨고 말았다.

대봉은 정부인이 위독하다는 소식을 듣자마자 조정에 알리고는 정부인이 있는 울산으로 갔으나 이미 늦었다. 아들, 며느리 손자까지 온 가족들이 모인 자리에서 정부인은 편안히 잠들고 있었다. 향년 57세였다.

아이들의 말에 의하면 아버지를 찾고자 했지만 빨리 오지 못할 것을 아셨는지 포기하시고는 '대감은 결코 죄를 지은 것은 아닐 것일세….' 하였다.

그 말은 이미 몇 번이나 하신 말씀이었지만… 마지막 한 말씀은 '채련곡'이란 말씀을 하셨다는 것이다.

대봉은 그녀가 마지막으로 말한 '재련곡'을 떠올리며 정부인인 보련(貞夫人)을 위해 시를 한 수 썼다.

「연꽃이 좋아서

연밥 따는 아가씨 뉘에게 주려고

머뭇머뭇 괜히 애 태우네

채련곡(采蓮曲) 한 곡조에

어여쁜 여인에게

연꽃 한 송이 보내오니

바람 불어 꽃향기 소매에 젖는다.
하늘에서 비익조(比翼鳥)가.
땅 에서 연리지(連理枝)가...

40여 년 한 세월
비익조 연리지
하루처럼 보냈는데

비익조 연리지 어딜 가고
당신이 따다 준
연꽃 한 송이 남았구려.」

◆ ◆ ◆

이 와중에 대간들 중에서는 대봉의 잘못이 없음을 지적하는 여론이 있었다.

대사간 안호(安瑚)는 '~ 또 형벌이 적당하지 않으면 백성이 손발을 놀릴 수 없게 되는 것인데, 양희지와 이세인(李世仁)이 의사(疑似)(의혹스런 일)한 일 때문에 중한 죄를 받아 멀리 귀양갔으니, 이로 인하여 언로가 막힌다면 이는 국가의 복이 아닐 것으로 생각합니다. 원컨대 너그럽게 임금님께서 베푸시어, 상하가 서로 믿게 하소서.'

또한 장령(정4품) 이의손(李懿孫)은 '양희지, 이세인의 일은 사실이 아닌 것

大峯은 熙止를 稀枝로,

같은데, 의사스러운 일 때문에 죄를 당하였으니, 신 등이 아프고 애석하게 여깁니다.~'라고 하였으나 임금은 특별한 지시가 없었다.

(1500.5.16. 연산 6년),

헌납 이효문은(李孝文) '~또, 대신은 인군의 팔다리요, 대간은 인군의 이목인 것입니다. 팔다리와 이목이 서로 협조하여 이루어지는 것이므로 재상이 하는 일을 오직 대간만이 말할 수 있고,

대신 역시 대간의 말을 공론으로 여겨 꺼리는 바가 있는 것인데, 만일 대간의 말을 전하께서 모두 정실이 있는 것이라 하여 죄 주신다면,

무릇 중심이 굳세지 못한 사람들이 반드시 잘못 의심하는 생각을 가지게 되어 위로는 성상의 위엄을 두려워하고,

아래로는 대신들의 은밀한 중상을 무섭게 여겨 위축되어 입을 다물지 않을 사람이 드물게 될 것이니,

대간의 말이 비록 더러 실정에 지나친 것이 있더라도 관대하게 용납하시어 말하는 길을 넓히소서.' 라고 하자

임금은 대봉에 대한 일로 생각하여 이르기를,

"네 말은 순전히 대간이 죄 당한 것을 위하여 한 것이다. 전일에 양 희지 등의 일을 우의정이 정실이 있다 하였는데, 어찌 우연히 말한 것이랴. 대저, 대간이란 것은 인군의 이목인 것이다.

귀와 눈이 바르지 못하면 어떻게 정치를 할 것이냐." 라고 하였다.

(1500.연산 6년 5, 17)

이튿날 정언 심순문이(沈順門) 경연에 부지런히 참석할 것을 청하면서

"~전번에 양 희지 와 이 세인이 의사한(疑似) 일로 하여 죄를 당했는데, 언로에 방해가 되지 않을까 두렵습니다."

하지만 왕이 이르기를,

"네 말이 틀렸다. 정부에서 어찌 생각해 보지 않고 논의하였겠느냐."

하였다. (연산 6년 5.18) 그러면서 임금은 별다른 말이 없었다.

◆ ◆ ◆

아무튼 대봉은 조정에 연락하고는 부인이 묻혀 있은 울산 함월산(含月山) 가까이에 있는 장기(長崎) 쪽에서 1년 이상 귀양을 하였다.(부인의 장례를 감안하여 수령이 귀양장소를 변경함.)

큰 아들 문선이 부인의 시묘(侍墓)살이를 하면서, 대봉은 수시로 부인이 있는 곳에서 참배를 하였다. 대봉은 귀양살이하면서 그곳에 가까이 있는 동래로 가서는 조정과 임금을 생각하면서 비파와 함께 그 옛날 정서(鄭叙)(고려 의종 때 문신)가 부른 정과정곡을 타면서 시를 남겼다. 그 곡이 정과정곡(鄭瓜亭曲)이다. 과정(瓜亭)은 정서의 호(號)이다.

他鄉作客頭渾白(타향작객두혼백) 타향에 나그네 되어 머리 모두 세었는데,
到處逢人不見青(도처봉인불견청) 가는 곳 만나는 사람마다 눈길이 차갑군.
清夜沈沈滿窓月(청야심심만창월) 맑은 밤은 깊어 가고 달빛 가득 창 아래,
琵琶一曲鄭瓜亭(비파일곡정과정) 한 곡조 비파 타노니 정과정곡이라네.

그리고는 탄식을 하면서 조정에는 귀한 무리들이 많아도, 강호에는 많은 신하들이 있지만, 임금을 바로잡지 못하는 것이 못내 아쉬웠다.

大峯은 熙止를 稀枝로,

　　이런 와중에 좌의정 성준의 외손인 전한 한형윤(典翰 韓亨允)이 평양에 있는 경변사(警邊使) 이극균에게

　　"경이 중한 부탁을 맡고 오래도록 변방에 있으면서, 말을 타고서 노심초사하니, 내가 항상 경을 생각하여 편안치 않다.

　　그런데 또 근래에 병에 걸렸다는 말을 들으니 매우 염려된다. 곧 회복하면 내가 매우 기쁘겠다. 지금 홍문관 전한 한형윤을 보내어, 겹옷 세 벌, 홑옷 한 벌과 갓 한 벌, 신 두 켤레를 가져다 주고 선온(宣醞)(임금이 베풀어 주는 술)도 함께 하게 하여 나의 뜻을 표시한다.

　　지금 이 눈이 녹고 길이 열리면 도적이 반드시 틈을 노릴 것이다. 거기에 대한 수어방략(守禦方略)(외침에 대한 전략)을 익히 생각하여 할 줄 알지만, 다시 하여야 할 일들을 잘 보고 생각해서 한형윤이 돌아올 때 자세히 적어서 아뢰도록 하라." 는 하명을 하였다.(연산 6년 1. 23. 1500년)

　　그러나 그 복무시간이 너무 길어서 그를 국문하고 1년 이상 업무에서 배제되었다.

　　이런 차에 대간들은 수시로

　　'한형윤은 좌의정 성준의 외손으로 과거한 지 10년이 못 되어 갑자기 3품의 직에 승진되어 외가의 권세를 믿고 백집사(百執事)(모든 관리들)를 종처럼 대우하니 진신(縉紳)(벼슬하는 신하) 사대부들이 모두 그 사람됨을 곤란하게 여겨,

　　아부해서 비위를 맞추지 않으면 그 위세를 두려워해 피하였고, 비록 보통 담론하는 사이일지라도 항상 그와 서로 대하기를 조심하였다.

한형윤이 비록 여러 번 과거에 합격하였지만 스스로 문학과 덕행이 천박하기 때문에 물망(物望)(여러 사람이 우러러보는 명망)에 부합되지 않음을 알고, 명망 있는 문사는 꼭 시기하여 이기려고 늘 중상하였다.'

하는 가하면

'대간 양희지, 이세인이 죄를 얻은 것은 비록 성준에게서 나왔지만 그 계획은 실상 한형윤에게서 발단되었었다.

박임종이 안동으로 부임하지 않게 된 것은 반드시 대간(臺諫)에게 서 나왔을 것이다. 라고 생각하고, 그 아들 박조년(朴兆年)과 서로 친한 자와 일찍이 홍문관에서 의논하여 계달(啓達)(임금에게 의견을 제시함)하여 이일로 인하여 사림(士林)을 한 번 경복시키려고 하였으나 동료들이 응하지 않자,

즉시 몰래 성준을 격분시켜 마침내 옥사(獄事)를 얽어 만들었으니, 이로부터 사림들은 더욱 꺼리게 되었다.' 라고 했다.

이런 때 문사(文士)(학문에 뛰어난 사람) 김물(金勿)은,

'국가에서 이 사람을 대우하기를 마땅히 범을 기르는 것같이 해서 늘 그 배를 부르게 하고 굶주리지 않도록 해야지 굶주리면 사람을 잡아먹을 것이다.' 하였다.

또한 '그가 재상(宰相)이 된다면 그 욕심이 채워져 그 시기함이 적어질 수 있다는 말이다. 왕이 그를 사랑하여 돌보아줌이 한창 대단하여서 무릇 사명(使命)(맡은 임무)이 있으면 반드시 한형윤을 임용하였다' 하였다. (1500. 연산 6년 7.7 사관들의 실록 근거)

어쨌든 그런 얘기를 임금에게 흘러들었는지 대봉은 1여년 만에 귀양에서 풀렸다.

大峯은 熙止를 稀枝로,

연산 8년 정월달(1502년 1.5)에 대봉은 귀양에 풀렸다. 동지중추부사[3] 同知中樞府事 으로 제수되었다.

귀양이란 그 어떤 잘못이 있어 그 처벌을 받는 과정이지만, 그 처벌은 조정과 멀리 떨어져있는 것으로 귀양이 풀리면 임금의 뜻대로 또다시 조정에서 일을 할 수 있기에 대봉은 또 다른 의미를 갖고자 했다. 아직도 유배를 하고 있는 친구들을 구해야 한 다 던 지,

그러나 전 임금과는 달리 백성을 잘못 인도하고 있는 것이 안타까워 그것을 바로잡고자 했다. 바로잡고자 하는 큰 뜻을 세우고자 조정을 향해 달렸다.

한양이 가까워지면서 좌찬역[4] 佐贊驛 에서는 눈이 오는 지라 수레가 가지 못하고 한강을 쳐다보며 한숨을 지었다.

强起三年病 삼년 병상에서 억지로 일어나,
忙趨二月天 이월 날씨에 바쁘게 달렸다네.
風禽飛復下 바람결에 새가 날았다가 내려앉고,
雪路斷還連 눈길엔 수레는 끊어졌다네.
悵望嶠雲外 슬프게 높은 구름 밖 바라보다가,

---

3   종2품, 일정한 사무직 없이 당상관의 직책으로 우대하는 것이며, 필요시 특진관으로 운용될 수 있다.

4   좌찬역은 한양에서 용인과 죽산을 거쳐 충주와 청주 방면으로 향하는 교통로 상에 위치하였다.

低回漢水邊 한강 가에서 배회하고 있다오.
村家能燠否 마을의 집은 따뜻하지 않은가,
排凍暫停鞭 잠시 추위 피하려 채찍 멈췄다오.

그러나 한시라도 빨리 가야하기에 한강에서 나룻배를 타고서 아침

해를 보면서 임금이 계시는 궁궐을 쳐다보았다.

三角舟中出 배에 내려 삼각산에 가려니,
聖人其下居 성인이 그 아래서 거처하지.
停橈再拜立 노를 멈추고 서서 재배하니,
朝日映江初 아침 해가 강물을 비추네.

몇 년 전이었던가? 성종임금이 돌아가시자 휴식겸하여 쉬었다가 임

금의 명으로 다시 조정에 갔을 때, 그때도 시를 썼건만 그때는 오늘과

다른 느낌이었다.

白髮趨朝地 백발에 조정의 부름 받고 달려가니,
靑山駐馬時 푸른 산은 말을 머물게 하는구나.)
淸明新世界 맑고 밝은 세상 새로운 세계에서,
廓落舊心期 넓고도 넓은 옛 마음을 기약하는군.)
嘿嘿看天宇 말없이 하늘만 처다 보며,
悠悠念路岐 아득한 앞날을 생각해 본다오.
聖恩難可負 임금님의 은혜 갚기도 어려운데,
梱幅袖中辭 정성껏 소매 속에서 꺼내 사양한다네.

大峯은 熙止를 稀枝로,

+ + +

대봉이 귀양에서 풀려 다시 조정에 들어가는 것은 반가운 일이었으나 임금의 악정이 날로 심해지는 것 같아 마음이 심상치 않았다. 그와 더불어 몸도 예전과 달리 이곳저곳이 불편한 것을 느꼈다. 이제는 쉬고 싶다는 생각이 들기도 하였으나 이예(李藝) 어른께서 70살이 넘어서도 오직 백성과 나라를 위해 열심히 일한 것이 눈에 선하였다.

몇 년 전에 돌아가신 성종임금을 생각하며 돌아가시기 전날 임금께서 주었던 책을 다시 읽으면서 그날을 회포하며 글을 남겼다.(대봉문집: 十二月二十四日識感)

仙駿已遠白雲鄕 신선의 마차는 이미 멀리 백운향(곧 이 세상을 떠났음)
　　　　　　　　　으로 가고,
悵望喬陵歲月長 애처롭게 높은 능을 바라보니 세월만 길었구나.
蟣蝨[5]酬恩寧復日 미천한 신하 은혜 갚을 날 어찌 다시 오겠나.
宸章留得姓名香 임금님 글에 이름 남기니 향기가 묻어난다오.

특진관으로 임명되면서 사관(史官)이 정청(政廳)에 참여할 경우 장소가 좁아 사관이 제대로 업무를 파악하지 못하므로 '붓과 벼루를 지참토록 하며, 머리를 숙이는 것이 아니라 머리를 들고서 업무를 하도록 하는 것' 등의 업무를 집행하기도 하였다.

5　원문의 기슬은 기슬지신(蟣蝨之臣)의 준말로, 옷이나 머리의 이(蟣蝨)처럼 미천한 신하의 신분을 가리킨다.

　당시에 사관은 정청에 참여할 때는 필기기구를 이용하지 못하고, 머리를 숙였던 것이다. 정청에 참여하는 것은 많은 신하들이 참여하므로 자리가 좁은 것은 사실이나 사관이 직접 글을 쓰지 않으면 제대로 사관으로서의 업무가 제대로 되지 않기 때문이다. 대봉은 사관의 업무를 제대로 하기 위한 것이었다.

大峯은 熙止를 稀枝로,

19

이제 내가 보듬어야 하리....

19. 이제 내가 보듬어야 하리....

대봉은 평소에 부인이 차려주던 음식을 맛있게 먹었으나 부인이 없
다보니 가끔씩 자기 스스로가 음식을 지어먹곤 했다.

그것은 정희량(鄭希亮)이가 만들었던 신선로(神仙爐)을 이용하여 나름대로 음식을
조리해서 먹었다.

그는 특이하게 생긴 신선로(神仙爐)라는 그릇을 만들어 사용하다가 많은
사람들에게 그 그릇이 전파되었다.

가운데 구멍이 뚫린 대접 모양의 그릇을 이용하여 은둔 생활을 사
용했는데 그릇은 음양의 조화를 이루는 수화기제(水火旣濟), 즉 물과 불의 이치
를 활용해 만들어진 것이다.

산과 들의 채소들을 물이 담긴 그릇 주변으로 놓고 그릇의 중앙에
뚫린 구멍에 숯불을 넣어 데워서 먹는 것이다. 사람들은 그릇의 모양
이 신선의 기풍이 있다 했어 신선로라 하였지만....

정희량은 유배에서 풀려나 직첩을 돌려받았으나(1501년 9월) 그가 쓴
글 때문인지 몰라도[1] 대간 및 홍문관직에는 나갈 수 없게 되었다.

---

1   임금이 '그의 말에는 쓸 만한 말이 있고 쓸 수 없는 말이 있다.'고 한 전편 실록 10조

大峯은 熙止를 稀枝로,

그 해 어머니가 상을 당하자 고향인 고양에서 시묘살이[侍墓] 를 하다가, 산책을 나간 뒤 다시 돌아오지 않았다.

허암[盧庵](정희량의 호)은 점필재 김종직의 문인으로서 김전, 신용개, 김일손 등과 함께 사가독서에 뽑힐 정도였다.

무오사화 때는 신용개, 김전 등과 함께 탄핵을 받았으니, '난언[亂言]을 알고도 고하지 않았다'는 죄목으로 장[丈]100대, 유배 3천리의 형을 받고 평안도 의주에 유배되었다가, 2년 후(1500년 5월) 경상도 김해로 이배된 적이 있었다.

명리[名利]를 추구하지 않던 허암의 시가 좋아서 그 시를 읽으면서 또한, 그가 마지막 쓴 시를 읽어보았다. 그는 어디로 간 것일까? 그의 2편의 시를 읽고 읽었다.

'朝天[조천]2)學士五更寒[학사오경한] 궁궐에 들어간 학사는 새벽이 되어 추우나
鐵馬將軍夜出關[철마장군야출관] 철마 탄 장군은 밤에 관문을 나가네
山寺日高僧未起[산사일고승미기] 고요한 절에는 해 높은데 중은 일어나지 않았고
世間名利不如閒[세간명리불여한] 세간의 명리는 한가한 것만 같지 못 하네'

강바람 바닷바람이 더새지는 김해에서는...

'一毛蒼江上[일모창강상] 해 저무는 저 푸른 강변에
天寒水自波[천한수자파] 날씨는 차고 파도는 이네

항의 상소문 참조

2   조천[朝天]은 궁궐에 들어가다 , 천자를 배알하다. 의미

孤舟宣早迫 외로운 배 마땅히 일찍 정박하노니
風浪夜應多 풍랑은 밤이 되면 더 거세질 테니'

♦ ♦ ♦

대봉이 약 2년 가까이 조정을 떠나 있는 동안 임금은 많이 변하였다.

처음부터 성종임금 때와는 달리 학문적인 취향은 부족한 듯 했으며 놀기나 여색을 탐하는 편이었지만 무오사화 전까지만 해도 신하들의 의견을 그런대로 듣는 편이었으나 사화이후부터는 신하들의 말을 귀담아 듣지 않았다. 한순간 적으로 오로지 자신의 말에 찬성하는 것에만 귀를 기울 린 것이다.

그것도 대봉이 귀양 간 그해 9월에는 임사홍의 아들 임희재의 덕분으로 임사홍은 복권이 되어 그 아들 과 더불어 임사홍과 임희재의 말을 전적으로 믿게 된다.

연산임금은 어린 왕자 때 그 당시 네 살로서, 윤씨의 뒤를 이어 왕비가 된 정현왕후(윤씨)의 손에서 자랐으며, 생모 윤씨의 폐비 및 사사에 얽힌 구체적인 정황은 제대로 알지 못하고 있었다.

이에 임사홍은 자신이 보아온 윤씨의 폐비사건의 전말을 서서히 연산임금에게 밀고하는 것이었다.

성종임금 때 임사홍을 12년간 궁중에 출입 못하게 한 이유도 어느 면에서는 폐비 윤씨와 관련이 있었는지도 모를 일이다.

아무튼 임사홍의 건의와 밀고에 따라 폐비윤씨의 묘를 알고 난 후 폐비 윤씨에 대한 의문을 갖게 되면서 얼마 후에(대봉이 죽은 후) 폐비 윤

          大峯은 熙止를 稀枝로,

씨 문제로 갑자사화(甲子士禍)로 연결된다.

또한 임금은 사냥을 즐기면서 사냥에 방해가 된다면서 도성 밖 인접한 민가(民家)를 철거하여 백성들로부터 많은 불만을 쌓았다.

사화로 인해 사림파의 세력들이 위축되고 주도권이 훈신세력들에게 넘어가 조정에는 언론 기능이 상실됐었고, 자주 연회를 열어 전국의 기생들을 불러 모아, 향락과 패륜을 일삼았다. 그러한 방탕하고 사치스런 생활로 급기야 국고가 바닥날 지경에 이르자, 임금께서는 훈신들에게 공신전(功臣田)을 내놓으라고 요구도 했으며 노비를 몰수하기도 했다.

◆ ◆ ◆

대봉이 귀양 가던 그해 11월 4일에는 정언(正言) 손세웅(孫世雍)은 뇌성 번개의 재변(災變)에 따라 6가지(1500년, 11월 4일 상소)의 일을 조목조목 진술하였는데 임금께서는

'내가 수의(收議)하도록 명령한 것은 다만 과부를 재가(再嫁)시키는 일 뿐인데, 정승들이 6가지 조목을 다 털어 의논한 것은 잘못된 일이다. 또한 조종 때에 이미 결정한 법을 어찌 한 사람의 상소 때문에 경솔히 고칠 것인가. 취택하지 말라.' 하여 나머지는 잘 못된 것이라 하셨다.

즉, 1. 남편을 잃은 부녀에게 개가(改嫁)하게하고,
2. 나이가 많아 치사(致仕)(벼슬을 사양(辭讓)하는 것)하는 사람에게 검직(檢職)을 주며,
3. 각 고을의 학도(學徒)들에게 학문을 권장하고,
4. 병사, 수사의 아전을 감사(監司)가 차정(差定)하게하며,

5. 병졸은 정병(精兵)(우수하고 강한 병사)을 위주 하여 인원만 많은 것을
   힘쓰지 않고,
6. 언로(言路)를 개방하여 허심탄회하게 받아들이소서.

하였으나 남편을 잃은 부녀에게 개가토록 한 것만 되었고,
그 외에도 대사헌 성희안은 '학문과 정사를 논 하 것' 이나,
홍문관, 사헌부 합동으로 뇌성 번개의 재변에 따른 '직언'
그리고 율려습독관(律呂習讀官)(종9품) 어무적(魚無跡)(천비의 출신이었으나 면제 받음)은 ' 나라의
근본을 회복하는 것' 등의 장문의 상소를 올렸으나 연산임금에게는
큰 변함이 없었다.
  대봉은 또한 임사홍 같은 간악한 무리가 있기 때문에 수재(水災) 같은 재
난이 발생한다고 지적하고 임사홍의 제거를 강력히 주장하기도 했으
나 별다른 반응이 없었다.(부록 참조: 응지재소(應旨在疏))

◆ ◆ ◆

  사실 연산임금은 연극 등 다양한 공연을 하는 등으로 문화발전에
다소 기여를 하였지만 지나친 사치와 향락으로 이어지면서 잘못되어
가고 있었다.
  선조들이 남겨놓은 한글은 처음엔 제대로 사용토록 하더니만 임금
을 비방하는 글을 누군가 올리자 이를 계기로 한글사용을 전면금지
하며 점차 한글을 사용하는 자에게 사형까지 하는 법을 만들기도 하
였다.

大峯은 熙止를 稀枝로,

또한 시를 제법 쓴다면서 임금은 스스로 시인(詩人)임을 자처했다.

그는 125편의 시를 썼으며 또한 신하들에게 시 쓰기를 강요 아닌 강요를 했으며 시를 잘 쓴 사람에게는 포상을 하기 도 했다. 그러나 어떤 신하는 그 시 때문에 유배를 가기도 했다.

그 예로서 임금께서는 '술과 작약(芍藥)꽃 3가지를 승정원에 내리고', 이어서 어제시(御製詩) 한 연(聯)을 써서 보내고는 '지금 비록 술을 금하는 중이나, 약을 먹는 데는 폐할 수 없으므로, 각각 율시 한 편씩을 지어 바치라'하였다.

임금께서 보낸 어제시(御製詩)는 다음과 같다.

'꽃과 술을 주는 것은 내 가까이 있기 때문인데

즐거움 속에도 근심이 있는 것을 누가 알겠는가?'(연산 7년 5월 10일. 1501년)

어떤 날에는 밤 이경(二更)에 홍문관 관원들을 서빈청(西賓廳)에 모아서는,

칠언율시(七言律詩)의 시제(試題) 넷을 내리고는(연산7년 4월 23일)

첫째는, 明皇幸蜀楊妃死 縱有嬪嬙不喜看: 당명황(唐明皇)이 촉(蜀)에 거둥하매, 양귀비는 죽으니, 비록 빈(嬪)과 궁녀들 이 있어도 기꺼이 보지 않더라,

둘째는, 落月半庭人擾擾不知誰是壯元郎: 달 떨어진 뜰 안에 사람 소리 시끄러우니, 누가 이 장원랑(壯元郎)(과거 갑과에 장원한 사람)인지 모르겠도다.

셋째는, 一色杏花三十里 新郎君去馬如飛: 한 빛깔 살구꽃이 삼십 리를 덮었는데, 신랑이 탄 말이 날아가 는 것 같구나.

넷째는, 芙蓉生在秋江上 不向東風怨未開: 부용이 가을 강물 위에 살아 있는데, 봄바람을 향하여 피지 못 함을 원망하지 않는구나.

그리고는 이어서 초 한 자루를 보내면서, '이 초가 다 타기 전에 시를 지어서 바치라.'

하였다. 물론 그 상으로 전한(典翰) 김감(金勘)이 장원을 하여, 녹피(鹿皮) 한 장을
하사(下賜)받았다.

그후 이년 후의 얘기이지만 성희안은 시 때문에 파직을 당한다.(연산
11년 7월)

◆ ◆ ◆

대봉은 새해 들어 동지성균관사(同知成均館事)(성균관의 종2품: 성균관의 직책)에 제수되
었고, 2달 후에는 우윤(右尹)(한성부 우윤: 한성부 부 시장 중 1명. 종2품)으로 되자 이어
한 달도 안 되어 세자우부빈객(世子右副賓客)(시강원(侍講院): 세자를 가르치는 것. 종2품)을 겸하였다.

그해 10월엔 동지중추부사(종2품) 지경(支卿) 권주(權柱)가 연경(燕京)에 사신을 가게
되자 멀리까지 전송을 하고는 연경에 있는 그를 위해 글을 남겼다.

동지중추부사는 매년 동짓날, 또는 새해를 맞이하여 명나라 황제에
게 보내는 사신이다.

권주는 워낙 그 필체가 뛰어나고 문장력이 좋기에 조정에서는 그를
사신으로 보내냈다.

대봉은 그를 생각하며 시를 지었다.

十月風高季子裘(십월풍고계자구) 초겨울 찬바람에 그대는 갖옷(털가죽으로 된 옷)을 입고

燕山歸思劇悠悠(연산귀사극유유) 연회를 생각하며 머나먼 길 떠나가네.(연산(燕山): 잔치를 뜻함)

鎬京王在歌魚藻(호경왕재가어조) 호경에선 신하들이 천자의 찬양 노래하고 (鎬京(호경): 수도를
말함)

周宴賓娛詠鹿呦(주연빈오영록유) 황제는 충신에게 주연대접 칭송하네.

446　　　　　　　　　　　　　　　　　　　　大峯은 熙止를 稀枝로,

一代規模觀禮樂 한 시대 규모를 예, 악으로 알 수 있고

五雲環佩動琅璆 오색모양 장식의 패옥소리 쟁쟁하다. (五雲環珮: 오색의 장식)

江南此去春應早 강남에서 올적에는 봄이 응당 빠를 테니.

折向梅花寄隴頭 매화꽃 꺾어다가 신의주로 부치리라

[3]부록 참조

◆ ◆ ◆

지경 권주는 대봉보다 18세나 어림에도 불구하고 박학다식하여 대봉과 함께 성종임금의 행장록을 지었으며, 그 이듬해는 실록편찬에도 참여하였다. 무오사화도 무사히 겪었던지라 머지않아 더 좋은 결과가 있을 것이라 생각했으나....[4]

◆ ◆ ◆

대봉은 또한 권숙강(권건의 호)도 생각났다. 2년 전 유배를 풀고서 돌아오는 길에 충청도 음성 객관에서 말산을 소문으로 알았다. 말산은 충주원촌에 있는 군기시 하인이다.

그 아버지가 병이 들자 그 아버지를 위해 여러모로 고생하였으나 그 아버지가 죽자 3년간 시묘 살이를 하였다. 그 와중에 그는 몸이 많

---

3   위 시는 대봉의 양희지로 개명하여 쓴 글로 그 글씨는 현재 존재하고 있는 유일한 유묵임

4   훗날의 예기이지만 폐비 윤씨 사건 때, 윤씨에게 사약을 들고 간 죄로 하여 사사되었다.(1506년)

이 상했으나 시묘살이를 무사히 끝냈으며 그 어머니마저 몸이 쇠약해져 어머니를 모시는데 정성을 다했다.

이때 시랑(권건의 字)이도 어머니 시묘살이를 하던 중에 말산의 그 얘기를 듣고 이러한 사실을 대봉에게도 전파하였으며, 충청도 관찰사 정미수(鄭眉壽)가 그에게 포상을 내릴 것을 조정에 청하여 말산은 임금으로로부터 신역(身役)(몸으로 치르는 힘든 일)을 면제받는 등 효행 상을 받게 된다.

말산의 그 얘기를 해 줬던 이가 숙강 이었지만 그는 이미 4년 전 무오사화 때 세상을 떠나고 말았다.

대봉은 무오사화 때 죽은 시랑을 생각하며 마침 음성에 가서 말산과 함께 예기를 나누면서 아래의 시를 써주었다.

昔因侍郞知孝子（석인시랑지효자）　그 옛날 시랑 때문에 효자 알게 되고

今逢孝子憶侍郞（금봉효자억시랑）　지금 효자를 만나니 시랑이 생각나네.

侍郞一去已午年（시랑일거이오년）; 시랑이 돌아가신지 이미 5년이 되었건만,

湖水茫茫湖月凉（호수망망호월량）　호수 물은 출렁출렁 비친 달 처량하네.

孝子之行卓復卓（효자지행탁복탁）　효자의 행적은 탁월하고도 탁월하네.

誰向丹墀更闡揚（수향단지갱천양）　그 누가 단지(丹墀)(임금 앞 계단)를 향해 다시 闡揚(천양)(널리 퍼지게 함)할 거나.

忽忽旅燈相對夜（홀홀여등상대야）　깜박이는 여관 등불 서로 마주하는 밤에,

不堪寒雨滴回塘（부감한우적회당）　찬비 회당 적시는 것 견디지 못할레라.

숙강은 대봉과 함께 사가독서를 하였으며 성종임금10년에 시폐책(時弊策)에 대한 시험에서 일등으로 합격하여 안마(鞍馬)(안장을 구비한 말)를 하사 받았다.

大峯은 熙止를 稀枝로,

◆ ◆ ◆

이 당시 임금의 애첩이었던 장녹수(張綠水)는 제안대군(齊安大君)의 여종이었으나 지금은 애첩이 되어 많은 권력을 누렸으며 제안대군의 장인이었던 김수말(金守末)은 장녹수 덕분에 사도시정(司䆃寺正)(궁중의 미곡(米穀)과 장(醬)을 담당. 정3품하 당하관)으로 승진하였다.(연산9년 4월 3일, 1503년)

연산 임금의 퇴행적인 모습은 여색을 탐하는 것만이 아니고 먹는 음식에서도 나타났다.

수박을 너무나 좋아했던 연산임금은 '내가 일찍이 중국의 수박을 보고자 했는데 김천령(金天齡)이 강력하게 주장해 가져오지 못하였다. 임금이 다른 나라의 진귀한 물건을 구하겠다는데 신하가 어찌 감히 그르다고 말하는가.' 하고는 '김천령을 효수하여 전시하고 그 자식을 종으로 삼으라'고 명령한다.

그 후 김천령[5]은 그 이듬해 갑자사화 때 폐비 윤씨건을 빌미로 부관참시 마저 당한다.

◆ ◆ ◆

대봉은 나이가 들었음을 실감하지 않을 수 없었다. 곧 65살이 다 되

---

5   김천령은 1469년에 태어나 1503년에 죽음. 1502년에 명나라에 성절사(聖節使) 수행원으로 참여. 당시 수박관계로 연산군에게 밉보여 35세로 요절 당 한 후, 정침의 가자(鄭沈 加資)〈품계를 올리는 것〉사건과 폐비윤씨 사건 등에 휘말려 부관참시 당함. 나관중(羅貫中)의 역사소설 '삼국지연의(三國志演義)'를 조선에 최초로 소개한 인물임.

었다. 몇 년 전 회갑 때는 충청도 관찰사로 있었기에 많은 사람들이 모여서 함께 춤을 추며 즐거워했었다.

물론 무오사화로 많은 사람들이 죽거나 불우한 처지를 당하는 시기였지만 그래도 가족들이 있었고 주변의 많은 사람들이 있어주어 말 그대로 즐거움이었다.

하지만 귀양을 가면서 때마침 부인마저 죽게 되니, 그 허전함은 말할 수 없었다. 설사 조정에서 좋은 자리를 주었다하나 매사가 옛날처럼 즐겁지 않았다. 큰 아들 문선^{聞善}[6]이 주변에 가까이 있었으나 부인 만 하리까.

나이 때문인지 그러한 무력감과 더불어 임금이 변해가는 모습을 보면서 그것을 변화시킬 능력이 없음을 깨달고 사직을 하였다. 어쩌면 미리 올 사화^{士禍}를 예감했을까?

◆ ◆ ◆

이즈음에 조정은 훈신 세력은 척신^{戚臣}(임금과 친인척 관계)중심의 궁중파와 의정부, 육조에 포진한 훈신 중심의 부중파^{府中派}로 나뉘었다.

부중파는 처음에는 궁중파처럼 연산임금의 행태를 방관했으나, 그들이 공신전^{功臣田}을 임금으로부터 전환을 위한 요구를 받으면서 임금에게

---

6   문선은 대봉의 덕분으로 음서^{蔭敍} 직으로 있었고 중종 7년(1512년 7월 5일 인사문제 건)에 체임^{遞任}됨

                          大峯은 熙止를 稀枝로,

불만을 가졌다. 당장 자신들의 경제적 토대가 무너질 것을 우려한 부중파는 임금에게 향락 생활을 자제할 것을 간청하기도 했다.

연산임금과 부중파가 서로 대립하는 양상을 빚자, 이에 궁중파가 이를 이용해 부중파를 제거할 것을 꾸몄다.

소위 유자광, 임사홍 같은 사람이다. 이들이 들고 나온 것은 임금의 생모 윤씨의 폐비(廢妃)의 죽음이 문제였다. 생모 윤씨는 투기를 부려 성종의 얼굴에 손톱자국을 남겼다는 것 때문에 폐비가 된 뒤 사약을 받고 죽었다.

윤씨의 폐비론을 가장 강력하게 들고 나왔던 사람은 윤씨의 시어머니인 인수대비(仁粹大妃)였다.

윤필상 등 훈구 세력도 이를 강력하게 지지했고, 김종직 문하의 사림 세력까지도 폐비론에 가세했다.

하지만 권경우(權景祐)는 윤씨의 폐비 및 사약(賜藥) 건을 반대하여 결국 파직되었다(성종임금.1482년)가 6년 만에 복귀되었다. 권경우의 폐비론 반대 상소는 훗날 새 임금과 미칠 영향을 생각했기 때문이다.

그가 폐비를 반대한 것 때문에 6년 동안 파직(罷職)을 시킬만한 것인지는 성종임금님의 재량이었던 것이다. 물론 인수대비의 영향력이 컸다고는 하지만 그래도 그 힘은 성종임금에게 있었던 것이다. 임금께서는 그분을 중전으로 맞이할 때는 윤씨가 그렇게 좋다고 하시더니 어쩌다 그분이 그렇게 싫어했을까? 궁중에서 윤씨를 뵈었을 때는 참하기만 했었지만...

물론 성종임금께서는 여인들이 많다보니 중전께서 질투가 심했을 수 있지만 여인의 비극적인 삶은 결과적으로 많은 사람들의 희생을 따르게 하였다.

인수대비께서 쓴 내훈(內訓)에서는

「아들이 아내를 꽤 마음에 들어 하더라도 부모가 기뻐하지 않으면 내보내야 한다.

그러나 아들이 아내가 마음에 들지 않더라도 부모가 '나를 잘 섬기는 구나' 라고 하신다면 아들은 부부의 예를 실천하며 죽을 때까지 허술히 하지 말아야한다.

비록 남편이 아낀다고 해도 시부모가 아니라고 말씀하신다면 이는 의가 스스로 깨어진 것이다. 그러므로 시부모의 마음을 어떻게 할 것인가? 굽히고 따르는 것 이상이 없다.

아들과 며느리가 잘못하면 이를 가르칠 것이고, 가르쳐도 말을 듣지 않으면 때릴 것 이고, 때려도 고치지 않으면 쫓아내야한다.」

이렇게 말씀하셨는데 무엇이 잘못되어 폐비윤씨 건이 일어났던가?

10여년 조용하더니만 훗날 새 임금 연산임금이 들어서자 궁중파들은 폐비건과 관련하여 찬성하거나 이를 방관한 죄로 갑자사화을 계기로 윤필상, 이극균, 성준, 김굉필 등 10여 명을 사형하고, 한명회, 정창손, 정여창, 남효온 등을 부관참시했던 것이다.

사화는 결과적으로 임사홍 유자광같은 사람들이 주도하였다. 그들이 단순히 자신의 권력욕에 의한 것인지는 쉽사리 알 수 없다.

'원자를 생각하자'며 폐비윤씨를 변호했던 임사홍은 세자였던 연산임금에게 은근 슬쩍 알려주기도 했었다. 어쩌면 임금은 폐비 윤씨에 대한 적대감을 옛날부터 품었는지도 모른다.

임금님께서는 어떠한 마음이었는지 그게 더 문제가 아닐까 싶다. 옆

大峯은 熙止를 稀枝로,

에 있던 다른 사람들이 뭘 했느냐고 묻는다면 할 말이 없다. 그 사람이 대봉의 자신이라 할지라도.

좀 더 내가 아니라 너도 함께 했다면 어떻게 되었을까? 물론 자신은 폐비 윤씨건 과는 아무런 상관이 없다할지라도, 나이가 이쯤 되다 보니 생각이 많이 넓어진 걸까?.

연산임금의 숙청 작업은 3월부터 무려 7개월 동안이나 계속됐었다. 이를 두고 일어난 갑자사화(甲子士禍)라 하지만 대봉이 죽고난후 바로 일어난 일이다. 대봉은 며칠 후의 그 일을 알고 있었을까?

✦ ✦ ✦

대봉은 11월 달에 윤필상, 이극균 등 25명의 대신들과 함께 박원종에 대해 의논을 하였고 또한 그 결과를 승지를 통해 임금에게 보고하였으나 임금은 별다른 말이 없었다.

"박원종이 어전에서 하직하고 성 밖에 머물러 잤으니 참으로 사신(仕臣)으로서의 체모를 잃었습니다. 이는 처음 왕명을 받아 교서(敎書)를 받들고 가는 자와는 차이가 있을 것 같습니다."

또 한 편에서는

"박원종이 처음으로 한 지방의 중한 소임을 맡은 사람으로서 말미를 받아 임금님을 뵈었사오니 그 성상의 은혜가 지극히 중합니다.

하직하고 돌아갈 때에는 예에 따라 빨리 가야할 것인데, 음란한 창녀에게 미혹되어 왕명(王命)을 좇지 못한 곳에 묵혔으니, 대간의 논박이 너무도 당연합니다."

박원종은 제안대군(齊安大君), 월산대군(月山大君)의 처남 즉 큰 누님이자 장경왕후(章敬王后)의 외숙인 종친이었던 지라 임금은 별다른 제지를 하지 못하였다. 오히려 박원종의 편을 들은 듯하였다. 임금은 월산대군의 부인을 어릴 적부터 알고 지냈으며 더불어 처남을 지극히 아낀 모양이었다.

◆ ◆ ◆

대봉은 몸도 날로 쇠약해지는 지라 사직서를 내고는 집에서 휴식을 취하였다.

휴식을 하는 중에 대구에 있는 둘째 아들(배선, 拜善)도 한양으로 다녀갔다. 대봉이 현풍현감이나 휴직기간동안 그 아들과 함께 대구를 자주 둘러보았던 둘째 아들은 딸도 데리고 왔었다.

대봉이 언젠가 만들고자 했던 족보를 끝내 만들지 못하게 되자 크게 낙심하며 항상 큰 아들 문선(聞善)에게 부탁을 하였지만 둘째 아들 배선(拜善)에게도 덩달아 부탁하였다. 그는 큰 아들보다 글 솜씨가 뛰어났기 때문이다. 그리고 무엇보다 둘째 아들이 살고 있는 대구지역이 마음의 고향이 될 것이라 생각하였기 때문이다. 옛날 문충공(文忠公) 사가정(四佳亭)이 말씀한 것 같이 대구가 크게 번성할 것이고 또한 그 후손들이 대구와 함께 잘 살 수 있을 것이라 생각했기 때문이다.

춘분(春分)이 지났지만 아직 날씨가 제법 추어지고 있는 중에 인재(仁齋) 성희안(成希顏), 송재(松齋) 이우(李堣), 농암(聾巖) 이현보(李賢輔), 충재(冲齋) 권벌(權橃)이 문병 차 달려왔다.

성희안은 시(詩) 때문에 이조참판에서 종9품 부사용(副司勇)(오위(五衛)소속의 말단직 무관)으로 좌천 된 상태이며, 이현보는 문장가이나 안동에 유배를 갔다 온

大峯은 熙止를 稀枝로,

젊은 청년이며, 강직한 권벌, 문장가인 이유 등이 대봉의 소식을 듣고 온 것이다. (2월 5일)

그들은 대봉과 많은 얘기를 나누면서 대봉의 건강을 걱정하였다. 그러나 대봉은 자신의 건강보다는 문병 차 온 그들을 더 걱정하였다. 서서히 폐비 윤씨 건이 닥쳐오는 지라 지난번 무오사화를 능가하는 참혹한 결과가 다가올 지 그게 걱정이었다.

작년이었던가?

9월(연산9년, 11일. 1503년)에 창덕궁에서 양로연이 열렸고, 왕은 연회에 참석해서 신하들에게 술을 주고받는 행사를 하던 중 예조 판서 이세좌가 왕의 답례주를 마시다 실수로 반을 흘려 왕의 옷을 적셔버리는 일이 일어났다.

왕은 즉시 승지에게 이세좌를 국문하라고 지시하였다.

물론 이세좌는 자신이 실수로 술을 흘린 거라고 해명했고 또한 윤필상 등 대신들이 이세좌가 원래 자신이 술을 못하는데 '오늘 왕의 답주는 다 마셨다'고 언급한 증언을 들어가며 단순한 실수였다고 하였지만, 7일간에 걸쳐 이세좌 건을 질책하더니 그를 유배형에 처했다.

처음에는 전라도 무안(務安)이었다가 이틀 뒤에 함경도 온성(穩城)으로 보냈다. 술 한 잔 때문에 나라의 최남단과 최북단을 오고 가게 했던 것이다.

이에 대신들은 당혹해하며 불안감에 휩싸였는데, 그것은 임금이 무오사화이후 성격이 더욱 급해졌으며 자신의 마음대로 일을 처리하는 것이 많았기 때문이지만, 이세좌는 20여 년 전 폐비가 마실 사약을 전달했던 사람이었기 때문이다. 이것과 연관이 있을 것이라고 많은 신하들은 어느 정도 알고 있었다.

1월경에 이세좌를 복위시켰지만 대봉은 이미 대규모의 사화가 있을 것이라 생각하였기에 몸과 마음이 피곤함과 더불어 사직서를 제출하면서 시를 읊었던 것이다.

遯世於心敢　세상에서 감히 숨으려는 마음인데,

趨朝奈病何　벼슬에 나가는 마음 어찌 병들지 않을까.

雨中搔白首　오는 가운데 흰머리 끌쩍이며,

秋後對黃花　가을이 지난 후에 누런 국화 마주한다네.

睡起仍孤步　잠에서 깨어나 외로이 홀로 걸으며,

詩成且獨哦　시를 짓고 나서 또 홀로 읊조리네.

長天空極目　먼 하늘 눈가는 대로 바라다보는데,

誰抉片雲遮　누가 한 조각 구름을 걷어 낼 수 있을까.

　얼마 전 죽음을 맞이한 조위의 글을 다시 읽어보면서 더불어 조위와 함께 그 옛날 藏義寺에서 거닐며 시를 짓던 것을 생각하였다.

　그러면서 순천에서 유배중인 한훤당 金宏弼을 생각하였다. 그런대로 잘 지내고 있지만 시절이 수상한바 어떻게 될지....(한훤당은 갑자士禍 후 10월 7일 머리를 장대에 매다는 梟首 효수형의 비극을 맞는다.)

◆ ◆ ◆

　친구들이 모인 자리에서 대봉은 붓을 들고 시 한 수를 적었다.

　성희안이 이조참판에서 종9품 副司勇 부사용으로 좌천 된 것을 안타깝게

大峯은 熙止를 稀枝로,

여기며 먼 생각과 더불어 시를 썼다.

몸이 약한 것에 비해 그의 필력은 아직도 힘이 있었다.

'三角山高漢水圍 삼각산 우뚝하고 한강물 둘러 흐르고

漫天宇設亂霏霏 하늘 가득히 눈비가 어지러이 휘날리는데

松楸畢命何人是 송추에 명을 다했으니 어느 누가 옳은 가(송추: 무덤가에 있는

나무)

宗社扶顚此志違 종묘사직이 기우니 이내 뜻 어긋났다네.

帳裏梅花撜臘色 방안에 핀 매화는 고운 빛깔이 가련하고

陌頭楊柳媚春暉 논두렁 앞 버드나무는 봄빛에 어여쁘네,

脩然一枕前宵夢 갑자기 지난밤 꿈에서 깨어 일어나보니

超絶浮埃伴鶴飛 티끌세상 벗어나 학과 함께하며 날아가네.

눈비가 어지럽게 휘날리며 송추가 운명을 다하였고 종묘사직이 기울고 있으나, 매화나 버들이 예쁘게 피어나고 있어, 꿈속에서 깨어나 이 세상을 저 학과 함께 살고 싶다고 했다.

대봉은 이 시를 쓰면서, 성종임금의 둘째 아들이며 연산 임금의 이복동생인 진성대군(훗날 중종이 됨)을 생각하며 시 한수를 써주었다. 진성대군은 대봉에게 시 한수를 부탁하였으나 미처 하지 못하다가 지금 생각이 나서 그를 생각하면서 성희안에게 전해 준 시 이다.

◆◆◆

대봉은 많은 사람들을 생각하였다. 그와 함께 사가독서를 하며 재미있게 세상을 논^論했던 그 친구들이 지금은 모두 사라졌다. 자신은 남아있다만 그도 얼마가지 않을 것 같았다.

죽고 사는 것이 오늘 내일인데, 아직도 귀신이 아닌 사람인가? 이제는 부끄럽지 않게 사람 아닌 귀신으로 살겠구나.

'친구들이여 나도 자네들 한테 간다네. 내 모든 것을 보듬어 주리라…'

가까이서 성종임금이 보였다.

'전하 태평성대였을까요?' '전하 지금의 임금께서도 태평성대가 된다면…'

그 이튼 날 대봉은 세상을 떠났다. 연산9년 2월 6일(1504년) 오시이다.

때가 되면 연꽃이 항상 펴있던 그 연당을 앞에 보면서 그 방을 바라보며 세상을 떠났다. 정부인과 함께 보았던 그 연꽃을 생각하면서 말이다.

「비익조 연리지 어딜 가고

당신이 따다 준

연꽃 한 송이

이제는 내가 가져가리…」

◆ ◆ ◆

조정에서는 대봉이 죽자 세자를 위한 서연을 2일간 금하였다.

양희지가 죽자 세자의 강을 중지하도록 청하였으니, "세자좌빈객 박안성이 아뢰기를, '왕께서 전에 東宮에 계실 때, 서연에 납시었다가 스승 홍응^{洪應}이 졸^卒하였다는 말을 들으시고 3일 동안 강을 중지하셨었습니다. 지금 우부빈객^{右副賓客} 양희지^{楊熙止}가 졸하였는데, 스승에 비할 것은 아니지만, 다른 관원의 예로 볼 수는 없기에 감히 품합니다.' 하니, 전교하기를"

"세자가 2일 동안 강을 정지하도록 하라." 고 임금께서 전교하였다.[7]

며칠 후 삼월에 정부인이 있는 울산으로 반구^{返柩}하고는 고을 북쪽의 '함월산^{含月山}'에 부인의 곁에서 장례식을 가졌다.

조정에서는 이미 갑자사화^{甲子士禍}(무오사화는 사초^{史草}에 의한 것이라 하여 '사화^{史禍}'였으나 나머지 3개 사화는 사림들이 희생되어 사화^{士禍}라 함)가 일어나 많은 사람들이 도륙^{屠戮}을 당하거나 유배 등의 피해를 입게 되었고, 소위 말하는 연산군의 악정^{惡政}의 표본이라 할 수 있는 금표^{禁標}, 한글폐지건[8] 등에 대하여 대봉은 어떠한 마음

---

7 임금의 전교에 따라 졸기가 기록 되었지만, 실록에는 4개월 후인 윤4월 29일에 기록되었다.(부록: '대봉을 위한 변명' 참조) 졸기의 기록이 이처럼 차이가 나는 것은 없는 일이다.

8 금표 및 한글폐지
(1) 금표는 연산군이 실각한 가장 큰 이유 중의 하나가 '금표^{禁標}'라는 제도가 손꼽힌다. 금표란 원래 국방상 주요 요충지나 전략자원 생산지가 난개발로 인해 사라지는 것을 막기 위해 설정한 것이었다.
조선시대에는 특히 궁궐의 개, 보수나 전함을 만드는 데 나무가 많이 필요했다. 그래서 유사시 사용할 목재의 확충을 위해 나무의 남벌을 막으려고 금표로 지정된 구간에는 택지개발뿐만 아니라 민간인의 출입까지 엄격히 제한했다. 하지만 민생의 피해를 줄이기 위해 주로 도심지와 거리가 떨어진 산이나 숲을 금표 지역으로 지정하곤 했다.
그러나 연산군이 이 금표를 주요 간선도로 일대는 물론, 도심지까지 확대 적용하면서 민심이 크게 이반되기 시작한다. 연산군은 도성인 한양과 경기도 일대의 난개발로 군사이동로까지 침범 받고 있다면서 1503년부터 금표 구역을 기존보다 10배 이

이었을까? 좋은 임금이 되기를 빌었건만 결코 좋은 임금이 되지 못한 것을 알면서 편치 않은 마음을 가졌을 것이다. 성종임금으로부터 총애를 받았건만 그 총애는 끝까지 이어가지 못하고 내 목숨이 다 하면서 내 스스로가 짊어져야하는 어둠의 그림자였다.

'이제는 내가 보듬어야 하리...'

상 확대했다.

해당 정책에 따라 경기도 일대 많은 마을들이 충청도 이남으로 강제 이전됐고, 경기도의 인구와 재정이 급격히 줄어들었다. 이에 따라 1505년, 경기도 감영에서 도의 운영이 불가능할 지경에 이르렀다고 상소를 올리자 원래 충청도에 속해 있던 평택을 경기도로 이전시키기까지 했다.

문제는 연산군이 이 금표 제도를 악용했다는 점이다. 禁標內犯入者 論棄 毁制書律 處斬(금표 안으로 침범하는 자는 제서〈왕명에 의한 법〉)의 법률을 버리고 헐었음을 논하여 처참한다)그는 금표 지역을 임금의 내탕금을 관리하던 내장원에 맡기고 개발수익을 독점했다. 일부 토지들은 고위 관료들에게 나눠주거나 측근들에게 상을 내렸고, 여기서 나온 수익들로 매일 연회를 열어 재정을 탕진하면서 후에 '흥청망청'이란 말이 나오기도 했다.

그동안 왕실의 통치에 어느 정도 무관심하던 백성들의 원성이 커지기 시작했다. 금표 정책 발표 후 불과 2년 만에 폭발하며 1506년, 반정(反正)으로 이어진다.

(2) 한글폐지건은 연산군이 저지른 또 다른 사건으로서 '~~또 앞으로는 언문을 가르치지도 말고 배우지도 말며, 이미 배운 자도 쓰지 못하게 하며, 모든 언문을 아는 자를 한성 의 오부(五部)(동, 서, 남, 북 및 중부)로 하여금 적발하여 고하게 하되, 알고도 고발하지 않는 자는 이웃 사람을 아울러 죄주라.' (1504. 7. 20. 연산군 일기)

傳曰: "~且今後諺文勿敎勿學, 已學者亦令不得行用. 凡知諺文者, 令漢城五部, 摘告. 其知而不告者, 幷隣人罪之. ~~."

이후 한글은 연산군이 집권하고 있는 동안은 말 그대로 죽은 문자가 되어버린 것이다.

大峯은 熙止를 稀枝로,

조정에서 쓴 졸기 내용을 살펴보면 다음과 같다.

양희지의 졸기에는,

'양희지는 울산사람으로서 젊어서부터 글을 잘하여 이름이 났으며 기예와 교류가 넓었다. 과거에 급제 후 여러 번 천거를 받은 바 있으며 임사홍 유자광, 노공필등과 친하였으며 항상 호걸의 선비라고 칭찬하였다.

시종과 대간이 되어서는 항상 모나지 않고 둥글둥글하여 사람들을 즐겁게 하는 것으로 일삼았다.' 그러면서 '공사에 큰 도움이 없었으며 충청도 감사 때는 고을 수령들을 모야 풍악 등을 즐기며, 여러 고을에서 접대를 많이 받아 말 바리에 실렸다.' 라는 내용이 있다.

그 내용의 진위는 알 수 없으나 대봉이 그간의 한 일을 생각하면서 되씹어 볼 필요가 있을 것 같아 그 변명을 해보고자 한다.(대봉을 위한 변명)

◆ ◆ ◆

대봉이 죽고서 4개월 만에 졸기가 기록되었다. 즉 졸기한 날은 2월 7일이나 실록에는 연산 10년 윤4월 29일자로 졸기가 쓰여졌다.

그런데 통상적으로 졸기는 죽는 그날에 기록되는 것인데 어찌하여 대봉은 넉 달 전인 2월 7일에 돌아가셨으나, 실록에는 그날(윤 4월 29일)에 죽은 것으로 기록되었으니,

왜 4개월 후인 4월 29일에 졸기가 쓰여 진 것일까?

그리고 그 졸기 내용에 조금의 의심이 있어 생각해보았다.

갑자사화는 3월 초 홍귀달과 이세좌를 유배 보낸 것으로 시작되어 윤 4월을 거쳐 7월까지 이어졌다.

인수 왕대비가 세상을 떠나자(음력 4월 27일) 그 후부터 특히 윤4월 초 순부터 유순, 허침 등이 폐비의 일을 상고하여 피비린내 나는 숙청이 시작되었다.

윤필상이 사사되는 것을 비롯하여 많은 사람들이 부관참시 등등으로…

이 사건 즉 갑자사화의 주동자인 임사홍이나 유자광 등에 대해서 어느 편에 편향적으로 쓸 수 없는 사관(史官)이라 할지라도 그들 임사홍이 나 유자광에 대한 좋은 관계를 가진 자에 대해서 좋게 감정을 가질 수 없다고 본다.

더구나 대봉은 갑자사회가 시행되는 2달 전에 죽은 것인데 갑자사 회와 연결하여 글을 쓴 것이 아닐지 모른다.

옛날부터 임사홍등에 개인적으로 적대시 하지 않았다(?)고 한 부분 은…

특히 ‘연산군일기’는 기록 작성자들이 교체되는 등 한번 수정되었 던 것이라 원래의 말과 다른 사관들이 집필하였다면 그 차이점이 있 을 수 있을 것이다.

중종반정 이후 사관들의 활약이 위축된 상황에서 무오사화의 충격 으로 역대 사관들이 사초(史草)를 제대로 제출하지 않았을 뿐 아니라, 작성 자들도 후환을 두려워해 직을 사양하거나 하는 경우가 많았기 때문 이다.

大峯은 熙止를 稀枝로,

처음에는 대제학 김감이 감춘추관사로 편찬하였으나 3개월 후 1507년(중종 2년) 음력 2월에 김감이 암살사건으로 유배를 가면서 대제학 신용개로 교체되었다.

그러나 음력 4월 조정 내에서는 연산군 때 은총을 입은 자들이 일기를 편찬하면 직필이 어려울 것이라는 건의에 따라 또 다시 수찬관이 성희안, 신용개, 김전 등으로 교체되었다.

또한 중종반정으로 집권한 이들이 연산군의 비행을 과장하기 위해 사초의 내용을 윤색한 흔적이 보이며, 연산군의 폭정을 내세우기 위해 객관성이 결여된 서술을 많이 했다는 지적도 있는 것이다.

◆ ◆ ◆

연산 10년 윤4월 29일 기축 일에 쓴 졸기내용을 보면

"同知中樞府事 楊稀枝 卒(동지중추부사 양희지가 졸하였다.)

稀枝蔚山人, 少有文名, 多技藝, 廣交遊(희지는 울산 사람이다. 젊어서부터 글을 잘하여 이름이 났으며, 기예가 많고 교류가 넓었다.)

久屈有司, 以布衣干歷卿相(오랫동안 관직에 있으며 하급관리(포의)로 있다가 재상(경상)이 되었다.)

及登科目, 屢被薦達(과거에 올라서는 여러 번 천거되었으며,)

尤善 任士洪 柳子光 盧公弼 士洪 父 元濬 公弼 父 思愼 亦以賓客遇之, 常稱豪傑之士(더구나 임사홍·유자광·노공필과 잘 지냈으며, 사홍의 아비 임원준과 공필의 아비 노사신 역시 빈객으로 대우하여, 항상 호걸의 선비라고 칭찬하였다.)

識者已議其出處, 進退之不正(그러나 아는 이들은 이미 출처와 진퇴가 바르지 못함을 의논하였다)

及爲侍從, 臺諫, 常模稜圓轉, 以悅人爲事, (또한 시종과 대간이 되어서는 항상 모나지 않고 둥글둥글하여, 사람들을 즐겁게 하였다.)

無一毫裨益公事(털끝만큼도 공사에 도움은 없었다.)

嘗爲 忠淸 監司遞還也, 留 鎭川縣 五六日(일찍이 충청 감사가 되었다가 갈려 돌아올 때에는, 진천현에서 5, 6일을 머물렀다.)

會五十餘官守宰, 聚數州妓樂, 飮射爲樂(50여 고을 수령들을 모으고 몇 고을의 기생·풍악을 울렸고, 술마시고 활쏘며 즐기니,)

列邑贄見之物, 疊積於庭, 支億之費, 馱載絡繹, (여러 고을에서 가지고 온 물건이 뜰에 겹겹이 쌓이고, 접대하는 비용이 말바리에 실려 줄을 이었으니,)

其浮浪無檢每類此(그의 방탕하고 조심하지 않는 것이 언제나 이와 같았다.)"로 쓰여 졌다.

'~~ 亦以賓客遇之, 常稱豪傑之士'(항상 빈객으로 잘 지내고 있으며 항상 호걸이라고 칭찬했다.), 識者已議其出處, 進退之不正(그러나 아는 이들은 이미 출처와 진퇴가 바르지 못함을 의논하였다), 無一毫裨益公事(털끝만큼도 공사에 도움은 없었다.), 고 하였으나
대봉이 어느 정도의 빈객(賓客)인지는 알 수 없다.

또한 출처와 진퇴가 바르지 못한다고 했지만, 그러나 아래의 상소문을 제출한 것을 보면 그들을 편애(偏愛)한 것이거나 공사에 도움을 주지 못한 것이라 할 수 있을까?

대봉이 쓴 응지재소(應旨齋疏)에 보면,
「~~ 신하인 임사홍(任士洪)을 애석하게 여겨 위로는 하늘의 꾸짖음을 돌아보지 않고 아래로는 여론에 부응하지 않는 것입니까. 사홍의 간사함

大峯은 熙止를 稀枝로,

은 고금 천하에 어찌 다시 있겠습니까.」

「~~ 아, 사홍으로 하여금 하루 동안 조정에 있게 한다면 전하께서는 하루 동안 위험할 것이고 이틀 동안 조정에 있게 한다면 전하께서는 이틀 동안 위험할 것입니다. 종사(宗社)의 근심은 가까이 담장 안에 있고 혼란과 패망의 근심은 조석에 있을 것이니 지금 제거하지 않으면 반드시 후회가 있을 것입니다.

신은 시종하는 신하로서 상방참마검(尙方斬馬劍)[9]을 빌려 사홍의 목을 자르고 주운(朱雲)의 고사를 따르지 못했으니 이 또한 신의 불충한 죄입니다.」

또한 수차에 걸쳐 박원종건과 관련하여 사직이 반려되자 직책을 물러나겠다고 한 것은 진퇴를 구분한 것이 아닐는지…

어세겸, 이극균, 중돈(仲暾)은 앞 사람과 달리 다음과 같이 말하였다.

'희지의 뜻은 계근(戒謹)(경계하고 삼가는 일)하는 일을 광범위하게 말하려는 것이며 사홍의 가자를 뺏는 것으로서 천견에 응하는 일이 못 된다는 것은 아니옵니다.'

'희지가 만약 사홍을 비호할 마음을 두었다면, 희지 하나쯤이야 아낄 것이 없겠지만, 만약 그 마음이 없었다면, 대간의 말들이 너무 과하지 않습니까?'

또한 임금은

「옛사람이 말하기를, '말이 네 마음에 거슬리거든 반드시 도(道)인가 찾

---

9   상방참마검(尙方斬馬劍): 임금의 권위를 대신하는 상징과 같은 검으로, 상방보검(尙方寶劍)이라 부른다. 검의 기원은 전한(前漢) 때로, 전한의 성제(成帝)때에 있었던 주운(朱雲)과 장우(張禹)의 일화 때문이다. 괴리현의 현감이던 주운은 황제를 알현한 자리에서 당시 성제의 총애를 받던 간신 장우를 처단하겠다며 상방참마검을 내어달라고 진언했었다.

아보고, 말이 네 뜻이 공손하거든 반드시 도가 아닌 가 찾아보라.' 하였다. 너희들이 이같이 강력히 간하지만 들어줄 수 없는 일이므로 좇지 않겠다.」

「비록 양희지가 임사홍에게 사정(私情)을 써서 말했다 하지만,

그날에 재상들이 말한 것은, 한갓 벼슬을 참람(僭濫)(분수에 맞지않게 지나치게 한 것)하게 주기 때문에 일어난 것이 아니라,

마침내 경연(經筵)에 나오지 않는 것과 여러 신하들을 접견하지 않는 까닭이라고 해서,

모두 나에게 마음을 바르게 하고 덕을 닦을 것을 권하였으며,

홍문관 관원들도 역시 이 같은 말을 하는 자가 있었으니,

그렇다면 희지의 말이 매우 잘못된 것은 아니라고 생각한다.」

「희지는 하늘에 순응하는 것을 진실로 하고 겉치레로 아니 해야 한다는 뜻으로써 부연해서 말했으니 그르지 않다. 그리고 중론을 들어 임사홍 등의 자급(資級)을 도로 주기로 한 것이다. 어찌 희지의 말 한 마디로써 도로 주었겠느냐.」

임금의 그 말씀은 너무나 적절한 것이었으나 대간들에게는 미덥지 않은 모양이었다.

대간들은 임사홍을 편든 것에 대해서만 그 구실을 찾는 모양이었다.

그리고 업무와 관여한 모략(謀略) 등의 근거가 될 만한 어떠한 자료가 없다.

「~~會五十餘官守宰, 聚數州妓樂, 飮射爲樂(50여 고을 수령들을 모으고 몇 고을의 기생·풍악을 울렸고, 술마시고 활쏘며 즐기니,) 列邑贄見之物, 疊積於庭, 支億之費, 駄載絡繹, (여러 고을에서 가지고 온 물건이 뜰에 겹

大峯은 熙止를 稀枝로,

겹이 쌓이고, 접대하는 비용이 말 바리에 실려 줄을 이었으니,) 其浮浪無
檢每類此(그의 방탕하고 조심하지 않는 것이 언제나 이와 같았다.)」

아무리 찾아보아도 이 내용을 알 수 있는 부수적인 자료가 없다. 그
리고 '방탕하고 조심하지 않는 것이 이와 같았다.' 하나 그 내용마저도
찾을 수 없다. 실록에 기록되지 않는 내용을 찾을 수 없음은 그 의심
을 더하게 된다.

❖ ❖ ❖

아무튼 대봉의 죽음에 많은 사람들이 문상을 하였으며 대봉의 그
뜻을 글로 표시하는 만사(輓詞)를 해주신 분도 있다.
송질(宋軼)은 대봉이 삼포에서 왜구를 치죄할 때 왜인들이 불법적인 약재
무역을 횡행하자 이의 단속을 주청하여 실시한 바 있어 그로인해 송
질과 대봉은 서로 친숙한 사이로 알게 되었고 임금이 3년(1497년)째 2
월 대봉이 조정에 복귀하면서 그가 가선대부 행 우승지로 부임하였던
지라 그는 대봉이 세상을 뜨자 만사를 보내었다.

律己心如玉 (율기심여옥) 자신을 다스리기는 옥처럼 하였으며,
憂時鬚欲銀 (우시수욕은) 근심할 때 수염은 은처럼 희어졌지.
錫名知異數 (석명지리수) 이름이 내려질 때 기이한 운수를 알았고,
經劫是完人 (경겁시완인) 액운이 사라지면서 완전한 사람 되었지.
直氣軒天地 (직기헌천지) 곧은 기질로 하늘과 땅에 드날리었으니,
高才冠搢紳 (고재관진신) 높은 재능으로 벼슬아치의 으뜸이 되었지.

老成今不在 노련하고 숙성한 분 지금은 없어졌으니,
誰楫大川津 누가 노를 저어 큰 강을 건너갈까.

또한 성종이 돌아가시자 성종실록에 참여하였고 연산임금으로부터
시문에 뛰어나 10인의 시수상을 한바있는 유순은

文武之才河嶽氣 문무의 재능은 강과 산의 기상에서 나왔고,
先王當日已知臣 선왕께서는 일찍이 이미 신하를 아셨다네.
訟賢讜直同寒朗 어진 이를 칭송하며 곧은 마음은 한랑10)과 같으니,
憂國純誠邁祭遵 나라 걱정하는 순수한 마음 채준11)보다 뛰어났네.
偉器初非期小臬 큰 기국은 애당초 작은 것을 기대한 것 아니었으니,
高名應自耀千春 높은 명성은 응당 저절로 천년토록 빛나리라.
蕭條永失扶顚手 나라의 위기 구원할 손12) 영원히 잃었으니,

---

10 한랑 : 노국 설땅 사람인데 영평 연간에 시어사로서 삼부(행정의 책임자)의 연속
    과 함께 초옥의 안충과 왕평등을 고안했는데, 안충과 왕평 등이 경건, 장신, 등리,
    유건 등을 무고하게 끌어 대서 옥에 갇히게 만들었다. 그러나 당시에 현종의 노여
    움이 심해 아무도 사실대로 고하지 못하고 있었는데, 한랑이 죽음을 무릅쓰고 이
    사실을 아뢰어 이틀 뒤에 현종이 직접 옥에 가서 무고한 천여 명을 석방하였다.《後
    漢書寒朗列傳》

11 채준 : 후한의 장수이다. 그가 장군이 되어서 사귄 벗이 모두 학식이 있는 선비들이
    었고, 주연을 열 때는 반드시 아시를 노래하고 투호를 하였다.《後漢書祭遵列傳》

12 나라의 …… 손 : 원문의 '부전'은 넘어지려는 것을 부축한다는 말로 국가의 위기를
    구제한다는 뜻이다. 춘추 시대 노나라 계씨가 전유를 정벌하려 하자, 공자가 당시
    계씨의 가신으로 있으면서도 이를 막지 않는 염구에게, "위태로운데도 붙잡아 주지
    못하며 넘어지는데도 부축해 주지 못한다면, 장차 저들을 도와주는 신하를 어디에

                                    大峯은 熙止를 稀枝로,

三復遺詩淚沾巾 남겨진 시 세 번 반복에 눈물이 수건을 적시네.

유순의 시에. '모든 사람들이 대봉의 충성심과 사랑 근심과 번민의 뜻을 되새겼고 그를 슬퍼하였다.'고 하였다.

또한 대봉이 27년 전에 원각사 개창 건 때 상소문을 올렸던 16명의 친구 문회당이었던 최숙생은

先祖多碩彦 조정에서는 훌륭한 선비들이 많았으니
夫子獨完名 선생께서도 유독 훌륭한 명성을 지니셨네.
慷慨傷時語 慷慨하여 시대를 슬퍼하시던 말씀은,
隆深不世英 높고도 깊어 세상에 드문 영화였다네.
格非扶大義 그릇 됨을 바로잡고 대의를 세우셨으니,
觀化了浮生 변화를 살피시고 덧없는 삶을 깨달았다네.
未暇論私慟 사사로이 슬픔을 논할 겨를도 없는데,
群僚惜老成 많은 동료들 老成한 분을 아까워하였다오.

하면서 '선생께서 임종에 임해서도 한 결 같이 늙고 구차한 모습을 슬퍼하셨다.' 라고 하였다.

하지만 연산 임금은 대봉이 죽고 2년 후에 새 임금으로 바뀌었으니 성종임금의 둘째 아드님이시던 진성대군 그분이 중종임금이다.

다 쓰겠느냐?〔危而不持 顚而不扶 則將焉用彼相矣〕"라고 꾸짖은 데서 유래하였다.
《論語 季氏》

중종 임금께서는 대봉이 남긴 글(三角山高漢水圍...)을 몇 번이나 읽어 보고서 깊이 감탄하였기에 대봉을 위한 사제문(賜祭文)을 예조정랑 이현보(李賢輔) (1467~1555)[13]에게 지어서 보냈다.

「...경이 남긴 문장을 대하게 되어 세 번 거듭 읽어보고 깊이 감탄 하였노라. 지난 날 사저(私邸)에 있을 때 눈으로 보고 마음으로 흠모하였던 그 상서로운 앵무새나 봉황과 같고, 아름다운 금옥(金玉)과 같은 기거동작(起居動作)(사람이 일상생활에서 행하는 모든 행동)에 온화한 용모가 그 인생을 생각나는 동시에, 이 어려운 때에 조정에 같이 있지 못함이 한스럽구나. 자 못 애태운 마음을 다할 수 없기에 멀리서 나마 대신 잔을 드리게 하니 바라건 데 영혼이 있거든 와서 두루 흠향(歆饗)하라....」

*중종임금의 사제문(賜祭文) 참고[14]

---

13 이현보: 호는 농암(聾巖). 고려의 어부가를 5편으로 어부단가(漁夫短歌)를 지어 유명함.

14 〈부록: 중종임금 사제문〉

賜祭文

維正德二年歲次丁卯十一月庚子朔十六日乙卯.

國王遣臣禮曹正郎李賢輔. 諭祭于卒大司憲楊熙止之靈. 往在宣陵. 髦士濟濟. 傑卓惟卿. 出類罕儷. 自入泮宮. 已著義聲. 治釋褐初. 蒙不世榮. 御詩錫名. 蓮燭送院. 藝文淸衙. 藏義別選. 步武靑雲. 歷敭要華. 啓沃繩糾. 闢異斥邪. 入告出宣. 經幄藩維. 政事文學. 左右俱宜. 稟河嶽氣. 全文武才. 聖祖知臣. 八字打開. 有疑其樹. 戊庚之際. 因災捄賢. 靡恤四體. 耿耿其衷. 烈烈其謹. 暫黜何傷. 回天可尙. 予閱史草. 得卿遺章. 三復永嗟. 九原茫茫. 憶在私邸. 目覯心欽. 祥鸞瑞鳳. 美玉精金. 進止雍容. 望若松喬. 及茲履艱. 恨未同朝. 追惟畫傷. 替奠洞酌. 不昧者存. 庶幾來格.

(한글 해설)

중종3년 정묘(1507년) 11월 경자 삭 16일 을묘에 국왕은 신 예조정랑 이현보를 보내어 작고한 대사헌 양희지 영전에 제사토록 하고 유지를 내린다. 지난 날 성종 조에 뛰어난 선비들이 여럿 있었으나 걸출하고 탁월하기로는 오직 경(卿)뿐이었으며 우

大峯은 熙止를 稀枝로,

500D여년이 지난 오늘날에 누군가 대봉의 흔적을 기리며 그를 생각하며 백일장을 기념하면서 시몇 편을 쓰면서 대봉의 그 뜻을 새겨보셨다.

뚝 솟아 버금가는 사람이 드물었고 성균관에 들면서부터 의롭다는 명성이 자자했었다. 벼슬에 처음 오를 때 세상에 다시없는 영광을 누렸으나 임금께서 몸소 시로서 이름을 지어 주시고 호당에 뽑혀 불빛처럼 밝았고 예문관에서 청백한 이름을 드날렸고 특히 장의사에서 학문을 닦았다. 당당히 벼슬길에 올라 중요한 인물로 영화를 누리면서도 소신껏 임금에게 과실을 바로 잡도록 여쭈었으며 이단과 간사한 무리들을 물리쳤었다. 조정에 들면 바른 일을 여쭙고 밖에 나가서는 백성들을 위하여 노력하며 올바르게 이끌었었다.

임금 앞 에서 경서를 강론하고 다스림과 문학을 논할 때에는 여러 신하들과 함께 말씀을 올렸으며 천품이 산천의 정기를 타고나 문무의 재능을 함께 갖추었으며, 어진 임금의 신하로서 모든 일에 명명백백하고 우뚝 선 큰 나무처럼 높이 뛰어났었다. 무오사화(무오1498년에서 경신에 이르는 사이의 사화)때 어려움에 처한 어진선비들을 구했으며, 자기 몸을 돌보지 않고 그 충직한 마음을 열열이 하여 바르게 말한 죄로 잠시 귀양 갔었으나 그것이 무슨 흠이 되겠는가? 다시 벼슬길에 돌아왔으니 가상하도다.

내가 사초를 열람하다가 경이 남긴 문장을 대하게 되어 세 번 거듭 읽어보고 깊이 감탄하였다. 황천길이 넓고 아득하여 지난 날 사저에 있을 때 눈으로 보고 마음으로 흠모하던 상서로운 앵무새, 봉황과 아름다운 금옥과 같은 기거동작(起居動作)과 온화한 용모가 송교(松喬)과 같았음이 생각나는 동시에 이 어려운 때에 조정에 같이 있지 못함이 한스럽구나.

자뭇 애타는 마음을 다할 수 없기에 멀리서 나마 대신 잔을 드리게 하니 바라건 데 영혼이 있거든 와서 두루 흠향(歆饗)하라

추 모 대 봉 양 희 지 선 생

追募 大峯 楊熙止 先生

황 천 권 우 강 선 생
皇天眷佑降先生　황천(크고 넓은 하늘)이 돌보아 대봉선생이 태어나시니

의 적 황 황 사 일 명
懿蹟煌煌似日明　아름답고 빛나는 자취는 일월같이 밝구나.

격 옹 사 인 지 진 념
擊擁事因知軫念　격옹사로 인해서 임금의 마음을 알았고

등 유 설 작 진 명 성
燈油說作進名聲　등유설을 지어서 명성을 떨쳤도다

숭 고 도 덕 천 추 혁
崇古道德千秋赫　숭고한 도덕은 천추에 빛나고

수 절 문 장 만 고 영
秀絶文章萬古榮　수려하고 빼어난 문장은 만고에 영광이라,

성 묘 총 신 부 사 직
成廟寵臣扶社稷　성종임금의 총신으로 사직을 떠받쳤으니

후 인 추 모 각 수 정
後人追慕各輸情　후인은 추모하는 마음을 각각 실어 보내노라

大邱鄕校 漢詩 白日場 壯元 金箕讚

김 기 찬
(2022년 7월. 金箕讚)

또한 후손들이 백일장을 기념하며 몇 편의 시를 남겼다.

대 봉 선 조 특 수 생
大峯先祖特殊生　대봉선조는 특별하게 낳으시더니,

총 민 항 상 제 사 명
聰敏恒常諸事明　총민하여 항상 세상일 밝았도다.

정 모 시 탕 탄 효 본
貞母侍湯殫孝本　정부인 어머님께 봉양함은 효의 근본을 다하였고

간 신 측 결 문 충 성
奸臣則抉問忠聲　간신을 베어내어 충의 소리를 들었다.

기 황 구 휼 시 민 음
飢荒救恤施民蔭　배고픔을 덜어준 백성에게 음덕을 베품이요.

병 폐 전 소 포 국 영
病弊全逍布國榮　병폐를 소진함은 나라에 영화를 보이느니라.

업 적 황 황 오 족 후
業績惶惶吾族詡　업적이 빛나고 빛나니 우리 자손의 자랑이로다.

위 재 후 예 불 승 정
偉哉後裔不勝情　위대하다 후예들은 그 정을 길이 잊지 못하겠구나

종 구
*種九: 대봉의 16세손

大峯은 熙止를 稀枝로,

大峯先祖蔚山生　대봉할아버지는 울산에서 태어나서

百世遺芳似日明　오랜 세월 그 뜻 오래 남아 해같이 밝았네.

苞職霜臺匡國紀　사헌부 벼슬에 나아가서 국기를 바로 잡았고

分帶府牧請民聲　부목(관청과 백성)에 나가서 백성의 소리를 들었네.

辭官篤志持身重　벼슬을 버리면서 돈독하게 몸을 신중하시고

處世無心遠俗榮　처세하심에 속된 영화 멀리하셨다.

謫所名賢孜救出　귀양살이 명현들 구출하는 제 힘썼으니

士林誰不仰欽情　사림들은 누구 아니 우르고 받들어 정이로다.

*根國　대봉의 16세손

吾朝大峯賢俊生　우리 조선 대봉은 현준하게 나셨는데

一聽無忘毋聰明　한번 들으면 잊지 않고 매양 총명하였다.

烝民病弊消恩志　백성의 병폐 사라지게 함은 은혜 뜻이고

黎首飢荒救謝聲　여러 사람 배고픔을 구제함은 사혜의 소리로

則抉奸臣家國蔭　간신을 즉결함은 국가의 음덕이라

侍湯貞模我孫榮　어머님께 봉양함 우리 자손들에게 영광이라

惶惶懿蹟中和詡　밝고 밝은 아름다움의 업적은 중화의 자랑이로다.

偉也吾曹豈忘情　위대 하구나 우리들은 어찌 정을 잊겠는가.

* 杓煥: 대봉의 17세손

좋은 임금이 되기를 빌었건만 결코 좋은 임금이 되지 못한 것을 알면서 편치 않은 마음을 가졌 던 대봉.

성종임금으로부터 총애를 받았건만 그 총애는 끝까지 이어가지 못하고 내 목숨이 다 하면서 내 스스로가 짊어져야하는 어둠의 그림자로써....

'이제는 내가 보듬어야 하리...'

끝.

                            大峯은 熙止를 稀枝로,